清初前期話本小說之研究

徐志平 著

臺灣學生書局印行

自序

在古典小說的研究版圖中，從晚明到清代的話本小說是一個不小的缺口。造成此一缺口的原因十分複雜，有客觀的政治因素（如禁毀），也有主觀的小說本身因素（如話本文體的沒落）。先是這些因素造成版本大量散佚，既而因爲見不到、不了解而產生隔膜、誤解。民國以後，《三言》和《二拍》陸續從國外影印回來，很快就引起研究風潮，尤其是《三言》，根據繆詠禾先生在〈《三言》研究尋求突破〉一文中的估算，到一九八七年爲止「學者研究所得，總計約有近十本專著和三百多篇論文。」加上這十年來的研究成果，論文數量當更爲可觀。可見即使是有價值的文學作品，仍會受到外在因素的巨大影響，如果當時沒有將《三言》引回國內，學者便只能就保存在《今古奇觀》中不到六分之一的二十九篇小說憑空猜想原著的全貌了。

《三言》和《二拍》經過學者們長時期的努力，已經得到比較正確的認識以及應有的評價。其他明末的話本集早年則只有《西湖二集》稍引起注意，有阿英、戴不凡兩位先生撰文討論過，其他各集則少有人聞問。近年來比較幸運的一部是陳慶浩先生在韓國發現的《型世言》，此書經陳先生的撰文推介後，在國外已有博士論文深入探究。另一部是筆者研究過的《石點頭》，其實這些年來我蒐集了不少新資料，對《石點頭》還可以進一步討論。到了最近幾年，出現了幾本碩士論文，探討了《鼓掌絕塵》、《歡喜冤家》等話本小說專集。此外，晚明話本小說尚待處理的，還有大約十部左右。

明末已是如此，清代的話本小說更爲寂寞，蔡國梁先生在〈從《照世杯》到《躋春台》〉一文中說：

> 一些重版新刊的文學史與小說史每每敘至明擬話本爲止，或稍帶提一下明末清初的一些擬話本集，下文便沒有了，都成了斷尾巴蜻蜓。如果要寫一部中國白話小說史或話本發展史，這樣能行嗎？……從清初到清末，擬話本的創作沒有停止過。雖然創作筆記小說與長篇小說成爲主要潮流，它們本身的成就也在明擬話本之下，但這二三百年寫就的數百萬字的作品，決不可能一無是處。它既是新的歷史時期的產物，總會有點現實的影子，它既承襲宋元話本和明擬話本而來，也會在藝術上有些出新。總而言之，清擬話本應該有自己的面貌，自己的特色。

不錯，清代的話本小說明明存在，而且是大量存在的，不應視而不見，更不該全盤否定。不去認識它們，怎能知道它們是否眞的一無是處？像馬幼垣、劉紹銘二先生在爲《中國傳統短篇小說選集》所寫的〈導論〉中，竟說：「有清一代，再沒有話本這類白話小說出現了，而民間亦不見有重要的集子流傳。」其實，許多話本小說集在清代的禁毀書目中一再出現，側面反映了它們在民間流傳的情形，而清代的話本小說也有小部分（如《豆棚閒話》、《照世杯》、《西湖佳話》、《娛目醒心編》、《今古奇聞》）早已著錄在鄭振鐸的〈明清二代的平話集〉中，馬、劉二先生的「有清一代，再沒有話本這類白話小說出現」一語，十足表現了學者對清代話本小說的忽略與漠視。

清代話本小說因忽略、漠視而遭到冷落、誤解，有必要加以全面、深入探討，以呈現其眞實之面貌、發掘其蘊藏的價值。筆者在六、七年前即決心窮數年之力，將清代的話本小說進行全面的探討。當時，國內研究明清話本小說的環境還相當惡劣，取得版本已十分困難，更別提相關的參考資料了。爲此，曾赴上海圖書館、北京首都圖書館、大連圖書館，以及北京的社會科學院文學研究所等處察看、抄錄資料，其中，以在上海圖書館看到的《躋春台》（後收入上海古籍出版社《古本小說集成》），以及社科院看到的孤本《五更風》（後亦收入《古本小說集成》，但已漶漫不清）最有價值。

後來，許多海內外版本陸續影印刊行，如臺灣天一出版社的《明清善本小說叢刊》正、續編，北京中華書局的《古本小說叢刊》四十餘輯、上海古籍出版社的《古本小說集成》一至五批。數百年來散落在海內外的古本、孤本話本小說，除了目前行蹤成迷的《金粉惜》（此書李田意先生二十幾年前還曾在日本見到，而日本學者大塚秀高先生說該書現在已經佚失了，誠可歎惋）之外，都至少可以看到影本了，初步解決了清代話本小說研究的版本問題。

目前可考的清代話本小說數量雖然只有四十幾部（包括選集），但時間跨越了兩百五十多年（最後一部話本小說集《躋春臺》序於光緒二十五年），而大多數的作品又都作者不詳、刊行年代不明，需要一一考證，之後又須分階段比較、歸納、分析，以論其發展與影響，想用個人的力量在短時間內完成誠屬不易。因之，筆者原想全面探討的計劃不得不加以縮減，乃先就「清初前期」的部分進行研究。

雖然已經將研究範圍縮小到清初前期的四十年，然而從草擬大綱、蒐集資料到完成寫作，前後還是花費了六年的光陰。雖然，其間曾經分出精神，編寫了一本《中國古典短篇小說選注》（洪葉文化公司，已修訂三版），又和中正大學黃錦珠教授合寫了《古典新視窗—明清小說》（黎明文化公司），但念茲在茲的，還是清初話本小說的種種問題。特別是版本的考證，我發現許多學者對小說版本的考證是不夠精密的，例如單憑一句「不避玄字」，就斷定爲康熙（漢名玄燁）以前的刊本，不知道康熙前期避諱並不嚴格，據專家研究，清刊本避「玄」字是康熙中期以後的事，兩岸學者因此而誤判小說年代的情形還眞不少。考證是一切研究的基礎，考證不精，在討論小說的發展、演變、影響時就會做出錯誤的結論。當然，形式和內容的探討是論文的主體，本書並沒有本末倒置。至於花費很多精神力氣去進行考證，並制作表格、爲小說分類、討論主題意識、社會背景等，是希望研究成果可以爲後繼的研究者奠基，因爲這些文化遺產不是我個人的，期望繼我之後還有更多同好投入其中，早日將古典小說研究版圖中的此一缺口塡補完善。

去年六月通過學位考試後，半年來對論文又進行了不少修改。尤其整個題綱做了大幅的更動，這是楊昌年老師在主考我的論文時所提出的修正意見，比我原先凌亂的綱目好太多了，在此向楊老師致謝。還要感謝預審我論文的羅宗濤老師和張健老師，他們指正了不少論文的缺失，並提供了許多參考資料；論文口試時，除了楊老師之外，康來新老師、郭玉雯老師也提供了許多建設性的意見。我參酌這些意見，對論文做了不少修正，但有些建議是一時無法做到的，如康老師和郭老師希望我對文本做更深入的析論，這只有等待來日了。

論文即將付梓，六年博士班生活的點點滴滴油然浮現眼前：吳宏一老師的親切指導，引我正式進入學術研究的殿堂；與同窗友徐聖心、廖肇亨朝夕相處的兩年也很令人難忘，由於他們的啓發，使我對哲學、藝術和電影有了粗淺的認識。

學術著作出版不易，感謝學生書局願意印行本書，也要感謝好友欽忠再次爲我題字，使封面生色不少。更希望閱讀本書的博雅方家，給予我批評和指正！

徐志平

序於國立嘉義技術學院　一九九八年二月

清初前期話本小說之研究

目錄

第二篇　意識論

緒論

一、所謂「清初前期」

梁啓超將清代學術分爲四期，即：啓蒙期、全盛期、蛻分期、衰落期。啓蒙期的代表人物是顧炎武、胡渭、閻若璩等清初學者，全盛期的代表人物爲惠棟、戴震、段玉裁、王氏父子等乾嘉時期考證學的「正統派」❶。後兩期與本論文無涉，茲不論。據前述之分期，則梁氏所謂「啓蒙期」的「清初」，指的是滿清入關後到乾隆初年之間的一百年左右❷。此說經先說「清初」。

❶ 梁啓超《清代學術概論》（臺北，水牛出版社，一九八一年）頁六—八。

❷ 乾嘉時期是學術上的概稱，不是確切的年代分期，故不能以乾隆元年（一七三六）當作起點。如果以惠棟（一六九七—一七五八）爲乾嘉學風之始，惠棟卒於乾隆二十三年，享年六十二歲，以其中年計，則乾嘉之學當始於乾隆初年。而勞思光先生認爲乾嘉之學當以戴震爲代表人物，戴氏之外，則當自戴氏之前的江永（一六八一—一七六二）開始，見《中國哲學史》（臺北，三民書局，一九八四年）頁八二〇。江永的代表作《音

常爲以後的學者所採用，例如蕭一山《清代通史》第七篇〈清初學術思想之大勢〉以清初爲「明學的反動期」，而乾嘉爲「清學的全盛期」，其論清初，亦指從滿清入關到乾隆初年這段期間，因其第三十四章論清初文學時，將吳敬梓的《儒林外史》列入討論❸，而《儒林外史》約作於乾隆五年至十五年之間❹。有些學者或將乾隆初的這幾年不計，如馬積高《清代學術思想的變遷與文學》一書便直接以「清朝入關以後到雍正約九十年的時間」爲「清初」❺，《明清啓蒙學術流變》一書的作者蕭萐父、許蘇民也將「從南明弘光、永曆到清康熙、雍正，一七世紀四〇年代至一八世紀三〇年代」這段時間視爲一個階段❻。可見，將滿清入關後的九十年到一百年左右視爲一個學術發展的階段，是許多學者的共同意見。此一階段從政治、社會方面看，是「中國資本主義萌芽在戰火中備受摧折而後又艱難恢復和發展的階段，是清王朝重建專制主義的政治的文化統治的階段。」❼

學辨微》撰成於七十九歲那一年，即乾隆二十四年（一七五九）（以上有關惠棟和江永生平，見王昶〈惠先生墓誌銘〉、〈江愼修先生墓誌銘〉，載錢儀吉《碑傳集》卷一百三十三，北京中華書局標校本，頁三九八四—三九九〇）則乾嘉學風當始於此時前後。

❸ 蕭一山《清代通史》（臺北，商務印書館，一九八五年）頁一〇七四。

❹ 鄭明娳《儒林外史研究》（臺北，商務印書館，一九八二年）頁三〇。

❺ 馬積高《清代學術思想的變遷與文學》（長沙，湖南出版社，一九九六年）頁一。

❻ 蕭萐父、許蘇民《明清啓蒙學術流變》（瀋陽，遼寧教育出版社，一九九五年），頁四。

❼ 同前註。

再說「清初前期」。

清初是一個從破壞到建設的階段。對江南的經濟、文化來說，清兵南下誠然爲一大浩劫，揚州十日、嘉定三屠、江陰屠城等慘無人道的劫掠殺戮，斑斑史冊，不容磨滅。事實上，史所未載而一般文獻不敢載的屠戮，還不知道有多少，詳見謝國楨〈明末資本主義萌芽的出現及其遲緩發展的原因〉、〈清初利用漢族地主集團所施行的統治政策〉，陳生璽〈剃髮令在江南地區的暴行與人民的反抗鬥爭〉等文章。❽謝先生說：「清政府雖有革除明朝弊政的一面，但其燒殺擄掠的情況也不必爲之諱掉。」❾蕭萐父、許蘇民也說：「在征服南中國的過程中，清軍所到之處，燒殺搶掠，廣州等城市都先後遭到屠城的劫難。農業遭到的破壞也極其嚴重，順治八年（一六五一）清王朝頒布的在籍土地數額僅有二百九十餘萬頃，只相當於明朝的三七－三八%，大量的土地荒蕪。」❿爲了破壞後的重建，順治年間推行了一連串的經濟政策，如招民墾荒、軍隊屯墾、獎勵地主開墾等。在文教方面，除了很快就進行開科取

❽ 謝國楨二文載《明末清初的學風》（台北，仲信出版社，一九八〇年）一書，陳生璽之文載《明清易代史獨見》（鄭州市，中州古籍出版社，一九九一年）一書。
❾ 同前註所引謝氏書，頁七七。
❿ 同註六引書，頁二六八。

士之外，順治還致力於崇儒興學，不但注重經筵日講，又崇祀孔子、推廣教化⓫，頗能收到拉攏讀書人以及安定民心之效。然而在此同時，清廷又推行圈地、投充、追捕逃人、嚴懲窩主等大的弊政，激起了一波又一波的民族鬥爭，嚴重影響了政治的穩定和經濟的恢復。順治十四年的「科場案」，十八年的「通海案」、「哭廟案」、「奏銷案」，予江南士紳以無情的打擊，「順治十八年間，國內戰爭頻繁，經濟凋敝，政局動蕩，客觀的歷史環境，限制了清初政治的發展。」⓬總之，順治在位的十八年是在擾攘不安中度過的。

康熙皇帝在康熙六年親政，之前爲以鰲拜爲首的四輔臣輔政時期。此一時期雖然在軍事上、處理逃人等問題上也有所建樹，但由於四輔臣的頑固、守舊以及鰲拜的殘暴，造成了不少新的破壞。康熙二年的「莊廷鑨《明史》案」、五年的「圈換土地事件」，都加劇了滿漢之間的對立與矛盾。四輔臣「反對尊崇儒術、學習漢族文化，不注重改善滿漢關係。加以治理無方，終於形成『政事紛更而法制未定』，『職業隳廢而士氣日靡』，『學校廢弛而文教日衰』，『風俗僭侈而禮制日廢』的局面。朝中弊端叢生，各省『逮至輔臣時，自用張長庚……等匪人以來，擾害地方，以致百姓困苦至極。』」⓭順治年間有關文教方面的建設，幾乎都

⓫ 王爾敏〈滿清入主華夏及其文化承緒之統一政術〉，載《中國歷史上的分與合—學術研討會論文集》（臺北，聯經出版公司，一九九五年），頁二五九—二六六。

⓬ 《中國史稿》（北京，人民出版社，一九九五年）第七冊，頁一〇三。

⓭ 同前註引書，頁一一〇。

被破壞殆盡，同時也影響了經濟民生，一直要到康熙八年處理掉鰲拜以後，才開始重新力圖恢復。

康熙二十二年是清初區分爲兩個階段的一個重要轉捩點。經過了十餘年的努力經營，康熙整頓了吏治，處理了圈地（八年）、逃人（十一年）等棘手的問題，重新將崇儒興學作爲基本國策之一，緩和了滿漢之間的對立。平定了三藩之亂（二十年），康熙二十二年七月，治理黃河成功，「治河工程初戰告捷，是康熙解除民困、恢復經濟、穩定統一秩序的一個重要功績，它與平定三藩之亂、統一臺灣一起，表明清朝已經進入一個新發展階段，即康乾盛世的前期。」⑭總之，在不斷的動亂、破壞與建設的循環之中，康熙在位的前二十二年還未能進入所謂的「康乾盛世」，無政治、經濟、文化或社會狀況各方面，都應和順治在位的十八年視爲同一個階段。

以上是從政經情勢上看清初的分期，若從學術風氣上看，也可以得到類似的結論。梁啓超先生說：

從順治元年到康熙二十年約三四十年間，完全是前明遺老支配學界，他們所努力者，

---

⑭ 同前註引書，頁一一九。此外，還可以在經濟方面做一補充，謝國楨先生謂：「我們從《蘇州織造局志》上，可以看出，從順治三年起到康熙二十二年（一六四六—一六七九），織造業一直減產，到台灣（歸附）以後，蘇州的織造業才恢復起來。」（註八所引謝氏書，頁七二）這段話也可以證明康熙二十二年是一個轉折點。

對於王學實行革命。他們所要建設的新學派方面頗多，而目的總在「經世致用」。……康熙二十年以後，形勢漸變了。遺老大師，彫謝略盡，後起之秀，多半在新朝生長，對於新朝的仇恨，自然減輕。先輩所講經世致用之學，本來預備推倒滿洲後實見施行，到這時候，眼看滿洲不是一時推得倒的，在當時政府之下實現他們的理想的政治，也是無望。那麼，這些經世學都成爲空談了。況且談到經世，不能不論到時政，開口便觸忌諱，經過屢次文字獄之後，人人都有戒心，一面社會日趨安寧，人人都有安心求學的餘裕，又有康熙帝這種「右文之主」極力提倡，所以這個時候的學術界，雖沒有前次之波瀾壯闊，然而日趨於健實有條理。⑮

可見從學術上看，康熙二十年以後形勢開始變化，而「從順治元年到康熙二十年約三四十年間」應視爲一個時期。馬積高先生也說：「由明入清的士人大都在康熙中期先後去世，因而康熙中期前後的學風也就不同。」⑯

總之，無論從那一個角度看，清初這九十年到一百年左右都可以劃分爲前後兩期，今以康熙二十二年中點，之前的大約四十年，吾人稱之爲「清初前期」。這是一個由動亂過渡到

---

⑮ 梁啓超《中國近三百年學術史》（臺北，華正書局，一九八九年）頁一八。

⑯ 同註五引書，頁三。

承平的重要時期，是學術界由經世致用之學逐漸變化的時期，也是話本小說延續明末盛況而繼續演變、發展、衰退，以至於沒落的階段。

二、什麼是「話本小說」

關於「話本」一詞的定義，日本學者增田涉〈論話本一詞之定義〉、法國學者雷威安〈話本定義問題簡論〉二文已有詳細的討論⑰，加上王秋桂先生在增田涉文譯文後所附的校後記，似乎已經將過去以「話本」爲「說話的底本」的說法推翻了。有關的討論，以及「擬話本」、「話小說」等名詞的界說，筆者曾在《晚明話本小說石點頭研究》一書的第一章第一節分述過⑱，此處再就近幾年新見的資料，略事補證。

先說「話本」。

話本有兩層意思，第一層意思是「故事」，以及「故事本子」。其實「話」這個字在唐宋時代就是故事的意思，孫楷第的〈說話考〉一文論之已詳⑲。最有名的例證是元稹〈酬翰

⑰ 增田涉文，前田一惠譯，載《中國古典小說研究專集》三（臺北，聯經出版公司，一九八一年）、雷威安文，載《東方中國小說戲曲專號》。

⑱ 徐志平《晚明話本小說石點頭研究》（臺北，學生書局，一九九一年）頁一－五。

⑲ 孫楷第〈說話考〉，《俗講說話與白話小說》（臺北，河洛出版社，一九七八年）頁二七－三〇。

林白學士代書一百韻〉中「光陰聽話移」句下的自註：「樂天每與予游從，無不書名屋壁。又嘗於新昌宅說一枝花話，自寅至巳，猶未畢詞也。」⑳一枝花指唐傳奇〈李娃傳〉中的李娃㉑，「說一枝花話」就是「說有關李娃的故事」，可見「話」字的「故事」義是相當明確的。至於「話本」一詞的故事義，證據如下：

一、凡傀儡，敷演煙粉、靈怪故事，鐵騎、公案之類。其話本或如雜劇，或如崖詞，大抵多虛少實。（耐得翁《都城紀勝》〈瓦舍眾伎〉條）

二、許宣見了，目瞪口呆，喫了一驚。不在姐夫、姐姐面前說這話本，只得任他埋怨了一場。（《警世通言》卷二十八〈白娘子永鎮雷峰塔〉）

三、而今說一個做夫妻的被拆散了，死後精靈還歸一處，到底不磨滅的話本。（《二刻拍案驚奇》卷六〈李將軍錯認舅 劉氏女詭從夫〉）

⑳ 元稹《元稹集》（臺北，漢京文化公司，一九八三年）卷十，頁一一六—一一七。

㉑ 曾慥《類說》卷二十六輯錄的〈李娃傳〉末有附記云：「舊名一枝花。」明梅鼎祚編的《青泥蓮花記》所錄的〈李娃傳〉，題目旁也註云：「唐（李）娃舊名一枝花。」（鄭州，中州古籍出版社，一九八八年，見頁七〇）。有關問題的詳細考證見張政烺〈一枝花話〉（中研院史語所集刊二十期下冊，一九四九年十二月）及王夢鷗〈有關「一枝花話」的一點補證〉，載《傳統文學論衡》（臺北，時報文化公司，一九八七年）頁二四七—二五二。

《都城紀勝》說傀儡戲有「話本」，傀儡戲不是「說話」，這「話本」自然不能說是「說話的底本」，但或許還可以說是「底本」。然而，其餘兩條中的「話本」一詞，就很明顯不能解釋爲「說話的底本」，只能解釋爲「故事」了。另外像《六十家小說》各篇故事結束前的「話本說徹」一詞，解釋爲「底本說完了」也不像話，應該是「故事說完了」才合理。

「話本」又有故事本子的意思，證據是：

一、仁壽清暇，喜閱話本。……然一覽輒置，卒多浮沈内庭。（〈古今小說敘〉）

二、因至書坊，覓得話本，特特與生觀之。見《天緣奇遇》，鄙之曰：「獸心狗行，喪盡天眞，爲此話本，其無後乎？」（《劉生覓蓮記》卷上，世德堂本《繡谷春容》射集卷三）

既然是可以「閱」、「覽」、「觀」的，自然是指寫成文字的書本而言，不會是抽象的「故事」之義。事實上，《劉生覓蓮記》載其所覓得的話本有《天緣奇遇》和《懷春雅集》，前者現存，收在明刊世德堂本《繡谷春容》之中㉒，是一篇文言的愛情小說，這就更證明「話本」有「故事本子」的意思了。

㉒《國色天香》（臺北，雙笛公司出版部，一九九五年）本，頁一四八。按，《繡谷春容》（江蘇古籍出版社，一九九四年）本作〈劉熙寰覓蓮記〉，引文中「書坊」作「書房」，見頁九七。世德堂本《繡谷春容》（古本小說集成第一批）亦作「書房」。

以上是「話本」的第一層意義——「故事」或「故事本子」。然而從《古今小說·敘》的原文：「按南宋供奉局有說話人，如今說書之流。其文必通俗，其作者莫可考。泥馬倦勤，以太上享天下之養。仁壽清暇，喜閱話本，命內璫日進一帙……。」看來，文中所說的「話本」，並不是普通的「故事本子」，而與「說話」（即明代的「說書」）有關。這便是「話本」的第二層意義，即：與「說話」有關的「故事本子」。

宋代的「說話」應該有「說話的底本」，然而可以想像的是，所謂底本，只是說書人的參考資料，它的樣子應該像田野調查所發現的說書人的「秘本」：「記載師承，故事主角的姓名字號，人物讚，武器的描述和其他包括對話的套語等。」或是「腳本」：「只記載故事大綱，高潮或插科打諢處及韻文的套語等。」㉓可是我們看到現存的話本，都是刊印出來供閱讀的，沒有一本像是底本的樣子。照筆者的看法，它們不是草稿而是定本，換句話說，「話本」不是「說話的底本」，而是「說話的寫本、刊本」，是將說話的內容經過整理、潤色之後寫或刻印出來的「故事書」。當然也正因為如此，才會有人去買回來欣賞，「話本」若只是說書人的參考資料，想必是無法引起讀者的閱讀興趣的。

宋代的職業說話有許多家派，本文不打算討論，此處僅提出其中最重要的兩家，即長篇的「講史」和短篇的「小說」。講史，是「以說白為主，顧名思義，大都取材於歷史，必須

㉓ 王秋桂〈論話本一詞的定義，校後記〉，同註十七所引《中國古典小說研究專集》頁六五。

根據複雜的歷史事件，做『眞假相半』的長篇敘寫。」小說，是「唱白兼施，題材大都取於當代，善於編制新聞，頃刻捏合，和現實生活比較緊密，而且講的大都是一人一事，是煙粉、傳奇、發跡變泰之類。」㉔講史以「說《三分》（即《三國志》）」和「說《五代史》」最有名，說的是長篇的歷史故事，其內容就是「講史話本」，但當它們被刊印出來時，卻不稱爲「話本」而稱爲「平話」例如《五代史平話》、《全相平話武王伐紂書》。小說是一些愛情、鬼怪、傳奇、公案性質的短篇故事，其內容爲「小說話本」，然而它們被刊行出來時，也不稱「話本」，而稱爲「小說」，例如〈馮伯玉風月相思小說〉、《六十家小說》（它被稱爲《清平山堂話本》乃是近人所加）、《古今小說》等。看來，宋、元、明時代並不流行用「話本」來稱小說（不論是長篇還是短篇），我們看現存的所謂話本小說集，在作者的序言中都沒有稱小說爲「話本」的，「話本」這個名稱，應是魯迅《中國小說史略》問世後才開始通行於漢學界。因此，雖然無論是「講史」也好，「小說」也好，它們的刊本都可以稱作「話本」，但由於長篇的講史已慣稱「平話」，所以「話本」一詞也就被短篇的「小說」這一家所專有了。

再說「擬話本」。

「擬話本」一詞並非舊有，而是魯迅所自創的。《中國小說史略》第十三篇稱《大唐三

㉔ 胡士瑩《話本小說概論》（臺北，丹青圖書公司，一九八三年），頁六八〇。

藏取經記》、《大宋宣和遺事》爲「宋元之擬話本」，第二十一篇則稱明代的白話短篇小說爲「明之擬宋市人小說」。後來，學者將「擬話本」一詞固定用在明清說話體的白話短篇小說，以便和宋元時代的「話本」區別開來，例如胡士瑩先生說：

由於書寫文字的日益發達，話本已明顯地脱離了說話表現的範疇而逐漸書本化了。爲了適應市場的需要，它不只是通過說話人敷演的影響，這就刺激了文人的興趣和愛好；創作了大批擬話本。於是話本和說話技藝，也開始分了家，而擬作也就成爲專供閱讀的白話短篇小說。㉕

但自從「說話的底本」之說被推翻之後，近來有些學者已捨「擬話本」一詞而不用，例如馬幼垣、劉紹銘合編的《中國傳統短篇小說選集》就把《拍案驚奇》和《醉醒石》中的白話短篇小說也稱爲「話本」㉖。其實「擬話本」和「話本」還是有所不同的，「話本」是說書的故事，也可說是說書的直接紀錄，當然，在刊印時不免有所增刪潤色，但無論如何它們和說

㉕ 同前註引書，頁三七七。

㉖ 馬幼垣、劉紹銘《中國傳統短篇小說選集．導論》（臺北，聯經出版公司，一九九〇年）頁一二。按本書之編者雖然還列有胡萬川先生，不過此篇導論又刊載於《中國古典小說研究專集》第一集，作者署名爲馬幼垣、劉紹銘。

書有密切的關係，早期編刊的話本像《六十家小說》中的〈簡帖和尚〉、〈西湖三塔記〉、〈快嘴李翠蓮記〉等，其內容和形式與說書時的眞實情況是十分接近的；而「擬話本」則僅是模擬說書形式的小說創作，除了外形彷彿之外，已經和說書幾乎毫無關連了。因此，「擬話本」和「話本」不能混爲一談。

清初前期的白話短篇小說應該都是「擬話本」，都不是演出的故事而是小說創作。然而，「擬話本」一詞既非舊有，而學者對此一名詞又尙有意見，故本書採用「話本小說」一詞來總稱具有說書形式的白話短篇小說。

總上所論，吾人對「話本」一詞的定義爲：職業說書人所講的，具有說話形式的短篇故事，以及這些故事刊印出來供閱讀的故事本子。「擬話本」則爲：模擬說書形式的白話短篇小說創作。而「話本」和「擬話本」又合稱爲「話本小說」。

第一篇 總論

第一章　清初前期話本小說考論

第一節　現存清初前期話本小說總集、專集考論

一、《清夜鐘》

本書全稱《新鐫繡像小說清夜鐘》，題「薇園主人述」，書前有作者的自序，自序末有落款印章兩方，一爲「江南不易客」，一爲「于鱗氏」。路工先生認爲作者是明末著名的出版家、小說家陸雲龍❶，大概因爲陸雲龍有「亦字于麟」的閒章❷。陸雲龍字雨侯，號翠娛

❶ 路工《訪書見聞錄》（上海古籍出版社，一九八五年）頁一五二—一五三；又路工、譚天合編《古本平話小說集》（北京，人民文學出版社）上冊，頁一五三《清夜鐘》之出版說明；以及所藏《清夜鐘》殘本，「薇園主人」自序後的說明。按孫楷第《中國通俗小說書目》（台北，木鐸出版社，一九八三年）頁一一二謂「察印章知其人姓楊氏」，未知其所據，很可能孫氏將「江南不易客」章（見附圖一）底下的「客易」二字誤合爲「楊」字。

❷ 參見陳慶浩《中國話本大系—型世言》（江蘇古籍出版社，一九九三年）〈導言〉頁三二。

附圖一 《清夜鐘》編者之序後題識、落款印章及收藏者路工之說明

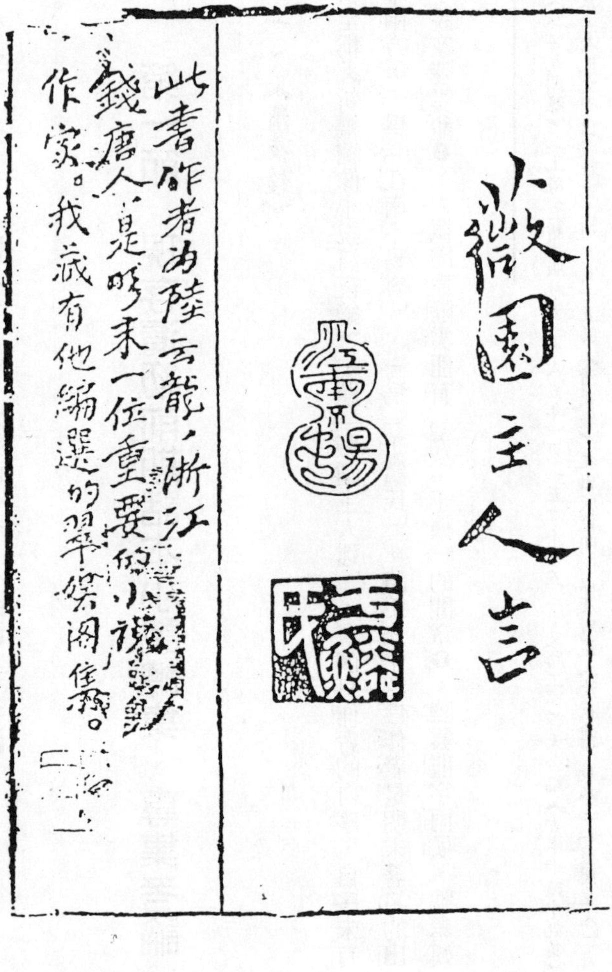
此書作者為陸云龍，浙江錢唐人，是明末一位重要的小說家。我藏有他編選的翠娛閣

閣主人，浙江錢塘人，明朝諸生，著有《魏忠賢小說斥奸書》四十四回，所編選、出版及作序的書很多。他的弟弟陸人龍是明末重要的小說家，著有《遼海丹忠錄》和《型世言》❸。李漢秋和陸林兩位先生在《中國話本大系·清夜鐘》的〈前言〉中說：「陸雲龍除《清夜鐘》外，尚撰有《唐貴梅演義》……惜未見流傳。」❹這當是根據《清夜鐘》第二回的〈回末總批〉：「常（嘗）作《唐貴梅演義》，可足為世奇。」然而《清夜鐘》的批語不見得是作者自己寫的，而所謂《唐貴梅演義》，其實應是指《型世言》第六回所寫有關唐貴梅殉節的故事，作者是陸人龍，不是陸雲龍。

《清夜鐘》原收小說十六回，回演一故事。現存兩種殘本，路工藏本存第一、二、六、七、八、十三、十四，共七回，安徽省博物館藏本殘存第一至第八回，兩本的版式（每半頁九行，行十九字）、字體、內容是完全相同的，上海古籍出版社將此二本拼合影印，收入《古

---

❸《遼海丹忠錄》過去都以為是陸雲龍的作品，主要原因是孫楷第在《東京所見小說書目》中所抄錄的序文有缺漏，本來是「此予弟丹忠所緐錄也」，抄成「此予丹忠所錄也」。少了個「弟」字，故使得孫氏誤以為寫序的「翠娛閣主人」（即陸雲龍）即為本書的作者。此誤歐陽健先生在〈悲歌慷慨《丹忠錄》〉一文中已加以更正，但歐陽先生並不知其弟之名，只說：「作者當是其（陸雲龍）弟孤憤生」，文載歐陽健《明清小說采正》（台北，貫雅文化事業公司，一九九二年）頁一二四。在陳慶浩先生發現明刊本《型世言》後，已知此一陸雲龍之弟為陸人龍，參見同前註引文。

❹李漢秋、陸林《中國話本大系·清夜鐘》（江蘇古籍出版社，一九九一年）〈前言〉頁二。

本小說集成》第四批，江蘇古籍出版社《中國話本大系》亦收此書，一九九一年由李漢秋、陸林兩位先生據上述兩種版本點校出版。

孫楷第《中國通俗小說書目》（以下簡稱《孫目》）著錄此書爲「明刊本」，路工《訪書見聞錄》則說：「爲南明弘光年間刊本」。本書在第三、七、十三、十四等回稱明朝爲「我朝」、「我明」，還是明人口氣，在第一回卻稱崇禎爲「明朝毅宗烈皇帝」，第四回亦提到「到明朝也有太子」，卻是清人的口氣了。第一回寫的是崇禎十七年汪偉夫婦在李自成入京後「從容就義」的故事，第四回寫的是弘光年間假太子的疑案，並且寫到清兵進入南京城，「靖南侯死節，弘光帝見獲」，這已經是弘光元年（順治二年，一六四五）五月廿二日❺的事了，從寫完到刊刻完成總要幾個月的時間，所以本書最快也要到本年尾或順治三年初才有出刊的可能。又，第四回直稱順治二年爲「弘光元年」，這是大大的觸犯了清人忌諱的，順治五年，毛重倬等人因所編的八股文選，序文不書順治年號，便被認爲是「目無本朝」而抓去法辦❻，何況書寫弘光年號？而且作者在自序後有「江南不易客」的印章，顯然還對江南的恢復抱有希望，又由於陸雲龍印書的「崢霄館」在杭州，所以本書應當是刊行於順治三年六月貝勒博洛率師進駐杭州❼之前，故推斷最可能的刊行時間爲順治二年的年終到順治三年

❺ 中國人民大學清史研究所編《清史編年》（北京，中國人民大學出版社，一九八五年）卷一頁七四。
❻ 見胡奇光《中國文禍史》（上海人民出版社，一九九三年）頁一二〇。
❼ 《劍橋中國明代史》（北京，中國社會科學出版社，一九九二年）頁七二五。

的前半年之間。

二、《醉醒石》

本書全稱《新鐫繡像醉醒石小說》，題「東魯古狂生編輯」，作者生平不詳。主要的版本有三種，即：清初刻本、乾隆五十四年瀛經堂覆刻本、民國年間董康刻本。原刻本十五回，現藏台灣中央圖書館、美國國會圖書館、北京圖書館；覆刻本行款（每半頁九行，行十九字）、字體與初刻本全同，顯然是用原版翻刻的，但刪掉了第五回，而將第十五回移充，故只有十四回，爲傳惜華舊藏，現藏中國藝術研究院，美國國會圖書館亦藏有一部。天一出版社《明清善本小說叢刊》第一輯據初刊本影印；上海古籍出版社《古本小說集成》第一批，則用傳惜華舊藏覆刻本影印，而以初刻本第五回附錄於書後；江蘇古籍出版社《中國話本大系》據上述的三種版本，於一九九四年由程有慶先生點校出版。

本書過去曾被誤以爲明刻，如鄭振鐸《明清二代的平話集》就著錄了「崇禎間刊本」，《孫目》卷三也著錄了「明刊原本」。葉德均《戲曲小說叢考》卷中，〈小說瑣談—八、醉醒石的成書年代〉一文已詳細的考證出本書爲入清之後所作，其結論說：「既然是清人之作，那麼，原刻本最早也只是順治、康熙間的產物。」❽其實不需要舉太多證據，十四、十五兩

❽ 見葉德均《戲曲小說叢考》（北京中華書局，一九七九年）頁六〇九。

回開首稱明朝爲「先朝」即爲明證了，另外還有許多回都直稱「明朝」而不稱「我朝」、「國朝」、「本朝」，第二回還出現「只是明季作官的，朝廷增一分，他便乘勢加增一分」的批評，這句話爲清人口吻是再明顯不過了。

不過也有些篇可能是作於明亡之前的，如第九回提到「這正是太祖高皇帝六諭中所禁」，這是明人口氣，太祖指朱元璋；第十回、第十一回中，直稱「嘉靖」、「成化」而不加「明朝」；全書對於崇禎（朱由檢）的名諱，時避時不避❾，有時「由」字用「繇」字代替，有時用本字，第一回不避「由」字，而「檢」字卻以「簡」字代替（如：「簡（檢）看囊中，只有白銀十兩」），這顯示作者可能是由明入清的人物，一時還未將寫作避崇禎諱的習慣改過來。基於上述的原因，推測本書少數篇章作於明末，多數作於清初，而由書中完全不避「玄」字（如第二回「玄黃」、第八回「逢玄武市」）看來，本書當是在順治年間，最晚不會到康熙中期避諱較嚴的時候刊行的。❿

---

❾ 明代自天啓之後才重視避諱，但還不很嚴格，至崇禎時趨嚴，明思宗名由檢，避諱的方式是「由」改作「繇」，「檢」改作「簡」，或缺筆作「撿」，見李清志《古書版本鑑定研究》（台北，文史哲出版社，一九八六年）頁二〇七—二〇九。

❿ 順治時不避諱，清代的避諱自康熙的漢名「玄燁」始，見同前註引書頁二一一—二一二。由於順治時不避諱，入康熙後一時避諱還不很嚴，到中期以後才趨嚴格，李書所調查康熙三十八年刊行的《寒瘦集》，「絃」字都缺末筆（頁二一二），四十年刊行的《刪定唐詩解》，「玄」字都缺末二筆，可見當時避諱已嚴。

三、《無聲戲》

四、《連城壁》

現存《無聲戲》，當爲《無聲戲》一集，題覺世稗官編次、睡鄉祭酒批評。覺世稗官即《閒情偶記》、《笠翁十種曲》等書的作者李漁，睡鄉祭酒則爲明遺民詩人杜濬。⓫《無聲戲》的版本經過多次變易，情形非常複雜，經過孫楷第、顧敦鍒、馬漢茂、胡士瑩、譚正璧、孔憲易等學者的研究，日本學者伊藤漱平加以總結，並進一步探討後，才大致將眉目釐清。⓬

⓫ 杜濬在〈無聲戲合集序〉謂：「笠翁近居湖上，閉户搦管，額額不休，……予因取《無聲戲》一集，暨《風箏誤》、《憐香伴》諸傳奇讀之。」（見孫楷第〈李笠翁著《無聲戲》即《連城壁》解題〉所錄馬廉藏《無聲戲合集》之序文，《國立北平圖書館館刊》六卷一號）故知《無聲戲》爲笠翁所著，李漁在〈張敬止綱魚圖讚〉一文中自道：「魚我所欲也，因自名笠翁。」（《李漁全集》二，頁三〇〇，台北，成文出版社，一九六〇年）。消閑居本《十二樓》（上海古籍出版社《古本小說集成》第二批）卷一〈合影樓〉第一回首頁題「睡鄉祭酒批評」，卷末總評云：「杜于皇曰：『…孰爲無緣？變雅堂中人是也。（自註：吾堂名）』」按杜濬字于皇，湖北黃岡人，有《變雅堂文集》，故知睡鄉祭酒爲杜濬。

⓬ 伊藤漱平有關李漁小說研究之論文有：

①〈李漁の小說無聲戲の版本について—以足本連城璧と四卷本無聲戲爲中心に〉（東京大學中哲文學會出版《中哲文學會報》第九號，一九八四年）

②〈李漁の小說の版本とその流傳—無聲戲を中心として〉（《日本中國學會會報》三十六期一九八四年一〇月）胡天民摘譯，載《明清小說研究》第六輯（北京中國文聯出版公司，一九八七年）

現存與《無聲戲》有關的版本有下列幾種：

一、《無聲戲合集》：刊本，殘存二卷二篇，半頁八行，行二十字。原爲馬廉先生舊藏，現藏北京大學圖書館。杜濬在序中提到：「予於前後二集皆爲評次，茲復合兩者而一之。」知此本是合《無聲戲》一、二集爲一的，惜今已不全，無從知其全貌。

二、《無聲戲小說》：刊本，共十二回，半頁八行，行二十字，回目次第與《合集》不同。藏日本尊經閣，後分別收入北京中華書局《古本小說叢刊》三十九輯、上海古籍出版社《古本小說集成》第二批。伊藤先生認爲此本即《無聲戲》一集，爲順治十二年，由浙江左布政使張縉彥資助出版。⑬

又，清中葉刊本，存四卷，相當於尊經閣本四、五、六、七回，每卷分四段，每段有一八字標題，半頁八行，行二十三字，伊藤漱平於一九八四年正月所發現。⑭

三、《無聲戲合選》：三近堂刊本，殘存四冊共九回（三至九、十一、十二回），半頁七行，行十六字，爲巾箱本，開封孔憲易舊藏。伊藤先生認爲此本乃是杭州書商在順治十六年

③〈李漁の戲曲小說の成立とその互刻—以杭州時期爲中心〉（《大學院紀要》二期，一九八七年三月）

④〈李漁の戲曲小說の成立とその刊刻流傳—南京轉居前後を中心として〉（《東方學會創立四十週年論文集》東方學會，一九八七年六月）

⑬ 佐伯文庫叢刊《連城璧》（東京，汲古書院，一九八八年）伊藤漱平的解題。

⑭ 見註一二之②所引胡天民之譯文，頁一二七。

所盜刻，爲《無聲戲》一、二集的合選本。

四、《覺世名言連城璧》：康熙間刊本，共十八回，爲《連城璧全集》十二回、《連城璧外編》六回組合而成，半頁八行，行二十字。藏日本佐伯文庫，北京中華書局《古本小說叢刊》第二十輯收入。伊藤先生認爲《連城璧全集》十二回是由《無聲戲合集》改名而成，當初出版《無聲戲合集》（收錄《無聲戲》一集七篇、二集五篇）是爲了對抗書商所盜刻的《無聲戲合選》，後來由於經濟因素，以及因贊助《無聲戲》一、二集出版的張縉彥獲罪，流徙寧古塔，爲求避禍而將《無聲戲合集》改名爲《連城璧》。至於《連城璧外編》，則原來李漁在編《合集》時，將一、二集所編剩的部分取六篇爲《無聲戲外集》，此時便轉爲《連城璧外編》，不過其中有一篇因被轉入《十二樓》成爲〈拂雲樓〉，故另寫一篇（即卷三「射」集）補上。

又，抄本，半頁九行，行二十字。共十六回，外編僅存四回（缺「射」、「御」二卷），藏大連圖書館。

總結上述版本的討論，可知現存的《無聲戲小說》，即爲順治十二年刊行的《無聲戲》一集。《無聲戲》二集已經亡佚，但曾有五篇被選入《無聲戲合集》，《無聲戲合集》現在雖僅殘存二篇，但後來改名爲《連城璧全集》的版本，則完整無缺的藏在日本佐伯文庫，扣掉和《無聲戲小說》重複的部分，則可以得到《無聲戲》二集所留下的五篇。而《連城璧外編》中的卷三「射」集，是後來補寫的。所以可以得到以下的結論：

(1)《無聲戲》一集十二篇，今存。

(2)《無聲戲》二集亡佚，殘存五篇，保留在《連城璧》（《無聲戲合集》）中，李漁在編輯《連城璧外編》時，新寫一篇。

以上共計十八篇。

五、《十二樓》

本書爲李漁繼《無聲戲》一、二集之後所撰寫的另一部短篇小說集，各本也題覺世稗官編次、睡鄉祭酒批評，從寶寧堂本杜濬在序末所註明的「順治戊戌（十五年）中秋日鍾離睿水題」一語，可知本書當寫成於順治十五年前後。本書在清初非常風行，一再被翻刻，傳世的版本不少，雖然曾在道光、同治時浙江、江蘇頒布的查禁書目中出現⑮，但目前仍有許多版本庋藏在各大圖書館中。以下僅對其中較重要而不同名稱的幾個版本加以說明、討論：

一、《醒世恒言十二樓》（扉頁所題）：正文書名作《覺世名言第一種》，下書「一名十二樓」，首有順治戊戌鍾離睿水序，藏巴黎國家圖書館⑯。鄭振鐸、胡士瑩、伊藤漱平等

⑮ 見王利器《元明清三代禁毀小說戲曲史料》（台北，河洛出版社，一九八〇年）一一五、一二四頁蘇郡設局收燬淫書〈計燬淫書目單〉、同治七年江蘇巡撫丁日昌查禁淫詞小說之書目。

⑯ 見鄭振鐸〈巴黎國圖書館中之中國小說與戲曲〉（《小說月報》第十八卷第十一號）《覺世名言第一種》條。

學者皆認爲此本當是《十二樓》的原刊本。⑰

二、《覺世名言繡像十二樓》：消閒居刊本，半頁九行，行十九字，有圖十二頁，杜濬序署「鍾離睿水題于茶恩閣」，不署年月。據大塚秀高《增補通俗小說書目》（以下簡稱《大塚目》）的著錄，中國社會科學院文學研究所、北京大學、日本天理圖書館、吳曉鈴都藏有這一個本子⑱，吳氏的藏本後來收入上海古籍出版社《古本小說集成》第二批。伊藤先生說：「消閑居精刊本的書名雖改爲《十二樓》，但行款版式仍舊，插圖亦系根據原本複刻，想是一種早期的刊本。」⑲據《孫目》，則此本刊於乾隆三十四年⑳。江蘇古籍出版社一九八七年出版《中國話本大系》之《覺世名言十二樓》以此本爲底本。

三、《覺世名言》：文寶堂乾隆五十年刊本，半頁十行，行二十六字，《孫目》著錄，藏天津圖書館。文寶堂五十五年重刊本，大塚秀高《增補中國通俗小說書目》（以下簡稱《大塚目》）著錄，藏遼寧省圖書館、天津市人民圖書館、北京大學、島根大學。會成堂嘉慶五年重刊本，六卷三十八回，半頁十行，行二十四字，《孫目》及《大塚目》皆著錄，

⑰ 見胡士瑩《話本小說概論》（台北，丹青圖書公司，一九八三年）頁六一八，以及同註一二之②所引胡天民之譯文，頁一三二。

⑱ 見大塚秀高《增補中國通俗小說書目》（東京，汲古書院，一九八七年）頁三二

⑲ 同註一四，頁一三二。

⑳ 見孫楷第《中國通俗小說書目》（台北，木鐸出版社，一九八三年）頁一一六。

藏北京圖書館、天津市人民圖書館、中國社會科學院文學研究所、北京大學、東京大學文學部等處。

四、《笠翁覺世名言十二樓》：寶寧堂嘉慶九年重刊本，半頁九行，行二十字，首杜濬序文署「順治戊戌中秋日鍾離睿水題」，每篇正文前依次署「覺世名言第某種，一名十二樓」，藏北京大學及東京大學東洋文化研究所倉石文庫。前述《中國話本大系》之《覺世名言十二樓》以此本爲參校本。

五、《今古奇觀續編十二樓》：刊本，照卷內書題應爲《覺世名言第一種一名十二樓》，不精，約咸豐元年前後刻成，柳存仁《倫敦所見中國小說書目提要》著錄㉑，藏倫敦英國博物院。其中，〈合影樓〉作〈合影奇緣〉、〈三與樓〉作〈埋金贈友〉、〈夏宜樓〉作〈千里奇緣〉、〈歸正樓〉作〈拐子慈悲〉、〈萃雅樓〉作〈三友奇緣〉，與他本皆不相同。

六、《跨天虹》

胡士瑩《話本小說概論》將此書列入「總集」類，又謂：「此書傳惜華舊藏清初刊殘本。孫楷第《中國通俗小說書目》未著錄。」胡氏未介紹本書內容，蓋未嘗寓目，列此書於「總

㉑ 見柳存仁《倫敦所見中國小說書目提要》（台北，鳳凰出版社，一九七三年）頁三〇五。

集」類也不正確，說詳下文。本書現藏大陸中國藝術研究院戲曲研究所，爲海內外僅存的殘本，上海古籍出版社據以影印刊行，收入《古本小說集成》第二批。現存三、四、五卷，每卷四則，演一故事，每則各有標題，卷三缺第一則，卷四、五第一則之前署「鶩林斗山學者初編，聖水艾衲老人漫訂」。現存的三卷雖都有殘缺，但各卷則數相同，每則各有標題和下場詩的統一形式還可以清楚的看出來，各卷小說中的筆調、口氣也都類似，應當是出於一人之手，是個人的短篇小說創作集，而不是胡氏所歸入的「總集」。以清初小說的通例，所署編者通常就是撰寫者，如《豆棚閒話》題「聖水艾衲居士編．鴛湖紫髯狂客評」，而評者在每回的總評中常常提到艾衲創作小說的情形，可見署爲編者的艾衲居士其實就是《豆棚閒話》的作者，同樣的，《跨天虹》的作者當即爲「斗山學者」。又，《豆棚閒話》第八回的總評稱作者爲「艾衲老人」，則《跨天虹》的校訂者又是小說《豆棚閒話》的作者。

斗山學者與艾衲老人應爲杭州人，鶩林即西湖西北靈隱寺前的靈鷲峰，又名飛來峰，西湖又稱明聖湖㉒，「聖水」是明聖湖的簡稱，王夢吉的《濟公全傳》則稱之爲「聖湖」（《濟公全傳》與艾衲有密切關係，詳見下文《豆棚閒話》的敘錄）。

此書的刊行年代，邵海青先生在《古本小說集成》所收版本的前言中斷爲清順治至康熙初年，理由是：

㉒ 田汝成《西湖遊覽志》（台北，世界書局，一九八二年）卷一〈西湖總序〉首句云：「西湖，故明聖湖也」。

㈠卷三第三則「陝西提學」，第四則別作「陝西督學」，明設提學道，清初設督學道，因而提學也稱督學。又第三則還寫到「科考已過，遺才取得一名」，在鄉試前進行科考及錄遺考為清代科舉制度。

㈡書中不避康熙帝諱，如卷四第一則提到「玄宗」、「談玄」。

邵先生的結論雖然可從，不過部分考證卻有錯誤：其一，鄉試前舉行「科考」亦為明制，《明史》卷六十九〈選舉志〉一：「提學官在任三歲，兩試諸生：先以六等試諸生優劣，謂之歲考；……繼取一、二等為科舉生員，謂之科考。」其次，一般都以為「錄遺」是清制㉓，事實上明末已有此制，《警世通言》（天啓四年刊）卷二十六〈唐解元一笑姻緣〉已經提及唐寅因不修小節，宗師要加以黜治，幸好太守曹公一力保救，「雖然免禍，卻不放他科舉。直至臨場，曹公再三苦求，附於一名於遺才之末。」《醒世恒言》（天啓七年刊）卷二十〈張廷秀逃生救父〉篇中，廷秀弟文秀入泮之後想道：「我如今進身有路了，且趕一名遺才入場。」又如《型世言》（約刊行於崇禎四、五年）第十八回也有：「今正科舉已過，將考遺才，何不前往？」之言，可見「錄遺」、「遺才」晚明已有。又如葉夢珠《閱世編》卷六論及明代

㉓ 如上海師範大學古籍整理研究所編《中國文化史大辭典》（台北，遠流出版社，一九八九年）頁三五三〈科舉·錄遺〉條；又《中國歷史大辭典》（上海辭書出版社，一九九二年）頁三三九〈錄遺〉條謂：「清制」。

稅賦考成以及經費的緩急情形時，提到「科舉盤費必如額，而遺才取科者不及領也」㉔，也可證明「遺才」是明代已有的制度。

七、《豆棚閒話》

本書最早而完整的版本爲翰海樓刊本（藏北京圖書館），共收小說十二則，已經由上海古籍出版社影印刊行，收入《古本小說集成》第二批，《大塚目》認爲這個本子可能是原刊本的後印本。至於本書的原刊本，《大塚目》著錄了鄭振鐸、傅惜華舊藏，如今藏在北京圖書館的康熙間寫刻本。此一寫刻本僅存一至七卷，有插圖，正文半葉九行，行二十二字，和前述翰海樓刊本的版式是相同的。上述兩本都題署：「聖水艾衲居士編·鴛湖紫髯狂客評」，而乾隆四六年（一七八一）書業堂刊本（鄭振鐸舊藏，今藏北京圖書館）、乾隆六十年（一七九五）三德堂刊本（北京圖書館、南京圖書館各藏一部）、嘉慶三年（一七九八）寶寧堂刊本（藏北京圖書館、文庫，天一書局《明清善本小說叢刊》初編第一輯據此本影印）則題爲：「聖水艾衲居士原本·吳門百懶道人重訂」，可知爲重訂本。重訂本正文改爲每半葉十行，行二十五字，在內容上則與翰海樓本差別不大。

本書第十一則的總評中有「明季流賊猖狂」一語，完全是清人口氣，而回末總評說：「艾

㉔ 見葉夢珠《閱世編》（台北，木鐸出版社，一九八二年）頁一三五。

衲道人胸藏萬卷，口若懸河，下筆不休，……於是《豆棚閒話》不數日而成。」可見評者為本書創作時的目睹者，那麼本書的寫作也必然在入清之後。又上述「斗山學者」所著的《跨天虹》，其校訂者為「艾衲老人」，《跨天虹》作於順治至康熙初年之間，而「艾衲」已是「老人」，又查據原刊本覆刻的翰海樓刊本《豆棚閒話》，其第二則「說理談玄」句、第六則「玄微之理」句，都不避諱「玄」字，基於上述兩種理由，可知《豆棚閒話》不可能是康熙中期以後的作品，必然也是刊行於順治初年至康熙初年之間。莊一拂《古典戲曲存目彙考》著錄了范希哲《三幻集》的順治刊本，其中的《豆棚閒話》（原註：「閒話」應作「閒戲」）㉕，吳曉鈴〈清代劇曲提要八種〉一文中說：「《荳棚閒戲》六齣，事據《荳棚閒話》之介之推火封妒婦、范少伯水葬西施、及首陽山叔齊變節三則，推衍而成。」㉖可知《豆棚閒戲》為改寫自《豆棚閒話》，若《豆棚閒戲》有順治刊本，則《豆棚閒話》之寫作自應更早，應該在順治年間已經成書，可惜莊氏之說未詳所據，無法取證。

按本書第九則出現「順天府遵化縣」一詞，而康熙十五年遵化升縣為州，故可推論此書當作於康熙十五年以前。而李世珍《艾衲居士豆棚閒話研究》一文卻認為「順天府遵化縣」一詞，應是「順天府遵化州」之誤，而為康熙十五年升遵化縣為州之後才有的稱謂，否則遵

㉕ 見莊一拂《古典戲曲存目彙考》（台北，木鐸出版社，一九八六年）頁七〇三。

㉖ 轉引自曾永義〈清代雜劇概論〉，《中國古典戲劇論集》（台北，聯經出版社，一九七九年）頁一三五。

化縣原屬薊州管轄，應稱「（順天府）薊州遵化縣」才對。㉗其實明清的地方行政制度不同，遵化在明代雖然屬於薊州（見《明史》卷四十〈地理〉一），但在清代並非直隸州，和遵化縣是平行的單位，都屬於順天府所管轄，這兩個地方在當時並沒有隸屬的關係，清初文獻遵化和薊州常是並列的，像《清世祖實錄》卷三十載順治四年「圈佔通州、三河、薊州、遵化四州縣地」就是一個明顯的例證。在本書第九則中，遵化和薊州也是平行的，如作者說：「遵化與薊州相去止隔得七八十里。」這證明本書作於入清之後，康熙十五年以前。至於李氏將「縣」逕改爲「州」以自圓其說，筆者不敢苟同。

本書作於康熙前期以前還有一個旁證，第十一則提到：「不料國運將促，用了一個袁崇煥，使他經略遼東。先在朝廷前誇口，說五年之內便要奏功，住在那策勳府第。後來收局不來，定計先把東江毛帥（指毛文龍）殺了。」按，袁崇煥是明末傑出的軍事家，經營遼事功績卓著，可是崇禎君臣中了清人的反間計，誤以爲袁崇煥爲了和滿人議和，殺毛文龍以示信，又導敵入關，行其脅和之計，「不但思宗被惑，明士大夫之清議皆從之」㉘，清初時事小說《樵史通俗演義》第二十七回甚至於說袁崇煥被凌遲時，「京城的人恨他失誤軍機，致北兵

㉗ 李世珍《艾衲居士豆棚閒話研究》（東海大學碩士論文，一九八九年）頁三三。遵化和薊州的關係，參見《清史稿》卷五十四〈地理〉一，以及牛平漢主編《清代政區沿革綜表》（北京，中國地圖出版社，一九九〇年）頁一七—一八。

㉘ 見孟森《明清史論著集刊》（台北，南天書局，一九八七年）頁三三〇。

進口各處殘破，生生的割一塊，搶一塊，把袁崇煥的肉頃刻啖盡。」計六奇寫於康熙十年的《明季北略》也說：「崇煥捏十二罪，矯制殺文龍，與秦檜以十二金牌矯詔殺武穆古今一轍。」㉙作者把袁崇煥比喻爲秦檜，也是持崇煥通敵誤國的觀點。一直要到修《明史》的館臣見《清實錄》，才恍然大悟崇煥的冤情。明史開館在順治二年，但開始修史則在康熙十八年，今《明史》〈袁崇煥傳〉已辨其冤，謂：「帝誤殺崇煥」，則在康熙中期以後對於袁崇煥的評價應該回到正面來，《豆棚閒話》還持負面評價，則作於康熙十八年以前的可能性較大。

本書編者艾衲居士究竟是誰？前人的推測大概有以下三種：

一、以爲是劇作家范希哲。

二、以爲可能是《西遊補》的作者董若雨。

三、以爲可能是《濟公全傳》的作者王夢吉或他的友人。

第一種說法如譚正璧、譚尋合著的《古本稀見小說匯考》中編「話本小說之部」（中）的〈載花船〉條提到：「范希哲即《豆棚閒話》作者，別署聖水艾衲居士。」㉚胡士瑩《話本小說概論》第十五章〈清代的說書和話本〉《豆棚閒話》條也說：「或云爲范希哲作，希哲別號四願居士，著有傳奇多種。王國維《曲錄》卷三謂《萬家春》、《萬古情》、《豆棚

㉙ 見計六奇《明季北略》（台北，商務印書館，一九七九年）頁八五，書前有計六奇康熙十年的自序。

㉚ 見譚正璧、譚尋合著《古本稀見小說匯考》（浙江文藝出版社，一九八二年）頁一九六。

閒話》三本名爲《三幻集》。」可是事實上，黃文暘〈曲海目〉、姚燮《今樂考證》、王國維《曲錄》所著錄的《豆棚閒話》，都說是無名氏撰，並不言范希哲作㉛。《今樂考證》在范希哲名下所著錄的僅有《補天記》一種，范希哲是否爲《豆棚閒話》的作者實在可疑，何況各書所著錄的《豆棚閒話》明明是劇本（《今樂考證》載於著錄四「國朝雜劇」），應是《豆棚閒戲》之誤，因此以小說《豆棚閒話》之作者爲范希哲可說是毫無根據的。

提出第二種看法，認爲作者可能是董若雨的是鄭振鐸，鄭氏曾說：「在平話集中，這部書確是一部別有會心之作，在一般以遊戲及勸誡的態度出之者不同，若求其似，董若雨的《西遊補》或可與之比肩，或即出之於若雨之手也說不定。」㉜鄭氏所言當然只是一種猜想，並未提出任何可信的證據，但無論如何其說成立的可能性是非常小的。董若雨爲明末諸生，並於順治十三年削髮爲僧，法名南潛㉝；又鈕琇《觚賸續編》卷二謂：「中年以後，一旦捐棄，獨皈淨域，自號月涵。所至之地，緇素宗仰。」㉞然而《豆棚閒話》第六則卻對佛教提出嚴厲的批評，總評中說：「舉世佞佛，孰砥狂瀾？」並認爲此篇「謂之昌黎〈原道〉篇可，謂

㉛ 見姚燮《今樂考證》（台北，鼎文書局，《歷代詩史長編》二輯，一九七四年）頁一七八。王國維《曲錄》（台北，藝文印書館，一九七一年）頁一九六－一九七。以及清李斗《揚州畫舫錄》（台北，世界書局，一九七九年）卷五所錄黃文暘〈曲海目〉，見該書頁一一四。

㉜ 見鄭振鐸〈明清二代的平話集〉（《小說月報》第二十二卷第八號頁一〇七三《豆棚閒話》）條。

㉝ 見鄧之誠《清詩紀事初編》（台北，中華書局，一九七〇年）頁六三〇。

㉞ 見鈕琇《觚賸》（上海古籍出版社，一九八六年）頁二〇〇。

之〈驅鱷魚文〉亦可。」作者又在第十二則中，借書中人物陳齋長之口，站在儒家立場，對佛道二教分別從學理上加以批判，這都不可能契合一個「緇素宗仰」的高僧身分的。

第三種說法認爲可能是《濟顛全傳》（或稱《濟公全傳》）的作者王夢吉或他的友人，這是美國學者韓南在他所著的"The Chinese Vernacular Story"一書中所提出來的，主要的根據是：

第一、《濟顛全傳》的作者王夢吉或題作「西湖香嬰居士」，而《豆棚閒話》的作者則爲「聖水艾衲居士」，又在《濟顛全傳》的敘中，王夢吉提到西湖稱之爲「聖湖」。

第二、《濟顛全傳》爲「鴛水紫髯道人評閱」，而《豆棚閒話》則爲「鴛湖紫髯狂客評」（鴛水、鴛湖指的是嘉興的鴛鴦湖）。

第三、《濟顛全傳》的題詩，有一首是「艾納（衲）居士」寫的。

第四、《濟顛全傳》稱每一篇爲一「則」，《豆棚閒話》亦然。㉟

以上的證據顯示出《濟顛全傳》和《豆棚閒話》之間的關係相當密切，因此韓南認爲艾衲可能即是王夢吉，或至少是他的友人㊱，並非無根之談。可惜王夢吉的傳記資料也是一片

㉟ 見韓南"The Chinese Vernacular Story"（台北，雙葉書店，一九八二）頁二四〇之註三。

㊱ 同前註引書，頁一九一。

空白，只知道他是杭州人，字長齡[37]，著有《濟顛全傳》。

此外，清初以「艾衲」爲室名的，有張九徵（書房名艾衲亭）、王九齡（書房名艾衲山房）二人。但此二人皆爲清初名臣，張九徵順治二年鄉試第一，九年成進士，「歷官文選郎，出爲河南提學僉事，以公清著。」[38]王九齡爲康熙二十一年進士，三十九年任內閣學士，四十三年擢爲禮部右侍郎，後又調爲吏部右、左侍郎，四十六年死在都察院左都御史任內[39]。可是據《豆棚閒話》的敘、評以及有關內容考察，本書的作者艾衲居士卻是：

> 生於明末，親歷戰亂，入清多年後去世。曾應科舉而不第，入社盟而無終。未登仕途，生涯蹉跎，而憤世疾俗、倜儻不羈，「遍遊名山大川，每每留詩刻記，詠嘆其奇」，更以文墨寄其抑鬱不平之氣。[40]

和張九徵、王九齡的生平都大不相同，可知這兩個以「艾衲」爲室名的人物，都不可能是《豆棚閒話》的作者。

[37] 文學研究所編《中國通俗小說總目提要》（北京，中國文聯出版公司，一九九〇年）頁三六四。

[38] 見李元度《國朝先正事略》（台北，中華書局，一九六六年）卷七頁三。

[39] 見《清史列傳》（台北，中華書局，一九八三年）卷十頁一九。

[40] 以上爲杜貴晨先生在《中國通俗小說總目提要》一書《豆棚閒話》條之整理，見該書頁四一一。

八、《照世盃》

本書久已在中國失傳，幸日本佐伯市佐伯文庫藏有清刻本一部，一九八八年伊藤漱平、大塚秀高據以影印，編入《佐伯文庫叢刊》，北京中華書局、上海古籍出版社又據此本分別收入《古本小說叢刊》第十八輯、《古本小說集成》第三批。此外，日本另有和刻本行世，即天一書局《明清善本小說叢刊》初編第一輯所收；又有傳鈔本，一九二八年陳乃乾據以校印，收入《古佚小說叢刊初集》（後天一書局又收入《罕本通俗小說》第二輯），將這幾本與佐伯文庫本比較，發現序文中漏掉了頗爲重要的十九個字，有這十九個字才知道評者諧野道人曾在西湖與紫陽道人、「睡鄉祭酒，縱談今古，各出其著述，無非憂憫世道」，借三寸管爲大千世界說法。少了引號中的十九字，則將使人誤解爲評者曾向紫陽道人借三寸管，因而曲解了原意。佐伯本文前有圖四頁，正文半頁八行，行二十字；和刻本無圖，序後附了寶曆壬午之秋孔雀道人的〈讀俗文三條〉（以日文寫成，中有論及《照世盃》），正文半頁九行，行二十字，日本寶曆壬午當清乾隆二十七年（一七六二），可知此本書刊行頗遲。

本書題「酌元亭主人編次」，據序文可知酌元亭主人即作者本人㊶。不過扉頁、序文，以及第一回前所出現的「酌元亭主人」，其「元」字都較他字爲細，第四回前的署名則僅題

㊶　序文云：「客有語酌元亭主者曰：古人立德立言愼矣哉！胡爲而不著藏名山、待後世之書，乃爲此游戲神通也？」據此可知「酌元亭主人」即爲作者本人。

為「亭主人」，明顯是經過剜改的。本書扉頁題「諧道人批評第二種快書」，諧道人（或作諧野道人）批評另有「第一種快書」，即目前藏在中國科學院的寫刻殘本《閃電窗》（已收入上海古籍出版社《古本小說集成》第五批），署「酌玄亭主人編次」，其版式與《照世盃》全同。據此，可知本書作者當為「酌玄亭主人」，書初刻於康熙以前，但刻成時業已改元，須避「玄」字，改版不及，只好臨時剜割替換，才會造成字體不一的情形。

酌玄亭主人生平不詳，從本書之序知其與諧野道人關係密切，而諧野道人又與「紫陽道人」、「睡鄉祭酒」熟識，那麼這些人可能彼此都是要好的朋友。紫陽道人即《續金瓶梅》的作者丁耀亢（一五九九－一六七〇）㊷，睡鄉祭酒為杜濬（一六一一－一六八七）（已見前《無聲戲》之敘錄）。據前引序文可知，他們和諧野道人於《照世盃》完成不久，曾在西湖聚會，若能考證出這次聚會的確切日期，對我們了解《照世盃》成書的時間有很大的幫助。

㊷《續金瓶梅》六十二回載「臨安西湖有一匠人善於鍛鐵，自稱為丁野鶴。棄家修行，至六十三歲，向吳山頂上結一草庵，自稱紫陽道人。」乾隆《諸城縣志》卷三十六〈文苑〉：「丁耀亢，字野鶴。」《四庫全書總目》卷一百八十二〈集部．別集類存目九．丁野鶴詩鈔〉：「耀亢字西生，號野鶴，諸城人。」故知紫陽道人為丁耀亢。參見魯迅《中國小說史略》（台北，唐山出版社，一九八九年）頁一九三－一九四；又見黃霖《金瓶梅續書三種．前言》（濟南，齊魯書社，一九八八年）頁三－六；又張清吉《醒世姻緣傳新考》（鄭州，中州古籍出版社，一九九一年）第二章欲證明《醒世姻緣傳》為丁耀亢所撰，於丁氏生平亦有詳考。丁耀亢的生卒年黃霖先生訂為（一五九九－一六七一），張清吉先生訂為（一五九九－一六六九），此處依據于潤琦〈丁耀亢生卒年析疑〉訂其卒年為一六七〇，該文載《社會科學戰線》一九九一年第三期。

《續金瓶梅》附有一篇丁耀亢的〈太上感應篇陰陽無字解序〉寫於「順治庚子（順治十七年、西元一六六〇年）孟秋」，篇中提到「亢不敏，病臥西湖」，據此可知順治十七年八、九月間耀亢在西湖。在此之前，他於順治十一年到順治十六年爲直隸容城教諭，十六年冬離家赴惠安知縣任，十七年正月抵杭州，可能因爲臥病而滯留了八、九個月，九月赴閩，暮冬自請罷官，回到杭州㊸。再看杜濬，他於順治十五年中秋爲李漁的小說《十二樓》寫序與評，十六年李漁的《無聲戲》一、二集在杭遭商人翻刻，乃將二書各收錄若干篇，編爲《無聲戲合集》，杜濬今年四月欲往杭州，在太倉因阻兵淹留了四個月，九月以後才到杭州，爲此合集寫序㊹，可知杜濬這段時間人在杭州。從《照世盃》之初刊於順、康之際，以及丁耀亢順治十七年才到杭州推斷，丁、杜、諧野道人的西湖聚會不出於順治十七、十八這兩年的冬天，而《照世盃》一書則必在此之前完成。

現存《照世盃》僅有四篇，鄭振鐸先生曾懷疑可能不全，他說：「今所傳者皆出於日本傳鈔本，也許傳鈔本原來不完全，全書不止此數也難說。」㊺譚正璧、譚尋合著的《古本稀

㊸ 見上海古籍出版社《古本小說集成‧續金瓶梅》〈前言〉（袁世碩撰）。

㊹ 見《變雅堂文集》（清同治九年刊本，台大研究圖書館藏）卷三〈重修隆福寺碑記〉，又馮其庸、葉君遠編《吳梅村年譜》（江蘇古籍出版社，一九九〇年）頁三七八、三八三，另參見拙作〈杜濬小說理論探究及其傳記資料之若干商榷〉（台大中文研究所《中國文學研究》第八期）頁六—七。

㊺ 同註三二引書，頁一〇七五。

見小說匯考》則以日本另有孔雀道人譯本，也僅有四卷，認爲「鄭氏所說不很確。」㊻按，《佐伯文庫》本也只有四篇，但在第一回首頁「諧道人批評第二種快書」下，有「上卷」之字樣，則原書似當有下卷。又，第二、三回首頁的形式與一、四回不同，第四回首頁也有「諧道人批評第二種快書」字樣，二、三回沒有，筆者疑其下本有「下卷」，連同以下「亭主人編次」上的「酌元」二字一起被剜去。若然，則本書原來或當爲上、下二卷，每卷各有小說三篇，共爲六篇。

九、《人中畫》（附《再團圓》）

本書的原刊本已不可知，目前學者公認最早的刊本爲嘯花軒本，路工先生曾據書中「玄」字不避諱，以及〈自作孽〉篇開頭「話說萬曆年間」一語，判斷爲明末人的作品㊼。由不避玄字，可推測本書刊行於康熙中期以前避諱比較不嚴格的時，至於直稱明代年號，清代小說中並不罕見，如石成金《雨花香》中的〈今覺樓〉篇開頭說：「崇禎年間，揚州西門外有個高人」，而石成金生於順治末，並非「明末人」，故年號的稱法不能作爲推斷編刊時代的根據。本書〈自作孽〉篇提到「宗師歲考徽州，各縣童生俱廩生保結，方許赴考。」文中所提

㊻ 同註二八引書，頁一四五。

㊼ 見路工編《明清平話小說選》（上海古籍出版社，一九八六年）頁一二二。

到童生考試須廩生保結，這是清代才有的規矩㊽。可見嘯花軒本當刊行於入清以後到避諱還不很嚴密的康熙初年之間。嘯花軒本內含話本小說五篇，一九八四年人民文學出版社路工、譚天二先生合編之《古本平話小說集》、一九八六年上海古籍出版社路工編《明清平話小說》第一集（只錄四篇）所收《人中畫》皆據此本整理，一九九三年江蘇古籍出版社《中國話本大系》趙伯陶先生的校本也以此本爲底本。

《人中畫》另外有兩個重要版本，分別是：

一、乾隆十年植桂樓刊本，已佚，但有照抄本，爲《海內奇談》所收小說四種（《西湖文言》、《人中畫》、《古今小說》、《僧尼孽海》，其中《僧尼孽海》已缺，其他各書也都不全，藏大連圖書館）之一，題「乾隆乙丑新鐫，風月主人書，三傳奇，植桂樓藏板」，所謂「三傳奇」，指所收的〈唐季龍傳奇〉、〈李天造傳奇〉、〈柳春蔭傳奇〉三篇小說，即嘯花軒本的〈終有報〉、〈狹路逢〉、〈寒徹骨〉三篇。

二、乾隆四十五年尙志堂刊本，含小說四篇，分別題爲〈唐季龍〉丑下、〈柳春蔭〉酉上、〈李天造〉未下、〈女秀才〉戌上。此本國內已不存，據大塚秀高《增補中國通俗小說書目》頁三〇的著錄，日本內閣文庫、東京大學等處藏有八本之多。一九八五年台灣天一書

㊽《清朝文獻通考》卷六十九〈學校考七〉載順治十年諭禮部：「其儒童經由府縣送省試者，詳其身家履歷，廩生保結，方許入試。」明代並無此項規定。

局《明清善本小說叢刊初編》第一輯、一九九〇年北京中華書局《古本小說叢刊》第三十六輯、上海古籍出版社《古本小說集成》第一批都收入此本。天一本、上海古籍本缺扉頁，中華本扉頁上題「風月主人書」、「泉州尙志堂梓」。此本其實是從尙志堂刊行的《今古奇觀》（別本）摘出單行的，尙志堂藏版的《今古奇觀》今藏日本天理圖書館，乾隆二十年刊行，共收小說二十一篇，分別選自《今古奇觀》、《拍案驚奇》、《人中畫》等書，以十二地支分集，除卯、午、亥三集外，其他九集皆分上下集，這便是尙志堂本《人中畫》有丑下、酉上等字眼，又誤收原屬於《拍案驚奇二刻》（《今古奇觀》亦收，而文句略異，經比對當是選自《今古奇觀》）〈女秀才〉一篇的原因；此外，尙志堂還將所刊《今古奇觀》（別本）另摘出五篇單行，題爲《再團圓》，故尙志堂本的《人中畫》、《再團圓》二書行款全同，而《再團圓》亦有午下、巳下、寅下等字樣，前人曾懷疑二書「似係本爲一書，而爲書賈翻板時移改書名」，而「究竟如何，已不得而知了」㊾，由於此《今古奇觀》（別本）的發現，這個問題已經迎刃而解了。

此外，哈佛大學藏有一個殘本，另有幾種抄本和後刊本，詳見大塚秀高的《增補中國通俗小說書目》，此處就不再贅述了。

關於本書的作者，由於嘯花軒本未署明，所以一般皆稱：「無名氏撰」（如《孫目》、

㊾ 見同註二八引書，頁一五三、一五四。

《中國話本大系》本），但植桂堂本尙志堂本都題：「風月主人書」，似風月主人爲本書的編撰者，風月主人究竟是誰呢？推測可能就是清初文言小說《女才子書》的作者「煙水散人」，因爲他在《女才子書》的〈自序〉中說道：「予乃得爲風月主人」，而白雲道人編、南湖煙水散人較閱的《賽花鈴》一書，有煙水散人的題辭，又有〈後序〉，題「風月盟主漫書」，所以「風月主人」、「風月盟主」頗有可能就是「煙水散人」。

此外，《萬錦嬌麗》收錄了三種話本小說，總題《精選新勸世傳奇》，署「白雲道人編次，煙水散人重校」，其中一種即爲《人中畫》〈風流配〉的前三回，陳良瑞先生說：「它（《精選新勸世傳奇》）的第二種取自《梧桐影》，第三種取于《人中畫》，卻題白雲道人編、煙水散人校；《梧桐影》和《人中畫》都不題撰人，又均有嘯花軒的刊本，而徐震『所編次多爲嘯花軒刊』，那麼《梧桐影》、《人中畫》二書的編撰者，也應該是白雲道人，他很可能就是煙水散人—徐震。」㊿引文中「所編次多爲嘯花軒刊」一語，是孫楷第在《中國通俗小說書目》卷二煙水散人編次本《三國志傳》一書敘錄中所說的話，經查目前可考煙水散人所編或撰的小說有嘯花軒本的還有：《後七國志樂田演義》（嘯花軒《前後七國志》合刊本，題「古吳煙水散人演輯」）、《燈月緣奇遇小說》（嘯花軒刊本，題「檇李煙水散人戲述」「東海幻庵居士批評」），而題爲「龍邱白雲道人編輯」的《玉樓春》一書，也有嘯

㊿ 見陳良瑞〈也說《萬錦嬌麗》及其所收的三種小說〉（《文學遺產》一九九〇第三期，一九九〇年八月）。

花軒刊本，可見「煙水散人」、「白雲道人」、「嘯花軒」之間有密切的關係。不過說「煙水散人」就是「白雲道人」恐怕還有疑問，因為《賽花鈴》的〈後序〉說：「白雲道人，苕上逸品為此書，煙水散人嚴加校閱，增補至十六回。」很明白的道出「煙水散人」、「白雲道人」是兩個人，譚正璧也說：「而且白雲道人為苕溪人，煙水散人為南湖人，一在吳興，一在嘉興，可知其並非一人。」[51]

「煙水散人」曾自稱為「風月主人」，《人中畫》最早的刊本為嘯花軒刊本，而煙水散人「所編次多為嘯花軒刊」，種種跡象顯示，本書的編者「風月主人」，極可能就是「煙水散人」。「煙水散人」的本名為徐震，字秋濤，其有關資料及相關問題，詳見下文《珍珠舶》的考論。

十、《鴛鴦針》（附《一枕奇》、《雙劍雪》）

本書全稱《抬（拾）珥樓新鐫繡像小說鴛鴦鍼》，題「華陽散人編輯」、「蚓天居士批閱」，僅存一卷，卷首有序，題「獨醒道人漫識於蚓天齋」，有圖八幅，藏大連圖書館，上海古籍出版社《古本小說集成》第一批據以影印。大連圖書館另藏有《拾珥樓新鐫繡像小說一枕奇》二卷，署題、版式全同《鴛鴦鍼》，且其第一卷與《鴛鴦鍼》所存之一卷相同，但

---

51 見同註二八引書，頁三五七。

無圖與序文；《拾珥樓新鐫繡像小說雙劍雪》二卷，署題、版式亦全同《鴛鴦鍼》，但封面鐫「芸香閣編著」、「東吳赤綠山房梓」（二書也已收入上海古籍出版社《古本小說集成》）。孫楷第已提出後兩書爲離析《鴛鴦鍼》，以炫世求售的說法[52]，袁世碩先生在《古本小說集成·鴛鴦鍼·前言》中根據《鴛鴦鍼》的八幅圖像的說明，和《一枕奇》、《雙劍雪》各卷的回目，證明「三書實爲一書，原名《鴛鴦鍼》，書凡四卷，卷各四回，演一故事。」一九八五年春風文藝出版社《明末清初小說選刊》李昭恂先生的點校本即根據此三種版本。

本書卷三（《雙劍雪》卷一）提到弘光登極南京，又云：「我朝王弇洲、陳眉公」，「我朝沈石田、唐六如、董玄宰、文徵明的手筆」，可見作者是由明入清的人物。李昭恂先生在春風文藝出版社《明末清初小說選刊·鴛鴦鍼·點校後記》中，指出「《鴛鴦鍼》殘存一卷，據其版式風格，爲康熙刊本。《一枕奇》、《雙劍雪》，是清初刻乾隆後印本。」但獨醒道人的〈鴛鴦鍼序〉有「玄扃絳府」句，而卷一第三回提到「天地玄黃」，「玄」字都不缺筆，未避康熙諱，因此本書的寫作、刊行，似當在順治初年至康熙初年之間。此外，爲本書作序的獨醒道人另編有小說《枕上晨鐘》（收入《古本小說集成》第三批），題「鴛水獨醒道人編」，知其爲嘉興人。《枕上晨鐘》作於清初，前有不睡居士甲寅年的序文，此甲寅年當爲康熙十三年，《鴛鴦鍼》的刊行年代大概也離這個時間不會太遠。

52 見同註二〇引書，頁一一四。

王汝梅先生曾據卓爾堪《明遺民詩》卷十四卷前目錄下遺民詩人吳拱宸的小傳所載：「字襄宗，號華陽散人，丹徒孝廉，肆志山水，終於茅山。」以及所選詩題作者名下所載：「襄宗，號華陽散人，江南丹徒人，觚齋集。」又據所選二詩的內容與《鴛鴦鍼》比對，初步認定本書的編撰者「華陽散人」即爲吳拱宸。據光緒本《丹徒縣志·選舉志》卷二十二〈舉人〉目所載名錄，知吳拱宸爲崇禎九年舉人；又，《明遺民詩》載吳拱宸「終於茅山」，而卓爾堪編輯《明遺民詩》約在康熙十四年之後不久，則吳拱宸約卒於康熙初年[53]。在沒有新的資料發現以前，王氏之說是可從的，而且王氏所推斷吳拱宸的卒年，與本文前段對《鴛鴦鍼》寫作、刊行年代的論斷也是相合的。

十一、《五更風》

本書全稱《新鐫出像小說五更風》，題「五一居主人編、霅湖夢史較」，存四卷，卷分上下，共有八回，每卷演一故事，每篇故事篇幅頗長，已接近中篇小說。現藏中國科學院文學研究所，爲海內外僅存的殘本，上海古籍出版社據以影印刊行，收入《古本小說集成》第四批。本書爲寫刻本，正文前缺書名、回目、序文，單黑框，每半葉八行，行二十四字。每

[53] 見王汝梅〈《鴛鴦鍼》及其作者初探〉，原載春風文藝出版社《明清小說論叢》第一輯（一九八五），又附錄於該社《明末清初小說選刊·鴛鴦鍼》頁二二三—二三二。

卷各有篇名，即〈鸜鵒媒〉、〈雌雄環〉、〈聖丐編〉、〈劍引編〉，篇名下又各有回目，如〈鸜鵒媒〉的回目爲「報主恩婢烈奴義　酬師誼子孝臣忠」，唯〈劍引編〉的回目已漫漶不清。此外，林辰《明末清初小說述錄》提到一個殘本，僅存〈雌雄環〉、〈聖丐編〉兩篇[54]；孫楷第《中國通俗小說書目》提到本書時則說：「原書似五卷五事」，不知何據。

本書的編著者、校訂者都不可考，林辰先生說：「看作品的立意、行文及情節組織、人物刻畫，手筆不凡，似非一班（般）坊間靠刊行小說牟利之輩。」本書各篇的結構佈局頗稱繁密，行文多用文言，又時常賣弄文采，如〈鸜鵒媒〉的入話論各種鳥官，當是出於文人之手無疑。所存四篇都寫明代故事，而稱「明朝天啓年間」（〈鸜鵒媒〉、〈聖丐編〉），「明朝初年」（〈雌雄環〉），「明朝崇禎年間」（〈鸜鵒媒〉），顯然是清人口氣，故本書入清以後才成書出刊是可以無疑的。不過書中對於明末的政治有很多的批評，特別是啓禎兩朝宦官的禍國殃民，更是三致其意，在〈鸜鵒媒〉篇中有這樣的一段話：「國難何由而起？文愛錢乎？武惜死乎？將相不和乎？而其禍于勳戚宦寺之間，而尤烈於宦寺。……時至晚近，欲覓不聽婦言之家長，不惑閹寺之君，正未易得。」這段話顯然是針對晚明政權而說的，也可以看出作者當是由明入清的文人，曹中孚在《古本小說集成・五更風・前言》中，也說：「至於上述作品中所記當時『盜寇』蜂起的情形，反映了明末社會的現實，作者或是由明入

[54] 林辰《明末清初小說述錄》（瀋陽，春風文藝出版社，一九八五年）頁四八七。

清者，諒耳濡目染所致。」

由前段的分析，可推論本書作於清朝初年，又由於〈雌雄環〉篇的女主角名爲「殷文玄」，而篇中的玄字都不避諱，可知本書當是在順治至康熙初年之間刊行的。

十二、《錦繡衣》

本書全稱《新小說錦繡衣全檯》，題「蕭湘迷津渡者編次」，「西陵醉花驛使、吳山熱腸樵叟細評」，共四卷，每兩卷演一故事，分別是卷一、二的〈新小說錦繡衣第一戲換嫁衣〉和卷三、四的〈新小說錦繡衣第二戲移繡譜〉，每卷下又各分三回，亦即每篇故事以六回演述，其分卷分回的方式和他書都不相同。現藏日本無窮會織田文庫，台灣天一出版社《明清善本小說叢刊續編》第一輯據以影印。北京中國社會科學院另藏有《紙上春台第三戲新小說錦繡衣第一戲換嫁衣》，只存四回，其行款（正文半頁八行，行十八字）和日本的藏本（半頁十行，行二十字）不同，上海古籍出版社已將此殘本景印收入《古本小說集成》第五批。

按，日本元祿間（康熙二十七年至四十二年）《舶載書目》著錄了《紙上春台》一書，包含：《換錦衣》、《倒鸞鳳》、《移繡譜》、《錯鴛鴦》、《十二峰》、《錦香亭》六種小說，其中的《換錦衣》當即《換嫁衣》，《倒鸞鳳》、《錯鴛鴦》、《十二峰》已經亡佚，《錦香亭》今存，不是話本小說，寫的是唐代安史之亂時的故事，題「古吳素庵主人編」，和《錦繡衣》的性質絕不相同，可見《紙上春台》當是小說選集，社科院的藏本屬於該書的一部分，日本藏本《新小說錦繡衣全橦》才是原刊本。胡士瑩《話本小說概論》說：「吾國藏家藏有殘本，僅存〈換嫁衣〉、〈移繡譜〉各四回。」㊺他所著錄的〈換嫁衣〉四回，和社科院的殘本全同，而〈移繡譜〉四回，則實爲《飛英聲》八回中的四回，和《錦繡衣》一書無關。又，譚正璧、譚尋合著的《古本稀見小說匯考》引了胡士瑩的著錄，而說明曰：「此二種共爲八回，每回演一故事」㊻，這就完全是毫無根據的臆說了。

蕭湘迷津渡者的生平不詳，他所編著的小說還有《都是幻》和《筆梨園》（詳下），在這兩部小說中，作者稱明代爲「先朝」（〈寫眞幻〉）或「明朝」（〈媚嬋娟〉），都是清人的口氣，而本書既然在康熙中期已被選入《紙上春台》並傳入日本，則刊行年代當在更前，又〈移繡譜〉篇提到《千字文》中的「天地玄黃」並不避「玄」字，故可推斷《錦繡衣》一書應刊行於順治初年至康熙初年之間。

十三、《都是幻》

本書全稱《批評繡像奇聞都是幻》，題「蕭湘迷津渡者輯」，共四卷，每兩卷演一故事，分別是〈梅魂幻〉上、下卷和〈寫眞幻〉上、下卷，卷各三回，形式和《錦繡衣》很接近。

㊺ 同註一七所引胡氏書，頁六二五。

㊻ 同註二八引書，頁一四九。

本書有兩種主要的刊本，其行款和次序不同，北京圖書館藏本爲每半頁十行，行二十三字，〈梅魂幻〉在前，〈寫眞幻〉在後，上海古籍出版社《古本小說集成》第三批據以景印；阿英藏本每半頁八行，行二十字，〈梅魂幻〉在後而〈寫眞幻〉在前，台灣天一出版社《明清善本小說叢刊續編》第一輯所收版式與此相同。另外上海復旦大學、蕪湖市圖書館都藏有〈梅魂幻〉，不知是書商從《都是幻》中抽出單行，還是原先單行後來合刊的。

《孫目》謂日本元祿間《舶載書目》著錄了這本書，那麼如同《錦繡衣》，此書亦刊行於康熙中期以前。而〈梅魂幻〉提及「李自成把京師攻破了」、「新朝渡江，逃兵沿途搶掠」、「因鼎革以來，無人守陵」，〈寫眞幻〉提到「先朝正德年間」，故知本書作於入清之後。而〈梅魂幻〉中有「青龍白虎、朱雀玄武」之句，並不避「玄」字，審其紙質版式，各家目錄都說它刊於清初，據此則當爲順治初年至康熙初年之間所刊。

十四、《筆梨園》

目錄前題「筆梨園第二本」，「蕭湘迷津渡者編輯」，「鏡湖惜春痴士閱評」。卷端題「新小說筆梨園第二本　媚嬋娟」，每半頁八行，行二十二字，現藏北京圖書館分館，爲海內孤本，上海古籍出版社《古本小說集成》第三批據以景印。既稱〈媚嬋娟〉爲「第二本」，則本書當有第一本，惜已不存。〈媚嬋娟〉也分爲六回，但未以每三回爲一卷，形式和《錦繡衣》、《都是幻》各篇有同有異。書中稱主角爲「明朝嘉靖時人」，和迷津渡者所編著的

《錦繡衣》、《都是幻》二書互證，可推斷本書應該也是順治初年至康熙初之間所刊行的。

十五、《飛英聲》

本書現存兩種刊本：可語堂刊本題「釣鰲逸客選定」，每半頁九行，行二十字，僅存〈鬧青樓〉一篇，藏在北京大學圖書館；日本東京大學、大谷大學藏有「古吳憨憨生」編定的刊本，每半頁十一行，行二十四字，北京中華書局據東京大學藏本景印，收入《古本小說叢刊》第六輯，共收小說四卷八篇，原缺第四篇〈三古字〉，尚存的七篇中也缺了十頁，所存各頁也有不同程度的磨損、缺字，但故事的梗概大致完整。

《古本小說叢刊》第六輯的〈前言〉認為本書屬選本性質，歐陽代發《話本小說史》則認為：「體製風格統一，應是自著總集。」[57]苗壯先生透過書中〈三義廬〉、〈孝義刀〉二篇與同題材寫作的作品（前者與《連城璧》寅集、《五更風》〈聖丐編〉；後者與《清夜鐘》第七回）的比較，確定「《飛英聲》并非編選他人之作，而是獨立創作，雖采用同一題材，也并不照搬抄襲，而是有所繼承、有發展的，不能否定憨憨生的著作權。」[58]細看全書語言風格和行文方式的一致性，本書確為獨立創作，選本之說是不確的。

---

[57] 見歐陽代發《話本小說史》（武漢，武漢出版社，一九九四年），頁三九六。

[58] 苗壯〈《飛英聲》、《移繡譜》及其他〉，《明清小說研究》一九九二年第二期，頁一九九。

本書卷一〈鬧青樓〉篇開頭提到「話說先朝正統年間」，爲清人口氣，卷四〈三義廬〉篇說的是「順治年間」乞兒王三的故事，故知本書乃作於入清之後。苗壯先生認爲〈三義廬〉篇末以後人的口氣寫詩稱頌，「無論此『後人』是作者否，相隔當不會太近。據此，其創作刊刻不會早於康熙後期，可能出於雍乾之間。」[59]苗先生的說法似有待商榷：一來雍乾之間話本小說創作的浪潮已退，即有少數作品如《雨花香》、《通天樂》既沒有入話、插詞等，篇幅又短小，已經完全不是明末清初的話本形式；二來卷三〈破胡琴〉篇寫陳子昂事，篇中一再出現「玄宗」，「玄」字並不避諱，應不會是康熙中期以後的情形，更不會是雍乾之間。推斷本書當刊行於順治後期至康熙前期之間。

十六、《一片情》

本書全稱《新鐫繡像小說一片情》，現存刊本兩部，一部藏在日本東京大學東洋文化研究所雙紅堂文庫，圖像已佚，小說四卷十四回，目次前有序，署「沛國擤仙題於西湖舟次」，下有印記兩方，其一題「好德堂印」，正文每半頁八行，行十八字，上海古籍出版社《古本小說集成》第四批據以影印；另一部藏在大陸中央美術學院，爲嘯花軒藏板，不分卷，目錄上有九回，今只殘存前三回，每半頁九行，行二十字。

---

59 同前註，頁一九六。

大陸中央美術館藏本函套題「明刊本」，胡士瑩《話本小說概論》十三章也說「此書爲明末刊本」，而雙紅堂藏本扉頁有原收藏者長澤規矩也的日文題記（《古本小說集成》本附於書後），則認爲據書中所記，當爲順治刊本。由於本書第十二回故事發生在「弘光南都御極」之時，又說「今此案未結」，知作者爲當時人，又因第三回提到「明太祖亦云……」，爲清人的口氣，可證本書當作於入清之後，長澤規矩也「順治刊本」的說法應該是較爲正確的。

十七、《風流悟》

本書全稱《新鐫繡像風流悟一編》，扉頁右上題「雪窗主人評」，回前署「坐花散人編輯」，評者、編者生平皆不詳。吳曉鈴先生藏本，共八回，回演一故事，每半頁九行，行二十四字，已影印收入上海古籍出版社《古本小說集成》第二批。另《孫目》著錄有北平圖書館（現稱首都圖書館）所藏寫刻本，今該館並無此書。

第二回提到「話說清朝初年」，此書自是作於入清之後無疑，第二回又提到征南大將軍提兵躬討福建，即指順治三年（一六四六）平福建唐王事，知本書作於順治三年之後。本書四、五、六、七回一再出現「玄」字，完全不避康熙諱，必刊行於康熙中期以前。又本書卷八，與《西湖佳話》卷十一〈斷橋情蹟〉內容僅有少數文字之差異，由於《西湖佳話》都是改寫或採錄舊作而成書（詳下），故《西湖佳話》卷十一是錄自《風流悟》的，而《西湖佳話》有康熙十二年正月十五日的序文，故知該書的寫作和《風流悟》的成書必然都在康熙十一年以前。而本書第五回謂：「近聞得……崇禎年間」云云，知該篇之寫作離崇禎年間不遠。據上述資料推斷，本書刊行於順治年間是最可能的。

十八、《雲仙嘯》

本書又名《雲仙笑》，題「天花主人編次」，收小說五篇，不分卷也不分回，只在目錄中分爲五冊，形式和他書有別。刻本現藏大連圖書館，爲傳世孤本，每半頁九行，行二十字，其第一冊末殘缺未完，第五冊缺五、六兩頁，上海古籍出版社已予以影印出版，收入《古本小說集成》第一批。此外，東北師大圖書館藏有抄本一種，是五十年代抄錄自大連圖書館藏本而成的，由於刻本在數十年來又有新的蛀蝕殘損，而抄本保存完好，故抄本反有補刻本不足的價值。本書有兩種排印本，其一是一九八三年遼寧春風文藝出版社由朱叔眉據刻本點校出版的，另一種爲一九九三年江蘇古籍出版社《中國話本大系》由李偉實先生據抄本和朱校本重新點校出版的。

編次者天花主人生平不詳，戴不凡先生曾將他和編寫《平山冷燕》的天花藏主人混爲一談[60]，不過後來的研究者多不表贊同，楊力生先生在〈關於煙水散人、天花藏主人及其他〉

---

[60] 見戴不凡〈天花藏主人即嘉興徐震〉，載《小說見聞錄》（台北，木鐸出版社，一九八三年）頁二四二。

一文中說：「題署爲天花主人、天花才子的作品，不管是結構佈局、內容傾向，還是文字風格，似乎不像出自天花藏主人的手筆。」❻❶天花主人另編有《驚夢啼》（亦收入《古本小說集成》第一批），是一部依時事改寫的長篇小說，和《雲仙嘯》一樣都用通俗的白話寫作，和天花藏主人的《平山冷燕》、《玉嬌梨》、《玉支璣》等的文言筆法和才子佳人風格確有不同，當非同一作者。

本書的寫作年代，朱叔眉先生在春風文藝出版社點校本的〈校後記〉中，據第三冊寫唐王在福建被殺和稱吳三桂爲吳平西，斷爲順治三年以後，康熙十二年以前，因唐王被殺在順治三年，而吳三桂（崇禎末封平西伯，順治十四年詔授平西大將軍）於康熙十二年反清之後，不得再被稱爲吳平西，朱叔眉先生的論斷是合理的。本書第三冊所寫故事，主人公平子芳於順治元年（崇禎十七年）到達揚州，「自此過了年餘，四方平靜」，過了年餘即順治二、三年之間，查順治二年四月清兵入揚州，大殺十日，據《南疆逸史·史可法傳》，當時「揚州士民死者屍凡八十餘萬」，作者卻說「四方平靜」，而且平子芳還在揚州「生意甚是順溜，至今成個富翁」，看來作者不會是當時、當地人，所以寫作上才會如此粗疏，又《驚夢啼》竹溪嘯隱的〈序〉說：「驚夢啼一說，其名久已膾炙吳門，乙卯秋其集始成」，知該書作於

---

❻❶ 本文原載春風文藝出版社《明清小說論叢》第一輯（一九八五），附錄於江蘇古籍出版社《話本小說大系·珍珠舶》，引文在頁一七八。

乙卯（康熙十四）年，離順治初已將近三十年，則《雲仙嘯》的寫作時間當也不會相距太遠，推測當爲康熙十年前後的產物。

十九、《十二笑》

本書全稱《墨憨齋主人新編十二笑》，書前有「墨憨齋主人」的〈笑引〉，回前署「亦臥廬生評」、「天許閑人校」。「墨憨齋」爲馮夢龍的書齋名，「墨憨齋主人」爲馮夢龍的別號，但本書〈笑引〉後有「子猶後人」之印一方，而第二回中提到「說在明末時」一語，是清人的口氣，馮夢龍卒於順治三年（一六四六），當時南明政權尚存，馮氏曾感慨國是而編著《甲申紀事》、《中興偉略》等書，不會以清人自居[62]，故所謂「墨憨齋主人」（〈笑引〉之末題「墨憨主人」），並非馮夢龍，可能是他的後代子孫。

本書現存兩種刊本，皆不全，《孫目》著錄：「曾見馬隅卿氏所藏殘本，存第二至第六回，半葉九行，行二十字。」此本今歸北京大學圖書館，僅存一、二、五、六回，另有復旦大學所藏殘本，爲同一版本之書，存一至六回，但殘破或缺頁很多，上海古籍出版社將此二

62 馮夢龍在《中興偉略》一書中屢稱清人爲「虜」，如在引文中說：「適聞吳總兵三桂、洪三邊承疇矢心恢復，合謀殺虜。」引文末題「七十二老臣馮夢龍恭撰」。見《馮夢龍全集》（江蘇古籍出版社，一九九三年）十七集。

本合并整理，形成較爲完整的《十二笑》前六回，影印出版，收入《古本小說集成》第一批。

本書既提及「明末」，必作於入清以後。而「三吳浪墨主人編輯」的《百煉眞海烈婦傳》（《古本小說集成》第四批）也有「亦臥廬主人漫題」的〈敘言〉，敘後有「墨憨」之印，可知《十二笑》所署的「墨憨齋主人」應該就是「亦臥廬生」。《百煉眞海烈婦傳》是一部時事小說，寫康熙六年發生的海烈婦拒奸被殺的故事，〈敘言〉中謂：「近者海氏一案，以巾幗女子能媲美于烈丈夫。」既然說是「近者」，以時事小說的慣例，應不會超過十年，應該是康熙十年左右的作品。《十二笑》大概也是這段時間編寫的，從書中寫性事相當露骨看來，猶爲明末遺風，故推斷應刊行於順治末年至康熙十年之間。

二十、《五色石》（附《遍地金》、《補天石》）

本書全稱《筆鍊閣編述五色石》，共八卷，卷演一故事，前有序言，署「筆鍊閣主人題於白雲深處」。原刊本藏於大連圖書館，正文每半頁九行，行二十字，有插圖四頁，上海古籍出版社《古本小說集成》第二批已予以影印出版。據《大塚目》，日本千葉掬香也藏有一部原刊本，現歸大谷。另外日本內閣文庫藏有明治十八年（一八八五年）服部誠一評點、活字排版的《評點五色石》一部，台灣天一出版社《明清善本小說叢刊》第一輯據以影印出版。一九八五年，春風文藝出版社《明末清初小說選刊》曾據原刊本由蕭欣橋先生點校出版，一九九二年蕭先生又據原刊本和日本明治本重新點校，收入江蘇古籍出版社《中國話本大系》。

本書的刊行年代有好幾種說法，舊說（如孫楷第、胡士瑩、譚正璧等先生）皆以《禁書總目》所載徐述夔悖妄書籍目中有《五色石傳奇》，而訂為徐氏所撰。徐述夔是乾隆朝《一柱樓詩》案的男主角，由於所刊行的《一柱樓詩》（已被銷毀）中有隱射反清的字眼（如「明朝期振翮，一舉去清都」之類），和他的兒子並遭戮屍，兩個孫子、兩個列名校對的門生被判死刑，還有多人遭到連累，並有親屬多人發給功臣之家為奴，著名詩人沈德潛也因為曾為徐述夔立傳而革去所有官銜，並撤出鄉賢祠的牌位[63]。徐述夔的著作當然也全部遭到銷毀，他的生平資料也多半被抹去，直到最近由於研究《五色石》小說，陳翔華、蕭欣橋等先生蒐集、分析了若干資料，才勾勒出了他的生平大概[64]：徐述夔原名賡雅，字孝文，江蘇東臺人，生於康熙四十年，乾隆三年江南鄉試舉人，卒於乾隆二十八年或前一年，著有《一柱樓詩》、《和陶詩》、《學庸講義》等。

如果同意舊說，以《五色石》為徐述夔所著，則《五色石》的著成年代當在雍正、乾隆年間。然而，由於《禁書總目》所列為《五色石傳奇》，是否為小說尚屬可疑，而且現存《五色石》小說不像是雍、乾以後的刊本，所以大連圖書館所編的《明清小說序跋選》一書首先

---

63 參見同註七引書，頁二二五—二二八；又郭成康、林鐵鈞合著《清朝文字獄》（北京，群眾出版社，一九九〇年）頁二四三—二五四。

64 見陳翔華〈徐述夔及其《一柱樓詩》獄考略〉，載《文獻》一九八五年二期；蕭欣橋〈《五色石》校後記〉，附錄於春風文藝出版社《明末清初小說選刊．五色石》。

提出質疑，該書〈五色石〉條謂：「『傳奇』應是戲曲並非小說。審其版式紙墨，系清初刻本，這與徐述夔生活年代也不相符。」[65]小說不是不能稱為「傳奇」，不過稱通俗的白話小說為傳奇的確不多見，《五色石》卷八回末的評語中有「筆煉閣主人尚有新編傳奇及評定古志藏於笥中」之語，陳翔華先生認為「新編傳奇」指的是小說，即自稱「補《五色石》所未備」的《八洞天》[66]（詳下《八洞天》條），其實，在小說中預告「傳奇」的，以現在可見的例子來看，指的應是戲曲，如李漁在《無聲戲》目錄的第一、二、十二回之下有「此回有傳奇即出」的字樣，即是預告該回故事即將改編為戲曲出版，如第一回〈醜郎君怕嬌偏得艷〉篇，即改編為《十種曲》之一的《奈何天》。准此看來，《禁書總目》所列徐述夔的《五色石傳奇》，屬於小說的可能性極小。此外，林辰、蕭欣橋二先生又分別曾就《五色石》的內容和徐述夔的生平、思想做一對照，都一致認為徐述夔創作《五色石》小說的可能性微乎其微[67]。另外，李同生〈從筆煉閣小說中尋覓筆煉閣〉一文則從方言的使用去考察，認定「筆煉閣是一個操吳音的吳人，而絕不會是操江淮音的揚州府泰州拼茶人徐述夔。」[68]種種證據

[65] 大連圖書館參考部編《明清小說序跋選》（瀋陽，春風文藝出版社，一九八三年）頁三八。

[66] 見陳翔華〈五色石主人與《八洞天》〉，載書目文獻出版社《八洞天》排印本附錄；又見江蘇古籍出版社《中國話本大系·八洞天·前言》。

[67] 見林辰〈五色石主人不是徐述夔〉，載《明末清初小說述錄》上編；以及蕭欣橋〈《五色石》校後記〉。

[68] 文載《明清小說研究》一九九〇年第一期。

顯示，《五色石》的作者應該不是徐述夔。

《五色石》是以三字爲卷名的，如卷一爲〈二橋春〉，以下又有回目〈假相如巧騙老王孫，活雲華終配眞才子〉，這種既標卷名，又以回目概括故事大綱的方式爲清初話本小說的風格，如《照世杯》、《十二樓》、《雲仙笑》、《人中畫》等小說都是如此。此外，五色石主人的《八洞天》自稱是「補《五色石》所未備」的，五色石主人另有章回小說《快士傳》，《孫目》說：「日本享保十三年（即雍正六年，西元一七二八年）《舶載書目》著錄。」《快士傳》在雍正六年已經傳到日本，該書中有批評才子佳人小說的字眼，並認爲「佳人才子，已成套語」（第一卷），而《五色石》、《八洞天》卻有不少篇是寫才子佳人故事的，應是作於《快士傳》之前，林辰先生推論這三部書的著成年代是：「《五色石》產生於康熙前期，《八洞天》居中，大約是康熙二十年至四十年前的作品，而《快士傳》則產生於康熙末期和雍正初年。」[69]

由於《八洞天》有四篇提到明代年號，之前都加上了「明朝」字樣（如卷三「明朝洪武年間」），可以證明是清人的作品。而書中不避康熙的「玄」字（如卷一「九天玄女」）和雍正的「胤」字（序言云：「佳胤勿產敗德之門」），可知是編刊於清初順治到康熙中期之間。而《快士傳》（已收入上海古籍出版社《古本小說集成》第二批）也不避「玄」字（卷

---

[69] 同註五四引書，頁一五四。

八「玄機」、卷九「玄天」），不會刊行於康熙中期以後，又卷十六提到「天子有詔訪求山林隱逸之士」，顯然借用了康熙十二年詔舉「山林隱逸」的時事。據此，則林辰先生的推論應加以修正如下：五色石主人的《快士傳》應作於康熙十二年到康熙中期之間，《八洞天》的時代稍前，應作於康熙前期，而《八洞天》是補《五色石》之未備的，則《五色石》的寫作年代當更在康熙初年以前。

又由於《五色石》的全稱是《筆煉閣編述五色石》，《八洞天》的全稱則是《筆煉閣編述八洞天》，同是「筆煉閣」編述的，而《八洞天》的〈序言〉署「五色石主人題於筆煉閣」，並說明該書是「補《五色石》所未備」，於是學者們便多將「筆煉閣主人」和「五色石主人」看成一個人。只有歐陽健先生獨持異見，他在〈《五色石》、《八洞天》審美意趣的重大差異〉一文中，仔細比較了二書的標題、篇首、入話、篇尾的形式，已發覺二者有各自的特點，再從小說的思想、旨趣，以及對於年號的使用、對於太監的觀感、對於文字獄的反映等，在在都可以看到二書為不同作者的印記。[70]此外，也可以從筆煉閣主人的〈五石色序〉，和五色石主人的〈八洞天序〉見解的差異看出兩者並非一人，前者說：「女媧氏五色石，吾不知其有焉否也？則吾今日之以文代石而欲補之，亦未知其能補焉否也？」是對造化的神奇，以及自己想以人事中完滿的故事，彌補天道之不足的做法，抱著存疑的態度。後者則說：「假

[70] 文載歐陽健《明清小說采正》（台北，貫雅文化事業公司，一九九二年）頁二二六—二四八。

如女媧補天之說古未嘗傳，而吾今日始創言之，未有不指爲荒誕不經者。」這就明白指實了「女媧煉石」是必有之事，還說不信天地間種種神奇的人是「囿於成見，拘於舊聞，有不及知耳！」又說：「況自有天以來，所不必然之事，爲自有天以來，所必當然之理。誠知其理之必當然，更何得以其事之不必然而疑之也？」這都是和《五色石》的序文抬槓的說法。所以《八洞天》書中有換目、添耳、男人生乳哺育幼兒等等神異情節的描寫，而《五色石》一書則僅有〈白鉤仙〉篇略涉神異，但篇中還是強調了人事的努力，和《八洞天》書中乞靈於超自然的力量是截然不同的。

歐文透過客觀的比對，其以《五色石》、《八洞天》爲不同作者的結論是相當有說服力的。不過，他把《五色石》的寫作時代提前到明朝，所提出的證據卻不夠堅強。首先，他以《八洞天》記明代年號都加上「明朝」二字，斷該書爲清人所作，這一點沒有問題，但只因《五色石》記明代年號不加「明朝」字眼（如稱「成化年間」、「嘉靖年間」等），就說：「可信爲明人作品」，這就未必然了，前文在討論《人中畫》時就舉過石成金《雨花香》中〈今覺樓〉篇稱「崇禎年間」，而石成金生於順治末年的例子，又如《生綃剪》，已經證明它是康熙年間的產物，可是第九回正文還是直稱「卻說嘉靖年間」，第十五回也稱「卻說萬曆末年」，這當是因爲清初離明未遠，明代年號記憶猶新，不一定非加「明朝」字眼不可的緣故，例如今人在談論清事時，也往往直稱「道光年間」、「光緒年間」而不需要加上「清朝」二字。其次，該文又以《五色石》「絕不見因文網甚密帶來的陰影，可見它反映的不是清代的現實生活和社會心理」，來推斷它是明人作品，這也過於籠統，以「文網甚密」來概括所謂的「清代的現實生活和社會心理」是有問題的。清初順、康年間，文字獄的恐怖氣氛尚不算濃厚，特別是康熙親政以後，到康熙五十年之間，幾乎沒有什麼重大的文字獄發生，康熙爲了籠絡漢人，大寬文字之禁，從當時明代遺民的作品可見一斑，如顧炎武的詩文集中，對清初滿族的暴行有露骨的描述，王夫之的《讀通鑑論》更提出「夷夏之防」，這都是對滿族大不敬的言論，在當時都未被深究，還明確的公告說：「凡舊刻文卷，有國諱勿禁；其清、明、夷、虜等字，則在史館奉上諭，無避忌者。」[71]

現在已知《五色石》作於康熙初年以前，而其每篇故事既標卷名，又以回目概括故事大綱的方式爲清初話本小說的風格，而《明清小說序跋選》又說：「審其版式紙墨，系清初刻本」，那麼將其斷爲順治到康熙初年之間的產物應該是沒有大誤的。

又，大連圖書館藏有《遍地金》四卷，實即《五色石》的前四卷；北京大學藏有《補天石》四卷，實即《五色石》的後四卷。

二十一、《八洞天》

本書全稱《筆鍊閣編述八洞天》，共八卷，卷演一故事，前有序言，署「五色石主人題

---

[71] 以上參見同註六三所引《清朝文字獄》一書，頁一四、一五。

於筆煉閣」。原刊本藏於日本內閣文庫，正文每半頁九行，行二十字，台灣天一出版社《明清善本小說叢刊初編》第一輯、上海古籍出版社《古本小說集成》第四批已予以影印出版。此外，又有舊鈔本存第一卷，藏在大連圖書館；以及滿文鈔本八卷，藏在北京故宮博物院。此外，清梅庵道人編《四巧說》四卷四種，其中三種取自《八洞天》，而文字略有刪削。一九八五年，書目文獻出版社有陳翔華先生的點校本《八洞天》出版，一九九二年陳先生又據原刊本、鈔本和《四巧說》重新點校，收入江蘇古籍出版社《中國話本大系》。

有關本書與《五色石》之間的關係等等問題，已見上文的討論。本書爲清初順治到康熙中期之間的產物，也已經在前文說明。另外值得一提的是，前文引歐陽健先生之說，認爲他《五色石》、《八洞天》非一人所作的說法很有說服力，那麼《八洞天》和《快士傳》的情形又如何呢？《五色石》的作者是「筆煉閣主人」，《八洞天》和《快士傳》的作者則同爲「五色石主人」，二書都作於康熙年間，那麼應該是同一人吧？《快士傳》北京圖書館的藏本，首有殘序，署「長洲錢尙□題於海山書屋」，後刻「錢印尙□」、「振之氏」二印（據《中國通俗小說總目提要》），那麼「五色石主人」是否就是長洲人「錢振之」呢？查《清人姓名別稱字號索引》並沒有一個姓錢字振之的人，此一問題還有待進一步的求證。

二十二、《金粉惜》

此書乃日人長澤規矩也氏舊藏，爲世之孤本，李田意先生的〈日本所見中國短篇小說略記〉一文曾加以著錄，當時李先生還說：「如今這本白話短篇小說居然還有一部完整無缺的存留人間，不能不說是一件極可慶幸的事情。」❼❷誰知時至今日，該書已不知流落何方，有可能已經佚失。❼❸

本書的原本雖然見不到，但北京故宮博物院藏有一個滿文本，共收小說七篇，劉輝、薛亮〈明清稀見小說經眼錄〉一文介紹了這個殘本。該文的作者自稱由於不諳滿文，所以請人翻譯了這七篇小說的標題和內容，並說：「譯文是否準確，無從覆按。」所載七篇小說的標題是：〈鴛鴦池〉、〈胭脂湖〉、〈選婿樓〉、〈虎結緣〉、〈春同惜〉、〈財佐記〉、〈清照亭〉。❼❹今以李田意先生的〈日本所見中國短篇小說略記〉一文來校對，這些篇名的翻譯果然不很準確，其中〈胭脂湖〉應作〈胭脂虎〉，〈春同惜〉應該是〈蠢東西〉，〈財佐記〉應該是〈菜作虀〉。但無論如何，此書能有殘本流傳總算是不幸中的大幸，此書譯本若能早日問世，於話本小說研究者必然大有助益。

根據李田意先生的著錄，本書全名爲《秘笥世說金粉惜》，封面右上方題「繡像世說古

❼❷ 文載《中國古典文學論文精選叢刊．小說類》（台北，幼獅文化事業公司，一九八〇年），頁一二九－一三〇。

❼❸ 劉輝、薛亮〈明清稀見小說經眼錄〉（《文學遺產》一九九三第一期）一文提到作者曾向撰寫《增補中國通俗小說書目》的大塚秀高先生詢及此書，大塚先生告以：「未見，原書已不存。」

❼❹ 同前註所引劉輝、薛亮之文，頁一六。

本」，中題「金粉惜」，左下方題「古吳梵香閣藏」，目次及正文前皆題「梵香閣逸史蒐集」、「湖上客蠡菴評潤」。正文半葉八行，行二十二字。全書包含話本小說十二篇，所寫多為明代故事。李先生還將目錄列出，並簡略介紹各篇小說的內容。從目錄的形式看來，應該是清初的產物，例如第一卷的標題為〈鴛鴦池〉，其下又有回目〈脫繡衣求婚赴試　攜鋏篆重任巡方〉，這種既有總題，又有回目的情形通行於清初，如《五色石》、《八洞天》、《五更風》、《飛英聲》等皆然，故推斷此書當入清初話本小說之列。

二十三、《二刻醒世恒言》

本書現存最早的刻本雖然是雍正年間刊行的，可是有明顯的證據證明這個雍正本並非原刊本，而是後印本。雍正本正文每半頁八行，行十八字，現藏北京大學圖書館，已影印收入上海古籍出版社《古本小說集成》第二批，此本目錄前有雍正丙午（四年，一七二六）芾齋主人的序，書分上下兩函，每函各收話本小說十二回，扉頁署「芾齋主人評」，下函第一回署「心遠主人編次」，上函第六回的定場詩〈歸隱〉四首，題「心遠主人著」，上函十二回的定場詩為「心遠主人」的〈喚世歌〉，看來本書的編著者應當是「心遠主人」。

何以說雍正刻本不是原刊本呢？第一條理由是，上函十二回提到「第十八回書上說：人斷除不得酒色財氣」云云，事實上這段話是在今本的第十回，而且今本上下函各十二回，自成起訖，並無所謂的十八回，可見雍正本是一個重編的本子。其次，上下函第一回的形式不一致，上函第一回沒有題署，下函第一回之前卻有「新奇小說□□（字被挖掉）」的字樣，下方又題「心遠主人編次」，比較像一部小說首回的形式，很可能上函的第一回是從他處移過來的，所以沒有首回的樣式，由於上函第六回有「心遠主人著」的字樣，所以大塚秀高懷疑第六回才是本書的卷首⑮，其實「心遠主人著」這五個字是題在定場詩〈歸隱〉題目的下方，而不是回目的下面，這情形和十二回以「心遠主人」的〈喚世歌〉爲定場詩類似，並不足以判定它是否是卷首第一回，但無論如何都說明了雍正本編排混亂，顯示它不是原刊本應有的情形。第三，日本元祿年間（康熙二七—四二年）的《舶載書目》著錄了心遠主人的《十二峰》十二回，首有戊申巧夕西湖寒士的序，這一個戊申應該是康熙七年，那麼心遠主人是順、康之間的人物，《二刻醒世恒言》自然不可能編撰於雍正年間，芾齋主人在序中說：「予篋中有《醒世恒言二集》，汪洋二十四則……予不敢秘，是以梓之。」也可以知道他所說的《醒世恒言二集》（即《二刻醒世恒言》）是一個舊本。

莊一拂《古典戲曲存目彙考》卷十一著錄了范希哲的《雙錘記》（一名《合歡錘》），謂：「李漁閱定，署看松老人作。」此劇自序稱：「本小說《逢人笑》，演博浪沙力士，誤中副車，以雙錘投海中，爲琉球國女主姊妹，各得其一，後招以爲婿，故名。」莊氏又說：「劇中皆本小說僞撰，惟載張良事，則與本傳相合。按琉球國，在漢時不通中國，或本《史

⑮ 同註一八引書，頁三六。

記·留侯世家》中見倉海君一語而附會影射。」❼《逢人笑》這本小說已經亡佚了，但小說中博浪沙力士到琉球的故事卻爲《二刻醒世恒言》上函第一回所取材，《雙錘記》既經李漁閱定，是明清之交的產物，《二刻醒世恒言》也同樣取材自《逢人笑》，其時代是否也接近呢？現在已經知道作者心遠主人在康熙七年左右已有小說出版，而書中稱明代爲「明朝」（上函第八回）或「先朝」（上函第三回，下函第二回、第五回），可證是入清之後的作品，而書中並不避「玄」字（上函第六、第十回），以此似可推斷《二刻醒世恒言》應是康熙初年的產物。

二十四、《警寤鐘》

本書目錄前題「雲陽嗤嗤道人編著」、「廣陵琢月山人校閱」，卷一、卷二正文前則作「溧水嗤嗤道人編著」，共四卷十六回，每卷四回演一故事。美國哈佛大學漢和圖書館藏有原爲齊如山舊藏的草閒堂刊本，現已影印收入北京中華書局《古本小說叢刊》第十一輯，無序、無圖，正文半頁九行，行二十四字。此本當爲原刊本，據《大塚目》，日本內閣文庫藏有兩部，宮內廳書陵部、東北大學狩野文庫各藏一部。另有萬卷樓覆刻的《草閒堂新編小史警寤鐘》，原爲馬廉舊藏，現藏北京大學圖書館，已影印收入上海古籍出版社《古本小說集

❼ 同註二五引書，頁一二〇六。

成》第三批。將二本比對，萬卷樓本除了扉頁註明「戊午重訂新編」之外，和草閒堂本並沒有任何不同。台灣天一出版社《明清善本小說叢刊初編》第一輯所收錄，行款和草閒堂本全同，但刻工不同，正文前「望古主人」的敘文是誤將《孫龐鬥志演義》的敘文植入的，與本書內容無關，此書的底本未詳，推測可能是《大塚目》所著錄的無圖刊本，藏在日本無窮會織田文庫。

「嗤嗤道人」姓名不詳，另編著有《五鳳吟》、《小野催曉夢》二書。清代的雲陽縣在今四川省，而溧水縣則在江蘇省，所以此處的「雲陽」可能是指江蘇省的丹陽縣，丹陽在三國時亦稱雲陽。此外，《五鳳吟》和《小野催曉夢》的編者又題爲「雲間嗤嗤道人」，雲間是現在江蘇省松江縣的古稱，看來「嗤嗤道人」應該是江蘇人，只是不知道他爲何列出這麼多種不同的籍貫。

本書卷四寫海烈婦的故事，篇中提到海烈婦自殺的時間：「時乃六年正月二十七日事也」，六年指的是康熙六年。陳有量妻海無瑕貞潔義烈的故事曾轟傳一時，陸次雲、方孝標等人都曾爲她立傳，其事並載入《清史稿》卷五百十一，改編爲小說則有長篇小說《百煉眞海烈婦傳》（上海古籍出版社《古本小說集成》第四批）、文言小說集《古今列女傳演義》（上海古籍出版社《古本小說集成》第二批）卷五〈海烈婦〉篇，以及本書卷四〈海烈婦米樳流芳〉篇。由於作者在〈海烈婦米樳流芳〉篇註明是「現在不遠的事」，故知本書應作於康熙初年到中期之間，那麼萬卷樓本所標明的「戊午重訂新編」，「戊午」很可能是康熙十七年，而本書的寫作年代當在康熙十年前後。

二十五、《西湖佳話》

本書全稱《西湖佳話古今遺蹟》，題「古吳墨浪子搜輯」，傳世的版本甚多，而以「金陵王衙藏板」最早，也最精美。金陵王衙精刊本共十六卷，收小說十六篇，首有西湖全圖及西湖佳景十圖，用五色板套印，正文每半頁九行，行二十字，據各家目錄，收藏此一版本的地方有北京大學圖書館、中國藝術研究院戲曲研究所等七、八處之多，上海古籍出版社《古本小說集成》第一批即據此本影印出版。另有乾隆十六年會敬堂刻本，藏大連圖書館；乾隆五十一年芥子園珍藏本，藏首都圖書館、北京師範大學等地；此外尚有金閶綠蔭堂袖珍本、荷鄉小榭刊本等多種。一九九三年江蘇古籍出版社《中國話本大系》黃強先生的點校本以金陵王衙精刊本爲底本，以芥子園珍藏本爲校本。

本書的出版年月較爲明確。金陵王衙刊本有墨浪子的序，題序的時間在「康熙歲在昭陽赤奮若孟春陬月望日」，序中並說明編輯此書的動機和經過。昭陽是「癸」的「歲陽」之名，「赤奮若」爲「丑」的「太歲年」名[77]，「癸丑」年即康熙十二年；「孟春陬月」爲「正月」，「望日」即「十五日」；故知本書序刊於康熙十二年正月十五日。至於編寫的時間，由本書

[77] 參見同註二三所引《中國文化史大辭典》頁二七〇。

取材的來源亦可加以考證，其卷十四改編自《女才子書》卷一〈小青〉篇[78]，《女才子書》的成書時間在順治十六年前後[79]，則《西湖佳話》的編寫當在順治十六年至康熙十一年之間。

又，本書卷九〈南屏醉蹟〉取材於《濟顛大師醉菩提全傳》中的十個故事，內容全錄，僅文字略作修改。《濟顛大師醉菩提全傳》有兩個系統，一為「天花藏主人編次」本，另一為「西湖墨浪子偶拈」本，王青平先生認為此西湖墨浪子就是《西湖佳話》的編者「古吳墨

---

[78] 《情史》卷十四亦載小青故事，但篇中未說明楊夫人、小六娘之名，結尾也未提到馮生好友劉夢無，而《女才子書》不但有這些人名，篇中的主要情節和編排方式，以及穿插的詩詞都為《西湖佳話》所取用。

[79] 《女才子書》的成書時間有兩種說法，主要在於《女才子書》鍾斐序：「己亥春……徐子果以扁舟荷笠而來，袖出一編示余曰：此余近作名媛集也。」中「己亥」紀年的不同推斷，胡士瑩《話本小說概論》認為是康熙五十八年（丹青，頁六四八），戴不凡《小說見聞錄》認為是順治十六年（木鐸，頁二四三）。王青平〈關於徐震及其女才子書的史料〉（《文學遺產》增刊，一九八五年二月）一文指出，《檀几叢書》卷三十有《美人譜》一種，原題「秀水徐震秋濤著」，所引內容為《女才子書》首卷的節錄，據張潮的《檀几叢書》序，知該書成書於康熙三十四年左右，這時既已引及《女才子書》，則《女才子書》的成書必在此之前，據此，則康熙五十八年之說自不能成立。又，卷五敘張畹香經歷明末兵亂，文末月鄰主人的批語云：「予家泖上，被兵焚掠殆盡。每夜棲身露草，莫展一籌。」為親身經歷，知月鄰主人為明末清初人，則《女才子書》不容為康熙末年成書。再以《西湖佳話》和《女才子書》的關係來說，前者改編自後者的痕跡明顯，《西湖佳話》既有康熙十二年序，則《女才子書》不可能作於康熙十二年以後。何況《女才子書》不避「玄」字，也不太可能是康熙晚年刊刻的。

浪子」，也就是《平山冷燕》的作者「天花藏主人」，但其說並未獲得學界的認同[80]，古吳墨浪子的身分還有待進一步確認。

本書取材於前人小說的尚有卷十一〈斷橋情蹟〉選錄自《風流悟》第八回，除了將其開場詞刪掉之外，幾乎全文照錄。又有卷十五〈雷峰怪蹟〉選錄自《警世通言》卷二十八〈白娘子永鎮雷峰塔〉，本篇刪節較多，但仍保留了原作的主要內容。以上兩篇屬於選錄性質，連改編都稱不上，故本書屬於清初編撰的小說僅有十四篇。

二十六、《生綃剪》

本書全稱《花幔樓批評寫圖小說生綃剪》，目次前題「集芙主人批評」，「井天居士較點」，共十九回，收小說十八篇，除一、二回合演一故事外，其餘十七回各演一故事。作者有谷口生、籬隱君、鐵舫等十五人，正文前有谷口生的〈小說生綃剪弁語〉，從〈弁語〉中知道，《生綃剪》的書名是井天居士所定的，則此書或為井天居士所編。本書完整的版本藏在大連圖書館，正文半頁八行，行二十二字，上海古籍出版社《古本小說集成》第一批已據

---

[80] 見王青平〈墨浪主人即天花藏主人〉，《明清小說論叢》第二輯（瀋陽，春風文藝出版社，一九八五年五月）；胡萬川〈再談天花藏主人與煙水散人〉，載《話本與才子佳人小說之研究》（台北，大安出版社，一九九四年），胡先生認為：「王先生以『墨浪子』就是『天花藏主人』的說法，證據相當脆弱。以較保守的觀點來說，我們寧願相信他們是兩個不相干的人。」（頁二六四）

此本影印出版。另有殘本兩種，其一存一至十八回，藏在北京中國社會科學院文學研究所，其二存一、三、四回和九至十八回，藏在北京圖書館。一九八七年，李落、苗壯先生有點校本行世，收入春風文藝出版社《明末清初小說選刊》。

胡士瑩先生說：「又孫目著錄《生綃剪》，非話本。」㉛可能因爲第一回末有「且聽下回分解」的字樣，誤以爲是章回小說的緣故。事實上本書無論入話、插詞都不離話本小說的格式。至於本書的寫作和刊行都在清代，可從以下內容得到證明：第八回有「明朝楊升庵」等語；十七回兩次提到篇中人物觀保被人捉住辮子，而漢族男人梳辮子爲清代才有。此外，十七回既作於入清之後，故事發生的地點爲浙江，而文中提及：「這幾日捉船上緊，要裝載兵丁，就是農庄船，也捉去剝馬料。」又說：「這是今年六月初三的事。」按康熙十二年，吳三桂反清；十三年三月，耿精忠於福建起兵以應吳三桂；六月，康熙以康親王傑書爲奉命大將軍，由浙江討伐福建㉜。此處所提到的，指的應該就是這時候的事，故可斷定本篇寫作於康熙十三年。第十一回提到「朝廷史書未纂，詔下各省，購求遺書。兼召山林隱逸，宏詞博學之才，不拘資格，竟充史官。」按，康熙十八年三月，試博學鴻儒一四三人於體仁閣，

㉛ 同註一七引書，頁六四七。

㉜ 蕭一山《清代通史》（台北，商務印書館，一九八五年）第一冊，頁四六三、四六四。

錄取一等二十人，二等三十人，命纂修明史83。雖然當時參加考試的名單上並無本篇的主角徽州府休寧人曹我思84，但篇中既用此事，則其寫作時間當在康熙十八年以後，而從篇末說曹我思「眞正錦上添花，年紀不滿三十，富貴雙美，前程正未可知。」的口氣看來，作者寫的應是當時人，其時間不會離康熙十八年太久。此外，書前插圖記刻工有徽州黃子和、徽州葉耀輝，其中黃子和曾爲《清夜鐘》刻過插圖，前文已推斷《清夜鐘》刊行於順治二、三年（一六四五—一六四六）之間，距康熙十八年（一六七九）已經三十三、四年，這也可以旁證《生綃剪》的刊行不會距康熙十八年太遠，康熙二十年前後應是合理的推斷。

不過，苗壯先生〈《生綃剪》述考〉一文卻肯定其中的第七回、第十三回寫於明末85。事實上，苗先生認爲第七回所寫殺死戲台上演魏忠賢的演員的故事，爲依據時事創作，應作於魏閹倒台不久（崇禎四年或稍後），這是明顯失考的，因爲篇中提到「熹廟賓天，毅宗登駕，魏閹一夥兇人，都倒灶了。」明崇禎皇帝在死後被南明諡爲「烈皇帝」廟號「思宗」，

83 同前註引書，頁七七三。

84 見清人福格《聽雨叢談》（台北，鼎文書局，一九七八年）卷四〈己未宏詞科徵士題名〉條。錄取名單中有休寧人汪楫，但汪楫應試時已經五十八歲，和本文主角「年紀不滿三十」不合，見《清史列傳》卷七十一〈汪楫傳〉。

85 苗壯〈《生綃剪》述考〉，載《明清小說研究》一九八八年第三期。

弘光元年（順治二年）又改諡爲「毅宗烈皇帝」[86]，可見本篇的寫作必在順治二年以後，絕不是崇禎四年或稍後的作品。至於十三回，由於寫的是萬曆二年的故事，而作者說：「在下遍訪逸聞，更有一件近事。」既然是「近事」，所以苗先生認爲：「則寫作時間距萬曆二年不會太遠，大致可定是寫於明末。」然而小說敘及篇中人物身後的事情，說主角的兒子「世襲醫道，子孫綿綿永遠。」「浙江王察院廉明執法，趙城隍祐他官顯福增，位至二品，子孫都登仕籍。」可見小說是追敘前事，所謂「近事」，不過籠統而言，難說本篇「肯定是作於明末」。

二十七、《珍珠舶》

本書全稱《新鐫繡像珍珠舶》，共六卷，每卷三回演一故事，每卷前題「鴛湖煙水散人著」，「東里幻庵居士批」。刻本未見，大連圖書館藏日本抄本，前有序文，署名「鴛湖煙水散人自題於虎丘精舍」，正文每半頁八行，行二十字，爲海內外僅存的孤本，上海古籍出版社《古本小說集成》第一批已予以影印出版。一九九三年，丁炳麟先生有點校本，收入江蘇古籍出版社《中國話本大系》。

前輩學者如孫楷第、譚正璧、胡士瑩、戴不凡等已考證出「煙水散人」爲嘉興徐震，字

---

[86] 見黃宗羲《弘光實錄鈔》，收入《黃宗羲全集》（台北，里仁書局，一九八七年）第二冊，頁七、頁七八。

秋濤。不過「煙水散人」這個名號在清初小說中出現的次數相當頻繁，除了「鴛湖煙水散人」之外，有時又稱爲「古吳煙水散人」、「檇李煙水散人」、「南湖煙水散人」，或不冠地名，單稱「煙水散人」。和這些「煙水散人」有關的小說共有十部，現依稱號的不同歸類如下：

一、「煙水散人」

①《三國志傳》，「煙水散人」編次本

②《桃花影》，「煙水散人」編（白雲塢老人口述，煙水散人執筆）

二、「鴛湖煙水散人」

③《女才子書》，「鴛湖煙水散人」著

④《珍珠舶》，日本抄本，「鴛湖煙水散人」著、「東里幻庵居士」批

三、「檇李煙水散人」

⑤《合浦珠》，「檇李煙水散人」編

⑥《燈月緣》（又名《春燈鬧》）嘯花軒刊本，「檇李煙水散人」戲述、「東海幻庵居士」批評

⑦《夢月樓情史》，「檇李煙水散人」編次、首「幻庵居士」序

⑧《鴛鴦配》，「檇李煙水散人」編次；又有刊本稱《鴛鴦媒》，書面題「天花藏主人」訂

四、「南湖煙水散人」

⑨《賽花鈴》，「白雲道人」編次，「南湖煙水散人」校閱，首康熙壬寅題詞，署「檇李煙水散人」。

五、「古吳煙水散人」

⑩《後七國志樂田演義》嘯花軒《前後七國志》本，「古吳煙水散人」演輯，「茂苑游方外客」較閱

上述十書依其性質又可分爲若干類，《後七國志樂田演義》、《三國志傳》爲歷史演義，《女才子書》爲文言小說，《珍珠舶》爲話本小說，《桃花影》、《燈月緣》二書《孫目》列爲「猥褻」類，《賽花鈴》、《合浦珠》、《鴛鴦配》、《夢月樓》爲才子佳人小說。由於這些小說的性質有許多不同，所以使人懷疑這些「煙水散人」是否爲同一人，林辰先生在〈煙水散人及其小說〉一文中就認爲：「輯《女才子書》的鴛湖煙水散人，不是檇李煙水散人。至於他和著《珍珠舶》的鴛湖煙水散人，以及古吳煙水散人，是否是一個人？這還有待研究。」他並認爲《賽花鈴》是僞托《女才子書》作者的冒牌貨。[87]林辰先生的懷疑雖然不是無根之談，但其中也包含了諸多猜測之詞，筆者的看法是，在相近的年代、相同的地點，冒用別人名號的可能性實在不大，尤其他認爲《賽花鈴》是僞托《女才子書》作者的冒牌貨，說檇李煙水散人在《賽花鈴》題詞中所說的「予自傳《美人書》（即《女才子書》）以後，

---

[87] 同註五四引書，頁一一四。

誓不再拈一字。」是謊話，但又提不出什麼證據，以此為出發點，所以又以為《春燈鬧》幻庵居士的序是「靠不住的」，其文章使人有為了自圓其說而推翻了太多文獻資料的感覺。

事實上，林辰先生文中的疑慮是不難解釋的。首先，他認為這十本書性質差別太大，不可能是一個人的作品。事實上，上列十書中有些是編輯的，有些則指明是著作，其中的《賽花鈴》則只是「較閱」，頂多如扉頁所介紹的，加上了「刪補」的工作而已。這情形和馮夢龍編寫《三言》是類似的，《三言》中也有接近文言體的小說（〈錢舍人題詩燕子樓〉），也有淫猥之作（〈金海陵縱欲亡身〉），依性質分有公案小說、愛情小說、神怪小說、諷刺小說等，依思想的不同，有歌頌自由婚戀的追求的，也有姻緣天定的宿命觀，這說明了編寫小說不免受題材的影響，也說明了編著者思想的複雜性。照這樣看來，煙水散人所編、著、較閱的這十部小說，其性質雖然有許多不同，不能因此就說這些編、著、較閱者不是同一個人。

其次，是檇李煙水散人在《賽花鈴》題詞中所說的：「予自傳《美人書》（即《女才子書》）以後，誓不再拈一字。」這篇題詞註明寫於「康熙壬寅（元年或六十一年）」，此一「壬寅」林辰先生贊同孫楷第、柳存仁等人的說法，認為是康熙六十一年，因為「康熙元年時，才子佳人小說方興，還沒有濫觴而形成一個時髦的流派，《賽花鈴》題詞不可能超越小說發展的歷史而說出『非所謂才子佳人事奇而情亦奇』的話來。」如果這樣，那麼從《女才子書》成書的順治十六年，到康熙六十一年之間，煙水散人不應有任何作品，則《珍珠舶》、

《合浦珠》、《桃花影》等書又是誰寫的呢？其實，「才子佳人」一詞在清初早就是一個流行的時語，清初話本小說中以才子佳人爲主角的不勝枚舉，李漁小說《十二樓》開篇〈合影樓〉就寫珍生和玉娟聯詩合影的愛情故事，還說其作意在於「防微杜漸」，不是要「替才子佳人闢出一條相思路」。可見，《賽花鈴》題詞所言，和才子佳人小說成不成一個時麾流派並沒有什麼關連，《賽花鈴》的題詞未必是作於康熙六十一年。黃毅先生在上海古籍出版社《古本小說集成．賽花鈴．前言》中曾舉出清人署康熙六十一年紀年方式的通例是：署「康熙六十一年」或「康熙六十一年壬寅」，若不書數字，則署「康熙後壬寅」或「康熙再壬寅」。《賽花鈴》題詞所署的「康熙壬寅」，應是康熙元年。另外，王青平先生在〈關於《賽花鈴》與《女開科傳》的題詞或著錄年代〉一文中提出了幾個證據，其中有幾項是很有力量的：第一、大連本《賽花鈴》殘存第二、四兩葉插圖，第四葉圖題「黃順吉刻」，而順治刊本《續金瓶梅》的刻工也有黃順吉，那麼黃順吉在康熙六十一年刻書的可能性甚小；第二、《賽花鈴》的後序中稱陳眉公爲近人，陳眉公卒於崇禎十二年，則到康熙六十一年時不得稱之爲「近人」；第三，《賽花鈴》通篇都不避「玄」字，故不可能是康熙晚期的產物。[88]總之，《賽花鈴》的完成，應該是康熙元年而非康熙六十一年。

至於《賽花鈴》的封面署「南湖煙水散人」，題詞署「檇李煙水散人」，正文及後序則

[88] 文載《明清小說研究》第三輯，中國文聯出版，一九八六年四月。

只署「煙水散人」，林氏認爲這是作僞的「蛛絲馬跡」。其實，「南湖」就是「鴛湖」（即鴛鴦湖，在嘉興縣南），「檇李」是嘉興的別稱（《廣群芳譜》引《花史》云：「嘉興府城西南地產佳李，因名檇李」），都可以用來指稱「嘉興」，作者在署名時或冠在別號之上或不冠在別號上，或用別的異稱，都是很自然的事情，像《警世通言》序署名「豫章無礙居士題」，而目錄前則題「無礙居士較」，而不加籍貫。事實上「無礙居士」是馮夢龍的別號之一，此外他還自稱「古吳詞奴」、「姑蘇詞奴」、「姑蘇龍子猶」、「東吳龍子猶」、「江南詹詹外史」等[89]，這是明末清初小說家的通習，並不足異。如果爲《賽花鈴》題詞者要作僞，就應和《女才子書》一致，自稱「鴛湖煙水散人」，而不應用「檇李煙水散水」或「南湖煙水散水」的名號來亂人耳目，像這種題名不統一的情形，反可以說明爲《賽花鈴》較閱、題詞的，正是寫《女才子書》的煙水散人，也就是嘉興徐震。

以上費了不少篇幅來說明，清初的幾位「煙水散人」沒有什麼不是同一個人的理由。而從上述資料的關連性來看，已知《桃花影》、《燈月緣》、《後七國志樂田演義》都是嘯花軒刊行的（其他各書原刊處所多不明），《珍珠舶》、《燈月緣》都是幻庵居士批評的，《夢月樓情史》則有幻庵居士的序文，《桃花影》爲白雲塢老人口述，《賽花鈴》爲白雲道人編次，白雲道人的《玉樓春》也有嘯花軒藏板。很明顯的，煙水散人、白雲道（老）人、幻庵

[89] 同註六二引書。

居士是爲嘯花軒寫書、編書、評書的一群朋友，彼此有密切的關係，豈能容許別人冒用「煙水散人」的名義出版小說？因此，應該相信清初只有一位煙水散人，而《珍珠舶》一書的作者，也應該就是寫《女才子書》的那位煙水散人。袁世碩在上海古籍出版社《古本小說集成·珍珠舶·前言》中也說《珍珠舶》自序，「中間概述六卷之故事，純用駢體……與署名相同的《女才子書序》、《賽花鈴題辭》風格一致，當爲同一作者。」

《珍珠舶》的寫作和刊行年代可以從兩方面考察：第一、由書中出現的地名。卷六提到「松江府婁縣」，按明代松江府領華亭、上海、青浦三縣，清初因之，到了順治十三年二月才新置婁縣[90]，由此可知本書的寫作必在順治十三年以後。第二、由「煙水散人」《女才子書》自序中所云「豈今二毛種種，猶局促作轅下駒」一語。如果順治十六年（《女才子書》寫作之年）「煙水散人」已經「二毛種種」，至少也在四十歲上下了，以《珍珠舶》卷四、卷五寫才子佳人的浪漫風格，應不是晚年手筆，如果以六十歲左右爲下限，則《珍珠舶》的寫成年代當在康熙前期，推測應該不會超過康熙二十年。

「煙水散人」在順治十六年出版《女才子書》後，「誓不再拈一字」，到了康熙元年，經不起「書林氏」的囑託，乃爲《賽花鈴》寫「題辭」，此戒既破，後來才有《鴛鴦配》、《合浦珠》（二書皆不避玄字，當刊行於康熙前期）等書的編著。《珍珠舶》的刊行可能比

---

[90] 見《明史》卷四十〈松江府〉條，以及牛平漢《清代政區沿革綜表》頁一三四〈松江府〉表、頁一四三。

它們要遲一點，因爲卷二中有部分情節可能取材於《雲仙嘯》[91]，前已推斷《雲仙嘯》的寫作年代約在康熙十年前後，則《珍珠舶》的寫作年代可以縮小到康熙十年前後到二十年前後的範圍。

表一、清初前期話本小說總集、專集篇數統計表

書名	卷數、回數、篇數	備註說明
清夜鐘	十六回存十回十篇	
醉醒石	十五回十五篇	
無聲戲一集	十二回內含無聲戲一集十二篇、二集五篇新寫一篇	無聲戲原有一、二集，作者取一集之七篇、二集之五篇合爲無聲戲合集後改名爲連城璧又將所餘中之五篇收入無聲戲合集外編，後改名爲連城璧外編
連城璧(外編)	共十八篇	
十二樓	十二卷十二篇	
跨天虹	存三卷三篇	
豆棚閒話	十二則十二篇	

[91] 二書都寫到書生將同學假擬的題目，當作是神明的指示，加以苦練習作，後來這些假題目竟然眞的成爲科舉考試的題目，書生因而金榜題名。林辰先生加以比較的結果，認爲《雲仙嘯》只是粗陳梗概，應該早於《珍珠舶》，詳見同註五四引書，頁三二七。

照世杯	存四卷四篇	
人中畫	收小說五篇	
鴛鴦鍼	四卷每卷四回共四篇	
五更風	存四卷四篇	
錦繡衣	四卷二篇	
都是幻	收小說二篇	
筆梨園	存小說一篇	
飛英聲	四卷每卷兩篇存七篇	
一片情	四卷十四回十四篇	
風流悟	八回八篇	
雲仙嘯	五冊五篇	
十二笑	存六笑六篇	
五色石	八卷八篇	
八洞天	八卷八篇	
金粉惜	十二卷十二篇	原書未見
二刻醒世恒言	上下函各十二回、篇	
警寤鐘	四卷十六回小說四篇	
西湖佳話	十六卷十六篇	其中二篇選錄他書不計
生綃剪	十九回小說十八篇	其第一、二回合演一故事
珍珠舶	六卷六篇	
合計：	現存清初前期話本小說專集二七部、二三六篇	

第二節　清初前期話本小說選集考論

一、《最娛情》所附話本小說四種

本書其實主要是一部戲曲選本，每頁分成上下兩欄，全書四集，下欄均爲戲曲，上欄則第一集爲古今詩話，第二集爲古今曲藻，第三集爲古今小說，第四集爲掛枝兒。北京圖書館所藏《來鳳館合選古今傳奇》來鳳館主人的序文云：

> 故予于諸刻中摘其久縣人之齒牙，以及辭佳而白趣，情節眞、關節巧者，彙而成帙，列爲四集，首忠孝而次風懷。凡世之懷仁輔義、致君澤民者，視一集；名花當窗，娟月窺户，賦東門而同車時，閱二集；輕裘肥馬，醉花眠柳時，三集可觀；撥銅琵琶，執鐵綽板，唱〈大江東去〉者，四集可式。至如詩話、小說諸種，出自野史稗官，尤愧羅一遺萬。是皆最娛時人之耳目者，故名是刻爲《最娛情》。

《來鳳館合選古今傳奇》只殘存第一集上下二冊，事實上就是《最娛情》的第一集。它還保留了《最娛情》的目錄，從目錄中可知第三集上欄所選的古今小說，上冊共有十六篇，現在已經全部亡佚了，下冊有六篇，即〈鄭元和〉、〈女翰林〉、〈王魁〉、〈嚴武〉、〈貴賤交情〉、〈玉堂春〉，則幸運地被保留下來，藏於北京中華書局，現又影印收入北京中華書局《古本小說叢刊》二十六輯、上海古籍出版社《古本小說集成》第四批。其中，〈嚴武〉篇是根據《太平廣記》卷一百三十〈嚴武盜妾〉篇略爲刪節改寫而成的，〈玉堂春〉篇則節錄刪改了《情史》卷二同名的小說，這兩篇爲文言小說。另外四篇，〈鄭元和〉爲據唐傳奇〈李娃傳〉改寫，屬話本性質，胡士瑩先生認爲：「與其他宋代話本比較，語言風格殊不相類，且鄭元和之名係晚出，它不可能是宋代話本，當爲明人作品。」❶〈女翰林〉是據《醒世恒言·蘇小妹三難新郎》篇刪改的，〈王魁〉篇則「情節與《醉翁談錄》所記大致相近，文字古樸簡潔，可能是宋人作品。」❷〈貴賤交情〉述俞伯牙、鍾子期事，改寫自《警世通言·俞伯牙摔琴謝知音》。編書的人對於前人的小說並非全文照錄，有刪節，也有增加，對於小說研究者也有參考的價值。

來鳳館主人的序寫於丁亥年，由於《最娛情》目錄中選入了百子山樵（即阮大鋮）的《燕子箋》，此劇作於明末，前有韋佩居士的序文，文末提到「崇禎壬午陽月，桐山韋佩居士書……」

❶ 見胡士瑩《話本小說概論》（台北，丹青圖書公司，一九八三年）頁四八七。
❷ 同上，頁三一八。

❸壬午爲崇禎十五年，《最娛情》既然載錄了《燕子箋》，其刊行必然晚於此時，那麼來鳳館主人的序當寫於順治四年或康熙四十六年這兩個「壬午」年，又因爲書中並不避諱「玄」字，所以《最娛情》的刊行年代以順治四年的可能性最大。

二、《警世選言》

本書共收話本小說六篇，目錄前題「李笠翁先生彙輯警世選言」，每回前題「貞祥堂彙纂警世選言集」，每半頁八行，行二十字，現藏日本天理圖書館，上海古籍出版社《古本小說集成》第三批據以影印出版。所收六篇小說，第一回據明瞿祐《翦燈新話》卷四〈鑑湖夜泛記〉改寫；第二回出處不詳，內容寫朱壽仁買牛放生，後來進士及第的果報故事，日本學者澤田瑞穗懷疑是根據「勸善書類」改寫的❹，本篇入話之後有「開場已完，又演正本，名曰〈賽唧環〉」，可知本篇原名爲〈賽唧環〉，這種以三字命名的形式通行於清初，而篇中有「明朝萬曆年間」一語，可證爲清人所作；第三回以下節選自《三言》。錄自《三言》的各篇都將原來的入話刪去，原文則加以節略。本書的編者掛名「李笠翁」，也就是《無聲戲》的作者李漁，澤田瑞穗認爲是書商托名牟利的手段，究竟眞相如何，如今也無法證明了。

❸　蔡毅編《中國古典戲曲序跋彙編》（濟南，齊魯書社，一九八九年）頁一三九〇。

❹　澤田瑞穗〈小說娛目鈔〉，載《宋明清小說叢考》（日本山本書店出版部，一九八二年），頁二四三。

本書既收了清人的作品，又不避諱「玄」、「胤」、「弘」、「曆」等字，其刊行年代應在順治至康熙初年之間。

三、《八段錦》

本書全稱《新鐫小說八段錦》，題「醒世居士編輯」、「樵叟參訂」，編者、參訂者生平皆不詳。全書共八段，錄小說八篇，現存醉月樓刊本，藏在北京大學圖書館，正文半頁十行，行二十六字，上海古籍出版社《古本小說集成》第二批即據此本影印，《大塚目》著錄有傳鈔本一種，李熙祖藏，內容不詳。本書實爲一個鈔錄舊作重新編輯的選本，其第一、六段分別錄自《古今小說》卷三、卷六，第二、四、五、八段則錄自《一片情》的十一、二、四、九回，只有三、七兩段出處不詳。本書對於舊作雖非全文照錄，但也只是將題名、人名、居里等稍作改動，或將文字略作刪節，不能算是創作。前文已證明《一片情》作於入清之後，《八段錦》既收錄其半，自當刊行於其後，由於所收《一片情》中的四篇都有相當淫穢的描寫，是明末遺風的餘緒，其刊行年代不會太遲，推測仍以順治年間較爲可能。

四、《幻影》（《三刻拍案驚奇》）

《幻影》一書是三十年代初，鄭振鐸先生發現的，只殘存不完整的七回，殘存的部分並無封面和目錄，各回前署「明夢覺道人、西湖浪子輯」，由於版心上端標了「幻影」二字，所以以此爲書名。❺此書和馬廉先生一九二九年在北平琉璃廠所購得的《三刻拍案驚奇》（現藏北京大學圖書館，已影印收入上海古籍出版社《古本小說集成》第一批，張榮起先生據原本整理排印，於一九八七年由北京大學出版社出版），其內容和行款（每半葉九行，行二十字）相同，但版心、版框及每回首葉的格式稍有分別。

《三刻拍案驚奇》正文前有一篇夢覺道人的〈驚奇序〉，寫序的時間署「□未仲夏」，鄭振鐸先生說：

> 則此書之作，當在崇禎辛未（公元一六三一年），或崇禎癸未（公元一六四三年），或順治乙未（公元一六五五年）的三個未年中的一個……馬隅卿先生在給我的信裏，說起這事他以爲這個「未」，似當爲「順治乙未」，就題名爲《拍案驚奇三刻》的這一點看來，他的意見是很有可能性的。但此書實名爲《幻影》，後乃改題《驚奇三刻》，且就序中：「方今四海多故，非苦旱潦，即罹干戈」云云，似以指其作於「崇禎癸未」（即崇禎十六年）爲更妥當些。❻

---

❺ 鄭振鐸〈幻影〉，載《中國文學研究》（北京，作家出版社，一九五七）頁四七五—四七六。

❻ 鄭振鐸〈明清二代的平話集〉，原載《小說月報》二十二卷，收入同前註引書，頁四三八。

鄭氏以《三刻拍案驚奇》爲《幻影》改題，以及書序寫於崇禎十六年的說法，爲後來的研究者如孫楷第《中國通俗小說書目》（頁一一二）、胡士瑩《話本小說概論》（頁四七七）、大塚秀高《增補中國通俗小說書目》（頁二一一）等所接受。不過在陳慶浩先生發現了明刊本的《型世言》之後，其說已被有力的推翻了。

陳慶浩先生在韓國漢城大學奎章閣，發現了已經在國內佚失了四百多年的珍貴話本小說專集《型世言》（已影印收入上海古籍出版社《古本小說集成》第五批）。《型世言》的作者是明末出版家陸雲龍的弟弟陸人龍，經比對得知，《型世言》爲《幻影》和《三刻拍案驚奇》所據的原書，而《型世言》刊刻於崇禎辛未前後，則夢覺道人的〈驚奇序〉不可能寫於崇禎辛未，也不可能寫於崇禎癸未，因爲《幻影》是取《型世言》剽竊刊刻、改頭換面的，崇禎年間陸雲龍還相當活躍，夢覺道人應還不敢明目張膽的弄假作僞，故陳先生「估計《幻影》及《三刻拍案驚奇》之出現，應在改朝換代之大混亂之後」❼。《三刻拍案驚奇》在編者的名號上加上明朝的「明」字，陳先生說：「此兩名上署『明』，書中又削去《型世言》中抨擊滿清入關前活動的回次，或正透露翻刻於『清』的訊息。」又說：「因據明版翻刻，稱『明朝』爲『我朝』，明代帝王稱謂前均空格，估計應成於清初文網未密之前。康熙以後，

❼ 陳慶浩《型世言・導言》（江蘇古籍出版社，一九九三年）頁一三。

書禁其嚴，出版此類書，風險太大了。」❽陳先生的論證，信而有徵，其結論是可從的，若依夢覺道人序中的「□未仲夏」來推測，則此書當刊行於順治十二年乙未。

五、《二刻拍案驚奇別本》

本書亦名為《二刻拍案驚奇》，但其內容和淩氏的《二刻拍案驚奇》大部分不相同，鄭振鐸先生當初在巴黎發現此書時，便覺得「可怪」，在他的〈明清二代的平話集〉一文中，稱之為《二刻拍案驚奇別本》❾。此書現存兩部，一部藏在巴黎法國國家圖書館，天一出版社據以影印，收入《明清善本小說叢刊初編》第一輯，另一部藏在日本佐伯文庫。胡士瑩《話本小說概論》將其列入明刊❿，而大塚秀高《增補中國通俗小說書目》著錄佐伯文庫本則標明「清初刊」⓫。據陳慶浩先生之研究，本書為取淩氏的《二刻拍案驚奇》十回覆刻（部分葉修改重刻），再取《型世言》二十四回重刻而成書的，其成書也在入清之後，書中將《型世言》原文的「韃子」改成了「倭子」（卷十二）、「賊子」（卷十九），將《二刻拍案驚

❽ 同上，頁一三—一四。

❾ 同註五引書，頁四四一—四四四。

❿ 同註一引書，頁四七四。

⓫ 大塚秀高《增補中國通俗小說書目》（東京，汲古書院，一九八七年）頁一一。

奇》的「弘治年間」改為「先朝成化年間」，這些都可以作為清刊的明證。⓬現依《大塚目》，定為清初刊。

六、《今古傳奇》

本書全稱《新刻今古奇傳》，在序文中又稱為《古今奇傳》，胡士瑩《話本小說概論》著錄了康熙十四年乙卯刊本，吳曉鈴藏，書凡十四卷，殘存三卷。另有嘉慶二十三年集成堂刊本，現藏天津市人民圖書館，但書函和牌記均作《古今稱奇傳》，正文前有〈古今傳奇序〉，署「歲次乙卯春月夢閒子漫筆」，正文每半葉十二行，行二十八字，已影印收入上海古籍出版社《古本小說集成》第二批。本書卷一至卷三，選自《石點頭》；卷四、五選自《警世通言》；卷六、七選自《初刻拍案驚奇》；卷八、十、十三選自《醒世恒言》；卷九選自《喻世明言》；卷十一、十二選自《歡喜奇觀》；卷十四卷自《二刻拍案驚奇》。本書在選錄各篇小說時，都多少不等的加以刪節，如入話的部分一律刪掉，許多描寫環境、容貌的韻文也遭刪除，詩詞也刪掉不少，但小說的主要情節大致獲得了保留，曹中孚先生在《古本小說集成．今古傳奇．前言》中，說本書為「近乎原著的一部節本」，可說是相當貼切的。

⓬ 同註七引書，頁二一—二八。

七、《覺世雅言》

《孫目》著錄此書有法國巴黎國家圖書館藏的明刊本，每半葉十行，行二十字，已影印收入上海古籍出版社《古本小說集成》第一批。其實本書並無牌記，也無刊刻年月。書首有「綠天館主人題」的序文一篇，殘存末三葉，前二葉的文字、行款全同明兼善堂刊本《警世通言》的序文，最後一葉的內容則模仿《古今小說》的敘尾。全書共收小說八卷八篇，有兩篇選自《古今小說》，四篇選自《醒世恒言》，一篇選自《警世通言》，一篇選自《初刻拍案驚奇》（其直接來源爲《今古奇觀》），今殘存五篇，後三卷全闕。

此書究竟爲明刊或清刊難以考訂，《大塚目》著錄爲「清初刊」，胡士瑩先生也說：「印行年代，當在清初。」又說：「大概其時當明季兵燹之餘，《三言》版片，零落殆盡，坊賈乃擇其稍爲完整者，隨手湊成，再加《今古奇觀》一篇，別題書名以牟利。」⓭今依胡先生之說，列爲清初刊本。

八、《幻緣奇遇小說》

本書共收小說十二卷十二回，回演一故事，選編者題「撮合生」。今存清初愛月軒刊本，

⓭ 同註一引書，頁六四一。

藏日本佐伯文庫，爲一小型刊本，每半葉七行，行十六字，有圖十二葉，已收入天一出版社《明清善本小說叢刊續編》第一輯。所收小說依序爲《歡喜冤家》第十八回、《古今小說》卷四、《歡喜冤家》第十二回、第五回，《二刻拍案驚奇》卷三十、《歡喜冤家》第二十三回、第二十回、《貪欣誤》卷四、《歡喜冤家》第六回、《古今小說》第二十七回，《歡喜冤家》第十六回、《拍案驚奇》第十六回。另有日本抄本，藏大連圖書館，僅存第二、第七兩卷，已影印收入上海古籍出版社《古本小說集成》第二批。由於本書所收均爲明代小說，而所收錄之《貪欣誤》一書已經寫到崇禎十三年的事（詳見上一節《天湊巧》條之考論），故本書的編刊年代可能已經入清，但乏確證，姑繫於此。

九、《警世奇觀》

本書共十八帙，現存一、二、三、四、六、九、十、十一、十二等九帙，每半葉八行，行十七字，日本長澤規矩也藏，現歸東京大學東洋文化研究所雙紅堂文庫。其一至十一帙選錄《三言》和《初刻拍案驚奇》，十二帙選錄《無聲戲》卷二，十三帙爲《初拍》卷一的入話，十四帙選錄了《西湖佳話》卷十三〈三生石蹟〉，十五帙以下皆演莊子事，來源不詳。由於《西湖佳話》刊行於康熙十二年，因此《警世奇觀》的編刊當在其後，但究竟晚到什麼時候，無法確定，姑依《大塚目》，定爲清初所刊。

十、《四巧說》

題「吳中梅庵道人編輯」，正文半頁九行，行二十字，傅惜華先生舊藏，現歸大陸中國藝術研究院戲曲研究所，並已影印收入北京中華書局《古本小說叢刊》第九輯，以及上海古籍出版社《古本小說集成》第二批。又據《大塚目》，日本東京大學雙紅堂文庫，以及無窮會織田文庫亦各藏一部。台灣天一出版社《明清善本小說叢刊續編》第一輯也影印收錄了《四巧說》，其底本未詳。本書共收小說四篇，其第一、二兩篇即《八洞天》卷一〈補南陔〉、卷二〈反蘆花〉，第三篇〈賽他山〉爲《照世杯》卷一〈七松園弄假成眞〉改名，第四篇〈忠義報〉爲《八洞天》卷七〈勸匪躬〉改名收錄。

本書第一篇選錄《八洞天》卷一〈補南陔〉，篇中的「玄」字（九天玄女、玄門）或缺末筆，或不缺，推測本書當刊行於康熙前期避諱未嚴的時代。

表二、清初前期話本小說選集篇、卷數及其選錄來源統計表

書名	卷數、回數 小說篇數	三言	二拍	型世言	石點頭	照世杯	貪欣誤	一片情	無聲戲	歡喜冤家	八洞天	西湖佳話	其它
最娛情	四篇	二											二
警世選言	六回六篇	四											二
八段錦	八段八篇	二						四					二
幻影	三四卷三四篇			三四									
別本二刻拍案驚奇	三四卷三四回三四篇		一〇	二四									
今古傳奇	一四卷一四篇	六	三		三					二			
覺世雅言	八卷存五篇	七	一										
幻緣奇遇小說	一二卷一二回	二	二				一			七			
警世奇觀	一八帙存九	九	三						一			一	四
四巧說	四篇					一					三		
選錄來源小計		三二	一九	五八	三	一	一	四	一	九	三	一	一〇

第三節　清初話本小說存目及舊目誤明刊為清刊者辨正

一、清初話本小說存目

㈠《筆獬豸》

《孫目》和胡士瑩《話本小說概論》著錄此書爲明刊本，題「獨醒人編次」，胡氏又說：「北京大學圖書館藏一殘本。」不過據《中國通俗小說總目提要》的說明，北大圖書館如今已無此書了。《孫目》著錄的殘本爲：「每卷錄小說一篇，篇各以三字標題。每篇六回，每回又各有回目。凡三卷三篇，曰：〈人情薄〉、〈魚腸鳴〉、〈釜豆泣〉。唯〈人情薄〉完全，〈魚腸鳴〉僅存其半，〈釜豆泣〉則有目無書矣。」這種篇下分回，每回各有回目的情形爲清初所常見，又編者「獨醒人」不知是否即爲替《鴛鴦鍼》寫序之「獨醒道人」，若二者爲同一人，則《筆獬豸》一書應該不是明刊而爲清初的刊本。

㈡《十二峰》

日本元祿年間（康熙二十七年至四十二年）《舶載書目》著錄此書，編著者爲「心遠主人」，收小說十二回，首有戊申巧夕西湖寒士序，《孫目》疑此戊申爲康熙七年。書已佚，詳情不得而知。

㈢《筆生鬧》

清初傳抄本，殘缺不全，只知爲擬話本，每回演一故事，作者、卷數、回數等皆不詳，《大塚目》著錄。

㈣《柳下說書》

胡士瑩《話本小說概論》著錄，謂：「清康熙刊大巾箱本，八冊，《孫目》未著錄。爲明末清初說書家柳敬亭說書的底本。……原藏武昌劉禺生家，後歸黃季剛，黃歿，書遂失落。」蕭亦五〈談王少堂的說書藝術〉一文的附記則說：「柳的話本，書名叫《柳下說書》。但該書已散失……此書是木刻本，共四冊。」洪式良《柳敬亭評傳》對於《柳下說書》持懷疑的態度，說：「柳敬亭是否有《柳下說書》的話本流傳下來，實在是很難肯定的。所謂『此書是木刻本，共四冊』，以筆者所知，也只是傳聞之詞。」❶胡士瑩先生據劉禺生《世載堂雜憶》，謂《柳下說書》原有百篇，今知者僅存十目，其內容則完全不可考了。❷

二、舊目誤明刊爲清刊者辨正

---

❶ 見蕭亦五〈談王少堂的說書藝術〉（新華日報群眾文藝版，一九五四年七月二六日）、洪式良《柳敬亭評傳》（上海古典文學出版社，一九五六年）頁二九。

❷ 見胡士瑩《話本小說概論》（台北，丹青圖書公司，一九八三年）頁六二九。

㈠《弁而釵》

胡士瑩《話本小說概論》著錄「筆耕山房刊本」，題「醉西湖心月主人著」，並將此書列入第十五章〈清代的說書和話本〉。《孫目》的著錄也說：「清無名氏撰。」但本書第四集敘及天啓年間魏忠賢事，又說：「宋有官妓，國朝無官妓。」是以明朝爲「國朝」，知其出於明人之手。（據天一出版社《明清善本小說叢刊》第十八輯《艷情小說專集》第四集第一回）《大塚目》和《中國禁書大觀》著錄爲「崇禎間刊」、「刊於崇禎年間」❸是正確的。

㈡《宜香春質》

胡士瑩《話本小說概論》著錄清初刊本，並將此書列入第十五章〈清代的說書和話本〉。《孫目》著錄舊刊本，也說是：「清無名氏撰。」天一出版社《中國古艷稀品叢刊》第六集收錄了「筆耕山房刊本」，和《弁而釵》同樣題爲「醉西湖心月主人著」。二書作者相同，刊行的書肆相同，內容也都專寫男同性戀的故事，當爲時代相近之作，應當也如《大塚目》和《中國禁書大觀》所著錄，「刊於崇禎年間」才是。

㈢《載花船》

由於《孫目》著錄了一個有「己亥（順治？）冬月朗人序」的刊本，所以有些學者認爲此書作於入清之後，柳存仁先生就說：「孫先生以己亥爲順治十六年，自己又在括弧內加了

---

❸ 安平秋、章培恒主編《中國禁書大觀》（上海文化出版社，一九九〇年）頁三〇五。

一個問號。其實，順治十六年是很有可能的。這個時期的坊刻本，多數是每半葉八行的款式。」❹柳先生說：「這個時期的坊刻本，多數是每半葉八行的款式。」這恐怕未必然，我們在前面所討論的小說中，半葉九行、十行的也不少。現在最大的問題是，這個有「己亥冬月朗人序」的刊本已經無法見到了，《孫目》所著錄的「日本倉石武四郎藏刊本，存三卷十二回，卷演一故事，有圖」的刊本，現在歸東洋文化研究所，但僅有三卷八回，卷一缺一、二回，並無序、目和圖，卷三缺十一、十二回，所以《中國通俗小說總目提要》提出疑問說：「未知是孫先生著錄有誤，抑此書後遭殘損？」❺另外，《孫目》著錄的八回坊刻本，行款爲半葉八行，行二十四字，也和現在藏在北京大學圖書館的八回本不同，北大藏本爲半葉十行，行二十四字，沒有圖和序跋。此書還有一個手抄本，藏在英國博物院，只有一卷四回，目錄前題：「新刻小說載花船」，下署「西泠狂者筆」、「素星道人評」，天一出版社影印收入《中國古豔稀品叢刊》第六集，以及《明清善本小說叢刊初編》第十八輯《豔情小說專集》。

現在，「己亥冬月朗人」的〈序〉恐怕已不存於天壤間，而「己亥」是否爲順治十六年，孫先生自己也沒有把握，倒是有幾條內證，可以說明此書當是出於明人之手。蕭相愷先生說：「書中第二人稱複數『們』多作『每』，……入清後，這種稱法便極少了。……另外，此書

❹ 見柳存仁《倫敦所見中國小說書目提要》（台北，鳳凰出版社，一九七三年）頁三四〇。

❺ 文學研究所《中國通俗小說總目提要》（北京，中國文聯出版公司，一九九〇年）頁三三四。

卷一第四回中稱明太祖爲洪武爺，卷二第五回說：『這兩首詩乃是正德初年侯官林太清與同里女子戴氏伯璘所作』，不似清必稱『明正德初年』；又有『宋自金虜南侵』的話，這些也都說明此書當爲明刻。」❻歐陽代發先生也說：「還有『盛明朝萬畺永享』之語……第七回更有『韃子』之稱，俱非清初人敢說，是明人口氣。」❼此外，清初范希哲（四願居士）《魚籃記》（又名《雙錯巹》）傳奇，是根據《載花船》卷三改寫的，其〈自序〉謂：「劇中之事，本之稗史《載花船》。」❽范希哲的作品向來和李漁的《十種曲》並列，其寫作年代一般都定爲順治年間❾，如果《載花船》遲至順治十六年才出版，那麼《魚籃記》取其故事爲藍本的可能性就很小了。總之，以現有的資料觀察，《載花船》列爲明刊是比較合理的。

四《別有香》

❻ 見蕭相愷《珍本禁毀小說大觀》（鄭州市，中州古籍出版社，一九九二年）頁四〇三。

❼ 見歐陽代發《話本小說史》（武漢市，武漢出版社，一九九四年）頁三四三。

❽ 見蔡毅《中國古典戲曲序跋彙編》（濟南，齊魯書社，一九八九年），頁一五一一。

❾ 莊一拂對范希哲的介紹爲：「字號、里居、生平均未詳。約清初順治中前後在世。」所以著錄范的《三幻集》也說是「順治間刊本」，而《今樂考證》、《曲考》、《曲海目》、《曲錄》等書都將范的著作與李漁《十種曲》並列，見莊一拂《古典戲曲存目彙考》（台北，木鐸出版社，一九八六年），頁七〇三、一二〇五。又，周妙中的《清代戲曲史》（鄭州市，中州古籍出版社，一九八七年）第一章〈清朝初年的戲曲〉，也將李漁和范希哲的作品合併討論。

本書全稱「新鐫繡像評演小說別有香」，題「桃源醉花主人編」。全書不知若干回，今殘存三冊九回，回演一故事，首見於胡士瑩《話本小說概論》之著錄，胡氏將此書列爲清刊，《中國通俗小說總目提要》未著錄，《大塚目》和《話本小說史》則都根據胡氏之說，其詳細內容、編刊年代，以及藏書地點等都語焉不詳。一直到最近兩年，陳慶浩、王秋桂所主編的《思無邪匯寶》，收錄了這部罕見的話本小說，我們才知道此書爲中國社會科學院文學研究所劉世德先生所藏，該書的〈出版說明〉對原書的刊行年代有如下的考證：「本書第五回記萬曆壬辰年（一五九二）事，書之寫作，自在此年之後。『常』不避諱而全書『由』皆作『繇』，可能刻於天啓、崇禎間。又本書第五回、第十一回及第十二回皆有『國之將亡，必有妖孽』之語，感慨繫之，殆爲崇禎末年之作哉？胡士瑩將此書列爲清人作品，恐爲揣測之辭。」據此，本書似當爲明刊而非清刊。

第二章　清初前期話本小說的地域分佈及其發展環境

由前一章的統計數字可以得知，清初前期話本小說的創作熱潮並沒有因爲易代之際的大動亂，以及改朝換代的環境變化而減緩，新結集的專集、總集，在歷經清廷從中央到地方不斷查察禁毀之後，至今尚存的達二十七部之多，大約是晚明時期話本集總數的兩倍❶，而明末清初已刊行的話本小說，也不斷被輯入選集，繼續在民間廣泛流傳。本章的主要課題，在於探討此一時期話本小說的發展環境，包括大動亂對話本小說出版與創作所造成的影響，以及動亂之後，社會環境和文學環境的變遷。但這些探討有一個先決條件，由於當時整個中國還處在不穩定的狀態，各地區的環境條件並不相同，故必須先瞭解當時話本小說發展的地域

❶ 晚明編刊的話本小說專集、總集並沒有一個確定的數目，就現階段的考察結果來討論，可以確定爲明刊的有：《三言》、《二拍》、《鼓掌絕塵》、《型世言》、《龍陽逸史》、《歡喜冤家》、《石點頭》、《西湖二集》、《載花船》、《弁而釵》、《宜香春質》、《別有香》、《貪欣誤》、《天湊巧》等十七部，數量大約是清初前期的二分之一多一點，其編刊年代詳見下一節。

分佈，才能準確的對於當地的環境加以分析、討論，故第一節即先就清初前期話本小說寫作以及刊行的區域就現有資料加以探索。

第一節　清初前期話本小說相關地域分佈研究

明末話本小說流行的地區，並沒有人做過仔細的研究。一般都說是江、浙一帶，這說法大致上是不錯的，從現有的資料看，還沒有見到超出這個範圍的❷。那麼清初前期的情形如何呢？

現存清初前期的話本小說，許多是禁毀之餘僅存的海內外孤本，不少版本都已殘缺不

---

❷　註一所列的十七部小說：《三言》、《二拍》、《鼓掌絕塵》（古吳金木散人編，古吳指蘇州）、《石點頭》（金閶葉敬池刊，金閶爲吳縣之別名）刊行於蘇州（其中《警世通言》現存最早刊本爲「金陵兼善堂本」，則在南京，但不確定是否爲原刊）；《型世言》（杭人陸雲龍所刊）、《龍陽逸史》（正文前有程俠題於「南屏山房」的序文，南屏爲西湖十景之一）、《歡喜冤家》（首西湖漁隱主人序）、《載花船》（西泠狂者筆，西泠橋爲西湖十景之一）、《弁而釵》、《宜香春質》（二書皆題醉西湖心月主人著）刊行於杭州；《西湖二集》的作者周清源爲杭州人，書有「雲林聚錦堂刻本」，雲林在江蘇省金壇縣，屬鎮江府；《別有香》題「桃源醉花主人編」，明代桃源有二，一在江蘇淮安府，一在湖南常德府；《貪欣誤》不詳，但同爲羅浮散客鑒定的《天湊巧》，據原收藏者傅惜華的描繪，牌記右方有「西湖逸史課」字樣（見上海古籍《古本小說集成．天湊巧．前言》），知作者爲杭州人。故知，十七部書都不出江、浙二省的範圍。

全，作者或刊行處所已經難以考察，只能就現有的資料加以排比研究，所得到的結論只能說明一個趨向，而不足以代表全部的事實。由於資料不足，本節乃是將作者籍里和作品的編刊地點合起來討論，以便瞭解此一時期話本小說的作者和刊行地域的分佈情形。

本期話本小說作者籍里或刊行地點之分佈：

一、作者籍里或刊行地點在浙江省杭州府者：

㈠《清夜鐘》

本書未注明刊行處所，作者「薇園主人」，據路工先生之說，為明末著名刻書家、小說家陸雲龍，雖然陳慶浩先生認為「還有待考察」❸，但似已為多數學者所肯定❹。如前章所述，陸雲龍印書的「崢霄館」在杭州，本書應當也是在杭州刊行的。

㈡、㈢《無聲戲》一、二集　㈣《十二樓》

如前章所述，以上三書為李漁於順治十二年至十五年在杭州撰寫刊行的。

㈤《跨天虹》

---

❸ 見陳慶浩《中國話本大系──型世言》（江蘇古籍出版社，一九九三年）的〈導言〉頁三二。

❹ 如李漢秋、陸林《中國話本大系──清夜鐘》〈前言〉（江蘇古籍出版社，一九九一年）、歐陽代發《話本小說史》（武漢市，武漢出版社，一九九四年）第十章、苗壯主編《中國古代小說人物辭典》（濟南，齊魯出版社，一九九一年）頁一五五等皆取路工之說。

署「鷲林斗山學者初編，聖水艾衲老人漫訂」，如前章所述斗山學者與艾衲老人可能都是杭州人，鷲林或即西湖西北靈隱寺前的靈鷲峰，又名飛來峰，西湖又稱明聖湖，「聖水」可能是明聖湖的簡稱。

㈥《豆棚閒話》

署「聖水艾衲居士編．鴛湖紫髯狂客評」，今以編者的籍里爲準，並參照《跨天虹》的資料，訂爲杭州刊本。

㈦《照世杯》

前有諧野道人的序文，作序的地點在西湖。序文中並提到，當年冬天曾與紫陽道人（丁耀亢）、睡鄉祭酒（杜濬）在西湖聚會，則本書編刊於杭州當無疑問。

㈧《生綃剪》

刊行處所不詳，由於部分插圖刻工與《清夜鐘》同爲黃子和，前既推定《清夜鐘》刊於杭州，則此當亦爲杭州刊本。

㈨《一片情》

好德堂刊本，目次前有序文，署「沛國摶仙題於西湖舟次」。

㈩《二刻醒世恒言》

本書作者「心遠主人」另有《十二峰》，《十二峰》首有戊申巧夕西湖寒士序，據此推測《二刻醒世恒言》亦當編刊於杭州。

(十)《幻影》（《三刻拍案驚奇》）

本書各回前署「明夢覺道人、西湖浪子輯」，故推斷編刊於杭州。

二、作者籍里或刊行地點在江蘇省蘇州府者：

(一)《飛英聲》

目錄前署名「古吳憨憨生」，古吳指蘇州一帶。

(二)《雲仙嘯》

本書未註明刊行處所，編者「天花主人」亦不詳其籍里，不過天花主人另有《驚夢啼》一書，「竹溪嘯隱」在序文中說：「驚夢啼一說其名久已膾炙吳門，乙卯秋其集始成，因屬余爲序。」吳門指蘇州，看來天花主人若非蘇州人，就是當時身在蘇州，取當地流傳故事撰寫小說，據此將《雲仙嘯》的刊行地斷爲蘇州。

(三)《十二笑》

本書的編者爲「子猶後人」，子猶即馮夢龍，而馮爲蘇州人，其後人自然也是蘇州人。

(四)《金粉惜》

本書爲梵香閣刊本，封面左下方題「古吳梵香閣」，故知爲蘇州刊行者。

(五)《四巧說》

本書題「吳中梅庵道人編輯」，吳中亦指蘇州而言。

三、其他：

1.浙江省江寧府　《西湖佳話》的原刊本爲「金陵王衙藏板」，金陵即南京，當時屬江寧府。

2.浙江省嘉興府　①《珍珠舶》編者爲「鴛湖煙水散人」，鴛湖即鴛鴦湖，在嘉興府。

②《人中畫》編者「風月主人」可能是「煙水散人」已如前章所述。

3.江蘇省鎭江府　①《鴛鴦鍼》編者據王汝梅先生之說爲吳拱宸，吳拱宸爲江蘇丹徒人，當時屬鎭江府。

②《警寤鐘》草閒堂刻本，目錄前題「雲陽嗤嗤道人編著」，正文前則作「溧水嗤嗤道人」。清代的雲陽縣在今四川省，而溧水縣則在江蘇省，所以此處的「雲陽」當是指江蘇省的丹陽縣，丹陽在三國時亦稱雲陽，清屬鎭江府。

4.湖南省永州府　《錦繡衣》、《都是幻》、《筆梨園》三書的編者爲「蕭（瀟）湘迷津渡者」，瀟湘指湖南省零陵縣，屬永州府。

5.山東籍　①《醉醒石》題「東魯古狂生」，東魯指山東。

②《五更風》題「五一居主人編，靁湖夢史校」，編者籍里不詳，校者的籍貫「靁湖」或指山東東昌府的雷澤。

在上述地緣關係可考的二十六種清初前期話本小說專集、總集和選集中，和浙江杭州有關的佔了十一種，江蘇蘇州則佔了五種，分居第一、二位，可見當時話本小說的大本營仍在蘇、杭二府。如果以省爲單位，則浙江省佔了十四種，超過可考話本小說總數的一半，江蘇省則佔了七種，也超過四分之一，可見清初前期話本小說的發展，仍延續明末的情勢，集中在浙江、江蘇二省。其他也有作者可能隸籍湖南、山東，但沒有證據顯示小說的刊行地點在這兩個省分，所列資料僅供參考。

表三、清初前期話本小說相關地域分佈表

省名	府名	書名
浙江	杭州	《清夜鐘》《無聲戲》一、二集《十二樓》《跨天虹》《豆棚閒話》《照世杯》《生綃剪》《一片情》《幻影》《二刻醒世恒言》（共十一種）
	江寧	《西湖佳話》
	嘉興	《珍珠舶》《人中畫》
江蘇	蘇州	《飛英聲》《雲仙嘯》《十二笑》《金粉惜》《四巧說》
	鎭江	《鴛鴦鍼》《警寤鐘》
湖南	永州	《錦繡衣》《都是幻》《筆梨園》
山東	東昌	《五更風》
	不詳	《醉醒石》

第二節 甲申、乙酉之變對話本小說的出版和創作造成的影響

本節所謂的甲申之變，指崇禎十七年（甲申年、一六四四）李自成亡明；而乙酉之變，則指順治二年（乙酉年、一六四五）清兵下揚州、入南京、屠嘉定等變亂。

傅依凌先生認爲中國資本主義的萌芽「當以明代嘉靖（一五二二—一五六六）前後，也就是十六世紀爲一轉折點，而首先在江南及沿海地區表現出來。」❶資本主義萌芽的結果，造成了商品經濟的發達和城市的繁榮。其發展過程是這樣的：首先因爲農產品的商品化和商業性農業的發展，爲手工業的發展提供了充足的原料，因而促成了手工業（如絲織業）的興盛。而農工業的發展，提供了豐富的商品，又促成了商業的繁榮。由工商業發達所發展出來

❶ 傅依凌《明代江南市民經濟試探》（台北，谷風出版社，一九八六年）頁一。按，有些學者並不贊同中國有所謂的「資本主義萌芽」，但即使不贊同中國有資本主義萌芽的黃仁宇先生，也不能否認明清時期「金融經濟」的「突然猛進」，見黃仁宇〈從《三言》看晚明商人〉，載《放寬歷史的視界》（台北，允晨文化公司，一九九二年）頁三。

的工商城市，其主要的職能是經濟性的，城市的主要成員則是工商業者及其雇傭勞動者。❷話本小說的大本營蘇州和杭州，正是典型的工商業大城，她們都是當時重要的絲織業中心❸。商品經濟的發達，造成了消費性的社會形態，人口眾多的工商業大城，則需要更多的娛樂事業，具有市民文學性質的話本小說正是在這樣的社會基礎上發展起來的。

明代的出版業也是相當發達的，陸容（一四三六—一四九六）的《菽園雜記》說：「宣德、正統間，書籍印版尚未廣，今所在書版，日增月益，天下右文之象，愈隆於前已。」❹陸容是成化年間的進士，他所謂的「今」，指的當是成化（一四六五—一四八七）到弘治九年（一四九六）他去世以前的事情，這時的出版事業還不算十分發達，但從他的說明可以窺知當時出版業已經有相當程度的規模了。明代的出版事業到嘉靖時才蓬勃的發展起來，這可以從葉德輝《書林清話》卷五〈明人刻書之精品〉和〈明人私刻坊刻〉這兩節所著錄大量嘉靖以後的刻本可以看出來，研究圖書版本的李清志先生也說：「當時南京、蘇州、徽州、杭

❷ 參見陳學文《明清社會經濟史研究》（台北，稻禾出版社，一九九一年）〈前言〉頁八—九；又〈明清江南市鎮經濟的發展〉，同書頁九一。

❸ 同註一所引傅氏之書，頁二九。又童書業《中國手工業商業發展史》（台北，木鐸出版社，一九八六年）頁二六四。

❹ 陸容《菽園雜記》（臺北，新興書局筆記小說大觀十四編）卷十，頁一二〇。

州、吳興、建陽等地私人和書坊刻印大量小說、戲曲、醫書與其他各類書籍」❺。至於出版業最興盛的地點，「弘正以前，書坊猶多聚於閩中，……厥後蘇州漸盛，萬曆以後，南京及杭州，書坊復蔚然興起。」❻蘇州、杭州都是晚明的刻書中心，不但書出版得多，販書的書鋪也很多，胡應麟（一五五一—一六〇二）說：「今海內書，凡聚之地有四：燕市也、金陵也、閶闔也、臨安也。」❼閶闔（或稱閶門）就是蘇州，臨安即杭州。蘇、杭的刻書事業和書籍買賣都十分興旺，故又具備了話本小說發展的一個必要條件。

明代刻書的工價很便宜，清蔡澄的《雞窗叢話》說：「前明書皆可私刻，刻工極廉，聞前輩何東海云，……嘗聞王遵巖、唐荊川兩先生相謂曰：『數十年來讀書人能中一榜，必有一部刻稿，屠沽小兒身衣飽暖，歿時必有一篇墓志。』」❽雖然由於刻工不講究，使明代刻書有浮濫之譏，甚至於有「明人刻書而書亡」的諷刺，但其好處則是：「由於東南各省普遍的刻書，供給當時人士的需要，因之一般市民所喜愛的通俗小說、戲曲傳奇，也得以廣爲傳刻。」❾由於話本小說的讀者以小市民爲主，小市民比較不像文人那樣講求版本的精美，所

❺ 李清志《古書版本鑑定研究》（台北，文史哲出版社，一九八六年）頁七二。
❻ 屈萬里、昌彼得《圖書板本學要略》（台北，華岡出版公司，一九七八年）頁五七。
❼ 胡應麟《少室山房筆叢》（台北，世界書局，一九六三年）頁五五。
❽ 《大華文錄》影印光緒刊本《雞窗叢話》（台北，大華印書館）頁三八。
❾ 謝國禎《明清筆記談叢》（台北，仲信出版社）頁七。

以話本小說的發展，需要的正是品質也許稍遜，但價錢較低、速度較快、數量較多的刻書方式。萬曆時舒載陽版的《封神演義》書上蓋有「每部定價紋銀二兩」的木戳，以一部約有七十萬字的大部頭小說來說，這書價不算太高，程偉元曾在乾隆壬子活字本《紅樓夢》的序文中題道：《紅樓夢》還沒有刊行時，「好事者每傳鈔一部，置廟市中，昂其值，得數十金。」數十金就是好幾十兩，這就不是普通百姓買得起了。何況《封神演義》的二兩還是萬曆時的行情，啓、禎年間小說的刊行更多，書價更爲便宜，一般市民應該更買得起。而一旦引起民眾閱讀的興趣，便會回過頭來激起書商的出版意願，像馮夢龍的《古今小說》，就是因「賈人之請」而刻的⑩，淩濛初的《拍案驚奇》，也說是因爲《三言》賣得好，「肆中人見其行世頗捷，意余當別有秘本圖書而衡之」，可是「一二遺著，比其溝中之斷蕪，略不足陳已」，所以才「取古今來雜碎事……演而暢之」⑪的，繼而「賈人一試而效，謀再試之」⑫，於是又有《二刻拍案驚奇》的刊行。就這樣，在讀者的要求、書商的推動、作家的努力之下，話本小說在明末的一、二十年之間，蓬勃的發展起來。

現存已知的明代話本小說總集或專集，其刊行年代可大致排列如下：

---

⑩ 綠天館主人〈古今小說序〉。

⑪ 即空觀主人〈拍案驚奇序〉。

⑫ 即空觀主人〈二刻拍案驚奇小引〉。

表四、明末話本小說總集、專集刊行年代表⑬

泰昌元年至天啓四年之間	《古今小說》
天啓四年	《警世通言》
天啓七年	《醒世恒言》
天啓、崇禎年間	《天湊巧》
崇禎元年	《拍案驚奇》

⑬ 下列各書的刊行年代說明如下：《三言》的部分，參見胡萬川〈馮夢龍所編話本小說《三言》的版本與流傳〉，收入《話本與才子佳人小說之研究》（台北，大安出版社，一九九四年）。《天湊巧》第三回〈曲雲僊〉開頭云：「在我國朝著名的有瓦寡婦，曾佐胡總制平倭；近日有石柱司女官秦良玉，他累經戰陣，在遼東也曾有功。」秦良玉在遼東有戰功是天啓元年的事（見《明史》卷二百七十〈秦良玉傳〉），文中既說「近日」，故知當在啓、禎年間。《二拍》的部分，據淩濛初〈二刻拍案驚奇小引〉，《初刻》的完稿在「丁卯之秋」，即天啓七年，但〈拍案驚奇凡例〉則署「崇禎戊辰初冬」，知其刊行在完稿的第二年即崇禎元年。《初刻》的〈二刻拍案驚奇小引〉末署「崇禎壬申冬日」，壬申爲崇禎五年。《鼓掌絕塵》正文前有崇禎辛未（四年）閉戶先生的題辭。《型世言》的刊行年代，參見陳慶浩《中國話本大系—型世言》（江蘇古籍出版社，一九九三年）的〈導言〉。《龍陽逸史》二十回，現藏日本佐伯文庫，署「京江醉竹居士浪編」，書前的序文和書末的題辭都載明作於「崇禎壬申」。《石點頭》有龍子猶（馮夢龍）的序，筆者曾據馮夢龍的生平考察，推論此序應作於崇禎七年馮氏出任壽寧知縣以前。參見拙著《晚明話本小說石點頭研究》（臺北，學生書局，一九九一年）頁一三—一四。《歡喜冤家》第九回開頭云：「話說天啓辛酉年間」，故知本書作於天啓以後，而序言中指出書成於「庚辰春王遇閏」，春指正月，崇禎十三年庚辰正是閏一月。《貪欣誤》第三回提及崇禎十三（庚辰）年之科舉，見上海古籍出版社《古本小說集成》景印北大藏本，頁八八。其餘各書刊行時間不詳。

崇禎四年	《鼓掌絕塵》
崇禎四、五年	《型世言》
崇禎五年	《二刻拍案驚奇》、《龍陽逸史》
崇禎七年以前	《石點頭》
崇禎十三年	《歡喜冤家》
崇禎十三年後	《貪欣誤》
崇禎年間，確切年分不詳	《別有香》、《西湖二集》、《載花船》、《弁而釵》、《宜香春質》

從表中可以看出，自《三言》刊行後，話本小說集一部接一部的出現，話本小說的發展成為一股不可抗拒的潮流。這一股熱潮並沒有因為改朝換代而消沈，話本小說在清初前期依舊蓬蓬勃勃地發展著，其原因何在呢？

清軍入關，原是打著為明朝「復君父之仇」⑭的旗號，標榜對於明之臣民「秋毫無犯」，所以入關之初，沒有受到很大的阻力。順治二年乙酉，多鐸率軍南下，在揚州遭到史可法的堅強抵抗，陷落後屠城十日，這個當時繁華著名的工商大城，在清軍的燒殺擄掠之下，受到極大的破壞，《揚州十日記》說：「查焚尸簿載其數，前後約八十萬餘，其落井投河、閉戶

⑭ 徐錫麟、錢泳輯《熙朝新語》（上海古籍出版社，一九八三年景印道光本）頁三載：「二十二日敗流賊兵二十萬於山海關，我兵長驅而西，民多逃匿，為艸檄宣諭，言義兵之來，為爾等復君父仇，非殺百姓也。」

自焚，及深入自縊者不與焉。」⑮五月，清兵進抵南京，南畿蘇、常各府望風歸順；六月，薙髮令下，江南爲之震動，徐鼒《小腆紀年》卷十，順治二年六月辛酉條載：「薙髮令下，鄉民駭愕，吏胥又魚肉之，民洶洶思亂」，因而蘇州、常州、松江、嘉興等府群起反抗，除了造成有名的「嘉定三屠」、「江陰屠城」之外，各地所遭受的摧殘也都極爲慘重，⑯南部的工商業中心破壞殆盡。

工商業破壞，造成經濟的衰退，以蘇州來說，謝國楨先生說：「我們從《蘇州織造局志》上，可以看出，從順治三年起到康熙二十二年（一六四六—一六七九），織造業一直減產，到台灣（歸附）以後，蘇州的織造業才恢復起來。」⑰至於出版業，自然也大受影響，不但

---

⑮ 王秀楚《揚州十日記》（台北，廣文書局，一九八八年，以《揚州十日記》爲總書名，內含夏允彝《幸存錄》、夏完淳《續幸存錄》等五書）頁二四一—二四二。

⑯ 參見陳生璽〈剃髮令在江南地區的暴行與人民的反抗鬥爭〉，載《明清易代史獨見》（鄭州市，中州古籍出版社，一九九一年）頁一六一—一九二。

⑰ 見謝國楨〈明末資本主義萌芽的出現及其遲緩發展的原因〉，載《明末清初的學風》（台北，仲信出版社）頁七二。

刻書、賣書的局鋪遭到破壞⑱，作家的書稿遭到焚毀⑲，而且民眾謀食不易，難有餘力購買書籍，小說的銷售量必然大為減少。所以就客觀的物質環境來說，明清易代的動亂對話本小說出版的影響是負面的。

然而，人是活在物質和精神兩種領域的，當物質環境愈艱難，心靈上所需要撫慰就更殷切，何況初受外族統治的漢人百姓，其精神上的苦悶可想而知。而就普通百姓來說，可能沒有比通俗小說更能扣人心弦，能予人心靈最直接寄托的。有許多例子可以證明，簡短易讀的話本小說在明清易代之際是最受歡迎的讀物之一。最明顯的例證是李漁的《無聲戲》一、二集，從前章的考論可知，二書順治十二、三年才刊行，順治十六年就遭書商（三近堂）翻刻，翻刻的書商將一、二集各選若干篇，編為《無聲戲合選》行世，李漁為抵制盜印，於是也自

⑱ 明清之際有名的刻書家毛晉，在汲古閣本《十七史》前有一篇文章自敘其重鐫《十三經》、《十七史》的緣起，文中提到甲申（一六四四）年明清易代之際，《十七史》剛刻好，「豈料兵興寇發，危如累卵，分貯板籍於湖邊岩畔茆菴草舍中。水火魚鼠，十傷二三，呼天號地，莫可誰何。」其描述可以讓我們想像當時出版事業遭戰火摧殘的情形。上述文字轉引自葉德輝《書林清話》（台北，文史哲出版社，一九七三年景民初刊本）頁三九六。

⑲ 例如婺城（浙江金華縣）在乙酉兵亂之後，李漁說：「故交止剩雙溪月，幻泡猶存一片墟。」（〈婺城亂後感懷〉），他在婺城的住處遭到毀損，藏書手稿也都付之一炬，作有〈弔書詩〉四首，參見黃麗貞《李漁研究》（台北，國家出版社，一九九五年）頁三〇。

行選編了一本《無聲戲合集》來對抗，杜濬在〈無聲戲合集序〉中說：「其意使人不病高價，則天下之人皆得見其書」，其以精選降價來對抗盜刻的用意非常明顯。李漁的著作被翻刻的很多，《閒情偶寄》卷十一謂：「至於倚富恃強，翻刻湖上笠翁之書者，大海以內，不知凡幾。我耕彼食，情何以堪？」⑳但還是以小說被盜印的情形最嚴重，〈與趙聲伯文學〉云：「弟之移家秣陵（南京）也，只因拙刻作祟，翻板者多，故違安土重遷之戒，以作移民就食之圖。」㉑李漁從杭州移居南京在順治十八年㉒，正是《無聲戲》遭杭州書商翻刻之後不久，他遷居的目的，當是到南京另闢市場，以謀生計（所謂「移民就食之圖」），此例足覘當時話本小說暢銷的情形。此外，前章所論及的話本小說選集中，《幻影》、《二刻拍案驚奇別本》，都利用了原書《型世言》或《二刻拍案驚奇》的版片，急於刊行以牟利，這當然是為了應付讀者所需的應急作法。再如《覺世雅言》，前章曾引胡士瑩先生所推測其刊行的情形說：「大概其時當明季兵燹之餘，《三言》版片，零落殆盡，坊賈乃擇其稍為完整者，隨手湊成，再加《今古奇觀》一篇，別題書名以牟利。」這些例子，都說明了讀者對於話本小說有迫切的需求。

⑳ 李漁《閒情偶寄》（台北，長安出版社，一九七五年）頁二四六。

㉑ 《笠翁一家言·文集》卷三〈與趙聲伯文學〉，載《李漁全集》（杭州，浙江古籍出版社，一九九二年）第一卷，頁一六七。

㉒ 李漁移居金陵有許多不同說法，此據黃強〈李漁移家金陵考〉，載《文學遺產》一九八九年第二期。

有銷路，商品就會增產，除了書商之外，作家也會因此而大量投入話本小說的市場。當然，話本小說不能全然以商品來看待，陳大康先生分析清初前期通俗小說的繁榮情形，認為與明末時相比，此時的作者又增加兩類人。其中一種是不願臣服新朝的遺民，如「知古宋遺民之心」的陳忱作《水滸後傳》，乃是為了表達「肝腸如雪，意氣如雲，秉志忠貞，不甘阿附」的志向，並借此寄托對權奸貴宦之憤與亡國孤臣之恨。㉓像這樣的寫作動機，就和市場的供需關係有一段距離，然而不能否認的是，這樣性質的作品，因為能引起身受亡國之痛的讀者的同情，也會有一定的銷路。話本小說像署名「薇園主人述」的《清夜鐘》，第一回寫李自成入京時的景象，文中充滿了義憤，「到街坊一望，穿紅的是辨迎賊官，帶黃紙的是迎賊的百姓」，「走馬長安道上，一時死義，單只汪、劉、周、馬四人，所謂讀聖賢書，所學何事？」第四回寫清兵入南京，「百姓也都在家洗門神門對，粘帖順民，剃頭做新朝百姓。」都充滿了遺民的悲慨，必能引起有志節的讀者之共鳴。

陳先生所說的另一種作者，則是「功名心極強，終因戰亂堵塞了仕途，被迫放棄科舉之途轉搞小說創作的失意文人」，並以「煙水散人」和「天花藏主人」為這一類作家的代表。㉔其實在通俗小說作者的大本營裏，本來就充斥著所謂的「失意文人」，馮夢龍、淩濛初都

㉓ 見陳大康《通俗小說的歷史軌跡》（長沙，湖南出版社，一九九三年）頁二一五。

㉔ 同前註，頁二一五—二一六。

是科舉場中屢戰皆北的常敗將軍，寫《西湖二集》的周清源更是「懷才不遇，蹭蹬厄窮」，甚至於「敗壁頹垣，星月穿漏；雪霰紛飛，几案爲濕」㉕。滿清入關之後，順治二年就開始舉行鄉試，在順治年間，一共舉辦了八次會試，其中丁亥、己亥兩次是因爲「需材正急」而加考的㉖，對於以舉業爲職志的讀書人來說，如果不以在新朝作官爲恥辱的話，正是獵取功名的大好時機，所以說「戰亂堵塞了仕途，被迫放棄科舉之途」，反而可能是少數的情況，不能說那些失意文人是清初小說作家的新成員。然而戰亂會使那些「失意文人」更加狼狽則是事實，承平的時代，他們還可以處一個館，靠教書來活口，戰亂或年荒之時，就連這條衣食道路也斷絕了。呂留良（一六二九—一六八三）曾在〈賣藝文〉中生動刻畫了一班窮朋友們貧不能自存，不得已而賣文、賣字、賣畫的苦況㉗，又有〈寄黃九煙〉詩，首句云：「聞道新修諧俗書，文章賣買價何如？」自註云：「時在杭州，爲坊人著稗官書。」胡適說：「可見當時那一班遺民常常替書坊編小說書爲餬口計。」㉘那麼，既然話本小說受歡迎、有市場，失意文人可以靠它解決一點「謀食之艱」的問題，又可以借此賣弄文才，或發舒一點胸中的悶氣，自然會樂於投入寫作的行列，「天空嘯鶴」說《豆棚閒話》的作者「艾衲居士」：「賣

㉕ 湖海士〈西湖二集序〉。

㉖ 見葉夢珠《閱世編》（台北，木鐸出版社，一九八二年）頁四一。

㉗ 見《呂晚村文集》（台北，商務印書館，一九七七年）下冊，頁五四五—五四八。

㉘ 胡適〈水滸續集兩種序〉，載《胡適文存》（台北，星河圖書公司）第二集，頁四五七。

不去一肚詩云子曰，無妨別顯神通……兼之狼狽生涯，豈還待守株之兔？」這可說是失意文人投入話本小說寫作行列的最佳告白了。

所以說甲申、乙酉之變雖然破壞了工商經濟，並且打擊了出版事業，客觀的物質環境對話本小說的刊行造成了不利的影響，然而從讀者的心理需求和作者的投入意願來分析，則這一場動亂反而成爲促進話本小說繁榮的催化因子。雖然物質條件大不如前，像《三言》、《二拍》那種刻工精緻，還附有美麗插圖的版本已不多見，如前所述有些話本小說選集還是拼湊而成的，然而版本的粗陋和出版數量的龐大，恰好說明了在物質條件不足的情況下，市場需求卻大量擴張的現象，這是明清易代的動亂對話本小說的刊行帶來的明顯影響。

至於因爲置身於動亂之間，或經歷動亂之後，作家的思想、情感產生的變化；以及由於戰爭所造成的離亂，或人們在面對朝代更替時所產生的內心衝突或特殊行事，成爲話本小說的新題材；這也都是改朝換代所帶來的影響，這些影響則造成了清初前期話本小說與晚明時期不同的新風貌，其具體內容，本論文將在後面的章節中予以詳細討論。

第三節　清初前期話本小說發展的文學環境

從上一節討論甲申、乙酉之變對話本小說發展造成的影響，可以瞭解清初前期在動亂之後，物質環境雖甚爲惡劣，然而讀者對話本小說需求甚急，因而小說作家不斷投入寫作行列的情形。這些現象，可以稱之爲話本小說發展的客觀環境，此一客觀環境是艱苦的，卻又是蓬勃積極的，是正面有利於話本小說之興旺的。本節則將探討當時的文學環境，主要是研究這四十年間的文學思潮，重點放在作爲整體文學思潮之一支的小說思潮，此一思潮對於小說作家的創作心理必然造成巨大的影響，可以稱之爲話本小說發展的主觀環境。

所謂文學思潮（或作「文藝思潮」Literary Trend），指的是：「在一定歷史時期內，隨著經濟變革和政治鬥爭的發展而在文藝上形成的某種思想傾向和潮流。」❶而「文學思潮」又是「時代思潮」的一部分，梁啓超說：「今之恒言，曰『時代思潮』，此其語最妙於形容。凡文化發展之國，其國民於一時期中，因環境之變遷，與夫心理之感召，不期而思想之進路，同趨於一方嚮，於是相與呼應洶湧，如潮然。」❷梁氏對「時代思潮」的解說極透闢，他又說中國能成爲時代思潮的只有「漢之經學、隋唐之佛學、宋及明之理學、清之考證學」四者，這話當然有他的道理，並非筆者所能批判，但我認爲，在他所劃分時代的大範圍中，也會有局部時期的思潮產生，梁氏曾說時代思潮「今之譯語，謂之『流行』」❸，如以今日之「流行」論之，十數年即有一循環，何待數百年的時間？例如「宋明理學」作爲一時代思潮，其

❶ 見劉介民《比較文學方法論》（台北，時報文化公司，一九八〇年）頁五七〇。
❷ 梁啓超《清代學術概論》（台北，水牛出版社，一九八一年）頁一。
❸ 同前註，頁三。

間「理學」、「心學」的消長，何嘗不是有一定的循環？故本文對「思潮」的定義，不做如此嚴格的界定，只要一段相當時期有一共同的「思想傾向和潮流」，吾人即承認此時期有一思潮在。

梁啓超曾將「清代思潮」喻爲歐洲的「文藝復興」，而明末清初則爲此一思潮的「啓蒙時期」❹。「文藝復興」或「啓蒙時期」的說法未必完全獲得學界的認同❺，但將明末清初作爲一個思想轉變的時代，則爲國內多數學者的共識，在日本，溝口雄三氏也曾就「政治觀」、「社會觀」、「人生觀」三方面討論當時思想的變化，並說「明末清初是一個歷史劃時代的看法，已爲日本歷史學界所共認。」❻。這個歷史劃時代的主流思潮，厥爲「經世致用之學」，日本學者山井湧說：「明朝的代表性學術是所謂的『性理之學』……，而清朝的代表性學術，毋庸贅言，即是考證之學……；但在學術史上，卻不是把明代心學翻轉過來，立刻就出現了

❹ 同前註，頁六。

❺ 林保淳曾舉出余英時和侯外廬二氏對梁氏的批評，見林保淳《經世思想與文學經世》（台北，文津出版社，一九九一年）頁二〇，註二五。另外，包尊信也說：「把『經世致用』和『啓蒙思潮』等同起來，是缺少根據的。」見包尊信〈晚霞與曙光〉，載《批判與啓蒙》（台北，聯經出版公司，一九八九年）頁一九二。

❻ 見溝口雄三〈論明末清初時期在思想史上演變的意義〉，載《史學評論》（台北，史學評論社，一九八六年）第十二期，頁九九。

清代考證學，而是在這兩者之間，還存在著一段號爲『經世致用之學』的時期。」❼「經世致用之學」是晚明東林學派針對王學末流之弊而提出的，但在當還不能說蔚爲一個潮流，其眞正興盛要到清初。

明清易代是一個被當時學者形容爲「天崩地解」❽的重大變故，其嚴重性在於清朝統治者的建立政權乃是「以夷變夏」，所以給漢族讀書人帶來莫大的衝擊。他們在亡國之後，沈思歷史，對於明代讀書人的清談誤國深惡痛絕，顧炎武（一六一三—一六八二）說：「五胡亂華本於清談之流禍，人人知之。孰知今日之清談有甚於前代者！昔之清談談老莊，今之清談談孔孟。……以明心見性之空言，代修己治人之實學，股肱惰而萬事荒，爪牙亡而四國亂。神州蕩覆，宗廟丘墟。」❾朱舜水（一六〇〇—一六八二）也說：「講道學者，又迂腐不近人情……講正心誠意，大資非笑。於是分門標榜，遂成水火，而國家被其禍。」❿在這種情況下，「經世致用」思想被加重強調，成爲清初思潮的主流是可以理解的。

清初前期的文學思潮，便是受到此一「經世致用」的時代思潮所制約。顧炎武有名的文

❼ 見山井湧〈明末清初的經世致用之學〉，載《史學評論》第十二期，頁一四一。
❽ 語見黃宗羲〈留別海昌同學序〉，載《黃宗義全集》第十冊（杭州，浙江古籍出版社，一九九三年），頁六二七。
❾ 顧炎武《（原抄本）日知錄》（台北，明倫書局，一九七九年）卷九〈夫子之言性與天道〉條，頁一九六。
❿ 朱舜水《朱舜水集》（台北，漢京文化公司，一九八四年）卷十一〈答林春信問七條〉，頁三八三。

學主張是「文須有益於天下」，他說：

> 文之不可絕於天地之間者，曰明道也、紀事也、察民隱也、樂道人之善也。若此者有益於天下，有益於將來，多一篇多一篇之益矣。若夫怪力亂神之事，無稽之言，勦襲之語，諛佞之文，若此者有損於己，無益於人，多一篇多一篇之損矣。⑪

這種文學的實用觀，本是儒家思想對於文學的基本主張，重新強調其重要性，主要是對於明代擬古派的反動，以及對公安的「獨抒性靈」和竟陵「幽深孤峭」文學的矯治，也是受到時代刺激而產生的省思。

當時的文學觀又強調文學與時代的關係，黃宗羲（一六一〇—一六九五）說：「是故漢之後，魏、晉為盛；唐自天寶而後，李杜始出；宋之亡也，其詩又盛。無他，時為之也。」⑫又指出文學作品可以補史之闕，謂：「是故景炎、祥興，《宋史》且不為之立本紀，非《指南》（文天祥《指南錄》）、集杜，何由知閩廣之興廢？非水雲之詩（汪元量《水雲集》），

⑪ 同註九引書，卷二十一〈文須有益於天下〉條，頁五四七。

⑫ 見黃宗羲〈陳葦庵年伯詩序〉，載《黃宗羲全集》第十冊，頁四六。

何由知亡國之慘？」⓭既然認爲文學和時代的關係密切，自然就會反對明代的擬古作風，即使模擬到形容逼肖，也不值得重視，黃宗羲在《南雷詩曆》的〈題辭〉中提到有一位朋友示以詩作，他說：「杜詩也。」朋友謙說不敢當，他卻又問道：「有杜詩，不知子之爲詩者安在？」使得他的朋友「茫然自失」。⓮這一段話對擬古主義的批判可以說是十分生動而有力的。顧炎武也強烈批評說：「近代文章之病全在模倣，即使逼肖古人，已非極詣，況遺其神理而得其皮毛者乎？」⓯王夫之（一六一九—一六九二）則說：「立門庭者必餖飣」，「建立門庭，已絕望風雅」，「門庭與依傍門庭者，皆逐隊者也」⓰對於標榜門戶，不能自立風格者，可謂極端不滿；又反對模擬，謂：「身之所歷，目之所見，是鐵門限。」⓱。他們反對標榜門戶、模擬成風，也就等於在強調文學的獨創性。

在詩歌方面，錢謙益（一五八二—一六六四）、吳偉業（一六〇九—一六七二）這兩位詩壇領袖在創作中都注意到身世的反映和時代風貌的反映，錢氏曾說：

⓭ 同前註引書，頁四七，〈萬履安先生詩序〉。

⓮ 同註八引書，第十一冊，頁二〇四。

⓯ 同註九引書，頁五五四，〈文人摹倣之病〉條。

⓰ 王夫之《薑齋詩話》，載丁福保編《清詩話》（台北，木鐸出版社，一九八八年）頁一七、一九、一五。

⓱ 同前註，頁九。

> 三代以降，史自史，詩自詩，而詩之義不能不本於史。曹之〈贈白馬〉，阮之〈詠懷〉，劉之〈扶風〉，張之〈七哀〉，千古之興亡升降，感歎悲憤，皆于詩發之。馴至少陵，詩中之史大備，天下稱之曰『詩史』。唐之詩，入宋而衰，宋之亡也，其詩稱盛。皐羽之慟〈西臺〉，玉泉之悲〈竺國〉，水雲之〈苕歌〉，谷音之〈越吟〉……古今之詩莫變于此時，亦莫盛於此時。⑱

這段話和前面黃宗羲所言如出一轍，而黃宗羲曾將錢謙益比爲元好問，謂有貢獻於詩史的事業，⑲也看出錢氏作詩、論詩對時代反映的重視。錢謙益對明代詩壇多所指責，和顧、黃、王一樣，他對前後七子的擬古作風大表不滿，提出「別裁僞體」，對竟陵也有所批評，說他們「不學」、「競於僻澀蒙昧」，所以除了針對七子的「文必秦漢、詩必盛唐」，提出「轉益多師」的主張外，也勸人多讀書。⑳這些主張，都是和時代思潮相合的。又如著名的作家陳子龍（一六〇八—一六四七）在經歷改朝換代的巨變之後，一反「復古」之論，而提出了以「憂時托志」爲創作之本的「譏刺」說。㉑可見時代對文學思想的影響是巨大的，而在明

---

⑱ 錢謙益〈胡致果詩序〉，《牧齋有學集》中（上海，古籍出版社，一九九六年）頁八〇〇—八〇一。

⑲ 參見王運熙、顧易生主編《中國文學批評史》（台北，五南出版公司，一九九三年）頁八七七—八八四。

⑳ 參見吳宏一《清代詩學初探》（台北，學生書局，一九八六年）頁一一五—一二〇。

㉑ 參見蔡鍾翔、黃保眞、成復旺合著《中國文學理論史》（北京出版社，一九九一年），頁二二。

清易代之際，的確有一股共同的「思想傾向和潮流」，我們或許可以將當時的文學思潮歸結爲：文學是實用的、獨創的、和時代密不可分的。

清初前期的文學思潮如此，那麼，小說思潮又如何呢？

先就小說現象來說。首先可以發現到，此時在整個文學潮流之中，小說的處境是相當尷尬的。一方面，它是一種流行的文體，作品數量龐大，許多文人加入創作，提高了它的身價；另一方面，衛道之士、傳統文人視之爲毒蛇猛獸，必欲去之而後快，例如黃宗羲，他所主張的文學反映時代、反對模擬而貴獨創等文學觀點是進步的，可是對於能表現普通人情的通俗文學卻極力反對，他在《明夷待訪錄．學校》說：「其時文、小說、戲曲、詞曲、應酬代筆，已刻者皆追板燒之。」㉒又如道學家湯斌（一六二七—一六八七）在康熙二十三年任江寧巡撫時，下了一道禁刻淫詞小說戲文的告諭，謂：

> 江蘇坊賈，惟知射利，專結一種無品無學希圖苟得之徒，編纂小說傳奇，宣淫誨詐，備極穢褻，汙人耳目……若仍前編刻淫詞小說戲曲，壞亂人心，傷風敗俗者，許人據

㉒ 黃宗羲〈明夷待訪錄〉，載《黃宗義全集》第一冊（臺北，里仁書局，一九八七年），頁一三。

實出首，將書板立行焚毀。其編次者、刊刻者、發賣者，一併重責，枷號通衢。㉓

編纂小說、傳奇的固然有一些「無品無學、希圖苟得之徒」，其實有心以小說勸世的也不少，但在湯斌的心目中似乎沒有這些區分，只要是編刻「淫詞、小說、戲曲」就加以處罰，這是將小說戲曲界一竿子打翻的做法。

單就小說這一方面來說，上述黃宗羲的話和湯斌的告諭，顯示了兩種現象：第一、小說的數量已經泛濫到讓道學家憂心的地步；第二、正統文人對通俗文學的印象，仍然是極爲惡劣的。

清初前期出版的通俗小說，其數量之多是前所未有的，據陳大康先生的估計，此一時期刊行的通俗小說約有近百之數（指現存者而言）。㉔當然陳氏的估計未必精準，因爲此一時期許多小說的版本不盡完整，關於寫作年代的認定，還需要做更科學的考察。不過我們從當時人的一些記載，如煙水散人作於順治十五年的《女才子書》，其〈凡例〉說：「稗史至今日，濫觴已極。」西湖釣史在順治庚子（十七年）爲《續金瓶梅》所作的〈序〉說：「今天

㉓ 湯斌《湯子遺書》卷九〈蘇松告諭〉，轉引自王利器《元明清三代禁毀小說戲曲史料》（台北，河洛出版社，一九八〇年）頁九〇—九一。

㉔ 見陳大康《通俗小說的歷史軌跡》（長沙，湖南出版社，一九九三年）頁二一一。該書所謂的「清初前期」，指的是從順治三年到康熙三十年這段期間，與本文的界定略有差異。

下小說如林。」康熙元年刊行的《春柳鶯》，其〈凡例八則〉也在一開始就提到：「小說，今日濫觴矣！」可見當時小說的數量確實是相當多的。而從前一章的考論可知，單是現存的話本小說專集，就達到二十七部之多，加上時事小說、歷史小說、新興的才子佳人小說等等，說「近百之數」可能還是一個相當保守的估計。

這麼多的作品出現，水準稂莠不齊是難免的，所謂「宣淫誨詐，備極穢褻，汙人耳目」的作品也的確不在少數。但如果不加以分析，就將小說的價值全盤否定，觀念當然是不夠正確的。衛道之士和傳統文人不能對小說有客觀的認識，小說作家則不然，例如《筆梨園》的作者蕭湘迷津渡者在〈媚嬋娟〉篇中，寫主角江干城沒讀過什麼書，「只因避亂山居時，買了幾部小說，不時觀看，故此聰明開豁。」對於小說的價值予以絕對的肯定，惜春居士的眉批也說：「（看）小說大有益（也）。」如果認為這只是寫小說、評小說的人自賣自誇，再看《吳江雪》（序刊於康熙四年）的作者佩蘅子對當時小說所做的分析：

原來小說有三等：其一，賢人懷著匡君濟世之才，其所作都是驚天動地、流傳天下、垂訓千古。其次，英雄失志、狂歌當泣、嘻笑怒罵，不過借來抒寫自己這一腔塊磊不平之氣，這是中等的了。還有一等的，無非說牝說牡、動人春興的，這樣小說，世間極多，買者亦不少，書賈借以覓利，觀者借以破愁，還有少年子弟，看了春心蕩漾，

竟爾飲酒宿娼、偷香竊玉，無所不至，這是壞人心術所爲。㉕

可見他認爲能夠垂訓千古的小說才是第一等的，作者借以發抒憤懣的小說是次等的，而「壞人心術」之作則是最下等的。那麼，壞人心術之作固然該加以禁絕，作家抒寫胸臆的作品對讀者有何妨礙呢？更何況那些能垂訓千古之作，當有其不可磨滅的價値，豈可不分青紅皀白，一概加以否定？所以一些開明派或實際從事小說創作的文人也展開了反擊，如遺民詩人杜濬（一六一一—一六八七）在〈十二樓序〉說道：「顧今之爲詩文者，豈詩文哉？……吾謂與其以詩文造業，何如以小說造福！與其以詩文貽笑，何如以小說名家！」這段話可說是對那些詩文既寫不好，對小說的性質又不瞭解而信口雌黃的文人有力的批判；〈序〉中也提到李漁對小說的看重，李漁曾說：「吾于詩文非不究心，而得志愉快，終不敢以稗史爲末技。」蠡庵居士在《女開科傳》的〈引〉文開篇就說：「此言雖小，可以喻大。明乎爲說之小者，未必遂無當於大道也。」㉖「不敢以小說爲末技」、謂「小說未必無當於大道」，這些說法

㉕《吳江雪》北京圖書館分館藏本第九回，影印收入上海古籍出版社《古本小說集成》第四批。按，孫遜、孫菊園編《中國古典小說美學資料匯粹》（台北，大安出版社，一九九一年）頁九九所錄誤作《吳中雪》，所引文字亦有缺漏。

㉖《女開科傳》名山聚刊本，原藏大連圖書館，影印收入上海古籍出版社《古本小說集成》第一批。該書記刻工有黃順吉，也是順治十七年刊行的《續金瓶梅》刻工之一，故知本書當刊行於康熙中期以前。

都是針對那些看不起小說的文人而發的。

通俗小說在明代中後期之發展非常蓬勃，關心通俗小說的著名文人（如李贄、胡應麟、袁宏道、謝肇淛、馮夢龍等）不在少數，在他們的大聲疾呼之下，小說的地位的確抬高了不少。但關心歸關心，除了通俗文學大師馮夢龍之外，眞正願意投身創作行列的少之又少。到了明末清初就不一樣了，像寫《西遊補》的董說（一六二〇—一六八六）、寫《水滸後傳》的陳忱（一六一三—一六六四之後不久）㉗、寫《續金瓶梅》的丁耀亢（一五九九—一六七〇）㉘，都是當時小有名氣的文人。董說是「江左名士爭相傾倒」㉙的人物；陳忱曾參加顧炎武、歸莊等人所組的驚隱詩社㉚，《南潯鎭志》說他「好作詩文，鄉薦紳咸推重之」㉛；丁耀亢，《四庫全書總目提要》說他：「少負雋才，中更變亂，棲遲羈旅，時多激楚之音。」

㉗ 此處所列陳忱的生卒年依據陳周昌〈陳忱和他的《水滸後傳》〉，載段啓明、陳周昌、沈伯俊《中國古典小說新論集》（重慶，西南師範大學出版社，一九八七年）頁一六二。

㉘ 此處所列丁耀亢的生卒年依據于潤琦〈丁耀亢生卒年析疑〉，載《社會科學戰線》一九九一年第三期。

㉙ 見《乾隆烏程縣志》引《蓬蒿類稿》，轉引自錢仲聯主編《清詩紀事》（江蘇古籍出版社，一九八七年）二，頁六五三。

㉚ 見謝國楨《明清之際黨社運動考》（北京，中華書局，一九八一年）頁一七一。

㉛ 參見胡適〈水滸續集兩種序〉，載《胡適文存》（台北，星河圖書公司，?年）第二集頁四五四對陳忱生平資料的討論。

自入都後，交遊漸廣，聲氣日盛。」㉜他們都有較高的文學素養和嚴肅的寫作態度，也取得了相當高的作品成績。他們的投入，說明通俗小說一定程度獲得正統文人的重視和肯定。又如杜濬，他是大詩人吳偉業，以及歸莊、王士禛等人都推崇的人物，《黃岡縣志》說他「才聲雄概，驚艷江淮，士大夫以不識其面爲恥。」㉝而他對通俗小說的推廣可謂不遺餘力，除了爲李漁的小說寫敘、寫評，也曾經和丁耀亢以及爲《照世盃》寫敘的吳山諧野人在西湖聚會，討論有關小說如何「爲大千世界說法」（見〈照世盃序〉）。他除了在〈十二樓序〉對看不起小說的人加以駁斥之外，又在〈連城璧序〉中指出：「經史之學，僅可悟儒流，何如此作爲大眾慈航也！」這和清初學者劉獻廷（一六四八—一六九五）所說：「余觀世之小人，……未有不看小說聽說書者，此天性中之《書》與《春秋》也。……戲文小說，乃明王轉移世界之大樞機。」㉞都可以說是馮夢龍以《三言》爲「六經國史之補」（〈醒世恒言序〉）之說的進一步發展，這時小說不止是「補」六經國史的不足，而是比經史之學更加有價值的東西，通俗小說的受肯定，可說是到達顛峰的地位了。

㉜ 見《四庫全書總目》（台北，漢京出版社，一九八一年）卷一百八十二〈集部．別集類存目九．丁野鶴詩鈔〉頁一〇三〇。

㉝ 見《黃岡縣志》（台北，學生書局，一九六七年）頁一七七〇。又參見拙著〈杜濬小說理論探究及其傳記資料之若干商榷〉，載台大中文研究所《中國文學研究》第八期（一九九四年五月）。

㉞ 劉獻廷《廣陽雜記》（台北，河洛出版社，一九七六年）卷二，頁一〇六—一〇七。

通俗文學本來和傳統詩文這種「雅文學」是平行發展的，傳統文人雖然對通俗文學不滿，但也莫可奈何。但通俗文學一經文人染指，就不免產生一種「由俗入雅」的趨勢，而本來對通俗文學不太具有制約力量的文學思潮，也開始向通俗文學滲透，使通俗文學也向主流的文學思潮靠攏。就通俗小說來說，最明顯的莫過於「勸懲說」的提出，馮夢龍認為小說可以「喻世」、「醒世」、「警世」就是最好的例子，這和明末清初「經世致用」的時代思潮指導下的實用文學觀是一致的。

「勸懲說」到了清初前期又有進一步的發展，其發展情形可以從兩方面加以說明。

第一、將勸懲力量和藝術成就、娛樂效果結合，也就是不但重視勸懲，更認識到如何才能得到更好的勸懲效果。在這方面，以杜濬的理論最為成熟而完整，首先，他認為小說要達到勸懲效果，要像〈十二樓序〉中所說的：「以通俗語言鼓吹經傳，以入情啼笑接引頑癡」，若「志存扶植，而才不足以達其辭，趣不足以輔其理，塊然幽悶，使觀者恐臥而聽者反走，則天地間又安用此無味之腐談哉！」故想要使小說達到良好的勸懲作用，第一要通俗、第二要合於人情、第三要有達辭之才、第四要富有趣味。好小說應能「極人情之詭變、天道渺微，從巧心慧舌，筆筆勾出，使觀者於心焰熛騰之時，忽如冷水浹背，不自知好善心生，惡惡念起。」（〈連城璧序〉）如果一篇好小說能夠「理明義暢，使人喜聽樂從」（《連城璧》寅集眉批），那麼它的勸懲效果必然是良好的。㉟

㉟ 參見同註三三所引拙文，頁三〇三。

第二、勸懲效果的好壞也取決於讀者的理解是否正確，西湖釣叟〈續金瓶梅集序〉謂：「《西遊》關心而證道於魔、《水滸》戒俠而崇義盜、《金瓶梅》懲淫而炫於色，……其旨則在以隱、以刺、以止之間，唯不知者曰怪、曰暴、曰淫……夫得道之精者糟粕已具神理，得道之粗者金石亦等瓦礫，顧人之眼力淺深耳。」紫髯狂客在《豆棚閒話》卷末總評說：「著書立言，皆聖賢發憤之所爲作也，亦在乎後學之善讀不善讀。……即如小說一則，奇如《水滸記》，不善讀之，乃誤豪俠而爲盜；趣如《西門傳》，而不善讀之，乃誤風流而爲淫。」這些言論都指出，讀者若不細心去體會作者的苦心（所謂「善讀」），反而責怪作者導社會於淫、盜，這是不公平的。《春柳鶯》的〈凡例〉提出：「此書兒戲者不許看」的要求，要讀者用心研讀；清初小說《快心編》的〈凡例〉也說：「看小說正見作者心裁，若僅速求根荄，概廢枝條，是徒作汗漫觀，便失此書眼目。」文學欣賞本由作者、作品、讀者三方面構成，舊理論總以作者、作品爲討論的對象，而上述言論已經初步接觸到讀者欣賞態度的問題，可以說具有相當的價值。

清初前期的另一個小說現象，是創作方法的進步，也就是從以改編爲主，發展到由作家個人獨創的階段。四大奇書中的《三國》、《水滸》、《西遊》雖然都是根據前人已有的作品加工改寫的，但也都包含了許多精心創作的成分，不過基本上它們還離不開講史的格局，是由一個一個獨立的故事串連成書的，其創作手法，還是以改編爲主。《金瓶梅》的獨創性更強，有整體的構思和全幅的照映，應該是作家在觀照全局的情況下獨立創作完成的，所以歷來的文學史論著，都異口同聲的肯定它是中國文人創作的第一部長篇小說。不過從《金瓶梅詞話》看來，它還保留了不少說唱的痕跡，有愈來愈多的學者，認爲它也是從說書故事改編的，是「世代累積」的產物。㊱如今獨立創作說和集體創作說各執一詞，是非難斷，筆者比較同意陳大康先生的說法，他說：「『改編說』與『獨創說』相持不下的狀況，恰好證明了它是這樣的一部作品—他的作者力圖獨創，但長期以來的改編方法仍在相當大的程度上束縛了他。」㊲也就是說，雖然我們承認《金瓶梅》已經擺脫「加工、改寫」的手法，開始走獨創的路，但作者仍取用了許多當時說唱的素材，丁耀亢在《續金瓶梅·凡例》中所說：「小說類有詩詞，前集名爲《詞話》，多用舊曲。」明白點出了《金瓶梅詞話》的說唱性質。㊳《三言》是話本小說的總集，它雜糅了宋、元、明三代的作品，雖然或多或少都經過編

㊱ 《金瓶梅》爲集體創作說法首先是由潘開沛〈金瓶梅的產生和作者〉（載《文學遺產》十八期，一九五四年八月）一文提出來的，其說獲得日本學者鳥居久晴的重視，認爲是一個卓見，並加以補充，見〈金瓶梅作者試探〉（載《日本研究金瓶梅論文集》濟南，齊魯書社，一九八九年），在〈金瓶梅詞話編年稿備忘錄〉一文中也說：「這部小說不是某個個人有意識、有計劃地執筆，而恐怕是由眾人寫成的東西。」（同前書，頁一三九）目前大陸學者主此說最力者爲劉輝，其〈從詞話本到說散本〉一文，反復論證《金瓶梅》改編自說唱文學的可能性，所論頗有說服力，文載《金瓶梅論集》（台北，貫雅文化公司，一九九二年）頁一至頁四六。

㊲ 同註二四引書，頁一〇〇。

㊳ 另參考劉輝〈金瓶梅研究十年〉（同註三六所引劉氏書，頁三六二）。

者的加工處理，但是像〈十五貫戲言成巧禍〉（題目下注：「宋話本作〈錯斬崔寧〉」）這樣的作品，就保留了相當程度的早期話本原貌，編者創作的成分相當有限。當然《三言》中也有不少文人擬作，其中有許多篇可能就是編者馮夢龍自己的作品，這些擬話本基本上可以稱爲創作，但多數還是改編自戲曲或文言小說，較少直接取材於耳目見聞、親身經歷或個人的感受。《二拍》的情形有點不同，《二拍》完全是淩濛初個人的小說專集，書中已經不再有「宋元舊種」，雖然他創作的方式有不少還是離不開改編的性質，所謂「取古今來雜碎事，可新聽睹、佐詼諧者，演而暢之」（〈拍案驚奇序〉），但所依據的原始材料簡短的較多，所以獨創性更強。陳大康曾依據譚正璧《三言兩拍資料》加以統計，取材來源超過三千字的，《三言》中有五十七篇，《二拍》只有七篇，低於四百字的，《三言》一百二十篇中共有十九篇，《二拍》七十八篇中則佔了十七篇，另外沒有來源或出處不詳的，《三言》有十四篇，《二拍》則有十六篇。㊴那些取材來源低於四百字的，在改寫成爲萬字以上的小說時，必然要增添情節、人物，編者也必然要調動他生活中的體驗感受，才能賦予作品豐富而眞實的生命，事實上，這已經是獨立創作了。至於那些出處不詳的作品，其中極有可能是由編者根據見聞虛構而成的作品，那麼就完全全是「創作」而不再是「加工、改寫」了。

這種獨創代替改編的寫作方式，在明末的小說界持續發展著。《初刻拍案驚奇》梓行之

㊴ 同註二四引書，頁一一九。

後，崇禎四、五年間有陸人龍的《型世言》，《型世言》完全以明代社會生活爲題材，其創造色彩是濃重的。以後陸續有《二刻拍案驚奇》、《石點頭》、《西湖二集》等書的刊行，這些小說改編的性質愈來愈淡，獨創的色彩愈來愈濃，作者的個人風格漸漸顯現出來了。這樣的發展趨勢不是突然間的改朝換代所能遏止的，不但不能遏止，作家的主動意識還更加的明確，林辰先生說：

自明末興起的小說觀是明確的，但這裏又明顯地存在著被動性，即作家的主動表現意識尚未樹立起來。到清初，由于文人的自創小說逐漸地多起來，天花藏主人提出了小說是作家主觀意識的反映說：「借烏有先生以發泄其黃粱事業。」（〈天花藏合刻七才子書序〉）……至此時，小說創作開始結束了民間創作和文人「加工」這兩種創作力量相互依存、相互影響以推動小說發展的歷史，而代之以作家的設幻虛構的獨立創作。㊵

天花藏主人在同一篇序中還說：「凡紙上之可喜可驚，皆胸中之欲歌欲哭。」（〈平山冷燕序〉）明代學者論小說固有所謂的「發憤說」，如李贄在〈忠義水滸傳序〉即謂：「《水滸

㊵ 林辰〈明末清初小說在小說史上的地位〉，載《明末清初小說述錄》（瀋陽，春風文藝出版社，一九八八年），引文在頁二二。

傳》者，發憤之所作也。」但像天花藏主人這種以小說發抒作家襟懷的自我告白，可說是前所未有的。吳山諧野道人在刊行於順、康之際的《照世杯》之序文中提到：「客有語酌元（玄）亭主人者，曰：『古人立德立言愼矣哉！胡爲而不著藏名山、待後世之書，乃爲此游戲神通也？』余曰：『唯唯！否否！東方朔善恢諧，莊子所言皆怪誕。夫亦托物見志也與！』」㊶作家用小說來「托物見志」，這也是將通俗小說推向雅文學的一種表現，當作者有這種創作自覺時，就必然會揚棄過去只將小說素材簡單改編的寫作手法，而會大量注入心血，從事富於創造性的寫作。而這樣的寫作態度，也是和當時貴獨創的文學思潮暗合的。

在小說的題材方面，清初前期繼承明末的發展，成爲以描寫世情爲主流的小說趨向。這也是《金瓶梅》對中國小說發展的一個重要影響，它擺脫了小說的傳奇色彩，不再僅以帝王將相、英雄豪傑、神魔鬼怪、才子佳人這些特殊人物爲寫作對象，而改以現實生活爲題材，去描寫市井小民的悲歡離合。《金瓶梅》的這一項特質，和以《三言》、《二拍》爲代表的話本小說不謀而合，導引著整個小說界走向「極摹人情世態之歧，備寫悲歡離合之致」（〈今古奇觀序〉）的道路，與民眾生活習習相關的日常瑣事，也就是淩氏所謂的「耳目之內，日用起居」（〈拍案驚奇序〉）之事，成爲小說的主要內容。《快心編》在〈凡例〉中開宗明

㊶ 本序文據日本《佐伯文庫叢刊》本《照世盃》。按，春風文藝出版社《明清小說序跋選》頁五〇所錄，「神通」誤作「神道」，全文則缺漏了「睡鄉祭酒縱談今古各出其著述無非憂憫世道」等十九個字。

義說：「是編皆從世情上寫來，件件逼眞。間有一、二點綴處，亦不過借爲金針之度耳！」諧野道人的〈照世盃序〉也說：「且小說者，史之餘也。采閭巷之故事，繪一時之人情。」杜濬在《連城璧》亥集的回末評說：「《無聲戲》之妙，妙在回回都是說人，再不肯說神說鬼。更妙在忽而說神，忽而說鬼；看到後來，依舊說的是人，並不曾說神說鬼。」也就是說，即使說鬼神，也不能離開人情，總之寫作的內容要以人情世態爲主，這是淸初前期通俗小說的一個總的趨勢。描寫人情世態，就不能脫離現實，必須和時代的變化習習相關，就這一點來說，小說思潮又和當時整個注重反映時代的文學思潮是合流的。

討論至此，我們可以爲淸初前期話本小說發展的文學環境做一個總結。首先，從整個時代思潮來看，「經世致用」是一個總的歸趨。其次，就文學思潮來看，在「經世致用」觀的指導下，「實用、獨創、和時代密不可分」成爲當時文學的主流思潮。本來，通俗小說和代表主流思潮的雅文學是平行發展的，可是在經文人染指之後，通俗小說也大體上和當時的文學思潮取得一致。至於當時的小說思潮：就整個小說現象來說，通俗小說的數量是龐大的，也就是說，小說是受到讀者大眾熱列歡迎的，然而仍有許多衛道之士或傳統文人不能認淸通俗小說的價値，而予以無情的打擊，但也同時出現另一批開明文人，或努力宣揚小說的價値，或直接投入小說的創作行列，使本來在明末就逐漸受到文壇重視的通俗小說，地位更形提高；在創作手法方面，此時已發展到「以獨創代替改編」的成熟階段；在題材選擇上，則是以描寫「人情世態」的「人情小說」爲主流。

除了文學思潮之外，另一個影響作家寫作心理的是政治因素，而在這個時期，此一因素還沒有對文學造成不利的影響。首先，由於易代之際，政局還不十分穩定，清政府沒有力量積極進行禁毀小說的工作，雖然順治九年、康熙二年先後曾對「瑣語淫詞」頒過禁令，但矛頭不是對準小說，㊷而且執行也不甚嚴格。其次，此一時期雖然已經有文字獄發生，不過還沒有達到雍正、乾隆時期的恐怖階段，讀書人的心理狀況還不至於像龔自珍說的：「避席畏聞文字獄，著書都為稻粱謀。」（〈詠史〉）那樣的畏縮，對於社會現狀還敢加以反映；讀書人的氣節，也還沒有被銷磨完盡，即使變節降清的錢謙益，還能覺悟到自己的：「降辱殘軀，奄奄餘氣，仰慚數仞，俛愧七尺。」㊸不得已而仕清的大詩人吳梅村，更說自己是「草間偷活」、「竟一錢不值何須說」㊹不像雍、乾以後，不但民族氣節不再被重視，讀書人的風骨也蕩然不存，洪亮吉在乾隆死後，上疏給軍機處說：「蓋人材至今日，銷磨殆盡矣。以模稜為曉事，以軟弱為良圖，以鑽營為進取之階，以苟且為服官之計。……士大夫漸不顧廉恥……十餘年來，有尚書、侍郎甘為宰相屈膝者矣；有大學士、七卿之長，且年長以倍，而

㊷ 見王利器《元明清三代禁毀小說戲曲史料》頁一九—二〇。其中，順治二年的禁令是針對「瑣語淫詞，及一切濫窗社稿，通行嚴禁。」康熙二年的禁令則主要針對「有乖風化」的書籍而發。

㊸ 錢謙益〈答徐巨源書〉，同註一八引書（下）頁一三一二。

㊹ 見吳梅村〈賀新郎　病中有感〉，載靳榮藩《吳詩集覽》（台北，中華書局，一九七〇年）卷二十下，頁九，靳氏在詞末註云：「此絕筆也，自怨自艾，故與錢、龔不同。」

求拜門生，求爲私人者矣；有交宰相之僮隸，並樂與抗禮者矣。」又說：「前之所言，皆士大夫之不務名節者耳！」㊺

這種情形在清初前期並不是沒有，但無論是起義抗清的志士，或是以不仕新朝爲消極抵抗的遺民，都還在天壤間鼓盪激厲著一股正義之氣，並且在文學作品上或強烈或隱曲地反映著，吳梅村和錢謙益的詩，陳其年（一六二五—一六八二）的詞都可以作代表。

李澤厚先生認爲清初文學的總思潮是「感傷文學」，並以《桃花扇》、《長生殿》、《聊齋志異》爲代表典範。以《桃花扇》爲例，他說：

沈浸在整個劇本中的是一種極爲濃厚的家國興亡的悲痛感傷，……但它又並不停留在家國悲痛中，而是通過一姓的興衰、朝代的改易，透露出對整個人生的空幻之感。這種人生空幻感……只有當社會發展受到嚴重挫折，或處於本已看到的希望頃刻破滅的時期，例如元代和清初，這種人生空幻感由於有了巨大而實在的社會內容（民族的失敗、家國的毀滅）而獲得眞正深刻的價値和沈重的意義。㊻

㊺ 見《清史稿》（北京，中華書局，一九七七年）卷三五六〈洪亮吉傳〉，頁一一三〇九—一一三一一。

㊻ 李澤厚《美的歷程》（台北，元山書局，一九八六年）頁二〇三。

其分析是深刻的，清初文學的感傷情調確實是抹不去的。《長生殿》完成於康熙二十七年，《桃花扇》完成於康熙三十九年，此時台灣已經歸附，復明的最後希望已經落空，改朝換代所掀起翻天覆地的浪潮已經平息，所有的激情只留下感傷，「滄海桑田，如同幻夢；朱樓玉宇，瓦礫頹場。前景何在？人生的意義和目標是什麼？一切都是沒有答案的渺茫。」㊼難怪文學所表現的只是整個人生的空幻之感。然而這種感傷情調，在清初前期雖然已經在蘊釀，但還未完全形成，同樣以戲劇爲例，李玉（一五九〇？—一六六七？）㊽在順治年間所刊行的《清忠譜》就充滿了澎派的氣勢，這個劇本寫的是天啓六年發生在作者故鄉蘇州的一段眞實歷史，當時，因爲魏忠賢要逮捕和他作對的正義之士周順昌，引起一場轟轟烈烈的群眾抗爭，後來，有五名義士主動自首，免去了魏閹血洗全城的危機，作品中歌誦了周順昌和五名義士視死如歸的大無畏精神，李玉在〈譜概〉中說：「思往事，心欲裂；挑殘史，神爲越；寫孤忠紙上，唾壺敲缺。」可見當他在寫作時的激憤之情，作品中更直接表現了「轟轟烈烈、氣勢恢宏、同心同德、勇往直前的群眾鬥爭場面，這在元明的悲劇中是完全見不到的。」㊾

㊼ 同前註，頁二〇四。

㊽ 馮沅君先生訂爲（一五九〇—一六六〇），見〈李玉劇質疑〉，載《中國古典小說戲曲論集》（上海古籍出版社，一九八五年）頁一二。但《南音三籟》有李玉作于康熙六年（一六六七）五月的序文，可知他當時尚健在，參見周妙中《清代戲曲史》（鄭州，中州古籍出版社，一九八七年）頁四。

㊾ 見張正國、郝昭慶《雅風美俗之大清餘境》（台北，雲龍出版社，一九九六年）頁一〇六。

這種鬥爭場面的描寫，也側面反映了清初的抗清活動，鼓舞了抗爭群眾的士氣。謝國楨先生說：「清朝統治者所稱道的『勝國遺民』，他們不是世俗所謂的『遺老遺少』之流，他們胸懷是開闊的，志氣是昂揚的，並且還賦有自信不疑的樂觀情緒。」㊿清初前期的文學，正是在這幻滅與希望的矛盾之中掙扎著，因而展現了它豐富而深刻的內涵。

以上就是清初前期話本小說發展的文學環境，此一環境是有利文學，更有利於小說發展的，因爲小說是最適合展現時代生活的，尤其是以描寫世情爲主流的話本小說，將在這動盪不安、充滿矛盾的時代中展現它自己。

㊿ 見謝國楨《明末清初的學風》（台北，仲信出版社，一九八〇年）頁一三。

第三章　話本小說形式在清初前期的重大變化

本章所要探討的，是話本小說在經過宋、元話本時期和明代擬話本時期的發展之後，到了清初前期發生的形式變化。主要指的是話本小說的非情節因素，也就是構成話本小說的外形，而與正話的故事情節並不相涉的部分，包括回目、入話、插詞，以及篇幅、回數的變化情形等等。

第一節　篇目、回目的新形式和多樣化

話本小說的回目在《清平山堂話本》（即《六十家小說》）中還很雜亂，有三言（〈藍橋記〉）、四言（〈簡帖和尚〉）、五言（〈董永遇仙傳〉）、六言（〈快嘴李翠蓮記〉）、七言（〈羊角哀死戰荊軻〉）、八言（〈花燈轎蓮女成佛記〉）、九言（〈柳耆卿詩酒翫江樓記〉），回目之間則除了《欹枕集》下的〈老馮唐直諫漢文帝〉、〈漢李廣世號飛將軍〉

二回略有對仗之外，其餘各回都各自獨立，彼此毫無關係。《熊龍峰小說四種》的情形也是一樣。

從《三言》以後，回目開始整齊化、對仗化，其中又可大別為《三言》和《二拍》兩種不同的系統。《三言》系統是以七或八言為單回目，回目之間則構成對仗關係，如《古今小說》卷一至卷四的回目為：

蔣興哥重會珍珠衫
陳御史巧勘金釵鈿
新橋市韓五賣春情
閒雲菴阮三償冤債

可以看出馮夢龍在編撰《三言》時頗為用心，這些回目的對仗相當工整。不過這種作法會造成兩種後遺症：第一是編輯舊作時，必須改變原作的篇名，此時馮夢龍只好在篇名下加註，例如在《警世通言》卷八〈崔待詔生死冤家〉底下註明「宋人小說題作〈碾玉觀音〉」；第二是有時前後兩篇的篇目不一定能配合成對，就難免有強拉硬湊的情形，侯志漢先生在〈話本的演變〉一文中早已指出：

究竟因爲編選的話本數量太多，難免就有缺失的情形，因而在《古今小說》卷十一〈趙伯昇茶肆遇仁宗〉與卷十二〈衆名妓春風弔柳七〉，兩題詞類便不能配合。而卷三十七〈梁武帝累修歸極樂〉與卷三十八〈任孝子烈性爲神〉，兩題不但字數不同，而且詞類也不能配合。❶

淩濛初對於這種每相鄰兩篇回目互爲對偶的形式曾加以批評，他說：「每回有題，舊小說造語皆妙。……近來必欲取兩回之不侔者，比而偶之，遂不免竄削舊題，亦是點金成鐵。」所以《二拍》就改成「每回用二句自相對偶，仿《水滸》、《西游》舊例。」❷《二拍》各篇採用六、七、八言的雙回目，例如《二刻拍案驚奇》卷三至卷五的回目爲：

權學士權認遠鄉姑　白孺人白嫁親生女

青樓市探人蹤　紅花場假鬼鬧

襄敏公元宵失子　十三郎五歲朝天

❶ 見候志漢〈話本的演變〉，載政大中文系主編《漢學論文集》（台北，文史哲出版社，一九八二年）。按天許齋本《古今小說》（世界書局影印）在目錄中已經將卷三十七的回目改爲〈梁武帝累修成佛〉，以便和卷三十八〈任孝子烈性爲神〉對仗，但在正文中的回目，仍保留原來的〈梁武帝累修歸極樂〉。

❷ 見《拍案驚奇》的〈凡例〉。

介於初、二刻《拍案驚奇》之間刊行的《型世言》，也是採用雙回目，和《二拍》不同的是，它有不少五言的對句，如第一回〈烈士不背君　貞女不辱父〉即是，除此之外沒有什麼差異。這種以「每回用二句自相對偶」的回目方式，下文即以《二拍》系統稱之。

此外，崇禎四年序刊的《鼓掌絕塵》則屬於一種特例，因爲它事實上已經是一個中篇小說集，全書分爲風、花、雪、月四集，每集十回敘述一個故事。這種分集又分回的形式也是受長篇小說的影響，如《禪眞逸史》分爲八集（乾至兌）四十回、《禪眞後史》分爲十集（甲至癸）六十回❸，只是這兩部小說一至四十回或六十回的故事是連貫的，而《鼓掌絕塵》的一至四十回則被切斷爲四篇小說。這種分集又分回的形式，對於中篇小說漸多的清初話本小說頗有影響，詳見後文的討論。而就這不相連貫的四十回來說，每回也是採用雙回目的形式，我們也把它歸入《二拍》系統。

以下先將清初前期所有的話本小說集略依年代先後列表，再詳加探討其中的變化情形：

---

❸《禪眞逸史》的刊行年代不詳，而《禪眞後史》有崇禎己巳年（崇禎二年，一六二九）翠娛閣主人序，則《禪眞逸史》的刊行必然在此之前。《禪眞逸史》、《禪眞後史》的版本甚多，此據譚正璧、譚尋合著《古本稀見小說匯考》（浙江文藝出版社，一九八二年）頁二六四所著錄的日本日光晃山慈眼堂藏本。

表五、清初前期話本小說選集回目處理方式表

書名	回目方式
最娛情	二至四字篇名（如〈鄭元和〉、〈王魁〉）非回目形式
幻影	五言對句雙回目
八段錦	每段有三字總名，又有七言對句雙回目
警世選言	七或八言單句回目，每二回成一對句，全仿《三言》
別本二刻拍案驚奇	六至八言對句雙回目
今古傳奇	七言對句雙回目
覺世雅言	七或八言單回目，每二回成一對句，全仿《三言》
幻緣奇遇小說	八或九言對句雙回目
警世奇觀	存九帙，每帙有八言對句雙回目
四巧說	有三字總目、八言對句回目，又各分六段，各有單回目

表六、清初前期話本小說總集、專集回目處理方式表

書名	回目方式
清夜鐘	六言對句雙回目
醉醒石	七或八言對句雙回目
無聲戲一集	七至九言單回目，每二回成一對句，目全仿《三言》
連城璧全集	以十二地支分集，有五、七言對句雙回目
連城璧外編	以禮樂射御書數六藝分集，有五、七言對句雙回目
十二樓	每篇有三字總名，各二至六回，各有七至十言雙回目

跨天虹	每卷分爲四則，每則有七言單回目，每二回目對仗
豆棚閒話	共十二則，每則有七言單回目，二回成對句如《三言》
照世杯	七言單回目，目錄中各回又分若干段，每段又有雙回目
人中畫	有三字總名，各篇又分二至四回，六至十一言雙回目
鴛鴦鍼	每卷有雙回目，卷各分四回，又各有七至十言雙回目
五更風	每卷有三字總名，又有七或十言對句雙回目
錦繡衣	有三字總名，下分四回，各有八言對句雙回目
都是幻	有三字總名，下各分六回，有八言單回目，每二回對
筆梨園	有三字總名，下分六回，有八言單回目，每二回對仗
飛英聲	每篇各有三字總名，又有七至九言對句雙回目
一片情	七或八言單回目，每二回成一對句，如《三言》
風流悟	七至十一言對句雙回目
雲仙嘯	五冊不分卷回，每冊有三字總名又有回目（一雙四單）
十二笑	每一笑有七或八言單回目，每二回目對仗工整
五色石	有三字總名又有八言對句雙回目
八洞天	有三字總名又有八言對句雙回目
金粉惜	有三字總名又有七或八言對句雙回目
二刻醒世恒言	分上下兩函，七或八言雙回目，下函二回間對仗工整
警寤鐘	每卷四回，卷有總綱、回有回目皆七言單句每二回對仗
西湖佳話	四字篇名，已非回目形式
生綃剪	七或八言對句雙回目
珍珠舶	每卷三回各有七至十言對句雙目

上列二表，已將清初前期話本小說回目之變化一覽無遺。將其與明末的話本小說做一比較，以及綜合分析此一時期回目形式之演變情形，可以得到如下之結論：

①總計回目採取《二拍》系統的話本小說總、專集共有十五部，大約是採取《三言》系統八部的二倍，另外《雲仙嘯》一書有四冊採單回目，一冊採雙回目，《照世盃》則雖然採取單回目，但每段又採取雙回目，形成了一種雜糅《三言》、《二拍》兩種系統的現象。這顯示清初前期話本小說形式上在承襲前人時，所受到的綜合影響。

②有三字總名的話本小說多起來了，在明末小說中，既有三字總名又有回目的，只有羅浮散客鑒定的《天湊巧》、《貪欣誤》二書，可以說在當時還是相當罕見的篇目形式，而且其體例還不純，如《貪欣誤》前五回的總名都是三個字，但第六回的總名爲〈李生　徐子〉。此一時期則專、總集中有三字總名的達十一部之多，是總數的百分之四十，可以說是清初前期話本小說篇目形式的新潮流。

③三字總名通常與雙回目的《二拍》系統配合（共有八部），和《三言》系統配合的只有二部（《雲仙嘯》則分別和二種系統配合，爲例外）。再從選集的部分來觀察：如《八段錦》八段中，收錄了《一片情》中的四回，《一片情》所採取的是《三言》的單回目系統，但到了《八段錦》，則被加上三字總名並且和《二拍》的雙回目系統混合出現；又如《四巧說》收錄《照世盃》中的一回，情形也類似，原來的單回目被改變成三字總名加上雙回目的形式。可以看出，不但三字總名是清初前期話本小說在形式上的新潮流，三字總名和雙回目

配合更逐漸成爲一種固定的形式。

④除了傳統的卷、回等稱謂之外，名稱更加多樣化了，有稱「則」的（如《豆棚閒話》、《跨天虹》），有稱「段」的（如《八段錦》、《照世盃》、《四巧說》），有稱「集」的（如《連城璧》），有稱「冊」的（如《雲仙嘯》），有稱「笑」的（如《十二笑》），有稱「帙」的（如《警世奇觀》）。不但如此，康熙十二年序刊的《西湖佳話》更採用四字篇名（如〈葛嶺仙蹟〉），已不是回目形式了。

另外值得一提的是，本期有些話本小說嘗試將書中各卷小說有機的組織起來，如《豆棚閒話》「全書皆以豆棚之下的閒話爲線索，將十二個故事貫串下去。」❹而「《十二樓》中十二個故事，或一二回，或三四回，甚至有的多達六回，沒有一定之規則，完全根據內容需要隨意安排。而全書所有故事都與『樓』有關，又形成爲一個整體。」❺又如《西湖佳話》，則是以西湖名勝古蹟爲背景，循序漸進，來寫有關人物的故事，全書十六卷構成一個完整的結構。此外，本期話本小說一卷之中包括許多回的不少，事實上已屬中篇小說。這些中篇小說在回與回之間的連繫，有些也能打破章回小說「欲知後事，且聽下回分解」的成規，或自創新詞，或加以有機的運用。這一點在李漁小說中表現得最徹底，例如《十二樓》中的〈夏

❹ 見胡士瑩《話本小說概論》（台北，丹青圖書公司，一九八三年）頁六三〇。

❺ 見歐陽代發《話本小說史》（武漢出版社，一九九四年），頁四五五。

宜樓〉共有三回，第一回末說：「大家猜猜一猜，且等猜不著，再取（下）回來看。」第二回末說：「怎奈走路之人倒急，做小說者偏要故意遲遲，分作一回另說。猶如詹小姐（小說中的女主人公）作詩被人隔了一隔，然後聯續起來，比一口氣作成的又好看多少？」看他如此分回，好像在與讀者戲耍，自有一種弔人胃口，引人好奇的效用。再看〈拂雲樓〉共分六回，第一回末云：「奉屈看官權且朦朧一刻，待下回細訪。」第二回末云：「略止清談，再擎麈尾。」第三回末云：「這番情節雖是相連的事，也要略斷一斷，說來分外好聽，就如講謎一般。若還信口說出，不等人猜，反覺索然無味也。」第四回末說：「各洗尊眸，看演這出無聲戲。」第五回末則「乾脆什麼也不說，免了這番俗套。」楊義先生評論說：「這就使得各回中止敘事時間的方式錯落有致，流動清新，而且順筆交代作者的寫作態度有如『擎麈尾而清談』，希望讀者以看戲的態度來對待小說所描繪的風流韻事。這便一定程度上把說話人說一回書，以外在時間限制而弔聽眾胃口的手段，轉化為案頭文學中以中斷敘事時間的方式，創造情調和趣味了。」❻楊先生的評論相當深刻，本篇小說的情節本來就相當曲折，李漁在正好在全篇之半的第三回末，加入了一段相當長的回末語，正好將精彩處隔開，這就很具體的，得到「橫雲斷山」的美學效果。

此外像《珍珠舶》卷二共分三回，第一回末說：「不知後來如何，且俟下回細說。」第

❻ 見楊義《中國古典白話小說史論》（台北，幼獅文化公司，一九九五年）頁二五九。

二回末謂：「且待下回再說。」卷三第一回末云：「要知端的，下面便見。」第二回末說：「要知後來如何，下回便見。」雖然不像李漁小說運用得的靈活，卻也顯得錯落有致。又如《筆梨園》〈媚嬋娟〉篇共分六回，第一回末用傳統的「且看下回分解」，第二回末則改爲「再看下回分解」，第三回末又改爲「且看下回分曉」，第四回末則變成「且看下回演出」，到了第五回末接近尾聲，也就乾脆省去這個套語了。由於書取名爲《筆梨園》，也就是筆頭演出的戲劇，所以第四回用「演出」來代替「分解」，這就表明作者有清楚的創作意識，雖然各回末的變化很有限，但也代表了一種革新的意義。

總結上述，可知清初前期話本小說的回目形式雖有承襲早期話本之處，但也發展出一種以三字總名爲篇名的新形式，而此種三字總名又往往與《二拍》系統的對句雙回目配合，成爲一種常見的篇目形式。此外，除了傳統的卷、回名稱，又新創了則、段、集、冊、笑、帙等新稱謂，而像《西湖佳話》一書，更完全擺脫舊制，僅以四字爲篇名，和現代的小說篇名沒什麼兩樣了。有些小說在各卷的組織上頗費心力去安排，使全書結構有整體感。在多回的中篇小說部分，回與回的聯繫之間，也打破了「且聽下回分解」的成規，而產生了多種變化。上述現象說明了本期話本小說作者不肯安於傳統形式，極力求新、求變的情形，照這樣發展，擺脫傳統「話本」形式的白話短篇「純小說」應該會在不久後出現更多才對。

第二節　入話內容和形式的襲舊與開新

說書的話本中，有所謂的「入話」，據胡士瑩先生的解釋，是：「在篇首的詩（或詞）或運用幾首詩詞之後，加以解釋，然後引入正話的，叫做入話。」❶照胡先生的說法，入話是指開場詩詞的解釋，由解釋詩詞慢慢引入正話，其作用是說書人在說主要故事之前用來拖延時間，招徠聽眾，並且穩住已到的聽眾，到了適當的時間才「言歸正傳」❷。不過從《清平山堂話本》和《熊龍峰小說四種》的記載來看，「入話」二字都放在最前面，似乎包含了篇首的詩詞而言。而在詩詞之後，幾乎都沒有任何的解釋，胡先生認為大概是編印的時候被刊落，只保留了「入話」二字；筆者的看法是，「話」為故事義，「入話」是引入故事的意思，篇首的詩詞是為了要引入故事而加，本來就是「入話」的一部分，至於對詩詞的解釋，以及所引發的議論，則因說書者、說書時間、說書對象的不同，可能有各種不同的因地制宜的說法，彈性很大，所以在話本刊行時，多數不加以記錄。

容易跟「入話」混淆的是「頭回」（或稱「得勝頭回」、「笑耍頭回」）。《清平山堂

❶ 見胡士瑩《話本小說概論》（台北，丹青圖書公司，一九八三年）頁一三三。

❷ 同前註。

話本》中的〈刎頸鴛鴦會〉是一篇很珍貴的早期話本，不但有詳細的入話紀錄，入話之後又有頭回，可提供我們對於早期話本較清楚的認識。其入話和頭回的形式是：在「入話」二字之後，有一詩、一詞，接著解釋此詩、詞爲說「情」、「色」，最後反問自己：「如今則（《通言》作『只』）管說這『情』、『色』二字則甚？」（以上爲入話）接下去在「且說個」和「權做個笑耍頭回」二語之間，敘述了一段唐人小說「步非煙」的故事，這個故事就是所謂的「頭回」。過去學者常將「入話」和「頭回」混爲一談，照這篇小說的紀錄來看，二者應該是有所區別的。

胡士瑩先生曾對「入話」和「頭回」做過區分，他說：

「入話」是解釋性的，和篇首的詩詞有關係，或涉議論，或敘背景以引入正話；「頭回」則基本上是故事性的，正面或反面映襯正話，以甲事引出乙事，作爲對照。❸

除了對「入話」的界說略有異議之外（入話應包含詩詞），胡先生的說法是可以接受的。不過胡先生又說：「『頭回』和『入話』，在明人的概念中，可能是一種東西。」❹這句話則

---

❸ 同前註，頁一三六。

❹ 同前註。

必須略加修正，因爲從〈刎頸鴛鴦會〉篇可知，至少在《清平山堂話本》（刊行於嘉靖年間）中，「入話」和「頭回」還分得很清楚。只是到了晚明，兩者的性質便混淆了，例如《醒世恒言》卷三十五〈徐老僕義憤成家〉，在篇首詩詞之後，說了一段故事，末了說：「適來小子道這段小故事，原是入話，還未曾說到正傳。」則「入話」也可以是故事性的，和「頭回」沒什麼不同了。近代學者很少去區分「入話」和「頭回」的殊異性，像鄭振鐸《明清二代的平話集》將「入話」分爲四種，其中兩種就是和正文相同或相反的故事❺、譚正璧《三言兩拍資料》自稱所輯資料「入話以有故事性者爲限」❻，他們都不排斥入話的故事性。

綜合上述，可知「入話」可包含篇首的詩詞，對詩詞的解釋，以及「頭回」中的故事。本文對「入話」一詞即採取此種廣義的觀點。

在進入本期話本小說入話情形之討論前，茲先取明末不同年代的話本小說若干種，考察其入話情形，以做爲研究入話形式在明清之間演變的依據。

❺ 見鄭振鐸〈明清二代的平話集〉《小說月報》第二十二卷第八號頁九三四。

❻ 見譚嘉定《三言兩拍資料》（台北，維明書局，一九八三年）〈凡例〉二

表七、明末話本小說總集、專集入話形式抽樣

年代	書名	開場詩		詩後議論		興體入話	頭回故事			頭回故事超過千字
		無	有	無	有	入話	無	單	多	
天啓四年	警世通言	○	四○	二一	一七	二	二八	一二	○	六
崇禎五年	二刻拍案驚奇	○	三九	一○	二八	一	三	三四	二	二五
崇禎年間	石點頭	○	一二	○	一二	○	六	五	一	○
崇禎一三年	歡喜冤家	○	二四	一七	七	○	二四	○	○	○
合計	一一五篇	○	一一五	四八	六四	三	六一	五一	三	三一
百分比	一○○%	○	一○○%	四三%	五七%	二%	五三%	四四%	三%	二七%

上列四種明代話本，以《警世通言》代表話本總集，其中包含了宋、元、明三代話本，《二刻拍案驚奇》以下皆是專集，其中《歡喜冤家》爲艷情小說，《石點頭》則教化意味較濃，四書性質各異，故取爲抽樣的代表。

以下再將本期話本小說的入話形式表列之：

表八、清初前期話本小說總集、專集的入話形式

（數字表示篇數）

書名	開場詩		開場詩後之議論			頭回故事			頭回故事超過千字
	無	有	無	千字內	過千字	無	單	多	
清夜鐘	○	一○	一	八	一	四	五	一	○
醉醒石	○	一五	○	一五	○	一○	二	三	○
無聲戲一集及連城壁（含外編）	○	一八	○	一七	一	九	八	一	一
十二樓	○	一二	○	一一	一	一○	二	○	○
跨天虹	○	二	○	二	○	○	二	○	○
豆棚閒話	一二	○	○	一二	○	五	四	三	○
照世杯	○	四	一	三	○	四	○	○	○
人中畫	○	五	五	○	○	五	○	○	○
鴛鴦鍼	○	四	○	三	一	二	一	一	○
五更風	三	○	○	三	○	三	○	○	○
錦繡衣	○	二	○	二	○	一	○	一	○
都是幻	○	二	○	二	○	二	○	○	○
筆梨園	○	一	○	一	○	一	○	○	○

飛英聲	○	六	○	六	○	四	二	○	○
一片情	○	一四	○	一四	○	一四	○	○	○
風流悟	○	八	○	八	○	六	二	○	○
雲仙嘯	○	五	一	四	○	三	四	二	○
十二笑	○	六	○	三	三	四	二	○	二
五色石	○	八	○	八	○	八	○	○	○
八洞天	○	八	○	八	○	八	○	○	○
金粉惜	原書未見		原書未見			原書未見			原書未見
二刻醒世恒言	○	二四	六	一八	○	一八	四	二	○
警寤鐘	○	四	○	四	○	四	○	○	○
西湖佳話	一六	○	九	七	○	一六	○	○	○
生綃剪	○	一八	一	一七	○	九	九	○	三
珍珠舶	○	六	○	六	○	六	○	○	○
共考察二一一篇	三二	一八二	二四	一八二	七	一五六	四五	一三	六
百分比%	一五%	八五%	一一%	八九%	三%	七三%	二一%	六%	二.八%

以上就現存二百二十八篇清初前期話本小說，除去未見原書的《金粉惜》十二篇，《跨

天虹》❼、《五更風》❽、《飛英聲》❾各有一篇卷首殘缺，共考察了二百十三篇❿。

茲就上列二表所得到的統計數字，分析、討論如下：

①所調查的明末話本小說，未見有刪去開場詩、詞的情形。至清初前期，則有三種小說共三十一篇沒有開場詩，佔所有話本小說總數百分之十五。這對於短篇白話小說形式之解放具有相當的意義，因為開場詩、詞就像是話本小說的門面，絕大多數的話本小說作者都擺脫不了篇首詩、詞的既定形式，有時這些詩詞根本是沒有必要的，而即或與主題有關，篇篇以詩、詞開場也未免單調乏味，清初前期話本小說敢於打破陳規，可說是創造性十足。

②清初前期話本小說的詩後議論（包括沒有開場詩的篇首議論），比明末的話本小說更

---

❼《跨天虹》現存卷三、四、五共三卷，每卷三則，卷三缺第一則，故其入話情形不得而知。

❽《五更風》現存四卷，其第四卷首尾殘缺，故其入話情形不得而知。

❾《飛英聲》現存四卷七篇，其第三篇缺一至四頁，故其入話情形不得而知。

❿《豆棚閒話》共有十二則短篇小說，但這十二則是以豆棚下的閒話連綴而成的，彼此如斷似續，結構相當特殊。全書只有第一則之前有開場詩，但每一則仍各有一個引子，其性質與入話略同，今姑且視為入話。在引子之中，有時先說些小故事，今視其為頭回；引子中的議論，亦視為開場詩後之議論。又，《西湖佳話》既無篇首篇末的詩詞，自然也沒有詩詞後的議論，嚴格說已無所謂的「入話」，但其正文仍保留了話本小說的形式。現將小說開頭不是直接和正文相接的議論，視為開場詩後的議論，若只有少許正文前的開場白，則視為無議論。又本書有二篇分別選錄自《警世通言》和《風流悟》，但入話部分已經更動，今單就入話形式而論，故仍將二篇列入考察。

普遍。在明末，有議論的只佔百分之五十七，清初前期則達到百分之八十九。議論增加的原因與文人大量投入寫作行列以及時代的動亂有關，作家借篇前的議論發抒自己胸中的抱負，以及表達自己對世事的不滿，所以不但有議論的篇數增多，超過千言的更多達七篇，雖然只佔總數的百分之三，但也足以表明話本小說的入話內容在明末和清初前期的差異性。

③東拉西扯式的興體入話⑪屬於早期話本的風格，其作用主要是說書時用來拖延時間。在《警世通言》中出現的兩篇，都是宋人話本，一是〈碾玉觀音〉，一是〈西山一窟鬼〉，在後期文人擬作中，只有在《二刻拍案驚奇》出現了一篇，後來的話本小說作家完全揚棄了這種寫作手法，清初前期也不再出現這樣的入話形式。

④在所調查的晚明話本中，頭回故事最多的是《二刻拍案驚奇》，幾乎篇篇都有，而超過千字的頭回更多達二十五篇。事實上，《初刻拍案驚奇》的頭回故事也很豐富（四十篇中三十九篇有頭回），這應該是淩濛初的個人風格，而從話本小說的發展情形看來，後來的作家不見得重視入話中的頭回故事，例如在《石點頭》中只一半的篇目有頭回故事，在艷情小

⑪ 所謂興體入話，是指一種非議論性又非故事性的入話，其形式是運用許多前人的詩詞，反復吟詠一件事物或景致，或中間加上一些作者的見解，莊因先生說：「它們無奇不有，猶如春花滿樹；但有時又像落紅隨水漂流，芳香十里，使人有冗長的感覺。」見《話本楔子彙說》（台北，聯經出版公司，一九七八年）頁一五一。《警世通言》卷八〈崔待詔生死冤家〉、卷十四〈一窟鬼癩道人除怪〉（二篇皆爲宋代舊作），《二刻拍案驚奇》卷五〈襄敏公元宵失子　十三郎五歲朝天〉皆屬此種入話。

說《歡喜冤家》中更連一個頭回故事也沒有。到了清初前期，有頭回故事的篇目能佔全書之半的，只剩下《無聲戲》和《生綃剪》兩種；就比率來說，有頭回故事的篇數只佔百分之二十七，一共五十七篇，還不到《二拍》頭回故事的總數，而超過千言的，也只有六篇，更難以和《二拍》相提並論。可見到了清初前期，許多話本小說入話中的頭回故事已經變成可有可無的東西了。

除了表中所列的數字之外，清初前期話本小說入話形式的發展，還表現在作者對於「入話」作用的自覺上。也就是說，部分的話本小說作者，不只是因爲沿襲傳統形式，所以在正話之前用一段議論或故事作爲開場，而是確實了解由相關議論或故事引入正文所能造成的效果，才這麼運用的，如果認爲沒有必要時，就有意識的將它略過。例如李漁在《連城璧》子集的篇首說道：

> 做女旦的，爲娼不足，又且爲優，是一身兼二賤了，爲什麼還要把他做起小說來？只因第一種下賤之人，做出第一件可敬之事，猶如糞土裡長出靈芝來，奇到極處，所以要表揚他。別回小說，都要在本事之前，另說一樁小事做個引子，獨有這回不同。不須爲主邀賓，只消借母形子，就從糞土之中，說到靈芝上去，也覺得文法一新。

李漁在此處所要表明的是，正文故事本身已經是「奇到極處」了，不需要再另外用一個故事引到正文上去。本來入話的作用是以賓邀主，漸入佳境，如今主人本身已經夠引人注目的了，再添一段引子，那就是「爲主邀賓」，反而成爲累贅了。此外，《連城璧》午集也打破陳規，將入話和正文結合在一起，李漁在篇首說：「我如今先說個強硬丈夫，與後面軟弱之人做個領袖。比尋常引子不同，卻是兩事合爲一事。那個軟弱之人，全虧這個硬漢，方纔爬得起來。」李漁的這種有自覺意識的改造，說明創造力強的文人，必然會調動其敏慧的心靈去開創新局，不會被舊形式所牢籠。⓬

又如《豆棚閒話》第四則的篇首提到：「且將幾句名公現成格言說在前面，當個話柄，眾位聽來也有個頭緒。」這些話雖然是小說中說書人對小說中的聽眾說的，但事實上也就是作者對讀者所做的表白，說明在正文故事之前，有必要引幾句格言來點醒讀者，使讀者對於故事中所要傳達的義理，先有一個心理準備。再如《十二笑》第三笑將入話稱作「攤頭」，謂：「如今且說個攤頭，博看官們先笑一場……引得聽的人愁者解悶，慮者點頭，道學先生也捧著肚皮大笑，纔肯側著耳朵，細細聽其正本話頭。所以說攤頭者，最要有些醒眼處。」這是作者對入話的性質和作用，提出自己的看法。而《鴛鴦針》卷二的入話，在引述了一段故事來解說開場詩之後，作者說明其實類似性質的故事很多，但是「又恐引證過多，有妨正

⓬ 楊義先生曾對李漁小說入話部分的設計、運用，有詳細的分析，見《中國古典白話小說史論》（台北，幼獅文化公司，一九九五年）頁二四七—二四九。

論」，所以就捨而不說，直接引入正文。

從前面提到的幾個例子可以了解，此時話本作家對於入話的處理是經過再三斟酌的，該多該少、該長該短、該莊該諧、該用該刪，經常有清楚的認識和仔細的考量，並不只是因循套用舊規而已。

總結上述對入話演變情形的討論可以了解，清初前期的話本小說，在作家對於入話功能有清楚自覺的情況下，除了在發表議論的部分，比較早的話本小說更爲普遍，更爲豐富之外，其餘傳統的入話形式都逐漸被改變了。早期東拉西扯式的興體入話不再出現，頭回故事大量減少了，不僅如此，打破陳規（如《連城璧》）或完全揚棄傳統入話形式（如《豆棚閒話》、《西湖佳話》）的短篇白話小說出現了，這也表明話本小說向脫離說書形式的路途邁進了一大步。

第三節　插詞的變形和套語的減少

在話本小說正文裏所附插的詩詞，鄭振鐸先生稱之爲「插詞」，這些插詞的作用，鄭氏認爲是說書先生「敷演了一段話之後，意欲加重裝點，並娛悅在場聽眾，便拿起樂器來，自己來彈唱一段插詞。」「最普通的『插詞』的辦法，是以『但見』或『怎見得』、『眞個是』、

『果謂是』之類的話，引起一段描狀的詩詞。」❶換言之，插詞本來是用來歌唱的，在職業說書時，這種歌唱有其蘊釀故事氣氛，激發聽眾情緒的作用，它在話本中有其不可抹煞的價值，這是學者們所共認的。不過後來的章回小說或話本小說已經是文人的案頭創作，這些插詞的必要性便受到相當的質疑，哈佛大學故教授畢雪甫（John L. Bishop）在他的〈論中國小說的若干局限〉一文中，就認爲這些插入的詩詞到了後來只是「有詩爲證」，徒能拖延高潮的到來，乃至僅爲虛飾，無關要旨❷。鄭振鐸先生也說：「他們也許已經完全不明白『插詞』的實際上的應用之意，但究竟習焉不察的沿用了下去，爲古代的『話本』留一道最鮮明的擬仿的痕跡。」❸然而，後世的話本小說作家是否只是「習焉不察的沿用」這些「插詞」呢？這些插詞究竟在話本小說有沒有存在的價值呢？

不可否認的，擬話本作家的運用插詞，的確有不少是像鄭氏所說的，只是「習焉不察的沿用」，或如侯健先生所說的，是「作家手懶而偏於因襲，而且畢竟是遊戲筆墨，不妨就下從俗，俾利接受」，以及這些作品「仍可以供在市廛書場裏使用」❹。但也有不少作家很好

❶ 見鄭振鐸〈明清二代的平話集〉《小說月報》第二十二卷第八號，頁九三四。
❷ 轉引自侯健〈有詩爲證、白秀英和水滸〉，載《中國小說比較研究》（台北，東大圖書公司，一九八三年）頁七五。
❸ 同註一，頁九三五。
❹ 同註二引書，頁七六—七七。

地運用了詩詞，爲小說增色，也增加了小說的感染力量，前捷克漢學家普實克氏曾指出《古今小說》〈楊思溫燕山逢故人〉篇的開頭，用一闋詞和一段散文來描寫年景及強烈的憐憫感覺，以與後面的悲傷故事形成對比，認爲「詩潤飾了整個的敘述，並且樹立了整個故事的語調。」❺侯健先生也認爲「從前代到後世，從市氓到文人」，詩詞在小說中增加了不少新的功能，這些新的功能使傳統中國的小說技巧得到進步，而這些功能包括了：

①抒寫胸臆，亦即作者或作者假借人物，抒寫其志向或願望。
②襯托人物的性格。
③預言故事的發展。
④製造整篇故事的氛圍。
⑤暗示主題所在。❻

侯先生所說的五點功能有些不能說是後來增加的，如預言故事的發展、襯托人物的性格和暗

❺ 見普實克（Prusek）〈中國中世紀小說裏寫實與抒情的作分〉，陳修和譯，載靜宜古典小說研究中心編《中國古典小說研究專集》三，頁一〇一—一〇二。
❻ 同註二引書，頁八〇。

示主題所在，在早期話本的詩詞已經有這種作用，例如《清平山堂話本》〈刎頸鴛鴦會〉中，前面有「奉勞歌伴，再和前聲」字樣的詞，都是歌唱用的，詞的內容多半在表現人物心理，有時則說明情節，至於有些插詞像「豬羊奔屠宰之家，一步步來尋死路」，則預示了故事的發展，而入話中的一詩一詞，則暗示了主題（爲情色而殞身）。而第四點製造整篇故事的氛圍，和普實克氏的說法很接近，早期話本中的插詞固然也有這種功能，但其感染力量畢竟不如後來小說所精選，或自創的詩詞來得強大，例如《石點頭》卷十二〈侯官縣烈女殲仇〉用李白的樂府〈東海有勇婦〉爲開場詩，就使得全篇小說籠罩在「捐軀報夫仇，萬死不顧生」的勇烈氛圍之中。至於第一項用插詞「抒寫胸臆」，則無疑更是文人作家加入寫作行列之後的新發展了。

如果進一步分析，則「插詞」應分爲兩部分：一部分是說書人沿用固定詩句，或只是將舊詩句略加修改，而構成所謂的「套語」，這些套語有許多是書會中的才人，或「老郎」所寫，如《清平山堂話本》〈楊溫攔路虎傳〉載：「才人有詩說得好：求人須求大丈夫，濟人須濟急時無；渴時一點如甘露，醉後添盃不若無。」又如〈簡帖和尚〉篇也提到：「一個書會先生看見，就在法場上做了一隻曲兒，喚做〈南鄉子〉。」所以胡士瑩先生說：「可見說話人說話時所用的詩詞，大抵是書會先生提供的。」❼但有很多是流行於市井的俚語俗諺，

❼ 見胡士瑩《話本小說概論》（台北，丹青圖書公司，一九八三年）頁六八。

更有一部分是引用古典詩詞中的名句。這些詩詞被歷代的說書人所沿用，甚至於到了明末文人擬作的話本小說，仍然有不少繼續套用這些詩詞的。另外有一部分詩詞不能說是套語，因爲它是依據當時情境所需而進行創作的，而這又可以分爲兩種情形：一種是小說中的人物所作的、所唱的、所吟誦的詩詞，這些詩詞是屬於情節的一部分的，嚴格說來，不能算是插詞；另一種是說書人或擬話本作者的評論或感想，和情節的發展沒有直接的關連，這一類的詩詞有時也會套用舊話本的寫作格式，但愈到後來，套用的情形愈少，香港學者陳炳良先生說：「說話人便借用套語來描述相似的情事，其後說話式微，擬作的話本便捨套語而別創新詞了。」❽

後世擬作的話本小說當然也可以適當地運用套語，因爲畢竟話本小說是以廣大的市民群眾爲基本讀者，套語的使用可以使讀者產生一種熟悉感、親切感，可借以拉近小說和讀者之間的距離。不過既然擬話本的作者多半是一些失意文人，詩詞的寫作本是他們的長技，作家若想要借小說「抒寫胸臆」則很自然的會去別創新詞。筆者曾經對晚明話本小說《石點頭》作過這方面的研究，《石點頭》共收小說十四篇，全書使用的套語卻只有二十條，共出現二

❽ 見陳炳良〈話本套語的藝術〉，載清大中語系編《小說戲曲研究》第一集（台北，聯經出版公司，一九八八年），頁一六二。

十五次（重複出現的有五條），平均一卷用不到兩條❾，這和《警世通言》卷二十八〈白娘子永鎭雷峰塔〉一篇中就出現套語十二條❿，簡直不可同日而語。《石點頭》的作者席浪仙不但在全書中大量地創作了詩、詞、小曲、短文，即使傳統話本中以「正是」、「但見」、「有詩爲證」爲提起詞，底下一般多用套語的地方，作者也大多自創新詞，十足表現了文人擬作的話本風格。

本節探討清初前期話本小說插詞的使用情形。在這裡所定義的插詞是廣義的，包含三個非情節因素的詩文部分：第一是入話中的開場詩；第二是正文中的插詞，即在「正是」、「但見」、「有詩爲證」等提起詞底下的詩詞，爲插詞的主要部分；最後是下場詩，下場詩也常以「正是」爲提起詞，多用來表達作者對全篇故事的感想。至於正文中與情節有關的吟詠、聯句、唱和、書信、判詞等，不列爲插詞。套語的認定，是以《清平山堂話本》、《熊龍峰小說四種》、《三言》等五部早期話本集中出現過的插詞爲主要依據，並以本期話本小說輾轉襲用的插詞爲新套語。

---

❾ 見拙作《晚明話本小說石點頭研究》（台北，學生書局，一九九一年）頁一四七。

❿ 據陳炳良先生的調查，見同註八引書，頁一四六—一四八。

表九、清初前期話本小說總集、專集插詞的運用

書名	套語總數	插詞總數	下場詩 無	下場詩 有
清夜鐘	○	二五○	九	一
醉醒石	三	三三八	一二	三
無聲戲一集				
連城璧（含外編）	一	五六	一六	二
十二樓	一	五三	九	三
跨天虹	五	三二	二	○
豆棚閒話	一	五	一二	○
照世杯	三	四○	四	○
人中畫	二	五○	二	三
鴛鴦鍼	一三	二○○	四	○
五更風	○	八	○	三
錦繡衣	二	四○	二	○
都是幻	一	三八	○	二
筆梨園	二	一九	一	○
飛英聲	六	四五	一	五
一片情	一八	一九九	五	九
風流悟	一一	五七	六	二
雲仙嘯	一	二六	四	一
十二笑	七	五二	六	○
五色石	四	一二九	四	四
八洞天	五	一五三	五	三
金粉惜	原書未見	原書未見	原書未見	
二刻醒世恒言	九	一○七	四	二○
警寤鐘	六	四二	四	○
西湖佳話	三	八二	一一	三
生綃剪	四五	二七九	○	一八
珍珠舶	二	四三	五一	
總計	一五一	二三四三	一二八	八三

※套語為插詞總數之百分之六

※統計二百零九篇，有下場詩者約百分之三十九，無下場詩者約百分之六十一。

在上表中，因《金粉惜》原書未見，其插詞情形不得而知，故不列入計算；《西湖佳話》原有十六卷，收小說十六篇，但卷十一和卷十五分別選錄自《風流悟》和《警世通言》二書，故只計算十四篇，另外還有若干孤本小說卷首或卷末殘損的，即以可考察的部分計算。

觀察本期話本小說插詞的運用，有幾個現象值得注意：

一、全書各篇都沒有下場詩的，有八部之多。部分有下場詩，可是以沒有下場詩佔絕大多數的，也有五部。以總數論，有下場詩者僅佔百分之三十九，無下場詩者則高達百分之六十一。可見刪除下場詩已成爲清初前期話本小說的新趨勢⓫，如《醉醒石》十五回中，沒有下場詩的多達十二回，第六回篇末云：「在下懶作落場詩，聽唱〈黃鶯兒〉一隻。」可見作者對於下場詩已覺得可有可無，有時聊以現成詞曲塞責，多數時候就完全刪除了。以現代小說的眼光來看，作者借下場詩對全篇小說作一個總評，本來就是畫蛇添足，阻礙了讀者的想像空間，此一刪除下場詩之趨勢，對小說發展的意義來說，是正面的。

二、在插詞的數量方面，呈現兩極化的發展。今取晚明話本小說《石點頭》爲對照⓬，以見清初話本小說在插詞數量上的變化。《石點頭》共十四卷，小說十四篇，共用插詞一百

⓫ 明代話本小說幾乎都有下場詩，較爲例外的是《型世言》。

⓬ 《石點頭》爲晚明話本小說的個人專集，純屬創作，全書共十四篇，其性質、篇數都和清初前期多數話本小說相近，所以適合用來作對照。

六十條，平均每篇十一條多一點。到了清初前期，部分小說的插詞極度膨脹，像《清夜鐘》、《醉醒石》每篇平均都超過二十條以上，大量的插詞充斥在正文之間，而且絕大多數不用「正是」、「但見」等提起詞，就直接插在正文之中，有時顯得相當突兀。這些插詞又幾乎完全是依據情節的發展而自創新詞，例如《清夜鐘》第一回寫明亡時汪偉夫婦從容就義的故事，其開場詞〈滿江紅〉就是作者針對小說內容所發抒的感嘆，寫到崇禎皇帝，說他「美政甲千古，英聲振一時」，寫到官兵搶掠，則憤言：「養兵如養賊，苦賊更苦兵」，寫到崇禎自縊，又用一首五律來抒感。可見插詞在這裡已經變成作家針對史事抒憤的工具，這些憤言夾在小說中並不理想，這可以說是話本小說一個極壞的發展。《醉醒石》也有類似的情形，其插詞每回平均出現二十五條以上，幾段話就插入一首詩，不是五絕就是七絕，這些詩在小說中多半可有可無，頗覺累贅。另一部出現大量插詞的是《生綃剪》，平均每篇約十五條左右，不過它不像《清夜鐘》和《醉醒石》那樣，充斥著作者的憤言或詩作，相反的，它的插詞是豐富而多樣的，不但有四十幾條話本常用的套語⑬，還包含了不少俗諺，所以不失通俗、活潑的民間文學特性。另一方面，多數清初前期的話本小說大量減少了插詞的運用。平均每篇少

⑬《生綃剪》在形式上非常合於傳統，全書十八篇小說都有上、下場詩，所用插詞套語甚多，插詞多達二七九條，套語也多至三十七條，加上重出者，共出現四十五次，其數量爲清初前期話本小說之冠。

於五條或接近五條的有：《無聲戲》（含《連城璧》）、《十二樓》、《豆棚閒話》⑭、《五更風》、《雲仙嘯》、《二刻醒世恒言》、《西湖佳話》⑮。除了上述之外，平均每篇比《石點頭》的十一條少的有：《跨天虹》、《照世盃》、《人中畫》、《飛英聲》、《風流悟》、《十二笑》、《警寤鐘》、《珍珠舶》。此外，《錦繡衣》、《都是幻》、《筆梨園》都是每卷六回的中篇小說，每回插詞的平均數目也都在五條以下。上述各書中，有些小說除了一首開場詩之外，全篇沒有一首詩詞（如《無聲戲》），或只有開場詩和下場詩而沒有插詞（如《五更風》），都已經不像話本而接近純小說了。

---

⑭ 《豆棚閒話》是話本味道極爲淡薄的話本小說之一，它完全打破說書的形式，主述者是以說書人面對觀眾的角度，也不是寫作者面對讀者的角度，乃是以書中人物彼此的對談構成小說的情節。但本書雖然力求突破話本小說的格局，在運用詩詞時，仍會不經意的出現話本小說的經常用語，例如第二則有「正是：至今惟有西江月，曾照吳王宮裏人。」這樣的句子；第三則也出現了話本小說常用來描述人物形象的韻文，如：「只見：兩鬢蓬鬆，宛似鍾馗下界；雙眉倒豎，猶如羅漢到來。」這一類詩詞雖然很少，仍使它和話本小說不能完全切斷血緣。而也只有這些部分本文將其視爲插詞，如果是由書中人物口中引用的文句，則視爲情節的一部分，不列入計算。依照上述原則，本書可以稱爲插詞的只有五條（全書開場、第二則篇首俗語、第二則以「正是」爲提起詞處、第三則形容劉琮長相的韻文、第五則篇首古語）。

⑮ 《西湖佳話》在外形上比《豆棚閒話》更不像話本小說，一來各篇都以四字爲標題而不用傳統的回目，二來入話中全部沒有開場詩，而下場詩也只有三篇有。它被認定爲「話本小說」，應在於正話中的插詞，每條插詞還是以「正是」、「但見」、「有詩爲證」爲提起詞，插詞的方式和傳統話本類似，使它不能完全掙脫話本的格局。但插詞數量甚少，平均一回只有五點八條。

三、套語的使用，在所考察的二十六部小說之中，整部書少於五條的，有十六部，在五至十條之間的，有六部，超過十條的，只有四部。比起《石點頭》十四篇小說出現二十五次套語，已是大大的不如，就更別提《三言》、《二拍》這些合乎傳統形式的話本小說了。像《清夜鐘》用了二百五十條插詞，其中竟然沒有一句屬於話本常用的套語，《醉醒石》三百三十八條插詞中，套語也只有三條⑯，其他都是作者自創新詞，其創作力可說是驚人的，把這些詩詞收集起來，可以成爲一本詩集了。比較不這麼極端的，像《照世盃》四篇小說，共出現插詞四十條，絕大多數都是作者根據情節所需而創作，有些近於打油詩性質，如卷一主角阮江蘭前往山陰希圖艷遇，不料反被捉弄，作者謂：「正是：乘興而來，敗興而返，前有子猶，後有小阮。」即是一例。書中也用了三條套語，但多加以變化，例如《醒世恒言》卷三「忙忙如喪家之犬，急急如漏網之魚。」就被變化成「纍纍喪家之狗，皇皇落湯之雞；前

---

⑯ 三條套語分別是：

(1)好事不出門，惡事傳千里。(第三回)
見《警世通言》卷三十三。

(2)頑妻劣子，無法可治；悔是從前，教誨欠是。(第七回)
前二句見《一片情》第十四回。

(3)羊肉不喫得，惹得一身羶。(第十回)
《古今小說》卷一作：羊肉饅頭沒的喫，空教惹得一身騷。又《醒世恒言》卷二十七作：羊肉饅頭沒的喫，空教惹得一身羶。

輩元和榜樣，卑田院裏堪棲。」（卷一）變化之後的插詞雖然未必比原來的套語整鍊，但卻頗能配合小說情節的需要⓱。以上現象說明了清初前期話本小說作者的獨創個性，他們在小說中使用套語，並不是像學者們所以爲的，只是「習焉不察的沿用」，而是針對需要而變化，如果沒有適合的，他們就自行創作，經常使插詞從俗語對句的形式，變成較爲典雅的詩詞。

總之，本期話本小說逐漸擺脫話本形式的窠臼。首先，沒有下場詩的話本小說已佔多數；其次，少數插詞暴增的小說，插詞已變形爲作者爲發抒感歎的詩詞創作，而大多數小說仍趨於減少使用插詞；最後，除了少數例外，套語在此一時期已逐漸被揚棄，小說中出現的插詞多屬作者自創，或將套語配合情節而變化，而非因襲套用。插詞的變形、減量，套語的逐漸消失，使本期話本小說展現了和明代話本小說的不同風貌。小說中詩詞的運用，逐漸由套公式變化爲小說人物之間的酬唱、吟詠、創作等自然的表現方式，本期話本小說已有《豆棚閒話》、《五更風》，以及李漁《無聲戲》、《十二樓》中的許多篇小說不再用以「正是」、「但見」、「有詩爲證」等爲提起詞的插詞方式，後來的清代小說名著《儒林外史》、《紅樓夢》能幾乎擺脫說話形式（只留下「且聽下回分解」、「話說」等痕跡），成爲清新自然的純小說，相信多少曾受此一時期所奠定的良好基礎的影響。

⓱　此一段插詞是在描述主角阮江蘭熱戀名妓畹娘，床頭金盡被逐出妓院時的慘況。

第四節　由短篇到中、長篇小說的過渡

宋代的說書分爲四家❶，其中最重要的是「小說」和「講史」這兩家。「講史」這一家說的是長篇的歷史故事，「小說」這一家說的則爲短篇故事。宋人耐得翁在《都城紀勝·瓦舍眾伎》條說：「最畏小說人，蓋小說者能以一朝一代故事頃刻提破。」他所謂的「小說人」，就是講「小說」這一家的說書人，他們所說的故事能夠「頃刻提破」，通常一次，最多兩次就可以講完。在現存宋元的「小說話本」中，只有保存在《警世通言》中的〈碾玉觀音〉篇（即卷八〈崔待詔生死冤家〉）有「這漢子畢竟是何人？且聽下回分解。」的字樣，顯然是分兩次說完的，其他的宋、元話本則都是單回的形式，大概都是一次就說完的。

明末刊行的話本小說，大多仍延襲早期話本每篇一回的傳統，但已經有《鼓掌絕塵》、

---

❶ 關於宋代說話四家的分法，異說頗多，胡士瑩《話本小說概論》第四章〈話本的家數〉共列出王國維、魯迅、孫楷第、譚正璧、趙景深、陳汝衡、嚴敦易、王古魯等八種不同的說法。見《話本小說概論》（台北，丹青圖書公司，一九八三年）頁九八—一〇二，其結論是這四家爲：

①小說（即銀字兒）—煙粉、靈怪、傳奇、說公案，皆是樸刀杆棒及發跡變泰之事。

②說鐵騎兒—士馬金鼓之事。

③說經—演說佛書。

④講史書—講說前代書史文傳興廢爭戰之事。　今從胡先生之說。

《弁而釵》、《宜香春質》等三部打破傳統，分別以十回、五回、五回的篇幅演述一個故事。他們的形式很類似，《鼓掌絕塵》和《宜春香質》都是以「風、花、雪、月」分成四集，集下再分回，《弁而釵》則分為「情貞、情俠、情烈、情奇」四紀，紀下再分回。這三部話本小說，事實上已經是中篇小說集了。不過在現存明末十七部話本小說中，這種多回形式的僅有三部，只佔全數的百分之十七點六，若以篇數計則只有十三篇，在三四百篇的明末話本小說中更不成比例，這種以人情世態為題材的中篇小說只是開了個頭，還稱不上發展。那麼清初前期的情形如何呢？

先看下表：

表十、清初前期話本小說總集、專集每篇的回數

書名	單回	二回	三回	四回	五回	六回	總計
清夜鐘	一〇						一〇
醉醒石	一五						一五
無聲戲一集 連城壁(含外編)	一八						一八
十二樓	一	二	五	三		一	一二
跨天虹				三			三

豆棚閒話	一二						一二
照世杯	四						四
人中畫		一	二	二			五
鴛鴦鍼				四			四
五更風		四					四
錦繡衣						二	二
都是幻						二	二
筆梨園						一	一
飛英聲	六						六
一片情	一四						一四
風流悟	八						八
雲仙嘯	五						五
十二笑	六						六
五色石	八						八
八洞天	八						八
金粉惜	一二						一二
二刻醒世恒言	二四						二四
警寤鐘				四			四
西湖佳話	一四						一四

生綃剪	一七	一					一八
珍珠舶			六				六
總計	一八二	八	一三	一六	〇	六	二二五
百分比以篇計	八〇%	二〇%					一〇〇%
百分比以本計	純單回者一六部（五九%）含多回者一一部（四一%）						

由統計數字可知，每篇多回的話本小說，從明末到清初前期是大幅成長的。以篇數計，從明末的不到百分之一，成長到百分之二十；以本數計，從明末的百分之十七點六，成長到百分之四十一，即使將只有一篇雙回的《生綃剪》排除，也還有百分之三十七，成長了將近二十個百分點。

在話本小說不再以短篇結構爲唯一選擇的同時，清初前期的才子佳人小說也開始蓬勃的發展❷。才子佳人小說的來源說法很多，有人主張應溯源自唐傳奇〈鶯鶯傳〉甚至更遠的時

---

❷ 林辰先生說：「大約是在順治初年，南明尚存時期，以《玉嬌梨》爲第一部才子佳人小說揭開了才子佳人小說崛起的帷幕。」《明末清初小說述錄》（大連，春風文藝出版社，一九八五年）頁六三。過去認爲是明末的才子佳人小說，如《平山冷燕》、《好逑傳》、《吳江雪》等，經考證都不是明人作品（見前引書頁四四），所以這裡說：才子佳人小說在此時開始蓬勃發展。

候❸，胡萬川先生覺得此說「未免說得太玄遠」，而認爲「如果要勉強找出才子佳人小說的直接源流，那就應當先從元明以來的雜劇、傳奇中去找。」❹將才子佳人說的源頭上溯到唐傳奇，乃是針對小說的婚戀題材，或以才子佳人爲小說主角而說的，以元明戲曲爲直接源流，則是針對小說的大團圓結局，都是就小說的內容性質而立論的。若結合才子佳人小說的形式特色來說，則明末話本小說中的才子佳人故事無疑才是它的眞正源頭。《二刻拍案驚奇》中的〈莽兒郎驚散新鶯燕，傷梅香認合玉蟾蜍〉、〈同窗友認假作眞，女秀才移花接木〉都已經是典型的才子佳人小說，但它們的篇幅都還不夠長，故事雖然曲折，但鋪寫還不夠豐富，到了前文提到的《鼓掌絕塵》中的風、雪二集，則以十回的篇幅寫才子佳人的婚戀故事，不論小說性質或篇幅，都可以視爲清初才子佳人小說的先驅。

現存的才子佳人小說，有不少還保留了話本小說的形式。如康熙四年序刊的《吳江雪》，其第一回全屬進入正文之前的議論，回末總評說：「未入正傳，先以莊言正論弁誡簡端。」等於話本小說的入話；又如康熙元年序刊的《賽花鈴》❺，在正文前有開場詩，詩後有入話，入話中有關於文彥博和蘇州錢生的兩段頭回故事，其形式和話本小說非常接近，情況類似的

❸ 如唐富齡《明清文學史·清代卷》（武漢大學出版社，一九九一年）頁一〇五。

❹ 胡萬川〈談才子佳人小說〉，載《話本與才子佳人小說之研究》（台北，大安出版社，一九九四年）頁二二四。

❺ 此書的序刊時間有康熙元年和六十一年二說，本篇第一章第一節《珍珠舶》條已辨六十一年說之非，請參看。

還有《五鳳吟》、《炎涼岸》、《梧桐影》、《世無匹》、《夢月樓情史》等。可以說，才子佳人小說其實是話本小說中以才子佳人爲題材作品的拉長之作，這些才子佳人小說，大都以十二回到二十回之間的中篇小說形式出現，甚至於有僅八回的，如《炎涼岸》，陳大康先生說：「將其視爲篇幅較長的擬話本也未嘗不可。」❻

清初前期的小說界，就是以中、短篇夾雜的話本小說，和中篇的才子佳人小說爲主要潮流的。異於明代充滿了神魔鬼怪和英雄傳奇，以改編爲主流的小說傳統，他們都是以人情世態爲寫作題材，而進入獨創階段的作品。有了這些從短篇到中篇的人情小說，才會有後來的《儒林外史》、《紅樓夢》、《岐路燈》這些長篇鉅製。劉輝先生曾分析《儒林外史》、《紅樓夢》等文人創作的長篇之能夠出現，是循序漸進，經過中國小說從短篇說唱到文人創作過程的，其過程爲：

民間創作短篇—長篇—文人加工寫定—作家創作短篇—長篇❼

劉先生的分析是合理的，但從作家創作短篇到長篇之間，還要經過一段作家創作中篇小

❻ 見陳大康《通俗小說的歷史軌跡》(長沙，湖南出版社，一九九三年)頁一九一。
❼ 見劉輝《金瓶梅論集》(台北，貫雅文化公司，一九九二年)頁四四—四五。

說的階段，這是由清初前期的話本小說和才子佳人小說共同完成的。又由於才子佳人小說實乃話本小說所派生，所以本期的話本小說可說是肩負著中國的小說創作由短篇過渡到中、長篇的任務，其重要性自是不容被抹煞。

第二篇 意識論

第一章　清初前期話本小說對鼎革之際動亂時局的反映

第一節　短篇的「時事小說」

「時事小說」這個名詞不是舊有的，而是近代學者對於明末清初所出現的一批專演當代史事之小說的一個總稱❶。欒星先生說：「這裏所謂時事……只是用它區別於寫舊事、演古

❶ 時事小說一詞可能始於大陸學者欒星〈明清之際的三部講史小說〉（《明清小說論叢》第三輯）一文。在此之前，學者或將此類小說歸入「講史」（如孫楷第《中國通俗小說書目》卷二），或稱「今聞小說」（葉德均《戲曲小說叢考》卷中〈小說瑣談．平妖全傳〉條）。時事小說一詞目前雖還未成爲通稱，如研究此類小說甚見成績的歐陽健先生就稱其中的《檮杌閒評》「是以作者所處時代最重大的政治事件爲題材的『當代小說』。」（《明清小說采正》頁一三八）不過陳大康《通俗小說的歷史軌跡》第四章第三節、齊裕焜《中國古代小說演變史》第三章第六節都採用了「時事小說」之名。陳大道〈明末清初「時事小說」的特色〉（《小說戲曲研究》第三集）一文對此類小說有較詳細的介紹。

史，大體局限於同代人寫同代事，即不超過一代人生死的時限內。」❷陳大康先生則說：「所謂時事小說，是指那些反映與時代相平行的重大事件的作品。」❸陳大道先生認爲時事小說的三大特色是：成書迅速、多抄史料、結構零散。❹例如《魏忠賢小說斥奸書》是在魏忠賢死後第二年就刊行的，據崢霄主人在〈凡例〉中的說明，本書「自春徂秋，歷三時而成。」一部四十回的長篇小說，在事件發生後的九個月內寫成，一年左右出刊，無論寫作或出版速度，在中國小說史上都是前所未有的。由於是急就章，也就無怪乎其「多抄史料、結構零散」了。

現存明末清初的時事小說大約十七部左右，全部都是長篇小說。這些時事小說不少是根據邸報消息來寫作的，前引《魏忠賢小說斥奸書》的〈凡例〉謂：「閱過邸報，自萬曆四十八年至崇禎元年，不下丈許。」明代的邸報爲政府的公報，發布人事命令，即宦海升沈的消息❺。據顧炎武說，邸報在崇禎十一年後才有活板印刷，之前僅有寫本❻，一般民眾要見到

❷ 同前註所引樂星先生文，頁一四六。
❸ 陳大康《通俗小說的歷史軌跡》（長沙市，湖南出版社，一九九三年）頁一二六。
❹ 同註一所引陳大道先生文，頁二一九。
❺ 參見蘇同炳〈明代的邸報與其相關諸問題〉，載《明史偶筆》（臺灣商務印書館，一九九五年）頁五八。
❻ 顧炎武〈與公肅甥書〉，載《顧亭林詩文集》（臺北，漢京文化公司，一九八四年）頁五五。

並不容易，甚至於各省除省會要地外，外地的州縣也沒有傳抄邸報❼，也就是說，即州縣官府也難得一見。在這種情形下，以極快的出版速度，及時報導重大事件的時事小說，就會吸引許多關心時事而無法取得訊息的民眾，而有一定的銷售市場。同時，也會吸引一些或有心或圖利的作家加入寫作行列，進而蔚為一股寫作風潮。

當時事小說在明末清初崛起的同時，作為當時小說主流之一的話本小說也受到了感染。這種以同時代重大事件為題材的寫作方式，開始向話本小說滲透，清初前期最早刊行的話本小說《清夜鐘》，即包含了三篇標準的時事小說，一篇寫李自成陷京師、崇禎自縊、在京臣民或投降或就義的情形，一篇寫弘光年間假太子一案，這兩個重大事件距離該書的出版都不超過兩年；另外一篇則寫發生在崇禎八年，總督漕運的戶部尚書楊一鵬因陵寢失守而無辜遭棄市事，距該書刊行也僅十年左右❽。又如《警寤鐘》卷四寫康熙六年正月發生的海烈婦事，此事曾轟傳一時，陸次雲、方孝標等人都曾為此烈婦立傳，其事載入《清史稿》卷五百十一，並曾改編為小說多種，由於《警寤鐘》約刊行於康熙十年左右❾，作者並註明所寫為「現在不遠的事」，故所寫雖非朝廷中的大事，亦可算是時事小說。

---

❼ 同註五引書，頁七一。

❽ 《清夜鐘》的刊行時間為順治二年的年終到順治三年的前半年之間，詳見前篇第一章第一節《清夜鐘》條之考證。按，《清夜鐘》第十四回稱崇禎為「今上」，知本篇實作於明亡之前，今以刊行年代為準，將其列入討論。

❾ 詳見前篇第一章第一節《警寤鐘》條。

上述四篇短篇時事小說，與當時流行的長篇時事小說比較，其最大的不同是「多抄史料」的情形較少了，而小說的結構也比較嚴整。一般對時事小說的批評是「文、史不分」，或「文學價值不如史學價值」❿，但話本小說中的時事小說基本上已經避免了此一毛病，作者在寫史之餘，並沒有忽略的文學方面的經營。

如《清夜鐘》第一回寫流寇入京的情形，是以檢討汪偉夫婦一同殉國的經過爲主幹，同時諷刺當時臣民的昏懦。汪偉字叔度，崇禎元年進士，《明史》卷二六六有傳，是一個有節操、有識見的清廉官吏，史稱其：「所條奏皆切時務」，在李自成入京之前，他屢誡閣臣守城之事，閣臣還笑他「早計」（意思是多慮、過度小心），不料李軍勢如破竹，想要佈署時已來不及了。小說在對時局一番評論之後，便從汪偉任縣令寫起，寫他在任上廉勤爲治，又能以道義規勸門生，甚受百姓愛戴，但由於宦囊清薄，沒有錢去找靠山，任滿後考選不利，幸虧得到崇禎皇帝的賞識，才得授爲檢討。卻是一個冷官，不但沒人理他，連做長班的也一個一個離他而去，眞是道盡了世態的炎涼。汪偉對世局雖有洞見，無奈沒有實權，所上的奏

❿ 陳大道先生謂：「晚明寫出的時事小說，『文、史』區分不甚明顯。」見同註四引書，頁二〇四。陳大康先生謂：「這些作品也有著某些講史演義那樣的成篇錄入詔諭、奏章、案牘的通病，但這藝術上的敗筆卻使其具有一定的史學價值。」見同註三引書，頁一三一。又如譚正璧、譚尋在批評《劉闖通俗小說》時謂此書：「雖在小說中爲惡札，不妨以野史視之，於研史者亦未爲無用也。」見《古本稀見小說匯考》（浙江文藝出版社，一九八二年）頁二五七。

本沒有人重視，眼見賊勢日逼，自知只有一死報國了。死前心想，殺幾個賊也好，於是帶著刀出去，希望找個志同道合，殺個痛快，「不料到街坊一望，穿紅的是辨（辦）迎賊官，帶黃紙的是迎賊的百姓。」至此他完全絕望了，回家與夫人安排後事，然後雙雙從容就義。作者爲了不使文章平板，還安排了兩個小插曲：其一是家人跪說：「老爺還請三思，外邊各位老爺還沒聽得有死的。」檢討笑道：「死還要學人樣麼？」其二是臨自縊時，夫人說：「老爺差了。」檢討呆了一呆，說：「難道不該死麼？」夫人道：「不是。」向左一拱道：「老爺還該從左。」這事在計六奇《明季北略》卷二十一上〈汪偉傳〉中也有記載，但不如小說寫得傳神⓫，小說在言談舉止的輕描淡寫中，將他夫婦二人視死如歸的精神氣度描寫得相當灑脫。汪偉死後，作者曾有詩弔之，詩中有：「憶昔長安一見君，襟期秋月氣春雲。」之句，可知作者和汪偉爲舊識，則文中所寫必有可以補正史之不足者，是此文亦具有「史學價値」也。

《清夜鐘》第四回寫南都假太子案的一場鬧劇，此爲明清之際重大的歷史疑案之一，《明史》卷一百二十〈慈烺傳〉謂：「由崧時，有自北來稱太子者，驗之，以爲駙馬都尉王昺孫

⓫　見計六奇《明季北略》（臺北，商務印書館，一九七九年）頁四〇三。原文爲：「乃爲兩繯於于梁間，公以便，就右，耿氏就左。既皆縊，耿氏復揮曰：『止，止，我輩雖在顚沛，夫婦之序不可失也。』復解繯，正左右序而死。」

王之明者僞爲之，繫獄中，南京士民譁然不平。袁繼咸及劉良佐、黃得功輩皆上疏爭。左良玉起兵亦以救太子爲名，一時眞僞莫知也。」戴名世（一六五三—一七一三）在寫〈弘光朝僞東宮僞后及黨禍紀略〉時還說：「王之明一事，至今猶流傳以爲眞。」⑫可見在清初康熙時代仍有許多人相信這太子是眞的。近代史學家孟森先生則主張在北都被殺的才是眞太子，在南都出現者爲僞太子⑬，南炳文《南明史》亦認爲：「這個所謂北來的太子，實系假冒。」⑭不過李景屏《清初十大冤案》卻舉出不少證據，而認爲：「此少年即便不是太子，也是其他兩位皇子中的一員。」⑮

對於這件疑案，本文作者以當時人的身分，對於整個案情有詳細而深入的報導，足以提供史學家一分相當可信的一手資料。篇中對於事情的來龍去脈都有清楚的交待，這王之明是當時鴻臚寺少卿高夢箕的家人穆虎從北方帶回來的，作者說這高夢箕是「有肝膽、少細膩」的人，因爲對崇禎皇帝的同情，不忍見其後嗣流離，一時不去細察，就將王之明送去南都。這就對於此一疑案，提供了一個心理上的依據。而整個案情，其實很快就水落石出，王之明對於太子求學時的事根本答不出來，只好將責任推在穆虎身上，說是穆虎教他裝認的。有的

---

⑫ 見戴名世〈弘光朝僞東宮僞后及黨禍紀略〉，載《東林始末》（臺北，廣文書局，一九七七年）頁二七四。

⑬ 孟森《明代史》（臺北，國立編譯館，一九七九年）頁三八四。

⑭ 南炳文《南明史》（天津，南開大學出版社，一九九二年）頁二三。

⑮ 李景屏《清初十大冤案》（北京，東方出版社，一九九三年）頁一六九。

史家認爲太子是眞，弘光怕奪走其大位，故意弄眞爲假⑯，其實南明君臣對此事的處理相當小心，小說載當時「初審再審，怕四鎭疑心，令四鎭的提塘官同審；怕軍民心疑，令軍民看朝審。審可有十餘次，聖旨駁求主使也不止十餘。」這些記載也見於其他野史，南炳文先生說的好：「如果要誣眞爲假，是不應多次會集文武百官會審的，因爲這樣做便給了被審者向眾人宣傳眞相的機會……而弘光帝舉行了這種會審，而且舉行了不止一次，這即可證明弘光帝并無意誣眞爲假。」⑰作者還紀錄了當時「朝審」時，高夢箕見了王之明所說的話：「你當日到我家說是太子，留你不住，說怕朝中不能安你。誰知你是假的。」並評論說：「看這言語，太子不曾換，外邊說換的言語也都屬揣摩了。」如果此處的紀錄屬實，那麼假太子一案可說又添了一項新證據，證明這太子確實是僞裝的。

本篇可以說是標準的「時事小說」，全文交待案情可稱詳盡，但在人物形象的刻劃上則較爲遜色，也就是說，它的「文學價值」的確是不如「史學價值」的。不過在寫馬士英等人欲借機誣陷高夢箕和史可法勾結闖楚的部分，高夢箕和家人穆虎寧死不肯屈招的硬漢形象還算令人動容。此外，當清兵渡江，弘光和眾臣逃離後，百姓來請假太子即位的鬧劇，頗富諷

⑯ 如計六奇《明季南略》卷六〈太子一案〉條，即站在太子爲眞的立場，而認爲弘光有意扭曲事實，如寫往迎的太監「一見太子，即抱足大慟，見天寒衣薄，各解衣以進。」竟因此而被弘光掠擊具死。又寫弘光對舊臣說：「太子若眞，將何容朕？卿等舊講官，宜細認的。」這話明明是不准他們認眞的意思。

⑰ 同註十四引書，頁二四。

刺意味。清兵入城時，「連當日高興來擁戴的百姓也都在家洗刷門神門對，粘帖順民，剃頭做新朝百姓，沒人來親近了。」對於南都臣民的愚懦行徑，作者是相當鄙薄的。

《清夜鐘》第十四回所寫的事件較單純，所以作者所做的鋪敘更多，使它成為本書所收三篇時事小說中，文學性最強的一篇。楊一鵬，臨湘（在今湖南省臨湘縣西北）人，《明史》卷二百六有傳，但非常簡略，主要就是在寫他總督漕運，巡撫西北四府時，因流寇攻入鳳陽，焚燒了皇陵，一鵬來不及救，因而被殺之事。可見這在當時是重大事件，楊一鵬生平功蹟無可述，竟因此而入正史列傳，亦可說是因禍得福。楊一鵬的傳是附在鄭崇儉傳之後，鄭崇儉也是因為流賊之亂遭連累而棄市，《明史》對崇禎皇帝誅殺過當頗有微詞，謂：「帝自即位以來，誅總督七人，崇儉及袁崇煥、劉策、楊一鵬，熊文燦、范志完、趙光抃也。帝憤寇日熾，用法益峻，功罪不假貸，而疆事寖壞，卒至於亡。」這些總督多半無辜受戮，甚受臣僚百姓的同情。楊一鵬是其中之一，但作者雖然對他的遭遇感到同情，卻又不願將批評的矛頭對準皇帝，於是只好創造一個神話結構，將楊一鵬寫成前來投胎轉世的鳳陽高僧，最後死於鳳陽失守是天命如此。篇中一再讚美一鵬任地方官時的治績，如說他在成都推官任內「一廉如水，請託不聽，到審詞訟，極其虛心平氣。」又寫他在總督漕運時，籌畫周密，所以「地方且喜安堵」。平時他駐札淮上，當流寇攻入鳳陽時，「楊總督此時以淮上為國家水陸咽喉，不敢輕動。聞賊到鳳陽，也急發兵來救，事勢已無及矣。」處處替一鵬開脫罪責，可見作者的同情態度。

全篇最令人印象深刻的，是時時有高僧來點醒一鵬「見機須早，回頭須決。若一濡遲，便無覓處。」的處世哲學，而「楊公雖然是箇夙根人，然不免爲世網罩住本性」，跳不脫名韁利鎖，以致抽身不及，終於遭禍。在一鵬受刑後，作者寫道：「把一個做秀才極有名，做官極有聲，在淮上極赫奕的楊總漕已斷送了。」其惋惜之情，溢於言表。而全篇由於在一種無辜遭禍的哀憐氛圍之下，頗能感染讀者的情緒，其缺點是敘述多描寫少，人物形象不夠豐滿，這正是時事小說的一般通病。

《警寤鐘》卷四所寫康熙年間海烈婦事，亦見《清史稿》卷五百十一〈陳有量妻傳〉。此事盛傳於當世，並至少被改編爲性質各異的小說三種：第一種爲長篇章回小說《百煉眞海烈婦傳》十二回，其〈序言〉中有「近者海氏一案」之語，知其亦爲時事小說，且書多引公文，還延續了明末時事小說的傳統，書後並附錄了另一位塘村陳烈婦的墓誌銘以及當時人的輓詩、贈詩；第二種爲文言小說〈海烈婦〉，收錄在《古今列女傳演義》卷五⑱；第三即是《警寤鐘》卷四〈海烈婦米画流芳〉，是四回的中篇小說。在同樣寫海烈婦事的三種小說中，《古今列女傳演義》和《警寤鐘》二書所寫的情節最接近，只是前者較爲簡略精要，而後者

---

⑱ 按本書已影印收入上海古籍出版社《古本小說集成》第二批，曹中孚先生在〈前言〉中說：「此書有人疑係馮夢龍所作，但也有人疑爲他人所僞託者。」現在既然知道本書寫到了發生康熙六年的海烈婦事，當然也就證明本書的作者不可能是馮夢龍了。

的鋪敘較多。至於《百煉貞海烈婦傳》，雖然內容最豐富，但神怪色彩太濃，細節的描寫也過於枝蔓，例如寫陳有量攜妻海氏離家投親是因為聽信了相士之言，而海氏死後成神，竟能夠驅使土地公替她傳信，又寫陳有量後來出家，在海氏的祠廟中當廟祝，一再懊悔當初不該離家，致為奸人所誤，將當時情景又加以覆述，顯得相當多餘。比較起來，寫得最好的還是《警寤鐘》卷四的〈海烈婦米椁流芳〉篇。

以《警寤鐘》卷四和《清史稿》卷五百十一〈陳有量妻傳〉比較，其情節出入不大，可知作者對於原來的事件沒有做太多不必要的添加。作者用心經營了陳有量和海氏這兩個主要人物的形象，一開始就點明有量「素性孱弱，為人質朴」的個性，寫他只會讀書，不會治家，以致貧無立錐之地，全靠海氏女紅支持生活；而海氏則德容兼備，不但勤謹，而且堅忍，在饑荒之時，以米糠裹腹卻不讓丈夫知道。後來流離，在患難中得到無賴楊二的接濟，有量不知道對方想要謀奪嬌妻，反而推心置腹，誤認為好人，在這裏，有量軟弱而缺乏識見的性格是統一的。楊二終於能夠親近海氏，但海氏並不理他，反惹來一場無趣，因不甘損失，乃將海氏轉介給更狠惡的漕船運卒林顯瑞。二人設計圈套，騙其夫婦上船，將有量支開後利誘海氏，不成則用強，雖然未能得逞，而海氏已不堪受辱，在船上自縊了。

這件案子之所以會轟動一時，主要在於驗屍的過程。在全案中，配角藍九（他書或作藍九廷）具有關鍵作用，海氏死後，林顯瑞將其屍骸藏在米中（卷目稱「米椁流芳」的緣故在此，米椁，以米為棺也。）為了斬草除根，要派人去殺陳有量，藍九因曾遭顯瑞責打，故對顯瑞心生不滿，此時自告奮勇，卻在離船時，到衙門出首。官府接下此案，很計巧的抓到林顯瑞，隔日上船驗屍，「藍九就往米中爬出，……只見玉色柔膚，勃勃如生。面貌一些未改，臉上淚痕還在；衣服雖然鶉結，卻褲與裙連，裙與衣連，裏外上下，互相交綴，兜底密縫……當時看的人，就如山擁，無不嘖嘖嘆異。」這一部分的描寫還嫌太過文言，不如《百煉真海烈婦傳》第十二回所寫淺白感人：

> 見海氏身上，止穿得三層舊布衣，並無半點綿絮，渾身都是補孔。又見他衣連著裙，裙連著膝褲，膝褲連著鞋子，縫得沒些空隙，堅固異常。

要知當時是一月正冷的時候，海氏卻只穿著三層無棉的布衣，而又渾身補孔，看的人怎能不格外同情？又見她將衣服上下縫得緊緊的，以防受辱，又怎能不格外感佩？當時看的人既多，口耳相傳，自然就盛傳開來了。不過海烈婦事件至今還能感動讀者，實在應該歸功於小說的感染力量，時事小說的價值是不容置疑的。

時事小說在小說史上的另一個價值，是它不再是以用舊材料加工改編的方式寫小說，而是走獨創的路，直接取耳聞目見的時事加以組織成編。以上四篇小說都以極快的速度報導和描述了明末清初的重大時事，使我們很清楚的見到流寇對晚明政局的影響，見到明朝在亡國之際君臣百姓的表現，也見到康熙初年地方惡棍、漕卒旗兵對善良百姓欺壓的情形。雖然它們用通俗小說的方式來表現，不免稍有誇大失實之處，但所寫有憑有據，而且都是一手資料，應該可以補充正史的不足。更值得一提的是，它們比長篇的時事小說結構更縝密，人物形象更豐滿，具有更高的文學價值，所以它們雖然是長篇的時事小說所派生，卻都稱得上是後來居上之作。

第二節　對晚明流寇之亂的議論與反映

流寇之亂是明亡的主要原因之一，這一場延續了將近二十年的大動亂❶，在當時人們的心目中必然留下極爲深刻悲慘、難以磨滅的印象，在清初前期的文學作品中，應該會有極爲廣泛的反映才是。然而，在今所存的兩百多篇話本小說中，直接演述流寇故事，或以流寇之亂爲背景的卻只有九篇，其比例不能算高。分析其原因，大約是因爲流寇所侵擾的區域主要在北方，話本小說的大本營蘇、杭一帶沒有直接被禍之故。但即使如此，由於全國籠罩在流寇搶掠殺戮的恐怖氛圍之中，或未曾目見，卻不可能沒有耳聞，尤其當北方難民逃到南方，必然會將流賊肆虐的情形加油添醋形容，這便是流寇之亂在小說中除了眞實的一面之外，也

❶ 晚明流寇之亂，以天啓七年（一六二七）陝西民變爲序幕，至崇禎十七年（一六四四）李自成亡明，前後共計爲十八年。參見李文治《晚明流寇》（臺北，食貨出版社，一九八三年）〈緒論〉。

帶有傳奇色彩的原因。然而即使是傳奇性的故事，部分作品仍能讓讀者感受到戰亂時那種悲慘、恐怖的氣息。

本節打算從「流寇的起因」和「流寇的肆虐」兩方面，來觀察本期話本小說對流寇的看法以及對流寇之亂的反映，並分析兩篇以流寇之亂爲背景，而富有傳奇色彩的話本小說。

一、流寇的起因

《清夜鐘》十四回謂：

> 其間爲首的是山陝人，都弓馬熟閑，善於戰鬥。其餘附從，也就是地方無賴，遊手遊食之人，平日要財不得財，要女色不得女色，巴不得個乘機動亂。又有一種貧苦無聊，衣食不繼，官錢私債逼迫，賊來也死，不來也死的，不若且隨著混帳。至於城池村落一破，有家的無家，有錢的無錢，也有失身其中的。所以到處成團打塊，其實眞賊不多幾人，全是這些招引黨附的爲害。

這段分析雖然還站在官方立場，說是無賴之徒巴不得動亂而釀災，但其論點大體上仍算相當客觀。流賊之亂雖是官逼民反，但一般善良百姓對於明廷的橫征暴斂也只有敢怒不敢言，帶頭起事的多爲強橫之徒，像李自成，《明史》卷三百九〈流賊傳〉稱其：「鬥很（狠）無賴，數犯法。」張獻忠也是「犯法當斬」而逃的。至於早期多數的流寇成員，仍以「貧苦無聊，衣食不繼」的饑民爲主，如《崇禎長編》載禮科給事中盧兆龍在崇禎四年的奏章，謂：「秦晉之流寇披猖，饑民響應，近且齊豫之鄉所在見告。」❷此外還有不少善良百姓是無辜受害，無奈從賊的。這些看法雖不算是什麼創見，但《清夜鐘》刊行於順治二、三年之間，時北都才亡於流寇之手不久，明朝君臣百姓理應恨之入骨，但據此篇所寫則似未必然。作者身爲當時人，卻不以仇恨爲出發點，而能提出客觀的議論，誠屬可貴，相信這樣的說法也代表了當時部分人們的觀念。

除了饑民之外，流寇的重要來源另有驛卒和逃丁。

驛卒是各省驛站的工作人員，由於連年戰亂，公文、官軍來往頻繁，所以驛站的事務煩重，需要較多的人手，山、陝一帶，仰賴驛站工作給食的人口不少，但也造成了政府的另一項沈重負擔。崇禎元年，兵科給事中劉懋上疏請裁驛遞，謂每年可省金錢數十萬❸。崇禎二年開始實施，「而燕趙秦晉，輪蹄孔道，游手之民，執鞭逐馬走，多仰食驛糈，至是益無賴，又歲無所得食，遂群聚爲寇。」❹《豆棚閒話》第十一則〈黨都司死梟生首〉篇於此事對崇

---

❷ 廣文書局《痛史》內所收《崇禎長編》僅殘存崇禎十六年十月至崇禎十七年三月之事，本段文字轉引自李光濤《明季流寇始末》（臺北，中研院史語所，一九六五年）頁二九。

❸ 計六奇《明季北略》（臺北，商務印書館，一九七九年）頁七一，卷五〈劉懋請裁驛遞〉條。

❹ 管葛山人《平寇志》（臺北，廣文書局，一九七四年）卷一，頁一〇。

禎皇帝便有所批評，謂其「賦性慳嗇」，所以才有那「不諳世務的科官，只圖逢迎上意，奏了一本，把天下驛遞夫馬錢糧盡行裁革，使那些游手無賴之徒絕了衣食，俱結黨成群，為起盜來。」

所謂逃丁，是指歷次援遼之役的逃兵。李光濤《明季流寇始末》謂：「自有遼事，即有逃兵，而且時時多有之，所以《流寇長編》序有曰：『山西原有遼東敗兵，不敢歸伍，相聚劫略。』」❺而《豆棚閒話》第十一則，卻把責任推給袁崇煥，說他「先在朝廷前誇口，說五年之內便要奏功……，後來收局不來，定計先把東江毛帥（指毛文龍）殺了。留下千餘原往陝西去買馬的兵丁，聞得殺了主帥之信，無所依歸，就在中途變亂起來。四下飢民雲從霧集，成了莫大之勢，或東或西沒有定止，叫名流賊。」作者認為流寇的起因是因為袁崇煥殺死毛文龍，毛派往陝西買馬的兵丁因主帥慘死而無所依歸，於是變亂為寇。這種說法不見於其他史書，作者艾衲居士為由明入清的人物，其說或可供史家參考。

本書作者對袁崇煥並無好感，說他「在朝廷上誇口」，又「收局不來」，又對他殺毛文龍事不以為然，歐陽健先生曾說：「袁崇煥確為明季傑出之軍事家，含冤磔死，自毀長城，邊事益不可收拾。因痛袁崇煥之冤，史家遂轉對其一切作為（包括擅殺毛文龍的錯誤）持絕對肯定的態度。」並舉李清〈袁督師斬毛文龍始末〉、梁啓超〈袁督師傳〉二文為例，如李

---

❺ 同註二引書，頁一二。

清之文謂：「彼浙人徇其私情，猶有為文龍極口呼冤者，斯眞可謂別有肺腸矣！」❻而明末時事小說《遼海丹忠錄》卻極力稱揚毛文龍撫遼之功，並將袁崇煥之殺毛，歸因於崇煥「妒忌文龍之功，遂與敵合謀將其殺害。」❼《明季北略》卷五也說：「崇煥捏十二罪，矯制殺文龍，與秦檜以十二金牌矯詔殺武穆古今一轍。」❽是把袁崇煥比喻成奸臣秦檜了。袁崇煥殺毛文龍為明末歷史的一樁公案，史家各有不同論斷，《樵史通俗演義》第二十七回有詩論及此事說：「崇煥非同秦檜奸，文龍難比岳飛賢。但無君命誅家將，致令邊塵飛帝前。」《明史》卷二百五十九〈袁崇煥傳〉雖然已經平反了袁崇煥的冤獄（參見第一章第一節《豆棚閒話》條），但傳末還是說：「崇煥妄殺文龍」，《豆棚閒話》的看法和他們類似。不過這種「崇煥妄殺文龍」的說法，不但清初的李清、民初的梁啓超不同意，即近代的史學家孟森、陳生璽也不同意，陳先生根據《滿文老檔》和朝鮮《李朝實錄》等有關資料，證明毛文龍確實是因陰謀降清事發，才被袁崇煥所殺，證據充分，應該是可信的。❾

❻ 見歐陽健《明清小說采正》（臺北，貫雅文化公司，一九九二年）頁一〇六〈悲歌慷慨《丹忠錄》〉篇。

❼ 見譚正璧、譚尋《古本稀見小說匯考》（浙江文藝出版社，一九八二年）頁二五二。

❽ 同註三引書，頁八五。

❾ 見孟森《明清史論著集刊》（臺北，南天書局，一九八七年）頁二三、陳生璽〈關於毛文龍之死〉，載《明清易代史獨見》（鄭州，中州古籍出版社，一九九一年）頁二一一—二二六。

二、流寇的肆虐

反映流寇之亂對當時人民所造成的傷害最哀怨而眞實的，莫過於《豆棚閒話》第十一則所錄的邊調曲了：

> 老天爺，你年紀大，耳又聾來眼又花。你看不見人，聽不見話。殺人放火的享著榮華，吃素看經的活活餓殺。老天爺，你不會做天，你塌了罷！你不會做天，你塌了罷！

這眞是苦到了極處，恨不得天崩地裂的一種痛苦悽涼的詛咒。篇中又描寫了流寇殺人的情形，謂：「凡四十歲以上，不論男婦，一概殺了，只留十二三歲到二十四五歲上下的，當作寶貝，或義結做兄弟，或拜認作父子。……還有那忍心的，將有孕婦人猜肚中男女，剖看作樂。亦有刳割人的心肺，整串燻乾，以備閑中下酒。更有極刑慘刻，如活剝皮、鑿眼珠、割鼻子、剁手腕、刖腳指。煆煉人的法兒，不知多少！」「前日有個客人從陝西、河南一路回到湖廣地方，遇著行人，往往有割去鼻耳的，有剁去兩手的，見了好不寒心。」李漁《十二樓》中的〈奉先樓〉也有類似的描寫：「只因彼時流寇猖獗，大江南北沒有一寸安土，賊氛所到之處，遇著婦女就淫，見了孩子就殺。甚至有熬取孕婦之油，爲點燈搜物之具，縛嬰兒於旗竿之首，爲射箭打彈之標的者。所以十家懷孕，九家墮胎，不肯留在腹中馴致熬油之禍；十家生兒，九家溺死，不肯養在世上，預爲箭彈之媒。」

上面這些描寫或許不無誇張失實之處，但若取後世所編錄有關流寇的史書相參證，卻也有若合符節的地方，如《明史》卷三百九所載李自成「收男子十五以上，四十以下者爲兵。」《平寇志》卷六載：「兵各攜妻子，生子棄之，不令舉，擄男子十五以上爲養子、爲廝役。」就都和《豆棚閒話》所載類似。又如《平寇志》同卷所載：「銀兩皆以小廝繫於腰，乘以騾，畜只五十兩爲率。」《豆棚閒話》也說：「始初破城，只擄財帛婊娘，後來賊首有令，凡牲口上帶銀五十兩，兩個婊娘者，即行梟示。」這應該都是各記聽聞，因此內容有所異同。

在流寇中殺人手段最爲殘酷的，當屬張獻忠。他殺人如麻，尤其在四川，據《明史》所載，他幾乎將四川百姓都殺光了❿。《蜀碧》也說他派兵分四路屠殺川民，並須繳回所殺之人的手足，「得男手足二百雙者授把總，女倍之，官以次進階。」四路各殺若干萬人，「蜀民於此，眞無孑遺矣！」《蜀碧》也描寫了張獻忠的殺人手段，如：「賊以婦女累人心，悉令殺之。有孕婦者剖腹以驗男女，又取小兒每數百爲一群，圍以火城，貫以矛戟，視其奔走呼號以爲樂。」⓫眞是殘忍到了極點，和前面《豆棚閒話》、《十二樓》所描寫類似，同樣

❿ 《明史》（北京，中華書局，一九七四年）卷三百九〈張獻忠傳〉謂：「川中民盡，乃謀窺西安。」這是順治三年的事，張獻忠出川後，於該年遭清兵斬殺。見該書頁七九七六。

⓫ 《蜀碧》卷三，與《先撥志始》合刊（臺北，廣文書局，一九六七年）頁五一。

令人驚心動魄。近來有不少史家將流寇作亂定位爲「農民起義」（特別是彼岸之學者），並極力否認他們對平民的殺戮，例如李光璧《明朝史略》竟說：「獻忠在川，軍隊紀律是很嚴明的。」[12]並把張獻忠的殺戮說成是「官書」的誣蔑。然而話本小說並非官書，作者若非曾遭流寇之害，或對其殺戮之事實有所聽聞，實在不必加以誣蔑。

《雲仙笑》第三冊〈平子芳〉篇以崇禎年間胡廣荊州府流賊之亂爲背景，「正直李自成作反，連合張獻忠，勢甚猖獗。……忽然一聲炮響，張獻忠已領著許多兵馬殺進。那些百姓挨挨擠擠，卻那裏逃得及，盡被他砍瓜切菜的排殺過來。……過了幾月，那李自成攻破北京，百官就在南京立了弘光。」這篇小說有關流寇的記載並不合於史實，李自成入北京在崇禎十七年，而早在崇禎十五年，荊州就已經在李自成軍的控制範圍了，[13]更沒有張獻忠殺進荊州城之事。小說只是借離亂背景，寫平子芳的繼母和奸夫都子美爲流寇所殺，都子美之妻爲流寇掠奪，後爲清兵所得，無意中被平子芳所贖娶的報應。在時地上雖與史實略有出入，但婦女被掠而造成的悲慘故事在當時卻是常見的，李漁在《無聲戲》第五回入話中說：「明朝自流寇倡亂，闖賊乘機，以至滄桑鼎革，將近二十年，被擄的婦人，車載斗量，不計其數。」《十二樓》〈奉先樓〉也是寫一位被流寇掠奪，後來爲清軍的將領收爲夫人，最後竟能夫妻

[12] 李光璧《明朝史略》（臺北，帛書出版社）頁一九五。

[13] 見《明史》（北京，中華書局，一九七四年）卷三百九〈李自成傳〉頁七九五八。

團圓的悲喜劇。〈生我樓〉的入話則用一闋被掠婦人所寫的〈望江南〉詞爲開場詩，詞云：

千年劫，偏自我生逢。國破家亡身又辱，不教一事不成空，極狠是天公。
差一念，悔殺也無功。青塚魂多難覓取，黃泉路窄易相逢，難禁面皮紅。

李漁謂：「此詞乃闖賊南來之際，有人在大路之旁拾得漳煙少許，此詞錄於片紙，即闖賊包煙之物也。……始知爲才婦被擄，自悔失身，欲求一死，又慮有腆面目，難見地下之人。進退兩難，存亡交阻，故有此悲憤流連之作。」亂世兒女的命運是悲慘的，《無聲戲》第五回謂：「男要殺戮，女要姦淫。生得醜的，淫慾過了，倒還丟下；略有幾分姿色的，就要帶去。」這些柔弱的婦女若不能在受辱之前自殺，則不但要遭到無情的蹂躪，還要遭到失節的譏嘲，所以才會有如李漁所謂的：「進退兩難，存亡交阻」的痛苦。

《清夜鐘》第二回的入話，就對被掠婦女不能死節大表不滿，作者讚美了濟南失陷時張方伯夫人方孟式墜井相殉，謂：「這一死不愧知書女子」，而嚴厲批評了任丘失陷時，一些被掠從賊的女子，謂：「何女子善柔，不知羞恥，一至於此。」當然，這些女子的表現的確有些可議，因爲她們在被掠之後，「共坐一大炕上，嬉笑自若。」後來敵兵起營，「婦人或五或十成群，皆灑線衣服，乘馬而去。」如若她們不能選擇死節，實在也就只能隨寇而去，並沒有第三種選擇，然而有誰願意被掠，然後離鄉背景，流離受辱？所謂的「嬉笑自若」，焉知不是苦中作樂，以圖在亂世中苟活片刻？她們被掠奪已經夠不幸了，還要受到文人的羞辱，眞的是太可憐了。

《鴛鴦鍼》卷三是一篇揭露假名士嘴臉的諷刺小說，篇中的假名士卜亨在眞面目被揭穿之後，離開北京城，往山東方向逃去，恰好遇到李自成的部隊而被抓。流寇們將卜亨逮到牛金星處，不料牛金星也被卜亨的虛名所惑，重用他爲御兵政府侍郎，「著他招撫山東河南一帶」。卜亨喜出望外，「恭謝天恩的了不得，漸漸行到山東地方，正値丁、蔡兩家起義。見了卜亨頭行牌到，知他是做了僞官，來害鄉里，頃刻間召集兵馬，一齊擁來，殺個盡絕。」而卜亨及其親隨則被綁赴南都弘光帝處，受到了應有的處置。

此篇小說對流寇屠戮情形沒有詳實的描寫，倒是補充了前面所未曾提到的，關於李自成所派僞官騷擾河南、山東一帶的情形。據《平寇志》所載，李自成入京後，「畿內山東、河南諸僞官單騎之任，士民脅息不敢動，恣意刑虐。首勒紳衿助餉，少靳即收拷；又徵少艾自侍，兼給郵傳，人始不堪矣。」⓮正因爲不堪其擾，後來「河南、山東義兵盡殺僞官。」⓯小說中所說的「丁、蔡兩家起義」，大概是指睢寧參將丁啓光等人，他們將各州縣僞官逮捕，

⓮ 同註四引書，頁四九二。

⓯ 同前註，頁五四六。

押送南京⑯，卜亨當是其中之一。小說或許只是借用史事，卜亨未必眞有其人，但無形中也對「來害百姓」的流寇僞官及其可悲下場做了側面的反映。

在流寇擾民的情節描寫中，有一種情形是史書上很少見的，就是將地方要紳囚禁之後，向他們的家人索取贖金，《珍珠舶》卷五就記載了這樣的故事。故事發生在河南陳留縣，當地的退休官員賈公在流寇入城時，來不及逃脫，連同其他十六位鄉紳被李自成的部將劉仁擄走，監禁在懷慶府姜宦的宅內，向每人家屬索銀三千，「若照數餽送，立刻放還。」不料這位賈公是位硬漢，不但不肯向家人要銀子，還大罵劉仁，所以將被處死，後來多虧義僕鐘義入獄代死，才得救出。由於《珍珠舶》的寫作年代可能在康熙十年到二十年之間，距明亡已經二三十年，此處所描寫的流寇行徑是否屬實，尚待進一步的考證。

三、以流寇之亂爲背景的傳奇性小說

描寫流寇之亂的故事中，最富於傳奇色彩的，是《豆棚閒話》第十一則〈黨都司死梟生首〉篇，以及李漁《無聲戲》第五回〈女陳平計生七出〉篇。

《豆棚閒話》第十一則寫了兩個以流寇爲背景的故事，第一個寫無頭而不死，第二個寫死後還能殺賊。第一個故事說某人到人家借宿，主人不肯收留，某人強求，主人告以若必定

⑯ 南炳文《南明史》（天津，南開大學出版社，一九九二年），頁六七—六八。

要住，卻不要害怕所見之事。某人入房，赫然見到一個無頭人立在門側，嚇得魂飛魄散。原來此人爲主人之弟，因被流寇追趕，逃回時遭土賊砍落腦袋，只因還有陽壽四載，不能便死，於是回來與哥哥同住，「只見身體尚暖，手足不僵，喉嚨管裏唧唧有聲。將麵糊、米湯，茶匙挑進，約及飽了，便沒聲息，如此年餘。近來學得一件織蓆技藝，日日做來，賣些錢米，到也度過日子。」這人聽了心下方安，但畢竟不脫惺忪，「一夜不敢睡著，到底是個怕字。」人無頭自然是活不了的，這只是鄉野傳奇，但卻也側面寫出了戰亂時代的恐怖氣息。作者還形容了那無頭人，「將手摸那頭時，只有一條頸骨挺出在外。」讀之令人毛骨悚然。

另一個故事卻是流寇尚未充斥時，兩地團練之間的恩怨衝突情形。安塞縣團練爲黨一元，清澗縣團練爲南正中，黨一元勇武正直，那南正中卻是個紈褲子弟、好色之徒，看上了黨都司的妹子，謀姦不成，強行劫奪，害黨氏墮馬而死。黨團練大怒，於是上告督臺，南正中自知罪不可逭，於是殺知縣造反。提督陞黨一元爲都司，率軍往討，正當要捕捉南賊時，流寇老回回的賊黨來救，黨一元不幸被俘。老回回想招降黨一元，反被黨都司痛責，黨都司罵賊後嚼舌自盡，南正中對著屍首辱罵，不料黨都司復活，一刀砍下南正中的頭來，其屍體才仆倒。

這兩個故事爲書中老者的追敘，並評論說：「可見亂離之世，異事頗多。彼時曾見過亂世的已被殺去，在世的未曾經見，所以淹沒，無人說及。只有在下還留得這殘喘，尚在豆棚下之閒話及此。」事實上這樣的故事只是亂世人心的一種投射，尤其是後一個故事，其中隱含了無辜百姓在遭受家破人亡，妻離子散之痛，卻無力報仇時的一種幻想。流寇殺人，據史書的記載，實已到了慘絕人寰的地步，他們不畏天地，不怕鬼神，史載張獻忠所過之處，「園亭寺廟，無不焚毀」⑰，無辜百姓在求告無門的情況下，仍只能寄望於死後英靈之實有，希望那些慘死之鬼回來報仇，希望給那些殺人者一些報應，希望能如諧道人在本篇回末的批語中所講的，「奸淫、忠義，到底自有果報。」因此像這樣的荒野傳奇，雖不能反映流寇之亂現實的一面，卻更眞實的反映了當時人們的心理，故也有一定的現實意義。

李漁《無聲戲》第五回〈女陳平計生七出〉篇，寫的是聰明的婦人在被流寇掠奪時，不但運用智慧使自己免於失身之辱，還從流寇手中騙取了大筆財富的故事。李漁小說向來有「失之纖巧」⑱、「質實深厚不足」⑲的批評，崔子恩《李漁小說論稿》則認為李漁小說的具體表現有二：一是不敢也無法觸碰社會現實或社會歷史的本質性問題；二是躲避嚴酷的人生現象，從根本上排除悲劇情緒、悲劇形象、悲劇情節。⑳這些批評和分析都是合理而深入的，李漁即使在面對明清之際，哀鴻遍野的離亂時局，他也能夠透過巧妙的安排、精心的設計，不但化悲為喜，甚至轉禍為福，〈女陳平計生七出〉篇就是一個典型的代表。

⑰ 見《蜀龜鑑》卷三，轉引自同前註引書，頁一〇〇。
⑱ 孫楷第〈李笠翁與十二樓〉，載《滄州後集》（北京，中華書局，一九八五年）頁一八八。
⑲ 楊義《中國古典白話小說史論》（臺北，幼獅文化公司，一九九五年）頁二三八。
⑳ 崔子恩《李漁小說論稿》（北京，中國社會科學出版社，一九八七年）頁一六。

本篇故事寫平常就以聰明才智聞名於鄉里的耿二娘，在遭遇流寇時，從容應付的經過。耿二娘爲了不失身，預先準備了一向行經用的破布，假裝經期，又用巴豆使自己的陰部和流寇頭目的陽物腫痛，這是第一招；謊稱自己是財主的媳婦，利用流寇頭目的貪念，騙他同行取財，並將該頭目原有的財物掩藏，以便日後撈取，而在途中一面殷勤服侍，一面又將巴豆摻入食物中，使他腹瀉不止，以至於奄奄一息，這是第二招；在流寇頭目腹瀉不止時，耿氏本可隨時置他於死地，但她卻將他帶回自己的家鄉，然後通知丈夫帶幫手去處理，而由該頭目親口說出自己未被玷污，從而證明了自己的清白，這是最爲高明的一招。於是，耿氏之遭到流寇掠奪，不但無損於己，甚且有利於家，最後以團圓收場，皆大歡喜。李漁爲了突顯耿二娘的智慧，無形中就矮化了流寇頭目，使他成爲一具被玩弄於股掌之上的木偶；爲了讚揚耿氏的貞潔，不惜醜化其他被掠的婦人，說頭目要姦淫她們時，「個個歡迎，毫無推阻，預先帶的『人言』㉑、剃刀，只做個備而不用。到那爭鋒奪寵的時節，還像恨不得把人言藥死幾個，讓他獨自受用，才稱心的一般。」在小說中，我們既見不到戰爭的殘酷，也嗅不到離亂的氣息，覺得趣味有餘，而眞實感則大大的不足。

整體看這些清初話本對於流寇之亂的反映，顯得有些一鱗半爪，還不能展現動亂時局的全幅圖像，還不能給人一種大時代震撼人心的感受。但無論如何，他們盡到了一部分反映現

㉑ 人言是砒石的別名，據《本草·砒石》，因砒石產於信州，故人呼爲信石，又隱信字爲「人言」。

實的責任，從流寇的起因、擾民的情形到亡明的經過都有觸及，就在這一鱗半爪的描寫之中，仍讓我們見到、感受到這場席捲天下之變亂所帶來的悲慘景況和恐怖氣氛。

第三節　對滿清入關造成內心衝突及生活影響的反映

一、降順或死節

滿清入關，漢族士民第一個要面對的，就是降順或死節的問題。對於死節者，無論任何人，大抵都會給予肯定和表示敬意；但在面對變節臣民時，話本小說表現了兩種截然不同的反應：一種是若無其事，坦然接受，甚至於對其事功加以頌揚；另一種則嚴厲譴責，或用一種寄托象徵的方式，予以嘲諷，表現的手法比較曲折。

前一種反應的典型例子，是《珍珠舶》卷四。對於北京淪陷，南都建立，篇中人物不但未見亡國的悲痛，反而認爲：「當此南北分疆，正英雄求士之秋。」後來此人投在山東總鎮標下，「跟隨大兵平定浙西」，授爲「游擊之職」，男主角「謝賓又」讚道：「豈料兄翁協鎭四郡，又于此地得瞻雄範，殊爲欣快之極。」所謂「平定浙西」，乃是攻佔明人所管轄的地區，這裏作者顯然是以清人自居了。又如《雲仙笑》第三冊〈平子芳〉篇，寫順治初年，平子芳的恩人都仁、都義「兩個在福建敘功擢用」，指的是在福建即位的隆武帝於順治三年被清軍覆滅的事，身爲明代人的都仁、都義投靠清軍滅掉了明朝王室所建立的政權，以此敘功，而平子芳不但不予責備，還和他們「極盡賓主之歡」，可見作者在此處是沒有故國之思的。而《都是幻》中的〈梅魂幻〉篇，主角南斌和諸綬都是明朝的童生，後來李自成亡明，三年後諸綬中舉（清人所辦鄉試），並寫信邀南斌陪他進京會試，信中道：「二兄才高八斗，學足五車，九重丹詔，不日彩鳳啣來矣。蒼生久望，諒白雲留不住也。弟不才，繆叨鄉薦，將赴春宮，因企念弘才，敢邀玉駕偕往。」不但不以參加新朝科舉爲羞，還期勉好友早日爲新朝效力，說什麼「蒼生久望，諒白雲留不住也」，這就表明了作者對仕於新朝的明代人是認同的。像這種毫不猶豫以清人自居的心態，應該在入清較久之後比較有可能，我們在第二章已考證《珍珠舶》刊行於康熙十年到二十年之間，《雲仙笑》刊行於康熙十年左右，距離明亡都已二、三十年，想必亡國時作者的年紀尚輕，所以故國之思已然淡薄。至於《都是幻》，前文的考證只知道它刊行於入清後到康熙中期以前，依同樣的心理去推測，那麼本書也當以完成於康熙十年以後較爲可能。

相反的，在較早期的作品中，對於降順的行爲是有所批判的。《清夜鐘》第四回用反諷的手法，寫清兵即將渡江入南京時，一些「極老到、極有見解的」人物，看到還有人在那裏擁立假太子，不禁冷笑說：「清朝兵來，如湯潑雪。如今走的走，散的散了，不日到來，便眞太子也不顧他，況是假太子？留這頭還向清朝磕去，留這膝還向清朝跪去。」這眞是笑人的不知己醜，作者對這種等著向新朝磕頭的人物是極其鄙視的，《清夜鐘》刊行於順治三年左右，作者目睹國變，所流露的亡國悲情是濃烈的。而順治年間刊行的《連城璧》寅集，也曾借乞兒赴義的事，發抒過這樣的慨嘆：「清朝定鼎，大兵南下的時節，文武百官，盡皆逃竄。獨有叫化子裡面，死難的最多。」篇中提到，當清兵南下，南都傾覆時，有一個乞丐在江寧府的百川橋下，投水自盡，臨終還將一首靖難的詩，寫在橋堍之上，詩云：

三百餘年養士朝，一聞國難盡皆逃；綱常留在卑田院，乞丐羞存命一條。

此事與詩亦記載於梅村野史《鹿樵紀聞》卷下〈乞兒〉條，唯第二句作：「如何文武盡皆逃」❶。李漁採用這個故事來諷刺國變時不能殉難的士大夫，這裡只譴責「逃竄」者，至於變節降清的，當然就更不在話下了。然而亡國遺民應否殉國，在當時是有爭議的，邵廷采（一六

---

❶ 梅村野史《鹿樵紀聞》，《痛史》本（臺北，廣文書局，一九六八年），卷下頁一六。按《鹿樵紀聞》題「梅村野史」，舊說皆謂吳梅村所撰，其實今本的《鹿樵紀聞》並非吳梅村的作品，而是後人張冠李戴之作。吳梅村曾撰《鹿樵紀聞》，後已改名爲《綏寇紀略》，今本《鹿樵紀聞》不但已敘及梅村身後之事，而且書中的思想也和梅村不合，絕非吳梅村之作。參見〈吳偉業《鹿樵紀聞》辨僞〉，附錄於馮其庸、葉君遠合編《吳梅村年譜》（江蘇古籍出版社，一九九〇年）頁五七八—五八九。

四八—一七一一）曾說：「遭遇廢興，潛居無咎，未可以不死皆議也。」❷也就是說，只要能潛居不出，不爲新朝做事，不死並不算是失節，不能因此就加以非議。邵廷采的說法是合理的，尤其是無辜的老百姓，國破家亡咎在腐敗的政府以及不戰而降的軍隊，不應要求他們與朝廷同歸於盡，但如果他們也感受到亡國之恨，恥於與新朝並存於世，也是一種堂堂正氣的表露，至少比那些貪生怕死，媚事新朝的士大夫要高明得多了❸。而陳確（一六〇四—一六七七）卻說：

> 甲申以來，死者尤衆，豈曰不義？然非義之義，大人勿爲。且人之賢不肖，生平俱在。……今士動稱末後一著，遂使奸盜優倡同登節義，濁亂無紀未有若死節一案者，眞可痛也！❹

照此講法，那位殉國的乞丐也不值得頌揚了。然而姦盜者亦可能在亡國的一刻幡然覺悟，優倡、乞丐殉國總強過官員變節，將他們列入節義實在不能說是「濁亂無紀」。李漁是明朝諸

❷ 邵廷采《思復堂文集》（臺北，華世出版社，一九七七年）上冊，頁四四九。

❸ 李自成入北京時曾說：「文武百官最無義，明日必至朝賀。」次日，果然朝賀者多達一千二百餘人，自成嘆曰：「此輩不義如此，天下安得不亂。」見計六奇《明季北略》（臺北，商務印書館，一九七九年），頁三四七—三四八。

❹ 見陳確〈死節論〉，載《陳確集》（北京中華書局，一九七九年）上冊，頁一五四。

生❺，並未任官職，國難時他也是在逃之列，但對於殉國者卻屢加頌揚，如在〈婺城行—弔胡中衍中翰〉詩中道：「胡君妻子泣如洗，我獨破涕爲之喜。既喜君能殉國危，復喜君能死知己。」又有一首輓長山（金華縣）學官季海濤的詩，謂：「服官無冷熱，大節總宜堅。師道眞堪表，臣心不愧氈。」❻這可以證明，李漁在該篇小說中，對於乞兒死節的讚揚，並稱他爲「乞丐裡面的忠臣義士」是出自眞心。

在本期話本小說中，全篇都在探討變節的問題，並以曲折影射的手法，對變節順民加以嘲諷的，是《豆棚閒話》第七則〈首陽山叔齊變節〉篇。

本篇的寫作手法是相當奇特的，故事是寫武王伐紂後，伯夷叔齊隱居首陽山，不料聞名而來的愈來愈多，「弄得首陽空洞之山漸漸擠成市井」，山上的薇蕨漸空，叔齊自忖一朝餓死，名歸伯夷，自己落得兩面皆空，不如變節降順新朝。想著想著，不覺進入夢中，夢見下山時遇見山中的一群野獸，這群野獸本來都是佩服夷、齊義氣，守在山上不肯傷人的，叔齊爲了掩飾自己的失節，反而慫恿眾獸爲惡，謂：「當此鼎革之際，世人的前冤宿孽消弭不來，正當借重你們爪牙吞噬之威，肆此吼地驚天之勢，所謂應運而興，待時而動者也。爲何也學了時人虛憍氣質，口似聖賢，心同盜跖，半醒半醉，如夢如癡，都也聚在這裏忍著腹枵，甘

❺ 李漁崇禎八年考取秀才，見黃麗貞《李漁研究》（臺北，國家出版社，一九九五年）頁二五。

❻ 見陳再明《湖上異人—李笠翁》（臺北，漢欣文化公司，一九九五年）頁四六。

此淡薄？卻是錯到底了！」於是叔齊下山，在山下又遇見一群「雒邑頑民」，他們發現叔齊要去投降，痛揍了他一頓，又道：「你世受商家的高爵厚祿，待你可謂不薄，何反蒙著面皮，敗壞心術，就去出山做官？即使做了官兒，朝南坐在那邊，面皮上也有些慚愧。」要將叔齊推出斬首時，眾獸前來解救，兩邊正在爭論不休，忽然天上有齊物主降臨，說出了一番天下興亡本為自然之勢的道理，還告誡那些頑民說：「你們不識天時，妄生意念，東也起義，西也興師，卻與國君無補，徒害生靈。」但又認為：「若偏說爾輩不是，把那千古君臣之義頓然滅絕，也不成個世界。」頑民們指責叔齊變節，齊物主又說：「道隆則隆，道汙則汙。從來新朝的臣子，那一個不是先代的苗裔？」叔齊從夢中醒來，「省得齊物主這派論頭，自信此番出山，卻是不差，待有功名到手，再往西山收拾家兄枯骨，未為晚也。」

作者在處理變節降順這種敏感的問題，真可說是用心良苦。一方面，他對於變節者加以譴責、嘲諷、批判，除了借雒邑頑民之口，來指責叔齊的無恥行徑之外，還借畜生的言行來諷刺人類，謂：「我輩雖屬畜類，具有性靈。人既舊日屬之商家，我等物類，也是踐商之土，茹商之毛。」又說：人倒有二心，「畜生的心腸，倒是真真實實守在那裡，毫無異念。」言外之意，實在指責那些貳臣們連畜生都不如。然而，作者又借齊物主之口，為朝代的更迭提出一個理論上的依據，謂：「眾生們見得天下有商周新舊之分，在我視之，一興一亡，就是人家生的兒子一樣，有何分別？……若據頑民意見，開天闢地，就是個商家，到底不成。商之後不該有周，商之前不該有夏了。」這又好像在為新朝說話。但看諧道人的回末總評：「滿口詼諧，滿胸憤激，把世上假高尙與狗彘行的，委曲波瀾，層層寫出。……必須體貼他幻中之眞，眞中之幻，明明鼓厲忠義，提醒流俗。」可知作者寫作的眞正用意是在「鼓厲忠義」，諧道人是作者艾衲的朋友，他的評語當有根據。

按，胡士瑩先生論此文時，謂：「當明清鼎革之際，有人譏變節者的詩有『一隊夷齊下首陽』之句，亦是此意。」❼據曹家駒《說夢》一書的記載，這詩乃是諷刺康熙開博學鴻詞科時，出來應考的那些諸生，文謂：

鼎革初，諸生有抗節不就試者。後文宗按松，出示山林隱逸，有志進取，一體收錄，諸生乃相率而來。有爲詩以嘲之曰：「一隊夷齊下首陽，六年觀望好淒涼。頭上整齊新結束，胸中打點舊文章。當時義不食周粟，今日還思補達糧。早知薇蕨終難咽，悔殺無端罵武王。」❽

---

❼ 見胡士瑩《話本小說概論》（臺北，丹青圖書公司，一九八三年）頁六三〇。

❽ 曹家駒《說夢》卷一，頁一七。收在雷瑨輯《清人說薈》（上海，文藝出版社，一九九〇年）。曹家駒字千里，松江人，生平不詳，據《說夢》卷一頁八，在甲申之變後，他曾被任命爲通判，故知爲明末清初人，他在寫作本書時，已經八十歲，故能見及康熙年間徵求山林隱逸之事。按，此詩亦見於王應奎《柳南續筆》（臺北，新興書局筆記小說大觀十八編）卷二〈諸生就試〉條，頁一二、徐珂《清稗類鈔》四（臺北，商務印書館，一九八三年），頁一二。又，陳登原《國史舊聞》（臺北，明文書局）頁一八六八以《說夢》爲雷瑨（民國時人）所撰，誤。

詩中以夷、齊並舉，和本篇小說單諷叔齊不同，不過設想的方式頗爲類似。《豆棚閒話》作於康熙十五年以前，當時還未詔舉鴻博（康熙十七年下詔，十八年考試），後人寫這首諷刺詩是否受小說影響，值得進一步觀察。

篇中又提到：「只見人家門首，俱供著香花燈燭，門上都寫貼順民二字；又見路上行人，有騎騾馬的、有乘小轎的、有挑行李的，意氣揚揚，卻是爲何？仔細從旁打聽，方知都是往西京朝見新天子的。」這些都是明清鼎革之際的眞實景象，根據計六奇《明季北略》卷二十的記載，李自成入北京時「士民各執香立門，賊過伏迎，門上俱粘順民，大書永昌元年順天王萬歲。」又載當時被執太子的話說：「文武百官最無義，明日必至朝賀。……次日，朝賀者果一千二百餘人。」❾《江南聞見錄》也記載，當豫王多鐸入南京時「百官遞職名到營，參謁朝賀如蝟。……傳令百姓家設香案，俱用黃紙書大清國皇帝萬萬歲……又大書順民二字粘於門。」❿《豆棚閒話》作者艾衲居士爲由明入清的人物，對當時士民迎降的情景當有所聽聞，所以信筆寫來，不覺傷痛如此。若取本書他篇參照，其對動亂時局的悲慨更爲明顯可見，如在第八則中說道：「當今之世，乃是五百年天道循環輪著的大劫。」更借篇中瞽者開盲後的話說：「向來閤著雙眼，只道世界上不知多少受用，如今開眼一看，方晤得都是空花

❾ 同註三引書，頁三四五—三四六。

❿ 無名氏《江南聞見錄》，與《東南紀事》等合刊（臺北，廣文書局，一九六七年）頁三二三。

陽焰，一些把捉不來，只樂得許多孽海冤山，劫中尋劫，倒添得眼中無窮芒刺，反不如閉著眼的時節，倒也得個清閒自在。」這裏所謂的大劫，不就是前面所引叔齊所謂：「當此鼎革之際，世人的前冤宿孽消弭不來」的時候嗎？面對如此世界，還不如閉眼不見，「倒也得個清閒自在」，這樣的心情，豈不是深藏著無限的悲慨嗎？

二、婦女的命運

清兵南下，本來在明末流寇肆虐時還處於承平狀態的江南地區，此時受到前所未有的荼毒和摧殘。清軍所到之處，殺人放火、拉人伕、掠奪民女、買賣人口，無所不爲。除了慘絕人寰的「揚州十日」大屠殺之外，其次便是嘉定，朱子素《嘉定縣乙酉紀事》載李成棟率領的清軍在順治二年七月初四日攻破嘉定城時，「辰刻乃開門入，下令屠城，約聞一砲，即封刀。時日晷正長，日入後，始發砲，兵丁遂得肆其殺掠。……婦女寢陋者，一見輒殺。大家閨秀及民間婦有美色者，擄入民居，白晝當眾奸淫，恬不知愧。……成棟拘集民船，裝載金帛子女及牛馬羊豕等物，三百餘艘而去。」⑪又當清兵攻江陰城時，遭到頑強的抵抗，射招降書進城，城中士民在回書中說：「既爲義舉，便當愛養百姓，收拾人心，何故屠戮奸淫，

⑪ 朱子素《嘉定縣乙酉紀事》，《痛史》本（臺北，廣文書局，一九六八年），頁一一—一二。

燒搶劫掠，使天怒人怨，愴目痛心？」⑫從這封回函可知當時清兵殘害百姓是確有其事，不是出於明末人的汙衊。李成棟原為史可法的部將，降清後其部隊殺戮劫掠最慘，據《研堂見聞雜記》的記載，其部隊在婁東，「見者即逼索金銀，索金訖，即揮刀下斬。女人或擁之行淫，訖，即擄之入舟。……殺人如麻，雖茅屋中間，必搜索殆盡。遇男女，則牽頸而發其地中之藏，少或支吾，即剖腹刳腸。」⑬這些悲慘的遭遇，在嚴峻的政治氣氛下，清初的文人並不敢進行大膽的揭露，只能在詩文片段中，見到一些蛛絲馬跡⑭。還有就是記述異聞的筆記小說，偶爾會在輕描淡寫中透露些許眞相。例如王漁洋《香祖筆記》卷四就記載了一個清軍所掠婦女被裝在袋中出售的故事，內容是說順治年間，有一個賣水人叫趙遜，同輩出錢為他買一個婦人為妻，回來一看竟然是一個老婦，趙遜就把她當母親來孝順，老婦感激，將所

---

⑫ 韓菼《江陰城守紀》，與《東南紀事》等合刊（臺北，廣文書局，一九六七年），頁五七。

⑬ 《研堂見聞雜記》，《痛史》本（臺北，廣文書局，一九六八年），頁九。

⑭ 鄧之誠《清詩紀事初編》（臺北，中華書局，一九七〇年）收錄了較多這一類寫實之作，像刑昉〈廣陵行〉、吳嘉紀〈李家孃〉揭露清兵在揚州的屠殺，都是不可多得之作。此外，黃桂蘭〈明末清初社會詩初探〉也略及一、二，但該文只引原詩而不加以說明或考證，如錄吳嘉紀〈難婦行〉卻把自序：「壬寅六月瓜州事」刪掉，而把這首詩和陳子龍〈小車行〉放在一起，陳子龍死於順治四年（一六四七），壬寅則為康熙元年（一六六二），中間差了十幾年，二詩皆有難婦，但情況不同，似應略加分析、說明，文載第二屆明清之際中國文化的轉變與延續學術研討會論文集》（臺北，文史哲出版社，一九九三年）頁一四九。

藏金珠給趙遜，叫他再去買一少女，誰知買回的竟是老婦的女兒。「蓋母子俱爲旗丁所掠而相失者，至是皆歸遜所。」⓯又如《池北偶談》卷二十四〈一家完聚〉條，寫清兵攻佔浙東（即魯王政權）時，有兩家正在結婚，「而兵忽奄至」，新婚夫婦和二人的母親都被掠走，後來新婦、新郎、兩嫗都分別被贖回，得以一家完聚。⓰作者這個故事放在〈談異〉的部分，並不是有意對清軍的暴行加以譴責，但讀者細心去體會，自能感受其中的悲涼。

明清之際掠奪婦女的包括流寇和滿清入關的部隊，但流寇所掠奪的婦女後來大半爲清軍所得，他們將這些婦女和自己所掠奪的男女當成財產來轉賣，於是有許多離奇的悲歡離合故事因此而產生，李漁在《十二樓》〈生我樓〉的入話中說：「從來鼎革之世，有一番離亂，就有一番會合。離亂是樁苦事，反有因此得福，不是逢所未逢，就是遇所欲遇者。」前面王漁洋的筆記小說中所載的便是其中的兩個例子。在話本小說中，類似的故事也有好幾個。李漁小說《十二樓》中的〈奉先樓〉中舒秀才的娘子原爲李自成的部隊掠走，「及至皇清定鼎，楚蜀既平，……知道闖賊所擄之人盡爲大兵所得，就賣了家產前去尋妻贖子。」不料走到半路，「遇著一起大兵拏他做了縴夫，……日間有人押守，一到夜間，就鎖在廟中宿歇，不容逃走。」拉平民當縴夫也是當時清兵的惡行之一，龔鼎孳〈挽船行〉所描寫的情形可以參看：

⓯ 王士禎《香祖筆記》（臺北，廣文書局，一九六八年）頁六七。

⓰ 王士禎《池北偶談》（臺北，漢京文化公司，一九八四年）頁五六九。

……灘高風急船須上，縣吏追呼到貧子。科頭赤腳沙中語，長繩短纜隨征旅。峽險猿猱驚石墮，月黑豺狼愁徑阻。兵船積甲如山陵，千夫萬卒喧催徵。悉索村巷閒空舍，枵腹負舟那即能？……⑰

灘高風急，裝滿盔甲兵器的船又重，縴夫們光著頭、赤著腳，還空著肚子，那種苦況是難以想像的。難怪小說中舒秀才會每天在船邊痛哭，卻因此而驚動了船上的將軍夫人，將他用重枷頸鏈鎖起來，說要等將軍回來審問。其實將軍夫人就是舒秀才的娘子，「這位將軍自從得了他（舒娘子）之後，就拿來做了夫人，寵愛不過，把他帶來的兒子視若親生。」舒娘子怕將軍吃醋，所以故意將丈夫鎖住以絕嫌疑。但當初與將軍說好，舒家七世單傳，兒子是要歸還舒秀才的，這位將軍是個仗義之人，就將此子送還舒秀才。舒娘子在丈夫去後，就懸梁自盡了，不想命不該絕，被將軍救活，將軍憐其節義，將她送還給舒秀才，「這夫妻二人與那三尺之童，一齊拜謝恩人，感頌不違，繼之以泣。」這篇小說的結局也是喜劇，並且對清軍將領加以歌頌，其實字裏行間，清軍的惡行呈現無遺，他們隨便拉人伕爲其工作，將人妻女佔爲夫人，或出價待贖從中牟利。這樣的描寫當然是有損於滿清形象的，無怪乎並沒有淫穢

⑰ 引自鄧之誠《清詩紀事初編》卷五，頁五五三。

情節的《十二樓》，在清朝一再被列入禁書名單之中。⑱

李漁〈生我樓〉所寫的故事，其實就是王漁洋《香祖筆記》卷四所載同一故事的改寫，只是爲怕觸及時諱，將故事的年代搬到宋朝末年而已。小說寫財主姚小樓有一個只有一枚睾丸的兒子，自幼失散，尋找多年而無獲。小樓爲了另立子嗣，就裝成乞兒出外「賣身爲父」，希望能找到一個値得繼承家產的好人。在經過許久的奔波之後，終於遇到好心的姚繼將他買回家，並且對他非常孝順。此時，元兵進關，小樓說出眞相，但未說出眞名地址，父子急忙回鄉。路經漢口，姚繼上岸探訪未婚妻，父子分途。誰知該女已經被掠，姚繼到仙桃鎭，見「有無數的亂兵把船泊在此處，開了個極大的人行，在那邊出脫婦女。」「那些亂兵又奸巧不過，恐露出眞面孔，人要揀精揀肥，把像樣的婦女都買了去，留下那些揀落貨賣與誰人？所以創立新規，另做一種賣法，把這些婦女當做醃魚臭鮝一般，打在包捆之中，隨人提取，不知那一包是醃魚，那一包是臭鮝，各人自撞造化。那些婦人都盛在布袋裡面，止論觔兩，不論好歉，同是一般價錢。」而且看的人還不准不買，姚繼無可奈何，隨便買了一個回來，竟是一位白髮老婆婆，只好認爲母親，老婦於是教他認出少女的方法，再去贖取，贖回的竟

⑱《十二樓》在清道光十八年江蘇按察使，道光二十四年浙江巡撫設局禁毀淫詞小說，同治七年江蘇巡撫丁日昌查禁淫詞小說，均列入應禁書目之中，參見李時人《中國禁毀小說大全》（合肥，黃山書社，一九九二年）頁七。

然就是姚繼未過門的妻子。情節進行至此，已經夠多巧合了，誰知再去尋找義父時，才知道老婦就是小樓之妻，也是被掠南來的。回到小樓家中，覺得似曾相識，後來驗其賢囊，原來就是當日走失的獨卵兒子。經過這一連串的巧合，一家團圓，皆大歡喜。

篇中布袋裝人販售的事，《香艷叢書》第二集卷一〈艷囮二則〉記載較詳：

> 婦女老醜皆被殺，獨留少美者給有功披甲。已而大兵渡江，軍中不許攜帶婦女，限三日賣諸民間。諸披甲以買主揀擇，致價不均，各以巨囊盛諸婦女，固結囊口，負至通衢，插標於囊上，求售甚急。⑲

可以作爲〈生我樓〉的註腳，證明這是清初時事，而不是宋末舊事，篇中所寫的「亂兵」，自然都是影射「清兵」了。

此外，前面所論及的《雲仙笑》第三冊〈平子芳〉篇，以及《珍珠船》卷四都有流寇所掠婦女爲清軍所得的情節。〈平子芳〉篇寫得甚爲含蓄，說：「吳平西要替先帝報仇，借了大清兵馬，殺敗自成，把各處擄掠的婦女盡行棄下。大清朝諸將看見了，心下好生不忍，傳令一路下來，妻女失了來相認的，即便發還。」可是事實上呢，要十兩銀子才能贖一名婦人，

⑲ 嚴思庵〈艷囮二則〉，載《香艷叢書》（北京，人民文學出版社，一九九二年）第二集，頁三〇五。

十兩銀子不是一個小數目，《金瓶梅》九十六回侯林兒向陳經濟說：「不要你做重活，只抬幾筐土兒就是了，也算你一工，討四分銀子。」⑳可見明朝人做工一天才得四分銀子，十兩是一千分，要做工兩百五十天才有十兩銀子，扣掉休息日，差不多等於一年的年薪了，又如《錦繡衣》〈移繡譜〉篇載鮑良向梅翰林租一個豆腐店的店面，只要四錢銀子，可見十兩的確不是個小數目。平子芳所贖娶的是仇人的妻子，也算是報了仇，後來又找到了失散的妻子，成爲一夫二婦。作者的目的不在寫離亂，而是寫報應，但無意中也表現了離亂之苦，尤其他的妻子爲了逃難改扮男裝當酒保，夫妻相見時子芳竟認不得了，後來相認，「兩個大聲哭起來」，頗有「恍如隔世」的意味，令人同情。《珍珠舶》卷四的女主角杜仙佩躲過「闖賊」的屠掠，「不料闖賊既去，妾即爲嚴將軍所獲。含羞忍辱，每不欲生。」這位嚴將軍，作者說他「清廉剛介，素爲士民信服」，但他自稱後房有「姬侍數十」，杜仙佩也在其中，可見這數十姬妾多半和杜氏一樣，都是被掠奪來的。和〈奉先樓〉中的那位將軍不同的是，該將軍把舒娘子寵之專房，不許別人親近，這位將軍則對杜仙佩毫不在意，當男主角謝賓又來尋妻時，就讓他夫妻團圓，還取出衣飾約值千金相贈。可見在有清軍將領中，固然不乏燒殺淫掠之徒，但有專一多情的，也有豪邁仗義的。

上述都是順治三年八月以前發生的故事，《風流悟》第二回則寫到順治三年九月，清軍

---

⑳ 會校本《金瓶梅》（臺北，曉園出版社，一九九〇年）頁一三六五。

進入福州以後的事。這也是一個報應的故事，福建進士趙舜生好淫，有從崑山因兵亂逃難而來的孫仁夫婦來投靠，當晚趙進士就設計奸騙了孫妻韓氏。第二天，韓氏不願久留，偷了幾兩銀子，和丈夫回鄉賣豆腐去了。不久，征南大將軍（貝勒博洛）的大軍開進福州，趙進士在和府中太爺議守城時被俘，其妻陰氏被清軍的一個總兵官掠走。陰氏謊稱有沙淋症，因此未遭姦汙，後隨軍北上，到崑山時，總兵官又掠得一個十七、八歲的女子，便將陰氏棄於崑山的寺廟中，廟中和尚嫌陰氏帶累，將她送給喪妻半年的孫豆腐。這孫豆腐就是孫仁了，韓氏被汙後回崑山不久就抑鬱而終，死時孫仁尚不知其妻被汙。陰氏無可奈何，隨了孫仁，騙他說家裏藏有三千兩銀子，要孫仁帶她回去取錢，到了福州，陰氏說出自己是趙進士之妻，威脅孫仁送她回家，並不許說出眞相，許以數百金相贈，否則告他奸騙。後來已降清的趙進士夫妻團圓，但不知夫人已非完璧。陰氏贈孫仁百金，並將丫鬟芳蘭嫁他爲妻，孫仁人財兩得，後來成了財主。

孫楷第《中國通俗小說書目》卷三將這部《風流悟》和《歡喜寃家》、《一片情》、《宜香春質》等共七部書列爲「專演猥褻事」的小說㉑。其實《風流悟》和這幾部書的性質並不相同，雖然書中也有片段比較露骨的描寫，但情形並不嚴重，歐陽健先生說本書「具有相當

㉑ 孫楷第《中國通俗小說書目》（臺北，木鐸出版社，一九八三年）頁一二七。

的社會生活內涵，於人情世態之描摩，甚見功力。」㉒是相當有眼光的，本書無論其所表現的現實生活，還是情節設計的自然巧妙，都是那些專演色情的小說所無法相提並論的。像本篇對於清兵暴行的反映，可說是直言無隱，那總兵官在福州城，進入民宅殺人，見陰氏貌美就將她掠走，同行的還有好幾個婦人。到了崑山，又掠奪少女，連她的母親也一起帶走。文中還大大方方的寫出是「征南大將軍」的部隊，這種描寫在當時稱得上是相當的大膽，而具有極強烈的現實意義。

除了上述以清軍掠奪婦女為背景的小說之外，還有一些是偶然提到的，如〈梅魂幻〉寫發生在浙江紹興府的事，說：「新朝渡江，逃兵沿途搶掠」，其實就是指順治三年五月清軍渡過錢塘江，攻入魯王所控制的浙東地區。又說：「張家婦人，被逃兵點污，又擄他丈夫挑擔；李家女子，被逃兵擄去，又搶他首飾衣裳。」這裏不敢指斥清軍，而說逃兵，只是一種含蓄的說法。

三、逃人、薙髮、文字獄

在第一節所論及的時事小說《警寤鐘》卷四，有這樣的一段情節：烈婦海氏因耽心會被漕船運卒林顯瑞所奸汙，而在船上自縊身亡，林顯瑞將其屍體藏在米中。後來，船上的長年

㉒ 見上海古籍出版社《古本小說集成‧風流悟》〈前言〉。

藍九告到官府，經歷繆國瑞為怕林顯瑞逃走，連夜查船，管船的雷衛官還在睡夢中，繆公說：「適奉上司嚴檄，某船藏匿逃人，特來查勘。」雷衛官吃了一嚇，即刻同至某船，叫船上人俱來點名。點到顯瑞，繆公說：「這就是逃人，與我鎖起來。」

為什麼雷衛官一聽到「逃人」，會「吃了一嚇」，而「即刻同至某船」呢？這要從清初的圈地說起。滿清入關之後，為了要安置遷居到中原的滿州貴族，順治元年到四年之間，進行三次大規模的圈地，造成近畿百姓播遷流離；以後又陸陸續續，在各地圈佔了無數無辜百姓的田土，「隨著圈地的大規模進行，許多喪失土地的漢族農民被迫投向滿族統治者為奴」㉓，於是就產生了投充和逃人的問題。

投充的農民，有些是迫於衣食，不得不投入滿州家為奴的，但也有不少是因為滿州貴族需要人力而逼迫漢人投充的。這些投充的農民，在不堪主人的虐待時，就逃離主家，成為「逃人」。《清史稿》卷二百四十四〈李禛傳〉謂：「八旗以俘獲為奴僕，主遇之虐，輒亡去。漢民有願隸八旗為奴僕者，謂之投充，主遇之虐，亦亡去。逃人之法自此起。」這裡說明在有投充之前，就有逃人。他們是滿清入關之前所俘獲的漢人奴僕，他們有的在關外時就逃跑了，有的是隨滿人入關之後才逃回老家的，在當時形成一股擋不住的逃亡潮。為了扼止逃亡之風，順治三年頒布了逃人法，這個法令的特點在於嚴懲窩主，而輕處逃人，其目的是「欲

㉓ 鄭天挺《清史》上卷（天津人民出版社，一九八九年）頁一八二。

保護還歸之家奴仍爲舊主操作」㉔，在順治帝親政期間（順治八年至十八年），窩主的範圍一再擴大，不但雇用逃人、租屋給逃人要正法，據《世祖章皇帝實錄》卷八十六，如果現任官員、進士、舉人、監生、貢生等隱匿逃人，「本官及妻子流徙，家產入官」。如船只夾帶逃人（包括商船、軍船，以及本篇小說所查的運糧漕船），船主按窩主論處，是要正法的㉕。這也就難怪雷衛官聽說所管的船上有逃人，會大驚失色了。

滿清入關對江南百姓日常生活的另一重大影響，則是薙髮。薙髮令的嚴格執行是滿清入關後的一大失策㉖，尤其在清兵下江南時，本來各地已經望風而降，不料薙髮令下，各地紛紛起兵反抗，「嘉定三屠」、「江陰屠城」都是因爲薙髮而造成的。像這樣重大的事件，在話本小說中竟然完全沒有反映，推其因恐怕也是因爲太過敏感，不敢有所表現的緣故。

經過頑強的抗爭和慘烈的殺戮，老百姓在「留髮不留頭」的恐怖威脅之下，不得不薙頭留辮，內心原來是極爲痛苦的。明末清初上海人姚廷遴在所著的《歷年記》卷上說：「余此時留髮初紮起，見人薙頭者，皆失形落色、秃頂光頭，似乎慘狀，甚有哭者。因怕薙頭，連

㉔ 孟森《清代史》（臺北，正中書局，一九八九年）頁一五九。

㉕ 李景屏《清初十大冤案》（北京，東方出版社，一九九三年）第四章〈洶湧澎湃的逃亡風〉，頁六四。

㉖ 陳生璽先生認爲薙髮令對清人統治中國造成的不良影響有：一、延緩了清王朝統一全中國的時間；二、加深了民族隔閡和民族仇恨的情緒。見〈薙髮令在江南地區的暴行與人民的反抗鬥爭〉，載於《明清易代史獨見》，頁一九一—一九二。

日不歸，不料家中被賊挖進，盜竊一光。」㉗又如吳祖修〈剃頭〉二首謂：「吾生適值鼎將遷，卅載頭毛未許全。」「一撮尙留原屬我，週遭都去媿逢僧。」鄧之誠謂：「詞雖平和，意實激憤。」㉘但人們終究是健忘的，漸漸的，對薙髮的事就習以爲常了，「康熙以後，剃頭留小辮子，也成了漢族男子的風俗習尙，形成了心理定勢，已經完全無所謂了。」㉙《生綃剪》第十七回寫作於康熙十三年，篇中所寫遭雷殛而死的逆子觀保，爲了奪取母親的錢財，招了一夥強盜來家，「有長大漢子將觀保的髮辮揪了道：『快快領路獻寶！』」後來觀保更將母親推入水中淹死，因而遭到雷殛的報應，而且頭被割掉，等到在河中發現其母屍首時，奇怪「怎麼右手又揪著一把髮辮？」原來是提著逆子的頭。這可能是最早在小說中出現漢族男人梳辮子的紀錄了，可以看出當時人對辮子並沒有奇怪看待。這個故事發生的地點浙江，而文中提及：「這幾日捉船上緊，要裝載兵丁，就是農庄船，也捉去剝馬料。」在第一篇第一章第一節中，已考證是寫康熙十二年，吳三桂反清，十三年三月，耿精忠於福建起兵以應吳三桂，六月，康熙以康親王傑書爲奉命大將軍，由浙江討伐福建時候的事。㉚從小說中上述的這些描寫看來，即使到了康熙十幾年，清兵擾亂民生的情形還是相當嚴重的。

㉗　轉引自同前註引書，頁一八三。

㉘　同註十七，頁六七。

㉙　張仲《小腳與辮子》（臺北，幼獅出版社，一九九五年）頁一六四。

㉚　見蕭一山《清代通史》（臺北，商務印書館，一九八五年）第一冊，頁四六三、四六四。

在清初前期發生的文字獄案，大致說來並不如雍、乾時期嚴重。不過康熙初年四輔臣擅政時期發生的莊氏「明史案」由於殺戮慘酷，牽連廣遠，對士風民心多少有所影響，尤其「明史案」的揭發者撤職官員吳之榮不但重新起用，還獲得大筆財富，這無異在鼓勵其他的無恥文人，讓他們效法吳之榮，「可以用文字作爲武器，誣陷、威脅、勒索他人，致人於死地。」㉛康熙二年「明史案」才定讞，同年底，就有有人告發孫奇逢的《甲申大難錄》，說其中對清廷入關的措詞欠恭順；康熙四年，姜元衡告故明錦衣衛都指揮使黃培及其子姪現任浦江知縣黃坦、鳳陽府推官黃貞麟十四人作逆詩；康熙七年，姜元衡又揭發黃培家中藏有陳濟生作的《忠節錄》詩集，其中有〈黃御史傳〉，傳中說明黃坦的父親到死都沒有薙髮，這事還牽連到清初大儒顧炎武，因姜元衡誣該書爲顧炎武輯刻。㉜經過這些文字獄案之後，社會上多少感受到文字罹禍的可怕，顧炎武在獲釋後寫〈赴東〉詩六首，其第一首有「斯人且魚爛，士類同禽駭」的句子，第三首說：「所遇多親知，搖手不敢言」㉝可見親朋好友都怕被連累，文字獄對當時人心還是有一定程度的影響。

《八洞天》卷七〈勸匪躬〉篇就反映了這樣的實況。故事托言南宋時期，「北朝金國管

㉛ 郭成康、林鐵鈞合著《清朝文字獄》（北京，群眾出版社，一九九〇年）頁九七。

㉜ 以上參見同前註引書，頁九七—一〇七。又胡奇光《中國文禍史》（上海人民出版社，一九九三年）頁一二七。

㉝ 顧炎武《顧亭林詩文集》（臺北，漢京文化公司，一九八四年），頁三七八。

下的薊州豐潤縣」，書生李眞寫了〈哀南人〉、〈悼南事〉兩首感慨時事的詩，被他的同窗米家石看見，因爲李眞曾譏嘲過他，所以米就將這兩首詩拿去出首，說：「李眞私題反詩，其心叵測。」結果李眞遭處決，其妻自縊，「出首之人，官給賞銀二百兩」。其實，「金」隱射「清」，這種以揭發詩文報私仇、獲厚利的情形應是清初實況。後來，李眞的僕人王保爲了保護幼主，男扮女裝，撫養小主人生哥成人，並且將生哥也裝扮成女兒的樣子。生哥長大後，遇見女扮男裝的冶娘，向她學畫，並問她說：「賢弟少年才儁，必然精於詞翰，何不以文章求仕進，乃僅以丹青自見乎？」冶娘說：「恐文章不足以取功名，適足以取禍患耳！」生哥聽了這句話，想起自己父親亦以詩文小故被奸人陷害，觸動了一腔悲憤。這種認爲文章適足以取禍的憂患意識，正是清初文字獄所造成文人心情的最佳寫照。後來金海陵帝遇害，金世宗繼位，李眞獲得平反，故事以圓滿結局收場。這是《八洞天》一書的一貫風格，其實因文字告發所造成李眞夫婦慘死的悲劇，終究是難以彌補的。

又如《豆棚閒話》一書，作者以豆棚下的閒話爲線索，貫串了十二則不同性質的故事，到了第十二則全書快結束時，說故事的老者說道：「閒話之興，老夫始之。今四遠風聞，聚集日眾。方今官府禁約甚嚴，又且人心叵測……萬一外人不知，只說老夫在此搖唇鼓舌，倡發異端曲學，惑亂人心，則此一豆棚，未免爲將來釀禍之藪矣。」於是將豆棚拉倒，結束了閒話。文中所提到的「方今官府禁約甚嚴」，指的應該是清初不准結盟社的禁令。據《松下雜鈔》卷二載順治九年在太學更立臥碑，其第八款云：「生員不許糾黨多人，立盟結社。」

這還是針對生員而發，而此一禁令似乎也沒有太大的效果，所以到了順治十七年又下令：「士習不端，結訂盟社，把持衙門，關說公事，相煽成風，深爲可惡，著嚴行禁止。」[34]經過這樣三申五令之後，盟社之事才逐漸斂跡。不過在史書上，還很少見到因爲結盟而成爲「釀禍之藪」的，這種畏懼因被誤會爲「倡發異端曲學，惑亂人心」而惹禍的心理，應該是要和文字獄的殘酷殺戮一起聯想的。

清初還發生過幾件震動全國的大案，如「科場案」（順治十四年）、「哭廟案」和「奏銷案」（都在順治十八年）等等。這些案件雖然並沒有在清初前期的話本小說中直接反映，但大量諷刺科舉的小說出現、因欠稅未完而賣妻（如《雲仙笑》〈又團圓〉）、自殺（《二刻醒世恒言》下函第四回）等情節的描寫，以及造成當時讀書人「急流勇退、明哲保身」的生存哲學（詳下一小節），其中多少都有這些慘案的影子在那裏晃動。

滿清入關、南下，燒殺淫掠、錢財苛斂、精神凌辱，撼動了整個中國，雖然在異族統治的恐怖氣氛下，話本小說的作者們對於亡國的傷痛、受迫害的悲慘大多避而不談，可是這一場「天翻地覆」對人心與民生畢竟影響太大了，小說不能完全脫離現實，仔細去閱讀，在字裏行間，還是可以看得見、體會得到，江南士民初受到異族統治時的心理狀況，以及社會現實的。

---

[34] 以上參見謝國楨《明清之際黨社運動考》（北京，中華書局，一九八一年）二〇五—二〇七。

第四節　對亂世求生哲學及人生理想轉變的反映

話本小說是通俗小說的一種，通俗小說是一種大眾文學，日本學者尾崎秀樹說：「與屬於個性產物的純文學不同，大眾文學是由大眾來創造的，作家不過是根據大眾的種種要求而賦予它一個形式而已。正因爲如此，大眾文學深深烙上了大眾的印記。」❶所以說，大眾文學所表達的觀念事實上代表了當時人們的一般想法，作品中所表現的生存哲學、人生理想，也是同時代人心的最佳寫照。當然，不能排除作家本身的個人經歷和思想態度，因爲他是鎔鑄「大眾心理」的匠人，他在鎔合、陶鑄作品時不免要把自己獨特的想法摻雜進去。

明末清初從流寇之亂到江山易色，對當時人們所造成的衝擊是可想而知的。這一場驚天動地的鉅變，除了導致了前面所述的生命遭屠戮、財產被掠奪、流離失所、恐懼畏禍之外，也必然會引起人們心理結構、道德觀念，乃至於人生理想的變化，而這些變化又必然會在文學作品中表現出來。在話本小說中，這種變化是非常明顯的，以下我們分成兩方面來說明：

一、守經行權

《飛英聲》卷一〈合玉環〉篇，寫軍人趙興挈妻前往遼陽守邊，途中遇到遊擊將軍王朝

❶ 尾崎秀樹著，徐萍飛、朱芳洲譯《大眾文學》（北京，中國社會出版社，一九九四年）頁二。

宗的部隊，王軍紀律不嚴，縱容部下劫掠，趙興的妻子和氏被掠，當時已懷有七個月的身孕。臨別時，和氏將一只玉環敲爲兩段，一半交給趙興，以爲日後相聚的信物。後來軍士將和氏獻給王朝宗，和氏爲了腹中孩子，忍辱從之。兩個月後，和氏產下一子，王朝宗本身無子，所以將他認爲親生。一晃二十年，王朝宗早已亡故，此子要入京襲職，缺一名養馬人，其岳父鄧指揮派一名單身兵丁給他，此人恰是他的親生父親趙興。又過了二十年的某一日，和氏到後園散步，見到趙興身上的半截玉環，認出是當初的丈夫。其子並不貪戀權位，願意與身分低微的父親相認，並上疏辭去爵位，以補趙興的軍丁之職。朝廷嘉其孝義，讓他照舊供職世襲，結局相當圓滿。作者在文末發表議論說：

假如和氏當時若殉節身亡，卻沒有這番富貴，反經爲權，是一番道理。雖然拋離四十餘年，反得子孫世享爵祿，這是失便宜處得便宜也。

這一番「反經爲權」的道理，實在是身處亂世無可奈何的生存哲學。這當然大大違背了理學家所提出「餓死事小，失節事大」❷的貞節觀念，不過誠如李漁在《十二樓》〈生我樓〉中

❷ 此言見《二程遺書》（上海，上海古籍出版社，一九九二年）卷二十二下〈伊川先生語〉八下，頁二三五。原句爲：「然餓死事極小，失節事極大。」

所說的：「論人於喪亂之世，要與尋常的論法不同，略其事而原其心，苟有寸長可取，留心世教者就不忍一概置之。」也就是說，在喪亂之世而不能死節者，要看他求生存的動機，而不要太計較他的作爲。像〈合玉環〉篇中的和氏，爲了保住她腹中的孩子，她不能死，生下兒子後必須教養他，還是不能死，雖然身處於富貴，她念念不忘可憐的丈夫，期待有相逢的一天，一旦相逢，她又能捨下夫人的尊貴，來和養馬兵丁身分的丈夫相認，又由於她的教養有方，使她的兒子不會因爲貪戀富貴而背棄人倫。可以說她雖然不能保住所謂的貞節，卻能忍辱負重，其精神實在比一死了之偉大得多了。

在第二節曾討論過李漁〈生我樓〉入話中被掠婦人所寫的〈望江南〉詞，由於詞中有：「青塚魂多難覓取，黃泉路窄易相逢，難禁面皮紅。」的句子，李漁對她大表同情，說：「此婦既遭污辱，宜乎背義忘恩，置既死之人於不問矣！猶能慷慨悲歌，形於筆墨，亦當在可原可赦之條，不得與尋常失節之婦同日而語也。」而〈奉先樓〉篇中，舒秀才爲了存孤，當流寇南來時，對他的妻子說：「萬一你母子兩人落於賊兵之手，倒不願你輕身赴難，致使兩命俱傷。只求你取重略輕，保我一支不絕。」舒娘子說：「這等說起來，只要保全黃口，竟置節義綱常於不顧了。」舒秀才說：「那是處常的道理，如今遇了變局，又當別論。……只要撫得孤兒長大，保全我百世宗祧，這種功勞也非同小可。與那匹夫匹婦自經於溝瀆者，奚啻霄壤之分哉！」果然她被流寇掠奪，後來又成了清軍將領的夫人，但他的丈夫並不因爲她曾經失身而怨悔，反而感謝她爲了存孤而忍辱偷生，而清軍將領更讚美她是「存孤的節婦」，要「替她起個節婦牌坊，留名後世。」姑且不論他們爲了傳宗接代而犧牲貞操的動機是否正當，但舒秀才並沒有只要兒子，而嫌棄失了身的妻子，這就表示他的道德觀念不是片面的，而是通達的。

上述的兩篇小說，是婦女在亂世中爲了完成存孤的使命，不得不犧牲最寶貴的貞操，忍辱苟活，結果卻都得到了很好的結局。很明顯的，小說作者對於篇中人物所抱持的「守經行權」的觀念，是予以充分肯定的。但畢竟這些婦女曾經失身，令人感到惋惜，我們在第二小節討論過的《無聲戲》第五回〈女陳平計生七出〉篇中的耿二娘，則不但保住了貞節，還獲得財富，算是當時的異數了。不過，爲了敷衍流賊頭目，她還是不能不任其輕薄，篇中說：「二娘千方百計，只爲保全這件名器，不肯假人。其餘的朱唇絳舌、嫩乳酥胸、金蓮玉指，都視爲土木形骸，任他含咂摩捏，只當不知，這是『救根本不救枝葉』的權宜之術。」因爲當初二娘抱定了一個決心，說她萬一被流賊擄去，「決不忍恥偷生，也決不輕身就死，須盡我平生的力量，竭我胸中的智巧，去做了看。若萬不能脫身，方才上這條路。」這是何等的識見，豈非愧煞那些曲膝投誠，或輕身殞命的庸儒之輩。對於她不得不任人輕薄的權宜之術，我們何忍苛責？正如李漁說的：「看官，你們若執了『春秋責備賢者』之法，苛求起來，就不是末世論人的忠厚之道了。」李漁類似的言談頗多，這和他本身的個性和行事有關。他自己固然在明亡後薙髮做了清朝的順民，而他維持生活的手段又是「到處托缽打秋風，應那些達官貴人的禮聘招待」❸，那麼從他口中提出「亂世從權」的言論也就不足爲奇了。

其實，即使這些婦女並不是爲了什麼使命而不肯殉節，平心而論，也不能就指責她們的苟且偷生。婦女被奸污、掠奪、轉賣，命運已經夠悲慘了，她們的父兄、丈夫既不能保護她們在前，若又不能原諒她們於後，實在是自身的恥辱。話本小說在這方面則多數是開通的，在面對這些失身婦人時，大多表現了接納的態度，例如《珍珠舶》卷四中的杜仙珮爲清兵嚴將軍所獲，「含羞忍辱，每不欲生。」說她「靦顏苟活」，只是爲了見情郎一面。後來果然相見，其郎君並沒有因爲她的失身而嫌棄，反而「夫婦眷愛」，後來他們的故事還傳爲佳話。還有李漁〈生我樓〉正話中，姚繼的心上人也是被掠而贖回的，後來也結爲夫妻，並沒有嫌怨之意。

除了婦女貞節之外，這種亂世從權的思想還表現在其他方面，如在《珍珠舶》卷五，瓊芳小姐的父親爲流寇所劫，母女寄居在東方生的家中，東方生請族兄子期向瓊芳的母親提親，其母推說丈夫不在，不敢作主，子期卻說：「在離亂時節，拘不得平常的禮數，須要反經行權，見機而動。」老夫人才答應這門婚事。行聘之後，東方生爲了表現誠意，即北上救回岳父，得以一家團圓。這裏似乎有一些趁火打劫的味道，不過若不如此，東方生師出無名，也的確有其先行訂親的必要性，而且他在下聘後隨即出發救人，並沒有要求先和瓊芳小姐成親，可見他並無意於乘人之危。瓊芳的母親若不能「反經行權」，而執意要等丈夫回來才肯議親，

❸ 黃麗貞《李漁研究》（臺北，國家出版社，一九九五年）頁五六。

或許丈夫就永遠回不來了。

又如《五更風》〈聖丐編〉中的商人凌振湖中年無子，來到京城作生意，遇見「因土賊之變，倡義守城，撫按敘功，援例在京候選」的王生，常加以支助。王生因選期在即，卻無錢打點，抑鬱而終，其妾惜卿已懷有四個月身孕，孤苦無依，又賴振湖伸出援手，助她渡過難關。眾人提議讓振湖納她爲妾，振湖說：「朋友妻不可戲，一也；乘人之危，二也；生死二心，三也。」不肯答應，眾人道：「振湖所見，誠不易定理。但天下事有權有變，未可固執一經。守經行權方是大豪傑、大英雄舉動。」當時天下頗爲擾攘，眾人的意思是，如果振湖不肯納惜卿，那麼她「不失身匪類，即籍沒兵火，王生之脈必斬矣！」也就是說，振湖納惜卿爲妾，不但不會對不起朋友，反而是爲朋友存孤，是有功於王生了。振湖接納了眾人的意見，半年後惜卿產下一子，爲他取名王璧，「寓完歸之意」，過了年餘又產下一子，終於有後，眾人以爲是行善之報也。這篇小說雖然不是以明清易代時的動亂爲背景，由於本書作於順、康之際，作者身經喪亂，其實那種亂世行權的想法是其來有自的。

李漁《十二樓》中的〈鶴歸樓〉，更表現了一種獨特的處世智慧。故事寫北宋末年，段玉初和郁子昌娶了人間絕色繞翠、圍珠，這一對堂姊妹原來是要被選入宮廷的，因有科道上本而作罷。徽宗皇帝見所愛被段、郁兩名新進士奪走，懷恨在心，便命他們充當到金國交納歲幣的使臣。由於金人對使臣誅求無厭，往往有淹滯多年而不得還鄉的，段、郁二人奉此苦差，無可奈何。面對離別，郁子昌對圍珠十分眷戀，繾綣難分，段玉初卻對繞翠表明自己絕無生還之理，要她另做打算，臨別時「飄然長往，任妻子痛哭號啕，絕無半點悽然之色。」八年之後，幾經波折，兩人終得返鄉，不料當初繾綣難分的子昌之妻圍珠已經抑鬱而終了，而被無情對待的玉初之妻卻更加的豐肥美豔。這是何故？原來一個在臨行之際做出情態，「使他念念不忘，把顛鸞倒鳳之情形諸夢寐，這分明是一劑毒藥，要逼他早赴黃泉」；一個假做無情，悻悻而別，既絕其望，「他自然冷了念頭，不想從前的好處，那些悽涼日子就容易過了。」果然，繞翠起先也有些怨恨，後來就安心樂意過日，又想反正節儉已無必要，不如儘情受用，所以更加豐肥，等見到人家從生離變成死別，而自己明豔如昔、夫妻團圓，才體會到丈夫當時的苦心。

明明恩愛，卻要裝做無情，明明捨不得，卻要表現出無所謂的樣子，這不只是違反常道的權宜之計，更是不容易做到的高度智慧。郁子昌就說：「見識雖高，究竟於心太忍，若把我做了他，就使想得到，也只是做不出來。」然而做不出來的結果，就是悲慘的下場。這當然是亂世的生存哲學，處在亂世，不這麼忍心也是不行的。段玉初曾對繞翠說：「夫妻宴樂之情，衽席綢繆之誼，也不宜濃豔太過。十分樂事只好受用七分，還要留下三分，預爲離別之計。……爲夫婦者不可不知，爲亂世夫婦者更不可不知。」話中充滿著憂患意識，曾經多次避兵逃難的李漁，見過太多的夫妻離別，他的理論不是憑空想像的❹。

❹ 孫楷第先生曾舉李漁〈粵游家報〉中的一段話來和本篇小說做比較，說明：「文（小說）中所寫段玉初的學問，也是笠翁的學問。」見〈李笠翁與十二樓〉，《滄州後集》（北京，中華書局，一九八五年）頁一九八。

總之，面對動亂，人們要通權達變，不能固執不化，也不要輕易犧牲。若能發揮自己高度的智慧化險爲夷當然是最好的，否則也要忍辱負重，以謀求將來的幸福。至於失節者，若非厚顏投誠，而是出於無奈，也不要太過於苛責。在清初前期的話本小說中，處處表現出這樣一種亂世的生存哲學。

二、急流勇退

明崇禎帝初繼位時，處置了魏忠賢及其黨羽，令人耳目一新，認爲他將是一位大有作爲的好皇帝。可是事實證明，他後來還是寵信宦官、任用奸臣，把國家帶入不可收拾的絕境。他曾說自己不是亡國之君，而諸臣皆亡國之臣，「皆諸臣誤朕」（見《明史・莊烈帝紀》），孟森先生說得好：「孰用此亡國之臣者，即鑿然亡國之君也。」❺崇禎在位十七年，共用了五十個首輔（等於宰相），孟森先生說他「置相如奕棋」，其中被殺的有兩人，遭遣戍的也有兩人；又殺了總督七人、巡撫十三人，其中很多都是無辜而死的，士大夫受杖獲遣的更是不計其數。孟森先生對崇禎的批評是：「茫無主宰，而好作聰明。果於誅殺，使正人無一能任事，惟姦人能阿帝意而日促其一線僅存之命。所謂君非亡國之君者如此！」❻在這樣的時

---

❺ 見孟森《明代史》（臺北，國立編譯館，一九七九年），頁三五七。

❻ 同前註，頁三五二。

局下，怎能不讓人有朝爲顯宦、夕遭貶戮的危機意識呢？

同時，是各地流寇的殺戮。李自成的部隊每到一地，一定先殺貴族、仕宦、富戶，有時還將擄獲的錢糧拿來散濟貧民。❼在這個時候，一定有很多當官的，或有錢人的子弟❽，恨自己投錯了家庭，無辜成了刀下的亡魂。接著是明清鼎革，滿州人統治了中國。順、康之際，接連發生「科場」、「哭廟」、「奏銷」、「明史」等案，清人借此機會，大大壓制、打擊、殺戮了江南的士子。當時，以讀書取功名的理想受到了考驗，「萬般皆下品，唯有讀書高」的觀念受到了質疑。

在早期的話本小說中，登科、仕宦、富貴可以說是人生的最高理想。以《古今小說》爲例：卷二，主角魯公子連科及第；卷四，阮三的遺腹子十九歲連科及第，中了頭甲狀元；卷五，馬周做到吏部尙書，終生富貴；卷十，倪善述娶妻後，連生三子，讀書成名，倪氏門中，只有這一枝極盛；卷十七，飛英累官至太常卿，其子讀書登第，遂爲臨安名族；卷十八，楊八老二子同年進士，同選邵興一郡爲官；卷二十三，張舜美首選解元，後連科進士，官至天官（吏部）侍郎，子孫貴盛；卷二十八，李秀卿連育二子，後來都讀書顯達；卷三十四，李

❼ 李文治《晚明流寇》（臺北，食貨出版社，一九八三年），頁一二三。

❽ 明朝中葉以後當官的很少不成爲有錢人，《生綃剪》第四回寫縣丞左嘉在縣令出缺時，「他署印六月，囊中約有二千餘金」，他還是好官，只代理縣務六個月就可以有二千金的進賬，當時官員貪污情形之嚴重的可想而知。

公子果中高科，累官至吏部尚書；卷三十九，汪千一中了武舉，直做到親軍指揮使之職，子孫繁盛無比；卷四十，沈襄之子少年登科，與叔叔同年進士，子孫世世書香不絕。《古今小說》爲馮夢龍所編，其中包含了宋、元、明三代的小說，這些小說中主要人物的結局無不得到功名富貴的結局，編者是要用這些好結局來「喻世、醒世、警世」的，當然也就代表了當時人們的人生理想。這些小說中，充滿了對功名富貴的嚮往，還見不到功名招禍的危機意識。

再看《石點頭》：卷一，郭喬、郭梓父子同榜進士，郭梓爲探花，官至侍郎；卷二，盧夢仙中進士，尋妻、團圓；卷三，孝子王本立尋父後，耕田讀書，蟬聯科甲；卷五，少年時風流的莫誰何嚴訓二子，同榜少年進士，並做京官；卷六，主角由科貢出身，爲南安知府，三年考滿，父母受封；卷七，好心的仰鄰瞻得女鬼之助，中進士，直做到樞密使，二子俱弱冠登科；卷十，王進士原來無子，因還妻給王從事積下陰功，夫人五十以外生子，後中進士；卷十二，無辜被陷害的董昌，其子後來十八歲登進士，官至侍郎，封贈父母。《石點頭》書中的這些小說給我們的感覺是，不但要登第，而且時間要早，這樣才能累官到高位，最後又以能使父母受到封贈爲最高榮耀。試和李漁《十二樓》〈鶴歸樓〉中段玉初所說的一段話做個比較，段玉初說：

少年登科，是人生不幸之事。萬一考中了，一些世情不諳，一毫艱苦不知，任了癡頑的性子，鹵莽做去，不但上誤朝廷，下誤當世，連自家性命也要被功名誤了，未必能夠善終。

這話的重點還是在「自家的性命也要被功名誤了」，李漁小說所表現的危機意識，是較早刊行的《石點頭》中所見不到的。

當然，中國人自古就有物極必反的體認，古聖先賢老早就用《周易》乾卦「上九」的爻辭「亢龍有悔」來教導後人，要懂得適可而止。李白「吾觀自古賢達人，功成不退皆隕身」（〈行路難三首〉其三）的思想，話本小說的作者當不會陌生。何況如前所述，明末的政治環境已經十分險峻，崇禎年間刊行的話本集多少已經表現出一些躁動和不安，例如《警世通言》卷三十一〈趙春兒重旺曹家莊〉篇中的曹可成，苦盡甘來，當到知府地位，其妻春兒勸他：「當初墳堂中教授村童，衣不蔽體，食不充口。今日三任爲牧民官，位至六品大夫，太學生至此足矣。常言：『知足不辱』，官人宜急流勇退，爲山林娛老之計。」可成點頭稱是，托病辭官，上司不准，拖了半年，終於致仕歸田。《天湊巧》第二回〈陳都憲〉篇中的陳都憲，迷迷糊糊，一竅不通，竟陰錯陽差登上九卿之位，有天晚上忽然想起「知足不辱、知止不殆」的道理，反省自己「文字原不甚佳，得了科名；我做官也只平常，到了都憲，想是有個定命。若只管貪進不止，做了個夏桂洲，四次拜相，直至殺身都市。」於是次日就托病辭官，連上了三個本才獲准，「逍遙田里」去了。這兩篇小說有個共同點，就是主角都是痴痴傻傻的，曹可成的官是靠老婆做的，陳都憲則全憑運氣，但他們都知道要急流勇退，所以皆得善終，卻又一點也不傻。這裏，多少寄托了東坡「我被聰明誤一生」（〈洗兒詩〉）的憤慨，也表達了居安思危的理念。

但上述的兩篇只是個別現象，篇數並不算多，危機意識也還不特別強烈。到了明朝將亡，以至於清人統治的時代，篇數就多起來了，危機感則更為增加強了。例如刊行於順治初年的《清夜鐘》第十四回，其開場詩謂：「天地有陽九，昆池生劫灰。人生處其間，岌岌亦殆哉。智士識趨避，災祥或可回。」這篇寫漕運總督楊一鵬被崇禎所殺的時事小說，我們已經在第一小節中討論過，全篇小說給我們的感受，就是那種「岌岌亦殆哉」的危機意識，以及和尚對楊一鵬所說的：「見機須早，回頭須決。若一濡遲，便無覓處。故平日把舵要牢，臨急抽身要快。」的道理。好一個「臨急抽身要快」，正是奉勸那些在末世任高官居顯位的人，要懂得急流勇退的道理，以免禍到臨頭就後悔莫及了。篇末又說：「功名者，貪夫之釣餌。官高必險，反不如持瓢荷杖之飄然。」這話和《西湖佳話》卷五林和靖的論調何其接近：「榮顯，虛名也；供職，危事也。怎如兩峰尊嚴而聳列，一湖澄碧而當中，令予之飲食坐臥，皆在空翠中之為實用乎？」這些言語和〈鶴歸樓〉中段玉初之言皆不謀而合，這樣的觀念在稍早的話本小說（如《三言》）中是比較少見的。

在清初前期的話本小說中，急流勇退的人物太多了，《人中畫》五篇小說中就有兩篇的主角是官做到一半就告病還鄉的，其中〈自作孽〉篇宅心仁厚的黃輿，只當了一任代巡，等因功升轉按察副使時，就不願上任，告病回家受用了；而〈寒徹骨〉篇中的柳春蔭，他不願意背盟而娶雙目已盲的孟小姐（其實是裝的），其義風可感，後來仕途一帆風順，由翰林直做到侍郎，但「他不貪仕宦，二年間，即告終養。」又如《五更風》〈劍引編〉中的宋生中了狀元，立了軍功，又與三位佳人成婚，這都是當時讀書人的夢想，但最後他卻留下一妻閉門課子，自己則和另外二妻入山修道去了。《飛英聲》〈破胡琴〉篇寫陳子昂故事，陳子昂打破了百萬買來的胡琴，原主林春期看出他不是凡流，替他揚譽，果然得到皇帝的賞賜，後來子昂見春期不爲功名所束縛，謂：「天之南，地之北，何處非我遊地？豈若庸夫豎子，枚掌上地覓生活耶！」自愧以爲不可及，即日三疏告病致仕。《八洞天》卷一〈補南陔〉中的進士魯翔，「做了三年官，即上表乞休，悠遊林下，訓課幼子。」同書卷三〈培連理〉篇中的才子莫豪被明太祖欽授爲翰林院修撰，「不消得進科場，早已做了官了」，其妻七襄卻勸他「急流勇退，不宜久戀官爵。」莫豪服其言，即刻上本告病，退歸林下，悠游自得。又卷七〈勸匪躬〉中的義僕王保，因忠義可嘉朝廷授爲太僕丞，「王保做了三年官，即棄了官職，要去尋訪碧霞眞人，入山修道。」《二刻醒世恒言》上函第一回寫張良和大力士的故事，張良佐劉邦有功，力士則成爲琉球王，但二人不戀棧權勢，急流勇退，皆得長生。第四回寫周尙質和周尙文兩兄弟，兄友弟恭，後來雙雙當官致富，忽然有一天，「尙質想起當年貧困之時，日日不能去懷，如今天幸也足糊口，不如回家教子去罷。公堂冤業，何苦任怨？」「不意兄弟在廣，也有此心，也上了一個辭官的本。」上司喜他們「知足不辱，急流勇退」，都有厚贈，皇上還賜給他們家一個「世德堂」的匾額。下函第三回寫英雄韓如虎建立了軍功，賜金封侯，如虎「自已功成名就，就思退步」，辭官回家去了，後來成爲白兔山神。《生綃剪》第八回，謝尚書的螟蛉之子謝枝仙十六歲中舉，十七歲中進士，不到幾年，就到了詹事府少詹地位，此時家人就來信叫他辭官致仕，這二十多歲的小翰林回到家鄉，「好不軒昂榮耀」。《鴛鴦針》卷二歷盡千辛萬苦，受盡磨難的時大來，中進士後立下軍功，升到兵部尚書的地位，還「加太子少保，賜尚方劍」，他卻對患難時的強盜朋友，後來當到少保的風髯子說：「我同你如今恩榮已極，若不及早回頭，未免犯不知足之辱了。」於是兩人即日上本，一齊告了致仕了。想來，這結局或受袁崇煥被磔的影響，當初，袁帥不也是佩著尚方劍守邊，其結果又如何呢？同書卷三中的名士宋連玉，中進士後考選庶吉士入翰林，見吏部吳昌時縱賄容奸、變亂成法，參了他一本，後見參他不倒，就徑自掛冠而去了，那假名士卜亨勸他道：「年兄才得寸進，便做這樣呆事，難道紗帽是咬人的物事不成？」宋連玉道：「人各有心，不能相強。長安紛亂，非比往昔，老年兄亦宜知機。」說完，飄然而去了。

《醉醒石》第十回是一篇有意思的小說，寫一個輕財重義的浦肫夫，時常替人排難解紛，有一回無意間用借來的錢支助了三個進京趕考途中被劫的福建舉人，不料後來三個舉人都中進士，三個新進士想盡辦法來報答他的恩情，助他置產，爲他娶了名門艷妻，替他納監。浦肫夫不忘當初借錢給他的戴里長，也替他的兒子進了學，後來兩人虧三進士之風力，一個當烏程管糧縣丞，一個任長興巡捕典史，這都是肥缺，兩人先後賺進了五七千金。三位進士還想要讓他們繼續升官，作者說他們「識休咎」，回說：「日日向人跪拜，倒不如冬天爐煨骨柮，白酒黃雞；夏日綠樹芰荷，青菱白藕。」都致仕回家快樂去了。浦肫夫是一個豪放的人，不愛受拘束，那也罷了，這戴公子年紀輕輕卻也能夠看得開，所謂「朝中有人好辦事」，有三個當了大官的進士在朝中撐腰，那功名富貴的路還長哩，但他們只當了一任小官就退休了，作者卻說他們「識休咎」，可見那種危機感是很強烈的。

這麼多篇急流勇退的故事同時湧現，應該不是偶然的。如果不是危疑不安的政局、動宕紛亂的時代使人們心生恐懼，誰會嫌自己的財富太多，誰會嫌自己的紗帽太高呢？《五色石》卷六〈選琴瑟〉篇中的郗樂，中進士後，官授翰林承旨，「因見國步艱難，仕途危險，便去官歸家，絕意仕進。」這「仕途危險」的危機感，其實是明末清初官場的眞實反映。

還有比急流勇退更消極的想法，那就是根本不敢、不想得到功名。如《鴛鴦鍼》卷三第四回假名士卜亨應考時說：「人都要望中，我是不望中的。我看這亂世，四面皆流賊地方，倘不幸中了，做了個官府縣官，就是個送命王菩薩。」這本來只是卜亨怕考不中的托詞，但卻也道出了不少當時人的心聲。又如《生綃剪》第三回，秀才奚冠無意中用彈弓打死了永懿侯的麗鳥，負責管養的巫姬懼禍及身而和他私奔，不久，巫姬勸他去應考，奚冠卻以「恩愛重於功名」回絕，後來被迫上路，還道：「但願我此去不中，便好回來和你快活。」再如《都是幻》中的〈寫眞幻〉，篇中池上錦「見父親以功名致殺，竟丟了舉業文章」，後來成爲畫家，得到皇帝的賞賜，娶了一對嬌妻美妾，但他絕意功名，後來「入山採藥，嘯傲蓬萊」去了。最瀟灑的是《人中畫》〈終有報〉篇中的唐季龍，他雖登甲科，卻寧可日與嬌妻爲室家之樂，或與好友徜徉山水之間，以詩酒自娛終身。

不過總的看來，此一時期話本小說表現出來的人生理想，對功名富貴充滿了憧憬和期待的也還是不少的。即使上述那些急流勇退的故事，篇中人物無論是參加科舉，還是建立軍功，或得到帝王的賞識，他們多數還是曾經功名顯赫的，畢竟，沒有「功成」，何來「身退」？若不能功成名就，如何證明自己的不凡？如果功名無成，如何得到富貴？只是，在時局的刺激之下，他們體會到功名的危險性，因此，在成功成名之後，或選擇任官前就飄然離去，或是在仕宦途中急流勇退，以避免功名可能帶來的危險。這些小說表現出一種新的人生趨向，那就是：借由功名取得富貴，並娶回嬌妻、美妾，既得富貴、妻妾之後，便捨棄功名，或在家養親教子，或與好友優游林泉，或是修道成仙，何等愜意逍遙！

第二章　對明朝滅亡的檢討以及明末清初士風吏治的批判

如果用何冠彪先生對「明遺民」的定義（指明亡後不再干謁祿位者）❶，那麼清初前期的話本小說作家許多可入「明遺民」之列。遺民們對故國自有一分眷念，然而國變之後、痛定之餘，他們沈思明朝滅亡的慘痛事實，也必然會對亡國的原因提出一些檢討。我們在前篇第二章論清初前期的文學環境時，已經引述過一些思想家的看法，屬於通俗文學作家的話本小說作者也許無法像思想家那樣，提出這麼深刻的理論出來，然而他們畢竟還是文人，其中還是有不少有心人，他們借小說抒發一些因國變而生的牢騷，也提出了自己的看法。又因爲本期話本小說作者的生活大多跨越兩個朝代，或曾置身於明末清初的政治氛圍中，或雖成長

❶ 見何冠彪〈論明遺民之出處〉註二，載《明末清初學術思想研究》（臺北，學生書局，一九九一年）頁一〇五。《中國史稿》（北京，人民出版社，一九九五年）第七冊的說法類似，但更明確，謂：「遺民是指改朝換代後，雖生活在新朝統治下，卻拒絕應試出仕，在思想上甚至政治上仍效忠前朝的人。」見該書頁六七。

於清初但對於晚明士風吏治有所耳聞，所以在寫作時可能同時受兩代環境的影響，所以本章所探討的內容除了第一節純論明事之外，二、三、四節也可能涉及清初。不過清初，尤其是順治年間的很多不良風氣是從前明沿襲下來的，如科舉弊端，黨爭、結社以及其他的敗壞士習等等，作家看到國家都已經亡了，讀書人在新朝還不改舊惡，必然多所慨嘆，所以批判當時的士風吏治時，也多少帶有檢討明朝滅亡原因的意味。

第一節 對亡國君臣和宦官的評論

一、話本小說作家論亡國君臣

先說崇禎。

大致說來，話本小說作家的批評可用「不忍苛責」四個字來代表，也就是說，雖然明朝在他的手中亡掉了，但大家還是認爲他不是壞皇帝，不是說他命不好，就是像他自己說的，是被臣下所誤。如《清夜鐘》第一回，讚美他除去魏忠賢及其黨羽說：「眞乃天生智勇，膽、力、識都全。」又說：「後來身衣布素，盡停織造，何等儉；時時平臺召對，夜半批發本章，何等勤；京畿蝗旱，素衣步禱，何等敬天恤民；對閣下稱先生，元旦下御座相揖，何等尊賢禮下。」簡直把他說成諸德皆備的聖君了，然而又怎會讓國家滅亡呢？乃因「運盡天亡，有君無臣，天再不生一個好人扶佐他」的緣故。換句話說，國運將盡、天將亡明為第一個原因，有君無臣、無人扶持為第二個原因，總之崇禎似可不負亡國之責任。第四回寫假太子事件，發現太子的高夢箕「想起毅宗十七年在位，並不曾荒淫失德，至身死社稷，血屬流離，剛得這點骨血到得南來，做臣子的怎不憐恤？」就為了這點憐恤之心，差點為他惹來滅門之禍。而從本篇小說可知，當時南都臣民對崇禎皇帝丟掉半壁江山是沒有苛責的。

《鴛鴦鍼》卷三也大大讚美了崇禎，說他除去了魏閹等逆黨之後，「在朝的正人君子，人人改頭換面，個個瀝膽披肝，為盛世幹一番事業。」又說當時的科舉，「從登極到末年，一科勝似一科，一省勝似一省。……真個是天開地闢，一番文明極盛之治。」亡國之君，末世的政情，卻得到這樣讚美，真是不可思議。《生綃剪》第七回也說崇禎的運氣差，謂：「崇禎御極，把從前黑漆漆不由分說的陷人坑，一旦扒平。上朝下野，也該報他一個民和年豐了。不知甚麼緣故，連年間或水或旱，百姓流離。」《豆棚閒話》第十一則也有類似的說法，作者艾衲老人先嘲笑光啓皇帝，說他「年紀尚小，痴痴呆呆，不知一些世事。」然後說崇禎的運氣不佳，「他的命運愈發比天啓更低，遇著天時不是連年亢旱，就是大水橫流。」這些小說都是明亡之後不久寫的，可以代表中下階層知識分子的觀點，而其觀點和時論則大致是一致的。例如谷應泰在《明史紀事本末》就說崇禎帝：「端居深念，旰食宵衣，不邇聲色，不殖貨利，……獨奈何皇輿埽跡，天祿隕墜，……而議者欲與暴君昏主同失而均貶，則皆吠聲之論矣，予無取焉。」❷谷應泰是明末清初人，《明史紀事本末》完成於順治年間，從谷氏的評論可知，當時也有人予崇禎以惡評，但爲谷氏所不取。和《清夜鐘》的作者一樣，谷氏也認爲崇禎是勤政愛民的，只是國家的氣數已盡，回天乏術罷了。《明史》卷二十四〈莊烈帝紀〉的贊詞說崇禎：「即位之初，沈機獨斷，刈除奸逆，天下想望平治。」又說：「在位十有七年，不邇聲色，憂勤惕勵，殫心治理。」對崇禎的決心和努力是予以充分肯定的，且同樣認爲其時運不佳，謂：「祚訖運移，身罹禍變，豈非氣數使然哉！」但《明史》對崇禎還是有所批評的，一來說他「用匪其人，益以僨事」，二來責怪他「乃復信任宦官，布列要地，舉措失當，制置乖方。」❸關於崇禎自稱爲諸臣所誤，我們在上一節曾經引述孟森先生的評論：「孰用此亡國之臣者，即鑿然亡國之君也。」其實像《清夜鐘》第六回寫：「聖上不吝帑藏，獻一級便騙元寶一箇，那一級是臨陣得來？……賞信卻賞非所賞。」皇帝如果聖明，又怎會這麼容易欺騙，這不是表明了勤政愛民的崇禎其實不過是個昏君罷了嗎？《豆棚閒話》第十一則也批評崇禎，說他「賦性慳嗇……把天下驛遞夫馬錢糧盡行裁革，使那些游手無賴之徒絕了衣食，俱結黨成群，爲起盜來。」把流寇作亂

❷ 谷應泰《明史紀事本末》（上海古籍出版社影印廣雅書局校刻本，一九九四年）卷七二〈崇禎治亂〉條，頁三〇九。

❸ 見《明史》卷二十四〈莊烈帝紀〉二，（北京中華書局點校本，頁三三五）。

的責任，歸於政府，更直接指向皇帝的錯誤決策，這批評在當時看來是比較尖銳的。

《清夜鐘》的作者既然認爲明朝的滅亡在於「運盡天亡，有君無臣，天再不生一個好人扶佐他」，那麼當然亡國的責任就在大臣們身上了。在第一回入話的議論中，作者認爲崇禎朝「加派」的主因之一是因爲將吏的需索造成的。加派就是增加田賦，明朝在萬曆末加派遼餉（九厘加派）之後，崇禎三年又增加三厘，稱爲「新餉」。到了崇禎十年，爲了對付流寇，兵部尚書楊嗣昌建議開徵「剿餉」。崇禎十二年，楊嗣昌又提議加派「練餉」（練兵所須之餉）。在這三餉的橫徵暴斂之下，弄得民不聊生，紛紛投入流寇陣營中，加速了明朝滅亡的腳步。《清夜鐘》作者的看法是：「錢糧增加，內帑盡耗於魏忠賢。那些邊關上文武將吏，再不肯爲國家汰冗兵、核虛餉，借勢增添需索。初時遼東用兵，後來川黔未息，山陝又起，費用有增無減，節省不敷，自然要到加派，剿寇以安民。」內帑被魏忠賢耗盡了，這是一個原因；而文武將吏不肯用心，需索無度，更是不得不加派的最大原因；至於流寇作亂，爲了安民當然更非加派不可了。

其實這裏所說不盡不實，首先說內帑耗盡，崇禎時常喊窮，說什麼「內帑空虛」，可是據《核眞錄》所記，李自成在明皇宮共搜得銀三千七百萬兩❹，是當時每年所徵練餉七百三十萬（見《明史．楊嗣昌傳》）的五倍之多。至於冗兵、虛餉委實是有的，不但邊兵如此，

❹ 參見李景屏《清初十大冤案》（北京，東方出版社，一九九三年）第五頁，註一。

連京營也有：「占役者，其人爲諸將所役，一小營至四五百人，且有賣閒、包操諸弊；虛冒者，無其人，諸將及勛戚、奄寺、豪強以蒼頭冒選鋒壯丁，月支厚餉。」❺就是說，有一人充任數職多處領餉的，也有空名而無其人，由別人冒領的。然而，軍中缺餉的情形依然嚴重，崇禎十年，盧象昇向皇帝報告了山西邊境部隊士卒饑寒的情形說：「迄今逋餉愈多，饑寒迫體，……多兵羅列武場，金風如箭，餒而病，僵而仆者且紛紛見告矣。每點一兵，有單衣者，有無褲者，有少鞋者，臣見之不覺潸然淚下。」❻這樣的部隊要如何打仗？可見即使沒有冗兵、虛餉，加派也是不可避免的。最後說到流寇作亂要加派剿餉，殊不知加派的結果，農民不堪其擾，反而投身流寇之列，如滾雪球一般，更難以收拾了。

作者在第一回中又批評了「痴庸的總督陳其愚」，說當「賊在棧道，前不能進，後不能退，東西扼住山險，賊自坐斃」時，卻「主一『撫』字縱他出險，遂不可制。」按，「陳其愚」應是「陳奇瑜」之誤，不知道是作者故意用諧音諷他，還是一時筆誤。這事發生在崇禎七年，當時李自成、張獻忠都被困在興安州（今陝西安康）的險地車箱峽一帶，情況危急，於是向陳奇瑜詐降，「既出棧道，遂不受約束，盡殺安撫官五十餘人，攻掠諸州縣」❼，於

❺《明史》卷二百六十三〈李邦華傳〉，（北京中華書局點校本，頁六八四三）。

❻文載《盧忠肅公奏議》卷八，轉引自李文治《晚明流寇》（臺北，食貨出版社，一九八三年），頁二二。

❼見《明史》卷二百六十〈陳奇瑜傳〉，（北京中華書局點校本，頁六七三二）。

是流寇再也難以制伏了。接著，又批評「痴庸的總理熊文燦」，說當「賊在河南，秋黃不接，正可剿其饑疲」，卻「主一『撫』字縱他和糴，食足復反。」熊文燦是有名的「主撫派」，其招撫策略也不能說完全不對，崇禎十一年，張獻忠受撫，其他的流寇首領也紛紛跟進，一定程度達到分化流寇的作用。只是熊文燦控制不住張獻忠，一年之後復叛，軍力比從前更強大，殺官兵萬人，擄輜重十餘萬，文燦也因此而遭到棄市的下場（崇禎十三年）。看來作者是反對「撫」而主張「剿」的，但他又批評：「其餘督兵將官，當講『撫』，自然按兵坐食，就說『剿』，也只賊東我西。賊作梳子，民財掠去一半；兵作篦箕，民間反到一空。」他在第六回也說：「援剿官兵唯是擄掠奸淫、索糧假功。」可見他對於明末的官兵實在到了深惡痛絕的地步。

此外，在第一回中，他還對楊嗣昌、陳新甲、吳甡等人分別提出批判，又說當賊兵逼近時「一班喜誤國、逞嘴唇皮的，不量事勢，還在那邊爭守山海，不顧京城，還在那邊爭不遷都，不顧京城決乎難守。」「不知兵部平日運籌些什麼？京營簡練些什麼？」等到流寇入城，「這輩誤君、背君、喪心、喪節的，全不曉一毫羞恥，有穿吉服去迎賊的，入朝朝賊求用的。」其心情是沈痛的，其議論是嚴厲的。在第六回，作者也批評說：「畿省六十餘城，破如彈指。聖明宵旰在上，以詞臣司兵，輔臣出將，監司侍御躐補節鉞，那一個人不從破格？這班見用的人，那一箇能體聖心破格掄材？」這也是在指責大臣不肯盡心爲國，徒有聖上的憂勞，並不能挽回亡國的命運。又說那些文武大臣：「所用都是些如啞如聾，如痴如跛，推不上前，呼不肯應的人。至保邊材，都是情面；保賢良，盡是賂賄。先時怕累舉主，還舉些虛名之士、老疾不能得出之人塞責；後來科道論千，部屬論百，現一半、賒一半，你道有才的肯鑽營，鑽營的是眞才麼？」「文官怯懦，用武將，臨事也只一般；武將權輕，用內臣，到頭不差一線。」總之，文官、武將、內臣，都同樣只會誤國，沒有一個人是可以倚靠的。弘光朝時，吏科右給事中熊汝霖也說過類似的話，謂：

> 先帝隆重武臣，而叛降跋扈，肩背相踵；先帝委任勳臣，而京營銳卒徒爲寇籍；先帝倚任內臣，而開門延敵，眾口諠傳；先帝不次擢用文臣，而邊才督撫，誰爲捍禦？❽

可見諸臣誤國，確爲當時士大夫們的共同看法。

另外《醉醒石》第二回則有這樣的議論：「只是明季作官的，朝廷增一分，他便乘勢加增一分；朝廷徵五分，他便加徵十分。帶徵加徵，預徵火耗，夾打得人心怨憤。又有大戶加三加五，盤利準人，只圖利己，所以窮民安往不得窮？還要賊來，得以乘機圖利。賊未到，先亂了。」《清夜鐘》直接針對朝廷大員和守邊將領提出批評，這裏則是針對地方官員利用明末賦稅徵收混亂的時機，從中侵漁獲取暴利而說的。崇禎帝自己就說過：「加派之徵，勢

❽ 見《明史》卷二百七十六〈熊汝霖傳〉，（北京中華書局點校本，頁七〇七九）。

非得已，近來有司復敲骨吸髓以實其橐。」❾兵部尚書梁廷棟也說：「一歲之中，陰爲加派者，不知其數。……故今日民窮之故，惟在官貪。使貪風不除，即不加派，民愁苦自若。」❿從中央到地方都是一些貪官污吏，就算崇禎皇帝再怎麼焦心勞慮，獨木如何能撐起大廈？加上國家的氣運已盡，回天乏術，明朝因此就滅亡了。清初前期話本小說論及崇禎君臣的，綜合起來的結論就是這樣。

另一位亡國之君則是短命的弘光帝，這個皇帝實在太昏庸荒唐，在話本小說中見不到任何正面的評價。李漁在《連城璧》寅集提到當北京淪陷，「聞得南京立了弘光，只說是個中興之主，……指望輔佐明君，共討國賊。誰想來到南京，見弘光貪酒好色，政出多門，知道不能中興，大失從前之望。」《清夜鐘》第四回用了反面的筆法，作者先讓帶著假太子到南京的高夢箕認爲：「且看弘光帝也是箇仁慈忠厚之君，不致做慘刻陰賊之事。」不料朝廷卻借此事件大作文章，審案的法司想以誤認太子結案，朝中卻「屢旨嚴勘追究主使」、「聖旨駁求主使也不止十餘」，定要株連無辜，但連曾名列逆案的楊維垣承旨會勘，大家以爲「這番畢竟要做些事出來」，也審不出個所以然，謂：「主使作僞是箇穆虎，主使藏匿是箇高夢

❾ 見孫承澤《思陵勤政記》，轉引自楊國楨、陳支平《明史新編》（臺北，雲龍出版社，一九九五年）頁四八二。

❿ 見《明史》卷二百五十七〈梁廷棟傳〉，（北京中華書局點校本，頁六六二七）。

箕，此外並無主使。」即使如此，「聖旨仍求主使」，又是一番折騰。整個案子，「幾乎葸出幾人喪身，幾家族滅」，眞是一念之仁的高夢箕始料所未及的。作者還運用暗諷的筆法，說：「又有幾位恨東林，在外謠道：『東林當日狠攻鄭家福府，所以忌聖上。聖上不好色，他這些黨與在外邊誣聖上好色，內監私進揚州娼妓；聖上不貪酒，他在外邊謗聖上好酒，日喫燒酒幾觔。』」恨東林的人說：說弘光帝好色、愛酒的話是東林黨人編造出來的。而作者又說，這段話是恨東林的人所造的謠言。這麼一來，不就承認東林黨人並沒有編造謠言，也就是說，弘光確實是好色、愛酒的，作者還將「東林誣聖上」的話這麼詳盡的敘述出來，順便讓讀者知道弘光是如何好色，如何愛酒，其筆法含而不吐，無形中把弘光的惡劣形象表現了出來。

《一片情》第十二回的背景爲弘光選淑女造成許多錯配婚姻的故事，這件事見於野史筆記的很多。據《國榷》卷一百三的記載，當弘光下令遴選中宮時，南京城中「道途鼎沸，不擇配而過門。」⑪後來所選的弘光都不滿意，又將采選範圍擴大到浙江地區，《明季南略》載：「嘉興合城大懼，晝夜嫁娶，貧富良賤、妍醜老少俱錯，合城若狂，行路擠塞。蘇州聞之亦然，錯配不可勝紀。」⑫陳維崧《婦人集》卷二也記載一個端麗有才的十三歲少女，在

⑪ 轉引自南炳文《南明史》（天津，南開大學出版社，一九九二年）頁三〇。

⑫ 計六奇《明季南略》（台北，商務印書館，一九七九年）頁一三六。

弘光徵選采女時誤嫁賣菜傭之子，抑鬱而終的故事。⑬《一片情》十二回是寫十二三歲男童娶十八九歲女子，其十八歲同窗卻娶十二歲女童的一場悲劇，《一片情》爲艷情小說，並無意於抨擊政事，不過其開場詩：「遴選嬪妃下玉音，陡將閨閣一時傾。可憐錯配多情種，贏得高唐夢不沈。」已將弘光的「玉音」批判無遺了。

選淑女的荒唐事在天啓時也發生過，《啓禎紀聞》卷一載：

> 天啓元年，歲在辛酉。二月間，蘇城訛傳點選淑女，凡民家處女，自十歲以上者，爭先擇配。方草草行聘，晚間即便迎娶，婚嫁者接踵於路，鼓吹聲自夜達旦，踰半月方止。舉國若狂，殊可駭可笑。後以所配多非其人，有致訟致死者。⑭

這事反映在《生綃剪》第八回，謂：「天啓傳旨，遍選宮人，以成大婚盛典。江南一帶，部文未到，婚的婚、嫁的嫁，含香豆蔻，一霎時都做了病蕊殘花。」皇帝成婚本是普天同慶的事，卻造成「舉國若狂」，使少女們都變做「病蕊殘花」，這種悲劇一已爲甚，豈可再乎？

---

⑬ 陳維崧《婦人集》，《香艷叢書》（北京，人民文學出版社，一九九二年）第一集，頁一一四。

⑭ 葉紹袁《啓禎記聞》卷一，《痛史》本（臺北，廣文書局，一九六八年），頁一。

難怪黃宗羲會說：「然則為天下之大害者，君而已矣！」⑮

二、太監誤國在話本小說中的反映

清初前期話本小說對明朝太監的批判，集中在專權誤國，造成明代滅亡重大原因之一的魏忠賢身上。

《五更風》〈鸚鵡媒〉是一篇寫後母虐害前妻之子的家庭小說，但作者把婦人亂家和閹寺禍國等量齊觀，在入話中有這麼一段議論：「國難曷由而起？文愛錢乎？武惜死乎？將相不和乎？而其禍最烈于勳戚宦寺之間，而尤烈於宦寺。宦官者國之陰賊也，陽變速而陰變遲，陽禍小而陰禍大，陽謀露而陰謀藏。欲彌家難，不聽婦人言而已；欲彌國難，不許宦官干與朝政而已。時至晚近，欲覓一不聽婦言之家長，不惑閹寺之人君，正未易得。」篇中的家長水崑崙，懦弱無能，任由後妻胡作非為，幾乎害死善良的前妻之子，強烈影射昏憒的熹宗天啟皇帝（《明史》卷二十二論熹宗：「婦寺竊柄，濫賞淫刑，忠良慘禍，億兆離心」），其後妻金氏與家中惡僕來旺狼狽為奸，則影射魏閹和客氏竊權誤國。而故事的背景，恰是魏閹攬政的天啟年間，小說中不直斥魏閹，而以「鬼監」代替，「客氏」則以「室氏」代替。篇中長子水朝宗的恩師高公見「鬼監」弄權，抗疏切諫下獄，危在旦夕，水朝宗為報恩師，連

---

⑮ 見黃宗羲〈明夷待訪錄·原君〉，載《黃宗羲全集》第一冊（杭州，浙江古籍出版社，一九九三年），頁三。

夜進京，疏中灼陳「鬼監」二十四大罪，「皇上立命法司拿問，高、水兩公，命懸呼吸。」其實，劾魏忠賢二十四大罪的是楊漣，後來楊漣、左光斗等人都死在獄中，不像小說所寫的，因爲打通「室氏」的內庭關節，得以免死，同杖遣戍瀋陽。這篇小說亦虛亦實，雖然不是以攻擊魏閹爲主題，但借題發揮，反而能對魏閹禍國提出比較具體的批評，比也是寫天啓年間故事的同書〈聖丐編〉直稱：「是時魏焰日熾，正人君子，半屬刑餘，吹毛求疵，因枝帶葉。」要有力量多了。

還有一篇以批判魏忠賢爲背景，表現人物剛烈性格的小說，是《生綃剪》第七回，這篇內容據作者說是「一件希罕的新文（聞）」，應是依據當時實事改寫的，故事發生在崇禎三、四年左右，由於傳奇色彩較濃，所以沒有將它列入前一章的「時事小說」來討論。小說的入話寫天啓六年的周順昌事件，這是明末的大案之一，幾乎釀成民變，事件的大概內容是說周順昌（爲東林人物）爲魏忠賢的眼中釘，魏閹的走狗爲了討好忠賢，乃借機生事，要逮周順昌入京，但周順昌甚得蘇州人望，市民群集攔阻，旂尉持械擊百姓，引起暴動，官員們抱頭鼠竄，官兵有被打死的。事後，有五名義士主動自首，免去了魏閹血洗全城的危機。魏閹倒台後，這五名義士受到表彰，復社的倡導人張溥爲他們寫〈五人墓碑記〉，此文後來收入《古文觀止》廣泛流傳。整個件事詳細記載在《明季北略》卷二，李玉（一五九〇？—一六六七？）在順治年間所刊行的《清忠譜》也是根據這段歷史改寫的。這事很可以改寫爲篇幅長一點的小說，可惜《生綃剪》只有點到爲止，沒有好好的發揮。

正話寫南京太學生沙爾澄恨極魏閹，魏忠賢倒臺之後，他幫朋友蔣淇修到湖州德清縣去置貨，在廟前看演魏監的新戲《飛龍記》⑯，由於演得逼眞，當演到魏監拷打楊漣、左光斗等人的時候，大叫：「再耐不得了！」提起身旁皮匠的切刀跳上臺，一刀把演員的頭斬了下來。沙爾澄後來逃走，皮匠霜三八背了黑鍋，他對縣官說：「若要冤小的殺人，小的也是恨魏監的，他殺就是（我）殺一般。若要冤小的是回子沙爾澄，小的死也不服。怎的小的當刑，倒把別人名姓冒個抱不平殺奸賊的美舉？」這皮匠的話讓縣官也吃了一驚，心想：「天下古今，有這等認眞透徹的男子！」這篇小說還有精彩的下文，我們以後還會詳論。從上述的情節可以體會人們對魏忠賢的怨恨到了何等的程度，連一個身分低微的皮匠都知道殺魏監是「美舉」，願意替眞兇受過。控訴魏閹惡行的作品大抵以直接揭露的爲多，很少能像這篇小說借著魏監死後的蕩漾餘波，給人一種冷靜回味的感染力量。

《生綃剪》第八回也是以魏忠賢專權的時代爲背景，寫畫家顧又凱受天啓皇帝賞識，叫魏忠賢賞給顧生黃金，「誰知那忠賢是個風太監，隨要顧又凱畫太眞出浴、祿山洗兒等圖一百幅，都是春意淫媟的故事」，顧生不肯畫，得罪了魏監，被誣偷盜內庫金銀，所有賞賜搜

⑯《飛龍記》不見於各種劇目，顯然已經失傳了。清趙翼曾說：「明人演戲不諱本朝事。」並提出了一些證據，見《陔餘叢考》（臺北，新文豐出版公司，一九七五年），卷三十頁一九〈明人演戲多扮近事〉條。《生綃剪》第七回也可以替趙翼的說法提供一個旁證。

括一空，最後死在回鄉的路上。魏忠賢進宮後和皇長孫的奶媽客氏私通是正史有載的⑰，此處說魏忠賢是個「風太監」，想要看一些春宮畫，自然不是空穴來風。趙翼《陔餘叢考》卷四十二〈內監娶妻〉條說：「明魏忠賢與客氏淫亂，此又宦官變異仍能為人道者。」⑱只因為畫家不肯為他畫春宮圖，就狠心加以迫害，魏忠賢在人們心目中的印象如此惡劣，無怪死後人們餘恨如此難以平息了。

此外，《五色石》卷四〈白鉤仙〉篇批判了成化年間的汪直。寫武官陸逢貴要巴結太監汪直，請秀才呂玉代寫壽詩，呂玉道：「這閹狗竊弄威福，小弟平日最恨他。」不肯寫，後來被逢貴央求不過，趁著酒意寫了一首諷刺太監的詩：

淨身宜了此身緣，無復兒孫俗慮牽。跨鶴不須誇指鹿，守雌儘可學神仙。

⑰ 見《明史》卷三百五，〈魏忠賢傳〉。（北京中華書局標點本，頁七八一六）。

⑱ 趙翼《陔餘叢考》（臺北，新文豐出版公司，一九七五年），卷四十二頁十七。宦官何以還能「人道」，原因相當複雜，劉達臨編著的《中國古代性文化》（臺北，新雨出版社，一九九五年）第七章列出了五種可能。作者還說：「不管怎麼說，許多宦官雖然失去了性功能，但本能的性慾求心理仍然存在，……閹人可能偏思情慾，從而宣淫。」見該書下冊頁八六九。且不論魏忠賢是否能夠人道，但他性慾必然還在，所以才有「風太監」之說。

逢貴不知好歹，差點送到汪直處，幸有通文墨的同僚為其解說，謂：「第一句笑他沒雞巴，第二句笑他沒後代，第三句是把趙高比他……第四句說他不是雄的，是雌的。」逢貴大怒，就將此詩出首，汪直恨呂玉嘲他，便授旨禮部尚書，教他磨勘呂玉試卷。尚書為汪直心腹，奉了汪直之命，乃上本誣呂玉在試策中譏訕朝政，除了革去舉人外，還要提解到京究問。幸好路上兵亂，解役被殺，呂玉逃走，後來頂了別人姓名重新應考，等到汪直事敗後，才狀元及第。在篇中可見汪直勢力之可怕，史載：「直每出，隨從甚眾，公卿皆避道。兵部尚書項忠不避，迫辱之。」⑲其炙手可熱，可見一斑。

又如《十二樓》〈萃雅樓〉篇，其批判對象為嚴世藩，但間接也譴責了當時和他狼狽為奸的太監。小說寫嚴世藩想要染指美童權汝修，先慫恿太監沙玉成弄他上手，用計將汝修閹割了，沙太監對去勢後的汝修說：「若肯體心服事，我自然另眼相看，稍有不到之處，莫怪我沒有面情。割去臊子的人，除了我內相家中，不怕你走上天去。」良民無辜遭到閹割，不但投訴無門，還會受到控制，終身不得自由，明朝的太監實在是太無法無天了。

張存武先生說：

內臣之任用自太祖開其端，成祖推廣加強，至宣德成為定制，終明之世倚任不衰。帝

---

⑲ 見《明史》卷三百四，〈汪直傳〉。（北京中華書局標點本，頁七七七九）。

王們對宦官之信任，眞是空前絕後，對於攻擊宦官的人，往往不罪則罰。……內官組織是明代統制機構的一部分，他們的行爲有其法定地位，這是明代宦官的特色。⑳

難怪明代的宦官如此囂張跋扈。魏忠賢專權，朝中善類一空，國家元氣大傷，崇禎雖然除去了魏黨，國家已經奄奄一息，而不久後又寵信宦官如故，谷應泰說：「內外各司，必兼貂貴；緣邊諸鎮，復設中涓。語云：『西頭勢重南衙，樞機權過宰相』，良不誣矣。」又說：「崇禎初造，人望太平。假令推誠置腹，則煬灶可除；任賢去邪，則群小可渙。與其詗之於閹人，孰若信之於正士？回天獨坐，固無事此曹也。獨奈何輔國就誅，元振更用……乃爲識者所悼，惜哉！」㉑明朝滅亡的原因很多，太監誤國是其中之一，從以上的論述可知，話本小說對太監們的批判是相當嚴厲的。

第二節　對以八股取士之科舉制度的批判

科舉制度從隋朝草創以來，的確造就了不少人才，其最重要的價值，莫過於打破世族門

⑳ 張存武〈說明代宦官〉，載吳智和編《明史研究論叢》（臺北，大立出版社，一九八四年）第二輯，頁四二。

㉑ 同註二引書，卷七四〈宦侍誤國〉條，頁三一八。

閥的政治壟斷，讓貧寒士人也有躋身政治舞臺、爲國展才的機會。然而，凡事有利就有弊，它同時也成爲專制帝王將讀書人的精神、思想禁錮在功名富貴牢籠中的工具，所謂：「天下英雄入吾彀中」❶、「牢籠志士、驅策英才，莫善於此」❷。尤其明、清以八股文取士，在思想上承襲了元代定程朱注疏於一尊的原則，本來就容易讓舉子們的頭腦僵化，使他們失去獨立思考的能力，因而既沒有經世濟民的能力，更別提安邦定國的才幹和理想了。

更糟糕的是，明代中期以後，開始有人將一些鄉、會試取中的八股文，或是某些閱卷官的作品加以編選、批註，於是供舉子們揣摩、研究的「程墨」、「房稿」❸應運而生。由於八股文的出題僅限於四書，文章的格式又固定死板，所以猜題命中的機率很高，因此這種科舉考試的「參考書」很快就風行起來，到了明代後期，幾乎人手一冊了，黃宗羲曾說：「自科舉之學盛，世不復知有書矣。……數百年億萬人之心思耳目，俱用於揣摩勦襲之中……至

❶ 王定保《唐摭言》（臺北，商務印書館影印照曠閣本）卷一〈述進士上篇〉。

❷ 漢史氏《滿清興亡史》第三十一節載康熙時八股文廢數年後，滿大學士鄂爾泰奏請復之，謂：「非不知八股爲無用，而凡以牢籠志士，驅策英才，其術莫善於此。」見《滿清野史》（臺北，文橋書局，一九七二年）第一冊，頁三四。

❸ 顧炎武解釋說：「程墨，則三場主司及士子之文。」「房稿，則十八房進士之作。」見《（原抄本）日知錄》（台北，明倫書局，一九七九年）卷十九〈十八房〉條，所謂「十八房」，指「同考試官十八員，分閱五經，謂之十八房。」見該書頁四七一—四七二。

於細民亦皆轉相模錄，以取衣食，遂使此物汗牛充棟。」❹在這種情況下，舉子們連四書也不讀了，整天抱著程墨、房稿依樣畫葫蘆，顧炎武說：「天下之人惟知此物（指房稿）可以取科名享富貴，此之謂學問，此之謂士人。而他書一切不觀……舉天下而惟十八房之讀，讀之三年五年，而一幸登第，則無知之童子儼然與公卿相揖讓，而文武之道棄如弁髦。」「若今之所謂時文，既非經傳，復非子史，展轉相承，皆杜撰無根之語。以是科名所得，十人之中其八九皆為白徒，而一舉於鄉即以營求關說為治生之計。於是在州里則無人非勢豪，適四方則無地非豪客。」❺士風之墮落，莫此為甚。

對於科舉的批評，歷代都有，但沒有比明末清初更為嚴厲的。顧炎武說：「八股之害，等於焚書；而敗壞人才，有甚於咸陽之郊。」「此法不變，則人才日至於消耗，中國日至於衰弱，而五帝三王以來之天下將不知其所終矣！」❻黃宗羲說：「科舉之弊，未有甚於今日矣！……主撮於低頭四書之上，童而習之，至於解褐出仕，未嘗更見他書也。此外但取科舉中選之文，諷頌摹倣，移前綴後，雷同下筆已耳。……此等人才，豈能效國家一障一亭之用？徒使天之生民，受其笞撻，可哀也夫！」❼朱舜水更認為明朝之亡，咎在八股，謂：「明朝

---

❹ 黃宗羲〈傳是樓藏書記〉，載《黃宗羲全集》第十冊（杭州，浙江古籍出版社，一九九三年）頁一三〇。

❺ 同註三引書，頁四七二、四七四。

❻ 同前註，頁四七七、四七三。

❼ 黃宗羲《破邪論》〈科舉〉，載《黃宗羲全集》第一冊（臺北，里仁書局，一九八七年），頁二〇五。

之失，非韃虜能取之也，諸進士驅之也。進士之能舉天下而傾之者，八股害之也。」❽這麼嚴厲的批判是過去罕見的，顯然，明代的衰亡使學者有了更深的覺醒，而更深刻的去檢討影響國力至鉅的取士制度。

這些學者是針對科舉摧殘人才，造成國家衰敗的根本問題去進行批判的，他們較少觸及到這一套繁複的取士制度所伴隨的種種弊端和不公現象。其實，明代科場的作弊情形是相當嚴重的，《明史·選舉志》舉出了不少實例，且謂：「其賄買鑽營、懷挾倩代、割卷傳遞、頂名冒籍，弊端百出，不可窮究，而關節爲甚。」❾關節就是通往科舉中試的關卡，也就是打通考官方面的路子，《中國考試制度史》歸納了三種打通關節的手法：一是輔臣借其權勢，令門生爲考官；二是富貴之家利用錢財拉攏考官，讓考官預先洩露試題，或約定在試卷某段某行第幾字使用某字作暗號；三是權臣、宦官明目張膽干預科舉考試，如正德三年會試，太監劉謹將五十人的名單交給考官，指定要錄取這些人，考官不敢違抗，只得增加了五十個名額方才了事。❿以上這些考試的弊端，尤其是《中國考試制度史》所說的第二種打通關節的手法，晚明的話本小說已經有所反映。

❽ 朱舜水《朱舜水集》（台北，漢京文化公司，一九八四年）卷十一〈答野節問三十一條〉，頁三九〇。

❾ 見《明史》卷七十，〈選舉志二〉。（北京中華書局標點本，頁一七〇五）。

❿ 謝青、湯德用主編《中國考試制度史》（合肥，黃山書社，一九九五年）頁二二六。

在《警世通言》中，有幾篇小說觸及到科場弊端。如卷三十一〈趙春兒重旺曹家莊〉篇，監生曹可成想要上京選官，妻子春兒問他要多少錢，可成答道：「如今的世界，中科甲的也只是財來財往，莫說監生官。」又卷十一〈蘇知縣羅衫再合〉篇中的李生，聽到白衣女唱：「縱教好善聖賢心，空手難施德行。」點頭道：「汝言有理。世間所敬者財也，我若有財，取科第如反掌耳。」這裏只是空泛的論說，沒有具體說明中科甲的如何「財來財往」，爲何有財就能「取科第如反掌」，倒是馮夢龍在卷十一這裏有眉批說：「從來如此，可嘆可嘆！」⓫表明了當時「錢財」和「科第」結合的普遍現象。又如卷十七〈錢秀才一朝交泰〉篇中的黃勝，「夤緣賄賂，買中了秋榜。」可見當時有買舉人的情形，但還是沒有說明細節。至於描寫了考官取士之荒謬不公的，則是卷十八的〈老門生三世報恩〉篇。在這篇小說中，主考官蒯遇時不喜歡年高的舉子，在錄科無意中取了五十七歲的鮮于同時，大感懊喪，後來任省試的房考官，爲了怕再讓鮮于同錄取，竟然「只揀嫩嫩的口氣，亂亂的文法，歪歪的四六、怯怯的策論、憒憒的判語」的文章，結果取的都是「不整不齊，略略有些筆資的」，呈上主司，主司都批了「中」字。這豈非視國家之重典如兒戲？如此取士，如何識拔眞才？

《石點頭》卷七〈感恩鬼三古傳題旨〉篇有關於主考官和考生約定在考卷上用暗號作弊

⓫《警世通言》的評者爲可一居士，據胡萬川先生的考證，爲馮夢龍的化名，見〈三言敍及眉批的作者問題〉，收入《話本與才子佳人小說之研究》（臺北，大安出版社，一九九四年）頁一二三—一三八。

的情節，不過其內容及作弊方式完全取材於宋人羅大經《鶴林玉露》卷十四的〈玉山知舉〉條⑫，不能作爲揭露明代科舉弊端的資料。

《型世言》的批評比《通言》要具體，如十六回作者將嘉靖年間的科舉和當時（崇禎初年）比較，謂：「其時還是嘉靖年間，有司都公道，分上不甚公行。不似如今一考，鄉紳舉人有公單，縣荐自己前列，府中同僚，一人荐上幾名，兩司各道，一處批上幾個，又有三院批發，本府過往同年親故，兩京現任。府間要取二百名，卻有四百名分上。府官先打發分上不開，如何能令孤寒吐氣？」科舉考試在這些錯綜複雜的人際網絡覆蓋之下，那些貧寒士人可說根本翻不了身。作者又說：「道中考試，又沒有如今做活切頭代考，買通場傳遞、夾帶的弊病，……納卷又沒有衙役割卷之弊。」作者指出當時有這些作弊技倆，不過還是沒能將詳情描述出來。另外，二十三回提到一百三十兩可以買到生員，六百兩可以買到貢生；二十七回寫有專門幫人找代考的中人，三百兩包進學，其中一百八十兩歸做文字的，中人可得一百二十兩，「覆試也還是這個人，到進學卻是富家子弟出來，是一個字不做，已是一個秀才了。」這裏的描述較具體，寫出了當時作弊的行情，包考包中的行業也令人大開眼界。第三

⑫ 按胡士瑩《話本小說概論》第十四章第三節認爲本篇是出於《夷堅續志後集》卷二的〈鬼報冒頭〉條，但《夷堅續志》爲元人所編（〈大元昌運〉條稱元爲國朝），〈鬼報冒頭〉條應是錄《鶴林玉露》而改名的。參見拙著《晚明話本小說石點頭研究》（臺北，學生書局，一九九一年）頁一一三。

十二回也有考官在主持科試時，將「前道前列，兩院觀風，自己得鈔的」，列爲一等，「本地鄉紳春元，自己鄉親開薦衙門人役稟討」的，列爲二等，剩下有眞材的，都在三等之外，三等只有前三名可以參加鄉試，其餘的「眞材」就連應舉的資格都沒有了，當眞是「如今時勢，只論銀子，那論文才？」⓭

在明末抨擊科舉的話本小說中，最値得注意的是《天湊巧》的〈陳都憲〉篇。前述小說對科舉的批評不過作爲情節進行的因果要素，不是全篇在探討科舉問題，本篇則不然，雖然全文放在一個「命運」的框架中，把科舉功名歸之於天命，但是卻在嘻笑怒罵中，對科舉考試進行了全面的嘲諷批判。這陳都憲資質極愚鈍的，家裏又窮，沒錢買書，「找了一冊時文，不知是舊的、是新的；守著一本講章，也不管是好的、歹的」，念了一百多遍還記不清。這分明在嘲笑當時的舉子，以時文、講章爲學問的意思。但他的文章實在是不通的，不料在領賑濟時，州官看見一些秀才「有巾無衫，有衫無靴……爭先搶奪，也不顧擠落頭巾，扯破藍衫」，甚覺可厭，道：「這些斯文，全沒體面。」而陳都憲偶然未到，卻被州官當成「安貧養高」，科考時取爲前列，又替他弄名遺才科舉，並且送他路費。陳都憲無可奈何，鄉試時，

⓭ 歐陽代發《話本小說史》（武漢，武漢出版社，一九九四年）在討論《型世言》有關科舉的篇章時有錯誤。首先，第二十三回一百三十兩買生員，六百兩買貢生的情節誤爲第六回；其次，在論及二十七回時，謂：「膏粱子弟還請人代考，『一百八十兩歸做文字的』。」這是斷章取義，可能使人誤以爲請人代考只要一百八十兩，其實價錢應是三百兩，其中一百二十兩歸介紹的中人所有。

將街坊上唱的曲子，湊上三字經、百家姓、千字文、講章、唱本，塗得滿滿的，幾乎把考官笑倒。考官將他的卷子密加圈點，想要請主考共賞奇文，誰知主考見文章圈點得密密麻麻，認爲是好文章，竟因此而胡亂取中爲第一百零二名舉人。會試時，又遇見文理不通的房師，偏要取比他文理更不通的人來「作個對手」，結果陳都憲又考中進士。好笑的是，陳都憲後來還當考官，考卷一篇也看不懂，只得隨手抽取，「先抽的就是首卷，以抽之前後爲次第。」沒想到送上去的二十卷，放榜時到中了「三個省元，六個經魁」，「人都道他是個識文字的」。以後他升官發財，直當到左都御史才致仕。這篇小說稱得上是中國第一篇以科舉爲對象的諷刺小說，除了揭露了科舉制度糊塗取士的荒謬之外，也嘲諷了少數科舉出身人物的可笑形象，對後來諷刺科舉的小說有帶頭的作用。

以上是對清初以前諷刺科舉之小說的回顧，他們雖然已經提到科場弊端，以及對科舉取士之荒謬現象加以嘲諷，但對於作爲科舉考試所使用的八股文本身未能加以批判，對於科場弊端的描寫不夠具體，對於應舉士人的內心世界未能進行剖析，對於科舉出身的儒林群象還未能生動刻劃。這些工作，有待於諷刺小說《儒林外史》來完成，而在《儒林外史》之前，清初前期的話本小說對這些問題其實已經全面觸及。

一、對八股取士的批評

《都是幻》〈梅魂幻〉篇第二回對科舉的嘲諷相當傳神，篇中「文章經史、詩詞歌賦，無所不通」的神童南斌，在參加科試時，竟因卷子被燈花燒掉而落榜。這個主考官本是個有意思的人，他不願意見到那些童生除了八股文之外，其餘詩詞文章一竅不通，所以在科試時，除了八股文之外，特別要童生寫一首梅花詩，並出告示說：「倘無詩與詩不全，即文佳，亦不錄。」不料到了閱卷之時，「見這些童生，第一篇是文章，也還完的多、通的多。看到梅花詩，也有不做的，也有只做四句的，也有不協韻的，也有不成韻的，也有抄千家詩、神童詩的，文宗大笑了一場。」明代的科舉不考做詩，所以童生就連詩也不會做，不但不會做詩，連押韻也不會，放榜時，「只見抄神童詩的也進了，抄千家詩的也進了，那不協韻的、不成韻的都進了。」叫神童南斌如何不生氣？當然，並不是主司不能賞識南斌的文才，卷子被燒只是意外事件，但主考官只以「才高命蹇」來唐塞責任，然後胡亂錄取，不但荒唐，也違背了自己的原則。幸好南斌是個豪放的人，轉念一想：「如今便考了案首，做了秀才，氣味也只有限。……文字功名，謂之韁鎖，便成就來也不耐煩。古人中如班仲升投筆封侯，立功異域，那些吟七言、做八股的酸學，究竟了老班，只好伸頸咋舌。何不如精習彈射，日後可以經文緯武。」於是棄了舉業，「把經書文字置之高閣」，每天練習彈弓的技術，後來靠此揚名。這裏對八股取士提出了質疑，認為從中並不能學習到經緯之術，即使舉業有成，比起投筆從戎的班超，也只能「伸頸咋舌」而已。

《都是幻》的作者瀟湘迷津渡者對科舉似頗不以為然，同書另一篇〈寫眞幻〉中的池上錦也是「丟了舉業文章，單喜的是詩詞歌曲。」另一部作品《錦繡衣》中的〈換嫁衣〉篇，

「文經武策無不淹貫胸中」的花玉人科舉無成，感嘆說：「我想向來把這書本兒讀破了，巴不上一名科舉，爭他無益。男兒志在四方，便出去做些事業，也是好的。」看來作者可能也是科舉中人，只是科名無望，退而撰寫小說，所以書中人物或鄙視科舉，或另謀他就，不過口氣中還帶了一點無可奈何的味道。

在《五色石》卷六〈選琴瑟〉篇中，福建舉人何自新想要娶佳人瑤姿小姐，瑤姿小姐的父親提起她曾經讀過書，何自新說：「女學生只讀《四書》，未必讀經。」其父答：「小女經也讀的。」何自新又說：「女兒家但能讀，恐未必能解。」言下大有瞧不起之意，結果瑤姿問他：「邶、鄘何以列衛風之外？……魯何以無風而有頌？」⓮等有關《詩經》內容的問題時，何自新卻答不出來，只好勉強支吾道：「做舉業的不消解到這個田地。」這眞是極盡

⓮ 按《日知錄》卷三〈邶鄘衛〉條謂：「邶鄘衛本三監之地，自康叔之封未久而統乎衛矣。采詩者存其舊名，謂之邶鄘衛。邶鄘衛者總名也，不當分某篇爲邶、某篇爲鄘、某篇爲衛。分而爲三者，漢儒之誤，以此詩之簡獨多，故分三名以冠之，而非夫子之舊也。」但屈萬里《詩經詮釋》（臺北，聯經出版公司，一九九〇年）引朱熹《詩經傳說彙纂》說：「詩，古之樂也，亦猶今之歌曲，音各不同。衛有衛音，鄘有鄘音，邶有邶音。故詩有鄘音者，繫之鄘；有邶音者，繫之邶。」（頁四二）朱熹《詩經集傳》謂：「成王以周公有大勳勞於天下，故賜伯禽（周公長子）以天子之禮樂，故魯於是乎有頌；其後又自作詩以美其君，亦謂之頌。」王靜芝《詩經通釋》（臺北，輔仁大學，一九九一年）云：「朱傳所言，釋魯之詩不屬國風，以其用天子之禮樂，故不爲風而爲頌也。又魯頌皆讚美頌禱之詩，而非廟堂祀神之詩，故曰『又自作詩以美其君，亦謂之頌也。』故魯頌雖亦名爲頌，實非頌之體，而兼爲風雅者也。」（頁六四一）此與本書主題無涉，姑錄於此以備參。

嘲諷之能事，起先咄咄逼人，何等自負，等到問他一些讀經書應該具備的基本認識時，卻以考試不必考到這種程度來掩飾自己知識的貧乏。這和王漁洋《香祖筆記》所載的一則宋琬（一六一四—一六七三）所說的故事有異曲同工之妙，宋琬說他小時候在家塾讀書，有一個前輩老甲科問他讀什麼書，他答說是《史記》，又問他是誰作的，宋琬說是司馬遷，又問說他是那一科進士，宋琬說是漢太史令不是進士，「遽取而觀之，讀未一二行，輒抵于案曰：『亦不見佳，何用讀爲？』」⑮這位老先生讀書讀到連司馬遷都不認識，他說《史記》不見佳，自然是因爲鑑賞能力不足，但更因爲是不合於八股文作法緣故吧！

八股文之無用，讀八股文的人知識之貧乏，常被明清人引爲笑談，《隨園詩話》卷十二記載了徐靈胎的〈刺時文〉云：

> 讀書人，最不齊；爛時文，爛如泥。國家本爲求才計，誰知道，變做了欺人計。三句承題，兩句破題，擺尾搖頭，便道是聖門高弟。可知道《三通》、《四史》是何等文章？漢祖、唐宗是那一朝皇帝？⑯

---

⑮ 王士禎《香祖筆記》（臺北，廣文書局，一九六八年）頁一五〇。

⑯ 袁枚《隨園詩話》（臺北，漢京文化公司，一九八四年）頁四一一。

時文既然是「爛如泥」，所以在《飛英聲》卷四〈孝義刀〉篇中，作者甚至說讀讀他的〈風月機關〉文章，增長些見聞吧，「也強如讀程文、墨卷」！

像上述這種對八股文本身，以及對學習八股文的士子的批判和諷刺是過去的小說中從來不曾出現的。

另外，《珍珠船》卷四的主角「謝賓又」最愛作詩，「人都笑他廢時失事，妨了正業。他卻道是：『詩以涵養性情，只管終日埋頭，死讀那幾篇時藝，弄得心枯意索，有甚好文字做出來？必須借著吟詠，闡發那做文章的巧思。況文章所以取功名，古作所以垂不朽，寧特無所用心，比之博弈者耶？』」此處對八股文（時藝）的批評是：會使人「弄得心枯意索」，所以不應終日埋頭死讀。但他也沒有反對學習八股文，只是他不像一般讀書人的心目中只有八股舉業，相反的，他很清楚的知道，有眞感情的詩作才能「垂不朽」，此外，他還認爲寫詩有助於巧思，使八股文寫得更好。這種看法應算是比較開明的，程伊川曾經說過：「或謂科舉事業奪人之功，是不然。且一月之中，十日爲舉業，餘日足可爲學。然人不志於此，必志於彼。故科舉之事，不患妨功，惟患奪志。」所以伊川也不反對舉業，他說：「人多說某不教人習舉業，某何嘗不教人習舉業也，人若不習舉業而望及第，卻是責天理而不修人事。但舉業既可以及第即已，若更去上面盡力求必得之道，是惑也。」⑰宋代還沒有八股文，舉

⑰ 見朱熹編《近思錄》（臺北，商務印書館，一九九一年）頁二一八、二二〇。

業對士風和國力的影響不如明代之深，但同樣也有「妨功」的批評，伊川卻以爲舉業本身並不會「妨功」，卻會「奪志」，所以他不反對舉業，而擔心學者對待舉業的態度。同理，如果人們都能像謝賓又那樣，認清八股文只是工具而非目的，人生還有更高遠的目標，那麼八股文雖然空洞而毫無內容，其害也還有限。然而《珍珠舶》的描寫證明，當時的讀書人只以八股爲正業，連作詩也認爲會妨害功名，難怪前面〈梅魂幻〉篇中的主司一考作詩，童生們全都垮了。若問他們經世濟民之策，自然也只有瞋目不知所對了。

二、對科場弊端的揭露

科場弊端不始於明，唐宋時代已經相當嚴重。《唐語林》卷八載唐高宗時，左史董思恭知貢舉，思恭「洩進士問目，三司推，贓汙狼藉，命西朝堂斬決。」⑱宋代科場作弊情形更嚴重，劉子健先生曾歸納八種考場弊端，如「考前預通人情關節」、「在閱卷時舞弊」等等⑲。可見科場作弊的歷史源遠流長，而明清時代則更加發揚光大，見於本期話本小說者，亦琳琅滿目。

本期話本小說中揭露科舉弊端最令人感到驚心的是《鴛鴦鍼》第一卷。如果說《天湊巧》

⑱ 宋王讜撰，周勛初校證《唐語林校證》（北京，中華書局，一九八七年）頁七一四。

⑲ 見劉子健〈宋代考場弊端〉，原載《慶祝李濟先生七十歲論文集》，後收入《宋史研究集》第五集。

的〈陳都憲〉是中國第一篇以科舉爲對象的諷刺小說，那麼本卷則是第一篇以揭露科場弊端爲主題的中篇小說。

《鴛鴦鍼》共四卷，每卷四回，每卷第一回之前都有一段不算短的入話。本卷入話用了兩個故事作爲引子，第一個便是前述宋人羅大經《鶴林玉露》卷十四的〈玉山知舉〉條所載鬼報冒頭的故事，這個故事在明末清初甚爲流行，《石點頭》卷七〈感恩鬼三古傳題旨〉篇和《西湖二集》卷四〈愚郡守玉殿生春〉篇皆加以敷演，《飛英聲》卷二也有〈三古字〉篇（已佚）。這個故事也和考場弊端有關，大意是主考官的朋友來應考，主考官教他在試卷上做暗號，不料事情被女鬼得知，轉告幫她入斂之舉子，因而高中前列。第二個故事取材自〈大硯生傳〉，作者不詳，《清夜鐘》第五回加以敷演，內容是寫江南有個小孝廉，才學俱優，不料在考場遇到一位帶著大硯臺的考生，威脅若不將試卷給他，便將硯中墨汁揩抹，同歸於盡，小孝廉只好答應，後來大硯生考上進士，而小孝廉卻後面三科接連落榜，直到大硯生任高官才來關照他，使他進士及第。這兩個故事不在於揭露考場的弊端，卻寫出了科舉考試的荒謬，尤其小孝廉既能助人考中，自己卻接連落榜，顯示出考試的缺乏客觀標準，不能眞正識拔眞才。

作者在入話的議論中說：「這個是鬼告關節，那個是力奪文字，似乎這兩件，也是場屋中極奇怪的事了。卻不是暗中害人益己，所以，也沒有傷心切骨的仇恨。在下還說個暗中害人成己的……。」正話所寫，即是這個在科場中「暗中害人成己」，令人「傷心切骨」的考場故事。

故事的主角徐鵬子書香世家，可是除了舉業之外，世事一竅不通，「終日捏著那兩本子書，曉得什麼營生？坐吃山空，日久，將乃祖做官時幾片房屋賣了，後來，又將祖遺下幾畝田兒也賣了。」他的同學丁協公也是宦門子弟，但不肯讀書，卻善於鑽營，家產頗饒，逢考必定花錢，「要買頭、二等」，科科如是。這一年，兩個人都有了科舉，徐鵬子磨拳擦掌，志在必得，「《四書》擬題，篇篇都揣摩過了，況又是《春秋》那經上大小題目，逐個做過。」丁協公則用「大街上一所房契，價銀三千兩」收買考官莫推官。一個憑實力，一個靠錢財，都有十拿九穩的把握。他們還有一個共同的蔑片朋友，叫做周德，「這人雖是秀才，全不事舉子業，今日張家，明日李家，串些那白酒肉吃……到那有財勢的人家，又會湊趣奉承，販賣新聞。又專一拴通書童俊僕，打聽事體，攛掇是非，賺那些沒脊骨的銀錢。」莫推官收了丁協公的錢，卻怕他的文章太差，主考官不肯買賬，所以雖然「將字眼關節寫了，彌封緊密，差的當人送與丁協公。」但又叮嚀他文章要好好寫，以免有所閃失。丁協公大感恐慌，找周德商量，周德告以表兄陳又新是負責抄謄場內文字的，「場內該謄的文字，都從他手裏分散，他一科也望這裡頭賺整千的銀子。」可以幫他在謄寫的時候動手腳。後來，以四百兩成交，由陳又新在場內找一分寫得好的卷子頂換，於是丁協公高高的中了第三名舉人了。

徐鵬子考完回家，信心滿滿，認爲「除非是瞎了眼的房師，他摸著嗅香也該取了。」誰知到了放榜的日子，只見報喜的人跑得好快，到了他家門口卻連一下也不停，他覺得事有可疑，來到榜棚下，見連丁協公也中了，自己竟然榜上無名，「此時，身子已似軟癱了的，眼淚不好淌出來，只往肚裏串，靠著那榜縫柱子，失了魂一般，痴痴迷迷。」對於落榜的描寫，何等生動傳神，歐陽代發先生說：「范進中舉喜得發狂，徐鵬子落第悲得痴迷，原因儘管不同，都反映出對科舉及第的瘋狂痴迷。」⑳這一悲一喜的確是強烈的對比，將明清時代舉子的悲哀表現無遺。後來，同社朋友送來一本〈五魁朱卷〉，赫然發現那第三名丁協公卷中的文字是自己的，於是去查落卷，果然沒有自己的卷子，顯然遭到移花接木，到手的功名，硬生生的被奪走了。

這種割他人之卷據爲己有的作弊手法正如作者所說，是「害人成己」，眞是喪盡天良。李樂《續見聞雜記》卷十也記載了在萬曆丙午（三十四年）發生在北畿鄉試的一個類似事例，謂：「有士人某者中第四名，其文乃割裂北方名士某硃卷取中。」李樂對這種作弊行爲深惡痛絕，謂：「其巧計狠毒，割裂士卷之人，余謂奪造化之權，竄主司之目，律雖不載，法所必誅。」㉑徐鵬子要告發，卻不知好歹的跑去跟蔑片周德商量，周德得了這件機密大事，豈肯放過這個大撈一筆的好機會，立刻跑去向丁協公報告，商量對付徐鵬子，後來將他的婢女禁閉，誣他活殺女命、殺人藏屍，被莫推官革去秀才，打了三十大板，限他三月內尋出，否

⑳ 歐陽代發《世態人情說話本》（臺北，亞太圖書出版社，一九九五年）頁二三二。

㉑ 李樂《見聞雜記》（上海，古籍出版社，一九八六年影印明刻本）頁七九三。

則殺人償命。直待三年後，莫推官升轉，徐鵬子才賣掉房子贖身出監。可憐徐鵬子，出獄後家徒四壁，教書教不成，當幕賓又遭火災，流落他鄉，在一個廟中代人寫字度日。幸好遇上貴人盧翰林，後來也成了進士，並且夫妻團圓，苦盡甘來。

再說那丁協公，如法泡製，又中了進士。他花大錢得來的科名，自然要連本帶利的撈回來，這是邏輯上的必然。只見他先是「把北京踹得個稀爛」，後來選上福建地方一個知縣，「到那地方，下力抓個兒，顧什麼官聲國法。」大計時被參回本籍，又去投靠奸相嚴嵩父子，起爲戶部主事，「管倉管庫，他也不肯放鬆了。」等到嚴家失勢，有一個姓蕭的掌科，緊咬丁協公不放，定要將他參倒，此時鵬子也中了，任刑部主事，正管著這件事，蕭掌科便來請求他早日定案，將可惡的丁協公繩之以法。在此處，作者用戲劇的筆法，一唱三嘆，道出了蕭掌科的心事。原來，蕭掌科正是考進士時試卷被丁協公所盜之人，由於當科不中，使他遭了喪父、喪母、喪妻之痛，他每說完一段，就說：「此事皆因不中，不中又因丁全，欲手刃報父（母、妻）之仇也。」每次講完又都道：「請酒，老先生聽得，可髮指否？」鵬子皆點頭道：「是。」他不知道徐鵬子和他有同樣的遭遇，千叮萬囑，只盼望早日見丁協公「懸首大街」，以消他家破人亡之恨。

最後，徐鵬子以德報怨，趁大赦之便，將丁協公開釋，只「問個罷職，永不敘用」。這樣的結局是否妥善，見仁見智。而全篇小說所刻劃的儒林醜態，所揭發的科場弊端，所展現的科場恩怨，都令人大開眼界。《鴛鴦鍼》四卷中，有三卷是寫儒林人物的，篇篇精彩，王汝梅先生說：「它早於吳敬梓《外史》一個世紀，堪稱爲明末清初的一部短篇《儒林外史》，其作者可以說是文木老人吳敬梓的先驅。」㉒其論斷是合理的，《鴛鴦鍼》的確是一部值得重視的儒林小說。

另一篇對科場作弊情形有詳實描寫的，爲前一小節提過的《五色石》卷六〈選琴瑟〉篇。那福建舉人何自新不學無術，到了會試時，「怕筆下來不得，既買字眼，又買題目，要預先央人做下文字，以便入場抄寫。」按本書卷一〈二橋春〉篇中專門剽竊他人詩文的木一元在應舉時，也用同樣手法，「拚著金銀，三場都買了夾號，央倩一個業師代筆，因此文字清通」，竟然也高中了。這和《鴛鴦鍼》卷一丁協公的情形同中有異，一樣都是打通房師關節（買題目），但場上還有主考在，文字也不能太差，所以何自新和木一元都要先找人代寫，背熟之後入場錄出，這比丁協公攘竊別人試卷的惡劣程度算是稍低一點。〈選琴瑟〉篇知貢舉的同平章事（故事託言宋代）趙鼎是正派的，其副手湯思退則「爲人貪污，暗使人在外賄買科場題目，何自新買了這個關節，議價五千兩」。那居間說合的人是一個假名士叫做宗坦的，宗坦爲了多賺一手，乾脆自己代筆，「抄些刻文，胡亂湊集了當」，何自新不知好歹，記誦熟了，到進場時，一揮而就。湯思退得了人家的銀子，不得不勉強取中，卻被那正派的趙公一

㉒ 見王汝梅〈《鴛鴦針》及其作者華陽散人〉，收入《金瓶梅探索》（長春市，吉林大學出版社，一九九〇年）第七講〈瓶外三題〉，頁一七八。

筆抹倒了。好笑的是，湯思退懷恨在心，也把趙公取中第一名的卷子，如頑童一般，加以亂筆塗壞，簡直把科舉主試視同兒戲。那被塗壞卷子的是有眞才實學的另一位福建舉人何嗣薪，趙公爲他抱屈，上疏皇帝說：「同官懷私挾恨，擯棄眞才」，那胡塗皇帝卻以試卷要兩人共賞方堪中式爲由，駁了他的疏文，眼看何嗣薪要無辜落榜了。誰知何自新不甘損失，攔駕告狀，皇上以爲是何嗣薪不服旨意，大怒痛責何自新之後，卻把何嗣薪的舉人革掉了。後來眞相大白，何嗣薪狀元及第，那是後話了。總之，篇中所描寫的科舉情況可說是弊端百出，一片混亂。

此外，還有可笑的作弊行爲的描寫。《生綃剪》第十三回也是一篇儒林小說，篇中的主角虞修士「一味鑽研經史，不知歲月。一向虧煞父遺數畝薄田，數間房屋，也都賣去爲燈窗之費了。」和《鴛鴦鍼》卷一的徐鵬子形象何等類似？他們同樣都是以「舉業」爲職志，世事一無所知的軟弱書生的代表人物。修士有一個堂弟彥先，他的秀才是買來的，到了大比之年，有學問的修士去應童子試落榜了，彥先「去鑽一個分上，用了七八十兩銀子，到買一個正科舉。」彥先顏厚至極，不說自己的科舉資格是買來的，反而嘲笑堂兄道：「這個家兄日日在家讀書，不曾見他取一名；小弟日日玩耍，到也僥幸了。想是讀忒讀過火了，文字深遠，試官看不出。」卻也就有那無恥的蔑片隨聲附和。後來幸得宗師大收告考，才得到一名科舉，奇怪的是，宗師看了他的文字，擊節稱賞道：「天下有這樣奇才，爲何埋沒至今？」同樣一名舉子，可以是「奇才」，也可以名落孫山，舉試的漫無標準如此。之後，這對堂兄弟便雙雙去應舉了，所謂好笑的作弊行爲就發生在彥先身上。

虞彥先胸無點墨，加上新討娘子，根本無心在書本上，「臨期極（急）了，瞞著父親，將些刊刻文字，揉做一團，塞在穀道眼口，貼個膏藥。點名到他，搜簡的見他扒腳扒手，細細一搜，挖到豚孔，腫出饅頭大一塊。軍牢用手一撮，是膏藥裏的紙兒，叫聲有弊。稟上監臨察院，果是懷挾文字，喝打三十。可憐此小，粉嫩屁股，打做肉醬，昏暈在地。」後來，還是中舉後的修士，以「誤帶字紙」爲由救他出來。虞彥先這種愚蠢的作弊行爲，使人感到可憐亦復可笑。不過比起盧彥先，《生綃剪》第一回入話中，暴發戶賈文科的大兒子就更愚蠢也更不幸了。他天資甚差，其蠢如牛，「讀完《四書》、本經，三字課還對不出。」到了考試的時候，「先生做鬼替他買個秀才，過了兩年，又買一名科舉。」這些賄買科舉的弊端不必再去提他，但前面說過，場內要打點，場外也要打點，這位公子顯然買到了題目，請人寫好帶入場中，「做了懷挾」，可惜技術不佳被發現了，「察院打了三十，枷死在貢院門前。」《醉醒石》第七回對科場弊端則有尖刻的諷刺。篇中的革職貪官呂某，本身倒也是科舉出身，「因兩句書，得一箇舉人。」只是「做舉人時，便把書撇腦後」了。他爲官時，貪酷無比，因此家產富饒，生有五個兒子，親友勸他教子讀書，他道：「讀什麼書，讀什麼書！只要有銀子，憑著我的銀子，三百兩就買個秀才，四百是箇監生，三千是個舉人，一萬是個進士。如今那一箇考官，不賣秀才，不聽分上？」這話倒也不假，除了前述的那些例子之外，《清夜鐘》第三回中霸佔主人家產的惡奴，他的「大兒子向來在家中服役，不曾讀得書，一字不識，用四百兩替他納個監生。小兒子倒有些聰明，獨請先生在家教他書，捱到寫得出，尋了箇大分上，縣、府、道通包，喜得進了箇學。」可見，只要有錢，不識字的也能當監生，才寫得出文字，就能進了學，眞的是：「當今之時，只有孔方。」（《醉醒石》第七回插詞）再說呂某的老大、老二科舉時，「正考有優劣，不敢惹他，遺才出去不取得，直到大收，一人用了八十金，去鑽房考，買題目關節。曉得兒子來不得，尋擬題，要先生改，要兒子記，圖箇撞著。」誰知這兩個兒子，有了關節也沒用，大兒子花了點錢，在場裏高臥一兩日夜，二兒子文字對不上題目，胡亂寫了兩篇，其他的全繳了白卷。害那收了錢的房師，「在裏面尋個頭昏，還去別房搜不得。」到了場後，「買主賴他關節不靈，賣主說他誤事，沒科舉哄我。……雖賴得些，也費了四五千金。」關節雖通，怎奈阿斗扶不起，兩兄弟連考卷都交不出來，白花了四五千兩銀子。

作弊不成功的，還有數例。如《清夜鐘》第十三回，主考官某有一個好朋友，久不得第，家事清寒，有心要扶持他做個進士，「到會場時，該他同考，自己做了四篇經文，千錘百鍊，眞是必中之文。自己寫了，加了圈點，密密封固」，叫心腹家人送去給友人，不料管家送錯人，白白便宜了一個不相識的周舉人。此處作弊的情節比較輕微，不過畢竟有損於考試的公平性。這位考官百密一疏，陰錯陽差便宜了別人，《五更風》〈鸚鵡媒〉篇中的房師就比較小心，他和考生約好地點，派僕人去「口授」機宜，以「天地君親師」爲暗號，按理來說這應該萬無一失了，沒想到卻被本篇主角水朝宗的鸚鵡聽見了，水朝宗文章本佳，加上關節已通，於是高高中在前列，那房師洋洋得意，還以爲「才與財兼而收矣」，不知眞關節反而落在孫山之外了。又如《雲仙笑》冊一〈拙書生〉篇中，舉人紀鍾和房師是親戚，那房師平昔受了紀鍾的恩惠，因此「與他幾個字眼」，不料無意間被主角這位「拙書生」知道了，到了考試時，「如法做去，果然有些靈驗，已高高的塡上一名進士。」那紀鍾卻因爲卷上有錯字被標出而落榜了。還有《五色石》〈選琴瑟〉篇中的宗坦，後來在考童生時「用傳遞法，覆試案上取了第一。到覆試之日，傳遞不得，帶了懷挾，當被搜出，枷號示眾。」

上述這些作弊雖然沒有成功，但科場中人情關節、買賣行爲的猖獗，可見一斑。而由於科場作弊的情形嚴重，人們司空見慣，於是就有人利用舉子們渴望不勞而獲的心理，設局行騙，於是一種以販賣科場關節行騙的新興行業產生了。

《醉醒石》第七回還寫道，呂某的第二個兒子上次應舉失利，第二次更費週章，「用了二百兩，買編號書吏，聯號，七箇同號。每篇百金，中出再謝。還又用錢與謄錄書手，加意謄，用錢派在關節房官房內。」也就是說，買通負責編號的吏員，再將收買好的人安排在相聯的號碼內，七個人代寫，每篇先付百金，考中的話再謝，又因爲七個人的筆跡不同，所以還要買通負責謄寫的書手，讓他在收買好的房師的房內書寫。這些安排，幾近滴水不漏，不料那賣關節的是個騙子，「遇了箇撞太歲，拿箇假關節來，……場中不中，早已破費千金。」到了這個田地，呂某終於死了心，不敢再想舉人，叫兒子「放債經營去了」。

這個假關節有點語焉不詳，《二刻醒世恒言》上函第二回的描寫就比較細膩了。這回故事中寫了一個不曉讀書的富翁王醜兒，只因妓女叫他相公時，一個幫閒笑了一聲，醜兒認爲是在笑他沒讀過書，當不起「相公」之名，勃然大怒。妓女向他陪不是，他又生氣，說難道我就當不起這相公二字嗎？又一個幫閒說：「罷了罷了，相公請息怒。」醜兒聽了更氣，認爲是故意叫相公來氣他。這一段寫王醜兒的自卑情結眞是傳神，說東也不是，說西也不成，總之就是懊惱自己有錢財沒身分。一個妓女對他說：「官人家裡有的是眞紋，怕不今科高中麼？那些酸子有的是文才，少的是元寶，官人拚捨了幾百個元寶，難道不是眞正舉人哩！」眞是一言驚醒夢中人，王醜兒才知道元寶可以換舉人的。那些幫閒很快組織起來，合了一班光棍，粧扮做房官的相公家人，私下覓個幽僻寓所，冒用了主考官的名色，假裝在外尋求售主。然後帶醜兒到假相公處，裝模作樣，說了些醜兒聽不太懂的機密言語。第二天，又花錢買通貢院員役、管號監軍，僱請了代筆和傳遞的人，也不知費了多少銀子。三日後，又帶了銀子到寓所，「那假相公親手交出一個三寸長的摺兒，又用一個寸楮封兒，上面用了一個圖書，喝開眾人，親自交與王醜兒。」王醜兒歡天喜地拿回到家，打開一看，根本不是什麼考場關節，而是一首嘲笑他「天鵝妄想佔便宜，千金承惠君休想」的詩，簡直把醜兒氣暈了。這篇小說寫得眞有意思，對那妄想功名的人可謂極盡嘲諷之能事。

還有一個「假關節、撞太歲」的行騙集團，出現在《風流悟》第一回。不過這個行騙集團太不小心，在騙了幾個書呆、騙了許多銀子之後，「在院子裡嫖，吃醉了，走出門來。誰想落出一個紙包在地上，包上寫『大主考機竅兩件』，竟被主考家人拾著了。私訂他到了寓所，急去報了主考。」主考告知府尹審明，要「立枷枷死」。如果不是自己漏了底，不知道還有多少應考的書呆要上當呢！

有人買，就有人賣，有買賣就需要中間人，這科舉買賣的中間人本就不可能會是正人君子，在中間上下其手是必然的。於是有一些假的中間人出現，專騙想要靠作弊上榜的舉子，這些舉子己行不正，在受騙上當之後決不敢吭聲，實在就像是待宰的肥羊。這就是明清科舉文化所衍生的社會怪象，話本小說在揭露這些社會怪象時，其心情是沈重的，《二刻醒世恒言》的作者說那王醜兒的醜行，「只好把與後日買舉人的看樣罷了！」可見其寫作的警世意圖。

三、對科舉制度敗壞人才的反映

對於八股取士敗壞人才的強烈抨擊，已見於前引顧炎武、黃宗羲的言論中。然而，除了在康熙初期中斷了幾年，八股文依然在中國這塊大地上肆其淫威。到了乾隆年間，吳敬梓讓這些舉子的醜態形於紙面，其儒林小說風行一時，然而當道仍不能悟。直到光緒二十一年，思想家嚴復還在大聲疾呼：「今日中國不變法，則必亡而已。然則變將何先？曰莫亟于廢八股。夫八股非能自害國也，害在使天下無人才。……破壞人才，國隨貧弱。」他又舉出八股對人才之害有三：其一曰錮智慧、其二曰壞心術、其三曰滋游手。又說：「有一於此，則其國鮮不弱而亡，況夫兼之者耶！」㉓又經過兩百多年的人才銷磨，在中國將要被列強分割的情況下，對於八股之害，嚴復的說得比顧、黃等人還要沈痛。

我們在前一小節介紹了《鴛鴦鍼》卷一徐鵬子的故事，故事中的徐鵬子、丁協公和周德，正好代表了嚴復所說科舉所造成的三害。徐鵬子「終日捏著那兩本子書，曉得什麼營生？」他的智慧就用在揣摩「《四書》擬題」，研究「經上大小題目」上面；丁協公不學無術，為達目的不擇手段，考試時鑽營作弊，損人利己，當官時貪贓枉法，為害地方，其心術壞到極點；周德夤緣當上秀才，卻全不事舉業，游手好閒，苟且逢迎，挑撥是非，為虎作倀，是社會上的寄生蟲。

八股取士禁錮了讀書人的智慧，且不說「問以經濟策，茫如墜煙霧」（李白〈嘲魯儒〉），多數的讀書人像徐鵬子那樣，根本失去了處理日常生活的能力。在話本小說中，我們見到太多失去謀生能力的讀書人，特別是貧寒士人及其家人的處境實在是痛苦可憐。像《生綃剪》第十二回中的虞修士，窮到家中一粒米也沒有，叫妻子去大伯家借點銀米，而被伯母羞辱了一頓之後，還是空手而回，夫妻兩又氣又哭，無可奈何，幸好有個表叔拿了些銀米來接濟，他安慰修士說：「貧乃士之常，不足掛齒。」話是不錯，貧乃士之常，但貧到接近餓死的地

㉓ 嚴復〈救亡決論〉，載《侯官嚴氏叢刊》，轉引自《中國考試制度史資料選》（合肥市，黃山書社，一九九二年）頁四二七—四二八。

步，也未免太過悽慘。其伯母尖酸刻薄，固然令人不齒，但她的話也不能說沒有一點道理，她說：「可笑我那姪兒，這一把年紀，也不去覓些生意做做。就是扁擔拿一條也好。終日在家，看了這半間破屋子，咿咿唔唔，只是裝鬼叫，那裏救得貧、濟得飢？只管東處借米，西處借銀，就借得些，也有用了的日子。」舉業是正事，難道養家活口不是正經事？可憐一個飽學秀才，既養不活老婆，又拉不下臉去借貸，卻叫妻子到自己親戚家裏讓人冷嘲熱諷，自己則躲在家裏如縮頭烏龜，連做「人」的基本尊嚴都沒有了，還說什麼「士」之常？那覆水難收故事中的朱買臣未達以前，至少還會去賣柴維生，所以當老婆笑他時，他可以理直氣壯的說：「我賣柴以救貧賤，讀書以取富貴，各不相妨。」（《古今小說》卷二十七）然而修士的伯母諷他無能治生，勸他「就是扁擔拿一條也好。」他卻只能說些賭氣的話而已。

又如《鴛鴦鍼》卷二的時大來，也是窮到家中斷糧，老婆說你出去借幾升米回來度了今日吧，明天有我替人做鞋腳的工錢送來，就可以再捱個十來日了。這位靠老婆養活的時秀才答應了一聲，本想洗把臉外出去借，「那曉得，柴星也沒一塊，冷鍋冷灶的。他看了如此光景，甚覺難過，只得低頭往外跑。原來，時大來一時答應渾家，卻不曾打點到甚人家去。及至走了出門，方才想到：我慌忙忙的走，待往何處好？」於是，他就立在街心想著：

廣潤門外妻姨，有個月不曾往來，借他錢把銀子或是肯的。才舉腳走了十數步，又想道：不好，那姨夫是個市井之人，他富我貧，時常欺嫌我，今日走去，借他些須，倘不肯時，反要受一肚悶氣。又走了回來。又站住想道：章江門外，去年學生家，他還過得，若問他借也罷。忙忙的又走了十數步，又想到：也不好，他因家下缺乏，才辭先生，今又去借貸，是個不知趣的人了。又走了回來：想這家，想那家，在那街心裏，一走來，一走去，失心瘋的一般，也不知來回走了幾個時刻，還不曾出那十數步之外。

眞是天地茫茫，何去何從？把一個貧寒士人肚皮和面子之間的矛盾衝突刻畫得何等細膩，有人說：「這樣的描寫，可以說是直逼《儒林外史》。」㉔的確如此，讀了這樣的文字，令人爲那走投無路的窮秀才，感到鼻酸。時大來的窘境，不輸給《儒林外史》中的范進，范進至少還有隻下蛋的老母雞可以變賣，還有個做屠夫的老丈人可以依靠，時大來卻只能在那裏走來走去，不知如何是好。後來不提防竟將一個小孩手中的碗撞落了，小孩哭著叫賠他一文錢，眾人都來圍觀，他卻拿不出這一文錢來，「弄得時大來，眞不得、假不得，若有個地洞，也鑽將去。」當眞如回目上所說的：「一文錢活逼英雄」，若不是來了個義盜風髯子解危，眞不知要如何下場才好了。

還有《雲仙笑》冊三〈又團圓〉篇中的李榮，祖先本來是種田的，日子還過得去，不料父親忽然有志讀書，「那田事就不能相兼了」，「他雖做了秀才，誰知那秀才是個吃不飽、

㉔　同註二十引書，頁二二九。

著不熱的東西」，家境每況愈下，到了李榮，愈不濟了。這李榮「也頂了讀書二字，沒有別樣行業，更兼過了兩個荒年，竟弄到朝不謀夕的地位。」一個種田的人家，日子過得好好的，一改成讀書，就會弄到朝不謀夕的地步，可見讀書人是如何的無能。像《八洞天》卷四〈續在原〉篇中的岑麟、岑翼兩兄弟，哥哥學做生意，弟弟讀書，結果讀書的游蕩無度，後來客死他鄉，做生意的則家道興旺，哥哥見到弟弟的下場如此，感嘆說：「我們庶民之家，只該安分，莫妄想功名，指望這樣天鵝肉吃。」並以讀書為戒，讓他兒子「只略識幾個字，便就罷了。」俗語說：「萬般皆下品，唯有讀書高。」然而我們見到的，卻是讀書人的貧窘無能，〈又團圓〉篇中的李榮後來竟至賣妻完稅，上既不足以守家業，下又不能保妻子，安見「讀書高」哉？

而描述寒儒悲情最為感人的，是《醉醒石》第十四回蘇秀才夫妻的故事。篇中蘇秀才和《鴛鴦針》卷二的時大來一樣，家事全靠妻子打點。蘇秀才拙於治生，處館教書又因為迂腐無趣而不受歡迎，家中全無生息，幸好其妻莫氏相當能幹，平日做些針指，「家中常川衣食，親戚小小禮儀，眞都虧了箇女人。」這一年有了科舉，「初出茅廬意氣，把箇解元捏在手裏。去尋擬題，選時策，讀表段、記判，每半夜不睡。哄得這女人，怕把家事分了他的心，少柴缺米，纖毫不令他得知。為他做青毛邊道袍、毛邊褲、氈衫，換人參，南京往還盤費，都是掘地討天，補瘡剜肉。」科舉對她來說，有如買彩券，她把本錢全押在丈夫身上，還覺得勝算不小，在那裏盤算：「房子小，一中須得另租房子；家裏沒人，須得收幾房。」「把一天歡喜，常閣在眉毛上。」誰知道放榜時，只聞得某人中了，某人中了，偏生自己的丈夫，落榜了。這些情節，用夢想的美好和失望的落差所形成的強烈對比，表現出舉子家庭生活的悲涼。

捱過了三年，由於沒有錢送禮，本來以爲此科無望，不料運氣好，補上了一名科舉。夫妻「磨拳擦掌，又要望中了。」莫氏送丈夫出門，千叮萬嚀，叫丈夫：「這遭定要中箇舉人，與我爭氣。」一夜夢中嗚嗚咽咽，哭將起來，陪伴的叔婆問她，回道：「夢裏聞道丈夫不中，故此感傷。」可見這莫氏的心理壓力有多大，連夢魂也不安寧。然而到了放榜的日子，那報喜的又往別家去了。這次莫氏生氣了，哭完後，剔起雙眉，怒著眼道：「人生有幾個三年，這窮怎的了？」從此以後，再不料理他的衣食，見面就鬧，幸好蘇秀才尋了個小館，日日在館中歇宿，避開了她。

現在，沒有人認爲他有中的可能了，「都笑他是鈍貨了」。又過三年，蘇秀才又躍躍欲試，這回不敢對老婆說，叫妻叔莫南軒去講，倒被妻子羞辱了一場。但後來她還是出了幾兩銀子讓丈夫進京去考，「割不斷肚腸，望梅止渴」，希望有個奇蹟出現。這一次蘇秀才知道自己沒考好，卻不敢讓妻知道，果然莫氏又望了一個空。莫氏完全絕望了，要求離婚，蘇秀才說：「你也相守了十餘年了，怎這三年不耐一耐？」莫氏道：「爲你守了十來年，也好饒我了。三年三年，哄了幾箇三年，我還來聽你！」尋死覓活，要上吊自殺，蘇秀才無奈，離了。

莫氏嫁了個開酒店的，雖無家產，店面還是租的，但她自小能幹，數錢打酒，也做得不錯。只是街上風聲不好，閒言閒語不少。蘇秀才少了家累，得以一意讀書，「常想一箇至不中為妻所棄，怎不努力！」沒想到這一科竟中了二十一名舉人，「早巳鬨動一城，笑莫氏平白把一箇奶奶讓與人。……那莫氏在店中，明聽得人傳說，人指搠，卻只作不知。」蘇秀才會試又聯捷，「三十多歲，紗帽底下也還是個少年進士。」去看莫氏，莫氏倒也硬氣，道：「你做你的官，我自賣我的酒。」這話眞令人動容，比那朱買臣妻回來央求故夫，「願降為婢妾，伏事終身」，自取羞辱的格調要高得多。

然而，莫氏如果嫁到深閨大院，可以足不出戶，那也罷了，偏是一個酒店老闆娘，日日要面對顧客，人來人往，都在談論她的前夫中了進士，新娶了十八歲的少奶奶，怎麼能不動心，怎麼能不感傷？看作者如何剖析她那悲苦的心情：「苦想著孤燈對讀，淡飯黃虀，逢會課措置飯食，當考校整理茶湯，何等苦！今日錦帳繡衾，奇珍異味，使婢呼奴，卻平白讓與他人！巧巧九年不中，偏中在三年裏邊。九年苦過，三年不寧耐一寧耐！這些不快心事，告訴何人？」雖然有苦難言，但她還苦撐著，只是無心做生意，有一天，一個輕薄少年當面笑她：「只因性急，脫去位夫人奶奶。」這話當眞如針刺，當天晚上莫氏就懸梁自盡了。

這篇小說的高明之處，在於以妻子的視角，來寫貧窮士人的淒涼景況。這在科舉小說中是少見的，因為這類小說通常都將重點放在士人身上，很少去考慮寒士之妻的心情。蘇秀才和當時的讀書人沒什麼兩樣，除了讀書之外，什麼都不會，什麼都不懂，當妻子的，要打理一切，含辛茹苦，也不過就巴望著丈夫有朝一日功成名就，自己能夠風風光光的當上奶奶享福。莫氏只因對丈夫的期望太高，所以失望太重，一時失了分寸，作者在文末指責莫氏，說她是「朱買臣妻子之後一人」，又說她「生前遺譏，死後遺臭。」並且要以這個故事，來「告讀書人宅眷」。其實這指責太沈重了，她和其他許許多多匍匐在科舉功名之下的寒儒宅眷一般，都只是科舉制度之下的受害者罷了。

令人感動的是，蘇秀才中舉後，身價百倍，媒人不斷來說親，道：「某鄉宦小姐，才貌雙全，極有賠嫁；某財主女兒，人物齊整，情願倒貼三百兩成婚。」而他並沒有得意忘形，「蘇秀才常想起貧時一箇妻兒消不起光景，不覺哽咽道：『且從容』。」這哽咽是包含了無限的感傷在其中的，蘇秀才是有良心的人，在他的心中，不會不想起當初苦讀時，夫妻艱難相對的苦況，他從來沒有去恨那棄他而去的妻子，莫氏死後他還發銀二十兩為她擇地埋葬，因為自己虧欠她太多了。這就是當時讀書人的悲哀，仰不足以事父母，俯不足以蓄妻子，這遲來的功名，正好讓他的結髮妻子蒙羞受辱而已。

從這個故事可以知道，功名對當時的貧寒士人來說有多麼重要，有了功名，嬌妻、財富自然送上門來，沒有功名，連糟糠之妻也棄你而去。崇禎九年陳啓新曾上疏說：「嘗見青衿子朝不謀夕，一叨鄉薦，便無窮舉人，及登科甲，遂鐘鳴鼎食，肥馬輕裘。」㉕可見小說寫

㉕ 見計六奇《明季北略》（臺北，商務印書館，一九七九年），頁一四五所引文。

得一點也不誇張。又如上一節提到的《鴛鴦鍼》卷一中的蕭掌科，因爲卷子被丁協公割竊而不中，竟因此而家破人亡。還有《人中畫》〈風流配〉篇中的呂柯，他中舉後，「做了二十年孝廉，入場六次」，一直考不上進士，有個王司馬願將女兒嫁給他，已經有了媒妁之言，不料有個進士也想娶該女，王司馬左右爲難，對他說：「兄若高中，這段姻緣自在。若有差池，就難奉命了。」也就是說，考得上就有老婆，考不上就免談。呂柯在場中因考得不理想，在那裏長吁短嘆，旁邊一個豪邁的司馬玄聽了十分生氣，道：「夫婦爲人倫之首，怎一個進士便欺負舉人，要思量奪去，說來令人髮指！」竟把自己寫好的卷子給了他，呂柯果然就中了。這故事當然很荒唐，但也可見進士的氣燄有多盛，他想要娶的女子，就算已經許了別人，也可以搶奪到手。還有，雖然中舉就已經算是翻了身，來奉承的人很多，可是在進士面前還是抬不起頭來。

功名成了社會上判別人才的標準，功名成了財富與權勢的象徵，於是，功名也就成了讀書人心目中唯一的奮鬥目標。爲達功名，不擇手段。會讀書的，每天在八股文上用心，不會或不肯讀書的，就想盡辦法走後門。還有一種既不會讀書又沒有錢打通關節的，在那功名至上的社會，他們也不肯安分守己在自己的行業上努力，他們也夢想著功名富貴會從天而降，《雲仙笑》冊一〈拙書生〉篇就寫了一個這樣的故事。

篇中的呂文棟「資性愚鈍不過，莫說作文不能勾成篇，若唸起書來，也有許多期期艾艾的光景。」他在考童生的時候，把包糕紙上文章背熟了，不料進場時，「那第一題恰好就是包糕紙上的題目」，於是成了秀才。在應舉的時候，住在道院裏，每天禮拜斗母，恰好有兩個才高八斗的同學曾傑、曾修兄弟也住在道院，見他禮拜虔誠，就戲弄他，私下擬了考題，並將七篇文章做好，壓在斗母面前的爐子底下。文棟發現了，以爲斗母顯靈，非常高興，將七篇文章背得熟熟的。曾氏兄弟竊笑不已，誰知道進入考場，恰是那七個題目，文棟竟考上第一名解元。到了會試時，無意間竊取到了別人科場作弊的關節（已見前一小節），又高高的中了一名進士。

這篇小說由許多個神奇的巧合湊成，顯然只是讀書人妄想科名的白日夢。篇中戲擬考題的情節在《清夜鐘》十三回已經提到，謂：「當日曾有極敬梓橦帝，每日拜謁，極其志誠，同窗謔他，寫了三個題目在香爐下，微露紙角。這人往拜得了，將此三題（用）心敲打，得中經魁。」後來在《珍珠舶》卷二第二回也用了這個情節，只是篇中的主角金集之頗有才名，不像文棟那樣愚拙而已。但無論如何，那對功名存儌幸的想法都是相同的。試想，如果《雲仙笑》的故事是眞的，那連文章都不能成篇的呂文棟中進士之後如何任官治民？但作者似乎並不擔心這個問題，像《天湊巧》中那痴痴呆呆的陳都憲也能當到御史的高位，反正比起那些只會寫八股文的迂儒也差不到那裏去，而比那些夤緣作弊的還要略勝一籌呢！

在話本小說中，我們見到八股取士的制度把當時的讀書人敗壞到何等程度！他們連最起碼的日常生活也無法打理，在取得功名以前，蕩盡了家產，養不活妻子。即使取得功名，也不過和愚鈍的人等量齊觀而已，想要求他們拿出安邦定國的方法，無異於緣木求魚。陳登原先生曾說：

世徒知東林之議論苛刻、文人之放誕風流，不知大多數之八股朋友，一則忽略故事、不知兵食，再則死守書本、空有義理，三則不知事勢、不明緩急。此誠無怪乎李王之一帆風順，滿洲之得以入關矣！㉖

可見朱舜水認爲明朝亡於八股，並不是個人的偏激論調，科舉之敗壞人才，誠足以造成亡國之慘禍，這是毫無疑問的。

以上我們論述了清初前期話本小說對於以八股取士的科舉制度的反映和批評。雖然清初的科舉制度和明代大同小異，清初的科場弊端比起明代有過之而無不及，而八股取士對漢族人才的消磨更是清初帝王所樂見的，這些小說對於科舉的諷刺批判，不一定完全是針對明朝的滅亡而發。不過，這樣一大批科舉小說的湧現，說明了清初前期話本小說作者對於科舉制度的關心，這和當時以顧炎武、黃宗羲等人的言論爲代表的時代思潮是相合的。雖然沒有一位小說作家曾像朱舜水那樣，直接把明朝滅亡歸因於八股之害，但從小說所展現的內容中，我們確實看到八股取士對於國家社會造成的巨大傷害，作家在寫作時自然流露出一種由衷的

㉖ 陳登原《國史舊聞》（臺北，明文書局）卷四八〈明儒俗迂愚〉條，頁五一一。

反感，這種反感和明朝滅亡的鉅大陰影是分不開的。商衍鎏先生說：「八股文爲世詬病，不止一日，當明末朝士書憤，有『斷送江山八股文』之語，有以大柬書於朝堂者曰：『謹具大明江山一座，崇禎夫婦兩口奉申，晚生八股頓首拜。』其時太息痛恨於八股者如此。」㉗明末學者如此痛恨八股，而清初依舊行之如儀，八股氣息仍然環繞在生活圈子裏揮之不去，清初小說對八股取士各種弊病的嘲諷、揭露和批判，是一種必然的反應。有這些反映科舉的話本小說的涓涓細流，才可能匯聚出像《儒林外史》那種全面諷刺科舉的集大成之作。

第三節　對墮落士風的批評和嘲諷

明代士風的墮落，大概正德（一五〇五－一五二一）、嘉靖（一五二二－一五六六）之世就開始了。何良俊（一五〇六－一五七三）《四友齋叢說》謂：「憲（成化一四六五－一四八七）、孝（弘治一四八八－一五〇五）以前，士大夫尚未積聚。……至正德間，諸公競營產謀利。」他還記載了嘉靖年間士大夫唯利是圖的情形說：

士大夫一中進士之後，則於平日同堂之友，謝去恐不速。里中雖有談論道之士，非惟

㉗ 商衍鎏《清代科舉考試述錄》（臺北，文海書局近代中國史料叢刊二一七）頁三四四。

厭見其面，亦且惡聞其名。而日逐奔走於門下者，皆言利之徒也。或某處有莊田一所，歲可取利若干；或某人借銀幾百兩，歲可生息若干；或某人爲某事求一覆庇，此無礙於法，而可以坐收銀若干；則欣欣喜見於面，而待之惟恐不謹。❶

同窗之誼，棄之如弊屣，論學之友，避之唯恐不及，讀書人應有的清高形象蒙上了金錢的陰影，過去士大夫所標榜的清廉節操蕩然無存。嘉靖十四年（一五三五）進士張瀚的《松窗夢語》也說：

始爲諸生，欣羨一舉……既推上矣，羨登甲第，汲汲不減諸生時。既成名矣，駸駸希驥顯榮。一命以上，寸計尺積，歲無寧日，日無寧時。……所謂頌法聖賢者，取陳言應制科爾，甫脫冠服，輒盡棄去。❷

讀書人滿腦子富貴功名，不斷的鑽營求進，讀書的目的全爲應付考試，一旦取得科名，就將書中的道理拋到九霄雲外，士習之墮落，可見一斑。而士風的敗壞，有如江河日下，到了萬

❶ 何良俊《四友齋叢說》（臺北，新興書局筆記小說大觀十五編）卷三十四，頁三一二—三一三。

❷ 張瀚《松窗夢語》（北京，中華書局，一九八五年）頁七〇。

曆（一五七三—一六二〇）年間更爲嚴重，萬曆二年進士呂坤（一五三四—一六一六）說：「近世士風大可哀已，英雄豪傑本欲爲宇宙樹立大綱常大事業，今也驅之俗套，繩以虛文……功名之士以屈養伸，彼在上者倨傲成習，看下面人皆王順長息耳。」❸指出當時士人媚上傲下，已毫無風骨。

我們試再就明朝進士李樂所寫的《見聞雜記》一書，來觀察從嘉靖到萬曆士習日壞一日的情形。

李樂是嘉靖乙卯（三十四年，西元一五五五年）舉人，隆慶戊辰（二年，西元一五六八年）進士，他活到八十七歲❹，作官時間很長，其《見聞雜記》所記載人物事相當豐富，是瞭解明代嘉、萬年間社會、經濟情況值得重視的一部筆記，研究明清史的專家謝國楨先生對它有頗高的評價❺。李樂在這本書中不止一次的說明萬曆年間士風墮落的情形，如在卷六提到：知縣對諸生來說是提調官，過去提調官常要考試諸生，考不好「得行鞭朴」，諸生稱縣官爲「老大人」，現在（萬曆年間）不稱「老大人」而改稱「老師」，而且「富家宦族類餽

---

❸ 呂坤《（萬曆本）呻吟語》（臺北，漢京文化公司，一九八一年），頁六九五。

❹ 見夏燨〈臨川李先生傳〉，附錄於李樂《見聞雜記》（上海，古籍出版社，一九八六年影印明刻本）正文之前。按，謝國楨《明清筆記談叢》（臺北，仲信出版社，一九九〇年）頁一一《見聞雜記》條說李樂爲嘉靖戊辰進士，這是錯誤的，嘉靖年間並無戊辰年，戊辰在隆慶二年。

❺ 同前註引謝國楨書，頁一一—一四。

厚幣，拜為門生。其不才者每乘此囑託，反以覓利。其利愈厚，則餽師益豐，師非不覺而誤受，彼此意原不在送文請益間也。」縣官和諸生上下交征利，倒楣的當然是老百姓，所以李樂感嘆說：「蓋自萬曆戊戌以至於辛丑，而官箴士風澌滅矣，哀哉！」❻在同卷又提到：「近日秀才不惟才高氣傲，才不高者亦氣傲。小試不利，便罵督學，場屋不中，便罵試官，全不反己進修。」❼

在萬曆末年所寫的《續見聞雜記》卷十，李樂的牢騷更多，如：「余年七十外，所見皆後生纖巧淺薄可厭。」又有詩諷士人說：「昨日到城郭，歸來淚滿襟；遍身女衣者，盡是讀書人。」表現出他對當時讀書人輕薄浮華舉止的反感。他又批評士人初入官場時的鑽營情形，回憶自己在隆慶年間中進士後，選為知縣，全憑政府安排，不必花錢打點關節，「撫今追往，僅四十年爾，乃今日自倉場巡務至五品以下各官，無不先期謀及，先期講定，行取兩衙門未判，爭論紛然，市朝眞同市井，臭穢萬狀。」❽既然要花錢選官，這些新進士在當官的時候必然貪瀆無厭，在卷十一，李樂比較了嘉、萬兩朝官員貪污的情形：

---

❻ 同註四所引李樂書，頁四七七—四七八。
❼ 同前註，頁五五九。
❽ 同前註，頁八〇五、八一七、九〇六。

古稱千金之子可以貧人，可以富人，然則千金固貴重矣。予十一二歲時，睹邑令李公貪僅三四千金爾，近睹歸安施公貪亦如之，皆蒙上司處置罷官。去李越七十年，施越四十餘年，今日大可駭異，只要中個進士爲縣令，至二三萬或五六萬，上官惜大體面，或受囑託，本犯不受笞辱、不入囹圄、不問徒罪，只作不及浮躁降輕處。衣錦還鄉，人羨富貴，其計巧多護者，依然官不改動，十居四五。❾李樂在描述這些官員貪墨、上司包庇現象的時間，大概是萬曆四十年（一六一二）左右，他在描述之後預料說：「再過二三十年，不知到恁田地，世安得不致大亂哉！」這話眞是不幸而言中，果然在三十二年後明朝就滅亡了。

明朝滅亡和士風墮落有其必然的因果關係，這是無庸置疑的。那麼士風墮落的原因何在呢？上一節曾引嚴復的話，說八股取士壞了讀書人的心術，這當然是士風墮落的原因之一，研究晚明文學的陳萬益先生，在論及晚明山人時也說：「山人現象不是孤立的，它和萬曆以後士習頹敗的現象，是二而一的問題，都是科舉的後遺症。」❿說山人現象和士習敗壞是科舉的後遺症，這是一針見血之論，不過說兩者爲二而一的問題，由於士習敗壞還表現在更多

❾ 同前註，頁一〇〇三。

❿ 陳萬益〈晚明小品與明季文人生活〉，載《晚明小品與明季文人生活》（臺北，大安出版社，一九八八年），頁五二。

的方面，所以不如說山人的出現是士習敗壞的現象之一，尤其是那些沒有眞才實學，而遊走於公卿之門，脅肩諂笑、巴結逢迎，或沽名釣譽、貪財好利之徒，更令人有斯文掃地之感。他們以假名士的形象，大量出現在話本小說中，正是本期話本小說所要諷刺的主要對象之一。

另外一個原因則和明代中後期的經濟發展有關，商品經濟發達造成財富的集中，提高了商人的地位，形成重商的觀念和浮靡的社會風氣，這對讀聖賢書，書中教以「憂道不憂貧」（《論語．衛靈公》）的讀書人帶來衝擊，余英時先生說：「自十六世紀以後，商業與城市化的發展對許多士子構成很大的誘惑。」他並舉十六世紀安徽歙縣《竦塘黃氏宗譜》所記載的例子，說有一位黃崇德經父親之勸放棄科舉的準備，到山東海岸販鹽，「一歲中其息什之一，已而倍之，爲大賈。」⓫那不肯轉業，或轉不了業的呢，「即便是寒窗苦讀，科舉進第，也主要是爲了謀取財利，鮮與國家效忠。民諺所說『千里去做官，爲的吃和穿』，就典型地反映了這種心態。」⓬萬曆進士周順昌（一五八四—一六二六）說：「最恨方今仕途如市，

⓫ 余英時〈明清變遷時期社會與文化的轉變〉，收入余英時等著《中國歷史轉型時期的知識分子》（臺北，聯經出版公司，一九九二年），頁三六。

⓬ 王翔〈論明清江南社會的結構性變遷〉，載《江海學刊》，一九九四年第三期，頁一四五。

入仕者如往市中貿易；計美惡，計大小，計貧富，計遲速。」⑬當讀書考試只爲做官，做官只爲謀利的時候，就會像前面所引述的《四友齋叢說》、《松窗夢語》、《見聞雜記》等書所說的那樣，讀書人的氣節蕩然無存了。

說到明末士風，不能不談到黨社的問題。謝國楨先生曾說：「明亡雖由於黨爭，可是吾國民族不撓的精神卻表現於結社。」⑭這話對黨爭有所批評，但於結社則是讚許的，其主要原因，乃在於滿清入關時能抗敵殺仇的，或表現出一種不合作態度的，多爲社局中人。其實明季的黨社關係密切，如聲勢浩大的復社，當時就被目爲「小東林」，是可以左右政局的。隨著復社的壯大，「一般的士子士大夫都想與復社聯合，而那一般夠不上與復社聯合的，就竭力造謠與復社作對。然而復社的領袖，又借著民眾的勢力，來把持政權，膨脹社中的勢力。因此復社本來是士子讀書會文的地方，後來反變成勢利的場所。」⑮反對復社的人固多奸猾之徒，而復社中人也是黨同伐異，引人側目，例如領袖張溥的門下、兄弟等就被當時的人目

---

⑬ 周順昌〈與朱得升孝廉書〉，載《忠介燼餘集》（臺北，商務印書館影印四庫全書本）卷二，頁二。按，朱劍心《晚明小品選注》（臺北，商務印書館，一九九一年）卷八所引，篇名作〈第後柬德升諸兄弟〉，文字略有不同，見頁三〇八。

⑭ 謝國楨《明清之際黨社運動考》〈自序〉（北京，中華書局，一九八一年）頁一。

⑮ 同前註引書，頁一三六。

為「四配」、「十哲」、「十常侍」、「五狗」等，儼然有當初魏閹的氣勢。⑯當時有人託名徐懷丹，寫了一篇〈十大罪檄文〉痛斥復社的各種惡行，例如「妨賢樹權」、「傷風敗俗」、「污壞品行」等⑰，可見復社由於分子複雜，人物稂莠不齊，而樹大招風，頗受非議。又受到復社聲勢的影響，結社的風氣達到鼎盛的階段，不但文人結社，連仕女們也結起詩酒文社，在地方上，市井之徒也結起社盟，形成一股特殊的社會風氣。然而許多社盟徒具形式，貌合神離，表裏不一，大惹非笑。本期話本小說對於社事多所批評，對於當時社盟的浮濫也有所嘲諷。

本節討論清初前期話本小說對墮落士風的嘲諷和批判，從三方面來進行，分別是：一、假名士現象；二、社盟的浮濫；三、士大夫的敗德言行。

一、諷刺假名士

陳萬益先生在研究明季文人生活，論及名士時，引了一段明末人顧大韶的文章，文中比較了隆（隆慶一五六七—一五七二）萬（曆）前後所謂「名士」的不同。顧氏說在隆萬間號為名士的，「必其翹然不為世俗之行者也」，而名士的文章，「必其卓然不為世俗之文者也」，

⑯ 陸世儀《復社紀略》（與《東林始末》等合刊，臺北，廣文書局，一九七七年）卷二，頁二〇七。

⑰ 同前註卷四，頁二五三—二五六。

可是到了作者的時代，

論其人，即閭巷之俗子，猶弗取也，而忽曰名士矣！課其文，上不足以欺有司，下不免於儕偶之笑，而忽譽之曰名士之文矣！問其友，少者以百計，多者以千計，蓋有面目未覿，而金蘭之簿已登；之無未識，而國門之書已布者矣！

最後他感嘆說：「交道之喪也，斯文之墜也，世運之頹也。詩所謂：其何能淑，載胥及溺。有識者能不爲之寒心乎！」⓲「載胥及溺」是《大雅．桑柔》詩中的句子，意思等於同歸於盡，可見他對於這些名士的表現何等憂心！像這種連閭巷俗人都不取，寫出來的文章不免於被同儕嘲笑的，實在當不得「名士」兩字，所以我們姑且稱其爲「假名士」。

清初前期話本小說中出現了不少假名士，其中最有名的，要算是《鴛鴦鍼》卷三所著意刻劃的無恥文人卜亨了。寫《話本小說史》的歐陽代發先生在另一部較通俗的著作《人情世態說「話本」》一書中，給了他全章的篇幅，詳細析論了這個在中國諷刺小說史上的特出人物，並將他和《儒林外史》中的假名士牛浦郎略作比較，並認爲《儒林外史》中的假名士只是卜亨的後繼者，「而且，從寫作看，話本形象之生動，諷刺之辛辣，也可和《儒林外史》

⓲ 見同註一〇引書頁六三所引顧大韶〈錢爾弢麄讀齋稿序〉，原載《顧仲恭文集續刻》。

的描寫媲美。」⑲齊裕焜、陳惠琴合著的《鏡與劍—中國諷刺小說史略》對卜亨也有專門的討論，他們強調了一點，即提出作者是以對比的手法來刻劃「山東東昌府平原縣兩個秀才的形象。宋連玉謙虛誠實，不慕功名；卜亨一無所長，文不能成篇，至多只能寫出三句，是位『白的處多黑的處少』的白卷先生。……描寫諷刺假名士卜亨，可謂淋漓盡致。」⑳歐陽先生的析論相當精彩，不過忽略了文中對比的部分，齊、陳二氏的觀點頗可取，不過不夠深入。其實，透過假名士卜亨，作者同時也嘲諷了宋連玉及其社友們的愚拙可欺，以及眾官僚和文士們的淺薄可笑，不單純只是針對卜亨一人而已。

卜亨的虛假如果沒有眾文士的愚蠢和淺薄來陪襯是發揮不了作用的，他雖乏內才，但善於作表面工夫，家裏有錢，藏書極富，光是花園、書房的氣勢，就足以將那些酸丁唬得一楞一楞的。加上字寫得漂亮，善於奉承，所以宋連玉這位號稱山東才子的大名士也著了他的道。

宋連玉雖然有名士的才學，但沒有名士的瀟灑，其實不太符合明末所謂「名士」的條件，如前述顧大韶所說的，名士應該「不爲世俗之行」、「不爲世俗之文」，可是宋連玉雖然詩作不凡，但每天在時文上用心，其人又迂腐拘謹，不夠通透。卜亨的秀才是買來的，進學後「打馬吊、抹骨牌、串戲、踢球，無不精妙。若論起讀書本經，也不知是那一經；那本四書，

⑲ 歐陽代發《世態人情說話本》（臺北，亞太圖書出版社，一九九五年）頁二二七。

⑳ 齊裕焜、陳惠琴《鏡與劍—中國諷刺小說史略》（臺北，文津出版社，一九九五年）頁一二一。

自從蒙師點句讀後，不知可曾溫習第二遍。你說他藏書多，那一本曾開折來。你說他園內有花卉，何曾整整在書房裏坐了一日？」像這樣的人能有什麼內涵？即使當面看不出眞假，可是相處個一兩日，自然原形畢露。可是宋連玉初見面就被他鋪設得齊齊整整的「詩書滿架，几案精良，古畫舊爐，筆床如意」所吸引，又見他「說話倜儻，舉止灑脫」，就認定：「人說他不肯讀書，似是誣枉他了。」於是邀卜亨入社，當社友們批評卜亨時，他不斷的冷笑，還說別人不識眞人，說卜亨若不來，情願「親往跪請他」。

卜亨入社後第一次會文，詩題〈賦得雲破月來花弄影〉竟然看不懂，還想：「甚麼賊得雲破？難道看這樣一個賊，連雲都破了？」而他騙人的手法是：先將草稿紙塗得滿滿的，讓別人誤以爲他寫得快，然後叫家僮來報說某老爺有請、縣太爺候教等等，非去不可，然後溜之大吉，以後再請人代寫交卷。這一次卜亨又如法泡製，家人來請時還假意推托，宋連玉卻催他去赴會，勸他「不可失禮」，卜亨擺脫了眾人，「不知往那一處吃酒擲骰去了」。眾社友都被他耍得團團轉，例如在卜亨家見到架上的書沒有翻動過的樣子，有人竟然誇讚說：「你看這些書史，一本本都像新的不曾開折，若我輩有一部書到手，不上兩三日，東一半西一半，折頭卷腦，就像初上學的孩子一般。卜兄的如此精致，足見用心況細，有才有養了。」這樣的恭維，不知道那「賦」和「賊」都分不清的卜亨聽了作何感想？到了用餐的時節，「這些人，眞吃得杯盤狼藉，除是酒壺碗碟攮不下去的，才放了他。」作者用略帶誇張的筆法，將那些秀才貪饞的面目表露無遺。

宋連玉在某次和卜亨談論到社中擬題的事時，發現了卜亨的文墨不通，但又替他解釋說：「他是財主習性，或者風風耍耍，作戲取笑，也未可知。」後來擬詩題時，卜亨又露了破綻，宋連玉可就有點耽心自己有「失人失言之誚了」，卻又自欺欺人的想，看他會文時的表現再說吧！到了會文的時候，卜亨重施故技，又是伯母祝壽，又是年兄會酒，又「不知在那裏躲了一日」去了。按理，宋連玉此時對卜亨的眞面目應該可以完全認清，然而他和眾秀才還是一付茫然無知的樣子。更可悲的是，宋連玉和眾秀才漸漸陷入了卜亨撒下的利益之網中無法自拔，因爲在卜亨處有吃有喝，下人又將他們服侍得舒舒服服的，看來就是明知卜亨不通文墨，也捨不得將其拆穿了。後來宗師按臨，宋連玉支支唔唔來邀卜亨同行，原來是缺少盤費，卜亨欣然同意，還送他五兩銀子安家，「連玉接了，千恩萬謝而去」。人窮志短，宋連玉的表現令人浩歎。

這一次宗師突如其來，卜亨來不及打點，硬著頭皮進場，一天下來只寫了十四個字，被置爲六等。聽他怎麼爲自己解釋：「小弟平日作文字極其愼重，看題極其詳盡。不知那一日高興起來，把意思立得奇怪了些，那文意筆勢，也不覺滔滔水湧，收煞不來，每篇都千有餘字之外。不瞞各位說，文字既古怪，那篇長江大河的字數，又越了格，你說不考六等，還考那裏？依弟看來，若是個有七等也該考下去，這還算僥幸哩！」這的確是很高明的說詞，如果不是後來發下考卷眾人見識到他那十四個字的「長江大河」，還眞的會被唬過去。奇怪的是，卜亨已經露了原形，宋連玉卻願意當他的幕賓，陪他到南京去入國子監。推其因，仍然是經濟因素，因爲宋連玉丁了母憂，三年內不能參加科舉，而卜亨許他百金，他想：「若得百金，足襄大事，又是名勝地方，借此讀書，同行未爲不可。」到京後，卜亨將社內同仁的文字收集起來，刻了文集《偶存稿》、詩集《覆瓿集》，逢人便送，又巴結了顧御史，「卜亨就借此聲勢，重新開闢乾坤，又在南京搖擺起來。」而宋連玉既爲幕賓，也就幫著卜亨寫詩撰文，所以卜亨每考必是一等一名，名氣更響，他又將那些文章刻將起來，名爲《南雍試草》，「從此，送人的『拙刻』，就有三種了。」宋連玉被利用而朦然未覺，更離譜的是，在卜亨的裝病苦求之下，還代他入場應舉試，已到了是非不分、黑白不明的地步。

宋連玉不愧山東名士，文章確屬一流，果然蘇州吳縣賈知縣對他代寫的考卷大爲欣賞，打算定爲魁元，眼見假名士卜亨就要因此而高中在前列了。還好老天有眼，大座師認得卜亨，知道他不學無術，不可能寫出這樣的文章來，堅持不讓他中，只是拗不過眾人，還是讓他中在副榜。去見顧御史時，正好有位吳代巡來拜，顧御史將卜亨吹捧了一番，那吳代巡也是個淺薄之士，馬上邀請卜亨，卜亨誤以爲是請他當幕賓不敢答應，故意指稱對方奚落他，吳代巡莫名其妙，又怕得罪名士，爲了補救，便向眾官員揚譽卜亨，要他們前去拜訪。果然官大學問大，眾官員誰敢不從，把卜亨寓居之處擠得水洩不通，卜亨不知撈了多少銀子。當時，「三吳地方的名士，無不聞風相思，見面恐後，有來到南京的，那個不先來拜了卜文倩？若是問得卜文倩未曾會面，這人不是市井之人，就也是寒陋的書生了。那江楚遠來地方，求詩求文的，堆架滿案，應酬不暇。」作者在這裏，不但嘲諷了以假爲眞，沒有眼光的吳代巡，也嘲笑了當時的官僚、文士，他們仰望虛名，分不出才學的高低眞僞，整個時代讀書人的風氣如此輕浮，難怪顧大韶要大嘆：「其何能淑，載胥及溺」，而爲之寒心了。

到了下一科鄉試，這次沒有宋連玉來代考，只好以進場而不交卷來掩飾，想提拔他的傅御史竟找不到卷子。事後他竟大言不慚的對傅御史說：「寫完七篇之時，伏閱一過，較似在南場時還得意些……不期紙上無名，只索怨命，……原卷失落，其中顯有情弊。」不能不佩服他的腦筋轉得眞快，懂得以質疑考試的公平性來掩飾自己的白卷，使人無從追究，堪稱高明。後來聽見傅御史誇讚山東解元，中進士後上疏糾彈時貴不成，掛冠長去的宋連玉時，他又說：「那宋連玉，不但文字之間，嘗受晚生指點，連他一切供給殯葬之需，俱是晚生資助。」這話半眞半假，說得冠冕堂皇。傅公大爲讚嘆，第二天請他到家中代作一文，留下題目，關上大門，以急事告罪而去。卜亨走投無路，只好鑽狗洞出去，弄得渾身狗糞，狼狽不堪。傅御史回來覺得事有可疑，仔細看了卜亨送的「拙稿」，發現其中竟然有他自己中進士時的文章，才恍然大悟，知道卜亨是個「白丁抄竊的了」。

卜亨倉惶離京，遇到了李自成的部隊。可笑的是，賊首之一的牛金星也慕卜亨的文名，所以聘他爲侍郎，「卜亨好不榮華氣概」。其結局是，卜亨做了僞官，後來被逮到南京，由於知他底細，當初不讓他中舉的大主考此時已經拜相，所以「不待三推五問」，一代名士從此走入了中國諷刺小說的歷史中了。

歐陽代發先生評論這篇小說云：「這眞是一齣假名士的生動活報劇，是假名士卑污心靈和無恥厚顏的絕妙畫像，充分反映出明末士流敗壞，世風日下的現實。」㉑事實上，由於本文作於明亡之後不久（文中稱明爲「我朝」，但敘事已至弘光御極），我們相信作者的寫作意圖不是僅止於諷刺假名士一人，而是對整個明末士風提出了總體檢，透過假名士卜亨，我們見到明末士風的虛僞、墮落，明朝之滅亡其實種因於此。小說內容雖然突梯滑稽，但作者的心情是沈痛的。

在清初的話本小說中，《照世杯》卷二〈百和坊將無作有〉篇中的歐滁山可以稱得上是卜亨的孿生兄弟，只是無論家世、智慧、手段，歐都要比卜略遜一籌，但臉皮的厚度則大概不相上下。歐滁山裝假名士的手法是：「抄竊時人的詩句，寫在半金半白扇子上，落款又寫『拙作請教』，每人送一把做見面人情。」比起卜亨刊刻別人詩文的「拙作」規模小一點，可是一樣都可以唬人。他到當知縣的朋友那裏打秋風，「鄉宦們知道是父母官的同鄉同社，又是名士，盡來送下程請酒。……一連說過幾樁分上，得了七百餘金。」衙門裏的朋友收到他的扇子，「但見扇子上有一首歪詩，你也稱好，我也道妙，大家檢極肥的分上送來奉承這『詩伯』。」作者運用了和《鴛鴦鍼》同樣的手法，都是透過假名士的表現，來批判整個虛浮、墮落的士習，所以歐滁山也好，鄉宦也好，那些衙門裏的朋友也好，都是作者諷刺的對象。同時，歐滁山的縣官朋友姜天淳也是十分荒唐的，他任由歐滁山這位不學無術的假名士

㉑ 同註一九引書，頁二二七。

指揮他斷案，「說一件，准一件」，歐滁山利用這種關係大撈了一筆，可憐的當然是無辜的老百姓了。

作者將歐滁山這一類人稱之爲「游客」，並加以評論說：

> 游者，流也；客者，民也。雖內中賢愚不等，但抽豐一途，最好納污藏垢。假秀才、假名士、假鄉紳、假公子、假書帖，光棍作爲，無所不至。今日流在這裏，明日流在那裏，擾害地方、侵漁官府。見面時稱功頌德，背地裏捏禁拿訛。

他把游客解釋爲流民，對他們裝模作樣到處打抽豐擾害官民的行徑大表反感，而歐滁山正是他取樣的代表，好讓讀者看到游客的嘴臉，以及他悲慘的下場。

歐滁山沒有卜亨的手段，買不到個秀才，是個「積年在場外說嘴」的老童生。他年過三十而未娶，人家以爲他志氣高，要待進學後才議婚，其實他是想要撿便宜，「做個現成財主女婿，思量老婆面上得些油水。」就因爲他存有這種可鄙的心態，所以才會被拐子設下富孀美人局，最後不但抽豐來的銀子全數被拐走，自己也抑鬱而終。本篇運用了反諷（Irony）的技巧，在美人局的過程中，歐滁山一直以爲自己人財兩得，不料反而血本無歸，正合於〈反諷〉一文的作者所說的：「反諷的受害者很有自信，蠻以爲事情就像它們本來的樣子，他們並沒有料到事情竟會是完全不同的。」而且「反諷受害者盲目程度愈深，則這種反諷愈加顯著。」㉒其實文末諧道人的總評：「不直說拐子，到末後才點，令觀者羨慕歐滁山遭遇非常，極人間之樂境。看完一回，冷冰直入脊背矣。」已經將本篇小說的反諷技巧做了恰當的分析。但還可以進一步的析論，由於歐滁山向來只有詭詐、抽豐別人，這樣的人卻遭到拐騙，表現出一種「自作自受」的反諷效果，更是大快人心。

蔡國梁先生評論這篇小說云：「全篇揣摩心理，描摹嘴臉，以漫畫的手法、尖刻的文筆，嘲弄明末儒生，使彼世相，現身紙上……對清中葉諷刺文學自有影響。」㉓《照世杯》四卷中一、二、四三卷均有嘲諷儒林的情節，《鴛鴦鍼》四卷中的一、二、三卷更是專寫儒林群象，都可以說是《儒林外史》之前的儒林小說力作。所不同的是，《照世杯》的寫作距明亡較久（約在順、康之際），其發抒國恨的意味不如《鴛鴦鍼》明顯。

本期話本小說中另一位假名士是前面介紹過的，《五色石》卷六〈選琴瑟〉篇的宗坦。這宗坦的手段也和卜亨類似，他把福建名舉人何嗣薪接到家中來住，拜他為師。何嗣薪不喜吵鬧，吩咐宗坦：「不要說我在這裏。」這正中宗坦下懷，拿著嗣薪的詩文招搖撞騙，又將何嗣薪所選的刻文，說是自己選的，另行發刻，封面上大書「宗山明先生評選」，「又料得

㉒ D.C Mucke 著，顏銀淵譯〈反諷〉，載顏元叔主譯《西洋文學術語叢刊》（臺北，黎明文化公司，一九七八年）頁三四五、三四三。

㉓ 蔡國梁〈從《照世杯》到《躋春台》〉，載《明清小說探幽》（臺北，木鐸出版社，一九八七年），頁二三○。

本處沒人相信，托人向遠處發賣。爲此，遠方之人大半錯認他是有意思的。」後來遇見了前來爲甥女擇婿的郗公，也誤以爲宗坦是名士。不過宗坦的騙術比卜亨遜太多了，又不懂得藏拙，很快就露出馬腳。原來宗坦拿了何嗣薪的一首〈讀小弁詩有感〉給郗公看，郗公謂：「這詩原不是自己做的，是先生代做的。」宗坦聽了，不曉得郗公解釋詩中之意是說〈小弁〉之詩不是宜臼所作，是宜臼之傅代作，以爲是在說他，忙解釋道：「這是晚生自做的，並沒甚先生代做。」又見到〈讀長門賦漫興〉，郗公說：「代人作文亦覺多事。」不知他的意思是指司馬相如爲陳后代筆，宗坦大急，趕忙解釋：「晚生並不曾倩人代筆，其寔都是自做的。」郗公大笑道：「不是說兄，何消這等著忙？兄若自認了去，是兄自吐其寔了。」宗坦才知道出了醜，滿面羞慚而去了。

《生綃剪》第一回也有諷假名士的情節。文中江有芸、有芷兩兄弟性情不同，有芸記性不好，卻好讀書，把家業都快讀光了，有芷教過就記得，卻不愛讀書，偏好一些因果小說或仙佛之書。所交的朋友也不同，有芷交的「無非是不僧不俗，落托無羈之流，不喜趨勢附利，假斯文、假體面、虛花做作的。」其兄有芸所交又是一種，「無非是此假名士，白衣秀才。」其中的一位假名士叫做莊一老，有天來看有芸，有芸不在，如芷接著，莊一老心想如芷「不是吾輩」，於是向他吹噓道：「一向在黃太史府中，因有幾部書要刊刻，在那邊批訂。本府又要請我處館，他只是不放。」這當然都不是實情，自己內才枯竭，想借官紳名色充充胖子罷了。後來，有芷也出門去了，走了幾步想到銀子忘了帶又回來，見那莊一老竟然墊著凳子透過壁縫在偷窺他的嫂子，這有芷還眞幽默，要他小心別跌倒，又對他說：「大哥要見家嫂，待家兄回來，接出來相見便是，何必如此，恐有失誤，跌翻一跤，壞了手腳干係。」窘得莊一老沒趣而去，以後再也不敢上門了。

這就是假名士的眞面目，李贄批評山人說：「名爲山人而心同商賈，口談道德而志在穿窬。」又批評假道學說：「陽爲道學，陰爲富貴，被服儒雅，行若狗彘。」㉔都可移來用在假名士身上，他們的表現正是表裏不一，趨炎附勢，唯利是圖，可謂厚顏無恥之極，是士德淪喪的典型代表。李贄又說：「蓋其人既假，則無所不假矣！由是而以假言與假人言，則假人喜；以假事與假人道，則假人喜；以假文與假人談，則假人喜。無所不假，則無所不喜。滿場是假，矮人何辯也？」㉕我們在小說中看到，圍繞在假名士身邊的，無不是一些「假人」，靠這些假人，國家如何能治，社會如何能安呢？

二、對社盟的反映和嘲諷

明初已有不少文人流行作詩作文的集會，如曹睿倡景德詩會，繆思恭倡南湖詩會皆是。

㉔ 見李贄〈又與焦弱侯〉，《焚書》（臺北，漢京文化公司，一九八四年）卷二，頁四八。以及〈三教歸儒說〉，《續焚書》（臺北，漢京文化公司，一九八四年）卷二，頁七四。

㉕ 李贄〈童心說〉，《焚書》卷三，頁九九。

到了嘉靖年間，詩社、文社之風已盛，詩社方面，僅在杭州，就有「西湖八社」，在浙西，也有湖社和越山詩社等；文社方面，在金陵有金陵社、橫江社等。萬曆時社事更盛，可考者如拂水山房社、西泠社、蒲桃林社、陽春社、梅花社、華林社等等。㉖雖然如此，我們在明末的話本小說中，卻很少見到關於文人結社的描寫，或對社事的批評。

結社之事，從萬曆後到明亡前達到鼎盛，不但詩社、文社遍及大江南北，社的勢力之大，對國家社會影響之鉅，也是空前絕後的。黃宗羲說：「崇禎間，吳中倡爲復社，以網羅天下之士，高才宿學，多出其間……皆喜容接後進，標榜聲價，人士奔走，輻輳其門……裁量人物，譏刺得失，執政聞而意忌之。」㉗而明朝滅亡並沒有立刻使社事被戕滅，楊鳳苞（一七五四—一八一六）《秋室集》卷一〈書南山草堂遺集〉云：「明社既屋，士之憔悴失職，高

㉖ 以上參見陳寶良《中國的社與會》（杭州，浙江人民出版社，一九九六年）頁二八〇—二八五。該書頁二八一誤以爲嘉靖時西湖八社之一的「南屏詩社」爲由朱彭（青湖）主持，留下詩作《南屏百詠》，其實朱彭爲清乾隆時人，張炳在〈南屏百詠序〉中謂：「乾隆丁酉春，適青湖夫子自北旋里，……偕沈君笠人、胡君三竹，結社於山舫中。」見《南屏百詠》（臺北，新文豐出版公司，一九八二年）頁一。南屏詩社和《南屏百詠》不得混爲一談。

㉗ 黃宗羲〈劉瑞當先生墓誌銘〉，載《黃宗羲全集》第十冊（杭州，浙江古籍出版社，一九九三年），頁三二六。

蹈而能文者，相率結爲詩社，以抒寫其舊國舊君之感，大江以南，無地無之。」㉘王應奎（一六八四—一七六七在世）《柳南續筆》卷二說：「自前明崇禎初，至本朝順治末，東南社事甚盛，士人往來投刺，無不稱社盟者。」㉙從順治年間清廷所頒的禁令也可以看出當時社事之盛，如順治十七年（一六五九）的禁令云：「士習不端，結社訂盟，把持衙門，關說公事，相煽成風，深爲可惡。著嚴行禁止，以後再有此等惡習，各該學臣即行革黜參奏，如學臣徇隱，事發一體治罪。」㉚

順治以後，社事漸衰，除了政府嚴禁的原因之外，學者本身的反省也有關係。謝國楨先生引朱一是《爲可堂集》〈謝友人招入社書〉中的話：「蓋野之立社，即朝之樹黨也，足下不聞東林之害乎？……僕每觀世務，溯禍源，未嘗不嘆息痛恨於先朝君子也。……今日之事，尤多駭異：朝之黨，援社爲重，下之社，丐黨爲榮。官人儒生忘年釋分，口言聲氣，刺列社盟。公卿及處士連交，有司與部民接秧，橫議朝政，要譽貴人，諠譁競逐，逝波無砥，顚到淪亂，蹶張滋甚……。」評論說：「這結社已經到了崩潰的時期，縱然清廷不禁止他，他們裏面也要起了變化。」㉛陳寶良先生也引清初陳璜《旅書．盟社》的話：「雞壇歃血，人人

㉘　轉引自同註一四引書，頁一六七。

㉙　王應奎《柳南續筆》（臺北，新興書局筆記小說大觀十八編）卷二〈刺稱同學〉條，頁一七。

㉚　《清朝文獻通考》（臺北，商務印書館，一九八七年）卷六十九〈學校七〉，頁五四八八。

㉛　同註一四引書，頁二〇七—二〇八。

管鮑雷陳，一涉利害，操戈下石，有市井所不屑者矣。當盟之時，創爲社名，徵文燕集，舉國若狂，膏粱子弟、寒酸書生惟恐不附名其中爲恥，而有志之士，則褰裳遠去，深以爲畏矣。」並評論說：「詩文社至明末達到極盛以後，弊端百出，再加之兩朝鼎革的政治風波，清人已開始對士人結盟作必要的反思。」㉜清初前期的話本小說在這樣的氛圍之下，一方面在小說中大量反映了結社的現象，另一方面也對社事的虛僞和浮泛加以嘲諷和批評。

先看話本小說對社盟的直接批評，如《醉醒石》卷七謂：「這社中夙弊，只是互相標榜。」篇中寫致仕貪官呂某的第三個兒子，自作聰明，「不從先生，只是結社」，社中同志「明知他狂，卻肥拱景他」，讓他更是趾高氣昂，結果不但應舉落榜，還養成嫖賭的習性。在《生綃剪》第十四回中，主角吉禹對社盟有頗爲奇特的議論，他說：「若說今日結社，明日訂盟，這是極沒結果的事了。古人云：『秀才如處女』，處女可與東西南北未嘗謀面之人，盟兄盟弟擺在嘴上的麼？」以處女比喻秀才，不過是希望當秀才的潔身自愛的意思，換句話說，作者認爲結社對於讀書人的德操是有損的。再看《雲仙笑》〈拙書生〉篇，作者借主角呂生的話評論文社說：

文社雖是以文會友，極正經的事，然看來終究是有損無益。假如幾個朋友相聚一堂，

㉜ 同註二六引書，頁二九二。

閑談戲笑的時節多，吟哦動筆的時節少，縱使做得一兩篇文字，不過是應故事而已。到不如窗下息心靜慮，還有些奇思幻想。這個算是完篇極好的了，更有不完篇的，鬼混終日，到散場時候，卻道：「容明日補來。」依舊窗下去抄撮哄人。又有一件，朋友本是互相參考，是非得失務要大家指點出來。獨有一輩刻薄的人，面前便極口贊揚，背後又換一副口舌，竟把做笑柄傳播。依我看來，那些朋友互相飲啖一日，名爲文社，其實是個酒會。何苦費了錢財，買人輕薄。

這一段話在小說中只是呂生爲了藏拙，不敢與人會文的托詞，然而所論中情中理，口氣中沒有反諷的意味，顯然只是借題發揮，應該是可以代表作者觀點。從行側的批語：「明白」、「說得是」等肯定的語氣，也可以看出這些話是出自作者的眞心。話中先說明以文會友並非壞事，但會文的時節，在閒談嬉笑中浪費太多時間，而就他觀察，會文時虛應故事的例子太多了，說穿了，不過是場「酒會」而已。最糟糕的是，最後可能還會留下一些笑柄，惹人輕薄。總之，結文社是有百害而無一利的。

這些評論比較抽象，我們看一些具體的事例。前面介紹過的《鴛鴦鍼》中的假名士卜亨，他在參加宋連玉的翼社時，就是像呂生所說的：到散場時候，道個：「容明日補來」，然後「窗下去抄撮哄人」。爲了怕社友們發現，他還特地「將那時文架上，翻來翻去，揀出兩部灰塵厚的稿兒，檢出這兩篇題目文字抄謄端楷了。」你看他作文一竅不通，在當文抄公時多麼聰明。《照世杯》卷一〈七松園弄假成眞〉篇中的阮江蘭，其好友張少伯約他去舉社，這一天，「賓朋畢集，分散過詩題，便開筵飲酒，演了一本《浣紗記》。」看來，當時的社集不單是「酒會」而已，還是「戲場」。我們這位風流倜儻的阮小生參加完集會之後，「忽然害起相思病，想起戲場上的假西施來。」那有一點心思放在道德文章之中？《連城璧》亥集寫姜念慈喝醉酒開同社朋友馬既閑的玩笑，說自己和他的妻子有染，害馬既閑將好好的一個妻子休棄了。這些社友聚在一處，「少不得要開懷暢飲」，喝了酒就胡言亂語，往往造成家庭糾紛。還有一個更不幸的故事，也是社友造成的，《醉醒石》第三回中的錢秀才，娶了馮淑娘爲妻，這淑娘當初曾許湯小春，未過門淑娘的父親就過逝世了，湯家因貧窮不敢再提親事，所以淑娘的叔子就做主將淑娘嫁給錢秀才。淑娘將此事告訴丈夫，錢秀才又一五一十的說給社中的朋友聽，其中有個余琳就起了不良之心，假冒湯小春，將淑娘拐走了。幸好後來遇見聰明的典史，查出余琳的惡行，將他繩之以法，可是錢秀才夫婦終究是仳離了。作者在文末說：「看官們看至此，不可不愼言語，擇交游也。」可見《生綃剪》第十四回吉禹反對結社，認爲秀才如處女，不應該和東西南北未嘗謀面之人，盟兄盟弟擺在嘴上，是有其道理的。又如前面提過《生綃剪》第一回中隔著門縫偷窺有芸妻子的莊一老，就是有芸同社的盟友。這樣看來，結社不只是如呂生所謂：「費了錢財，買人輕薄」而已，簡直成了是非之根、罪惡之源了。

《風流悟》第一回靠掘藏致富的曹有華，請先生教他兒子讀書，並且買了個秀才。他兒子曹成器白白做了秀才，不學就懂得「結社當會」，「又有幾個無恥的名士去奉承他，曹盟翁、曹社兄，叫個不了。……准日三朋四友，在街上搖擺，好不燥脾。」情節和《醉醒石》卷七略似，都在諷刺「社中夙弊，只是互相標榜。」說得更確實一點，應說不肖社友的「巴結奉承」，使得富家子弟華而不實，養成許多不良習慣，《醉醒石》卷七中呂某的兒子好賭好嫖，本篇的曹成器則因爲欣羨女色而遭了朋友的仙人跳，都沒有好下場。即使好一點的，像《珍珠舶》卷二中的金集之，十年落魄，幾至衣食不充，到處飄流，庵中長老見他衣衫襤褸，勸他處館教書過活，金集之說：「我也意欲如此，怎奈當時結社同學的這些朋友，見我偃蹇無聊，唯恐有所干涉，都已遨遊遠避，誰肯相薦？」話中可見社友們在有難時並不能互相幫助，道盡了世態炎涼、人情反覆，以及讀書人道義交情的蕩然無存。

謝國楨先生形容明末結社風氣盛行的情形說：「不但讀書人們要立社，就是士女們也要結起詩酒文社，提倡風雅，從事吟詠（原註：見《照世杯》小說），而那些考六等的秀才，也要夤緣加入社盟了（原註：見《二刻增補警世通言》小說）。」㉝謝先生所舉都是小說中的例子，他所說的《二刻增補警世通言》就是衍慶堂本的《警世通言》，這是明代小說，我們可以不論。至於《照世杯》中寫婦女結社的就是卷一〈七松園弄假成眞〉篇，前面提到那對戲場上的假西施害相思病的阮江蘭，後來到山陰去尋訪佳麗，冒冒失失闖到一個婦女的詩

㉝ 同註一四引書，頁八。

會叫「蘭花社」裏，眾美人道：「你也想入社麼？我們社規嚴肅，初次入社，要飲三叵羅（按，是一種敞口的淺酒杯）酒，才許分韻做詩。」阮江蘭明明酒量不濟，卻「思想夾在明眸皓齒隊裏，做個帶柄的婦人；挨入朱顏翠袖叢中，做個半雄的女子；拚著書生性命，結果那三大叵羅」，然而第三杯還沒喝，阮江蘭已經醉得不省人事，被眾美人塗得一臉漆黑，拋在街上，醒來時還以爲「眠在美人的白玉床上」呢！這當然是對當時讀書人浮薄之行的嘲諷，妙在作者把他寫得如此不堪，卻並沒有一句譏諷的話，達到一種冷冷嘲笑的效果。至於這些婦女的詩會，當然也只是一場胡鬧，那阮江蘭雖然性格較輕浮，好歹是善於寫作詩文的，如果眾婦眞的有心結詩社，就該虛心求教才是，若社中不歡迎男士，請他離開就是，何必如此戲弄？作者在入話中說到，當時連妓女也附庸風雅，「倩人字畫，居然『詩伯』、『詞宗』；遇客風雲，滿口『盟翁』、『社長』。」這話固然是針對那「假名士的妓女」而發，口氣中對於妓院中也充斥著盟翁、社長的情形顯然也不太以爲然。

婦女結社在當時的確是眞有其事的，像清初才女黃皆令常在汪然明的不繫園中，「與閨人輩飲集」㉞，錢塘顧之瓊曾招諸女作「蕉園詩社」，後來她的媳婦林以寧和同里顧姒、柴靜儀等人倡「蕉園七子社」，「藝林傳爲美談」㉟都是實例，不過這方面的資料並不多見。

㉞ 見梁乙眞《清代婦女文學史》（臺北，中華書局，一九七九年）頁九。

㉟ 見施淑儀《清代閨閣詩人徵略》（臺北，台聯國風出版社，一九七〇年）頁一二七。

話本小說描寫婦女結社的不只《照世杯》，還有《風流悟》第三回。然而這裏所結的不是詩社、文社，而是擇婿之社，但雖然不是詩文之社，卻又完全仿效科舉考試的模式，在社中設下「房師」、「大主考」等職位，用詩、文來考當地的少年男子。原來廣西潯州府有這樣的風俗，當地的女子先由輿論定出狀元、榜眼、探花、散進士等，然後在春間要結三個社，正月十五梅花社、二（三？）月十五桃花社、四月十五蘭花社。梅花社，「合城美女俱在尼姑庵裏，以燒香爲名，選看燒香的男子。其時先聘幾個少年孀婦爲房師，極美者爲大主試。」到了桃花社，則以名妓爲房師、大主考，又有個「大總裁」，也將少年男子定出狀元、榜眼、探花、散進士等；到了蘭花社，「狀元會狀元」、「榜眼會榜眼」，其餘依次會過，然後行聘成婚。這當然不會是事實，當時的大家閨秀豈可能拋頭露面結社去品評男子的高下，家長更不會允許女兒和妓女爲伍。這樣的結社當只是作者的想像，但也可以看出結社風氣在當時無所不在的威力了。

婦女結社不稀奇，連幫閒蔑片也結社才是新聞。《豆棚閒話》第十則〈虎丘山賈清客聯盟〉寫一群清客出了醜，有一位老清客叫做賈敬山，「自幼隨著主人書房伴讀，文理雖未懂得，那一派文瘋卻也渾身學就。」聽說同伴們受辱，就拉了幾位清客到虎丘山上，道：「我哩個行業，說高原弗高，說低也弗低。……如今我們也要像秀才們自己尊重起來，結起一個大社，燒介一陌盟心的紙。」他們還要找一個「社主」，起先說是伯嚭，因爲他是「掇臀捧屁」的開山始祖，後來嫌他人品太壞，改成鄭元和。並決定，以後「路上相喚，儕叫老社盟兄；小一輩個，儕稱老社盟伯。見子大官府，儕稱公相；差點個便稱老生。或在人家叫曲，儕稱敝東尊館；學戲個小男，儕叫愚徒門生。弗拘唦人品物件，都以仙人稱喚。撞著子管家大叔，總也叫他先生。」賈敬山從主人處學來的「文瘋」，就是結社和以社中的稱謂相喚，以及附庸風雅裝秀才的樣子，眞是諷刺到家。

不止幫閒結盟，連瞎子也來湊熱鬧，《豆棚閒話》第八則〈空青石蔚子開盲〉寫兩個瞎子聽說有一個雲遊道人手持空青石，點開了許多盲人，於是相約要去訪他。在出發之前，兩人到廟裏去結盟，各出了十個錢，買了些豆腐、蠟燭、黃酒、線香，才剛拜完，一個就去摸酒瓶，一個也去偷豆腐，誰知碰在一起，「兩個以手觸手，登時便喉急起來，一個說『你偷來吃』，一個說『你先動手』。可笑兩個盟兄弟，登時就變轉臉來，氣吼吼的俱要動手相打。」旁人見了道：「兩個盲囚不知來歷，路上相逢，就要拜盟，一言不合，登時嚷鬧，倒也是個近日好耍子的世情。」這段話嘲諷社盟的意味相當明顯，當時的士人何嘗不是「路上相逢，就要拜盟」，又何嘗不是「一言不合，登時嚷鬧」，那些胡亂結盟的人和「盲囚」何異？從婦女、幫閒結社以及瞎子結盟，可以看出明末清初文人的結社風氣蔓延到何等泛濫成災的地步，而清初的小說作家對這種風氣又是如何的嗤之以鼻。

《二刻醒世恒言》下函有一篇諷刺假盟的小說，即第一回〈假同心桃園冒結義〉。篇中有三個自幼同窗學習的舊家子弟結義，「要過似嫡親手足，也要強如那些盟兄弟的俗套兒」。結義後三個人決定去行騙城南的財主「像麒麟」，商量好之後，由老三錢知利去試探，錢知利才一出門就「懷了偏背之心」，想：「這人我認得他的，我不會獨自去引誘他財物？倒要引你兩個同來麼！」於是引像麒麟到妓女李小玉家，騙了三百兩銀子遛之大吉了。錢知利回來，不說自己行騙得手，向大哥二哥報說像麒麟被妓女所騙，可從中取利，於是二哥伍其良假裝通風報信，又騙了像麒麟五百兩絲紬綾緞。老大張伯義恨兩位盟弟無義，抓他們去見官，使他們被官府活活打死，張伯義也因賣友而挨了四十大板。這篇小說中的結盟雖然和文人結社性質不同，然而諷結盟也等於在諷結社，其開場詩云：「朋友何曾不五倫，祇緣古道不如今。」按，清初學者劉廷璣曾說：「生平不喜結盟，蓋朋友爲五倫之一，朋友甚親，何用弟兄之名乎？故作〈結交行〉有『嗟此紛紛假弟兄，五倫忘卻眞朋友』之句。」㊱和小說作者的感慨類似，同樣都是在盟社泛濫的大環境中，表達了對盟社現象的不滿。

順治十二年進士楊雍建（一六二七—一七〇四），在順治十七年上疏說：

明季仕途，分立門户，意見横生。其時社事孔熾，士子若狂，如復社之類，凡一盟會動輒數千人。標榜爲高，無不通名當事，而縉紳大夫各欲下交多人，廣樹聲援。朝野之間，人皆自爲，於是排擠報復之端起，而國事遂不可問矣。㊲

㊱ 劉廷璣《在園雜志》（臺北，文海出版社近代中國史料叢刊三十八輯）卷二，頁三九。

㊲ 楊雍建〈嚴禁社盟疏〉，載《黃門奏疏》卷上，轉引自同註一四引書，頁二〇五。

因爲要建議禁社，所以他把結社對國家的不良影響誇張得比較嚴重，但無論如何，明朝的滅亡和社事的泛濫有其一定的因果關連，我們從話本小說中這麼多對社盟的嘲諷和批判，也可以看出清初人士對社事的反感。

三、士人失德言行之揭露

前述在亡國時腆顏事仇、科舉考試時賄賂作弊、秀才當「游客」到處打抽豐，以及對於社友眷屬的窺瞰輕薄等等，都是士人敗德言行的表現。在本期話本小說中，我們還可以看見讀書人其他各式各樣的失德言行，其中又以寫士人好色的最多。

典型的例子是《風流悟》卷二中的趙舜生，他二十一歲就中進士，是一個飽讀詩書的秀士，按理來說，程朱理學應該在他身上發揮一點作用。事實不然，他雖然娶了年輕貌美，能作賦吟詩的妻子，卻毫不知足，最愛的是偷情，除了丫鬟之外，又打僕婦的主意，「隨你貞潔的僕婦，再沒一個脫白了」。後來有一對避兵亂的夫婦來投奔，他先是去窺婦人入浴，後又加以輕薄，最後終於在丫鬟的協助下予以姦騙。後來該婦抑鬱而終，趙舜生的妻子在兵荒馬亂中失身於該婦之夫，所謂「我不淫人婦，人不淫我妻」（《古今小說》〈蔣興哥重會珍珠衫〉插詞），趙進士遭到了妻子被淫的報應。作者評論說：「才子得遇佳人，眞可死心塌地，雖有毛墻西施在側，總之非我所好了。……得了美人爲妻，又要去惹閒花、沾野草的，天公知道，豈不惡其淫心無厭？于是即以其人之淫，還報其人之身。」作者強調才子應對佳人專情的觀點是可取的，不過他安排以妻子失身來報應好色的才子，是站在男性本位的立場，太便宜了趙舜生，而他的妻子無過而遭淫也太無辜了。

前面提過《風流悟》第一回中的秀才曹成器也是好色之徒，好笑的是他的朋友安排了仙人跳騙了他一千多兩銀子，他還不知道那些引得他魂不守舍的「美人」，居然都是男子裝扮的。同書第五回寫崇禎年間十五歲就進了學的張同人，沒有學到書本上的聖賢道理，只學會當時讀書人的浮華墮落，「初起穿了些鮮衣華服，紅繡鞋、白綾襪，戴頂飄飄巾。童子跟隨了，准日在街上搖擺。還在文詩、詩社、酒社裡邊混帳。落後就不入好淘，竟同一班無賴，偷婆娘，鬥葉子，嫖賭起來。」後來賭輸了，被兩個尼姑養在庵裏，讓「兩個尼姑輪流取樂」，眞是荒淫無度。

《十二樓》〈拂雲樓〉中「才高學富，常以一第自許」的裴七郎，他嫌妻子貌醜，隨著眾人到西湖邊去品評佳麗，看到一對佳人（韋小姐及其侍女能紅），他「取出一把扇子，遮住面容，只從扇中間露出一雙餓眼，把那兩位佳人細細的領略一遍。」妻子亡故，他「只當眼中去屑，那裡暢快得了」，為了將那對佳人娶回家，對著能紅又拜又跪，能紅對他的人品甚不放心，謂：「翻雲覆雨之事，他曾做過一遭，親尚悔得，何況其他？」雖然後來是一夫二婦的圓滿結局，但裴七郎在家中的地位可想而知了。又如〈夏宜樓〉中的瞿吉人，他是婺郡知名之士，科舉時的批首，卻每天拿著「千里鏡」（望遠鏡）窺人閨閣，後來裝神弄鬼，娶到了鄉宦詹公的女兒。孫楷第先生評論說：「此文命意太巧，因望遠鏡而想到窺人家閨閣，心術亦不正。」㊳杜濬在文末的評語中說：「同一鏡也，他人用以眺遠，吉人用以選艷。此等聰明，昔人有行之者矣。留木屑以鋪地，儲竹頭以造船，此物此志，無二理也。吉人具此作用，其居官之事業，必有可觀。但見從來好色之人，止有此一長可取，除卻偷香竊玉，便少奇才。猶之做賊之人，止有賊智，而無他智也。奈何！」評語中對於瞿吉人不將聰明才智用於正途深感不然，對於好色士人有一分無奈之嘆。

此外，如前述《照世杯》卷一〈七松園弄假成眞〉篇，對戲場上的假西施害相思病的，闖入婦女的詩社，「思想夾在明眸皓齒隊裏，做個帶柄的婦人；挨入朱顏翠袖叢中，做個半雄的女子」的阮江蘭；《飛英聲》卷三〈宋伯秀〉篇中，「處心不端，見人家婦女有幾分顏色，（缺二字）奸騙，（缺二字）最是奸吝，獨在女色，傾囊不惜」的宋伯秀；《人中畫》〈風流配〉篇中得隴望蜀，妄圖雙美的司馬玄、〈終有報〉篇中覬覦佳麗卻自淫其妻的元晏；《珍珠舶》卷二中本來可以中進士，因爲「在京曾經姦汙閨女，罪應褫革」的張祐；《八洞天》卷四，「嫖出一身風流瘡」的監生岑翼；《豆棚閒話》第十則中告致回家路經蘇州，「要尋幾個青（清）秀小子，標致丫頭，教習兩班戲子」的萬曆癸丑科進士劉謙，他極好男風，「那幾個要教唱小子，就是劉公的龍陽君」。這些都是好色好淫的讀書人，至於《一片情》第十三回中的秀才謀天成，隱瞞娶妻的眞相，別娶廉使的女兒，又和丫鬟有染，當然也算在

㊳ 孫楷第〈李笠翁與十二樓〉，載《滄州後集》（北京，中華書局，一九八五年），頁一九五。

好淫之列，不過《一片情》是艷情小說，性質較為特殊，可以另當別論。

由於淫風熾烈，所以美女坐懷不亂如柳下惠型的讀書人就特別受到贊揚。《珍珠舶》卷二，金宣和同年張祐進京趕考，在京賃房作寓，埋首苦讀。房主的女兒麗娥笄年未嫁，常來相窺，一夕闖入金生房中，被金生斥退，轉而到張祐房中鬼混，張祐少年重色，不能自持，遂與麗娥諧了雲雨。後來金生做了一個夢，夢中見到張祐本來中了七十一名進士，卻因姦汙閨女，被玉帝將功名改給自己。放榜時，金宣果然中了七十一名進士。又如《鴛鴦鍼》卷一的徐鵬子，他拒絕了盧翰林家丫頭飛鴻之誘，所以後來中進士且夫妻團圓，作者說：「也是徐鵬子不淫濫之報」。類似的報應故事在明末小說《型世言》第二十回也出現過，其內容不多，今錄於下：

> 一箇秀才探親，泊船渭河，夜間崖上火起，一女子赤身奔來，這秀才便把被與他擁了，過了一夜而去。後來場中，有一箇同號秀才，做成文字，突然病發，道：「可惜了，這幾篇中得的文字，用不著。」竟與了這秀才，做成文字。揭榜時，這秀才竟高中了。那時做文字的秀才來拜，道：「平生在文字上極忌刻，便一箇字不肯與人看，怎那日竟欣然與了足下？雖是足下該中，或者還有陰德？」再三問他，那舉人道：「曾記前歲泊船渭河，有一女，因失火赤身奔我，我不敢有一毫輕薄，護持至曉送還，或者是此事。」那秀才便走下來作上兩箇揖，道：「足下該中，該中！便學生效勞，也是應

該的。前日女子，正是房下，當日房下道及，學生不信天下有這樣好人，今日卻得相報。」[39]

從引文中可以見到，像這樣赤身女子投奔而能不及於亂，在當時是極罕見的事，所以送人文字的秀才說他「不信天下有這樣好人」。正因為難能，所以可貴，《珍珠舶》中的金宣和《鴛鴦鍼》中的徐鵬子也才可能因為拒絕女色而進士及第。小說作者如此誇張讀書人不好色的果報，也就是在鍼砭當時好淫的士風。

好色重淫為晚明文人的致命傷，如公安三袁只有小修活過五十歲，伯修壽四十一歲，中郎壽四十三歲，錢伯城先生說：「伯修、中郎的早逝，從病情看，與酒色也是有關的。他們雖然不像小修那樣嗜酒如命，但各有侍姬數人，不自檢束，因而致病不起。」[40]即使活到五十四歲的袁中道（一五七〇——一六二四），他的身體狀況也一直都相當不好，常常早上起來就吐血，他自己說：「甚者乘興大飲後，兼之縱慾，因而病發，幾不保軀命。」[41]晚年酒戒了一些，但他還有龍陽之癖，「惟見妖冶龍陽，猶不能無動。」[42]張岱說：「淫靡之事，出

---

[39] 陳慶浩校點、陸人龍編撰《型世言》（江蘇古籍出版社，一九九三年），頁三三三。

[40] 錢伯城點校《珂雪齋集》（上海古籍出版社，一九八九年）〈前言〉，頁一二。

[41] 袁中道〈答錢受之〉，同前註引書，頁一〇二五。

[42] 袁中道〈與錢受之〉，同前註引書，頁一一〇二。

以風韻；習俗之惡，愈出愈奇。」㊸文人把好色之事美化爲風韻，其實最終還是戕害了自己的身心，也造成了社會國家人才的損失。

好色之外，話本小說也描寫了幾個好賭的讀書人。如《照世杯》卷四中的烏程秀才金有方，酷好馬吊牌，還帶著外甥童生穆文光進賭場，穆文光不肯讀書，整天在馬吊館研究龍子猶的牌經十三篇，成爲一名賭場高手。《五色石》卷七〈虎豹變〉中的宿習也是迷上馬吊牌，賭到家產蕩盡，妻子棄去，索性在賭場裏安身，「替別人管稍算帳，又代主人家捉頭」。《風流悟》卷五中的秀才張同人，「連日連夜的，不是擲骰子，就是鬥葉子。」輸得「家中一些柴米也無」。

這幾篇小說中的主角都迷上了流行於明末清初的馬吊牌，馬吊又作馬弔，又稱爲「馬掉腳」，「謂馬四足，失一則不可行。」㊹顧炎武和李鄴嗣（一六二二—一六八〇）都說這種賭戲起於明天啓年間㊺，他們的說法可能不正確，因爲活躍在萬曆年間的潘之恒，其〈葉子

㊸ 張岱《陶庵夢憶》（臺北，金楓出版公司，一九八六年）卷六頁八五〈煙雨樓〉條。

㊹ 見潘之恒《葉子譜》，載《廣百川學海》（臺北，新興書局，一九七〇年），頁三三三一。

㊺ 顧炎武《（原抄本）日知錄》（台北，明倫書局，一九七九年）卷十六〈賭博〉條謂：「至天啓中，始行馬弔之戲。」見頁三六九。李鄴嗣〈馬弔說〉亦謂：「馬弔戲者，起于天啓時。」載《杲堂詩文集》（杭州，浙江古籍出版社，一九八八年），頁五〇六。

譜〉已經詳述了馬吊的玩法㊻，而且馮夢龍的《馬吊腳例》有萬曆刻本㊼，顯然萬曆年間馬吊已經流行，只是可能沒有天啓時那麼興盛而已㊽。李鄴嗣說馬吊是「亡國之兆……馬氏用而亡國，故預弔之也。」又說：「其戲起自天啓時，値閹黨大喪國家正氣，遂釀劇盜風蜂起，至國用盡耗而亡，故始萬萬貫，而極于空無文焉，國欲不亡，得乎？傳曰：『三月無君，則弔。』已預知有甲申三月之禍也。」他的友人聽了他的解釋，感嘆說：「吾曹奈何習此亡國之戲乎！」㊾馬吊這種「亡國之戲」，首先反映在清初的話本小說中，尤其是《照世杯》卷四，不但對於馬吊的賭法有詳細的解說，對於馬吊的吸引人更有深入的描寫，穆文光在「馬吊學館」聽了吊師的分析之後，「才曉得馬吊內有如此大的道理，比做文章還要精微」，回

㊻ 按，戈春源《賭博史》（上海文藝出版社，一九九五年）頁二八說潘之恒卒於萬曆末年，不知有何根據。潘之恒字景升，是袁中道的好朋友，袁中道的《遊居柹錄》卷十三載萬曆四十六年五月，潘之恒和袁中道一起去爬敬亭山，七月還一起在宣城夜話（同註四〇引書頁一四〇八—一四〇九），則潘之恒是否卒於萬曆末年甚爲可疑。而且袁中道在天啓二年所刻的《珂雪齋近集》並沒有潘之恒死亡的紀錄，《珂雪齋集》（錢伯城點校本包括收入萬曆四十六年以後詩文的《珂雪齋近集》）中悼亡之作其多，以袁、潘二人的交情（袁中道在〈答潘景升〉信中提到袁中郎（一五六八—一六一〇）死的那一年，他和潘之恒已是十二年的交情），如果潘之恒卒於天啓二年以前，袁中道不會沒有悼詞，所以我懷疑潘的卒年當在天啓二年之後。

㊼ 陸國斌等校點的《馮夢龍全集》（江蘇古籍出版社，一九九三年）所收《馬吊腳例》「江元機校定」下有校語謂：「此五字明萬曆間刻本《重訂欣賞編》有，但《說郛續》弓三十九無。」

㊽ 顧炎武說：「而今朝士若江南、山東幾於無人不爲。」見同註四五所引顧氏書，頁三六九。

㊾ 同註四五所引李氏書，頁五〇七—五〇八。

家之後，「心中只管想那馬吊，道是世上有這一種大學問，若不學會，枉了做人一世。」可見馬吊並非一般的賭戲可比，它包含了一套繁複的道理，所以能夠吸引讀書人沈迷在其中。潘之恒、馮夢龍都是當時的著名文人，他們也都把馬吊當作一種學問來研究，馮夢龍《牌經十三篇》〈論品篇第一〉開宗明義的說：「未角智，先練品。毋多言、毋舞機、毋使氣、毋墮志、毋僥倖、毋陰嫉，得勿驕、失勿吝，大敗勿戀、大勝勿劫，其爭也，君子斯爲美。」⑩認爲馬吊雖然是鬥智的學問，但鬥智之前要先修練牌品，才能進行君子之爭，這可以說已經將這種賭戲提升到道德的境界了。然而啓禎年間內亂外患頻仍，士大夫卻沈迷在紙牌遊戲之中，蔡國梁先生評論此文時說：「這卑下的社會風氣，正象徵著腐朽的封建社會已經走到了盡頭，儒生不熱心仕途經濟，卻熱衷於賭博，舉業這羈絆術也漸漸失去了效能，可見這世界是撐持不下去了。」⑪李鄴嗣說馬吊的興起是「亡國之兆」，他的說法雖然帶著神秘的成分，但從另一個角度看卻也是事實，而且從李鄴嗣〈馬弔說〉可知，馬吊這種「亡國之戲」在清初依然盛行，士大夫把國仇家恨全拋在腦後，整天沈迷在賭戲之中，誠令人感嘆！

除了好色、好賭之外，話本小說也譴責了一些忘恩負義的讀書人。其中最有代表性的，是《人中畫》的〈自作孽〉篇。篇中寫一個慈善忠厚的老廩生黃輿，免費爲貧窮的童生汪費

⑩　馮夢龍《牌經十三篇》頁一，陸國斌等校點《馮夢龍全集》（江蘇古籍出版社，一九九三年）。

⑪　同註二三引書，頁二三三—二三四。

作保，讓他能順利的參加縣、府、院的考試，雖然這一次的考試並不順利，汪費沒有考中秀才，不過卻認了黃輿爲老師，黃輿很認眞的教他八股文，還不時的支助他一些生活費。到了下一科，汪費在黃輿的點撥下，功力大進，高高取在第二，黃輿錄科也在二等，所以雙雙前往南京鄉試，「一路盤纏，到有八九分是黃輿使用」。放榜時，黃輿未中，汪費反而低低搭上一名舉人，好不得意，回到家，人人奉承，汪費卻把恩人抛到九霄雲外，「家中許多請酒設席，並無一次請到黃輿」，有朋友勸他請請老師，他反口說：「他與我有什麼師生？不過舊時爲小考，爲他出保結，掛個虛名兒，怎麼說起眞來！」朋友說人家也曾指點你的文章，使你中舉，汪費哈哈大笑道：「他一個迂腐老秀才，曉得什麼文章？若說我中舉虧他指點，他何不自家中了！」其翻臉不認人的心態，狂妄自大的口氣，聞者無不嗤之以鼻，「那朋友見汪費這費說話，知他是個負義忘恩的人，也就丟開不講了。」後來黃輿想要出貢，央汪費到縣、學兩處說個人情，汪費口是心非，不但不幫忙，還從中取利，替某財主通關節，讓別人得貢。汪費既是忘恩負義之徒，後來任縣令時也就貪贓枉法，最後被劾入獄，還虧中進士後的黃輿替他說情，可是終究「染大病一場，嗚呼死了。」

還有《清夜鐘》第五回中的大硯生，得了小孝廉的卷子而中進士，事後去見他，他說：「我不曾有這相識，回他去。」小孝廉再求見，那進士變臉道：「那裡來這光棍胡纏？甩他帖子出去，以後不許來報！」小孝廉的文章中了別人，自己卻一科又一科的下第，過了十年，大硯生當了大官才來回報他，後來也中了進士，兩人成了通家之誼。故事中的大硯生起先忘恩負義，後來總算有了悔意，想到要知恩圖報。作者評論說：「數年不問，倘孝廉以抑鬱而早夭，則亦已矣，河清可待乎？豈不是幽冥之中負此良友！雖末路之勤，不足取也。」對大硯生十年中對恩人不聞不問，大表不滿之意。

又如《八洞天》卷六〈明家訓〉篇中的晏敖，父母雙亡，外祖父疼他，爲了不讓他受守喪的影響而不能考試，認爲自己的兒子，又替他賄賂關節使他進學爲秀才。誰知他暗中竊取家產，「忽然一日，撇了外祖，……搬去自己住了。」外祖家道漸消，又得了風癲之症，晏敖卻不聞不問，死的時候，「不唯不替他治喪，并不替他服孝」，縣官追究，他說出眞相，道是外祖不是父親，縣官道：「本生父母死，則曰出嗣，及至嗣父死，又曰歸宗。今日既以歸宗爲是，當正昔年匿喪之罪了。」將他的秀才革去了。作者說：「從來背本忘親之人，未有能感恩報德的。」晏敖爲了進學，可以不認死去的父母，當然也可以在外祖去逝的時候，不承認是自己的本父，像這種「背本忘親」的人卻能進學，實爲士林之玷。

就是因爲夤緣進學的人太多，秀才往往成爲地方上的禍害，明代小說對此已多所反映，如《石點頭》卷八中的貪官吾愛陶，在考中秀才之後，「好不放肆，在閭里間兜攬公事，武斷鄉曲。理上取不得的財，他偏生要取；理上做不得的事，他偏生要做。合村大受其害，卻又無處訴苦。」[52]由於這種情形在晚明時特別嚴重，所以入清之後不久，滿清政府便在順治

[52] 弦聲校點、天然癡叟著《石點頭》（江蘇古籍出版社，一九九四年），頁一五六。

九年立下禁令，謂：「生員不許……把持官府，武斷鄉曲。」⑬秀才之所以能夠成為民害，原因在於他「有了接近官府的資格」⑭，「甚至可以和知縣分庭抗禮」⑮。由於他們可以自由出入官府，而一般老百姓又懼怕官府，所以秀才常常成為訴訟事件中的代言人，或百姓納稅時的代納人，可以上下其手，從中取利。《照世杯》卷四中的金有方便是這樣一位「有名頭、吃餛飩的無賴秀才。凡是縣城中可欺的土財主，沒勢要倚靠的典當鋪，他便從空揑出事故來，或是拖水人命，或是大逆謀反，或是挑唆遠房兄弟叔姪爭家，或是幫助原業主找絕價，或是撮弄寡婦孤兒告呑佔田土屋宇。他又包寫包告包准，騙出銀子來，也有二八分的，也有三七分的，也有平對分的。」《生綃剪》十五回中的金乘，更是作者極力譴責的對向。金乘是個薄有才名的秀才，加上他的有錢盟友言淵常替他打點，所以季考月試時，常得個一等，因此和衙門相熟，「就是見了典史巡簡的人，他也火滾親熱，大兄小弟，替他吃茶呷酒，猜拳行令。」後來言淵誤殺惡管家黃中，金乘幫他打點官府，「上下兜收，頗有滋味」。金乘又慫恿言淵將目擊的小僕仲夔滅口，並在將他灌醉之後親自動手絞殺，不料仲夔未死，逃到京城成為鄂元帥的心腹。不久天下大亂，鄂帥率軍前來，金乘為了對「新臨武官撮空討好」，

⑬ 同註三十引書，頁五四八六。

⑭ 伯贊〈釋《儒林外史》中提到的科舉活動和官職名稱〉，載《文史集林》五，頁三五。

⑮ 宮崎市定《科舉史》（東京，岩波書店，一九九三年）頁八二—八四。

竟以百姓名義請軍入城，要知道百姓怕的就是兵丁擾民，「那個情願兵馬進城」？仲夔略施一計，借刀殺人，將金乘的來文公布，百姓恨他出賣，一把火將他家燒成灰燼，還把他的屍骨亂踏亂踹，「恨不得磨粉撥揚」。作者認爲金乘的下場是罪有應得，並對在地方上生事的秀才提出沈痛的評論說：「秀才們自有本等常業，其有餘之士，正該延師取友，望上進取。便是不足的，或是認眞處館，縱是目下束修涼薄，館地費手，不容易結得個館緣，我便代人傭書抄錄，呷碗薄粥罷了。何至好歹就往府前一跑，呈子手本事發，這是天上人間第一等一名不長進的了。」

《生綃剪》的作者對秀才的不法行爲有相當多的批評，第十四回寫五個秀才爲了少給三兩船錢，竟誣賴船夫偷盜，精明能幹的官員吉水元路過，問秀才們所失何物，秀才們送上失單，無非是些道袍衣被香爐拜匣之類，內中卻有端硯一方。吉公計上心來，叫驛夫擺上紙筆，秀才們以爲要作文，「好不技癢，寧神靜氣，坐以待題」，誰知道吉公要他們將硯台的形狀畫出來，結果五個人畫出了五種樣式。吉公大笑，教訓了他們一頓道：「做秀才要掙出身，這樣無恥無賴，喪盡良心。使爾輩牧民，一定是個贓胚。」這當是作者的有感而發，這些「無恥無賴，喪盡良心」的秀才既然見到紙筆會覺得「技癢」看來不是不會作文的，以後中舉、登第的可能不是沒有，到時當了大官將如何敗壞國家就可想而知了。

秀才如此，成了舉人之後就更不得了。《人中畫》〈自作孽〉篇中的汪費，在家時「倚著舉人身勢，無所不爲。」進京會試的路上，「一路用強使勢，呼么喝六，只燥自家脾胃，不管他人死活。歇家飯店並行路的客人，無不受他的臭氣。」可見當秀才還只在家鄉爲害，一旦中了舉，就連外鄉也要荼毒。又如《鴛鴦鍼》卷一的丁協公，也是在進京會試時，「思量南京至淮揚一帶路上，有幾個年家在那裏做官，順便刮他個秋風。我如今新舉人是噴香的，比前日做秀才打秋風時模樣不同，怕他不奉承我個痛快。這上京的路費，不消攪擾自家囊中了。」他雖然只去秋風那些年家，不像汪費騷擾百姓，但是「帶著十餘個管家，皆是鮮衣怒馬，一路上好不威風。」相信所到之處，也必然帶來不少禍害。

讀書人道德之墮落還有幾個可笑或可怕的例子。如《十二笑》第三回中的秀才柏養虛，也是父母雙亡，由母舅收養。暴發戶暴匠人想爲女兒找一個斯文丈夫，看上了柏養虛，柏養虛也對暴家百般奉承，才一見面就叫暴匠人的老婆蒯阿滿「親娘」，作者諷刺說：「秀才相公之叫親娘，不比等閒人之叫親娘，叫得蒯阿滿極大的大腳，卻酥麻了半個時辰。」誰知成親後，「可笑柏養虛，一從入贅便改換口氣，背地裡叫丈母的小名（阿滿），叫丈人爲『作頭』，以此爲取樂。」還想娶從前的老相好如蘭爲妾，暴家自然是不答應，爲了怕柏養虛逃跑，便將他軟禁起來。暴小姐（虎娘）前來向他示好，要和他同房，他卻加以羞辱，「虎娘有興而來，弄得沒興而止。這一場忿惱，無異殺身之毒。」暴家一氣之下，竟想將他閹割，誰知事情敗露，一家三口落荒而逃。柏養虛佔住了暴家的產業，娶了如蘭，大大的受用，那虎娘「東逃西奔，被人哄去，做了娼婦。」這篇小說的道德觀念是頗爲可議的，暴家想要閹割贅婿固然有過，其報應亦屬應得，然而秀才柏養虛前恭後踞、浮薄無行，其行徑與無賴兒無異，竟然得到美好的下場，不知作者的安排是何用心？但無論如何，作者雖未在文末的議論中加以譴責，又讓他得到善終，但已經生動刻劃了無賴秀才柏養虛（眉批：百樣虛）的嘴臉，並在行文中予以冷嘲熱諷，也等於是一種無形的譴責。

又如《生綃剪》第八回陸蟾舒的父親陸斯才是個落魄秀才，李落、苗壯二先生曾對他有過這樣的評論：「貪圖厚聘，不惜賣女爲妾，以後又爲三兩銀子，逼女改嫁，全無廉恥可言。由於義女的資助，剛過上幾天溫飽日子，又想夤緣作官，燥燥脾胃，最後窮死客途，表現了讀書士子的墮落。」[56]這段話中，賣女爲妾的確是陸生的意願，以爲「女兒做奶奶，我老子就是雌封君了，不特利其利，而且闊其闊。」不過爲三兩逼女改嫁卻未必是他的意願，只是事先受了矇混，事後怕惹事端，所以逼女兒嫁給杜小七，事實上杜小七是個挑腳漢，陸生豈會滿意這樣女婿。但無論如何，說這篇小說「表現了讀書士子的墮落」，是貼切的議論，陸生的貪利、懦弱、無恥、可笑，在小說中有生動的刻劃。

再如《清夜鐘》第八回，三兄弟中老大是個應名而不讀書的秀才，老二有才，「幾乎是個名士」，老三早進了學，三兄弟都算入了士林，卻極爲不合。老三「是個疏狂不照管的人」，口無遮攔，對二哥批評大哥大嫂，又對大哥批評二哥二嫂，他朋友又多，喝了酒對著外人把家中的醜事都說了出來，惹惱了兩位哥哥，「一齊動手，鐵錘、短棍交下，登時打死。」然

[56] 李落、苗壯校點《生綃剪》（瀋陽，春風文藝出版社，一九八七年）〈校後記〉。

後賴在父親身上，要他認為「爺打死忤逆兒子」，果然就沒事了。這眞是既可笑又可怕，可笑的是早就進了學的秀才，不知道檢點自己的言行，惹來喪生之禍，可怕的是，做哥哥的可以不顧情義，也沒什麼深仇大恨，就將親弟弟活活打死，幾近於滅絕人性。

此外如《十二笑》第二回入話中嘲笑朋友老婆「屁眼冰冷」的秀才，以及為了報復，騙那秀才買春藥淫具，使他在家人面前出糗的另一位秀才；又如《清夜鐘》十三回，「不是賭，就是（缺一字）喫酒。你若有些聲名，他偏要排謗你，你會得做幾句文字，他偏要指摘你；你肯讀幾句書，他偏要攪亂你」的狂蕩孝廉；《八洞天》卷三〈培連理〉，「包攬詞訟的秀才」黎竹等等。在清初前期的話本小說中，這些浮薄無行、品德淪喪的讀書人可說是層出不窮，難以計數。當然，小說也歌頌了一些正直、善良，富同情心、道德感強的讀書人，不過除了少數例外，這些讀書人大多為八股的受害者，不過是「死守書本、空有義理」，「不知事勢、不明緩急」㊼的無用書生而已。

以上我們從三方面論述了清初前期話本小說對明代中葉以來墮落士風的批評和嘲諷：從假名士現象，我們見到明末清初士風「假」的一面；從浮濫的社盟中，我們見到士人之間「翻手為雲覆手雨」的輕薄交情和炎涼世態，以及話本小說作者對社盟的反感；最後，我們從小說中又見到士人們好色、好賭、忘恩負義、下流無恥、無賴狠毒等等的失德行徑。士風隕墜，

㊼ 陳登原《國史舊聞》（臺北，明文書局，一九八四年）卷四八〈明儒俗迂愚〉條，頁一五一一。

國亦隨之，陳登原先生論明代士習之每況愈下，感慨的說：「此誠無怪乎李王之一帆風順，滿洲之得以入關矣！」[58]這情況在改朝換代後並未改善，葉夢珠謂：「本朝初定江南，設官委吏，習聞弘光之風，不復先朝之度，當事者往往縱情任意，甚而惟賄是求，訟師衙蠹，表裏作奸，……數十年之間，士風靡弊極矣！」[59]清初所發生的「科場」、「哭廟」、「奏銷」等案，無一不是針對士人而發，雖說其中夾雜著民族矛盾，但讀書人本身的墮落不長進無疑也是招來災辱的重要原因之一。

第四節　對貪酷吏治的全面揭露

明清兩朝，官吏的基本成員來自士人，所以從正德、嘉靖年間士習的墮落伊始，貪官酷吏也就如野草般的滋生起來。蘇同炳先生曾引戚繼光《止止堂集》中的一段對嘉靖三十年前後官員貪污情形的描述：

> 三十年前，宦歸行李至國門，尚多夜入，曰：『勿使鄉黨見。』今之歸者，動以數百

---

58 同前註。

59 葉夢珠《閱世編》（臺北，木鐸出版社，一九八二年），頁八五。

罰，必日中經鬧市運之，惟恐其鄉黨不見，則不相榮矣。盛馳奴僕，索取夫馬於官。僕在馬上，德色驕人，遇官府不避道，予所親睹者。

並加以評論說：「正德年間逐漸萌生起來的士大夫聚歛貪污之風，到明世宗嘉靖年間已形成了相當普遍的現象，不但士大夫不以爲恥，即社會大眾亦復視爲固然，恬然不以爲怪。」❶

這種現象到了萬曆年以後更爲嚴重，我們在第三節曾引用李樂在《續見聞雜記》所描述，萬曆四十年左右官員貪贓枉法，上司受賄包庇的情形。事實上，貪瀆的風氣瀰漫了整個萬曆時期，而且縱橫交錯，上自皇帝首輔，下至升斗小民，全國都籠罩在一股金錢掛帥的歪風之中。孟森先生論明神宗說：「怠於臨政，勇於歛財。……與外廷隔絕，惟倚奄人四出聚歛，礦使稅使，毒遍天下。」❷而一代名臣張居正，死後被抄家的原因之一，是萬曆發現他的內黨馮保的家產「金銀珠寶鉅萬計」，「帝疑居正多蓄，益心艷之」，後來果然搜出「黃金萬兩，白金十餘萬兩」❸，可見張居正的聚歛之多。後來接替他的首輔申時行，萬曆十一年進

❶ 蘇同炳（即莊練）〈一條鞭法對於明代社會經濟的影響〉，載《明史偶筆》（臺北，商務印書館，一九九五年），頁一五七—一五八。

❷ 孟森《明代史》（臺北，國立編譯館，一九七九年）頁二七五。

❸ 見《明史》卷二百十三〈張居正傳〉（北京，中華書局，一九七四年），頁五六五一。

士錢一本說他：「以遠臣爲近臣府庫，又合遠近之臣爲內閣府庫，開門受賂自執政始。」❹上級的官員要錢，下級的官員拿什麼給他呢？當然只好搜刮百姓來滿足上司，《明史紀事本末》卷七二載戶科給事中韓一良的奏疏說：「今言蠹民者，俱咎守令之不廉，然守令安得廉。薪俸幾何？上司督取，不曰無礙官箴，則曰未完紙贖。衝突過客，動有書儀，考滿朝覲，不下三四千金。夫此金非從天降，非從地出，而欲守令之廉得乎？」❺這是崇禎初年的事了，貪官污吏充斥了整個行政體系，百姓猶如置身在天羅地網之中，無處可逃。明亡之後，這些官吏紛紛降清，他們大都能在新朝繼續任職，也繼續貪瀆如故。葉夢珠說：「予生明季，旋遭鼎革，草昧之初，俗難遽改，廉吏可爲而不可爲也。」又說：「時天下初定，法紀從寬；司民牧者，鮮體朝廷至意，大半惟賄是求。」❻老百姓在歷經戰亂，驚魂甫定之餘，依然要面對貪官污吏的屠毒敲剝。

除了官員之外，最讓百姓感到切膚之痛的，是橫行於地方的鄉紳。趙翼論明代鄉紳之害說：「前明一代風氣，不特地方有司私派横征，民不堪命，而縉紳居鄉者，亦多倚勢恃強，視細民爲弱肉。上下相護，民無所控訴也。」❼其實不獨明代，鄉紳危害地方在清代一樣嚴

❹《明史》卷二百三十一〈錢一本傳〉，版本同前，頁六〇三八。
❺谷應泰《明史紀事本末》（上海古籍出版社，一九九四年影印本）頁三〇一。
❻葉夢珠《閱世編》（臺北，木鐸出版社，一九八二年），頁九一—九二。
❼趙翼《廿二史劄記》（北京，中國書店，一九八七年）卷三十四，頁四九五。

重，例如《儒林外史》四十六回所寫當地開當鋪的方鄉紳，「他又是鄉紳，又是鹽典，又同府縣官相與的極好，所以無所不爲，百姓敢怒不敢言。」從這段話也可以得知，鄉紳多半與地方上的不肖官員勾結在一起，「府裏太尊，縣裏王公，都同他們是一個人，時時有內裏相公到他家來說要緊的話，百姓怎的不怕他！」❽這兩股害民的惡勢力一旦結合，老百姓的處境就更加不堪了。

此外，衙役、胥吏等爲官府辦事的人員，他們既要滿足官員的需索，又要中飽私囊，往往心狠手辣，常將善良百姓逼得走投無路，其害民之程度不亞於貪暴的官紳。因此，本節所謂的「貪酷吏治」，乃採取廣義的觀點，即指包括上述從中央到地方的官員，以及鄉紳、衙役、胥吏等人貪污、害民的情形。

一、貪官酷吏遍天下

本期話本小說在揭露貪官酷吏的部分，和過去的譴責小說頗異其趣。過去的小說往往針對獨特的貪官，或個別的案例予以揭發批判（如《石點頭》卷八的吾剝皮），本期小說則針對整個官場文化，做全面性的揭露。即使在批判個人時，也放在整個吏治腐敗的大環境之中討論，使小說呈現出一種對個別貪官帶有同情色彩的特殊風貌。

❽ 吳敬梓《儒林外史》（臺北，桂冠圖書公司，一九九二年）頁四六九、四七〇。

先看《清夜鐘》第一回對崇禎末年吏治敗壞的一段描寫。任浙江寧波府慈谿知縣的汪偉，雖然京察時考在卓異裏邊，卻因爲沒有錢可以賄賂上官，考選不利。作者描述當時考選的情形說：

> 留京考選，先是户部清查任内錢糧。那些浙江司，新舊餉司、掌印郎中主事，要書帕，多是六十、四十，少也二十四、十二兩。書辦少是二錢四，多二兩四，也叫書帕。若要他遮掩，以少作多，以無爲有，便百十講價，纔向御覽冊上開作分數及格，纔得咨送吏部。

這是地方官在吏部考選之前的一筆先期支出，爲了應付戶部的考核，必須先向布政司的各級官員行賄，甚至連書辦也要索取所謂的「書帕」❾，如果本身有差誤，需要「遮掩」，所費就更加可觀了。過了戶部這一關，才能參加吏部考選。到了吏部，那又是另外一大筆花費了：

> 及過吏部，又要稽宦蹟、考鄉評。治下大老、科道，在朝的都要送書帕，求他出好看

❾ 所謂「書帕」，原指送禮時的一書一帕，萬曆後改以金銀珠寶，仍稱書帕。見張季皋主編《明清小說辭典》（石家莊，花山文藝出版社，一九九二年）頁七三一。

語，訪冊上多打圈兒，就是治下在翰林部寺冷署閒曹，雖沒他柄權，但要他道好不誹謗，也得八兩，極少六兩、四兩相送。若在同鄉，更輕不得，必竟要個同鄉有權力大老、科道作靠山，他出來講說，方得在翰林六科。這人恰要二、三千兩，其餘看他權勢力量爲書帕厚薄。這干人也看書帕厚薄爲高下，書帕送得厚，靠山硬，在訪冊名字上圈上四圈，便是該翰林科裡，三圈便是御史，還有不圈的，這不是不肯用錢，便是沒錢用的了。

考選官員要從「稽宦蹟」和「考鄉評」兩方面來送錢：稽宦蹟的部分，凡是管得到的上司都要送，即使沒有權柄的，只要屬於上司單位的成員，也都要打點，以免他們有詆毀之言；考鄉評的部分，要請同鄉的有權大老出來說話，其餘同鄉的官員也都要送到。這兩方面都打點妥當了，升官就有望了，否則想都別想，所以作者感慨說：

由來財旺生官，全靠孔方著力。

大略估算一下，選一個官要花上五、六千兩銀子。汪偉是清官，宦囊輕薄，「沒氣力去尋靠山，書帕又不腆……科裡輪不著，翰林更莫想了。」在京中一年，選不上個官兒。後來閣中考選，他去應考，「由他文字精妙，自己得意，無奈內外擬定，一正一陪，汪公只在落卷中，這便錢神有靈。」可見不論你才學如何，不論你任內的治績和操守，如果沒有錢，或錢不夠多，就沒有升官的希望。在這種情形之下，叫地方官如何不貪？

地方官考選是中央官斂財的最佳時機，另外，官員有罪待審，也多半會來疏通關節，對此，《風流悟》第三回有一段相當詳實的描寫。篇中女主角之一的楊情仙，其父楊工部因為「督造皇陵，壞了聖旨，扭解來京，并拿家屬聽候發落。」另一位女主角張靜芳先用八十兩銀子賄賂校尉，由她當情仙的替身，之後又買囑校尉，求放了刑具，讓她先期進京。進京之後，打聽上本的工科給事是周閣老的門生，這周閣老又極聽一個新納寵妾的話，這位新如夫人最愛首飾，於是送上首飾，她見了滿心歡喜，只嫌簪兒上少了一粒貓兒眼，靜芳說若能讓楊工部脫罪，立刻送上。就這樣，第二天周閣老上朝，「票個著削職為民」，就讓工部官員都放歸田里了。篇中的周閣老當是指入《明史》〈奸臣傳〉的周延儒，《明史》說他「性貪」，又說他的門下客「因緣為奸利」⑩，因此小說所寫是大有可能的。孀婦出身的靜芳深諳官場之道，她知道如何收買校尉以便脫身，又知道如何經由內閣首輔寵妾的管道，來為大臣脫罪。如果不是周閣老平素貪名在外，想來她也進身無門。

京官的肥缺之一是都察院的御史（俗稱都院、察院），又有到各地巡按的十三道監察御史（俗稱代巡），地方官為了陞遷，不得不巴結御史。《清夜鐘》第五回，大硯生勒逼小孝

⑩ 見《明史》卷三百八，〈周延儒傳〉，版本同註三，頁七九二九。

廉將試卷送他，因而進士及第，事隔十年任御史時，忽然良心發現想回報小孝廉。他的回報方式完全用不到自己的荷包，只見「知縣來拜，聞得討薦已妥，只揀大事送上兩椿，也得數百金。省中刑名吏缺，官員薦獎，也都紛紛來求。孝廉恐壞他憲綱體，都謝絕不肯說。代巡越重他相成之誼，自差承差，各府催取紙贖，令送孝廉家，果足五千金。其有順理推不去的公事，孝廉也管幾椿，家事也起七八千光景。」像這樣被動的接受薦儀，就有七八千兩的進賬，如果要生事搜刮的話，其數量必極爲可觀，晚明吏治之污濁可以想見。《醉醒石》第一回也有類似情節，姚君偶然濟助了一位被劫秀才，不料六七年後他還身爲「司獄司」的小吏時，該秀才已當上御史。他報答姚君的方式和大硯生有同有異，因爲姚君擔任司獄司，所以從獄中弊竇著手，謂：「於獄中情由，必知其詳，其間倘有眞正冤枉，情可矜恤者，君可開幾名來。人得千金，本院當爲釋放，以報君恩。」姚君平時留心的有七個冤案，此時一一說明，都獲得釋放。姚君並不謀取分文，事後就申請致仕。御史以爲他得了七千兩，即刻准了，後來才知道他分文未取，大爲感動，於是批准地方的請求，將姚君入了名宦祠中。這故事歌頌了這位管獄政的小吏，但側面也反映了吏治的黑暗。隨便一問就有七椿冤案，明明是冤枉的，還要每人千兩銀子才得釋放，一般百姓別說千兩，就是十兩二十兩也籌不出來，那麼即使御史開恩，也終究只能冤沈大海了。這故事同時也可以讓我們了解，御史要污錢實在太容易了，姚君這七千兩本是御史自己可以獲得的，這還是爲民申冤，如果他要大開方便之門，不管冤不冤，見錢就收的話，那麼巡按一回得個幾萬兩可說是輕而易舉。

《珍珠舶》卷二就寫了一個貪得無厭的御史，小說的主角金生，在侯官縣令任內一清如水，三年任滿，行取在即，「忽値都院壽辰，各縣餽賀，俱有數百金禮物。金生檢視篋內，止餘俸銀四兩柒錢，連忙喚進匠工，著令打造巧樣爵杯二隻，併將金扇四柄，親自齎赴轅門。」都院見禮物微薄，大怒道：「怎有這樣不曉事的蠢材，不要說別件把你蓋護，就是本院出疏首薦，也値一二千金，怎將這兩件齷齪東西來唐突我。」以後不但不許他上門，還暗中訪他的「幾件過犯，具本參劾」。這位御史說他一個首薦就値一二千金，行情比《清夜鐘》第五回中的大硯生要高得多，在那裏，知縣「討薦已妥」後，只送上數百金。他的行情高自然不是沒有原因的，因爲若不施以重賄，就尋事參劾，官員們怎敢不乖乖就犯！

中央官員取財的對象是地方官，錢財來得容易，所以只見其貪而不見其酷。地方官就不一樣了，他們面對的是平民，要非法取財便得壓榨敲朴，東林黨的趙南星曾說：「今有司之貪，固已成風，……貪則多酷，既朘其民脂，又加毒痛，民安得不亂？」⓫由於話本小說的作者屬於中低階層的知識分子，接觸中央官的機會較少，所以小說中大量反映的，偏於地方官貪酷情狀的揭露。

其中直接以揭露貪官行徑爲主題的，是《醉醒石》第七回。篇中的孝廉呂某，由於一再落第，所以花了千金去謀選，討得一個儀眞知縣。他在當知縣時，貪賄到幾近無賴的程度：

⓫ 轉引自楊暘《明神宗傳》（臺北，祺齡出版公司，一九九五年），頁一一七。

「問詞訟，原（告）被（告）干證，箇箇一兩三。買食用，一兩也給三四錢，還要領他一載。給錢糧，十兩定除一二兩，何妨預借一年。拿著強盜，是他生意到了，今日扳一箇，明日扳一箇，得錢就鬆。遇訪土豪，是他詐錢樁兒，這邊拿一箇，那邊拿一箇，有物便歇。奉承鄉紳，聽他說人情，替他追債負，不顧百姓遭殃。」這樣的官，可能不見容於政治清明的時代，可是在晚明政治濁亂的環境中卻是無往不利的。他懂得「上司貪的與錢，不貪的便尋分上」、「上臺禮儀不缺，京中書帕不少」，所以「考語上常是以瑕作瑜」。到了行取時，「在科道中尋箇送他千兩作靠山，又去吏部中用他幾百兩，尋頭分上」，所謂：「金多譽重，財旺陞官。」他又謀得箇「九江抽分」⑫。

抽分的工作在於守關起稅，在當時也是好撈的缺。呂某此時意興風發，「長江大船，重載報稅，他都要起貨盤驗。刁難他揹他倍稅，若是搜出夾帶，好歹十倍，還要問罪，把貨白送與他，還不勾。弄得大商箇箇稱冤，小賈人人叫屈。」更狠的是，「他要留難詐錢，把這大船千百鍊住，阻在關口。每遇風狂，彼此相撞。曾一日淹住客船，忽然大風，錨纜都管不

⑫ 抽分屬於明代的「鈔關御史主事」之一，據《明史．食貨志五》，鈔關之設始於宣德四年，設關者有漷縣、濟寧、徐州、淮安、揚州、上新河、滸墅、九江、金沙洲、臨清、北新等處，本來只「量舟大小修廣而差其額，謂之船料，不稅其貨。」（頁一九七六）後來就無所不稅了，「自隆慶以來，凡橋梁、道路、關津私擅抽稅，罔利病民，雖累詔察革，不能去也。」（頁一九七八）《石點頭》卷八中的吾愛陶，不但小豬船要起稅，每十口豬抽一口送入公衙，連民船搭載婦女也要扣稅，謂：「婦女便與貨物相同，如何不投稅？」可謂對當時「罔利病民」的關稅之徵極盡嘲諷之能事。

住，至於相撞碎船，死者數百餘。只爲他貪利詐錢，至於客商，不惟不能圖利，抑且身命不保，他也全不在心。……一年任滿，也得銀十餘萬。」眞的是只管撈錢，那顧人命！不過是一個「抽分」，一年竟有十餘萬的贓款，其餘的都稅、監課，以及上級派來監收的御史、戶部主事等如果也照貪一筆同樣的數目，那麼過往的客商根本無法生存，民生的凋弊可想而知。後來總算在大計時遮掩不住，被削職爲民，作者說：「他平日夾人、打人、監人，詐錢貪酷，是並行的，如今只用一箇貪字，也是上臺的人情了。」

他罷官後成爲鄉紳，有財有勢，爲他的兒子買科舉、通關節，好不得意。不料五個兒子都不成材，「或是身亡，或是家破，到處只見淒涼，那得快活？」他的結局只是如此，篇末作者的議論頗令人驚訝，他說：「得來錢財有道，能教子孫，是箇順取順守，可以久長；得來錢財無道，能教子孫，是箇逆取順守，還可不失。」這就是說，呂某雖然貪酷，如果肯好好教導子孫，其結局不致如此，口氣中帶有惋惜之意。照這樣看，作者對於貪酷的官員，表現的是一種無可奈何的態度，法律制裁不了，道德失去力量，連話本小說中慣用的果報理論也退位了。我們在本節最前面所引蘇同炳先生所說的：「士大夫聚斂貪污之風……不但士大夫不以爲恥，即社會大眾亦復視爲固然，恬然不以爲怪。」在這裡得到了證明。

本書作者對於當時地方官的貪污，實在有一種同情的了解，所以他的譴責往往不是直線式的、單向式的。如第十一回所寫因夫人收贓款而遭報應的故事，就表現了相當的曲折性。小說一開始，作者先批評仕宦貪賄的不當，謂：「到了仕宦，打得人，驅使得人，勢做得開，露了一點貪心，便有一干來承迎勾誘，不可底止。借名巧剝，加耗增徵，削高堆，重紙贖。明裏鞭敲得來固惡，暗中高下染指最兇。」繼而又話鋒一轉，謂：「這卻也出乎不得已。一載紗帽，坐一日堂，便坐派一日銀子。捐俸積穀，助餉助工，買馬進家資，一獻兩獻。我看一箇窮書生，家徒四壁，叫他何處將來？如今人纔離有司，便奏疏罵不肖有司，剝民賄賂，送程送贐，買薦買陞。我請問他，平日眞斷絕往來，考滿考選，不去求同鄉，求治下，送書帕麼？」說明在關說請托的大環境中，叫做官的不貪一點錢來打點上司，來應付一些莫名其妙的「捐俸、助餉」，是近乎不可能的。《石點頭》卷八的入話有這麼一段文字：「也不禁人貪，只是取之有道，莫要喪了廉恥；也不禁人酷，只要打之有方，莫要傷了體面。」⑬這眞是前所未有的官場理論，其實說穿了不過是鑑於貪賄行爲司空見慣，根本不可能得到改革，退而求其次，希望百姓受到的傷害減到最小而已。由於社會上對貪官污吏的行爲已經接近麻木，除非貪得太過分如《石點頭》卷八的吾剝皮、《醉醒石》卷七的呂某，或貪得太離奇，如本篇所寫的故事，才能特別引人注目。

《醉醒石》卷十一寫廣東魏進士在做秀才時，家裏極窮，老婆怪他讀書花光了她的妝奩，魏秀才安慰她說：「不要怨，倘得中了，包你思衣得衣，思食得食。十倍還你妝奩，也不打緊。」後來果然中了進士，選了江陵府推官。他雖不貪，但夫人愛錢，禮是收的。這一年，

⑬ 弦聲校點、天然癡叟著《石點頭》（江蘇古籍出版社，一九九四年），頁一五五。

府裏發生了一件大事，一位陳姓大戶養家丁，劫了官船，其中有一個家丁在娼家露了底而被捕，供出陳大戶及其家人是正犯。陳大戶收買捕人捕官，要將罪過嫁禍給娼門的龜子，但魏推官不貪，不敢前去行賄。魏夫人收了陳家的六百兩銀子，強迫魏推官放過陳大戶，而拿龜子頂缸，結果，使無辜的龜子含冤而死了。魏推官常去某個寺廟，每次去都會受到隆重的款待，夫人收了贓款之後再去，寺廟的表現竟然大異往昔。原來伽藍曾經托夢給寺中和尚，說魏推官將來「該撫全楚，位至冢宰，此地屬其轄下」，因此以前每次來之前都會事先指示，叫寺裏準備接待。但是這一次，「神人說：近日老公祖得了一人六百金，捉生替死，枉斷一人。天符已定，不得撫楚，故此不報。」魏推官才知道，夫人爲了六百兩銀子，「賣去了我一箇吏部尚書」，非常懊惱，又聽說龜子已被斬首，更加難過，沒多久就得病死了。

這故事帶有傳奇色彩，但其實也很具現實意義。伽藍托夢之說可以不去理會，魏推官的病因其實是良心和現實的交戰所致。他一直很想當清官，可是過去欠夫人太多，不能不還，看夫人收人財禮，心中已經相當痛苦，現在又枉害一命，更加自責，所以即使沒有鬼神之說，他終究還是要抑鬱而終的。作者評論說：「這病源，先在未讀書做官時，便蓄了富貴利達之心。一到得官，大家放肆，未有不害事的。」所說固然也有理，因爲當初魏推官就是這樣安慰夫人的。可是事實上，有良心的魏進士是被無良心的官場環境逼死的。只怪魏進士在做官前沒有讀通當時的官箴，那就是《無聲戲》第三回所說的：「要進衙門，先要喫一服洗心湯，把良心洗去；還要燒一分告天紙，把天理告辭。」以及《生綃剪》第七回所說的：「做官第一要訣是黑心，沒陰騭。」魏進士不貪不酷，卻下場淒涼，小說強而有力的從反面控訴了那草菅人命，「黑心，沒陰騭」的晚明官場。

官場的黑暗，在《鴛鴦鍼》卷二也有生動的描寫。這篇小說中共出現了三個知府，全部都是沒良心的貪官。首先是潮州知府，「這知府姓任，甲科出身，極是個手長的」，起先選了會稽知縣，卻做得甚沒體面，「詐了被告，又詐原告」，被地方上揭發了，「住腳不牢，用了些銀子，調個任，做了江西靖安（知）縣。」在地方爲患，事發不但不必負刑責，還能調任，看看當時的吏治濫成什麼模樣。而後，「這靖安縣，一到他上任，就不肯靖安了。連地皮卷盡，還恨那樹根生得不堅牢。做了兩年，因物議，不得行取兩衙門，卻謀升戶部主事。他財運頗亨，管糧抽稅，加三加五，又搜克了無限銀子。訪得潮州是有生發去處，就謀了潮州知府。」他上任時帶著平常搜刮來的金銀珠寶，將兩只大船塞得滿滿的，引來劫富濟貧的大盜風髯子，將他劫掠一空。本來強盜想殺了任知府，卻因知府幕賓時大來曾受過風髯子的恩，彼此認識，所以放過知府一命。不料知府卻恩將仇報，向事發地點的南雄知府謊稱時大來勾結強盜，使不知情的生員時大來招來牢獄之災。南雄知府得了這個消息，大爲高興，認爲是撈錢的好時機，「只望追來贓物作謝儀的，那管冤枉不冤枉」，將時大來夾起來，「乒乓乓，敲了無數」，腳都夾壞了。後來風髯子劫獄，救走了時大來，南雄知府大感可惜，「若上緊敲打，此時人贓俱獲，也未可知。」立刻知會時大來原籍的南昌知府逮人，「只望提到時大來，一泄肚子憤氣。」可見南雄知府不但貪得無厭，而且酷虐異常。

而南昌知府，「與南雄的也像一個爺娘養的，一般正在垂涎。」時大來這書呆子卻自投羅網，回家後立刻被抓。其妻向按院喊冤，被打罵出來，正在束手無策時，時大來卻被一個叫錢可通的保出來了。夫妻兩丈二金剛摸不著頭，一再感謝那「廉明按臺」和「湊趣」的錢可通，直到風髯子出現才知道，原來是「送了二百兩赤金」進去，又拿出十兩銀子，給里甲錢可通，並打點衙門的緣故。風髯子還笑時大來說：「你說這般湊巧，那般廉明，若是都恁樣起來，天下該久已太平了。我輩從何處站腳，你懂得麼？再莫說那書呆的話罷！」作者善於製造懸疑，並懂得運用反諷技巧，使官場唯利是圖的昏亂形象，在憨直書生的可笑舉動中生動的顯現出來。

再說潮州任知府，雖然先前刮來的錢財在上任前已被風髯子劫走，但在潮州又賺飽了，任滿時，還謀到一個提學的官。後來時大來冒東昌府袁鄉宦的籍貫報考，正好是任提學來按臨，時大來又羊入虎口，幸好任小姐前來解救，才幸免於難。任提學不自量力，上本控告袁鄉宦窩盜，袁鄉宦反控任提學貪賄，並提出證明：「某府童生，得銀若干進學，某人過付；某學生員，得銀若干補廩。」結果任提學「掃了一場大興，又輩了許多銀子，進部打點，才討個罷職爲民，收拾回家去了。」任提學「是個好貨的，怎受得沒官的寂寞？」過不了多久，「又打點些銀子進京，饋遺當事，替他謀起復。」於是又當上了兵備副使。被削職的貪官，用貪污得來的贓款，輕易就能復官，可以說毫無是非可言了。只是沒想到，當初遭他陷害的時大來此時已經當上延綏的巡撫，是他的頂頭上司，本來這該是惡貫滿盈，報應來臨的時刻，不料時大來卻以德報怨，不但沒有懲治仇人，反而作媒讓也當大官的風髯子和任副使的女兒結爲夫婦。

任副使的結局非常耐人尋味，作者說他「先前相與的，都是那鼠竊狗偷；交談的，都是逢迎鑽刺。及至遇了恁廉明的上臺，又遇著恁豪俠的女婿，才曉得世上也有這樣一種正人君子。從此以後，一般也愛民如子，視財如土了。」後來與時大來不時來往，也活到了七十多歲，算是得到善終了。我們先不去討論像任副使這樣的貪官污吏悔過自新的可能性，只說他前面所有貪酷的作爲，作者不但沒有遵循「惡有惡報」的傳統模式讓他得到悽慘下場，反而將那些惡行一筆勾銷，還讓他官場得意，並壽終正寢。同書卷一中的丁協公也是一樣，我們在先前介紹過，他在科舉考試時割卷作弊將徐鵬子和蕭掌科害得多慘，在當縣令時又「下力抓個兒，顧什麼官聲國法」，後來當戶部主事，「管倉管庫，他也不肯放鬆」，他的貪贓枉法是有目共睹的，可是結局卻是徐鵬子以德報怨，將他無罪開釋，只「問個罷職，永不敘用例」。任副使和丁協公的結局，比前述《醉醒石》卷七呂某的淒涼晚景比較，又更加幸運了，但他們的相同點則是，都逃過了法律和道德的制裁。所以我們說清初話本小說雖然仍不遺餘力在揭露貪官污吏的惡行，但這種揭露是全面性的，對於個別貪官的譴責反而不那麼嚴厲，甚至於表現出一種同情的態度，或認爲他們貪污有其不得已的因素在，或指望他們改過遷善。

類似的例子還有《人中畫》〈自作孽〉篇中的汪費，我們在第三節介紹過他，是一個忘恩負義之輩。他在當秀才、舉人的時候已經是地方一大害，當縣令時不用說是貪酷無比的。

他當了三年的德安知縣，「贓私狼籍」，他爲什麼敢這麼橫行？原因是：一來，「神宗皇帝怪御史多言，不肯考選都察院之人，因此江西久無按院，汪費得以橫行。」二來，整個官場都在貪污，他根本不怕，人家告訴他：「只怕早晚有人參論，須要小心防範。」他說：「這就胡說了，新按院又未入境，就是來時有些話說，我拚著幾千兩銀子送他，他難道是不要的？」對照前面所介紹幾篇小說中御史的行徑，就可以明白汪費有恃無恐不是沒有原因的。後來他遇到不要錢的代巡，被查出「有過付確據的贓銀五萬兩」，向代巡的同年，也就是當年提拔、幫助過他，自己反而恩將仇報的黃輿求情，黃輿以德報怨，懇求代巡手下留情，代巡撇不過同年情誼，答應除了已經追出的四萬三千兩，「將七千贓銀免追，也不問罪，只趕他回去便了。」同樣顯示貪官很容易就被原諒，雖然小說最後交代說：「汪費回家，無顏見人，十分氣苦，染大病一場，嗚呼死了。」但這卻是汪費後悔「從前驕傲貪酷、負義忘恩之罪」的自責，我們同樣見不到法律對貪官的嚴懲，也見不到訴諸果報的篇末議論。

又如《照世杯》卷三〈走安南玉馬換猩絨〉篇中的胡安撫，「生性貪酷，自到廣西做官，不指望爲百姓興一毫利，除一毫害，每日只想剝盡地皮自肥。」他縱子爲惡，當兒子調戲良家婦女而受辱，他不但不加以管教，反而出難題給女方丈夫，要對方到安南去收購禁物猩猩絨。「借這箇事端，難爲他一難爲，我又得了實惠，……我兒子的私憤又償了。」可謂一舉三得。後來他兒子去偷丫鬟，被誤爲賊而遭毒打，等發現打的是兒子而不是賊，其夫人竟拿兩個丫鬟出氣，「活活將他皆吊起來打死了。」像這些貪酷之行，除了安撫的兒子自作自受，奄奄待斃之外，安撫和他的夫人完全見不到任何的制裁，作者也未對他們提出任何譴責，反而教訓被調戲的婦女說：「可見婦女再不可出閨門招是惹非，俱由於被外人窺見姿色，致啓邪心。」這種奇怪議論完全沖淡了小說揭露貪官及其家人惡行的批判作用，我們不能說作者顚倒是非，只能說在貪官污吏充斥的社會中，作者在面對法律、道德都失去約束力量的情況下，只能提出明哲保身的妥協之道。

《生綃剪》一書也寫了兩個貪官，第四回入話的臨清知州甘如，姑夫是樞密院掌事，表舅是兵部管堂，他「蹲在這南北往來緊要埠頭，又倚著這幾個至親線索，那鑽刺官員，如搬雪塡井一般。」七年以後賺飽了就致仕回家，「田地房產之外，黃白寶貝，緞匹玩器，不下十萬。」見到的人個個伸舌道：「一任知州刮這許多，也不知臨清地皮掘深幾尺？」第十五回的岳州知府宋歡，「黑心公道，好像瞎倉官收糧，銀杯彩緞，八大八小，只是個一概全收。」富翁言淵殺了人，送上五百兩紋銀就打發過去了。第一回還揭露了官員貪污後運銀回家的手法，就是將銀子鑄成元寶，藏在裝海獅罈子裏，神不知鬼不覺。

還有《八洞天》卷五，篇中的知縣收了五十兩銀子，將官司斷給霸產的暴發戶奉桂，官司了後，聽說奉桂掘藏多金，「動了欲心，要請益起來，不肯出審單。奉桂又送了五十兩，審單才出。」他只管有錢沒錢，那管是非曲直。又如《五更風》〈鸚鵡媒〉篇中的縣官，由於錢糧緊急，向財主羅家挪借了三千兩銀子，「連放箇屁也是香的」，羅家爲強娶民女而誣陷其夫水朝宗，縣官便助紂爲虐，後來水朝宗關在獄中，羅家又送知縣二千兩，而且前帳一筆勾銷，縣官便決定「限三日內，叫朝宗氣絕」，可謂心狠手辣。再如《豆棚閒話》第九則，萬曆舉人劉藎臣，「初任淮安府山陽縣知縣，宦囊居積也有一二萬金。只因居官性子傲僻，臨民苛刻，冤死多人。」也是愛錢又害民，集貪官和酷吏於一身。

總之貪官污吏在清初話本小說中是普遍現象，不但寫人間的官場貪污，《二刻醒世恒言》上函第五回更寫連地府也染此惡習。篇中秦檜用千萬元收買地藏王府的左右二判，而菩薩卻「尚未開目」，任他在地府弄權。這分明是借地府諷人間，不止是作者的憑空幻想而已。

除了貪官之外，本期話本小說中還出現了幾個昏官。昏官有些是清廉的，但無論清廉與否，他們胡塗判案，帶給人民的災害不會比貪官輕微。《二刻醒世恒言》下函第八回就寫一個胡塗的判官李渾，他的好處是不貪財，卻為人任性胡塗，「斷的事，多有不明白，前後屈人事體甚多。」小說寫狡詐的張阿牛，偷了朋友陳隆的四百兩銀子不肯承認，兩個人在城隍廟前爭論，陳隆千不該、萬不該說了句「不要到李糊塗那裏去」，正好這判官李胡塗經過，其實他也沒聽見這句話，但張阿牛惡人先告狀，編了一套說詞，說原來欠陳隆四百兩，如今已經還清，陳隆還來勒掯，他提議去見「李青天」，陳隆卻說大人胡塗，如今他情願拿出這四百兩，要陳隆還他借票云云。張阿牛說了句「李糊塗」心虛不已，說不出話來，李判官先入為主，認定陳隆不對，將他先打了三十大板，見張阿牛肯拿出銀子，認定他是好人，要陳隆還他借票，陳隆那裏拿得出什麼借票，白白失去了四百兩辛苦賺來的銀子，還挨了三十大板。可見胡塗的官分不清是非，又由於剛愎自用，不免時常動用刑具來證明自己的判斷，實在害民不淺。小說的後半段涉及神異，陳隆天天來求城隍顯靈，果然城隍被感動，將庫中的四百兩攝走，使李判官吃上官司，將家資盡行典賣還不夠賠清，不得已向張阿牛強借，張阿牛四百兩已花用過半，被逼得賣妻女來湊足錢數。結局自然是眞相大白，陳隆討回四百兩，而李判官賠盡了家私，張阿牛妻離子散。小說寫到李判官吃官司時，派差人強逼張阿牛借錢，並不知道張阿牛拿來的是賣妻女的錢，張阿牛也不敢說，我們看到即使是清官如李渾，情急時仍會將百姓逼得走投無路。

和李渾相映成趣的是《五色石》卷三的胡渾，他是否清廉，小說中並未交代，但其昏庸的程度則和李渾不相上下。篇中的書生來法目睹和尚姦殺民婦，由於在逃跑時遺落一隻紅鞋，又掉到井裏而被抓且被誤爲兇手。縣官全然不去調查，也不聽來生的辯解，硬將他屈打成招。後來遭遇動亂，來生不願趁亂逃跑，平亂的張招討看了原卷之後道：「當時的問官好沒分曉，若果係他謀死婦人，何故反留紅履自作證據？若沒人趕他，何不拾履而去？若非被逐心慌，何故自落井中？且婦人既係刀傷，爲何沒有行凶器械？此事明有冤枉。」這麼多疑點，胡塗縣官不去查證，隨隨便便就入人於死罪，百姓何辜？

還有《醉醒石》卷三，余琳假冒湯小春之名，拐走了錢秀才的老婆，連錢秀才見了湯小春的樣子都懷疑說：「這樣箇小夥子，看他走路怕響，難道有這付膽量？況且他若做了這事，未免得藏頭蓋臉、縮後遮前，有許多慌張情態，那得如此自在閑適？看來還不是他。」縣官卻認定是湯小春，「把一箇粉嫩的小後生，生生的扭做拐子，夾將起來，要在他身上還人。

那些牌鄰們，都替他稱叫屈，縣官只是不理。」看來昏官的共同特質是任性，由於任性也就往往成爲酷吏了。後來還虧了一位精明的典史，才還給湯小春清白。這典史很有意思，當他見到湯小春時，問縣官說：「還是這小夥子拐了什麼人，還是什麼人拐了這小夥子？」他閱人多矣！一眼就看出湯小春不是拐子，倒像個會被拐的小子。縣官若有他的一半精明，百姓的冤屈就可以減少許多了。

還有一個昏官是《照世杯》卷二的眞定縣官姜天淳，他本身倒也沒什麼惡行，唯是任由他的游客朋友歐滁山胡作非爲，「不管事之是非，理之屈直，一味拿出名士腔調來，強要姜天淳如何審斷，如何注銷。……說一件，准一件。」這樣胡亂斷案，「只圖耳根乾淨，面前清潔便罷了」，將百姓的苦難置於何地？這不是道地的昏官是什麼？另外同書卷四的縣官更是莫名其妙，童生穆文光在賭場中殺傷了陷害其父的主謀，縣官竟說：「穆文光，你既稱童生，畢竟會做文字，本縣這邊出一個題目，若是做得好，便寬宥你的罪名；做得不好，先革退你的童生，然後重處。」歐陽代發先生說得好：「眞不知能不能做文章與審斷持刀殺人命案有什麼關係？」⑭官員不論事件的是非始末，全憑自己的主觀好惡斷案，如何能爲百姓謀福利？

清官也有不胡塗的，如《無聲戲》第二回的「一錢太守」，但仍然犯了剛愎自用的毛病。在審一樁風流官司時，見嫌犯「這樣一個標致後生，與這樣一個嬌艷女子，隔著一層單壁，

⑭ 歐陽代發《話本小說史》（武漢市，武漢出版社，一九九四年）頁四一〇。

乾柴烈火，豈不做出事來。」又見這女子的丈夫長得醜陋，便認定姦情確然無疑了，夾棍一夾，嫌犯招供，便以爲審斷明白了。李漁在此大發議論說：「你道夾棍是件甚麼東西，可以受得二次的？熬得頭一次不招，也就是個鐵漢子了。臨到第二審，莫說笞杖徒流的活罪寧可認了，不來換這個苦喫，就是砍頭刖足淩遲碎剮的極刑，也只得權且認了。……夾棍上逼出來的，總非實據。從古來這兩塊無情之木，不知屈死了多少良民。」所謂：「捶楚之下，何求不得！」（〈錯斬崔寧〉）清官之害，總在過於自信，草率動刑，《珍珠舶》卷六中的歸安縣中尊（即縣官），雖然「一清如水，愛民若子」，但也是「執持一見，不可挽回」，丘大明明是冤枉的，仍將他「嚴刑拷究」，害他白白在獄中被關了四年。

《老殘遊記》第十六回的評語說：「贓官可恨，人人知之；清官尤可恨，人多不知。蓋贓官自知有病，不敢公然爲非；清官則自以爲我不要錢，何所不可？剛愎自用，小則殺人，大則誤國。……歷來小說皆揭贓官之惡，有揭清官之惡者，自《老殘遊記》始。」⑮其實李漁已發過這個議論，《無聲戲》第二回的定場詩就有「從來廉吏最難爲，不似貪官病可醫」的句子，入話中又說：「這首詩，是勸世上做清官的，也要虛衷捨己，體貼民情，切不可說：『我無愧於天，無怍於人，就審錯幾樁詞訟，百姓也怨不得我』這句話。那些有守無才的官府，個個拿來塞責，不知誤了多少人的性命。所以怪不得近來的風俗，偏是貪官起身有人脫

⑮ 劉鶚《老殘遊記》（臺北，博遠出版公司中國近代小說全集第一輯）頁一九五。

靴，清官去後沒人尸祝。只因貪官的毛病，有藥可醫；清官的過失，無人敢諫的緣故。」李漁說貪官起身有人脫靴，乃是如前所言，由於貪污成爲一種普遍現象，人民司空見慣的緣故，只要貪之有道，還能得到人民的同情。至於說到清官的「無人敢諫」，正是指出清官的剛愎自用之處，剛愎自用的結果，清官就成了昏官，也成了酷吏，前述的「一錢太守」以及《二刻醒世恒言》中的李渾，還有《珍珠船》卷六的歸安縣令，都是很好的例子。所以揭發清官之惡的小說，並不始於《老殘遊記》，清初前期的話本小說早就已經開其端了。

當然，在兩百多篇的清初前期話本小說中，也並非沒有清廉愛民的好官，如《生綃剪》十四回就歌頌了「清廉能使民無訟」的山東即墨知縣吉水元（玄）。小說對他的廉明聰察有生動的描寫，但這樣的官卻是一種特例，水元在中進士時竟然感到「懊悔憂悶」，因爲見「朝廷十分紊亂，津要官員都是勢利相傾，倒把國事看作兒戲。」他於是立志：「願爲朝廷出力，不受枉法一文。」可見在那貪官污吏遍天下的環境中，想要當清廉官吏是要下定決心才辦得到的，比如《跨天虹》卷三中的陝西督學陳公，「到任一清如水，只因爲人古拗，不肯逢迎上司，做了三年，被按院參了一本，降作福州知府。」既然「一清如水」，宦囊必輕，所謂「不肯逢迎」，實在是沒有財力逢迎。對照《珍珠船》卷二金生的遭遇便知，他在侯官縣任內，「政治肅清，閭邑士民，無不畏服。」但因沒有錢賄賂都院而不得行取，改調山陰知縣；六年任滿，想到又要奉承上官，「若欲利民脂膏以奉上官，我所不願。我豈爲五斗米折腰哉！」乾脆掛冠而去。所以說，貪官酷吏在本期話本小說中是普遍現象，清廉能吏則是個別現象，他們爲了保有自身的廉潔，必須和整個貪酷的官場文化相抗，不是抱著殉道的決心，就是走上逃避之途。可見這些清官廉吏出現，更從相反的角度，來揭露明末清初官場的一團漆黑。薩孟武先生曾說：「小說乃社會意識的表現，社會意識對於官僚若有好印象，絕不會單寫黑暗方面；單寫黑暗方面，可見古代官場的骯髒。」⓰用這段話來說明清初前期話本小說對於官場黑暗的揭露，是相當貼切的。

二、鄉紳仗勢橫行鄉里

「鄉紳」的含義比「鄉宦」廣泛，宮崎市定對「鄉宦」的定義爲：「鄉居之官，或在廣大鄉里所見到的官僚。」⓱所謂「鄉居之官」，主要是致仕或被罷職而回鄉居住的官員，所以他們能夠「動不動即依仗其在中央政府權力地位，在鄉居期間爲所欲爲，連其童僕也極其橫暴，多成了民眾怨恨的目標。」⓲這種致仕或罷職鄉居的官宦爲「鄉宦」一詞主要的指謂對象。但有時候現任官員在他的家鄉也稱爲鄉宦，或僅有舉人、監生等有任官資格身分的，也被稱爲鄉宦，所以才說：「或在廣大鄉里所見到的官僚。」至於「鄉紳」，傅依凌認爲：「既

⓰ 薩孟武《紅樓夢與中國舊家庭》（臺北，東大圖書公司，一九七七年）頁一五七。

⓱ 宮崎市定〈明代蘇松地方的士大夫和民眾〉，欒成顯譯，載《日本學者研究中國史論著選譯》第六卷（北京，中華書局，一九九三年）頁二三二。

⓲ 同前註。

包括在鄉的縉紳，也包括在外當官但仍對故鄉基層社會產生影響的官僚。既包括有功名的人，也包括在地方有權有勢的無功名者。」⑲磯部祐子曾針對明末到清中期若干小說、戲曲中有關鄉紳一詞的用法做出結論說：「鄉紳的含義較爲廣泛，不一定指曾經當過中央官僚的人，也指具有官吏身分而鄉居，或現任官僚的家族等等。」⑳另外，他就所考察的作品認爲，「鄉紳」是比「鄉宦」更口語化的語詞。㉑綜合傅依凌和磯部祐子的說法，可知「鄉紳」是對於地方上有財有勢之人的一種通俗稱謂，然而在明清時期，「官與紳、紳與商歷來是互通的。」㉒所以地方上有財有勢的人，主要成員還是來自官宦，所以「鄉紳」和「鄉宦」的區別一般並不明顯。

「鄉宦」又稱「鄉官」，如東林黨人趙南星在〈四凶論〉中論鄉官之害說：「鄉官之權大於守令，橫行無忌，莫敢誰何。如渭南知縣張棟，治行無雙，裁抑鄉官，被讒不獲行取，是謂鄉官之害。」㉓趙南星說鄉官之權比守令還大，縣令得罪了他，就陞不了官，其原因就在於鄉官擁有龐大的政治勢力。比如錢謙益爲萬曆三十八年進士，授爲翰林院編修，不久丁

---

⑲ 傅依凌〈中國傳統社會：多元的結構〉，載《中國社會經濟史研究》一九八八年第三期，頁三。

⑳ 磯部祐子〈中國小說、戲曲にあらわれた鄉紳像〉，載東北大學《日本文化研究所研究報告》（一九八七年）第二三集，頁一九〇。

㉑ 同前註。

㉒ 傅依凌〈論明清社會的發展與遲滯〉，原載《社會科學戰線》一九七八年第四期，收入《明清資本主義萌芽研究論文集》（臺北，谷風出版社，一九八七年）頁三六。

㉓ 見《明史》卷二百四十三〈趙南星傳〉，版本同註三，頁六二九八。

父憂返家，鄉居十一年到泰昌元年才入京補官，崇禎元年曾官至禮部侍郎，不久因和周延儒爭入閣失敗而削籍，直到福王立於南京，馬士英才引他爲禮部尚書。錢謙益鄉居的時間相當長，他名高位重，門生故舊遍天下，在地方上頗具影響力，他的同鄉張漢儒曾告他「貪肆不法」㉔。蘇同炳先生曾根據〈張漢儒疏稿〉列舉他和瞿式耜在地方爲害的情形：

㈠倚恃撫按有司多爲其同年相知或門生故舊，每逢學使按臨，關說入學的生員常有數十名之多，得受金錢酬謝，何止四、五千金。遇有里中富家因事涉訟，不詐數千金不止。遇撫、按官任滿覆命，則又爲之斥巨貲納賄，請託舉薦其不素相交至厚之地方官，以資得獲優擢。……

㈡令其豪奴家僕結交庫吏奸胥，藉以包庇錢糧，侵蝕官帑。或則僞造庫收憑據，朋分夥用。其銀半入吏囊，半歸宦囊。

㈢利用官府庇蔭之力，縱令豪奴興販私鹽得利。

㈣縱使豪奴四出結黨，或投獻他人財產，或藉官司以詐人錢財，以致小民之膏血俱盡，而豪僕之谿壑饜飽。

㈤恃勢霸占湖蕩水利，逼勒小民投獻常規。

㈥恃勢霸占公地，造屋出租，以牟取厚利。

㉔ 見《清史稿》卷四百八十四〈文苑一．錢謙益傳〉（北京，中華書局，一九七七年），頁一三三二四。

並解釋說：「張漢儒所攻訐的上述贓款，在錢、瞿二人是否均有此事實，可以存而不論；但此疏中所列舉的各種歛財詐贓之法，卻可以為我們提供極好的參考資料，知道明代士大夫之居鄉不法，其實際行徑究竟如何。瞿式耜在後來是南明永曆朝廷的殉國忠臣，其平時之作為或不致如此惡劣。至於錢謙益之家貲巨億，所擁有的金石古玩及宋版書籍之富，獨步江南，則當是不爭之事實。錢謙益出身寒門，家非素封，何以在通籍數十年之後就能富厚至此地步？…明代末年的縉紳士大夫，大多居官則貪而居鄉則暴，錢謙益可為典型之實例。」㉕

《八洞天》卷五〈正交情〉篇的中郤待徵「曾為兵部職方司主事，因貪被劾，閑住在家」，情況和錢謙益很像，是個標準的鄉宦。他又是知縣的房師，暴發戶甄奉桂要霸人產業，便送了百兩銀子，求他寫書致意知縣。果然靠著鄉宦的勢力，打贏了官司，事後郤待徵又向奉桂勒索了一百兩。但即使如此，奉桂還是願意和他接近，因為想到：「擁財者必須借勢，我若扳個鄉紳做了親戚，自然沒人欺負了。」於是托人去向郤鄉宦提親，待徵只有一子已娶過媳婦了，貪著奉桂的資財，便假說有個女兒，「等他送過聘後，慢慢過繼個女兒抵當他。」後來奉桂送上財禮四百兩，待徵還不滿意，訂親那天故意不出現，逼奉桂再送上二百兩才來。奉桂以為鄉宦可以依恃，「凡置買田房，都把郤衙出名。討租米也用郤衙的租由，收房錢也用郤衙的告示。」要知道：「鄉宦們見錢，如蠅見血。」（《清夜鐘》第三回）豈可能白白

㉕ 同註一引書，頁一五九—一六〇。

為人出名，郤待徵見奉桂產業置得多了，就揀了幾處好的自己管理，說道：「我權替你掌管，等女婿長大，交付與他。」奉桂怎敢違拗，只有拱手奉送而已。等到奉桂一死，郤待徵更將甄家的所有資產刮走，只留下少許給奉桂的老婆伊氏生活，伊氏死了丈夫，家產又被奪，悲憤成疾，不到半年也死了，最後甄家所有的產業都盡歸郤待徵所有了。

從郤待徵身上，我們清楚的見到明朝士大夫「居官則貪，居鄉則暴」的情形。他仰仗勢力，勾結官府，佔人產業，小說將他得寸進尺，步步進逼的經過寫得相當眞實。郤鄉宦的行為，和前述〈張漢儒疏稿〉所列的第一條內容若合符節。

又如《豆棚閒話》第四則中的閻光斗，他是萬曆初年進士，初為崑山知縣，行取吏科給事。「自到了吏科，入于朋黨，挺身出頭，連上了兩三個利害本章。皇帝只將本章留中不下，那在外官兒人人懼怕。不論在朝在家，天下的貪酷官員送他書帕，一日不知多少。到後來年例轉了浙江方伯，放手一做，扣剋錢糧，一年又不知多少。朝中也有看不過的，參了一本，他就瀟瀟洒洒回來林下。」吏科是明代的監察機構六科之一，地位非常重要，顧炎武說：「本朝雖罷門下省長官，而獨存六科給事中，以掌封駁之任。旨必下科，其有不便，給事中駁正到部，謂之科參。六部之官無敢抗科參而自行者。故給事中之品卑而權特重。」㉖尤其吏科掌管文職人員的人事糾察，「凡吏部引選，則掌科（科的負責人，即都給事中）同至御前請

㉖ 顧炎武《（原抄本）日知錄》（臺北，明倫書局，一九七九年）卷十二，頁二六一。

旨。外官領文憑，皆先赴科畫字。內外官考察自陳後，則與各科具奏。」㉗吏科共有都給事中一人，左右給事中各一人，給事中四人。閆光斗是吏科四名給事中之一，又有朋黨互通聲氣，難怪那些外官會懼怕。

文中所謂的朋黨當是指東林黨，因爲唯有東林黨人敢連上「兩三個利害本章」。雖然東林向來有君子之名，但「東林中亦多敗類……東林附麗之徒多不肖，貪者狡者俱出其中。」而東林黨巨擘錢謙益如前所述也一樣爲害鄉里，所以清初輿論對東林的微詞不少，朱一是說：「足下不聞東林之害乎？……始則正文開其端，繼乃邪正參引，後且邪人藪匿，而百不一止焉，即正人不爲邪者用者幾何矣？」㉘本期話本小說也有對東林表示過不滿的，如《清夜鐘》第一回說：「近來說東林、講道學、重聲氣的，見利便趨，見害便躲；平日釣譽沽名，暗裏

㉗ 見《明史》卷七十四〈職官志三〉，版本同註三，頁一八〇五。

㉘ 見夏允彝《幸存錄》（與《揚州十日記》等合刊，臺北，廣文書局，一九八八年）頁一九—二〇。按梁啓超認爲《幸存錄》是僞書，見《古書眞僞及其年代》（臺北，中華書局，一九六六年）頁五，他說：「《幸存錄》一向都說是明末夏允彝作，夏是東林黨人，人格極其高尚，我們看他不會作《幸存錄》那種作品。書中一面罵魏忠賢，一面罵東林黨。造僞的人手段很好，使人看去，覺得公道。忠賢固非，東林亦未必是，還是自家人出來說公道話。黃宗義曾講過，《幸存錄》眞是不幸存錄，並且說原書非夏允彝作，夏不會說那種話。」其實黃宗義並沒有說《幸存錄》不是夏允彝所作，相反的，正因爲《幸存錄》是夏允彝所作，而書中有攻東林的話，所以他才要作《汰存錄》來加以考辨，並說他這樣作是「所以愛彝仲（即夏允彝）耳」。見《汰存錄》〈題辭〉，《黃宗義全集》（臺北，里仁書局，一九八七年）第一冊，頁三二七。

一味抓錢結黨；平日談忠道義，臨機一味背國忘君。」《鴛鴦鍼》卷三的入話，作者也評論說：「這個標榜那個，那邊批抹這邊。藏詩打謎，謗毀朝政。甚且不怕朝廷，反畏清議。以致宰相王公，都要虛心實惠，買他們歡心。……你道這些扯淡事情，眞個都是正經人做下的？眞個都是從朝廷起見爲民生乞命的？不過口頭虛譁，一唱百和。」說東林黨人「抓錢結黨」，對他們要「虛心實惠，買他們歡心」，都表示東林黨人不是不愛錢的，事實上，東林人士多具有地主和鄉紳的身分，他們對政府的批評，有許多是建立在維護自身的利益，溝口雄三說：「東林人士與這個階層（指中小地主階層），都是支撐崩潰過程中的里甲制之中軸和末端納稅者，同時也是一面對抗豪強，企圖重建和強化自己所屬的地主制基盤的地主經營者。」㉙他們絕大多數雖不致於成爲豪強，但爲了維護自己的利益，在地方上積極經營謀利是必然的，他們有時能夠造福鄉民，如溝口雄三氏所舉陳龍正的例子，但既有危害地方的東林敗類，而明朝的滅亡又和朋黨密不可分，清初人士對東林的惡意攻訐也是可以理解的。

以上因論鄉紳而附帶說明了東林在當時所受到的批評，現在回到正題。再說閆光斗回鄉之後在地方上營利的情形，他「每日糾集許多游手好閒之徒，逐家打算，早早的起身，到那田頭地腦查理牛羊馬匹、地土工程。」這還算是正當的經營，但他又「拿了一把小傘，立于

㉙ 見溝口雄三〈所謂「東林派人士」的思想〉，載林右崇譯《中國前近代思想的演變》（臺北，國立編譯館，一九九四年），頁一八六。

要路所在。見有鄉間財主、放蕩兒郎，慌忙堆落笑容，溫存問候，邀入莊上喫頓小飯，就要送些銀子，生放利息。或連疆接界的田地，就要送價與他，莊客一面寫了賣契，一文不與，日後遇著，早早避進去了。不五六年，地上房產添其十倍。」這裏說明了兩件不法勾當，第一件是放高利貸，因爲一本萬利，這幾乎是當時鄉紳必然經營的產業，例如萬曆年間發生奴變的董氏家族，就放高利貸，「嚴催立逼，不論好歹，動輒封釘民房，捉鎖男婦，無日無之。」[30]其次是霸佔田土，寫空頭契約不給錢，其強盜行徑眞可以說是無法無天。

還有一個寫空頭契約的例子，即《連城璧》寅集中拐人女兒的鄉宦。原來有一位婦人，在丈夫死後，地方惡棍硬說其夫生前曾將女兒許配給他，要白白領去做媳婦，否則便要告官。此時有一鄉宦出頭，教管家來說：「你若肯假寫一張賣契，只說賣與我家老爺，他們自然斷了妄想。若再來與你講話，待我老爺拿個帖子，送到縣裡去，怕不打斷他的狗筋。待事平之後，歇上一年半載，把女兒交付還你，尋好人家做親就是。」這位婦人不知人心險詐，就眞的央人寫了一張賣契，填了三十兩虛價，連女兒送到他家，還磕了許多頭謝他的恩德。不料三年後想要領回女兒時，對方想收她女兒做小，鄉宦夫人極其悍妒，得知後每天要打她一百皮鞭，要她拿出六十兩銀子領回。婦人既拿不出銀子，女兒又寄信說她皮鞭挨過上萬了，身

---

[30] 見宮崎市定同註一七引文，頁二四八。又參見佐伯有一〈明末董氏之變〉，欒成顯譯，載同註一七引書，頁三一三。

上沒有一寸不爛，能不能贖說一聲，若贖不成讓她早點解脫。婦人哭訴無門，只有每天到鄉宦家門首磕頭而已。仔細想來，恐怕當初那些惡棍也是鄉宦安排的，這位鄉宦拿了空頭賣身契，強佔人家的女兒，三年後謀娶不成，又強要當初身價的一倍，非常可惡，其夫人每天鞭人百下，累積鞭打上萬，可能心理並不正常，這對鄉宦夫妻平時對鄉里的危害定然不小。再看管家所云，拿個帖子到縣裡，縣官便不敢不聽，鄉宦聲勢何等怕人。後來皇帝親審此事，對鄉宦說道：「你做仕（鄉）宦的人，也曾做過官府，管過百姓，爲甚麼佔人子女，又要冤害良民？居鄉如此，平日做官可知。……發與刑部，立刻梟斬，爲行勢虐民之戒。」李漁小說向來化重爲輕，很少說話如此嚴肅，從這個結局可以看出李漁對於鄉宦害民是十分痛惡的。

鄉宦謀佔民女是當時常見的社會現象，《警寤鐘》卷二中的竇老者，欠了孟鄉宦二十兩銀子，權將女兒抵押，不料孟鄉宦見該女有些容貌，就強要娶來作妾。這位孟鄉宦必然放高利貸，才會讓一個鄉下老兒欠下二十兩銀子，至於他謀佔民女的行徑，和《連城璧》寅集中的鄉宦如出一輒。又如《人中畫》〈狹路逢〉篇中，老者傅星「舊冬因欠了一個大鄉宦幾兩銀子，那鄉宦使勢竟將小女搶去，以爲質當。」不過幾兩銀子，就斷送了一個女孩子的一生，可見鄉宦爲禍之烈。不但如此，鄉宦的子弟也是仗勢爲惡，如《豆棚閒話》第十一則的南正中，他「心性好淫，見了人家美色婦女，卻便魂不附體，不論錢財，畢竟要弄到手方住。……平日專好結識市井無賴小民，地方村鎮稍有不平，便成群聚黨，攪地番（翻）天起來，住著他的行爲方罷。故此地方上大大小小都是懼怕他的。」可見鄉紳子弟往往成爲地方上的惡霸，由於他們邪淫好色，又有財有勢，常常使人家破人亡，南正中後來搶奪儒學齋長朱伯甫之妻，便造成朱妻墮馬而死。好淫的鄉紳還有《風流悟》第二回中的趙舜生，他二十一歲就中進士，不知何故在家鄉居，當征南大將軍南下福建時，太守曾請他去商議守城，可見他具有鄉紳身分。這位少年鄉紳，淫遍了家中的僕婦，後來連剛來投靠的有夫之婦也不能幸免，其私德是頗有虧缺的，而遭他凌辱的婦女敢怒而不敢言，在隨夫回鄉後不久就抑鬱而終了。

《醉醒石》一書出現了好幾位鄉宦，第四回王鄉宦曾經是個舉人知縣，算起來權勢有限，不過由於曾經是本省督府的父母官，所以就「振刷起來」了。當地財主徐某想要爲兒子強娶程翁之女，以五百兩作聘而程翁不許，程翁還趕快將女兒許配給清寒的張秀才。徐某便請王鄉宦爲媒，程翁仍不買他的賬，氣得王鄉宦道：「老夫做了二十年舉人、二十年鄉官，分上也不知講了多少，不似這人執拗。」後來徐家要訛告程翁賴婚，給王鄉宦一百兩銀子，「包管到底」，知縣在王鄉宦的壓力下，強迫退還張家的財禮，令徐家行禮下聘，程翁被活活氣死了。王鄉宦又動用了督府的力量，要知縣逼迫徐、程二家早日成親，誰知就在成親當日，新娘吊死在花轎之中。這篇小說所譴責的對象，主要是財主徐某，他不管人家的女兒是否已經成親，也不管對方家長是否答應，爲達到強娶的目的，完全不擇手段，結果將程翁父女都害死了。而王鄉宦在其中推波助瀾，爲了區區百兩銀子，仗著自己和督府的關係，迫使縣官做出出賣良心的判決。前引東林黨人趙南星的話說：「鄉官之權大於守令。」果然一點也不假，縣官事後極爲後悔，還因此而生了病。徐某雖是富翁，還不一定買得動縣官，這一場慘烈的悲劇，其實全拜王鄉宦所賜。

第七回主要在揭露貪官呂某的惡劣行徑，及其悽涼下場。不過篇中屢次提及鄉紳的惡行，如說呂某「奉承鄉紳，聽他說人情，替他追債負，不顧百姓遭殃。」又說：「鄉紳說分上，與他八刀（平分），一時也像相厚。到後來事過人去，也就不肯奉承，以非作是。」都表明了縣官是和鄉紳勾結在一起的，縣官是貪官，鄉紳是惡棍，正好狼狽爲奸，但財利之交豈能久長，事過境遷就兩不相認了，所以等到呂某離任，這些鄉紳就「把他穢狀做笑柄，以資談笑」，不久呂某也就丟官了。第十回寫盛寡婦的姪兒，將她家的二三百畝肥田投獻給一陳副使家，陳鄉宦派人收屋取田，並且向租戶們索取重金，那些租戶們談起了爲鄉宦種田的苦處道：「管家出來，催租收租，都要酒飯。到冬至，管家們不在中吃飯，皆在租戶人家打擾了。硃簽告示，頭限二限三限，一年一箇對合。有田產，寫田產；沒田產，寫本身。寫田產，拚得起了去罷了。寫本身，一年還要納幫銀，幫銀缺欠，拿回吊打。打死只是家主打死義男，空丟性命。」他們的結論是：「如今我們這村裏，也種不田成了！」陳鄉宦何以敢如此猖狂呢？原來是「倚知縣是中的門生，所以橫行。」我們看租戶們所描述在鄉宦淫威下生活的慘狀：管家要來吃喝，寫契約時要有抵押，抵押的田產往往被吞沒，沒田產而以自身抵押的可能被打死，鄉宦一出頭，田就種不下去了，其對地方的影響是何等的鉅大。

又如《鴛鴦鍼》卷二中的袁鄉宦，他並不知道所收留的書生時大來是通輯犯，因賞識時大來的文才，命他改姓袁在家讀書，卻在科考時讓任提學認出來。任提學將時大來騙至衙中，打算將他移送法辦，幸好任小姐施以援手，暗中將時大來放走。任提學派人到袁家去要人，袁鄉宦大怒，對巡捕說：「我袁某不是怕人的鄉宦，叫他問一問來。」任提學上本告他：「廢閑鄉宦，逞勢作威，紊亂舋規，把持朝政。」不料袁公反告他在提學任內貪污，任提學竟因此而罷職為民。這任提學雖然是作者所要譴責的貪官污吏，但時大來為朝廷欽犯是事實，就事論事，任提學捉拿欽犯，袁鄉宦橫加干預，理屈在袁而不在任，但朝廷命官不敵罷職鄉宦，任某反而落得罷職休官，鄉宦勢力之怕人可見一斑。

磯部祐子在對明末到清中期若干小說、戲曲中的鄉紳進行研究後，得到結論說：「作品所描寫的鄉紳形象，實在是一種『否定的存在』。」㉛事實上好的鄉紳不是沒有，例如溝口雄三在〈所謂「東林派人士」的思想〉一文中所揭出「嚴守風義」的李應昇、「里居，名益高」的趙南星等人，就都是能夠造福鄉里的好鄉紳㉜。不過在廣大的鄉紳階層中，他們畢竟只是特別值得讚揚的少數，大多數的鄉宦還是像前引宮崎市定之文所指出的：「動不動即依仗其在中央政府權力地位，在鄉居期間為所欲為，連其童僕也極其橫暴，多成了民眾怨恨的目標。」綜觀清初前期話本小說所描寫的鄉紳形象，正是學者所指出的那樣，是一種「否定的存在」。

㉛ 同註二〇引書，頁九一。

㉜ 同註二九引書，頁二二三。

三、胥吏、衙役貪財害民

宮崎市定先生曾說，清朝的中央及地方的官衙，是由官員、胥吏和衙役三種工作人員組成的。他又解釋衙役和吏胥的不同說：「官員是政府任命的高等官長，衙役是附屬於官衙的賤民性的雜役夫，而胥吏是處於二者之間的事務員。官員和衙役領取俸給，……胥吏不領取俸給……只得通過其他方法來取得自己的生活費，那就是從接觸的人民徵收手續費。」㉝其實明代的情形已然如此，李樂在《見聞雜記》卷五痛陳害民之三事，其第一害就是胥吏，說他們「較前增十倍不止，朝穿青衣而入，暮各持金而回。胥之外又有白役、防夫、快手人等，亦增十倍。居官者利其白役無工食，宴然差遣之，竟不知食民膏髓，爲可痛惜，一大害也。」㉞李樂說他們是「白役無工食」的，此即宮崎氏所說的「胥吏不領取俸給」，繆全吉《明代胥吏》一書也說：「吏係在官之民，役於公門，本爲義務，故無所謂俸祿。」㉟胥吏既不領薪，自然要向到衙辦事的人民索取費用，因而形成了許多陋規，所以成爲民間的一大害。和胥吏性質相近的還有里役，宮崎先生說：「他們有里書、漕書、總書等名，平時里居，徵收

㉝ 宮崎市定〈清代的胥吏和幕友〉，南炳文譯，載同註一七引書，頁五〇八—五〇九。

㉞ 李樂《見聞雜記》（上海，古籍出版社，一九八六年影印明刻本）頁四四五—四四六

㉟ 繆全吉《明代胥吏》（臺北，嘉新水泥公司文化基金會，一九六九年）頁一一六。

租稅之際是幫手，同時也是頭目，是對民政爲害甚大者。」㊱

以火耗爲例，顧炎武說：「官取其贏十二三，而民以十三輸國之十；里胥之輩又取其贏十二，而民以十五輸國之十。」㊲可見里胥（里役和胥吏）所索取的火耗，只比官員略少而已。又如在傜役方面，葉夢珠說：「編審之時，圖書、保正，上下其手也。田連阡陌者，或投津要而盡免，或憑土豪，或布金錢而役輕，勢不得不以中人小戶充之。……大戶田糧數百畝，放徵之日，圖書婪索不遂，則良戶盡留以自津貼，而悉以頑戶之田令其催辦，或小戶辦大戶之糧，或鄉愚辦衙蠹市棍之糧，或庶民辦縉紳子弟之糧。……賠累既窮，鞭笞日受，……家業蕩然，性命殉之。」㊳吾人可以從這段記載中，看見那些「圖書」、「保正」㊴的可惡。他們可以在丈量土地時上下其手，若不先行賄賂，便虛報良民的土地，使其稅賦增加。至於

㊱ 同註三三引書，頁五一一—五一二。

㊲ 顧炎武〈錢糧論下〉，載《顧亭林詩文集》（臺北，漢京文化公司，一九八四年）頁一九。按，火耗本來是指百姓所繳碎銀，在熔成大錠時的耗損，後來凡是錢糧在運、儲過程中的損失，皆稱火耗。參見莊吉發《清世宗與賦役制度的改革》（臺北，學生書局，一九八五年）第四章〈錢糧火耗的由來及耗羨歸公的意義〉。

㊳ 見同註六引書，頁一四八—一四九。

㊴ 繆全吉先生認爲里書、圖書爲辦理當時「地方自治」而產生的人員，「世主里坊之役，爲弊多端。」同註三五引書，頁一八。保正即保長，清順治元年實施保甲法，每十户立一牌頭，十牌立一甲頭，十甲立一保長。見《中國歷史大辭典·清史》（上海辭書出版社，一九九二年）頁三七一。

眞正「田連阡陌」的，或是投靠勢豪之家，或是賄賂後將他們的土地以多報少，既可使其稅賦減少，又可免於擔任催收。於是催收的工作便落在中人小戶之家，到了開徵時，他們又來向負責催繳者索賄，若無法使其滿足，便派他去催收豪門大戶的糧，收不到只好自己賠補，最後只有家破人亡。所以說這些胥吏的爲害鄉里，並不亞於貪官污吏。

先從話本小說中看胥吏的來源，《二刻醒世恒言》下函第五回寫山西人淳于智讀書習武皆不成，「舍了文武兩途，只有一個作吏。」可是，「山西舊例，都要有家事的，纔好納農民，……如無本錢，也進不得衙門。」這淳于智家徒四壁，還是租來的，「那裡得個銀子去納吏？」可見胥吏是要用銀子去營謀得來的，既然納吏要錢，又沒有俸祿可領，其向平民索取例錢是必然的。胥吏有世襲的，「子孫相傳以爲世業，甚則有買賣其業者。」㊵《珍珠舶》卷一中的蔣雲，他的「祖父三代俱充本府吏員，遺下房產，也有千金家當。」可見胥吏的職業可以父祖相傳，而且獲利頗豐，足以致富。這蔣雲不知何故抛了祖業，「單靠包攬詞訟，爲人衙門打點，並寫幾張呈狀糊口。」但他「專管閑事，兼以寫狀出名，在郡鄉紳，凡有訟事都來相請」，所以勢力不小，加上他和衙門熟悉，與衙中胥吏、差役都有勾結，所以淫人妻女、霸人產業，無所不爲。故蔣雲的爲惡，一方面是利用其父祖當吏員的人脈關係，一方面是透過衙中役、吏的貪賄助虐，從中可以看出明末清初下層吏治的污濁卑劣。

㊵ 織田萬《清國行政法泛論》（臺北，華世出版社，一九七九年），頁五九〇。

前面介紹過《醉醒石》第十一回的魏推官夫人，收取了劫官船大盜陳家的賄款，害得丈夫因枉害無辜，良心不安抑鬱而終。魏推官夫人如何能與大盜通關節？其實都是刑廳中的一個滑吏單規從中牽線，他收了陳家的一千兩，將六百兩交給魏夫人，魏宅的管家們得了九十兩，自己輕輕鬆鬆賺進了三百一十兩。衙門公事魏推官固然不應讓夫人干預，但若無滑吏從中作惡，這悲劇焉能發生？

胥吏在任滿時可以取得當下級官員的資格㊶，《醉醒石》第一回中的姚一祥，納了一個縣吏，在當吏員時，「一味只是濟難扶危，寬厚接物。」六七年後兩考已滿，入京選得九江府的知事，到任不久就帶管司獄司。「知事」和「司獄」都是正式的官員，知事「掌收發上下文移」㊷，司獄則為府中管獄政的人員㊸。第一小節提過姚一祥曾助一落難秀才，後來秀才當上御史來巡按，要他開出獄中有冤情的名單，每人拿出千兩即可釋放。姚君回到衙門向書吏們告知此事，書吏們個個賀他得大錢，聽說姚君並不打算向犯人索錢，個個心裏都暗笑道：「那裏有不要錢的人？」後來書吏們還是向犯人要了二三千金，以防姚君是「假撇清」，但姚君畢竟不取分文。這姚君是胥吏中的異數，所以作者特別提出來表揚，後來還入了名宦

㊶ 同註三三，頁五一一。以及同註三五引書，第一篇第二節〈胥吏之出身〉。

㊷ 王毓銓等編《中國歷史大辭典．明史》（上海辭書出版社，一九九五年）頁三〇九。

㊸ 參見楊雪峰《明代的審判制度》（臺北，黎明文化公司，一九八一年），頁八八。

祠，一個知事小官入名宦，作者說這是「從來未有幾個」的。這篇小說以胥吏出身的姚君做一個對照，反映出當時的胥吏沒有不貪財的，那些吏員以己度人，當然不會相信這世上還有不要錢的胥吏了。例如《醉醒石》第三回的聰明典史（即典吏，是各房胥吏的負責人㊹），我們在第一小節介紹過他，他後來爲湯小春洗清了冤情。但這位精明的典史可不是白白替人辦事的，事後便暗示湯小春該來送禮，湯小春果然隔日就「辦兩箇尺頭、四兩銀子，送與典史。」典史也就毫不客氣的「和盤一倒」，認爲是「禮之當然，受之非過」了。所以說不要錢的胥吏是一個異數，在當時是極爲罕見的。另外，從這篇小說我們還可以清楚的看到當時，胥吏「精通事務，……而官吏拱手，空備員於衙門，視其所論定然後畫諾」㊺的眞實情形。

再看宮崎先生所說「對民政爲害甚大」的里役，即里甲、總甲，又稱里長。里甲也有好人，但好人往往因爲收不到稅糧弄得破家，晚明小說《石點頭》卷三對此有深刻的描寫，篇中的老實頭王珣在應役時，就因爲催收不到應繳的錢糧，只好拋下妻兒而逃亡。可見好人不願充當里甲，「願充者既少，奸徒遂得挨身就役，以致欺瞞善良，呑嚼鄉愚。串通吏胥，侵漁、隱匿、拖欠，無所不至。」㊻所以到了晚明以後，里甲姦宄者多，例如《連城璧》寅集，

㊹ 同註三三引書，頁五〇九。又同註三五引書，頁一六——一七，繆全吉先生謂：「典吏可與上述任何一種（指掾史、令史、書吏等）均可並存，並形成從屬之關係。故明人習以其他之吏員與典吏並稱，謂之吏典。」

㊺ 同註四〇引書，頁五九一。

㊻ 同註一三引書，頁五〇。

乞丐窮不怕餓得奄奄一息，而「本處的地方總甲，往常巴不得死了乞丐，好往各家科歛銀錢，多少買幾個蘆蓆捲了死人，去埋了，餘剩下來的好拿去買酒肉喫。」於是，「不等他斷氣，先到各家科歛」去了。又如《生綃剪》十五回，這家打死了管家，消息一傳出去，「里長□年，哄到言家，大事『言乍』。」這都是里長詐害鄉民的例子。

再看話本小說中的衙役，小說中常見的主要是一些司法方面的差役人員，如皂隸、禁子等等；在明朝，東廠的番子（又稱番役）也可算是衙役的一種。

先說皂隸，皂隸本來是從刑部取笞、杖的囚人應役的，後來照人口差點，再後則不願充當的人，可用柴薪、銀兩抵充。㊼照這樣看，皂隸本來是服役性質的工作，窮人不得已才去應役，有錢人就用錢抵過了。但後來衙門貪污成風，皂隸竟成了肥缺，比如《雲仙笑》〈厚德報〉篇中的刁星，被抓到縣衙，「那兩廊皂隸正恨他不肯使錢，未免加力奉承。」在這種情形下，皂隸和胥吏的情形一樣，變成某些人的專利，一般人是沒有資格擔任的，《無聲戲》第三回寫蔣成家在「刑廳有一個皂隸頂首，一向租與人當的。」也就是說，皂隸身分是可以出租的。照宮崎先生的說法，衙役只是「附屬於官衙的賤民性的雜役夫」，所領的「工食」甚是微薄，如何有人願意承租？當然因為衙門裏「有錢生，無錢死」，即使是冤枉的，「衙門中也不單冤你一人，除是大財力，可以掙脫。」（《醉醒石》第九回）衙門裏到處都是錢，

㊼ 同註四三引書，頁八九。

蔣成想說：「我聞得衙門裏，錢來得潑綽，不如自己去當。」於是將租出去的皂隸身分要回來，但他良心太好，不但賺不到錢，還無辜挨了不少棒子。其他的皂隸勸他買張拘票到外面去拘捕犯人，蔣成說：「去錢買的差使，既要償本，又要求利，拿住犯人，自然狠命需索了。」蔣成怕會有損陰德，皂隸們對他說：「衙門裏人，將本求利，若要十倍二十倍，方纔弄出事來。你若肯平心只討一兩倍，就是半送半賣的生意了，犯人還尸祝你不了。」後來蔣成果然做了一個小會，湊足了十兩銀子，這還只是票錢的一半，謀到了去捉拿犯人林監生的差事。我們試略加分析這其中的金錢來往，首先，皂隸爲了取得拘票，要交上二十兩銀子（捉拿監生是好差，所以貴了一點），這二十兩銀子是死賬要不回來的，只有從犯人身上討，皂隸們說只要不是要十倍二十倍是不會出事的，那麼就算五倍好了，就是一百兩，也就是說，抓一個犯人可以得到八十兩以上的利潤。他們把衙門當作商場，把捕捉人犯當成一本萬利的投資，這就難怪大家搶著當皂隸，而皂隸們「謀票的極多」了。

再說禁子，禁子就是獄卒，他們在看守監獄時，收受犯人的賄款，送的錢多，在獄中就過得舒服，否則就會受罪。這一類的情節，在明代小說、戲曲中司空見慣，在本期話本小說也隨處可見。如《五更風》〈鸜鵒媒〉篇中，水朝宗被誣陷入獄，其妻炎氏隨即收拾衣飾，當了二十餘金，「內外使用，方得安穩坐牢」；同書〈雌雄環〉篇，花水文把十兩銀子交給獄卒，就將族兄花儼如從獄中換出而以身自代。又如《五色石》卷三，在水家坐館的來本如被冤枉入獄，水員外信他是好人，「替他上下使錢，因此來生在獄中不十分吃苦。」還有，

《風流悟》第四回，義賊莫拿我收押在監，許禁子以厚利，以讓他外出辦事，果然事後送了禁子三百兩，這可是一筆大財。總之，無論有罪還是冤枉，一旦收押在監，不收買禁子是不可能安穩坐牢的。還有更可惡的，在《珍珠舶》卷一，當趙相被惡棍蔣雲陷害入獄時，他的朋友蔣雲山送了二金給禁子李敬，所以「趙相在獄，不致十分受苦。」可是蔣雲也來送錢，他對李敬說：「早晚間若把趙大安排處死，謝儀十兩，決不爽信。」後來經過安排，趙相又被夾得死去活來。所謂：「在人屋簷下，那敢不低頭。」進了監獄，就是禁子的禁臠，當禁子的，只管自己斂財，那管犯人死活。

最後來看東廠的番子，《二刻醒世恒言》上函第八回就是寫番子張一索在京作惡的故事。張一索倚著宦官的威勢，私製非刑，專靠嚇詐爲生，袖裏常帶著一根鐵索，故無論犯罪不犯罪的，都以一索呼之。這張一索淫威驚人，「長安道上聞他名字者，無不畏懼；各衙門衙役，遇著公事，都要聽起一股使費與他。」有一天，他在酒店裏聽到一個叫田甫的，托錢乙到吏部幹辦前程，錢乙說：「五百兩銀子就選得主薄，乃是現缺，如要做活切頭，須要上千。」正說得起勁，見到張一索立起身來取索，一溜煙跑了。張一索只把田甫主僕二人捉到家中，用什麼「酒筰鼻」、「火燄山」等酷刑伺候，然後向田甫索賄五百金才肯放人。張一索將其僕人放走取款，其僕向察院趙青天告狀救人，公差到了張家，只見田甫被鎖在後園黑房內，並且高吊在梁上，若再遲一日，性命就難保了。想想看，只不過是小小一名番捕，就敢如此橫行，而東廠番子約有千餘之數㊽，只要有一兩成的敗類在其中，就可以把京城地方弄得天翻地覆。又如《鴛鴦鍼》卷四，商人范順遇到仙人跳，被訛去了兩百石米，番子們知道了，不但不替受害者申冤，反而責怪他們「私了私和」，要將范順送官。范順不得已，把剩下的三百石米，送了一百石給守府，一百石給巡邏營，一百石讓那些番役平分。一船米，拐子加上官、役，「挑得乾乾淨淨，只落個光身子風流。」

從以上的論述可以看見，在清初前期的話本小說中，展現了一幅貪官污吏交相纏繞的官場圖。貪贓枉法在明末清初不是個別現象，而是普遍情形。貪污變成正常，清廉成為特例，人們見怪不怪，話本作者也從譴責，轉為妥協，或同情。貪官污吏回到家鄉，就成為橫行於鄉里的鄉紳，鄉紳勾結官府，更直接危害到普通百姓，使他們的生活更形艱困。此外，又有胥吏、里甲、衙役、番捕等隨時會在百姓家中出現的官紳爪牙，不定什麼時候會伸出魔掌，將善良的平民推入絕境之中。《醉醒石》第二回對晚明吏治做過這樣的評論：

明季作官的，朝廷增一分，他便乘勢加增一分；朝廷徵五分，他便加徵十分。帶徵加徵，預徵火耗，夾打得人心怨憤。又有大户加三加五，盤利準人，只圖利己，所以窮

㊽ 同註四二，頁四八三〈番子〉條。釋文中稱番子們「往往私入民宅，借名捕捉，拷訊無辜，索取賄賂，詐騙客商資財，無惡不作。」這些作惡事實正好可由本篇小說加以印證。

民安往不得窮？還要賊來，得以乘機圖利。賊未到，先亂了。

可見吏治敗壞也是明朝滅亡的直接因素之一。趙翼曾說：「嘉隆以後，吏部考察之法，徒爲具文。而人皆不自顧惜，撫按之權太重，舉劾惟賄是視，而人皆貪墨以奉上司。於是吏治愈媮，民生日蹙，而國亦遂以亡矣！」[49]趙翼指出了明代後期「舉劾惟賄是視」、「人皆貪墨以奉上司」的官場現象，是可以和本期話本小說互相印證的，而明朝就在這樣的情況下丟掉了江山。清初吏治貪酷依然，一直要到康熙中期透過恢復整頓「京察」、「大計」，以及表章清官等有效措施之後才見好轉。[50]但此一吏治清明的時期已不在「清初前期」的範圍內，當然也就無法反映在本期話本小說的內容中了。

---

49 同註七引書，卷三十三，頁四七八。

50 參見《中國史稿》（北京，人民出版社，一九九五年）第七冊，第二章第七節第一小節，頁八八一—一九三。必須要說明的是，康熙中期雖然吏治一度轉好，然而到了康熙晚期又逐漸敗壞，以後就江河日下，不可收拾了。參見同書頁一九九—二〇一。

第二篇　主流論

——清初前期短篇人情小說綜論

第一章 短篇人情小說的新發展

——才子佳人小說

第一節 人情小說的定義及其類型

「話本小說」指具有說話形式的短篇白話小說，其分類的依據是小說的形式，而不是小說的題材、性質，或內容。因爲是以形式的特色爲類名，當然就會忽略掉各篇小說內容上的殊異，而將許多性質不同的小說混合在一個大類之中。因此，想要進一步認識話本小說的性格和風貌，就必須再根據各篇小說題材、性質，或內容的差別，細分成若干小類，加以綜合分析、歸納說明。

魯迅曾說，明代中葉以後，小說的兩大主潮是：「一、講神魔之爭的；二、講世情的。」❶

❶ 魯迅《中國小說的歷史變遷》，與《漢文學史綱》合刊（臺北，風雲時代出版社，一九九〇年），頁三七。

又說：「當神魔小說盛行時，記人事者亦突起，取其材猶宋市人小說之『銀字兒』，大率爲離合悲歡及發跡變泰之事，間雜因果報應，而不甚言靈怪，又緣描摹世態，見其炎涼，故或亦謂之『世情書』也。」❷那些「講世情」的「世情書」，多記錄人情世態中的悲歡離合，不太涉及神魔鬼怪，所以魯迅將它稱爲「人情小說」。也就是說，當初「人情小說」是相對於「神魔小說」而命名的，可是明代中葉以後的小說還有「歷史演義小說」、「英雄傳奇小說」等等，他們也是「不甚言靈怪」的，但又不適合將其也歸入「人情小說」，畢竟他們有的偏重在演述歷史，有的偏重在歌頌英雄豪傑，而不是普通的人情物理，所以還是應該把他們區分開來，不要和「人情小說」混爲一談比較恰當。

方正耀先生曾對「人情小說」下過一個定義：「以家庭生活、愛情婚姻爲題材，反映現實社會的中長篇小說。」❸此說爲不少大陸學者所採用，例如齊裕焜先生主編的《中國古代小說演變史》第六章〈人情小說〉就用了這個定義。❹然而，此一定義卻將短篇的話本小說排除在外，方正耀先生說：「明末興起的擬話本，相當一部分可屬『人情範圍』，但明清人情派是指中長篇體製的作品，而擬話本保持了話本短篇體製的特點，自立一派。」❺這是很

❷ 魯迅《中國小說史略》（臺北，唐山出版社，一九八九年），頁一八七。

❸ 方正耀《明清人情小說研究》（上海，華東師大出版社，一九八六年），頁一八。

❹ 齊裕焜《中國古代小說演變史》（蘭州，敦煌文藝出版社，一九九〇年）頁三四三。

❺ 同註三。

奇怪的解釋，既然用「題材」作為分類的標準，怎麼又提出體製這個不相干的元素來混淆？其實把短篇的話本小說從「人情小說」中剔除，只是方先生為了縮小研究範圍的一種權宜之計，並不完全合於科學分類的原則。方先生自己也說：「必須指出的是，中篇的界線不易劃定，擬話本中就有一些拉長的短篇。因之，我們把擬話本中三回以上的人情作品視為中篇，都歸入了人情派。」事實上以回數來區別中短篇是很有問題的，例如《古今小說》卷一〈蔣興哥重會珍珠衫〉才一回，卻有一萬七千多字，《警寤鐘》卷一〈骨肉欺心宜無始〉分成四回卻一共只有一萬三千字左右，豈能因此而將前者視為短篇而後者視為中篇呢？故既然以內容分類，就不要摻入形式的因素，否則就會有糾纏不清的情形。筆者認為，「人情小說」是以內容分類的小說類名，話本小說中題材、性質和內容合於定義的，沒有理由排除在這個類名之外。

林辰先生用了一個範圍比較寬廣的類名——「人情世態小說」，來稱呼「和神話怪異小說相對而言，是直寫人世、人事、人情的小說。」並說：「這一類小說，內容十分廣泛，既包括男女愛恨之情，憤世疾俗之情，也包括人心善惡、世態炎涼、為人處世……等情。」❻林辰先生的「人情世態小說」範圍顯然比方正耀先生的「人情小說」廣泛得多。此外，林先生也不排除短篇的話本小說，所以他說：「通俗的人情世態小說，則崛起於明末。長篇小說以

❻ 林辰《明末清初小說述錄》（瀋陽，春風文藝出版社，一九八五年），頁八。

《金瓶梅》為代表，短篇有《三言》、《二拍》，中篇有《鼓掌絕塵》等。」❼而我們對照魯迅最早對「人情小說」的界說，即包含「離合悲歡、發跡變泰，描摹世態、見其炎涼」的小說，會發現和林辰先生的說法較接近，而方先生把「人情小說」的題材限定在「家庭生活、愛情婚姻」，就不免過於狹隘了，因為有些寫社會生活的小說（例如賭場、乞丐生活），就不屬於家庭生活，其內容也未必和「愛情婚姻」有關，但所寫還是普通一般的「人情」，不能將他排除在「人情小說」之外。

然而，筆者對林辰先生的「人情世態小說」一詞仍略有意見。因為，「人情」、「世態」本來就是一體的兩面，人情從世態中表現，世態中不外乎人情，林先生也說這類小說包括的是：「男女愛恨之情、憤世疾俗之情，人心善惡、世態炎涼，為人處世……等情。」這些都可以說是普通一般的「人情」，所以就林先生的界說，「人情小說」一詞已足以盡之，實在不必增添「世態」二字，因此本章採用「人情小說」一詞，但不僅以「家庭生活、愛情婚姻」為題材，而包括更廣泛的社會生活，又不僅限於中、長篇小說，而包括短篇小說。總之，本章所謂的「人情小說」，是「以家庭生活、社會生活、愛情婚姻等為題材，以普通的人情事物為對象，反映現實生活的小說。」

「人情小說」是清初小說的主流，我們在第一篇第二章第三節論文學思潮時已經討論過

❼ 同前註，頁一〇。

了。若單就「話本小說」而言，其情形也很明顯，在現存兩百多篇清初前期的話本小說中，除了前述的幾篇「時事小說」，以及下一篇才會論及的靈怪小說、軼事小說、英雄傳奇小說、儒林小說、翻案小說、官場小說等篇數不多的各類小說之外，六成以上是人情小說（當然，人情小說是一個大類，和其他各類小說做類比並不週延）。這些人情小說因題材的不同，又可以細分爲：才子佳人小說、家庭小說、社會小說和艷情小說，本篇將分別予以析論。

第二節　短篇的才子佳人小說

一、才子佳人小說的特徵

「人情小說」是清初小說的主流，而「才子佳人小說」又是清初人情小說的主流。據陳大康先生的研究，在清初前期的人情小說中，「才子佳人小說」的作品「數量最多，影響也最大。」❶林辰先生也說：「才子佳人小說是人情世態小說在清初最爲風行的一個流派。」❷不過陳、林二先生所說的「才子佳人小說」，都僅限於長篇（或中篇）章回小說，並不把

❶ 陳大康《通俗小說的歷史軌跡》（長沙，湖南出版社，一九九三年）頁一九一。

❷ 林辰《明末清初小說述錄》（瀋陽，春風文藝出版社，一九八五年）頁四四。

話本小說中的才子佳人故事列入其中，這也是研究明清小說學者的共同觀點。

我們在第一篇第三章第四節曾討論過才子佳人小說的起源問題，當時曾以明末話本小說中的才子佳人故事，如《二刻拍案驚奇》中的〈莽兒郎驚散新鶯燕〉、〈同窗友認假作眞，女秀才移花接木〉，以及《鼓掌絕塵》風、雪二集等，爲才子佳人小說的直接來源。尤其《鼓掌絕塵》風、雪二集是以十回的篇幅寫才子佳人故事的，甚至於比後來的才子佳人小說《炎涼岸》的八回還要長。而明末話本小說中的才子佳人故事除了哺育出拉長的章回體才子佳人小說之外，本身也仍在發展，所以到了淸初，話本小說中的才子佳人故事有的和章回體的才子佳人小說合流，二者無論小說的基本結構或人物的特徵都沒有什麼不同；有的則自成一格，或與時事結合，或摻雜了神怪色彩，或利用巧妙的情節設計，表現出各種繽紛的風貌，並沒有被才子佳人小說的流行模式所限囿。

那麼，才子佳人小說的流行模式是什麼呢？林辰先生曾說：「一般說來，所謂才子佳人小說指才子和佳人的遇合與婚姻故事，它以情節結構上的：㈠男女一見鍾情；㈡小人撥亂離散；㈢才子及第團圓。這樣三個主要組成部分爲特徵的。也有人把作品中的人物身分和情節結構混合一起，分爲五條：㈠男女雙方的家庭，都是官僚或富家；㈡男女雙方都是年輕美且有才；㈢男女個人以某種機緣接觸，往往以詩詞唱和爲媒介；㈣小人撥亂其間，男女離散；㈤男方及第，圓滿成功，富貴壽考。無論三條或五條，都說明了才子佳人小說的一般特徵。」

❸胡萬川先生除了提出「相見相戀」、「歹人攪局」、「畢竟大團圓」三個有關才子佳人小說的基本結構，和林先生之說大同小異之外，對於小說中的人物特色有更爲細膩的分析。茲概括臚列如下：

①首先就才子來說，其所謂「才」，通常指「詩才」、「文才」，又以「詩才」爲最重要；此外，不但要有才，還要貌，「他們個個都一定是俊秀的美男子」。

②再說佳人，「當然美貌是必不可少的必要條件，……同時還須是『才女』。如果單單有美而無才，則算不上是佳人。」

③而才子佳人除了上述特徵之外，「通常又賦予他們不平凡的出身，他們若不是世家子弟，就是顯宦名臣之後，而且十之八九是獨生子或獨生女。而他們的雙親、先祖，不論在朝在野，尚存或已逝，幾乎是清一色的正直善良，忠貞爲國。」

④在才子佳人「中間，往往有一個知情識趣的俏丫頭代爲穿針引線。……這些俏丫頭通常也知書識字，柔媚可人，……往往在替小姐傳詩遞簡之餘，自己先做了才子的入幕之賓，而多半在後來也隨著小姐成了才子的妻房妾侍。」

---

❸同前註，頁六〇。

另外就大團圓結局來說，「它們通常不只是有情人終成眷屬而已，而且是苦盡甘來，榮華富貴集一身。才子們於飽受風霜之後，不是中了狀元，就是做了兵馬大元帥，反正是高官厚爵，顯赫一時。……更難得的是他們生下的孩子不論有幾個，一定個個成器，人人像樣——必得如此才是大完美的大團圓。相對的，那些以前生計陷害他們的歹人，則個個都罪有應得，不是死，就是貶，更有的禍延子孫，弄得妻離子散，蕭條不堪。」❹

以上是研究才子佳人小說的兩位學者所歸納出來的，章回體才子佳人小說的典型特徵，或可以說是才子佳人小說的「公式」和「條件」。

二、本期話本小說中的才子佳人小說

現在，我們來看看本期話本小說中的才子佳人故事是否合於這些「公式」和「條件」，茲先依照大概的年代先後，列敘寫才子佳人故事的話本小說於下：

㈠《風流悟》第八回（約作於順治年間，又收入《西湖佳話》卷十一）

本篇寫才子文世高「因慕西湖佳麗，來到杭州」，與「善能吟詩作賦」的佳人劉秀英一

---

❹ 胡萬川〈談才子佳人小說〉，載《話本與才子佳人小說之研究》（臺北，大安出版社，一九九四年），頁二〇七—二二六。

見鍾情之後的離合故事。林辰先生曾說：「在才子佳人小說中，男子出外訪女之事甚多。」❺本篇算是話本體才子佳人小說中的一例。後來在幽會時，文世高不慎失足喪命，嚇得劉秀英也自縊而死，卻因有人盜墓，無意中救活了文、劉二人。兩人在過了一段逍遙的日子之後，秀英與家人重逢，此時劉父嫌文世高貧寒，棄之而不顧，幸好文世高後來金榜題名，劉父才換了副面孔，將他贅入家中。結局當然是美好無比，還「傳滿了杭州城內外，遂做了湖上的美談」。

(二)《十二樓》〈合影樓〉篇（順治十五年左右）

本篇雖是才子佳人小說，但李漁另有作意，主題在於說明男女之情是隔不斷的，與其強加禁絕，不如拆掉圍牆，搭一座橋好好溝通。何滿子先生說：「李漁嘲笑禮教對男女防閑的無力，他在小說中築起一垛道學家『男女授受不親』的高牆，並且把這垛高牆推倒，以象徵禁慾主義的防閑及其失敗，從而把這個尋常的才子佳人故事靠這點象徵的支撐擔當起反道學、反禁慾主義的題旨。」❻本篇還有一點異於一般的才子佳人小說，即雖有男女主角詩詞唱和的情節，但兩人相悅慕的最初動機卻是因爲外貌相似，而不是看重彼此之才。此外，其

❺ 同註二，頁一八七。

❻ 何滿子《中國愛情與兩性關係》（臺北，商務印書館，一九九五年）頁一三八。

中並沒有小人撥弄的情節，婚姻的阻力在於女父爲道學家，對於男方家庭的風流習性不滿。

本篇還有第二女主角，即媒人路公的女兒錦雲，路公爲男方向女方說媒不成，乾脆將自己女兒許配給男主角珍生，不料珍生不領情，定要娶與自己容貌相似的女主角玉娟，路公只好退婚，女兒卻又不答應，認爲是「把個如花似玉的女婿送給別人。」可見錦雲愛的也是珍生之貌，而非其才。最後經過路公巧妙的安排，先將珍生贅入家中，並認爲義子，再迎娶玉娟，成就了一夫二妻的美滿結局。珍生後來「連登二榜，入了詞林，位到侍講之職。」一夫二妻、夫榮妻貴，這都是才子佳人小說之俗套，李漁也不能免俗。

㈢《五色石》卷一〈二橋春〉篇（順治至康熙初年之間）

本篇小說在入話中開宗明義的說：「天下才子定當配佳人，佳人定當配才子。」而篇中的男女主角可以說是典型的才子佳人：男主角黃琮雖是官宦之後，但幼年喪父，生得人物俊雅，詩才洋溢；女主角含玉是前福建按察司陶尙志的獨生女，「生得美麗非常，更兼姿性敏慧，女工之外，詩詞翰墨，無所不通。」還有第二女主角碧娃，是白推官的獨生女，「聰明美麗，與陶小姐彷彿。」又有一位俏丫鬟拾翠，「才貌雖不及小姐，卻也識字知書，形容端雅。」從中撥弄的小人叫做木一元，是貪官木釆的獨生子，不但長相醜陋，而且文理不通，專門剽竊黃琮的詩文來騙取陶公的信任，又使陶公誤以爲黃琮有貌無才，差一點捨才子黃琮而將含玉許配給他。後來因爲露出馬腳，致使求婚不遂，木氏父子又利用職權公報私仇，使陶家陷入困境。黃琮誤以爲陶小姐病故，轉而和白小姐訂親，誰知陶小姐並未死，黃琮便和白小姐成親，然後贅入陶家。新婚之夜，由於黃生曾錯聽陶小姐的死訊，爲了處罰，小姐不肯來圓房，先由侍兒拾翠瓜代。於是黃生不但坐擁雙美，更得一美妾，後來黃琮探花及第，二妻一妾皆生一子，「俱各顯貴」，其結局之圓滿可說是無與倫比。至於惡人木采父子，父被革職聽勘，木一元則罰他當黃琮的媒人，以懲其阻人婚姻之過。

(四)《五色石》卷四〈白鉤仙〉篇（順治至康熙初年之間）

本篇小說是將才子佳人小說的基本結構放在明朝太監汪直專權的歷史背景之中進行的，並且在小說中加入了神異色彩。男主角呂玉「才貌雙美」，而女主角陸舜英也是「才色兼美」，他們在一見鍾情之後，只待呂玉中了進士即有可能成親。但舜英的哥哥逢貴一向以趨奉汪直陞官，呂玉卻最恨汪直，汪直生日，逢貴央呂玉代撰壽詩，呂玉卻在詩中嘲諷汪直，逢貴向汪直出首，使呂玉在中舉之後又被革去功名，還要提解進京究問。但逢貴也沒有好的下場，他在陞爲四川指揮使時，被亂兵殺死，陸小姐則在跳潭時被她十年前所救的蛇精救回，前去投靠姑姑任夫人。呂玉在進京途中遇到亂兵，差人被殺死，呂玉逃過一劫，正好任夫人之子任蒨也被殺，呂玉於是竊取屍體上的文書，裝扮成任蒨，在陝西應舉，又中了舉人。假任蒨請任夫人代爲掩飾，任夫人答應了，並將姪女嫁給呂玉，新婚之夜才知道原來兩人就是當初的才子佳人。後來汪直倒台，呂玉復了本姓，狀元及第，官至文華殿大學士，舜英封爲一品夫人，仍是夫榮妻貴，圓滿結局。

(五)《五色石》卷六〈選琴瑟〉篇（順治至康熙初年之間）

本篇是才子佳人小說別具一格之作，才子爲福建舉人何嗣薪，佳人爲財主獨生之女隨瑤姿，這樣的出身背景並無特異之處，特別的是穿針引線的不是俏丫鬟，卻是瑤姿的母舅—罷官休居的名士郗樂。瑤姿之父托郗公代覓佳婿，郗公於是進京，在經過假名士宗坦自導自演的一齣鬧劇之後，終於與眞才子何嗣薪相見，完成了訂親交換信物的任務。但何嗣薪又不放心，親自到隨家要確定瑤姿是否是眞正佳人，不料見到的是郗公的女兒嬌枝，因爲名字的聲音相近，何嗣薪將長相既平凡，才又不甚高的嬌枝誤認爲瑤姿，大失所望，回京後向郗公要求退回信物。想不到，隨家曾有另一位福建舉人何自新來訪，「相貌粗俗，舉止浮囂」，瑤姿親試其才，發現他經術不通，才疏學淺，瑤姿以爲他就是郗公曾提過的「何嗣薪」，此時正好郗公派人送來訂婚信物，大驚失色，立刻將信物退回。後來何嗣薪狀元及第，郗公再托嗣薪的座師趙公提親，嗣薪亦要求面試瑤姿。最後當然是才子對才女，「男女雙學士，夫妻兩狀元」，你歡我愛的結局。而不能免俗的，還有才子當到禮部尙書，佳人誥封夫人，所生二子俱顯貴的後話，再回到才子佳人小說的既定格局之中。

(六)《五色石》卷八〈鳳鸞飛〉篇（順治至康熙初年之間）

本篇亦是典型的才子佳人小說，但除了追求自由婚戀的主題之外，更有一個讚揚忠僕義婢的重要主題。而特別的是，這對僮婢不僅忠肝義膽，也是才子佳人一流的人物，據此，可以側面了解才子佳人小說向各類小說滲透的現象。才子名爲祝鳳舉，一如才子佳人小說的通例，爲獨子，母親已去逝；佳人名爲賀鸞簫，「姿才雙美」，亦爲獨生女。忠僕名爲調鶴，「頗通文墨，與祝生年相若，貌亦相似。」義婢名爲霓裳，「論他的才，雖不及鸞簫這般聰慧，若論容貌，與鸞簫竟是八兩半斤。」篇中有一大段鳳舉和鸞簫詩詞唱和的情節，妙的是傳詩遞簡的不是俏婢女霓裳，而是鸞簫小姐打扮成霓裳親自去和鳳舉見面，而霓裳也不甘示弱，裝扮成小姐去和鳳舉私會，捷足先登成了公子的入幕之賓。造成婚姻阻力的是奸相裴延齡，以及鄉宦楊迎勢。祝公上疏劾裴相不恤飢荒，忤了裴相，被逮下獄，家屬流竄嶺南，調鶴願意代替祝生，鳳舉則裝扮成童僕，隱居避禍。賀公爲救祝公，也被裴相逮入獄中，妻女入宮爲奴，霓裳願代小姐入宮，鸞簫則寄居在霓裳姨母的家裏。楊迎勢爲感激裴相的提拔，強押鸞簫進京要獻給裴延齡，幸好裴妻悍妒，才得領回，並將楊迎勢革職。楊迎勢反告裴相誅求賄賂，結果裴、楊二人俱革職遠戍，惡有惡報。加上霓裳在宮中和宓妃感情密切，皇上於是赦免祝、賀二公，兩家俱得團圓。最後，義僕調鶴被授爲雲州刺史，祝鳳舉御前面試，賜其狀元及第，鸞簫、霓裳皆歸鳳舉，並封爲夫人。後來霓裳所生之子做了駙馬，鸞簫之子早歲登科，祝生官至宰輔，調鶴官至節度，結局可謂功德圓滿。

(七)《八洞天》卷三〈培連理〉篇(康熙中期以前,晚於《五色石》)

本篇可說是才子佳人小說的變體,因爲篇中的才子是一名瞽者。這才子姓莫名豪,本來是「丰姿秀美,文才敏捷」的標準才子,卻因飲多了新酒而染上目疾,又被庸醫所誤,竟成瞽目。佳人晁七襄是個獨生女,「姿容彷彿天仙,聰明勝過男子」,不幸父親早逝,和母親相依爲命。還有一個俏丫鬟春山,「也生得娉婷伶俐,頗知文墨」,和七襄姊妹一般相愛。

從中撥弄的小人是七襄的表哥黎竹,一心想將表妹嫁給富家子弟古淡月續弦,但莫豪和七襄都愛彼此的才華,開明的晁母也嫌古淡月是紈袴子弟,寧願將女兒許配給貧士莫豪。莫豪眼盲之後想要退婚,七襄卻堅守婚約,又用計讓春山和莫豪同宿,「自此一夫一妻一妾,情好甚濃」。後來莫豪當了浙江布政司的書記,替布政司上了幾個解抒民困的奏本,因而夢中被神人抽換雙眼,得以重見天日。莫豪離家多日,黎竹騙七襄說莫豪已死,哄她改嫁,七襄和春山乃千里尋夫,至莫豪船上,布政夫人要試二人眞心,也說莫豪已死,勸二人改嫁,又對莫豪說,要介紹兩個姿容絕世的佳人給他。當然三人都情堅似鐵,等到說明眞相時,三人反而不信事實了,蓋莫豪不信從未見面的妻妾如此美貌,而二女也不信「兩目黑白分明」的美男子是從前的瞎丈夫莫豪也。後來莫豪蒙明太祖召見,欽授爲翰林院修撰,又因撰文稱旨,加官進職,妻妾俱受封誥,各生一子,永樂年間,同舉進士。至於惡人黎竹,「爲人所訟,黜退前程,問了徒罪」,「古淡月家爲火所焚,其人亦臥病不起。」「善有善報,惡有惡報」,作者、讀者皆大歡喜。

(八)《人中畫》〈風流配〉篇（順治至康熙初年之間）

這是一個「千古佳人才子風流配合」的故事。才子司馬玄，「生得骨秀神清，皎然如玉，賦性聰明，一覽百悟，十八歲就中了四川解元。」他在考場上，把卷子送給遭人欺負的舉人呂柯，使他中了進士第十名，入了翰林，自己則在京中各處遊覽，「要各處尋訪個絕世佳人。」這又是才子佳人小說中，男子出外訪女故事的又一例。本篇的佳人有兩位，一是呂柯座師華嶽的獨生女兒峰蓮，不但人長得漂亮，更是「聰敏異常，詩書過目不忘，文章落筆便妙」，而且極爲自負，曾爲父親做壽詩，「自謂壓倒長安這些腐朽公相」。後來見到司馬玄的和詩，不禁大爲嘆服，遂有了愛才之心，後來呂柯做伐，就訂了親，約定中了進士之後成婚，「那時宮花結綵，更爲全美」。本來一切順利，只等司馬玄進士及第故事就完了，誰知風流才子卻並不專情，又看上了另一位佳人，因而生出一段風波。第二位佳人名爲尹荇煙，卻是鄉下人的女兒，只因長得好，鄉宦李閣老加以調教，成了「一個女中才子」。司馬玄無意中發現她的詩文，愛若拱璧，又央呂柯前去說媒，翰林老爺作媒，當然一說就成。但紙包不住火，華家聽說司馬玄別訂婚姻，大爲惱怒，華峰蓮則不肯認輸，要和尹荇煙比個高下。於是父女定計，峰蓮裝扮成司馬玄，將荇煙迎娶到華家。司馬玄以爲尹荇煙被豪家娶走，大失所望，探花及第後，要迎娶峰蓮，又爲華家所拒，兩美俱失。誰知峰蓮和荇煙佳人愛佳人，竟結爲姊妹，在戲弄過司馬玄之後，還是雙雙同嫁探花郎，一夫二妻，彼此愛慕，「到了花朝月夕，閨中韻事無所不爲，不減河洲之睢鳥。」本篇沒有一般才子佳人小說「小人撥弄」的情節，而代以才子不專情所造成的頓挫，亦是別具一格之作。

(九)《五更風》〈雌雄環〉篇（順治至康熙初年之間）

本篇故事相當複雜，而故事的曲折性建立在重重的誤會之中。男主角花水文，「雖係巨族，遺業涼薄，父母早喪，……一切詩詞歌賦、琴棋簫管，無不精曉。」是典型的才子。女主角殷文玄，爲「前朝故工部殷虛齋公之女，亦父母早喪。依姑娘蕭夫人撫長，……無書不讀，下筆如繡。」也是典型的才女佳人。他們在一見鍾情之後，彼此留下了屬於別人的信物，致使文玄以爲對方是水文的族兄花儼如，水文以爲對方是蕭家的瓊玉小姐，一連串的誤會，使花家受盡委曲，幾遭滅門之禍。誤會的主要關鍵，在於文玄將蕭家最寶貴的雌雄環中的一枚送給了花水文，而蕭家一直以爲玉環在花儼如處，所以用盡手段逼花家交還，無辜的花儼如不知禍從何起，被陷害入獄，「可憐百萬家資，一旦灰燼」。等到花水文探花及第，蕭家提親，願將文玄許配給他，水文還不答應，一心要娶誤會中的蕭小姐。後來眞相大白，環歸原主，花水文和殷文玄、花儼如和蕭小姐成爲兩對佳偶，水文和儼如，「兄弟官至極品，子孫富貴不絕。」

(十)《珍珠舶》卷四（康熙十至二十年之間）

本篇小說的時代背景爲明清鼎革之際，有流寇作亂，清兵掠奪民女的情節，所以不像一般才子佳人小說的遠離現實。才子謝賓又爲舉人之子，其「風流雋雅，眞今日之潘安也。」可惜九歲時已成孤兒，與繼母常氏相依爲命。佳人杜仙珮是謝生父執杜公亮的獨生女，「生得如花似玉，識字能詩。」由於風聞謝生才貌兼美，乃潛入其居室題詩，許其中了舉人進士之後，可以聯姻。謝生回來看見，又高興又疑懼，「自言自語，整整一夜不寐」。後來經由俏婢彩燕的傳詩遞簡，兩人借著詩句互吐衷曲，並得以一睹芳容。不久流寇入侵，杜公起用，杜母臥病，才子佳人趁亂得有一夕之歡。其後謝賓又中舉，杜公許以進士及第便可成親，可惜謝生春官不第，杜公恩情漸疏，謝生怏怏而回。後聞流寇攻陷京師，杜公夫婦殉國，杜仙珮被劫南下，賴紫燕（紫色燕子）傳書，謝生在嚴將軍處尋回佳人，有情人終成眷屬。

(十一)《生綃剪》第十六回（康熙二十年前後）

本篇也是人才佳人小說之變體，和一般才子佳人小說最大的不同，是佳人竟失身於匪類，而可貴的則是，才子並不計較這一點，仍以大團圓爲結局。才子叫徐備人，還有一位配角也是才子，叫錢諒夫；佳人名張麗貞，是吳江縣廣文先生的獨生女，也是一名淹通詩史的才女；風流的使女叫做瓶芳。麗貞見了徐備人的詩作，便道：「眞是情人，眞是韻士……兒家願爲之執帚矣！」於是使女代傳簡書，詩詞往來，男歡女愛。由於張父要將麗貞聘給別家，麗貞情急之下，寫信給備人，相約私奔。不料此信誤送到備人逐奴戈二手上，麗貞、瓶芳被拐走，並雙雙於途中失身。後來徐、錢等人經過一段曲折的尋覓過程，終於分別在西湖畔和尼庵中尋回二女，最後是徐備人和張麗貞、錢諒夫和瓶芳，雙生雙旦結成連理的圓滿結局。

以上十一篇爲清初前期話本小說中的才子佳人小說，其中《五色石》就佔了四篇，稱得上是短篇的才小佳人小說的半個專集。下一章將先就《五色石》中的四篇才子佳人故事綜合討論，再以此爲基礎，綜合歸納本期話本小說中的才子佳人小說之特點，及其與章回體才子佳人小說之異同。

第三節　本期短篇才子佳人小說析論

一、短篇才子佳人小說的半個專集——《五色石》

《五色石》是爲了「學女媧氏之補天而作」（〈序言〉）的，其寫作目的，誠如歐陽健先生所說：「猶如席勒之所謂『試圖用美麗的理想去代替那不足的眞實』。」❶因爲作者認爲人世間的事事物物有太多的不完美，所以試圖用小說中美好的結局去加以填補，使人們產

❶ 歐陽健〈五色石、八洞天審美意趣的重大差異〉，載《明清小說釆正》（臺北，貫雅文化事業公司，一九九二年），頁二三七。

生希望，能夠「入耳滿志，舉向其所望其如是，恨其不如是者，今俱作如是觀。」也就是說，在眞實世界中難以達成而希望其能達成的，都能在小說世界中獲得滿足，從而使世界更充滿希望，更加的美好。在這種情況下，《五色石》所收的才子佳人小說，當然也就會極力誇張篇中主要人物品貌的優秀、才學的不凡，更會力求結局的完滿，好讓讀者在閱讀之後，獲得一種替代的滿足感。試看四篇才子佳人小說中的四位才子，竟有三個狀元，一個探花，就官職來說，一位當到宰相（祝鳳舉），兩位當到尙書（黃琮、何嗣薪），一位當到大學士（呂玉），都已位極人臣。這當然是作者理想的投射，也是用來滿足讀者期望的有心安排。

《五色石》的作者不反對一夫多妻，但也不特別強調，所以有兩篇的婚姻是一夫一妻的。但從一夫多妻的〈二橋春〉和〈鳳鸞飛〉兩篇看來，作者對於「情」的想法還是相當庸俗的。〈二橋春〉篇中的黃生，當他初見含玉小姐和使女拾翠時，第一個想法便是：「天下有恁般標致女子，就是這侍兒也甚風韻。」已有一箭雙雕之意，後來新婚之夜拾翠來代替小姐，黃生說：「小生自園中相遇之後，不但傾慕小姐嬌姿，亦時時想念芳卿艷質。」可見當初已懷二心，難怪後來已經和含玉小姐「互相心許」了，及在天竺寺見到白小姐，又驚喜道：「怎麼天下又有這般標致女子？」並遠遠的隨著她往來偷看。要知道他上天竺寺是爲了請求觀音大士保祐他和含玉的婚姻，誰知見了另一個標致女子，又魂不守舍如此，倘若娶了陶、白二小姐之後，再見到一個更標致的女子，那又如何？可知黃生雖然有才，卻不能說是有情。在〈鳳鸞飛〉篇，鸞簫假扮侍兒去會祝鳳舉，祝生謂：「今縱未得小姐遽渡仙橋，願得與小娘子先解玉珮。」小姐見祝生如此用情不專，竟毫不生氣。後來侍兒又假扮小姐去和祝生幽會，祝生當然是求之不得，即便「跪下求歡」。這和學者在討論才子佳人小說時，認爲「才子佳人小說提出了色、才、情三者一致的愛情觀」❷，是有所參差的。素政堂主人在〈定情人序〉中說：「情在一人，而死生無二定矣。情定則如鐵之吸石，拆之不開；情定則如水之走下，阻之不隔。再欲其別生一念，另繫一思，何可得也？」黃生、祝生若聞此言，豈不愧死？

才貌並重仍爲這四篇小說中才子佳人的共同特徵，但仔細分析，仍有重貌的傾向。在〈二橋春〉篇，陶小姐聽說黃生「有貌而無才」，決定自己去窺個究竟，後見黃生「聲音朗朗，態度翩翩」，便認爲他「不像個沒才的」，是見其貌而求其才，如果黃生之貌不佳，恐怕陶小姐後來也就不會要求母親面試其才了。又如〈白鉤仙〉篇，舜英極愛呂生之才，謂：「我若嫁得這樣一個才子也不枉了。」卻又想：「但他文才雖妙，未知人物如何？」於是跑去偷覷，及至「見他丰姿俊朗，眉宇軒昂，端的翩翩可愛。」才堅定想要和呂生「結百年姻眷」的念頭。同樣的，〈鳳鸞飛〉篇中的祝生見到鸞簫的詩作後，大爲嘆賞，但亦想道：「即使文才果美，未知其貌若何，我須在此探訪個確實才好。」可見都不是眞正愛才，乃是好色，而〈選琴瑟〉篇何嗣薪的表現更爲明顯，他本來因賞愛瑤姿之才，已經透過媒人交換信物訂婚約了，誰知在瑤姿家中錯認了面貌平庸的嬌枝小姐，回來後立刻就悔婚索回信物了。可見

---

❷ 齊裕焜《中國古代小說演變史》（蘭州，敦煌文藝出版社，一九九〇年），頁四〇一。

《五色石》書中的才子佳人固然才貌兼美，但字裏行間所透露的作者思想，卻是貌重於才的。因此，不但不能用「色（貌）、才、情」三者合一的愛情觀來看本書，甚至於單就「才、色」來說，都還不能合一。

再就才子佳人小說基本結構中「撥亂離散」的部分來說，四篇小說中的三篇大致上可以說是符合條件的，唯有〈選琴瑟〉篇例外。本篇的結構可能受才子佳人小說開山之作《玉嬌梨》的影響，《玉嬌梨》的男主角蘇友白也是錯將吳翰林的醜女誤認爲佳人白紅玉，所以堅辭翰林的求婚。但《玉嬌梨》爲長篇小說，情節曲折，除了誤會的部分之外，還有因同窗蘇有德之矇騙，使蘇友白落難，因而結識另一位佳人盧夢梨的情節等等。在〈選琴瑟〉篇則誤會的情節成爲婚姻阻力最重要，也是唯一的關鍵，當誤會解開時，「大團圓」的結局就完成了。〈選琴瑟〉篇中也有小人，如假名士宗坦，以及考試靠作弊的何自新，他們雖然影響了才子何嗣薪的功名之途，但並沒有在何嗣薪和隨瑤姿的婚姻過程中加以撥弄，也未造成所謂的「離散」，所以「小人撥亂離散」這個情節要素在本篇中是不存在的。

曹雪芹曾批評才子佳人小說：「至若佳人才子等書，則又千部共出一套，……不過作者要寫出自己的那兩首情詩艷賦來，故假擬出男女二人名姓，又必旁出一小人其間撥亂，亦如劇中之小丑然。」（《紅樓夢》第一回）這段話深刻指出了才子佳人小說的公式化（千部共出一套）現象，小說中的才子佳人，以及從中撥弄的小人，都是「假擬」出來的，所以缺乏眞實性。天花藏主人在《飛花詠小傳》的序文中明白道出：「才子佳人，不經一番磨折，何以知其才之愈出愈奇，而情之至死不變耶！」這番「磨折」自然也是「假擬」出來的，即使涉及歷史事件、社會生活，也顯得比較空泛。《五色石》中的才子佳人小說也有這樣的毛病，像〈二橋春〉篇對於貪橫的官吏木采有所批判，對他夤緣進學、賄賂中舉的兒子木一元有所嘲諷，然而篇中只寫木采爲兒子求婚不成，公報私仇，派女方的父親陶公率領老弱殘兵去對付山賊，使陶公兵敗革職，至於其報應，也不過是革職聽勘；而木一元則只讓他當黃生和兩家小姐的媒人，以報其阻人婚姻之仇，至於他假舉人的身分，也就聽其自然了。在這種情況下，所有的批判、嘲諷都顯得空空洞洞，毫無力量。又如〈鳳鸞飛〉篇對唐憲宗宰相裴延齡以及鄉宦楊迎勢的譴責，也顯得飄忽而不眞實，裴相復了楊迎勢的官職，楊進獻美女以爲謝，因而得罪了善妒的裴夫人，竟因此再被革職，楊迎勢懷恨反控，也害裴相丟官。立相廢相，是國家何等莊重的大事，因夫人悍妒而罷相職之事，史上罕見，小說如此安排情節如同兒戲。此外，主人公的受苦也都輕描淡寫，才子竄身爲奴，佳人投靠乳嫗，當曾發生難堪之遭遇，卻隻字不提，連才子佳人受「磨折」的過程都省略了，當然也就感受不到他們的堅貞之情，同時對於大團圓的喜悅之感也大打折扣了。

不過，〈選琴瑟〉篇對於科場弊端的揭發，以及〈白鉤仙〉篇對太監汪直的指控，就比較眞實而有力量。這兩部分我們在前面的章節中曾加以引述，此處不贅。值得一提的是，〈白鉤仙〉篇還加上了神怪的情節，這在早期才子佳人小說中是少見的。林辰先生曾說在康熙十幾年以後，有一派才子佳人小說，「雖然仍保存著才子與佳人的奇遇、恨別、團圓的故事框架，但充實這個框架的具體內容，已不單是愛情與婚姻了，而是摻入了神怪的、歷史的、戰爭的、訟獄的、科舉的、僧尼和妓女的故事。」❸才子佳人小說往多方面發展，應該是話本小說向其滲透的結果，而話本小說中的才子佳人小說則扮演了媒介的角色，《五色石》無疑是影響才子佳人小說發展的話本小說中相當重要的一部。

二、《五色石》以外的短篇才子佳人小說

和《五色石》一樣表現出貌重於才的有好幾篇，如《風流悟》第八回，文世高見到劉秀英的「傾城國色」，劉秀英見文世高的「一表非俗」，就都有了求爲婚配的想法，顯然以貌取人是第一著，不過後來秀英見到世高的詩箋，「見他寫作俱妙，越發動了個愛才之念。」對於「才」的部分，尙未完全忽略。至於《五更風》〈雌雄環〉篇，殷文玄見到花水文，「目搖神動」，就有欲嫁之心，實不知其才如何也。《珍珠舶》卷四，謝賓又的才名傳到杜仙珮的耳中，她的反應是悄悄的問侍鬟：「那生文才既妙，態貌如何？」侍兒彩燕告以：「若說起那謝秀才的風流雋雅，眞今日之潘安也。」杜小姐聽說，微微含笑，「自此留在心上」。很明顯的，若謝秀才態貌不佳，杜小姐自然也就不會將他放在心上了。而《十二樓》〈合影樓〉篇中的珍生、玉娟、錦雲也都是因外貌之美好而彼此吸引，尤其屠珍生雖能做詩，但表

❸林辰《明末清初小說述錄》（瀋陽，春風文藝出版社，一九八五年）頁八三。

現甚爲幼稚，當得知父親爲他和錦雲（而非和他外貌相似的玉娟）訂親時，「竟像小孩子撒賴一般，倒在爺娘懷裏要死要活，硬逼他去退親。」這樣可笑的舉動，實在是唐突了「才子」二字。

但也有重才輕貌的，《人中畫》〈風流配〉篇中的司馬玄，他所要尋訪的「絕世佳人」主要是指「才美婦人」，後來呂柯見了峰蓮的詩，馬上來對司馬玄說：「兄終日歎息天下沒有才女，小弟今日訪著一個。」司馬玄並不問此女是否貌美，見其詩後即謂：「若果是眞，這一番眞令我司馬玄想殺也！」後來無意間見到尹荇煙的詩，又爲之風魔，竟又去下聘，謂：「因想才難，自古歎之，況閨秀之才又難之難者，恐標梅有詠，失身村野，故越禮行權，先爲聘定。」因此司馬生雖說用情不專，實在都是一片愛才之心，事實上兩位佳人的長相他都未曾見過，所以後來才有峰蓮假扮司馬玄，娶回尹荇的惡作劇。《生綃剪》十六回，麗貞小姐見到徐備人的詩，便有「兒家願爲之執帚」的念頭，以後有書信來往，但並無苟且之事，徐備人亦並不曾見過麗貞小姐。後來麗貞被拐流落異鄉，不禁嘆道：「當初一點愛才的念頭，指望與徐郎美滿做夫妻，誰知到坐在這個所在！」但徐備人沒有令她失望，在千辛萬苦尋回佳人之後，毫不在意她是否失身，仍舊得到圓滿的結局。可見在這篇小說中，「才」是唯一的擇偶標準，不但不計其貌，甚至已經超脫於形骸之外了。《八洞天》卷三〈培連理〉篇更爲感人，莫豪欣賞七襄的才華，本以爲她是男子，欲與之爲友，「今既知是女子，決當與之爲配」；七襄也愛莫豪之才，不但不在乎他的貧窮，後來知道他雙眼已盲，仍然堅持要嫁他。

自互相愛慕到成婚，從婚後到復明以前，莫豪從來未見過妻子的長相，但仍不減其恩愛。復明後，見妻妾如此貌美，還不敢相信是真的。

上述這幾篇是極為可貴的，因為一般的才子佳人小說雖說也把「才」放在很重要的位置上，又提出「才貌合一」的論點，如《玉嬌梨》第五回中蘇友白所說的：「有才無色，算不得個佳人；有色無才，算不得個佳人。」但其實說穿了，色還是第一位，如《女開科傳》第一回麗卿所說的：「無鹽、嫫母，縱負奇才，對著這副尊顏，怎生看他得過？所以遴選女郎，畢竟色為第一。」這話在座的又張、思遠二人是首肯的。照這樣講，那七襄整天面對的是一個瞎子，是否就看他不過呢？倒是《平山冷燕》中的冷雪絳說得最好：「人但患無才耳，若果有才，任是醜陋，定有一種風流，斷斷不類一村愚夫面目，此可想而知也。」（第十三回）但話雖這麼說，她所思慕的平如衡，「卻生得昂昂俊秀，皎皎出塵，……至今尚依依夢魂間。」說了半天都是空話，在才子佳人小說中，未見那一位醜陋的才子和佳人相戀成功的；至於佳人就更不用說了，何嗣新一見嬌姿，蘇友白一見無豔，就都退避三舍了，那管她有才沒才。但上述的這三篇小說卻真正表現了對「才」的堅持，其思想境界比一般的才子佳人小說高得多了。

才子佳人小說公式化的傾向，在《五色石》以外的話本體才子佳人小說中，情形比較不嚴重。固然，「一見鍾情」仍是小說結構的基本開端，但情況多有不同，如〈合影樓〉是見到對方水中的倒影與自己酷似而鍾情的、《風流悟》第八回是驚鴻一瞥而種下情根的、〈培連理〉是在經過一番詩文的較勁之後，彼此互相愛慕的、〈風流配〉是才子有心尋訪才女，在見到才女的詩作後展開追求的、〈雌雄環〉爲佳人被才子的儀表所吸引，於是贈予表情之物，主動展開追求的、《珍珠舶》卷四以及《生綃剪》第十六回則都是佳人欣賞才子的詩作，主動向才子表示愛慕的。或男追女，或女追男，或男女同時表示愛意，或因愛其貌，或因慕其才，開頭的方式多種多樣，公式化的情形並不明顯。

其次，小說的第二階段，即一般才子佳人小說「撥亂離散」的部分，其情況也較章回體的才子佳人小說以及《五色石》複雜。在〈合影樓〉和《風流悟》第八回，婚姻的阻力來自女方的父親；《珍珠舶》卷四則來自未能進士及第，以及鼎革之際的動亂；〈培連理〉篇雖有小人黎竹的撥弄，但影響不大，主要還是佳人對於才子矚目的感情考驗；〈風流配〉篇則並無小人從中做梗，其婚姻之不順利乃是由於才子用情不專而自做自受；〈雌雄環〉篇的婚姻阻力來自「陰錯陽差」的情節設計，全篇組織是由重重「誤會」構成的；唯一由於「小人撥弄」而造成「離散」的，只有《生綃剪》第十六回。

最後就結尾的部分來說，才子佳人小說都以大團圓結局爲收場，並加上才子高官、佳人封贈、子孫成器等等的「後話」，做一個尾聲。此處卻有少數幾篇溢出了這個模式之外：如〈培連理〉是在才子佳人結合之後，繼續考驗彼此的感情是否堅貞；《風流悟》第八回則有兩次波折，第一次是在才子佳人幽會時，發生意外，然而在他們雙雙復活之後，遠走他鄉，本來已經完成姻緣，可以過著幸福快樂的生活了，可是這樣的安排畢竟不夠美滿，一來才子的功名尚未完成，二來未得家長的首肯，等於未取得在社會上立足的「執照」，周英雄先生在探討〈賣油郎獨占花魁〉故事時曾說：「在討論人情小說時，更不妨探討一下個人與家人的關係，並進一步留意一下泛家族主義對個人的影響。」❹所以賣油郎和花魁娘子一定要歸宗復姓，「如果沒有父母的追認，如果沒有兩代之間的大團圓，光男女雙方的情感並不能有長遠的進展，更無法獲得社會的承認。」❺同樣的，文世高和劉秀英的婚姻既未得到家長的同意，就無法獲得社會的承認，所以必須安排秀英與父母重逢，文世高高掇巍科，堂堂皇皇的贅入劉家才爲圓滿的結局。後來世高和秀英夫婦雖然隱居西湖，但其心情已經和當初逃離家園時完全不同，在完成社會儀式之後，他們才能眞正的「逍遙快樂」。

三、短篇才子佳人小說的藝術成就、進步思想及其不足處

傅騰霄《小說技巧》論及短篇小說時謂：「短篇小說因其『短』，而特別講究構思的纖巧和運筆的凝練。」❻話本體的才子佳人小說亦頗掌握此一原則，故不去鋪寫小人（或惡人）如何阻梗才子佳人的美好姻緣，而是利用「誤會」、「巧合」以及人爲的設計，使情節的進

❹ 周英雄〈賣油郎：從獨占花魁到歸宗復姓〉，載《當代》第二十九期，一九八八年九月，頁七三。
❺ 同前註，頁六一。
❻ 傅騰霄《小說技巧》（臺北，洪業文化公司，一九九六年）頁二二。

展出人意表，或是加上命運作弄的安排，使才子佳人的受難顯得無辜，以賺取讀者的同情。像〈培連理〉篇，才子與佳人已經訂了親，才子莫豪卻目疾復發，因爲想趕快治好，於是急病亂投醫，愈醫愈糟，本來不瞎反而治瞎了，這就增強了小說的戲劇性，使讀者爲他的婚姻捏一把冷汗。又如〈風流配〉，本來司馬玄和華峰蓮乃是天作之合，他們的順利結合使人有得之太易的感覺，誰知忽然殺出一個尹荇煙，小說的張力立刻由三方面的拉力形成，讀者此時不免責怪司馬玄的三心二意，正不知他將如何收場，不料奇峰突起，竟出現華峰蓮迎娶尹荇煙的場面，受難的反爲才子而非佳人，眞是大快人意。《生綃剪》第十六回有太多的巧合：約才子私奔的信送到時，正好刁奴出現；在被拐賣的途中，「卻好撞著溫州推官」；刁奴在解送途中被老虎銜走，差人嚇跑時「劈面撞著一個人」，「你道這人是誰？正是徐備人」；佳人流落西湖，竟然在湖邊和備人相遇，幾乎全篇的結構都由巧合組成的。至於〈雌雄環〉篇的一場誤會，使才子佳人隔離，使無辜者受害，也有極佳的戲劇效果。

然而正如楊義先生對李漁小說的評論：「李漁給話本小說帶來了『戲』或『無聲戲』的觀念，也帶來了喜劇性的體制。他的一些小說寫得尖新奇巧，在造物捉弄人、人捉弄造物之中，散發著陰錯陽差的喜劇味。」❼話本中的才子佳人小說也都散發著「陰錯陽差」的喜劇味，它們喜感有餘，卻缺乏一種沈重的力量，即使像《珍珠舶》卷四那樣，放在鼎革之際，

❼ 楊義《中國古典白話小說史論》（臺北，幼獅文化公司，一九九五年），頁二五二。

流離失所的動亂環境之中，仍然感受不到絲毫離亂的感傷。更諷刺的是，當男主角功名失意，致使婚姻無望之時，一場驚天動地的大災難，竟成為他和有情人終成眷屬的機緣，如果沒有動亂，佳人就會另適他人，然而，佳人的父親殉國了，來自這一方面的阻力也同時消失，作者的巧妙安排固然成全了才子佳人的美好姻緣，卻把國破家亡的哀痛沖淡得幾乎無影無蹤了。〈雌雄環〉也一樣，篇中簫翰林為了取回玉環，和鐵相國聯手，明知花家並無謀反事實，卻因為索環不成，幾乎害其家破人亡，這些官吏橫行無忌，為非作惡，理應嚴加譴責，不料為了才子佳人的配合，花家反而和簫、鐵二家結為姻緣，這等於默許官紳為惡，淆亂了是非的分際，使小說的大團圓結局蒙上了陰影。此外，像《五色石》卷四〈白鉤仙〉，以及《八洞天》卷三〈培連理〉，這兩篇都增加了神異的情節，這固然豐富了才子佳人小說的題材，降低了公式化結構帶來的單調之感，然而，無論是前者的白蛇報恩救佳人，或是後者的神明嘉許善行為才子抽換雙眼，在小說裏都發揮不出多大的作用，神異情節的運用應像《聊齋志異》那樣有其深刻的寓意，而在此處，這些神異不過是增加一點果報的插曲，不但放射不出感人的光芒，反而使小說的思想顯得更加的庸俗了。

因此，話本體的才子佳人小說雖然由於作者的精心設計，在小說開頭和中間的部分公式化的情形較不嚴重，不會像章回體的才子佳人小說令人有「千人一面、千部一腔」的感覺，然而其人為造作的痕跡仍然甚為明顯，其真實性和感人的程度同樣有所不足。

才子佳人小說一改「女子無才便是德」的傳統觀念，極力歌頌佳人文才、詩才，如〈選琴瑟〉篇中的「當今第一名士」何嗣薪，在和佳人瑤姿比試三場之後，不禁自嘆不如，謂：「小姐才思敏妙如此，若使應試春闈，晚生自當讓一頭地。」監場的趙公也說：「朝廷如作女開科，小姐當作女狀元。」〈鳳鸞飛〉篇中的祝生也說：「小姐詩才勝我十倍。」《人中畫》卷一，華嶽讚美自己的女兒峰蓮說：「我兒詩才日勝一日，眞是閨中異寶。」峰蓮自己也「自謂壓倒長安這些腐朽公相」，頗爲自負；又有個尹荇煙，詩才更高過才子司馬玄。突出了佳人之才固然是對女子以無才爲美德的傳統思想的一種反動，但這是否就表示女子之才受到重視，或婦女地位獲得提高呢？其實恐未必然，胡適曾說：

這個畸形社會向來把女子當作玩物，玩物而能做詩塡詞，豈不更可誇炫於人？豈不更加玩物主人的光寵？所以一般稍通文墨的丈夫都希望有『才女』做他們的玩物，替他們的老婆刻集子送人，要人知道他們的艷福。❽

這說法是有他的道理的。誠如康正果先生說的：「父權制的美學並沒有把女性的才華視爲一個獨立的人所具有的創造能力，而是把它作爲使得女人更加可愛、更適於玩賞的一種優點加

❽ 胡適〈三百年中的女作家〉，載《胡適文存》（臺北，星河圖書公司）第三集，頁六八〇。

以贊揚。」❾我們從小說中，明顯看見夫榮妻貴、一夫多妻、片面要求女子守節這些父權中心的思考模式，這些佳人都有極高的文學才華，有少數甚至於對學術能提出高妙的見解，然而且不說她們不想，也不可能在社會上建立事功，單就文學創作來說作者也不肯給她們一些獨立的肯定，她們的作品幾乎都是應酬之作。到最後，她們還是回到閨房，相夫教子還是這些佳人兼才女的最高成就。

不過有一點是值得肯定的，即部分小說對於女子失節採取了寬容的態度，例如在《生綃剪》第十六回中，麗貞和瓶芳雙雙失身於惡僕戈二，但才子徐備人、錢諒夫都並不在意而與她們成婚。又如《珍珠舶》卷四，杜仙珮被流寇所劫，後又落入清兵手中，「含羞忍辱，每不欲生」，顯然曾遭玷辱，但才子謝賓又仍然積極尋訪，後來成婚，「其夫婦眷愛之意，不待細表。」可見曾經失身的事實不影響他們夫妻的感情。事實上，雖然無論麗貞、瓶芳還是杜仙珮，她們都是無辜而受難，但不可否認的是，當時仍有以「餓死事小，失節事大」來要求失身女子殉節的輿論，如《清夜鐘》第二回的入話即對被掠婦女不能死節大表不滿，謂：「何女子善柔，不知羞恥，一至於此。」相形之下，《生綃剪》、《珍珠舶》二書作者的思想就顯得更加的可貴了。

另外還有一種進步思想也是值得嘉許的，那就是打破「父母之命、媒妁之言」這種由上

❾ 康正果《女權主義與文學》（北京，中國社會科學出版社，一九九四年）頁七六。

而下，權威式的主宰子女婚姻的陳腐觀念，而主張男女青年自由擇配的思想。這一點在章回體才子佳人小說中已經有所表現，例如在《玉嬌梨》第十四回中即對這種包辦式的婚姻大表不滿說：「不知絕色佳人，或制於父母，或誤於媒灼（妁），不能一當風流才婿而飲恨深閨者不少。」在《平山冷燕》第十五回，女主角山黛也感嘆因自己生長在「相府深閨」，「不幸門第高了，寒門書生，任是高才，怎敢來求？」深爲自己不能自由擇婿而怨恨。但這些曲折的講法，都不如話本小說主人公之言來得痛快，像在《五更風》〈雌雄環〉篇中，花水文道：「夫婦百年大計，豈可草草，世人多被父母媒妁拘卻，三瑞六禮，扭成圈套，誤盡生平。我花水文卻不輕易成就，世上若無佳人，情願終身不娶。」《二刻醒世恒言》下函第十回，李翱之女，「自恃才高，不肯嫁凡夫俗子，須要親自選中文才，然後肯嫁。」《人中畫》〈風流配〉中的司馬玄，父母要爲他議親，他不肯答應，謂：「古稱燕趙佳人，且等會試過，細訪一遍有無，再議不遲。」《五色石》卷六〈選琴瑟〉篇，作者在入話中對媒妁之言提出異議道：「娶妻卻不容你自選，不容你面試，止憑媒婆之口。往往說得麗似王嫱，艷如西子，及至娶來，容貌竟是平常，說得敏如道韞，慧如班姬，及至娶來，胸中竟是無有。」所以篇中的才子佳人都要親自見過對方之貌，試過對方之才，方肯答應親事。當然，允許子女自由擇配的父母，必然都是開通明理的，像《五色石》卷一〈二橋春〉篇，含玉的父母就是典型的開明家長，他們也爲女兒留心對象，並且以「才」爲擇婿的標準，由於木生的脫騙，他們誤以爲「黃生有貌，木生有才」，但仍不願冒然決定，要問：「畢竟女兒心上取那一件？」

後來含玉要求面試，終於讓木生露出馬腳，最後選中了「有才有貌」的黃生。〈培連理〉篇，七襄的母親在富翁古淡月來提親時，「嫌那古淡月是紈褲之子，又是續娶，恐女兒不中意，不肯輕許。」而七襄欣賞莫豪之才，窮光蛋莫豪來提親時，「晁母遂欣然依允」。這些家長都是以子女的幸福爲出發點，決不想攀附豪門，又以子女的意向爲意向，決不認爲是對自己權威的侵犯，可以說「三從」的第一從，即「在家從父」的觀念都被打破了，他們彼此討論，互相商量，最後均能得到圓滿的結局，像這樣的觀念和作法，當然是高明進步，値得喝采的。

不過，這批才子佳人小說在思想上也有若干的局限性。首先我們可以發現到，才子佳人講求「才、貌」雙全，連佳人也須是「才女」，誠如《生綃剪》第十六回入話所說的：「那才男去愛才女，才女去愛才男。看官，你道這個愛，叫我怎的形容得出。」這種愛是何等的「高雅」！然而，我們又見到，那才男一旦想要娶才女時，不是要「高佔名魁」才能「宮花結綵」（〈風流配〉），就是「得中之後，可以聯姻」（《珍珠舶》卷四），或是「但得秋闈高捷，還你京中自有好親事便了。」（〈白鉤仙〉）以功名有成爲才子求婚的必要條件，這樣的想法又是何等的「低俗」！探究其原因，自然要歸咎於我們在前章所分析的，明代中葉以後的讀書人在八股文化的孕育之下，除了舉業文章之外，一無是處。所以他們所謂的「才」，不過是八股文做得好，個個都是髫齡就進學，少年即中舉，視進士舉人如探囊取物一般，最後不是狀元，就是探花，說到經世濟民固然一竅不通，就是談到創業治家也是茫無所知。這些小說能在八股之外，特別表彰才子佳人的「詩才」，已經算是略高一籌了，然而詩做得好充其量也不過是個高明的「文人」而已，顧炎武說：「宋劉贄之訓子孫每曰：『士當以器識爲先，一號爲文人，無足觀矣！』然則以文人名於世，焉足重哉？」⑩清初前期的文學思潮是以「經世致用」之學爲主流的，然而這些才子佳人小說的作者卻只能躲在象牙塔裏做著白日夢，歌頌那些以詩詞逞才藻、用八股取功名的所謂「才子」，及以這樣的才子爲心目中的理想對象的「佳人」，不能不說是時代思潮中的一股逆流。

其次，如前文所析論的，多數篇章中的人物對於「才」、「貌」（或色）選擇，還是「貌」重於「才」（無論男女皆有此傾向），而對於「情」的想法還是相當庸俗，對於「情」的刻畫也是十分粗糙的。〈二橋春〉篇中的黃生、〈鳳鸞飛〉篇中的祝生、〈風流配〉篇中的司馬玄、〈合影樓〉篇中的珍生，都是用情不專的風流小生，他們根本不能體會「情在一人，而死生無二」（〈定情人序〉）的專一之情，不能了解「情不知所起，一往而深」（〈牡丹亭題詞〉）的深摯之意。至於像〈培連理〉篇中的莫豪不肯娶妾，佳人卻設計讓婢女與目不見物的莫豪同房，以遂其二女同事一夫之志，以彰顯她「不妒」的美德。娶妾有其特殊的時代背景，不能說一定是錯誤的，但作者謂：「自此一夫一妻一妾，情好甚濃。」字裏行間充滿了艷羨之意，不能不說他在思想上還是落伍的。總之，在這一批才子佳人小說中，我們看不到盪氣迴腸的戀慕、刻骨銘心的相思，不過是題一首詩、猜幾個謎、見一兩面，就決定一

⑩ 顧炎武《（原抄本）日知錄》（臺北，明倫書局，一九七九年）卷二十一〈文人之多〉條，頁五五二。

生的幸福。因此，我們雖然讚許才子佳人以「才」來選擇對象的進步思想，也肯定允許青年男女自由擇配的開明觀念，但也不應過分高估其思想的境界，畢竟，他們和所謂的「自由婚戀」還有一大段距離。像〈培連理〉、〈風流配〉、《生綃剪》第十六回等篇，才子佳人還不曾見過一面，不過見其詩文，就有求婚之舉，或有投奔之意，其他各篇雖曾一見，但也不過驚鴻一瞥，或只是略作晤談，根本談不上「戀愛」二字，像《紅樓夢》中寶玉和黛玉那種隱微婉曲、矛盾猜疑的戀愛心理的深入刻畫，在這裏是完全無法見到的。

《紅樓夢》第一回曾謂：「至若佳人才子等書，……其中終不能不涉於淫濫。」林辰先生認爲曹雪芹所謂的淫濫，並不是指淫穢情節的描寫⓫，這一點筆者非常贊同，因爲才子佳人小說筆調清新，很少觸及淫穢的情節。然而，林先生又說：「曹雪芹的愛情與婚姻觀念和他所主張的方式，與清初的許多佚名小說家相比，顯然是保守和落後的。所以，在他的筆下，寶玉和黛玉只有心心相印的發自內在的情愛，卻不可能有積極的抗爭勇氣和行爲。……曹雪芹以上層大家公子小姐們處理愛情和婚姻的觀念與方式，去衡量大膽潑辣的自主婚姻；才子佳人小說中的男女主人，雖以公子小姐標其身分，實則反映了下層社會的要求婚姻自主的願望。……曹雪芹以『淫邀艷約，私訂偷盟』做爲才子佳人小說『終不能不涉於淫濫』的理由。」

⓫同註三引書，頁七一。

⓬這些話筆者卻有疑議。首先，說曹雪芹的愛情與婚姻觀念和主張的方式較清初小說保守和落後，是難以令人接受的說法，就愛情來說，曹雪芹讓小說的男女主角經過相處、相戀，才相知、相許，這和才子佳人小說的一見鍾情相比，試問孰為保守？孰為落後？再就婚姻來說、曹雪芹讓女主角含恨而終，讓男主角遠離他所不愛的妻子而遁入空門，試問作者是否妥協於「保守和落後的婚姻觀念」？不能因為寶玉、黛玉沒有採取才子佳人「大膽潑辣」的婚戀方式，就認為作者曹雪芹的思想落伍，應該說，是曹雪芹對於才子佳人小說男女主人公莽撞的婚戀方式不以為然，誠如賈母所說的：「只一見了一個清俊的男人，不管是親是友，便想起終身大事來，父母也忘了，書禮也忘了，鬼不成鬼，賊不成賊，那一點兒是佳人？便是滿腹文章，做出這些事來，也算不得個佳人了。」⓭這些佳人並不眞正了解「情」為何物，只不過由於平時困處深閨，未有與男子接觸的機會，一時為男主角的才貌所吸引，便冒然有許嫁之心，其間並無所謂「相戀」的過程，其婚姻關係不過如曹雪芹所批判的「皮膚濫淫」而已。所以說才子佳人小說「終不能不涉於淫濫」，應是指此而言，「淫濫」者過度之意，才子佳人不知收斂、專一、深入他們的感情，因此說他「淫濫」，若要說曹雪芹是以「淫邀艷約，

⓬ 同前註，頁七三。

⓭ 此據馮其庸等所校注的《紅樓夢》（臺北，里仁書局，一九八四年）第五十四回，文字和林辰先生《明末清初小說述錄》頁七二所引略有不同。

私訂偷盟」做爲才子佳人小說「終不能不涉於淫濫」的理由，那麼《牡丹亭》、《西廂記》何嘗不是「淫邀艷約，私訂偷盟」，而在《紅樓夢》中對這兩部書的一再引述，不斷頌美又要做何解釋？⑭所以說才子佳人小說，包括本文論及的話本體才子佳人故事，其思想雖有進步的一面，但寫世態仍很庸俗，寫感情仍很幼稚，其實進步的程度相當有限，是不應該過度頌揚的，至於說他們的愛情婚姻觀念比《紅樓夢》進步，更是令人難以苟同的說法。

四、才子佳人小說對話本小說的影響

首先，從《二刻醒世恒言》下函第十回中，我們還可以看見才子佳人故事向仙道小說滲透的情形。篇中的才子爲盧儲，佳人爲（韓愈的學生）李翺之女，此女「是個女中學士，自恃高才，不肯嫁凡夫俗子。」盧儲向李翺投獻詩文，被李女見到，大爲欣賞，批爲「當代人豪」，李翺乃向盧生約定，「待中狀元，即歸完娶」，盧生果中狀元，李翺於是把女兒嫁給

⑭ 關於《牡丹亭》、《西廂記》在《紅樓夢》中的意義，脂批曾以爲曹雪芹對此二書持否定態度，而以四十二回寶釵的批評和黛玉的「心下暗服」，代表曹雪芹的觀點，事實上，黛玉服的不是寶釵的觀點，而是服她爲人的忠厚，因爲四十二回以後，黛玉並未減少對《牡丹亭》、《西廂記》二書的喜好，五十一回中更曾爲二書辯護，鄭培凱先生說：「黛玉爲《西廂記》、《牡丹亭》辯護一段，清楚地反映了黛玉對這兩部書的偏愛，也揭示了曹雪芹的同情態度。」見〈一時文字業，天下有心人——《牡丹亭》與《紅樓夢》在社會史層面的關係〉載《湯顯祖與晚明文化》（臺北，允晨文化公司，一九九五年）頁三〇三。

他。後來盧生典試出外，夫人因念成疾，一病不起，盧儲夢入仙山，方知自己是仙人東方曼倩座下仙僮鶴羽，夫人爲仙女鸞英，因思凡下界，成了夫婦，東方先生賜「續絃膠」一粒，「果係夫婦有情，生死不變其愛的，纔可與他。救其一命，再得人間歡聚。」鸞英果然得以復生，盧生又做了二十年宰相，然後辭官雲遊修煉，又過二十餘年，終於再返仙鄉。《二刻醒世恒言》所收二十四篇小說中，屬於仙道類題材的頗多，如上函第一回〈琉球國力士輿王〉、第六回〈桃源洞矯廉服罪〉、第九回〈睡陳摶醒化張乖崖〉、第十回〈五不足觀書證道〉，以及本篇〈崑崙圃絃續鸞膠〉，大多從篇名即知小說之性質，從各篇小說中所寫修煉成仙的故事，可知作者對於道教仙術頗有研究，可能是個「奉道之士」，李豐楙先生曾說：「造構仙道小說的作者，不管是道教中人或奉道文士，都深受傳統藝文訓練，而且能敏銳地因應當時的文風，採取最爲當行本色的文體，達到宣揚教義的傳教效果。」⑮本篇小說雖然傳教的意味不算太重，其題材亦是神仙小說的老套（如仙僮、仙女思凡下山），但將仙道小說結合當時最流行的才子佳人故事，的確可以說是「敏銳地因應當時的文風」，篇中的仙女以出身名門的才女形象出現，可謂深深烙印了明末清初的時代印記。

此外，《珍珠舶》卷二寫書生金集之的窮通遭遇、卷五寫書生東方白遇花神的故事，也都受到才子佳人小說的明顯影響。金集之見了秀玉的詩作，便請人作伐，不料秀玉的父親瞧

---

⑮ 李豐楙《六朝隋唐仙道類小說研究》（臺北，學生書局，一九八六年），頁三。

不起窮秀才，不但加以拒絕，還不許他再上門，後來缺錢赴省應舉，秀玉乃贈以盤纏，中舉之後，秀玉的父親便許婚，並於中進士之後成親，這些都是才子佳人小說的俗套。不過這些情節只佔小說三回中的一回，前後還有關於書生落魄、清官受禍的情節，所以不能把它定位爲「才子佳人小說」。卷五也一樣，東方白固然是才子，瓊芳小姐也是「能詩善畫，……生得姿容艷麗，舉世無二」的標準佳人，最後也是大團圓的結局，然而故事的骨幹卻是牡丹花神與東方生吟詩聯句，自薦枕席，以及臨行時贈玉燕釵，後來成爲東方生和瓊芳小姐的聘物，所以本篇性質應屬神怪傳奇，與《聊齋》故事略似，亦不能說是才子佳人小說。但從上面的敘述可以了解，做爲人情小說主流的才子佳人小說，影響了當時不同題材的話本小說，無論寫儒林、仙道、神怪都摻入了才子佳人的影子。

五、結　語

至此，可對清初前期話本小說中的才子佳人故事做一簡單結論：

清初前期話本小說中的才子佳人小說，在人情小說中佔了一定的分量。他們和章回體才子佳人小說「一見鍾情」、「撥弄離散」、「及第團圓」的基本結構大致相同，但在一見鍾情的部分有慕才或愛色的不同，在撥弄離散的部分因受短篇小說格局的限制，減少對於小人（或惡人）譴責或揭露的敘寫，而加強「誤會」、「巧合」的運用以及人爲的設計，在結尾的部分，有時不以才子佳人成婚爲最後結局，而寫出婚後的愛情考驗，或是成婚之後由於未得家長的許可，又重新面對阻力，但最後仍以及第團圓爲結局。總之，話本體的才子佳人小說公式化的情形較不明顯，無論開頭、結尾或情節的進行都較爲多彩多姿，顯示出作者在情節的處理上頗費苦心，使小說達到了很好的戲劇效果。然而，過多的人爲造作，使人覺得作者是在「編寫」故事，太多的巧合、太精心設計的誤會，減損了小說給人的眞實感受，也使人物過度的受到命運擺弄，失去了追尋自我的力量。

從思想的層面來看，這一批小說能夠打破「父母之命、媒妁之言」這種包辦婚姻的陳腐觀念，而主張男女青年自由擇配，這種思想是健康、進步，值得嘉許的，部分小說還能對婦女的貞節問題採取了寬容的態度，更是彌足珍貴。不過，也不能過於高估這些小說在思想上的進步，首先他們重色過於重才，又以取功名爲成婚之要件，或以能詩能文爲才之標準，這種想法不但是庸俗的，也是經世致用思潮的倒退；其次，對於「情」的想法過於淺薄浮泛，對於「情」的描寫也十分粗糙，其中沒有深情的刻畫，也沒有感人肺腑的情愛場面，幾乎談不上有什麼「戀愛」過程，嚴格說來連「婚戀小說」都談不上，曹雪芹認爲才子佳人小說「不能不涉於淫濫」，正可用來說明這些小說過於「濫情」，只能歸在「皮膚濫淫」這一邊。

此外，本期話本小說相當程度的受到才子佳人故事的滲透，不少小說插入了才子佳人小說的片段，這顯示做爲清初人情小說主流的才子佳人小說，對於清初小說界具有無與倫比的影響力；而相對的，話本小說以其豐富的內含，多樣化的情節設計，對於第二階段（康熙中期以後至雍正、乾隆）以後的才子佳人小說出現「與神魔、俠義、講史合流的趨勢」⑯也必然產生過重大的影響，但此一課題此處尚無法詳加闡述，還有待日後的進一步研究。

⑯ 同註二引書，頁三九一。

第二章　短篇人情小說中的家庭小說

第一節　家庭小說的界說以及白話短篇家庭小說之回顧

所謂「家庭小說」，指的是：「以家庭生活作爲小說的題材」❶，「以一個家庭爲中心，反映社會現實生活」❷的人情小說。「家庭小說」還不是一個被普遍採用的小說類名，但在「人情小說」這一個小說的大類之中，用「家庭小說」來和「才子佳人小說」做一個區隔是相當恰當的，後者的故事主要在寫婚前才子佳人的離合，通常寫到結成美滿姻緣就結束了，前者則著重在婚後家庭生活的描寫，家庭的成員自然不限才子佳人，不同階層人物的各種家庭生活，以及家庭生活所發生的各式各樣問題，都是家庭小說的主要內容。

❶ 齊裕焜《中國古代小說演變史》（蘭州，敦煌文藝出版社，一九九〇年）頁三七〇。

❷ 同前註，頁三七八。

前一章說過，清初的人情小說是以才子佳人小說爲主流的。然而，就話本小說而言，討論家庭問題的小說卻佔了更大的分量。前節所論及的才子佳人小說僅有十一篇，若加上含有部分才子佳人情節的幾篇，也不過十四篇，本節所要討論的「家庭小說」卻超過三十篇，佔本期話本小說全數的七分之一左右，這還是將有些專寫艷情的家庭小說剔除了，否則數量還要更多。

早期話本小說中，寫家庭生活的不多，《清平山堂話本》中的〈快嘴李翠蓮記〉觸及了媳婦與夫家相處不睦的情形，不過小說中的媳婦出口成誦，饒舌賣嘴，頗惹人厭，其實是說書人爲表演口才而編的故事，作意並不嚴肅。至於《三言》、《二拍》中的有些故事雖然取材於耳目見聞或日常生活，但無論寫商場致富、官場詭詐、清官斷案或是婚戀故事，傳奇色彩還是相當濃厚。像《三言》中的第一篇〈蔣興哥重會珍珠衫〉可以說是以商人夫妻的生活型態爲題材的家庭小說，描寫王三巧在丈夫出外經商後獨守空閨的寂寞無聊，以及第三者趁虛而入的情景十分生動，但過多的巧合仍使它顯得相當的離奇。又如《醒世恒言》卷二〈三孝廉讓產立高名〉篇寫兄弟之間的友愛，也可以算是一篇家庭小說，不過小說的主題在於歌頌兄友弟恭之美德，雖然也寫他們之間相處的情形，但過於道德化，顯得有些不眞實。淩濛初曾主張：「今之人但知耳目之外，牛鬼蛇神之爲奇，而不知耳目之內，日用起居，其爲譎詭幻怪，非可以常理測者固多也。」（〈拍案驚奇序〉）所以他所寫的有關「日用起居」的故事稍多，像《拍案驚奇》卷十三〈趙六老舐犢喪殘生〉篇對於逆子趙聰的描寫相當眞實，其種種忤逆行爲、不孝嘴臉，令人咬牙切齒，可以稱得上是家庭小說的傑作，又如《二刻拍案驚奇》卷二十六寫女兒女婿不孝，姪兒卻能孝敬伯父，其不孝女兒的可笑言行，孝順姪兒的忠厚形象，都刻劃得相當生動。至於卷三十二〈張福娘一心貞守〉則觸及了妻妾之間的矛盾，然而妾逆來順受，尚未過門就被逐出，就談不上什麼「家庭生活」的描寫了。

在晚明話本小說中，寫家庭生活較多的可能是《型世言》，像第三回寫婆媳之間的衝突就相當的細膩生動，第四回寫祖母和孫女相依爲命，第六回寫寡婦好淫害死媳婦也都是很感人的家庭小說。但《型世言》一書爲樹世型，處處從道德著眼，所寫家庭生活不是歌頌貞女就是表揚烈婦，有時甚至到了失去人性的地步，如第四回爲了表彰孫女的孝心，竟有割肝爲祖母治病的情節，第十回寫烈婦殉夫，母親親耳聽見女兒上吊，「咽喉間氣不達，擁起來，吼吼作聲」，卻「推作不聽得，把被來狠狠的嚼」，歐陽代發先生說得好：「如此『割愛成女』，眞冷酷得讓人毛骨竦然，而作者卻還贊其爲『賢媼』，也實在令人難解。」❸

本期話本小說中的家庭小說在題材上，於《型世言》有較多的繼承，但無論寫婆媳問題、夫妻（妾）關係、倫理親情都將範圍大大的擴充了，所描寫的家庭包括各種階層，不但走向城鎮，更深入農村，而所探討的問題也是五花八門，琳瑯滿目。而在思想方面，則比較合於理性，雖然倫理道德仍發揮著巨大的指導作用，但一些不合理的、違背人性的傳統禮教則受

❸　歐陽代發《話本小說史》（武漢市，武漢出版社，一九九四年），頁三〇九—三一〇。

到較多的批判。在描寫、刻劃家庭內的種種矛盾、衝突，則更爲深刻而細膩，更加的曲盡人情，不但婉轉剖析了矛盾、衝突的前因後果，更深入人物的內心世界，能將衝突中隱微曲折的心理變化，抽絲剝繭的表現出來。所以無論就題材的擴充、主題思想的人情化、寫作手法的進步等方面來說，清初前期都可以說是家庭小說的蓬勃發展時期。

以下各節分從婆媳問題、夫妻（妾）關係和倫理親情三方面，析論本期話本小說中的家庭小說。

第一節　婆媳問題小說

一、婆媳衝突題材略論

婆媳衝突從古到今都是嚴重的家庭問題，著名的長篇敘事詩〈焦仲卿妻〉（即〈孔雀東南飛〉）❶所描寫的愛情悲劇，即肇因於婆媳失和，確切的說應該是婆婆對媳婦的壓迫，唐弢先生對此提出兩點原因：第一、因爲劉蘭芝不能滿足她專橫的統治慾：「此婦無禮節，舉

---

❶　按此詩最早見於徐陵《玉臺新詠》（清吳兆宜原注，臺北，漢京文化公司影印埽葉山房石印本）卷一，題〈古詩爲焦仲卿妻作〉，題下注云：「雜曲歌詞樂府題曰〈焦仲卿妻〉」，見頁七〇。

動自專由。」第二、因為蘭芝出身微薄，不足以和她的門閥匹對：「汝（指焦仲卿）是大家子，……貴賤情何薄？」❷郭立誠女士說：「古時候男女雖然不平等，可是家門以內，婆婆自有其權威，媳婦是沒法抵抗只有忍受……所以婆媳之間的摩擦造成許多悲劇，媳婦永遠是倒霉的，前有焦仲卿之妻劉蘭芝，後有陸游之妻唐氏，都是不幸的犧牲者。」❸然而在早期的話本小說中，寫婆婆虐待媳婦的卻不多見，《型世言》第六回寫的唐貴梅故事可能是最早的一篇。

唐貴梅的故事曾經載於《明史·列女傳》❹，但明代著名文人楊慎（一四八八—一五五九）所撰的〈孝烈婦唐貴梅傳〉所述更詳：

> 烈婦姓唐氏，名貴梅，池州貴池人也。笄年適朱姓，夫貧且弱。有老姑悍且淫，少與徽州一富商有私。弘治中，富商復至池，一見婦悅之，……密以金帛賂姑。姑利其有，誨婦淫者以百端，弗聽；迫之，弗聽；加以箠楚，弗聽；繼以炮烙，體無完膚，終不聽。乃以不孝訟於官，通判慈谿毛玉亦受商之賂，倍加官刑，幾死者數。商猶慕其色，

---

❷ 見袁行霈主編《歷代名篇鑑賞》（臺北，五南出版社，一九九三年）頁二九八。

❸ 郭立誠《中國婦女生活史話》（臺北，漢光文化事業公司，一九八九年），頁六六。

❹ 《明史》（北京，中華書局，一九七四年）卷三百一，頁七七〇〇。

冀其改節，復令姑保出。親黨咸勸其吐實，婦曰：「若然，全吾名而汙吾姑，非孝也。」乃夕易衵襡，雉經於後園古梅樹下。及旦，姑不知之也，將入其室挺之，手持桑杖，且罵且行曰：「惡奴！早從我言，又得金帛，且享懽樂，今定何如而自苦乎？」入室無見，尋之至樹下，乃知其死。姑大慟哭之，親黨咻之曰：「生既以不孝訟之，死乃稱嫗心，何哭之慟哭？」姑曰：「婦在，吾猶有望；婦死，商人必倒贓。吾哭金帛，不哭此惡奴也。」尸懸於樹三日，顏如生，樵夫牧兒見者咸爲墮淚。每歲梅月之下，隱隱見其形，冉冉而沒……。❺

李贄在看了這篇傳記之後，曾針對其中「通判貪賄而死逼孝烈以淫」加以強烈批判，說他：「素讀書而沐教化者如此。」並讚美唐貴梅爲了不願彰顯婆婆的惡行，寧可犧牲自己，其精神眞可以當得「孝、烈」二字。又說當時毛通判受賄的醜行，由於唐貴梅死而不能暴白於天下，現在楊愼的《升菴文集》盛行於世，誰不知道有個通判毛玉「受賄而死逼孝烈以淫」，如果毛玉有子孫，也將不敢認爲父祖矣。❻李贄的批評大致上針對貪賄而失去良心的通判毛

---

❺ 楊愼《升菴集》（臺北，商務印書館影印四庫全書本）卷十一，頁六—七。

❻ 李贄《焚書》（臺北，漢京文化公司，一九八四年）卷五〈讀史．唐貴梅傳〉，頁二〇九—二一〇。按，李贄所引的〈唐貴梅傳〉和四庫本《升菴集》卷十一的原文，字句略有異同。

玉而發，對於唐貴梅的所謂「孝烈」之行只是點到為止。事實上，唐貴梅的故事不但使我們見到明代中葉吏治的污濁，對於貴梅的婆婆為了貪圖財利竟然逼迫兒媳婦讓自己的老情人姦淫，而這種亂倫的行為、荒唐的醜態竟沒有人出來主持正義，這使我們看到當時的人性墮落到何等無可救藥的程度。

然而，這還不是一個罕見的個案，在《明史·列女傳》中就記載了另外兩個類似的案例，分別是王妙鳳和張貞女的慘案。其中張貞女的下場比唐貴梅還要悲慘，她不是自殺，而是活活的被婆婆和婆婆的情夫虐殺而死的，歸有光曾經為了此案，反反復復的寫了〈書張貞女死事〉、〈張貞女獄事〉、〈貞婦辨〉、〈張氏女子神異記〉、〈祭張貞女文〉及〈招張貞女辭〉等文章來說明事情的經過、痛斥官紳的橫暴，並對張貞女的抗暴精神致上最高的敬意。❼而在《清史稿·列女傳》中，類似案件更多達十八例，其中發生在臺灣彰化的吳貞女案，簡直就是上述張貞女案的翻版。❽這些都是淫蕩的婆婆逼媳婦和自己的情夫姦淫，媳婦不從而遭害的案例。這些媳婦能榮登〈列女傳〉，是因為她們犧牲了生命，至於史書不載，或個性較為軟弱，只能忍氣吞聲，逆來順受的可憐媳婦不知道還有多少。

❼ 上述諸文載於歸有光《震川文集》（臺北，中華書局，一九八一年）卷四、卷十六、卷三十。又，鄭培凱〈天地正義僅見於婦女〉（原載《當代》十七期，收入鮑家麟編《中國婦女史論集》三、四集，臺北，稻鄉出版社，一九九三、一九九五年）一文對此案有詳細的剖析和討論。

❽ 詳細案情載於道光年間鄧傳安的《蠡測匯鈔》，前註所引鄭氏文曾予討論。

二、本期話本小說中的婆媳問題小說

在本期話本小說中，寫婆婆淫蕩的有三篇，而各篇中媳婦的表現皆不相同。最接近唐貴梅、張貞女、吳貞女等烈女故事的，爲《清夜鐘》第二回。這篇小說的背景是農村，和早期話本的市民情調頗有不同。故事發生在一個石匠的家中，他的工作是到山中採石，然後在鄉宦大戶人家「發賣石板、條石，砌墻築岸，兼造牌坊橋梁。」妻陳氏生性風流，當石匠不在之時，常有情夫來往。石匠生有二子，小的時候分別爲他們買了兩個「童養媳」（在當時稱爲「養親」），一個是農莊人的獨生女叫做「三娜」，一個家裡是做荳腐的叫做「小大」。陳氏在丈夫活著的時候就不守婦道了，後來石匠死了，自然是更加的肆無忌憚。兩個兒子大了，打發他們「或是山中發石，或是人家做工」，不常在家，只有兩個媳婦礙眼。陳氏所交往的都不是什麼好東西，見這兩個媳婦生得好，常動手動腳的，這兩個鄉下女孩卻正氣凜然，不但不容這些惡人近身，還正言呵叱，結果在言語中不免就衝撞了婆婆，兒子回來，陳氏惡人先告狀，反說媳婦忤逆，兩個「蠢物」竟將妻子痛罵了一頓。

不久，兩個三十歲左右的地頭蛇，看上了這對媳婦，先來勾搭陳氏上手，再圖謀近身。兩個年輕女子爲了自保，「走則同走，坐則同坐」，當婆婆的爲了逼媳婦就範，竟然拿起木柴棍棒亂打，道：「鐵也怕落罏，難道你硬得我過？我叫你不依我不歇。」由於不堪責辱，回娘家住了幾天，家人勸她們離婚，她們卻道：「這隱微事，那箇與你作證見？且說起，要出我公公、丈夫醜。離異？我無再嫁之理；爭競？他有這些光棍相幫，你們也不能敵他。」這一段言語，眞令人爲她們憐惜，也爲她們痛心。其處境之艱難固不待言，令人費解的是，農村兒女何以有如此強烈的節操觀念（我無再嫁之理）？而她們的婆婆又何以淫蕩到滅絕人倫的地步（逼媳婦和情夫姦淫）？

學者認爲，明清時期曾湧起一股同情婦女疾苦的思潮，這種思潮是明中葉以後早期民主主義啓蒙思想的一個分支，如李贄便一再強調婦女也有優於男子之處，謂：「不可止以婦人之見爲見短也」❾、「其才智實有大過人者，人亦何必不女，人之父亦何必以女女之乎？」❿歸有光對婦女的同情看前文他對張貞女事的重視可知，他又極力反對「女未嫁人而或爲其夫死，又有終身不改適者」的不合理要求，認爲「非禮也」。⓫此外還有譚元春、湯顯祖、馮夢龍、吳偉業、毛奇齡、王士禎、阮葵生、張履祥、李汝珍、臧庸等人，或贊成寡婦改嫁，或提倡婦女文學，都是同情婦女思潮中的開明之士。⓬事實上，這一股同情婦女的思潮，是針對婦女所受到的強烈壓迫而發的，因爲「明清兩代貞操觀念已形成殘殺婦女的反人道的暴

❾ 同註六引書，卷二，頁五九。
❿ 李贄《初潭集》（臺北，漢京文化公司，一九八四年）卷四，頁五二。
⓫ 同註七所引歸氏書，卷三，頁二。
⓬ 參見劉士聖《中國古代婦女史》（青島市，青島出版社，一九九一年）第二一章。

虐的宗教信條，達到了登峰造極的地步。」⑬也就是因爲在不人道的禮教的殘害下，明清時代婦女的處境最爲可憐，才會引起如此多的同情，這兩個問題（貞操要求與婦女同情）是一體的兩面，彼此並無矛盾衝突。

在這同時，又有一個奇怪的現象，即一面要求婦女守貞的觀念普遍深入人心，而社會上縱慾的風氣卻大爲盛行。鄭培凱先生認爲，這兩種情形「表面上是兩個對立的極端，骨子裡卻有相通之處。」因爲兩者都是「情色意識受到扭曲」的結果，他分析婦女在強大的道德壓抑以及男性控制的處境下，所產生的反應是：

> 一般來說，就忍氣吞聲作小媳婦，等到「千年媳婦熬成婆」之後，再來作推行統治意識的幫兇。不一般的，則主要有兩種模式可循：一是自甘淪落，像上引資料中的那些婆母那樣人盡可夫，成爲男人性發洩的對象。其情色觀當然是扭曲變形的；另一則是轉化道德律爲生活內容，完全取消了情色意緒，貞操自守，也不能算是正常健康的心理發展。……兩者都是情色意識受到極端扭曲的產物，而且都是以男性爲主導的社會性意識主流的犧牲品。⑭

---

⑬ 同前註引書，頁三八〇。

⑭ 鄭培凱〈天地正義僅見於婦女〉，載鮑家麟編《中國婦女史論集》第四集，頁二六五。

這段話足以解釋本篇小說中，婆媳三人兩種截然不同的表現，而這兩種表現都違離了正常的人情。

再回來看故事情節的發展。她們從娘家回來後，「兩箇仍舊彼此護持照管，決不落光棍局。」婆婆就想出個個擊破的手法，先放開小媳婦，而將大媳婦「踢、打、抓、掐，身無完膚」，大媳婦熬不下去，打算自己犧牲，看婆婆能否愧悔，那麼小媳婦可能還有希望，小的卻道：「我虧得有你，彼此解嘆。……你若一死，我孤掌難鳴，或是爲他暗中算了，到那時失身覓死，不如與姆姆同死。」她們決定寧死不辱，臨死前，對丈夫說了些訣別的話，「卻是對牛彈琴，兩箇全然不省」。當天，還如常做了早飯和中飯，兩人在房裏喝了幾鍾酒，之後，出了後門，走到河邊，道：「就這裡罷！」「兩箇勾了肩，又各彼此摟住了腰，踴身一跳，跳入河心，……在河中漾了幾漾，漸而氣絕。」

這篇小說是爲表揚節婦而做的，但它也寫出了婆媳、母子、夫婦之間的複雜關係。婆婆爲了滿足慾念，瞞著兒子，強逼媳婦同流合污；而媳婦既不肯失節，又不願背上不孝的罪名，她們既不能，也不敢向丈夫說出婆婆的醜態，更不能告官以免丟了公公和丈夫的面子，除了自我了結之外，實在沒有別的路可走。情節的發展合情合理：媳婦的貞定，愈顯得婆婆的淫蕩，婆婆愈是要逼媳婦就犯，來遮掩自己的醜行；媳婦愈隱瞞眞相，丈夫愈不能諒解妻子的苦心，於是又更助長了婆婆的氣焰。其實那一對兄弟是極愛妻子的，當他們從河中撈起屍首，有人說：「快灌肥皀水！」他們照辦了；又有人說：「倒駝了跑，瀝出水可活。」於是一人駝一個，「各往桑地亂跑，都有四五里，那裡能活？」娘家的人來罵他們，「這兩箇也沒得答應，只是跌天撞地痛哭。」小說生動的寫出了鄉下小人物的粗蠢純樸，以及面對死別的眞情流露。而最感人的部分，則在大小媳婦爲保貞節而相依爲命的情景，她們孤獨無助，只有互相扶持，最後也一起犧牲了。我們從故事中可以看到所謂「吃人禮教」的可怕，如果不是「我無再嫁之理」這一個教條橫在胸中，也許她們是可以不必犧牲的。

相對於此，《珍珠舶》卷一中的趙相之妻馮氏就遜色多了。馮氏的婆婆王氏徐娘半老，也是個不安分的雌兒，她和惡棍蔣雲有了奸情之後，爲了討好情夫，便同意蔣雲去勾搭馮氏。馮氏原先是相當正氣的，但由於丈夫出外經商，一來蔣雲逐日引誘，二來婆婆慫恿，三來蔣雲騙說趙相在外「與一妓女留戀」，漸漸有些動搖。後來蔣雲乘間用強，馮氏失了身，從此以後，就「每夜婆媳兩個，輪流淫媾」，做了一路了。在這裡，由於馮氏同流合污，所以婆媳之間的衝突沒有形成，但照理來說，這對婆媳與同一情夫有了奸情，小說應該朝爭風吃醋的方向發展才對，然而相反的，婆媳兩個感情卻好得很。情節這樣安排，減少了許多衝突的發展，小說就顯得平板了。這篇小說感人不深，最後趙相反而娶蔣雲之妻爲妾，不過是「我不淫人婦，人不淫我妻」（〈蔣興哥重會珍珠衫〉）這種天理報應的俗套罷了。

上述兩篇無論是同流合污也好，是因爲拒絕而犧牲也好，其主導者都在婆婆。那麼，當媳婦的是否有第三種選擇呢？是有的，但需要有明理的丈夫支持，《雲仙笑》〈平子芳〉篇中的耿氏就是這位幸運兒。耿氏的婆婆丁氏也是風流寡婦，與富家子弟都士美偷情之後不久就被媳婦識破了，都士美道：「不如也去弄他一兩次，塞了他的嘴，方爲長久之策。」丁氏同意，兩人便商量了計策，眼看耿氏有失身之虞了。幸好，丈夫平子芳回來之後，耿氏說出了實情，平子芳起先不信，但決定親自察看，果然不久便察出丁、都二人的奸情。後來都士美派人殺害平子芳沒有成功，不久流寇入城，丁、都二人死於亂軍之中，耿氏畢竟保住了貞節。有趣的是，亂定之後平子芳無意中贖取了都士美的妻子，耿氏知道之後，「不惟沒有妒心，反有些快活，道：『他要調戲我，到不能勾，他的妻子，到被你取了。天理昭昭，可畏如此。』」結局和《珍珠船》卷一大同小異。

以上三篇小說，是寫因爲婆婆淫蕩而造成媳婦或犧牲，或失身，或全節的三種情形。後兩篇在婆媳關係上著墨較少，家庭生活中的細節描寫不多，不能算是優秀的家庭小說，但可以提供我們了解當時婆媳問題的一個參考。而相對於婆婆逼迫媳婦，也有寫媳婦凌虐婆婆的，那就是《風流悟》第六回。

本篇也是鄉村風味十足的小說，鄉下人魏二娶了城裏人家的丫鬟，這丫鬟桃花和主公有染，常挨主母的打罵，以爲嫁到鄉下自由自在的快活，「誰知一到他家，見了鑽頭不進的草屋，不是牛屎臭，定是豬糞香，房裏又氣悶，出門又濠野，心上甚是不像意。」巧的是成婚的第二天，公公竟因辦喜事過度勞累死掉了，婆婆說了聲：「剛討得媳婦進門，就無病急死，莫不媳婦的腳氣不好。」這句話其實傷人，因此就種下婆媳不合的病根。爲了辦喪事，魏二和哥哥魏大到何敬山處合借了四兩銀子，以後由兄弟合力償還，辦完喪事，魏大將家裏的幾畝田交給弟弟，自己到遠地另外租田耕種，將母親留在家裏，「我自支持盤纏來，來合養他。」說起來這對弟兄感情算是不錯的，哥哥的處理也很公道。不料母親陶氏說了句話又得罪媳婦了，她說：「大媳婦既要別處去，二媳婦又利（厲）害，我老人家自己過活。……與我請一軸觀音菩薩來，朝夕禮拜，在家出家的意思。」桃花氣得說：「他說我利害，不知吃了多少人，正該請尊佛來咒殺我這腳氣不好的。」這段對話生動的表現了城市丫鬟的伶牙利齒，以及鄉下老嫗的拙於言辭，因而婆媳關係就更形緊張了。

分家後，魏二並不肯種田，桃花教他進城做生意，他便退了田，每天挑魚擔到城裏去賣，儼然成了生意人。這一日，何敬山來討賬，與桃花相見後，彼此皆有好感，只是婆婆在家，「雖然不怕他，也只覺礙眼不便。」桃花約何敬山次日來拿錢，敬山來時，她將一隻雞藏起來，騙婆婆去尋找，兩個人便在床上雲雨起來。正在高興，陶氏尋雞不著回來了，何敬山慌忙逃走，「桃花因驚去了漢子，在床上恨恨」，這仇就結得更深了。桃花「慾」從心上起，惡從膽邊生，竟叫丈夫買回砒霜，做了兩個毒餅，打發婆婆出門去看大兒子。陶氏不疑於她，走到半路上拿出餅要享用時，來了一個道姑向她討餅吃，並用自己的背褡和她交換。道姑吃完餅，七竅流血而死了，這位思想單純的老婆婆還不曾想到是媳婦要害她，只是心中害怕跑回家。回家時，媳婦正和情夫打得火熱，見婆婆未死嚇了一跳，順手拿起道姑的背褡披在身上，竟因而變作一隻狗。那何敬山受到驚嚇，不久也一病嗚呼。魏二自老婆變狗之後，變得孝順了，後來竟娶何敬山的老婆爲妻，勤儉作家，成了財主。

本文涉及神怪的情節，是其美中不足之處。但小說對於婆媳相處情形的描寫，可謂眞實細膩，歐陽健先生說本書「具有相當的社會內涵，於人情世態之描摩，甚見功力。」⑮並非溢美之詞，本篇對鄉村生活的詳實描繪，及以城市媳婦的刻薄淫毒和鄉下婆婆的純樸善良做尖銳對比，將婆媳之間的衝突放在生活態度、思想方式、爲人處世原則等等不同的背景之中來進行的寫法，都是相當成功的，也是話本小說中極爲罕見的。

上述的《清夜鐘》第二回和《風流悟》第六回是兩篇專寫婆媳關係，而性質迥異的家庭小說。兩篇都以鄉村生活爲背景，足以提供我們對明末清初農村家庭婆媳相處情形的兩面認識，也就是不僅有婆婆壓迫媳婦的，也有媳婦虐待甚至想要加害婆婆的，其主要原因都在一個「淫」字。研究婦女史的學者常注意到前者而忽略了後者，原因在於無論正史或方志的〈列女傳〉都只表揚了不肯屈從婆婆而犧牲的「烈女」，要見到虐害婆婆的媳婦只有在小說或筆記中才能見到。

第三節　夫妻問題小說

和婆媳問題小說比起來，寫夫妻生活的小說數量更多。古代由於採一夫多妻（或一夫一

⑮ 歐陽健《風流悟·前言》（上海，古籍出版社古本小說集成第一批）。

妻多妾）制，夫妻關係甚爲複雜，本來單是夫妻二人的衝突已經有寫不完的題材，再加上一兩個婢妾夾在中間，夫妻、夫妾、妻妾之間常都會有矛盾發生，情況就更加的混亂。本節先談寫夫妻關係的小說，有關妻妾衝突的小說留待下節。

在所有寫夫妻生活的小說中，《風流悟》第七回可以算是個中翹楚，這篇小說最精彩的地方，在於夫妻冷戰情形的描寫。篇中男女主角山子佳和眞娘，也可以算是一對才子佳人，但不知怎的，結婚之後彼此就是看不順眼，說一兩句話就要起口角。子佳的母親對媳婦倒是喜歡的，所以這個家庭沒有婆媳問題，相反的，這位明理的婆婆見兒子和媳婦關係如此冷淡，還特地請了一位內姪，也就是子佳的表弟心伯來勸解。心伯先勸子佳不要對老婆有成見，「凡百事體，要心上道是好，就好了。譬如吃件東西，心上道是他好吃，吃來就覺有滋味；若心上先厭他，上口就說無味了。你心上如今道：『我與他又無冤仇，他又原生得標緻，又不粗蠢。』如此作想，進去包你就好起來了。」這話極富情理，而且深具說服力，他並不去分析誰對誰錯的問題，既不責怪做丈夫的不疼愛妻子，也不去讚美妻子的好處，這樣就保住了丈夫的面子了。他只要求子佳專心去想妻子的優點，若常想這些優點，久而久之自然心中的好惡會有變化，這在心理學上稱做「強化作用」（reinforcement，或譯爲增強作用）❶，應該是會有

❶ 張春興《心理學》（臺北，東華書局，一九八八年），頁一二五。又朱智賢主編《心理學大詞典》（北京，師範大學出版社，一九八九年），頁四八九。

相當的效果的。但畢竟冰凍三尺非一日之寒，子佳雖然聽了表弟的話勉強進房，心裡還有一些芥蒂，「眞娘又不好先開口，先開口又恐怕道他輕賤了。子佳見他不偢不睬，又似不值得下氣的一般。因此你不動，我不動，又和而不和的，一夜各自睡了。」這段文字寫得眞是好，夫妻倆誰都不肯拉下臉來說句好聽的話，無非「面子問題」在作祟。由於「子佳才學雖有，面貌頗生得醜陋；眞娘生得花枝一樣，身材又俊俏，言語又伶俐。」看來子佳在眞娘面前有點自卑，而眞娘又不像傳統女性的軟弱依附，所以三從四德那一套不管用，夫妻爲了面子各不相讓，於是冷戰便持續下去了。隔天心伯聽說他們夫妻並未和好，便責怪子佳。二人有如下的一段對話：

> 心伯道：「爲甚你們如此？我想來，只是你不是。做了男子漢，自然你該先陪個笑臉。」子佳喉急起來道：「他不睬我，怎麼反要我去奉承他。」心伯道：「蠢才，全不曉得半點閨房情趣的，可知表嫂不喜歡你。」子佳聽得說了他這句，就嚷道：「你不蠢，你知趣。」兩個恰似相罵的一般。

心伯的這段話就失去了分寸了，尤其嘲對方不知閨房情趣可說是犯了勸說之大忌，等於在質疑子佳處理人際關係的方法和性能力，不用說這是一件很失顏面的事情，因此子佳的強烈反應是自然而可以理解的。

後來子佳又聽見眞娘向心伯訴苦說：「見了他如鐵面一般，睬也不睬我一睬，九年不見三笑。若像叔叔這樣活動，我不睬他？便打死我也甘心。」心中立刻起疑，道：「可知心伯只管來歪纏，原來這淫婦倒有意他了。」後來眞娘泡了三盅茶給婆婆、心伯、子佳，這又觸發了子佳的怒氣，謂：「我到房裏，便如啞子木頭一般，心伯出房，還會送茶出來吃。」於是借酒裝瘋，將眞娘一頓「海罵」之後，繼之以痛打，眞娘尋死覓活，夫妻關係正式絕裂。事實上，眞娘毫無他意，泡茶時也算了子佳一份，但她不該將丈夫與他人比較，說他不如別的男子，這是對子佳顏面的進一步傷害。朱瑞玲氏在研究中國人的面子問題時，提出國人在失去面子時的補救性措施爲：補償性行爲、報復性行爲以及自我防衛。❷此處子佳的反應即是報復性行爲，以及自我防衛的舉措。婆婆爲了兒子和媳婦的冷戰找來和事佬，沒想到反而讓他們的衝突白熱化，甚至於絕裂，實在是始料所未及的。

這樣曲折細膩，交待心理變化如此豐富而深刻的文筆，在過去寫夫妻生活的小說中是不多見的。《風流悟》的作者若肯朝此方向繼續進行，本篇小說必可成爲中國小說史上家庭小說的經典之作，可惜半途而廢，小說的後半段進入神話情節，將夫妻失和的原因歸於宿命，虎頭蛇尾，誠令人惋惜。

寫貧賤夫妻生活的也有不少感人之作，如《醉醒石》第十四回，篇中蘇秀才的妻子指望

---

❷ 朱瑞玲〈中國人的社會互動：論面子的問題〉，載楊國樞主編《中國人的心理》（臺北，桂冠圖書公司，一九九〇年），頁二七〇。

丈夫功名有成，靠著手工針指，費盡心力爲丈夫打理生活，家裏少柴少米都不讓他知道，怕分了他的心。當不中時，她非常灰心，但下一科臨考前，卻又充滿了盼望之情，作者寫活了她那患得患失的心情。丈夫則對妻子充滿敬畏，甚至於到了害怕的程度，落榜兩次之後，他已經不敢向妻子要錢，只好請叔叔出面，她才勉強湊了點錢出來，誰知還是不中。一次又一次的失望，使其妻感到完全絕望而要求離婚。這一對夫妻並非不恩愛，但妻子給丈夫太大的壓力，同時也造成自己沈重的心理負擔，例如蘇秀才第二次應舉時，她有一夜竟在夢中哭起來，原來是：「夢裏聞道丈夫不中，故此感傷。」可見丈夫不中，已經成爲她可怕的夢魘，這樣強大的壓力，必然造成她內心極大的焦慮，要求離婚可說是她爲了保全面子、免除焦慮的防衛方式。她其實也是科舉制度的受害者，實在不應對她做過多的指責，作者說她「生前遺譏，死後貽臭」，未免過於苛責了。蘇秀才本身對她的求去也沒有恨意，離婚後負擔減輕，他反而順利中了進士。小說在細節刻劃和心理變化的處理上都算相當成功，本篇實爲《醉醒石》一書的壓卷之作。

另外幾篇儒林小說，像《鴛鴦針》卷一的徐鵬子夫妻、卷二的時大來夫妻，《生綃剪》第十二回的虞修士夫妻，在未中以前，也都是貧無立錐之地的患難夫妻，但當妻子的不像蘇秀才的老婆那樣給丈夫太多壓力，只是默默的支持丈夫，或與丈夫共守貧賤。像徐鵬子被陷害入獄，「渾家王氏，典衣賣釵，日日送飯與他吃。」後來更將住房賣掉，好贖丈夫出獄。出獄後，徐鵬子爲了開館授徒，又與老婆商量，「脫了王氏身上一件青布褂，當了二錢銀子，買了些酒果之類，央煩鄰老去邀眾人。」面對貧窮、困頓，王氏無怨無尤，深具傳統婦女的美德，而徐鵬子也深念夫妻情分，在面對美色誘惑時，不致誤入歧途，最後終獲富貴功名。時大來的妻子萬氏也有同樣的美德，丈夫讀書無成，她也不怨，每天做些手工支持家用，後來時大來得到強盜的資助，帶了一大筆銀子回來，不料被朋友出賣，不但害時大來被抓，又來騙她的錢，萬氏一聽丈夫被抓，就將銀子全數交出，毫不猶豫。試看《二刻醒世恒言》下函第八回中的張阿牛之妻，她在丈夫騙來四百兩銀子時，要求分一百兩，等到丈夫有難求她時，卻一毛錢也不肯出，反道：「你如今也是沒有銀子，賣了房產，變了當頭。我今又苦苦的定要戀著你怎麼？我有那一百兩，藏得好好的，你若賣了我，我就另去尋個作伴，有什麼不好？」相形之下，萬氏的淑善純良就顯得更爲可貴。至於虞修士之妻伍氏更爲可憐，修士的伯父是富翁，可是修士在家中斷糧時，自己愛面子，卻叫老婆到伯父家去借錢。伍氏在伯父家中受盡了羞辱，一般婦人回到家可能會怨怪丈夫無能，又使自己丟醜，但伍氏卻「將袖兒遮著眼面只是哭」，修士則溫柔的「走至床邊，將娘子撫了又撫，問了又問。」伍氏便將受辱的情況一五一十的訴說給丈夫聽，丈夫對於妻子沒借到錢絕無分毫指責之意，反而痛罵自己的伯母無情，夫妻兩雖然窮窘，但沒有因此而交惡，也沒有喪了志氣，所以最後還是熬出了頭，並回過頭來羞辱了伯父母一場，爲貧賤夫妻出了一口惡氣。

上述幾篇雖然不是專門寫夫妻生活的小說，不過在簡單幾筆的勾勒中，也爲我們描繪出了貧寒士人夫妻生活艱難的一面。這些描繪，都是透過真實具體的生活細節來進行的，作者用現實主義的筆法，截取了生活中的一個斷面，向我們揭示了「貧賤夫妻百事哀」的悽涼景況，也表現了這些夫妻眞心相愛的堅實情感。

還有比上述情況更悲慘的，那就是窮到必須賣妻，恩愛夫妻爲了經濟因素，硬生生的被拆開的。如《雲仙笑》〈又團圓〉篇中的李季侯，由於完不了稅糧，被逼得走投無路，打算一死百了，其妻裴氏卻願意以賣身來保全丈夫。季侯不能體會妻子的苦心，反疑她是「厭乎了窮，思量別尋好處」，是個水性楊花。心中又捨不得她，臨別時甚覺淒然，見妻竟是「笑容可掬，並無一些苦楚」，感傷莫名，「遂放聲大哭一場，淒淒涼涼的過了一夜。」由於愛妻情深，見妻子欣然離去，所以倍加難過。其實裴氏早有安排，她選擇老年之人爲新丈夫，所以未曾失身，一面爲他治家，一面辛苦工作，三年後存夠了贖身的費用，便半懇求半脅迫的要求離去以便和丈夫復合，最後果然夫妻團圓。裴氏的深謀遠慮固然智不可及，更可貴的在於忍辱負重，事實證明她對丈夫情深意重，但爲了堅定丈夫賣妻之心，不得不裝成高興離別的樣子。想想三年之間，她時時刻刻念著懷疑、埋怨自己的丈夫，心中的苦無處可訴，只有辛勤的「晝夜紡績」，以圖早日重聚，又不知到時丈夫是否能體諒自己，內心必然充滿了苦悶、疑慮、孤寂之感，可惜作者對此著墨不多。

寫賣妻的還有《五色石》卷三〈朱履佛〉篇，篇中的曾小三，爲了葬母向高參將借了十兩銀子，一年之後連本帶利竟高達三十兩，參將派人來索銀，小三無錢可還，只好賣妻，作者描寫道：

曾小三尋思道：「我妻子容貌也只平常，怕賣不出三十兩銀子。除非賣到水販去，可多得些價錢，卻又心中不忍。」只得把衷情哭告妻子。那商氏聽罷呆了半晌，放聲大慟。曾小三寸心如割，也號啕大哭起來。

此處的描寫頗爲細膩：「呆了半晌」四字寫出了商氏突然聽到自己將被賣，一時錯愕而不知如何反應的表情；曾小三先是哭告，即至見了妻子大慟，才「號啕大哭起來」。細微的描寫，使這對患難夫妻的悽涼景況活現紙上，使讀者爲之愴然，此處有批語云：「情景可傷」，此評可稱貼切。

上述所討論寫貧賤夫妻生活的小說，大多能採取表現的手法，將生活中的悲苦狀況做眞實的呈現，達到感人的效果，是家庭小說中成績不錯的幾篇。

再看寫外遇問題的兩篇：其一爲《跨天虹》卷五，其二爲《珍珠船》卷六。巧的是兩篇都寫婦人外遇，而對象都是和尚。《跨天虹》卷五的情節頗爲曲折，從秀才張颺的妻子柳春燕打發丈夫出門做生意寫起，再追敘春燕小時候家中曾認一養子，兄妹二人情竇初開時有過一夜情，後來養子被趕走當了和尚，法名靜空，此時相逢，仍以兄妹相稱，實則彼此有意重拾舊歡。張颺出外賣魚，春燕和靜空在家通奸，最後終被撞破奸情，兩人竟聯手將張颺殺害，棄屍於江中。春燕和靜空從此得以從容來往，但後來爲了爭一面仙鏡而反目，互控於官府，因而奸情敗露。作者對春燕的外遇心態有一番剖析，謂：

要曉得春娘與這和尚通奸，只是一時失志。但既勾搭上了，無由割斷，候著丈夫不在，便落得與他偷閑，何曾有個害丈夫的心？……後來丈夫死了，靜空就如夫妻一般，不離左右，擺在面前，覺得也有些厭惡。……幹起事來，又像那餓虎攢羊，饞鷹搏兔的相似。偶然一次也經受了，如今日日上場，未免倒戈棄甲，投遞降書。……比著自己親夫，終是讀書之人，那惜玉憐香的心腸大相懸絕。所以日常間，比前大不相同，疏疏淡淡，任其去來，並沒一點眷戀之心。

又分析靜空的想法謂：「當初沒有老婆，遇著春娘，如同活寶。及至久在身傍，也便如此。」早期寫婦女外遇相當有名的小說爲《古今小說》第一篇〈蔣興哥重會珍珠衫〉，篇中對王三巧失節的經過有同情的描寫，而不做道德上的指責，是開明思想指導下的產物，但對王三巧的內心世界著墨仍嫌不足，尤其當奸情敗露後，其心中的掙扎歷程都略去了，她除了覺得對不起丈夫之外，是否還思念外遇的對象陳商呢？自殺不成後，又嫁給進士吳傑，究竟心態如何呢？作者都未曾進一步闡明，讀者對於王三巧心情的轉變並不能深入了解。就這一點來說，《跨天虹》卷五是要略勝一籌的。春燕因嫌丈夫文弱，所以一時失去理智，和「餓虎、饞鷹」似的靜空通奸，這是慾望在作祟。及至慾火平熄，理智恢復，發現外遇的對象非但不可愛，甚至於愈來愈可厭，於是兩人的關係便從打得火熱，到漸漸冷淡，以至於互相嫌怨。情節的發展合於情理，而讀者對小說人物的心理變化則能洞若觀火，至於作者對外遇心理的剖析也是相當深刻而具說服力的。

《珍珠舶》卷六的外遇故事也有一定的深度，而非如一般道德小說只是簡單譴責外遇之敗德而已。發生外遇的是趙誠甫之妻陸氏，由於丈夫經年不在家中，自己要獨撐門戶，又有惡鄰丘大圖謀不軌，其處境實是艱難。後來被和尚證空誘騙成奸，兩人倒也眞心悅愛，所以相攜逃走。一去就是六年，證空還俗，以賣藥維生，陸氏爲他生下一個兒子，已經五歲，這一對「奸夫淫婦」卻在此時被趙誠甫找到而告到官府。在公堂上，陸氏並不把責任推給證空，謂：「證空雖有誘騙之心，然賣俏從姦寔屬小婦人之罪。」從這句話便知證空並不以露水姻緣對待陸氏，陸氏隨證空逃走後的生活必定勝過當初，所以她願意承擔背夫逃亡的罪名，而證空也可能因此而免去死罪。官司完了，趙誠甫已不要陸氏，但很快又有一個後生，「貪受（愛）陸氏美貌，央媒討去。」可見當時一般民間並不過度強調婦女的名節，離婚女子再嫁似非難事。而作者的評論亦頗持平：「只因趙誠甫沒有主意，留著個小（少）艾妻房在家，並無一人照管，竟自經年累月，出外爲客。以致做出這樣事來，也罪不得陸氏一個。」這種置「人情」於「道德」之上的寬容態度，和〈蔣興哥重會珍珠衫〉篇對王三巧的同情想法是一致的，這些作品也都是明清之際同情婦女疾苦思潮指導下的優秀作品。

外遇問題之外，本期話本小說也探討了美醜配的問題。異於才子佳人小說才子定要配佳人，才子佳人都是既有才又有貌的俊男美女，家庭小說卻提出了「美妻該配醜夫」、「雖然容貌醜陋，也是花燭夫妻」的說法。

前者出於《無聲戲》第一回，寫財主闕里侯內才既不佳，相貌又奇醜，身上還帶有惡臭，卻連續娶了兩房不是才高就是貌美的妻子，但兩個妻子都嫌他醜惡，不肯和他同房，躲在書房裏看經念佛。為了不至於絕嗣，只得再娶一房，這一次他被「才、貌」兩字嚇怕了，決定娶個平凡的，誰知上天捉弄，第三個更是才貌兼備，里侯嘆道：「我不知造了甚麼孽障，觸犯了天公，只管把這些好婦人來磨滅我。」這話說得輕鬆，想來實有三分悲涼，容貌的美醜是娘胎裏帶來的，並不是自己的過失，因此而被妻子一再輕賤，其情何以堪？惜李漁逞其一貫的諧謔伎倆，未能深入刻劃里侯遭妻妾卑視時內心的痛苦。後經第三妻房精心安排，在每一間房裏，擺著「兩張床，中間隔著一張桌子，桌上又擺著香爐匙箸」，里侯又「把這三箇女子，當做菩薩一般，燒香供養。除那一刻要緊工夫之外，再不敢近身去褻瀆他。」終於家庭美滿，子女也個個成材，里侯由於不過分縱慾，更活至八十歲才死。楊義先生說：「這是一篇反才子佳人小說，它用『紅顏薄命』這句俗話把『才貌風流』的模式解構了。」又引入話中閻王把極惡之人罰他投胎為標致婦人到陽間受苦之事，謂：「作者的男性中心意識在這裡也流露出來了，他借閻王判獄，對女性命運悲劇作了喜劇性的嘲弄。」❸其實李漁對女性命運常抱持同情的態度，我們在前文中已多次論及，李漁的男性中心意識如何，非筆者所敢深論，但在話本小說中他經常為女性代言，為她們的立場論辯，這是不爭的事實。就本篇

❸ 楊義《中國古典白話小說史論》（臺北，幼獅文化公司，一九九五年），頁二四二。

小說而言，我們也見到里侯對妻子的尊重，他如果要唐突佳人，多的是冷酷無情的財主手段，豈容許她們躲到書房？這篇小說充滿了戲劇性，寫實的色彩較淡，但誠如杜濬在篇末所評：

> 從來傳奇小說，是以佳人配才子，一有嫁錯者，即代生怨謗之聲，必使改正而後已。使妖冶婦人見之，各懷二心以事其主，攪得世間夫妻不和，教得人家閨門不謹。作傳奇小說者，盡該入阿鼻地獄。此書一出，可使天下無反目之夫妻，四海絕窺牆之女子。

才子佳人小說以才貌擇配，且事實上重貌過於重才，其思想庸俗不堪，不過是作者的白日夢罷了。眞實的感情，互相尊重的相處態度才是婚姻生活的堅實基礎，李漁小說能打破才子佳人的俗套，其實是可貴的。不過他所提出的「美妻該配醜夫」畢竟是從男性本位出發的，比《跨天虹》卷三寫才子娶醜婦要略遜一籌。

《跨天虹》卷三寫才子陸友生爲了不想和醜女大喬聯姻，兩次逃婚，即至功名不成，婚姻不就，年紀老大，才漸生悔意。後來見到坐館主人陳公的醜小姐，想她「雖然珠翠滿頭，並無半分顏色，故此偌大年紀尚未適人，耽誤青春，深爲可惜。」竟興起了憐惜之意。又懊悔自己當初少年，全無主意，「父母爲我娶了濮氏，雖然容貌醜陋，也是花燭夫妻，緣何逃走？後來配了孔氏，也就罷了，爲何一年之內，並不與他同床？……如今年將四十，兀自孤身，早知今日淒涼，深恨當初執性。……父母年過六旬，不能追歡膝下。」因爲孤單而自傷，又興起與小姐同病相憐之感，再因憐而生情，竟主動向陳公提親。新婚之夜，方知此女既是當初的濮氏，也是後來的孔氏，後因遇難獲救，陳公認爲義女，兩番周折，畢竟成爲夫婦。這篇小說帶宿命論的色彩，然而字裏行間實充滿了人道關懷，作者寫到大喬第二次被丈夫遺棄後，感傷自己「年已若大，一身無主，連嫁二次丈夫，俱成畫餅。我如今也不想什麼好處，且收拾回去見我親父母一面，削去這幾莖頭髮，出家罷了。」刻劃醜女自怨自嘆、自暴自棄的心情，不但入木三分，語中更帶著同情與悲憫。對於新婚之夜的景況，小說更有傳神細緻的描繪：

那友生摟了小姐香肩，將個銀缸，把他花容照了一照，嘆口氣道：「我的命！我的命！」小姐答道：「我的心肝！我的心肝！」友生笑了一笑，便走了開來。小姐怒道：「我不過因你見愛，叫我這聲，我不好怫你意思，答你這句，爲何你就笑我？」友生道：「卑人也不是笑小姐，也不是叫小姐，卑人只怨自己的命，故此嘆息。」小姐更怒道：「……我一個千金小姐，翠遶珠圍，難道配不得你這個瘸舉人過，你還要怨命。」說罷，號啕大哭起來。友生再三哀求苦勸，他越發哭得響了。一頭哭，一頭嚷道：「你分明嫌我貌醜，要思量逃走麼？」

友生的嘆氣，小姐的回答和解釋、發怒和哭泣，背後都潛隱著沈重的人生滄桑。友生曾立志娶一位佳人，在經過兩番挫折後雖然心態轉變，事實上是向命運妥協，然而一旦見到自己的妻子長相實在不堪，一時前塵往事湧上心頭，故嘆一聲「我的命」，此是「命運」之「命」。他聽到小姐的回答，知道小姐誤解了他的意思，以爲是「命根」之「命」，不禁失笑而走開，這動作是極自然的。可是在自卑感極重的大喬聽來，這笑聲有如一根尖刺，刺痛著她滿是傷疤的脆弱心靈，本來向人示好而被嘲笑已是最難堪的事情，而大喬又聽友生在怨命，分明是嫌棄自己的意思，難怪會號啕大哭，會惱羞成怒，最後她說出了心中最害怕的那件事情，就是已經發生過兩次的——丈夫「要思量逃走」。

以上的描寫是沈痛的、深刻的，和李漁玩世不恭的筆調截然不同。然而，在一片歌誦才子佳人的通俗小說傳統之外，這兩篇小說能異軍突起，對於醜男醜女的心靈付出了關心，可以說是人情小說的一大發展、一大進步。

第四節　妻妾衝突小說

在法律上，妻妾的地位是相當懸殊的，趙鳳喈先生說：「妾對於妻，與對於夫同有服從之關係。」「妻妾間彼此之犯罪，其處罰亦以不平等爲原則。……妻犯妾，減輕處斷；……

妾犯妻，與妻犯夫同，加重處斷……。」❶然而，在男權制度的社會中，妻妾地位的升降實操在丈夫手中，唯有在丈夫尊重元配的情況下，正妻的地位才有保障，所以在古代社會，妻妒害妾的情形固然很多，妾凌虐妻的情形也不在少數。在本期話本小說寫妻妾衝突的小說中，妻害妾的故事較多，妾害妻的較少。當然也有不少小說中的妻妾是和睦而未起衝突的，尤其在才子佳人小說，妻妾關係簡直到了水乳交溶的程度，但這可能只是小說作者一廂情願的夢想，其眞實性令人懷疑。

在明清小說中，男子娶妾極大多數都是以「無子絕後」爲藉口，林保淳先生說：「大抵男子欲娶姬妾，幾乎沒有人不祭出這樁法寶的，一來可取得名正言順的藉口，獲致輿論的支持，二來可對女方造成壓力，這點，我們從小說常強調『無子』的後果中可以看出。」❷在清初寫妻妾關係的話本小說中，也有不少是這樣的。《錦繡衣》〈移繡譜〉篇中有一位「開通」的姐姐向反對丈夫畜妾的妹妹說了一段這樣的話：「娶妾生子，不過借他一個肚子。丈夫是我的，兒子也是我的，養得長成，怕我不是嫡母？」《五色石》卷二〈雙雕慶〉篇中「美而且賢」的和氏也勸妒婦仇氏說：「宗嗣要緊，娶得偏房，養了兒子，不過借他肚皮，大娘

❶ 趙鳳喈《中國婦女在法律上之地位》（臺北，稻香出版社，一九九三年）頁九一。參見陶毅、明欣合著《中國婚姻家庭制度史》（北京，東方出版社，一九九四年）頁二九二。

❷ 林保淳〈「妒婦」與明清小說〉，載《第二屆明清之際中國文化的轉變與延續學術研討會論文集》（臺北，文史哲出版社，一九九三年），頁九九。

原是你做。」作者讓這些話從婦女口中說出來，所以更具有說服力，「借他肚皮」儼然成爲當時娶妾的理論依據。這麼說來，有子的就不必娶妾了嗎？那可又不然，〈雙雕慶〉篇的入話曾說：「人家既有正妻，何故又娶側室？《漢書》上解說得好，說道：『所以廣嗣重祖也。』可見有了兒子的，恐其嗣不廣，還要置個偏房，何況未有兒子的，憂在無後，安能禁他納寵？」可見，不但無子的可以娶妾，就算有子，也可以拿「廣嗣」當藉口，名正言順的享齊人之福。總之，男人娶妾有傳統倫理做靠山，正妻是不得任意反對的，否則就會被冠上「妒婦」之惡名而受到譴責，而如果在無子的情況下正妻還敢妒妾的話，那就更是罪大惡極，要遭到強烈的批判了。

《五色石》卷二〈雙雕慶〉篇就極力醜化了妒婦仇氏的形象，說她「性既凶悍，生又生得醜陋。」又說：「天下唯醜婦的嫉妒，比美婦的嫉妒更加一倍。他道自家貌醜，不消美妾艷婢方可奪我之寵，只略似人形的便能使夫君分情割愛。」丈夫樊植年過三旬還未有子嗣，卻不准他置妾，後來禁不住丈夫友人之妻和氏的苦勸，才勉強答應，條件是：「不許他娶貌美的，但粗蠢的便罷，只要度種。」樊植卻得隴望蜀，謂：「欲產佳兒，必求淑女，還須有才貌的方可娶。」這話也不是沒有道理，可是卻不想自己是個「爲妒婦所制」的懦夫，粗蠢的妾還是勉強通融的，何況「有才貌的」，結果佳人羽娘是娶回來了，仇氏卻不准他們同房，那「借他肚皮」之說究竟成了空話，可見廣嗣云云，畢竟還是藉口罷了。後經友人成美與夫人和氏的精心安排，才有了春風一度的機會，竟然就有了身孕。成美與樊植進京趕考，仇氏也不管有孕無孕，丈夫一走就找媒婆來要把羽娘嫁掉，聰明的和氏用計將羽娘安排在別宅，十月滿足，產下了一個兒子。樊植和成美雙中進士，樊植選爲揚州太守，在赴任途中遇盜，匪人竊其文憑冒充上任，仇氏趕到揚州遭到一場羞辱，後來雖然獲救，但認定丈夫已死，回到家中，「自念丈夫被難，自己又陷于賊中而歸，又羞又苦，見了和氏，不覺大哭。」和氏道：「年姆如今喪了夫主，又無子嗣，影隻形單，煢煢無倚，如何是好？」此時仇氏方後悔當初的狠心，和氏便將羽娘和孩子接來，仇氏和羽娘哀痛丈夫之死，「兩個抱頭大哭」，前嫌盡棄。樊植當然沒死，後來一家團圓，而仇氏則要求「在家另居別室，修齋誦經，讓羽娘主持家政。」等於將元配的身分，拱手讓人，這便是妒婦的下場。

寫妒妻害妾的小說結構差不多都是這樣，起先害妾而及子，丈夫死後才知道有子的重要，也就是林保淳先生所說的「小說常強調『無子』的後果」，然後妾子適時出現，最後妒婦悔悟，一家團圓。這其中有一個法律的因素在裏面必須先加以說明，依據《明戶令》：「分析家財田產，不問妻妾婢生，止依子數均分。」❸也就是說，無論生母的身分如何，只要是兒子，就有財產的繼承權。如果「戶絕」（指沒有男性繼承人）的話，「果無同宗應繼者，所生親女承分，無女者入官。」❹從這條法律可知，如果丈夫死了而沒有兒子，即使有女兒

❸ 轉引自陶毅、明欣合著《中國婚姻家庭制度史》頁三三七。

❹ 同前註，頁三三八。

也要先將財產分給「同宗應繼者」，這時候不肖姪兒往往主動承嗣以便奪其家產。如《生綃剪》第二回的一段插曲，寫富翁蔣承川「年有六十之外，尚未有子。」其塡房計氏「十分妒悍刻薄」，在承川娶了蓮花爲妾之後，「十分氣不過，生出許多磨難的條款：自己馬桶，畢竟要他親身到後門之去傾；自己私房小灶，要他親手炊煮；自己鞋兒，要他親手做著。」妾對妻本來有服從的義務，但家中少什麼丫鬟小廝，偏要妾去做倒馬桶這樣的賤役？其目的當然是爲了打壓她在家中的地位。等知道蓮花有了身孕，「折磨蓮花的手段，更覺有增無減。」並決定，「若生出來，決不容他收起，定要淹死的。」小孩出生後，計氏虎視眈眈，承川懼內，除了親自看護著兒子之外，無計可施。小說對於蔣承川的懦弱形象和老牛舐犢之情，有頗爲生動的描寫：他見到計氏折磨蓮花，剛生完孩子就叫她去倒馬桶，又威脅她將小孩活埋，否則「我就斬草除根，將你也斷送了」，可憐「承川在旁邊，只是微微陪笑」，不敢吭一聲，可是當蓮花去倒馬桶時，他卻「抱了孩子，隨蓮姐而走」。作者解釋說：「看官們，三朝孩子，如何財主人家，便東抱西抱？承川只爲晚年得子，嫡母利害，若走近前來下手，親娘不在，難以攔擋，也是承川有肚腸所在。」後來蓮花得外人相助，將孩子送出寄養，怕計氏追察又不敢說出來，承川卻以爲孩子被打殺了，悲痛莫名：

承川又像老狗叫哭起來道：「苦呵苦，眼見得做人家不成了。是那狗婦不好，碎碎刮刮，你也不該就認眞，將他弄殺了。」一步步又走到後園草裏面、墻脚邊、毛廁裏，處處尋覓，全無蹤跡。又到池邊水裏望望，一發心上孤淒，咽咽的下淚。

這段描寫活畫了一個懦弱老人喪子的悲痛，他不敢向威脅要殺死兒子的悍妻提出抗議，只敢向受盡欺凌的小妾哭怨，看他在悲痛中還抱著一線希望，去搜尋草叢、墻角、水池，甚至毛廁都找遍了，最後完全絕望而不再號哭，只是「咽咽的下淚」，筆觸何等的細膩，描寫何等的感人！承川幾年後死了，立刻有一個無賴姪兒尚德來吵鬧，「登時就要搬運家私」，計氏罵他，「尚德就是一掌」，計氏道：「你就是繼承與我，也是我的兒子，如何打我？」尚德此時道出了關鍵的一段話來，謂：

誰與你做兒子？你們通去嫁了老公，光身子出門，草也不許動我一根哩！還做春夢，叫我是兒子。你的兒子在那裏？你若變得個三朝五日的兒子出來，我一文也不要你的。誰叫你妒惡，好端端養了兒子，還要活逼丟掉。

到了這個田地，計氏終於痛悔當日嫉妒狠毒的不是，然而此時到那裏去找兒子？可能的話，就是「粉捏得個兒子，泥塑一個呱呱也好。」此時，那寄養的兒子被送回來了，計氏一見，竟然叫道：「我的親肉，我的心肝。」眞是「惡之欲其死，愛之欲其生」，當初非把他逼死的小孩，如今竟成了親肉、心肝。兒子既然出現，一切迎刃而解，姪兒知難而退，只得了穀子五石，「索然而去」。

可見在現實的環境下，妒婦是不得不低頭的，林保淳先生對此曾做了不甚合理的判斷，他在〈「妒婦」與明清小說〉一文中說：

古代婦女的經濟地位依附在男子身上，這是「既嫁從夫，夫死從子」的另一層意義，婦女正是以妒爲手段，以保障自己的經濟地位。關於這一點，戲曲，小說中亦曾觸及，但卻未曾正視，反而將之誇張成妒婦的罪狀，蒲松齡在〈段氏〉一文中，將連氏因婢妾生子，故能免於族人覬覦家產，歸功於「連氏雖妒，而能疾轉，宜天以有後伸其氣」，漠視婦女之妒，乃爲爭經濟權益，而轉說不妒方能獲得經濟保障，很明顯是混淆了問題的癥結。❺

然而事實非常明顯，如果自身無出就沒有妒的本錢，否則無子成了「絕戶」，家產就要拱手讓人，那還爭什麼經濟權益？所以問題的癥結確實在於「不妒方能獲得經濟保障」，這當然是就無法生育的正妻而言，事實上以古代孩童的高死亡率來說，正妻即使有子對於家產的維

❺ 同註二引書，頁一〇九。

護也並不保險❻，所以在當時的社會狀況下，素封之家的確有蓄妾的必要性。娶妾的目的如果依前所說「不過是借他肚皮」，那麼正妻就沒有害妾的理由，這就是當時小說、戲曲誇張妒婦罪狀的社會背景。沈德符曾舉一個例子說：「戚南塘總戎夫人，中歲知私蓄妾有庶子二人，初亦怒，欲手刃，其後竟杖而收之。戚少保世職，賴以傳襲。」❼戚南塘即平倭寇的戚繼光，向有懼內之名，沈德符在這裏要說的是，幸好戚夫人即時住手，沒有因嫉妒而將庶子殺害，否則世襲的職位就要中斷了。這個例子明白的告訴我們，在舊社會中沒有子嗣是很嚴重的事情，尤其是有地位的人家，有子無子關係著家庭的興衰，那麼妒婦的被譴責也就毫無奇怪之處了。

《八洞天》卷八〈醒敗類〉篇也有一個類似的故事，紀衍祚「年近四十，未有子嗣。」有個姪兒紀望洪好賭好嫖，衍祚「料道做不得種，便把立姪爲嗣的念頭灰冷了。」後來看上了家中的婢子宜男，暗中偷情，宜男就有了身孕，其妻強氏卻「終日尋鬧，非打即罵」，不久就把她給賣掉了。宜男嫁給畢思復爲妾，卻生下了紀家的孩子，思復死前留下遺言，吩咐將宜男母子送還，紀望洪想道：「叔父一向無子，他家私少不得是我的，如何今日忽然有起

❻ 據喬啓明先生的統計，在民國十七、八年嬰兒的死亡率還高達百分之二十二點四，見李長年〈女嬰殺害與中國兩性不均問題〉，載鮑家麟編《中國婦女史論集》（臺北，牧童出版社，一九七九年）頁二一八。

❼ 沈德符《萬曆野獲編》（臺北，新興書局筆記小說大觀本）卷二十三〈婦不絕嗣〉條，頁五九六。

兒子來？」竟然告到官府，說叔父「非種亂宗」，後經當堂滴血，確認爲紀衍祚骨肉，才免去了一場財產被奪的危機。

胡萬川先生曾針對《醒世姻緣傳》、《聊齋》、《八洞天》等「與搶產有關的妒婦的故事」，做出這樣的總結說：

> 作者們當初寫出這一類的故事，大概總在勸妒存宗一邊立意。他們要告誡的是：如果無後嗣可承宗祧，即使萬貫家財，終屬他人。……所以妻子如果不能生育，千萬要大方些，讓丈夫早早買妾，以便後嗣有望。否則萬一丈夫有個三長兩短，膝下又無子嗣，則將不免於親族欺凌，家產被佔之悽慘下場。❽

這才是對明清時代妒婦的正確認識，前述的幾篇清初前期話本小說都可以證明這一論點。即使沒有奪產情節，也往往用這個理論來壓制妒婦，如《連城璧》午集中對付妒婦高手費隱公所用的手段即是如此，他教懼內的穆子大裝死，謂：「他起先不容你娶妾，總是不曾做過寡婦，不知絕後之苦，一味要專寵取樂，不顧將來，只說有飯可喫，有衣可穿，過得一世就罷

❽ 胡萬川〈人情慘刻——明清小說中搶奪絕產的故事〉，載《小說戲曲研究》（臺北，聯經出版公司，一九九三年）第四集，頁三二三。

了，定要什麼兒子？如今做了寡婦，少不得要自慮將來得病之際，那個延醫？臨死之時，誰人送老？自己的首飾衣服、糧米錢財，付與何人？少不得是一搶而散。想到此處，自然要懊悔起來。」這一段話泛泛看去不一定能體會其中的奧妙，其實關鍵就在「絕後」二字與「一搶而散」四字，對上述的社會背景有所了解之後，便知費隱公的計策是萬無一失的了。

不過由於上述幾篇小說「勸妒存宗」之意太過強烈，妒婦內心世界的刻劃顯得不夠細緻，《八洞天》卷一〈補南陔〉篇補充了這方面的不足。這篇小說無關繼嗣的問題，因爲男主人公之一的魯翔中了進士便在京中娶妾，這時家中有已經有個十幾歲已是入泮的兒子魯惠了。夫人石氏見丈夫中進士後帶了個小夫人楚娘回來，而且還有三個月的身孕，十分不高興，又不好發作。魯翔選了上林知縣，夫人問他是否帶家眷同行，魯翔說當地不太平，只要帶幾個家人隨去，石氏卻道：「我不去也罷，只是你那心愛的人若不同去，恐你放心不下。」這話酸溜溜的，魯翔卻聽不出來，還說：「他有孕在身，縱然路上太平，也禁不得途中勞頓。」這本是實話，也沒有什麼特別用意，但言者無心，聽者有意，石氏卻想成：「原來他只爲護惜小妮子身孕，不捨得他路途跋涉，故連我也不肯帶去。」於是愈想就愈恨了。這段描寫就曲折的表現了妒婦的心理反應，只因爲「妒」在胸中，所以不但說話帶「醋味」，事情也往自己受委屈的方向去想，結果是苦了自己，害了別人，這種行爲在心理學上稱爲投射作用

（projection）❾。魯翔出門後，石氏便常要尋事對付楚娘，幸好魯惠對這二娘頗爲孝順，不時從中週旋。後來訛傳魯翔遇害，石氏便要楚娘轉嫁，楚娘生下一子，不幸出痘而亡，石氏更苦苦相逼，定要攆走楚娘，楚娘不肯改嫁，魯惠便安排她出家。後遭兵亂，石氏反賴楚娘收留在道觀而獲保全，此後「石氏厚待楚娘，不似前番妒忌了」。其結局是魯翔既未死，幼兒也未亡，最後全家大團圓。

《五色石》、《八洞天》二書爲補人事之不全，大團圓是書中各篇必然的結局，此不在話下。值得一提的是，本篇寫娶妾並不假借任何倫理道德方面的藉口，魯翔不是爲了生子來承宗，也不是爲了廣嗣，他娶妾的原因很簡單，只因「京寓寂寞」。至於石氏對於楚娘的嫉妒，可說純粹是心理因素，因爲石氏本身有兒子，在家產的繼承上沒有問題，而當得知魯翔死訊之後，爭寵的問題也沒有了，家中人丁稀薄，妻妾作伴其實不錯，可是石氏堅決要將楚娘逼走，可見這是打從內心生出的妒意，前引林保淳先生的：「婦女正是以妒爲手段，以保障自己的經濟地位」一說，在本篇小說就用不上了。另外《西湖佳話》卷十四〈梅嶼恨蹟〉

---

❾ 投射作用就是「將自己內心不爲外界所接受的想法，加在別人身上，認爲那是他人的想法。例如個人非但不承認自己有敵意，而且認爲他人有敵意，例如，你因爲討厭某位佔你便宜的朋友而覺得焦慮或有罪惡感時，你可能將自己的敵意投射到此人身上，而將許多無害的行動當成對你有敵意。」見洪光遠、鄭慧玲譯，Lawrence A. Pervin 著《人格心理學》（臺北，桂冠圖書公司，一九九五年）頁一八四。在小說中，石氏因爲丈夫娶妾的行爲而對他產生敵意，但她反過來卻認爲是丈夫對她有敵意，即爲了寵愛妾而冷落她、虧待她。

中的小青故事也是一樣，馮生因「性貪佳麗」而娶小青爲妾，馮妻「及見小青之面，雖低眉下氣，不敢稍露風流，而一段嫣然之態愈隱愈彰，馮婦之妒心遂已百結不磨矣！」乃從人的本性來寫男子的風流，以及女子的嫉妒，這都是再自然不過的事情，《西湖二集》卷十一提到妒婦胸中有六可恨，其第一恨便是：「一夫一婦，此是定數，怎麼額外有什麼叫做小老婆？我卻嫁不得小老公，他卻娶得小老婆，是誰制的禮法？不公不平，俺們偏吃得這許多虧。」⑩妻子不容他人分享丈夫的恩愛，提出了「公平」的合理要求，可是在當時的社會狀況下，便會被冠上妒婦之名。所以說「妒」是人性的自然反應，其善惡的價值判斷則爲從社會、倫理的需要，或從男性本位的自私心理所加，說「以妒爲手段保障自己的經濟地位」云云並不合於眞實的情形。

正因爲「妒」是人性之常，所以不僅妻會妒妾，妾同樣也會妒妻。《無聲戲》第十回就寫了兩個妾妒妻的故事，第一個故事寫丈夫因爲正妻無子而娶妾，妾入門後即不許丈夫和正妻同宿，正妻五十歲生日那天，丈夫不想讓元配守空房，陪了她一晚，誰知這位「妒妾」恨「丈夫被他奪去了一夜」，竟放起火來。火勢一發不可收拾，延燒到四鄰八舍，鄰舍要寫公呈告官，丈夫不得已，只好將妾「私下擺佈殺了」。這故事有些荒唐，但李漁說是他親眼目擊的，「乃崇禎九年之事」。第二個故事寫因正妻楊氏生了癩疾，所以其夫娶了陳氏爲妾，

⑩ 陳美林校點，周清源《西湖二集》（江蘇古籍出版社，一九九四年）頁一八一。

陳氏見楊氏一時還不至死，自己不能獨得專寵，竟下毒害她，不料陰錯陽差，反而將她的病治好了。陳氏又設下毒計，栽贓陷害，無所不用其極，害楊氏差一點被休棄，後來菩薩顯靈，才使陳氏承認自己的罪狀，還讓她也染上癩疾，「便宜了個不會喫醋的楊夫人，享了一生忠厚之福。」另外，《清夜鐘》第七回寫孝童殺死父妾（後又收入《飛英聲》卷四改題為〈孝義刀〉），原因就在於妾欺負正妻太甚，而妾敢如此放肆，則因為丈夫愛妾不愛妻，「不論有的沒的，眞的假的，說罵他就是罵他，說嚷他就是嚷他，說懶惰就是懶惰，說他不做家就是不做家。就是箇聖旨，該衙門也不肯是這般奉行。」妾有丈夫做靠山，逼得正妻要上吊，十三歲孩子崔鑑看不過去，於是一刀把父妾殺死了。最後官府斷案，以該妾「以娼婦不安分，觸突主母，自速其死。」而崔鑑則不但無罪開釋，還以孝義之名得到士大夫的讚揚。這件事發生在嘉靖二十四年，原載《世宗實錄》卷三百零五，崔鑑其實被判了「徒工三年」⓫，不是無罪開釋，後來此事也載入《明史》卷二百九十七〈孝義傳〉中。

上述三個妾妒妻的故事，妾的結局非死即得惡疾，下場比起正妻妒妾要悲慘得多，妒妾之妻無論行徑如何惡劣，只要隨時悔悟，妾都只能感激接受。妾的地位在當時的社會是如何的低落，可以在這些故事中清楚的看出來的。這就難怪妾妒妻的事比較少見，因為她們實在沒有妒的本錢，杜濬說得好：「不知做大的醋小，一百個之中有九十九個；做小的醋大，一

⓫ 見《明實錄類纂·婦女史料卷》（武漢，武漢出版社，一九九五年），頁七八五。

百個之中也有九十九個。只是做大的醋小發洩得出，做小的醋大發洩不出。雖有內外之分，其醋一也。」（《無聲戲》第十回回末評）杜濬認爲「妒」是人之天性，無論爲妻爲妾，沒有不妒的，只是妻可以將妒表現在行爲上，而妾就只能默默承受。

妾的可憐超過妻百倍，在妻妾衝突中，妾經常是輸家，上述這些小說可以做爲有力的證明。

第五節 倫理親情小說

此處所說的「倫理親情」是比較狹義的，指的是親子關係和同胞（尤其是兄弟）關係中親情的表現。

本期話本小說寫倫理親情的相當多，包含的題材十分的豐富，其中探討繼母問題的有三篇，批判不肖子孫的有五篇，描寫兄弟感情的有四篇。同樣的題材，但表現的方式各有不同，當然，各篇寫作的成績也有相當的差距。

一、繼母問題

繼母即後母，又有「晚娘」之稱，《儒林外史》第五回引了一句古語說：「晚娘的拳頭，雲裏的日頭。」陸澹安先生釋爲：「特別凶狠。」❶這解釋似乎不夠貼切，雲裏的日頭怎會特別凶狠呢？這句話應該是說晚娘會趁丈夫不注意的時候，虐待前妻的孩子，就像日頭躲在雲後，不時會出來炙人的意思。然而後母也是人家的女兒，何以一到夫家就會扮起晚娘的面孔呢？本期話本小說對後母的形象，有生動的刻劃，而最難能可貴的是，有些小說更能從後母的立場，分析了爲人後母的艱難，以及親子衝突的難以避免。

《五更風》〈鸚鵡媒〉篇的金氏，是一個心狠手辣，時時想要置前妻之子於死地的後母。她對付前妻之子水朝宗的手段相當狠毒，包括讓他挨餓受凍、做毒饅頭害他、設陷阱誣他強姦父妾等，幸好都沒有成功。她又勾結鄉宦，買通官府誣告朝宗殺人，陷入死囚牢中，幸好老僕將垂危之子士富拖入牢中代死，才逃得一命。金氏又逼媳婦炎氏改嫁鄉宦爲妾，幸有義婢願以身代，並且自殺而亡。後來朝宗進士及第，同炎氏返抵家門時，金氏驚嚇過度，最後瘋癲而死。

本篇小說未能說明或表現金氏如此狠毒的原因，若要勉強加以分析，則只能以變態心理來解釋她的異常行徑。金氏是開緞鋪的金朝奉的女兒，在嫁給水老爲繼室之前，曾是洞庭翁家的妾，五年而未曾生育，「翁官人妾婢如雲」，這五年的妾婦生涯必然是備受冷落，甚或

❶ 陸澹安《小說詞語彙釋》（臺北，華正書局，一九八二年）頁五一五；又張季皐《明清小說辭典》（石家莊，花山文藝出版社，一九九二年）頁八一四的解釋完全相同。

受盡凌虐的，從《金瓶梅》中西門慶的幾個妾心理狀況都不很正常，可以略窺一二。研究變態心理的學者認爲：「不幸之婚姻則爲痛苦之源，其所致之變態反應，通常有：心因性生理疾病，抑鬱、焦慮、不貞、不義、酗酒、兇暴、虐待子女等。」❷對於金氏的童年，作者未曾交待，但其第一次失敗婚姻導致她心理不正常的可能性是極高的，小說對金氏有不少接近變態行爲的描寫可以證明。例如當水老發現全家在溫暖的家中烤火，而兒子在學堂裏，身上卻只有「兩層布衣，內一層倒有百十箇破孔，背上披一塊鐵硬的破絮，……水老將手去握他手，冷如冰塊，不覺暗暗的墮下淚來。」老師也爲朝宗抱屈，水老正在那裏爲兒子傷痛發脾氣時，金氏卻「奔到學堂，把朝宗亂踢亂打，口裡把張先生大罵道：『老□八，請你在家裡搬是非，炒我家弗和？天也不容。』」正常人在家裏教訓小孩還怕外人知道，金氏不但當老師的面踢打孩子，並且對老師口出惡言，這已經是極不正常的表現。後來朝宗用收賬的錢收無名屍，金氏卻一口咬定他將錢拿去嫖賭，要他屈招，且看她行刑的手段：

> 跑在裡面將幾個大銅鑰匙用錢串綁緊，將朝宗撈起，雪白□□尖尖玉筍頭，那裡禁得，死去活來，只是咬定牙齒，忍著疼不啐聲。金氏又將一條門閂，架起朝宗雙手亂敲。

---

❷ 繆國光譯，Walter J.Coville 等著《變態心理學綱要》（臺北，商務印書館，一九八四年），頁八二。

正如店裡的一個看不過去的老客說的：「那銅鑰匙比官府拶子更狠，敲也不是這樣亂敲的。再不放他，十箇指頭一齊折去，此子就是廢人了。」用這樣手段去對付一個十來歲小孩，顯然是失去人性的虐待狂表現。正由於她的心性失去常態，她所表現出來的暴虐、攻擊、謾罵等等，事實上是一種反向作用（action formation），其目的是為了對她出身微賤、曾為人妾、婚姻失敗等等的焦慮情緒做出防衛動作。其焦慮情緒愈強、自卑感愈重，所表現出來的攻擊性就愈激烈。但這些攻擊行為並不能弭平她的焦慮，反而會惡性循環，如滾雪球一般，直到難以收拾的地步，所以金氏後來會變成瘋癲是有跡可尋的。作者固然不知道所謂精神分析的道理，然而他既不用法律教訓，也擺脫了果報理論，顯然在塑造這個人物時，是胸有成竹，而遵照一定的創作意識去完成的。

本篇小說對水老儒弱形象的刻劃也相當傳神，一個老好人，當初為了怕娶到惡晚娘使孩子受苦，也曾猶豫，也曾三挑四選，當見到孩子受罪時也曾大發雷霆，吼道：「臭淫婦，我與你拚命。」本來不願金氏生育，以免奪長子之寵，但後來金氏產下一子，水老「見了兒子，分外珍惜，恨不得金氏一次生下十七八箇。」由於個性過於軟弱，所以眼睜睜的看著孩子遭凌虐，而束手無策，當朝宗被金氏陷害入獄時，不但沒有出來打點，還「惟恐禍及其身，竟領了逢源（次子，金氏所生）也往南庄避去了。」等得了朝宗死訊，不知是土富代死的，「方敢放心回家，悄悄到土富墳塚，偷哭一番，拭淚而去。」這些細節的描寫，使人覺得不能保護孩子的水老既可恨，又值得同情，此人物有血有肉，其形象相當立體而眞實。相形之下，反而做爲小說主人公的水朝宗沒有什麼表現，其形象不如金氏、水老二人的鮮活。

和〈鸜鵒媒〉篇較爲類似的，是《五色石》〈續箕裘〉篇中的後母故事。不過〈續箕裘〉篇的關鍵人物是從中撥弄的刁嫗，後母韋氏本來對繼子吉孝沒有什麼成見，只因自己是原是妾的身分，後來才扶正的，心中有些自卑，刁嫗正利用她的自卑感從中挑撥，例如對韋氏說：「大官人在背後說相公好沒主意，不該以妾爲妻。又說大娘出身微賤，如今要我叫娘，寔是勉強。」這些都是莫須有的，卻又是極有效的浸潤之譖。韋氏自此對吉孝恨之入骨，常在丈夫面前說吉孝的不是，於是父親吉尹也對兒子厭惡起來。吉孝深夜禱告，盼望父母回心轉意，父親卻當成咀咒，狠狠將他打了一頓。吉孝去向姑姑喜夫人（吉尹的妹妹，又是吉孝的丈母娘）哭訴，喜夫人勸哥哥莫聽外人之言，傷了父子至親，吉尹回家向韋氏一說，韋氏的自卑感又發作了，道是：「那逆種要把丈母的勢來壓量我，罷罷，他道我出身微賤，做不得他的娘，料想姑娘也只認先頭的嫂嫂，未必肯認我爲嫂，他女兒也不肯到我手裡做媳婦。他說父子至親，你們父子到底是父子，我不過是閒人，你從今再休聽我的閒言閒語，我今後但任憑你兒子怎樣詛咒，再不來對你說了。」這話分明在激惱丈夫，韋氏又加油添醋，說吉孝只要詛咒我母子兩就好了，「何必連父親也咒在裏面？」吉尹一聽，火冒三丈，又把吉孝打了一頓。刁嫗又獻計，要韋氏假裝生病，叫吉孝來服侍，然後誣他想毒死後母，吉尹不分清紅皂白，竟將吉孝差點打死，幸好喜夫人派人來救走，但吉家上下都以爲吉孝已經身亡。後來刁嫗不慎讓韋氏所生的愛哥走失了，韋氏憂傷成疾，刁嫗也接著病倒。以後的情節落入怪力亂神，刁嫗在病中囈語，說出謀害吉孝的眞情，臨死時頸裡還出現一道繩痕，「舌頭拖出幾寸」。韋氏心生畏懼，尋關亡、召神的女巫來問吉凶，喜夫人趁機收買女巫，讓吉尹了解吉孝的冤情，韋氏也後悔過去所做所爲。最後父子團圓，吉孝當了大官，若干年後又尋回被藩王認爲養子的愛哥，圓滿收場。

這篇小說稍微觸及了後母與前妻之子間的矛盾，不過一來過度依賴第三者的挑撥，使衝突的表現過於膚淺，二來後半段的內容太不尋常，整體而言，不能算是一篇情節感人的佳作。相形之下，《八洞天》卷二〈反蘆花〉篇無論就小說人物的塑造，或是內容情節的感人，都比前述二篇要勝過許多。而且最重要的是，小說對於後母於前妻之子的情感變化，有相當曲折的表現，所表現的情感，又合於一般人情，既不像〈鸚鵡媒〉篇描寫變態，也不像〈續箕裘〉篇要靠第三者的撥弄，正因爲所表現的情感合於一般的人情，所以最能感動一般人，因而達到了人情小說的極高成就。

本篇小說開宗明義，在入話處就以繼母的難爲做全文的引子。入話中說：

> 平心而論，人子事繼母，有事繼母的苦；那做繼母的，亦有做繼母的苦。親生兒子，任你打罵，也不記懷。不是親生的，慈愛處便不記，打罵便記了。管他，既要淘氣；不管他，丈夫又道繼母不著急，左難右難。及至父子之間，偶有一言不合，動不動道聽了繼母。又有前兒年長，繼母未來時，先娶過媳婦，父死之後，或有子尚幼，倒要

在他夫妻手裡過活。此豈非做繼母的苦處。

開頭這段話，表達了作者對繼母的同情。前述兩篇都單向批評繼母的不是，完全沒有為繼母的立場想，本篇卻不那麼簡單，作者告訴我們，不僅事奉繼母困難，繼母教養子女也不容易，也就是提醒我們，片面的對繼母施以譴責是不公平的，唯有互相為對方設想，才能找到最好的相處之道。小說就是以這樣的主題為中心思想去發展情節的，情節的設計有奇特之處，但奇而不離於常，不會讓讀者難以接受。

主角覆姓長孫名陳，字子虞，娶妻辛氏，夫妻恩愛，兩年後，生下一子勝哥。在任武安縣教諭時，因兵亂而逃亡，辛氏為保全丈夫幼兒，跳井自盡。在亡命途中，蒙甘家收留，勝哥病重，賴甘家照顧，自己是失機官員，又需甘家替他謀取路引，為報答甘氏之恩，長孫陳不得已，接受了甘家的婚姻。後來，長孫陳冒名在藩鎮任職，安定後，才接甘家一門及勝哥相聚，並在任所和甘氏成親。當初聽說父親在母親剛死就答應甘家的親事，勝哥已經十分感傷，今見母親屍骨未寒，父親卻在衙中結彩懸花，迎娶新夫人，愈加悲啼，當夜便未去拜見新母親，到了第三天才來拜望，「含淚拜了兩拜，到第三拜，竟忍不住哭聲。拜畢，奔到靈座前放聲大哭。」想想七歲孩童，念及親娘慘死，父親另結新歡，悲傷哭泣也是人之常情，然而當新娘的卻甚為難堪，其時甘氏也不過十六七歲，那裡懂什麼體貼人情，見勝哥只念親娘不把她放在眼裡，好生不然，「自此以後，勝哥的饑寒飽暖，甘氏也不耐煩去問他，……

勝哥亦只推有病，晨昏定省，也甚稀疏。」娘兒倆各有心結，已難融洽。不久，派去替辛氏收屍的人回來，說找不到屍骨，勝哥非常難過，在靈前哭道：「命好的直恁好，命苦的直恁苦！我娘不但眼前榮華不能受用，只一口棺木，一所荒墳也消受不起！」這話又觸怒了甘氏，暗想：「他說命好的直恁好，明明妒忌著我。你娘自死了，須不是我連累的，沒了骸骨，又不是我不要你去尋，如何卻怪起我來？」所以想來想去，就「愈加不樂」了。

其實辛氏未死，當天就被父親救走了。後來聽說朝廷斬了失機官員「尙存誠」，因爲音近而誤以爲「長孫陳」已死，而長孫陳又冒名在職，所以兩邊錯認，以爲對方皆已身亡。光陰迅速，不覺五年過去了，甘氏生下了一男一女，此時甘氏的母親忽然病亡，甘氏也哀傷過度重病在床。遭喪母之痛後，在病床上，甘氏忽然體會到勝哥當初的心情，想道：「吾向怪勝哥哭母，誰想今日輪到自身。吾母親抱病而亡，有尸有棺，開喪受吊，我尙痛心，何況他母死于非命，尸棺都沒有，如何教他不要哀痛？」因而含淚對勝哥說：「我向來所見不明，錯怪了你。我今命在旦夕，汝父正在壯年，我死之後，他少不得又要續娶。我這幼子幼女，全賴你這做長兄的看顧。你只念當初在我家避難時的恩情，切莫記我後來的不是罷！」她想到自己當後母時不能疼愛前妻之子，將來丈夫續娶，自己的子女不免也要遭後母的輕賤，所以臨終托孤，竟不是交待丈夫，而是請求前妻之子，因爲丈夫的表現有前例可循，他既然任由自己輕賤前妻的兒子，又怎能指望自己死後他能讓後妻善待自己的孩子？這種心情，反而只有勝哥能夠體會，所以她才會向勝哥殷殷囑託。長孫陳說他發誓不再娶了，甘氏含淚道：

「這話恐未必。」她對丈夫太了解，長孫陳的個性太軟弱，行事常受他人左右，說他不會再娶，這話是難以相信的。

果然，長孫陳立功准復原姓名與丈人辛公相見，辛公執意要將姪女許配給他，長孫陳不敢違拗又答應了。迎娶那天，長孫陳先在兩位亡妻靈前祭奠，頗爲感傷，也足見他非無情之人，其情景之描寫相當感人：

> 勝哥引著那幼妹幼弟同拜，長孫陳見了，不覺大哭，勝哥也哭了一場。那兩個小的，不知痛苦，只顧呆著看。長孫陳愈覺慘傷，對勝哥道：「將來的繼母，即汝母姨，待汝自然不薄，只怕苦了兩個小的！」勝哥哭道：「甘繼母臨終之言，何等慘切。這幼弟幼妹，孩兒自然用心調護。只是爹爹也須立主張！」長孫陳點頭滴淚。

這那像是要迎親？簡直像是生離死別。勝哥的話確是肺腑之言，對父親的叮嚀，也是有感而發。誰知事出意料之外，這回父親所娶的不是別人，正是自己親身母親。原來辛公父女有意試試女婿的眞心，所以故弄玄虛，新婚之夜才道出眞情。勝哥向母親請求照顧兩小，辛氏道：「我不願後母虐我之子，我又何忍虐前母之兒！」眞是賢慧之語，此言也代表作者寫作本篇之本旨，唯有將心比心，才能妥善處理後母問題，事實上也唯有如此，才能處理好一切人與人之間的問題。

這三篇探討繼母問題的小說，風格各異，有的寫變態，有的寫小人，而以〈反蘆花〉篇最能深入到問題的核心。既生動的將後母繼子之間相處的矛盾情形表現出來，又提出了解決之道，所有的描寫、分析既曲折周到，又切合人情事理，可以說是一篇極為成功的家庭小說。

二、批判逆子

清初之前以批判不孝子女為主題的話本小說並不多見，本節前言曾提及淩濛初所寫的兩篇，其中《拍案驚奇》卷十三〈趙六老舐犢喪殘生〉篇說了兩個忤逆故事：其一是講父母放縱兒子，致使兒子染上賭博惡習，父親在教訓兒子時被打落兩顆門牙，告到官府，兒子的朋友咬掉他的一只耳朵，教他上公堂時說是父親咬的，竟因此而免罪。另外一個故事講趙六老從小極疼愛兒子趙聰，但溺愛過於教誨，以致於貪暴無義，媳婦又不賢德，將母親活活氣死了，還不肯出棺材錢，後來債主來向六老索當初為趙聰作親時的本利，六老無奈，到兒子家中偷盜，竟被兒子一斧劈死，官府斷案道：「殺賊可恕，不孝當誅。子有餘財，而使父貧為盜，不孝明矣，死何辭焉？」判了死刑，媳婦不久也染了牢瘟而死。這兩則故事都取材自馮夢龍的《智囊補》（卷二十七〈雜智部．嚙耳訟師〉、卷七〈明智部．張晉〉），原文甚短，經淩濛初的鋪寫，頗為生動的刻劃出逆子的形象，尤其寫到天氣嚴寒，六老拿了一件夏衣向兒子當幾錢銀子，好去贖回當鋪裏的冬衣，兒子竟跟他討價還價，還要父親寫押契，眞是道盡了世風的澆薄、道德的淪喪。不過由於材料本身是在表現訟師（第一則）和問官（第二則）

的機智，其他的內容是作者編造出來的，不是取材於耳目見聞，小說不免有爲文造情之感。

本期話本小說中寫因溺愛而造成兒子不孝的也有三篇，其中《生綃剪》第十七回和《十二笑》第五回中父母親結局的悲慘，比前述的趙六老有過之而無不及。

《生綃剪》第十七回寫守寡的母親，明知孩子行事不正，想要教訓他，卻道「只得一點骨血，可憐幼小喪父，又耐煩了。」就爲這一點錯愛的心腸，使孩子失於教誨，後來也染上賭博惡習，家裏的東西都輸光了，爲了奪取母親的錢財，竟招來一夥強盜，將家中錢財細軟劫掠一空，後來爲了取得田地文契，更將母親推入水中淹死，眞是喪心病狂，最後遭到雷殛的報應，而且頭還被割掉，等到在河中發現其母屍首時，奇怪「怎麼右手又揪著一把髮辮？」原來是提著逆子的頭，眞是慘不忍睹。這篇小說雖然事涉神異，但作者在篇中說：「這是今年六月初三的事。」顯然是取材於耳目見聞，只是結局或有誇張之處，尤其逆子遭雷殛後竟然斷頭，誠如縣官所說的：「霹靂打人，好不省力，動刀的雷，卻從古未有。」這可能是受元明以來雷公形象的影響，據《元史》卷七十九〈輿服志〉二的記載：「雷公旗，赤火焰腳，畫神人，犬首，鬼形，白擁項，朱犢鼻，黃帶，右手持斧，左手持鑿，運連鼓于火中。」❸既然雷公是持斧的，那麼斷頭當然是可能的，不過斷了的頭跑到河裏母親屍體的手中，這就難以解釋了。這篇小說不但寫忤逆因溺愛而形成，更表現了寡母憐幼子的溺愛心情，所以比

❸《元史》（北京，中華書局，一九七六年），頁一九六二。

《拍案驚奇》卷十三深入了一層，但溺愛過程的描寫，又不如《十二笑》第五回的詳盡。

《十二笑》第五回雖然用了比較誇張的手法，但在嘻笑怒罵中也透出深沈的悲痛。父親賽牛結髮先亡，到了年近六旬才又娶乜姑爲偏房，一年後生下一子取名寶兒。乜姑是使女出身，既粗蠢又剽悍，賽牛非常怕她。賽牛晚年得子，溺愛孩子情有可原，乜姑卻變本加厲，寵愛孩子到失去理性的地步，例如有一次賽牛吃酒回來，爲了未曾帶糖果而被寶兒推倒，因有了些酒意，一時忍不住打了兒子幾下，這下可不得了，乜姑出來狠狠一頓踢打，又叫寶兒拿衣槌，「一五一十打他背心，賽牛含淚受痛，不敢則聲。」寶兒又道：「他把手來打我的，不干背心事。」必定要打賽牛手骨，「賽牛只得伸出鐵塔般的富翁手，讓他又打了幾下，看見皮肉立時青腫。」這眞的是乾坤顚倒，無法無天了。賽牛畏妻如虎，連兒子也騎在自己頭上，在這種環境之下，怎能指望孩子上進成材？果然才十五歲，就去偷西鄰的處女，費了賽牛一二百金才解決，事平之後，乜姑不去責怪自家孩兒，反而去告張告李，說人家設美人局，寶兒當然也就完全無法在所犯的過錯之中得到任何教訓。接著，又跑到鄉宦家中去調戲女伎而被抓，這回要勒逼二千兩，可憐賽牛東奔西撞，勉強湊足數目救回寶兒，回到家訓了兒子幾句，又被乜姑一拳撞在心口，從此竟成「氣蠱之疾」，作者分析其致病之由說：

> 那賽牛不知受了多少悶氣！即據索果一件事，遭其荼毒，不可言說。後來爲了偷鄰女，費過許多銀兩，陪了許多不是，惟有忍氣呑聲，自家叫苦，並不敢把兒子發揮半句。

及至被童府中獲住，不見回家，又受乜姑許多懊惱，幸得虞侯報信，立時逼其湊銀取贖，心裡又驚又急。因急切也向乜姑求湊，又受其一番鬧吵，心裡又急又氣，又沒處說苦。竭盡其力，不惜傾囊破家，才得贖回，指望財去人安樂，還可將就度日，不想乜姑又要尋端起釁，怪其勸阻，放潑打罵，傷心嘔血。年老之人，何堪種種受累，種種失意？他卻種種加來，又只好種種順受……雖欲不病而不可得，雖欲不死而亦不可得也。

「氣蠱」這種病見於高明的《琵琶記》第二十三齣〈代嘗湯藥〉，謂：「萬千愁苦，堆積在悶懷成氣蠱。」❹是一種鬱悶出來的病。作者將賽牛致病的遠因、近因都做了詳細的解剖：他那種無處可訴的苦悶，長年累月的聚積在胸膈之間，這是第一層病因；童府事件，他既耽心兒子的安危，又心疼家產的失落，加上終日奔勞，實非老年人的體力所能負荷，身體狀況已岌岌可危，這是第二層病因；回到家中，既得不到感激、安慰和休息，還要被老婆責罵朴打，一拳擂在心口，在所蓄積的憂悶和胸口的創痛內外夾攻之下，病勢遂一發不可收拾。文章一層一層寫來，令人讀之心痛。作者又道：「所謂逆子頑妻，無藥可治。人生遇此，勝於

❹ 高明《琵琶記》（臺北，商務印書館，一九七八年）頁八二。又見天一出版社《全明傳奇》本《新刊元本蔡伯喈琵琶記》卷下，頁三。按，在這兩個版本中，這句話所在的位置略有不同，口氣也有差異。

羅刹催命鬼矣！」更可憐的是，賽牛死後兩天，屍體發臭了才被發現，治喪時，寶兒只想著串戲取樂，父親死時沒有半滴眼淚，唱《西廂記》演張生，唱到〈附薦〉一齣，張生向法本道：「哀哀父母，生我劬勞。」做出下淚的光景，看戲的大喊道：「眞眼淚沒有得出，假眼淚何處得來？不哭自己老子，偏會哭別人的爹娘！」眞是諷刺到家了。

另外一篇是《錦繡衣》的〈移繡譜〉篇，這篇小說的主題在於批判當時「溺女」風氣的不當，是一篇充滿人道精神，而且對於女性多所稱揚的小說。爲了表達生女未必不如生男，所以篇中也寫了一段對兒子過度溺愛，以致於嘗盡了養兒不孝之心酸的故事。篇中燕娘有濃厚的重男輕女觀念，認爲養女會妨子，所以一連溺死了三個女兒，後來終於產下一子，取名宮榜。由於是家中獨子，所以倍受寵愛，而不肯好好讀書，老師打他兩下，回去竟對燕娘哭訴：「狗娘養的，打我，我不去讀書了。」如此口出穢言，當母親的不但不加以教誨，還爲他掉下眼淚，陪他一起罵老師，又派人到學堂去告訴老師，以後不許打她的孩子，老師因此教不下去，解館而去了。再請的卻是一個無品的騙徒，不好好教書不打緊，還叫宮榜回家偷銀子給他，以做爲不挨打的交換。於是宮榜一偷再偷，鬧得家中人仰馬翻。這樣的環境教育出敗家之子是必然的，不久宮榜將家產輸得精光，又去學串戲，後來成了戲子，漂流在外，只留下兩老孤苦無依，險成餓殍。

這三篇家庭小說的特色是，不用簡單、抽象的「溺愛」二字來說明子女的不孝，而能曲折、細膩的將子女向壞的一面發展的過程描寫出來，所以小說較富於眞實感。而《八洞天》

卷六的〈明家訓〉篇則指出子孫不肖的另一個原因，即長輩的影響，如果父祖本身行事不正的話，是很難指望子孫走上正途的。

小說中所批判的逆子包括兩代，一代是晏敖，另一代是晏敖的兒子奇郎。晏敖十八歲正要考童生時，不幸父母雙亡，外祖父石佳貞心疼孫兒，爲了怕耽誤了他的前程，竟把他認爲兒子，改名爲石敖，不教他爲父母守喪，反替他賄買關節中了秀才，還「花紅鼓吹，乘馬到家」。外祖既然以不正當的方法教他，他自然也就用不正當的方法來回報了，見外祖年老，怕他死後石家的人會來爭產，便偷運家私出去，不久有房有地，撇下外祖領了妻小搬走了。氣得石佳貞告他忤逆，他便說「幼雖承嗣，今已歸宗」，故非忤逆；石佳貞死了，他不但不替他治喪，還不替他服孝，忘恩負義，莫此爲甚。更過分的是，本來父母的棺木附在石家墳堂，石佳貞死了，石家不讓他放置，他就隨便找個工匠挖個坑掩埋，不料碰到一塊石板挖不下去，晏敖吝惜工資，不管三七二十一，就將兩柩葬在石板上，「那石片又高低不等，兩柩葬得一高一低，父柩在低處，母柩在高處，好像上馬石一般。」中國人重的是養生送死，晏敖這樣蹧踏父母的靈柩，可謂不孝之尤。

「晏敖如此滅棄先人，那里生得出好兒子來？自然生個不長進之子來報他。」果不其然，奇郎頗有乃父之風，晏敖不學無術，奇郎也無心向學，晏敖喜歡賭博，奇郎比他賭得更下流，「晏敖好賭，還是鋪了紅氈，點了畫燭，與有錢使的人在堂中坐著賭的。奇郎卻只在村頭巷口，與一班無賴小人沿街而賭，踞地而博，十分可笑。」小康的家庭，那堪父子內外交「賭」？

家事已漸消乏，又遇到一件烏龍官司，結果弄得家破人亡。原來晏敖有用銅銀騙人的惡習，當初要替奇郎畢姻，妻方氏拿出私蓄的好銀六十兩過聘，後來女方自殺身亡，晏敖便把這六十兩要回來，兩夫妻都想要這六十兩，晏敖便把假銀給了妻子，自己將眞銀藏起來，不料奇郎頗有賊智，他將父親的眞銀偷走，又把母親的假銀偷來放在父親藏銀的地方。方氏發現銀子不見，知是兒子偷的，便不吭聲。後來縣府來向晏敖討積欠的稅銀，晏敖就將這私藏的銀子拿去納官，他心中認定是眞銀就沒去細察，結果因此吃上官司。奇郎見害了父親，一溜煙跑了。方氏變賣家產救丈夫，趕路心急，掉到橋下溺死了，晏敖出獄時，一無所有，只好投奔寺廟，不久也病死了。奇郎聞訊趕回，打聽父親死時還有一串白玉素珠陪葬，便勾結幾個無賴盜棺，這無賴見棺木値錢，竟將屍首棄置，將棺木扛走，隔天和尚聽見犬吠之聲去看時，「只見晏敖的尸首已抛棄於地，棺木也不見了，有兩只黃犬正在那里爭食人腿哩！」眞是慘不忍睹！晏敖當初蹧踏父母的靈柩，結果自己的下場更爲悲慘，奇郎盜棺之事發，最後也問成死罪，父子倆是一丘之貉，其悲劇全都拜家訓不嚴所賜，故小說篇名爲〈明家訓〉。

第五篇逆子故事帶有傳奇色彩，其中也有雷劈逆子的情節，但逆子卻躲在母親懷中而逃過一劫。最後由於母親未能照顧好逆子的小女兒，被追趕到關帝廟中一刀砍死，那泥塑的周倉忽然大怒，舉起泥刀將逆子劈成兩半。這是《警寤鐘》卷三〈杭逆子泥刀遺臭〉篇中的神怪情節，但是撇開神話的部分不講，小說對逆子杭童的描寫，實在到達令人咬牙切齒的地步，其細節的描繪明白如畫，母親屠氏的可憐形象，躍然紙上，令人爲之惻然！

杭童在精神上有異常的傾向，他對母親的暴虐恣睢近於病態。屠氏已經六十歲，媳婦死了，留下一個幼女遺姑給她撫養，「侵早起來，就要煮飯，伏事兒子吃了出門。手中抱著遺姑，又要上來看鍋，又要底下燒火，抱上抱下，好不費力。欲要放他略略坐，又是恐怕啼哭，惹兒子焦躁。」杭童是名「腳頭」，以替人挑擔維生，每天睡到日出，也不管母親有沒有吃：

> 儘著自己一頓肥囊，抹抹嘴，拿著擔繩就走。或過半日，或過一會，不管遲早，回來就要吃飯。若是飯尚未煮，就拍棹打凳，碗盞碟子打得雪片相似，好不好連母親這皺皮老骨上，也還奉承他兩拳。屠氏畏之如虎，遂老早將飯煮好等他，他偏又不回，及回時，飯又冷了，杭童又嚷道：「一日爬起來，只是吃飯過日子，老早把飯煮在鍋裏，安心把冷的我吃。」直一吃他罵個不亦樂乎！

杭童如此蠻不講理，教屠氏好不爲難，光是煮飯這件事，就足夠讓她每天提心吊膽，其他可想而知。有一回杭童出外吃酒，屠氏便沒有煮飯，不料他一回來就嚷要吃飯，母子倆爲此略有爭執，杭童竟然「猛向前兜一掌，將這老人家打了一個翻斛斗。杭童又趕去，又是一腳，踢個滿地滾，連遺姑也跌在地上。杭童恃著酒力，罵個痛快，方纔上床，口中還喃喃的不住，直至睡熟纔罷。」起先一掌，還說他是一時怒不可遏，又上前再補一腳，這就表明他具有強烈的攻擊性格，之後又喃喃叨念，則完全屬於神經質的表現。後來他夢見父親告訴他：「陽世忤逆不孝，必遭雷遣。」一開始心生畏懼，雷響時，便躲在母親懷中尋求庇護，雷聲纏繞不去，嚇得杭童心膽俱碎，大喊：「親媽媽救我！」雷去後，杭童的忤逆有半年沒有發作。

心理學家研究人格屬性之違常，提出攻擊型（Aggressive type）人格的特質爲：「此類人即使在遭受極微小之挫折時，亦可能爆發激動，暴怒，甚至於破壞性之反應。實際上，患者在表面上雖極爲強悍，但其行爲上仍處處流露其潛意識之依賴，……當其攻擊性反應發作之時，往往無法自我控制。」❺用此理論來分析杭童性格，若合符節，他的暴怒、破壞性、無法自我控制，以及潛意識中依賴性之流露，在在都顯示他的違常性格相當典型。

最後逆子弒母，自己也被泥神劈死，作者借著不孝子女「神天也不容」的描寫，傳達他宣揚孝道的理念。雖然小說充斥了怪力亂神，但作者卻說是「有人親見」的，是當時發生的一件「異事」。也就是說，小說是採自耳目見聞，不是憑空杜撰的，容或有誇張失實之處，但那也是傳聞失眞，不是作者自己編造。這種情形和《生綃剪》第十七回頗爲類似，同樣都有神怪情節，而同樣都強調小說的眞實性，後者甚至於說出事情發生的日期來加以證明。吾人在讀這些小說的時候，似應相信當時確曾發生類似的事件，只是在口耳相傳時被誇大成神異，如果我們將神異的部分去除，仍可以體認到當時社會上發生過的某些家庭問題。

從以上五篇有關忤逆父母描寫的家庭小說中，我們見到子女如何因溺愛而成爲逆子，也

---

❺ 同註二引書，頁一三一。

見到家庭環境對子女性格的影響。同時，也感受到有些作者試圖以變態心理的角度，去描寫一些家庭中發生的忤逆事件，劉大杰說西周生的《醒世姻緣傳》「尤長於變態心理的表現」❻，《醒世姻緣傳》爲家庭小說中的鉅擘，但時代較晚，本期話本小說中的家庭小說已經開其先河了。

三、兄弟親情

《八洞天》的作者在卷四〈續在原〉篇的入話中，曾極力稱揚兄弟親情的可貴，他說：

> 人倫有五，而兄弟相處之日最長。君臣遇合，朋友會聚，其遲速難定。父生子，妻配夫，其早者亦必至二十左右。唯兄弟則或一二年，或三四年，相繼而生，自髫稚以至白首，其相與周旋，多至七八十年之久。若使恩意浹洽，猜忌不生，其樂寧有涯哉！

這段話的確是入情之論，尤其是同胞兄弟，父母所同生共養，自小爲伴，一同成長，按理感情應該最爲深厚才對。然而，一旦牽涉到權勢、利益的問題時，兄弟之間的衝突卻又是最嚴重的，古往今來，上自皇帝，下至平民，兄弟之間爲了爭權奪利而刀兵相向的，眞是不勝枚

---

❻ 劉大杰《中國文學發展史》（臺北，華正書局，一九七六年）頁一〇六二。

舉。若單就人情小說來說，兄弟相爭主要是爲了一個利字，陳大康先生從小說、筆記中考察明代後期兄弟親情的表現，說過這麼一段話：

> 若以金錢爲本位，親情自是不必再論，而且兄弟之爭還將甚於父子、夫妻間的衝突，在某種意義上甚至可以說兄弟是互爲天敵，繼承父母財產時如何分配，則是致兄弟鬩墻的主要原因。❼

這段話的確道出了兄弟問題的癥結，感情和利益的衝突對兄弟親情進行著殘酷的考驗，特別明代中期以後，在商業發達的社會中，金錢的威力横掃千軍，感情力量大幅式微，兄弟親情的維繫更是艱難。這種現象表現在小說中，便出現了一幕幕人情慘刻的骨肉相殘的畫面，如馮夢龍的《古今小說》卷十、《醒世恒言》卷二十等，寫的就是兄弟姐妹爲了爭奪財產互相謀害的故事。陳大康先生又說：

> 除馮夢龍外，其他小說家也大多寫過兄弟爲分配父母財產而爭鬥的故事，情節也大致相仿。那些故事內容的雷同並不意味著作家創作才思的枯竭，而是當時社會上這類大

---

❼ 陳大康《明代商賈與世風》（上海，文藝出版社，一九九六年）頁二二三。

同小異的事發生得實在太多的緣故。❽

在清初前期描寫兄弟親情的話本小說中，一部分延續了晚明小說兄弟爭產的題材，像《警寤鐘》卷一〈骨肉欺心宜無始〉就寫石貢生長子石堅金，在父母親相繼而亡之後，「懷心不良，欲獨佔家產，托故說父母遺囑，爲他（弟弟石堅節）多病，恐年壽短促，竟送他到城外善覺寺出家。」善覺寺並非良善寺廟，寺中和尚胡作非爲，石堅節在那裏差一點送掉性命。後來得鄉宦提拔，應試及第當官審案，此時哥嫂已經落魄且吃上官司，堅節不計前嫌，爲哥哥解決官司，並留哥嫂在衙中奉侍，因善有善報，所以他的官愈做愈大，最後無疾而終。本篇小說內容龐雜，既涉及宿命因果，又諷刺了和尚的不守清規，以及考試代筆等等，並非佳作，對兄弟親情的描寫也僅是點到爲止，並不深刻。

還有也是寫爲財而生糾紛的，即《錦繡衣》的〈換嫁衣〉篇。本篇故事中的兄弟關係極爲可笑，兄弟三人，大哥外出當幕客，二哥趁大哥不在時，爲了區區八十兩銀子，竟想要將大嫂賣掉，不料小弟通風報信，大嫂騙二嫂交換衣裳，結果被搶去的是二嫂，也就是說，二哥弄巧成拙竟將自己的妻子賣掉了。在追趕買妻之人的途中，又將賣妻的銀子遺失了，落得人財兩空。這篇小說寫得最好的部分，是大哥衣錦還鄉，妻妾兒女歡樂一堂，而二哥既無臉

---

❽ 同前註，頁二二五。

見大哥，自己的一對兒女又哭著找親娘，他躲在房中不敢出來，悽悽慘慘，後悔莫及的景象。作者極寫其內心之煎熬，並寫夢魂飄蕩，見到情婦拿著自己賣妻的銀子，想去搶奪時，情婦的丈夫出現，只好閃過。又飄到另一個情婦家中，見她又拿著自己的銀子，想要伸手去奪時，她的丈夫又出現，只好又閃過。夢魂又飄到一所莊院，見到自己的妻子和新丈夫在說情話，忽然出現一個大腳婆子，將他的妻子又打又罵，正想前去阻止，忽然被一隻狗嚇醒過來。作者對於這場夢境把握得極有分寸，夢中所出現的除了大腳婆子之外，都是認識的人，這些人因爲關係的不同，而有不同的表現，例如情婦好像都是要他的錢，對於情婦的丈夫則害怕而躲閃，至於妻子，他既耽心、疑懼她和新丈夫的感情會好過自己，所以夢見他們二人在說情話，又牽掛她是否爲被新丈夫的元配凌虐，這位大腳的婆子他從未見過，所以其形象是依照內心所想像的樣子創造出來的，他深怕妻子遭遇不幸，所以把對方想像成剽悍兇狠，這正符合了佛洛依德所說：

> 把一件事扭轉到反方向是夢運作最喜歡的方式，同時也是運用最廣的。它的第一個好處乃是能滿足對夢思中某些特殊元素的願望，「如果這件事是相反的話，那該是多好！」❾

---

❾ 賴其萬、符傳孝譯，佛洛依德著《夢的解析》（臺北，志文出版社，一九九〇年）頁二四七。

照這個理論來說明，那麼他愈是希望妻子不會受到凌虐，因為耽心的緣故，就愈是把對付妻子的婦人想像成兇惡的模樣，這表明他對妻子的感情其實是相當深厚的。果然復蘇之後，大哥原諒了他，要為他另娶，他卻拒絕了，只求大哥運用關係，為他贖回妻子，這和夢境中的潛意識的反面表露是一致的。

最後是痛改前非，夫妻團圓，以及兄弟重歸和睦大團圓的結局。由於心理的刻劃、夢境的運用都頗為傳神、豐富，這篇小說的內涵達到了一定的深度。

以上兩篇兄弟失和的原因，都環繞在一個利字上面，所謂：「但識孔方兄，何必同胞弟？」（《生綃剪》第四回）正是《警寤鐘》卷一中的石堅金，以及〈換嫁衣〉篇中的二哥的最佳寫照。然而還有更離奇的，即只為惱怒小弟酒後多言，對外人說出家中醜事，竟然「兩箇哥哥一齊動手，鐵棍、鐵錘，短棍交下，登時（將他）打死。」這是《清夜鐘》第八回的故事，篇中的三兄弟還都是讀書人，詳細的內容我們曾在前文論士風時介紹過了。並無深仇大恨，只為細故就將親弟弟活活打死，當時世風之澆薄冷酷，實在是令人寒心。

但也有歌頌兄弟同心，因而富貴雙美的，即《三刻醒世恒言》上函第四回〈世德堂連雙並秀〉篇。內容是寫兄弟二人十分和睦，卻因過於仁柔，常遭欺侮，家業逐漸零落，哥哥周尚質決定外出營生，弟弟周尚文則在門前開個雜貨鋪，一面照管家庭。尚質做買賣原極順利，卻因收到假銀，以致血本無歸，又幸運的遇見貴人，為他納監，得以考選當官。尚文在家苦撐，不久母舅當了大官回鄉，將全家大小帶挈上任，又提拔尚文當了參將。兄弟分離十年之後，雙告致仕回家養親，朝廷嘉勉，賜以「世德堂」匾，兄弟各將宦資拿出，置得良田百畝，在家教子讀書云云。

這篇小說平鋪直敘，故事並不精彩，兄弟的奮鬥過程也沒有曲折的描寫。不過小說的前面一小段，還是相當眞實的寫出了兄弟妯娌之間因爲經濟因素，相處逐漸困難的景象，謂：「弟兄和氣，當不過年荒物貴，斗米三四錢，弟兄二人支吾不過，妯娌之間就漸漸有些參差起來，爭長競短，有個你我之分了。」兄弟兩個見到如此光景，遂各自去勸解，不要傷了情分，不料二人妻子卻說：「情分情分，只是叫人饑寒難忍哩。」不久不但妯娌爭論，夫妻也鬧吵起來了，尙質感慨的說：「只因家計蕭條，就無了仁義。我如今要出外做些生意，若趁得些錢鈔，家有盈積，依舊大家歡喜相聚。」這一席話充分道出了世道的艱辛，有錢就有仁義，賺了錢大家才能歡喜相聚，無怪當他收到假銀時大哭失聲，因爲生意若失敗，那麼家庭就有分裂的危機了。

最後我們還要討論一篇關係比較複雜的家庭小說，即前述《八洞天》卷四的〈續在原〉篇。這篇小說描寫了伯父與姪兒，以及堂兄弟之間的利害衝突，因爲他們之間的關係是建立在兄弟關係的基礎之上的，所以本篇小說一再強調兄弟一倫的可貴，結尾時也以姪兒負伯父之恩，不肯收管堂弟，爲「兄弟不睦之戒」。

這篇小說寫家庭生活、社會生活皆很生動，雖然有收鬼胎的離奇情節，不過無損於小說的眞實性。故事寫開絨褐氈貨店的岑敬泉，教長子岑鱗幫做生意，次子岑翼則讓他讀書。誰知岑翼不肯用功，不但讀書無成，還因嫖妓而亡，遺下一子岑金，便交由岑鱗撫養。岑鱗待岑金如親生兒子一般，不但教得他生意精通，還幫他討了一房媳婦。可是岑金並不感恩，在伯父家時已有私蓄，後來分居，便時常私約主顧到家裏買賣，搶伯父的生意。不久又決定自己開業，來向伯父討家產的一半，認爲是自己應得的。伯父說明這些財物是店中所賺，並非祖產，岑金便向伯父要十五歲到二十五歲這十幾年的工資，伯父道：「你若要算十五歲以後的束修，那十五歲以前撫養婚娶之費，及分居時置買房屋的銀兩，也該算還我了。」兩個「你一句，我一句，爭論不休。」果然是：「世無弟兄，財是弟兄；人無親戚，利是親戚。」談到錢就傷感情，雖然後來岑鱗勉強借給姪兒三百兩本錢，岑金也答應以後每年供膳銀給伯父以報答養育之恩，事實上從此伯姪交惡，已經恩斷義絕。

岑鱗自己的兒子叫做岑玉，比岑金小十幾歲，既不教他讀書，又不教他作生意，交了一堆玩樂的朋友，成天到處鬼混。岑金自己開店後生意日盛一日，岑鱗年紀已大，少了岑金相幫，兒子又不成材，生意一天不如一天。有一回來了幾個老客，卻被岑金以低價攬走，岑鱗氣成一病，鬱鬱而終。岑金卻來裝好人，「七中治喪開吊，岑金在幕外答拜，禮數甚恭，哭泣甚哀。治喪既畢，即擇吉安葬。各項使費，都是岑金應付。衆親友無不稱讚岑金的好處。」誰知事後他開了一本賬冊，將伯父所付三百兩銀一筆勾銷，供膳銀兩也不再送來，再也不顧伯父家中的死活了。岑玉既不學好，堂兄又不管他，吃喝嫖賭，無所不爲，先和賭場主人的女兒順姐偷情，順姐有了身孕，岑玉拿藥給她墮胎，卻送了順姐一條命。又看上替人收生的陰娘娘，設局姦騙了人家，自己反染上陰症而亡。此時岑金的妻子正待產，不久生下一個死孩子，岑金夢見有人告他野墳之子才是他的孩子，果然聽說陰娘娘收了一個鬼胎，於是養爲己子，取名岑觀保。觀保長大，「千伶百俐，買賣勾當，件件精通」，而且對待伯祖母極孝順，不像父親那樣無情。後來岑鱗被伙計氣死，觀保無意中得知自己爲鬼子，查訪結果，原來那鬼便是順姐，岑玉才是他的親生父親，伯祖母實爲親祖母。觀保於是將父親岑玉與順姐合葬，不但孝順親祖母，也迎養順姐的母親爲外祖母，岑鱗之妻對他有養育之恩，仍把她當母親一般看待，結局可稱圓滿。作者在文末的議論中說：「岑金負了伯父的恩，不肯收管岑玉，誰知天教他收了岑玉的兒子，可爲弟兄不睦之戒。」

這裡所說的弟兄是廣義的，包括了伯姪以及堂兄弟的關係，在當時，這一層關係也是極爲親密的，因爲姪兒也有成爲叔伯後嗣的可能，叔伯死後有女兒也不中用，必須將姪兒繼嗣，這種情形我們在前面的文章中已多次論及。然而，誠如華陽散人所說的：「及至臨到錢穀上面，紅了一雙眼，連父兄也不識認了。」（《鴛鴦鍼》卷四）何況是叔伯兄弟？這篇小說將曲折複雜的伯姪衝突，運用寫實的筆法，不慍不火，也沒有大開大闔的劇情，但得到了相當細膩的表現。篇中既無神聖之人，也沒有大奸大惡之輩，平平凡凡的，寫出小市民的喜怒哀樂，稱得上是人情小說中不壞的作品之一。

綜觀這些描寫兄弟親情的家庭小說，雖然在爭奪財利的主題上於明代話本小說有所承襲，但題材的選取無疑更爲寬廣了，或寫弟賣兄妻，或兄逼弟爲和尚，或將範圍擴大到伯姪堂兄弟，都是以前所不曾寫過的。而歌頌兄弟和睦的小說，也能寫出其中較細微的相處情況，比馮夢龍寫〈三孝廉讓產立高名〉篇過於道德化的描寫是較具眞實性的。整體說來，本期寫兄弟親情的話本小說比起明末，是有相當發展的。

第三章　以小人物為寫作對象的社會小說

第一節　奴婢與乞丐

一、社會小說之界說

在人情小說中，才子佳人小說以寫婚前的戀愛經過為主，家庭小說則在描寫各個階層的家庭生活。這兩種小說的內容當然不可能和現實社會完全脫節，然而不可否認的，才子佳人小說大多只是小說作家理想的投射，誠如胡萬川先生所說的：「才子佳人小說就未免脫離了現實的人生，缺少了時代的面目。」❶它們對於現實社會的反映是很有限的。家庭小說較能

❶ 胡萬川《話本與才子佳人小說之研究》（臺北，大安出版社，一九九四年）頁二二〇。

反映社會面貌，因爲不同的社會有不同的家庭，例如明代中期以後，商業特別發達，寫商人家庭的小說就多了起來，《金瓶梅》中西門慶的家就是一個富商兼鄉宦的家庭，這個家庭發生的事件和整個現實社會習習相關，又如《古今小說》中的〈蔣興哥重珍珠衫〉也是一篇發生在商人家庭的小說，蔣興哥只是個小商人，他的生活型態可以反映當時客商生活的一般情形，其社會意義不容抹煞。然而，畢竟家庭小說是以寫家庭中發生的事件爲主，而社會上還有許多事件不是發生在家庭之中，或至少不是以家庭爲主要的發生場所的，以這些社會事件爲寫作題材的小說，從各個層面反映了當時社會上的世態人情，不能將它們排除在人情小說之外。可是這些小說在中國小說史上並沒有一種恰當的稱呼，因爲它們主要描寫社會事件，所以本文名之爲「社會小說」❷。

清初前期話本小說中的社會小說數量也不少，和家庭小說幾乎不相上下。話本小說起源於「說話」，本來就具有高度的社會性，歐陽代發先生說：「話本小說不再著意描寫才子佳

---

❷ 社會小說一詞可在美國的文學史上見到，林耀福先生在〈美國寫實小說之興起〉一文中，說美國作家豪爾斯（William Dean Howells）開創了美國的社會小說（Social novels），豪爾斯認爲：「小說的最佳題材乃是一般平凡的男男女女的平凡的日常生活。」他的看法和中國話本小說的作家頗爲接近，見《西洋文學導讀》（臺北，巨流圖書公司，一九八一年）頁九五六、九五八。社會小說一詞偶而也出現在國內學者的著作中，如樂蘅軍女士就曾稱宋人話本〈簡帖和尚〉是一篇「家庭小說兼社會小說」，見樂蘅軍《意志與命運》（臺北，大安出版社，一九九二年）頁一七六。

人的風流韻事，或叱詫風雲的英雄人物，主要是反映下層市民的社會生活。其描寫的主角，也主要是下層小人物，如中小商人、手工業者、店員、工匠、江湖流浪漢，以及社會地位低微的勞動婦女等。」❸樂蘅軍女士說：「話本人物只是普泛性人物，故事是些社會新聞式的『街談巷語』，題材則民生日用，無所不包。」❹前捷克漢學家普實克（J. Prusek）也特別推崇南宋瓦舍藝人，認為：「他們從城市生活中大量取材，更可貴的是將注意力集中於低下階層城市居民身上，而且少有輕蔑和嘲笑。」❺不過這是指宋元話本來說的，明代的話本小說集如《三言》，一部分是將舊話本改編，一部分是將文言小說改寫，具有新聞性的故事只佔少數。《二拍》的獨創性略有加強，不過改編舊作的篇章還是佔了多數，陳大康先生認為《三言》和《二拍》的創作方式是：「占主導地位的仍應是融合改編與獨創的過渡型的編創方式。」❻所以這五部話本小說集在運用新聞題材，表現同一時代（非指朝代）的社會面貌這一方面還有所不足。有關話本小說的寫作方式從改編轉變為獨創的情形，我們在前文中已經提到過，《三言》、《二拍》以後的話本小說集，獨創性愈來愈強，個人風格愈來愈濃，

---

❸ 歐陽代發《話本小說史》（武漢市，武漢出版社，一九九四年）頁八四。

❹ 同註二所引樂氏書，頁一七〇。

❺ 原文題目為〈城市中心．通俗小說的搖籃〉，收入《中國小說類型研究》（加州大學出版，一九七四年）原書未見，轉引自康來新《發跡變泰──宋人小說學論稿》（臺北，大安出版社，一九九六年）頁八──九。

❻ 陳大康《通俗小說的歷史軌跡》（長沙，湖南出版社，一九九三年）頁一二一。

改編的情形也逐漸的減少。到了清初前期，話本小說獨創的寫作方式又受到時事小說的影響，將新聞寫入小說的情形更爲普遍，話本小說的時代感也比以前增加，例如本期話本小說常常強調所寫的是「新聞」或「近事」，如《生綃剪》第七回說：「如今更有一件希罕的新文（聞）」、十七回更說：「這是今年六月初三的事」，《警寤鐘》卷一說的是：「不遠的一件又眞又近的事」、卷四也是「現在不遠的事」，《無聲戲》第十回更聲明所寫的兩個故事「區區眼睛看見一個，耳朵聽見一個。」這些「耳聞、目見」的新聞或事件，還沒有被組織成結構完整的故事，作者必須用心去虛構小說情節，所以獨創性當然高過改編之作。同時，小說作家關心社會新聞的結果，所創作的社會小說數量也就多了起來。

不過不能否認的是，即使是改編之作仍會夾帶著改編者的觀點，仍有助於我們透過小說認識當時的社會，所以黃仁宇先生利用《三言》來觀察晚明商人時，認爲：「其中敘有前代人物者，亦有承襲宋元話本者，但其觀點代表明末社會情形。」❼只是在運用時要較爲謹愼，最好能取各篇資料「彼此對證」。總之，從宋元話本以下，話本小說的社會性都是不容忽視的。這種社會性自然會隨著社會的變遷而變化，宋代社會不同於明代社會，動蕩不安的明末清初社會又不同承平時的明代社會，因此社會小說的題材也就不斷演變著、發展著。有些學者認爲，以《金瓶梅》、《三言》、《二拍》爲代表的晚明小說，是以「表達了自由發展工

---

❼ 黃仁宇〈從《三言》看晚明商人〉，載《放寬歷史的視界》（臺北，允晨文化公司，一九九二年）頁六。

商業的要求，流露出比較（開）明的市民意識」，而「反映了晚明文學的性質」❽，而商人也成爲當時小說所反映的「社會生活的新主角」❾。而到了清初前期，商人則已不再像晚明時期那樣特別受到關注，雖然他們還經常在話本小說中出現，不過有更多下層社會的小人物來和他們搶鏡頭，奪走了不少光彩。

此一時期社會小說所描寫的小人物很多，本節先以當時社會地位最低下的奴婢與乞丐，來展示本期社會小說的獨特風貌。

二、奴　婢

奴婢的異稱甚多，劉偉民《中國古代奴婢制度史》曾列舉二十多種，而以爲「奴婢一詞，幾成了一個通用的名詞。」❿褚贛生《奴婢史》更舉出了三四十種稱謂，但他還是選用了「奴婢」一詞⓫。謝國楨〈明季奴變考〉則以爲明代的「奴」應稱爲「奴僕」，因爲「奴僕是當時現成用的兩個字，見於顧亭林《日知錄》卷十三。」⓬不過奴僕一般指男性家奴，奴婢則

❽ 馬美信《晚明文學新探》（臺北，聖環圖書公司，一九九四年）頁一二九。
❾ 同註三引書，頁二〇七。
❿ 劉偉民《中國古代奴婢制度史》（臺北，龍門書店，一九七五年）頁三三。
⓫ 褚贛生《奴婢史》（上海，上海文藝出版社，一九九五年）頁六—一〇。
⓬ 謝國楨〈明季奴變考〉，附載於《明清之際黨社運動考》（北京，中華書局，一九八一年），頁二一一。

兼指女性侍婢，本文所論及的對象包括男女僕婢，故採取「奴婢」一詞，但行文中有時亦不避「奴僕」二字。

褚贛生先生說：「在歷史上，官員外出有隨從，夫人在家有侍婢，公子趕考有書童，小姐身邊有丫鬟，奴婢幾乎無處不在。」⑬奴婢的身分極爲特殊，他們雖然是士農工商四民以外的賤民，不但沒有社會地位，甚至於還有「奴婢賤人，律比畜產」⑭這種不合人道的法條，奴婢是可以自由買賣的。然而，由於他們與主人的關係密切，在家庭中有時亦能取得一定的地位，劉偉民先生說：「因爲中國社會是以家族爲本位的，故奴婢在家裏雖操賤役，但卻被承認爲家屬一成員，社會一份子，不只受到法律的保護，而且有陞遷的機會。在中國歷史上『奴受上爵』、『婢作夫人』的例子，是不可以勝數的。」⑮這段話雖不完全正確，因爲奴婢實在沒有受到多少法律的保護，「如主人強奸自家婢女，《唐律》中根本就沒有處罰條款，而元朝《刑法志》則明確標明『不坐』，即不治罪。更爲荒謬的是，如婢女、奴妻拒奸中傷及主人，反而要治女方罪。」⑯可是把奴婢當做家人的例子確實不少，尤其是小姐與丫鬟，常常成爲朋友的關係，至於那些「總管」、「賬房」等等，在家中的地位也是相當高的，《紅

---

⑬ 同註一一，〈前言〉頁二。

⑭ 見《唐律疏議》卷六〈名例律〉，轉引自同註一一，頁四。

⑮ 同註一〇引書，頁二四—二五。

⑯ 同註一一引書，頁五—六。

樓夢》中賴大的兒子「雖然是人家的奴才，……也是公子哥兒似的讀書認字，也是丫頭、老婆、奶子捧鳳凰似的。」（四十五回）並讓他捐了功名，後來還選爲縣官。

由於奴婢的身分特殊，所以歷來流傳有關奴僕的故事也有不少，不過寫進小說的並不多。就話本小說來說，《醒世恒言》卷三十五〈徐老僕義憤成家〉、《警世通言》卷十五〈金令史美婢酬秀童〉、《型世言》第十五回〈靈臺山老僕守義　合溪縣敗子回頭〉都是歌頌義僕的，《拍案驚奇》卷十一〈惡船家計賺假屍銀　狠僕人誤投眞命狀〉是譴責惡奴的。在這幾篇小說中，奴婢的角色佔了重要的分量，不過嚴格說來，在《警世通言》卷十五和《拍案驚奇》卷十一這兩篇小說中，奴婢還不是眞正的主角，這兩篇都是公案小說，前者秀童是代罪羔羊，後者狠僕胡阿虎雖然背恩賣主，但也只是兩惡之一。在兩三百篇的明代話本中，以奴婢爲描寫對象的只有這樣寥寥幾篇，可見奴婢還不是當時作家特別關注的對象。這情形在進入清初之後有了變化，在清初前期的話本小說中，直接以奴婢爲寫作對象的就有七篇之多，間接歌頌義僕的也有兩篇，不但在數量上比明末增加了一倍多，奴婢的形象也呈現了多樣化的面貌。

奴婢問題的受到作家重視，一方面可能由於明末奴僕數量的暴增，顧炎武說：「今日江南士大夫多有此風，一登仕籍，此輩競來門下，謂之投靠，多者亦至千人。」⑰又說：「人

⑰ 顧炎武《（原抄本）日知錄》（臺北，明倫書局，一九七九年）卷十七，頁四〇〇。

奴之多，吳中爲甚。」底下有原注說：「今吳中仕宦之家有至一二千人者。」⓲滿清入關前後雖曾發生奴變，逃走或索回賣身契的甚多，但清軍的掠奪加上漢人的投充，奴婢的數量並未減少，從康熙十八年（一六七九）御史劉人琮的奏章：「今之督府司道等官，蓋造房屋，置買田園，私蓄優人壯丁不下數百，所在皆有，不可勝責。」⓳便可以證明。另一方面可能與奴變有關，謝國楨先生說：「奴變發生的主因……是士大夫收投靠的過多，乘勢作福作威，來欺詐平民，於是富者愈富，貧者愈貧，兩極的分化激起了民變。同時清兵南下，一時社會上成了無統制的現象，……於是一般刁奴乘勢起來索賣身契，以爲藉口，……大者殺人放火，小者劫掠一空。」⓴奴變蔓延了十餘省，百餘個州，㉑是明末清初的一個重大事件，在當時人的內心必然留下深刻印象，加上清初抓捕逃人造成許多重大案件，因此而影響作家在寫作時的取材，這是很自然的。

最能表現晚明豪奴之眞實狀況的，是《清夜鐘》第三回〈群賢力扶弱主　良宦術制強奴〉篇。這篇小說寫王鄉宦的奴僕王幹的惡行，其內容說明了當時社會上奴婢爲害的兩種情形，

⓲　同前註，頁四〇一。

⓳　羅人琮〈敬陳末議疏〉，光緒《桃源縣志》卷十三，轉引自韋慶遠〈清代奴婢制度〉，載《明清史辨析》（北京，中國社會科學出版社，一九八九年）頁四〇八。

⓴　同註一二引書，頁二二四。

㉑　同註一一引書，頁一三三。

第一是：「借主人勢，外邊放此帳，置此產，滿自己飯碗。」第二是：「剝主人物自利，……肥一己身家」，等主人過逝，這豪奴帶著鉅萬家私到外鄉置產，又幫兒子納監、買秀才，竟成爲鄉宦，還有舉人貪他三百兩聘金，明顯違反「良賤不爲婚」的條例，將女兒許配給他的兒子，「一箇小人，三兩身錢賣到人家，如今高堂大廈，美地肥田，使婢呼奴，穿綾著綺，還得交結富豪、收絲囤米。」眞是社會怪象。然而上述兩點，卻又都是晚明實況，就前一點來說，《閱世編》卷四所載：「崇禎初，……子弟童僕，假勢橫行，兼并小民，侵漁百姓。攖其鋒者，中人之產，無不立破。」㉒可以證明。就後一點來說，孫之騄《二申野錄》卷八〈四月〉條注云：「明季縉紳，多收投靠，而世隸之邑幾無王民矣。然主勢一衰，跋扈而去，甚有反占主田產、坑主貲財……。」㉓這是奴僕背主而去的情形，再看奴婢改變身分，可與主人相抗的例子，顧炎武曾說：「嚴分宜之僕永年號曰鶴坡，張江陵之僕游守禮號曰楚濱，不但招權納賄，而朝中多贈之詩文，儼然與縉紳爲賓主。」㉔這些記載，都可以和小說所寫的內容互相證明。本篇小說中的少主長大之後，在父黨母黨妻黨的幫忙下，告王幹：「逆奴弒主，道他侵欺家資，氣死王鄉宦。」經反復訴訟，後來遇到一個廉明的張編修從中調停，

㉒ 葉夢珠《閱世編》（臺北，木鐸出版社，一九八二年）頁八九。
㉓ 轉引自同註一二引書，頁二一七。
㉔ 同註一七引書，頁四〇一。

將王幹送來的賄款、田產全部交給原少主，並勸他不必再深求，免去了一場紛爭。王幹錢產兩空，又失了體面，最後「悒鬱而終」。作者在文末的評論說：「人家奴才，只該勤慎自守，感恩圖報。」這是對當時奴僕輩的忠告。但又說：「這也只是宦宅大家凌轢小戶時唯恐其不狠，不圖慣了便及於主人也。」這又是對那些「宦宅大家」的嘲諷和譴責了。總體而言，這篇小說敘述多、描寫少，不算佳作，倒是可以當作晚明史料來看，頗能幫助我們認識當時奴僕橫行的社會情狀。

奴僕私藏主財，自營其利是當時社會常見的現象。李漁《無聲戲》第十一回〈兒孫棄骸骨僮僕奔喪〉篇中的義僕百順做生意極老到，比主人能幹百倍，於是就有人勸他：「聚些銀子，贖身出去自做人家。」《五色石》卷八〈鳳鸞飛〉篇的入話，也有這麼一段議論：

> 每怪今日爲人僕的，往往自營私橐，罔顧公家，利在則趨，勢敗則去。求其貧賤相守，尚且煩難，欲其挺身赴難，斷無此理。至於婢妾輩，一發無情，受寵則驕，失寵則怨。他視主人主母，如萍水一般，稍不如意，便想別抱琵琶過別船。若要他臨難之時，拚身捨己，萬不可得。世風至此，眞堪浩歎。

可見《清夜鐘》第三回中的王幹只是當時世風的一個樣本而已，並非特例。但《無聲戲》第十一回中的百順義正辭嚴的說了一篇道理，這段話無意中流露了作者李漁的奴僕觀，百順說：

> 我前世欠人之債，所以今世爲人之奴，拚得替他勞碌一生，償還清了，來世纔得出頭。若還鬼頭鬼腦，偷他的財物，贖身出去，自做人家，是債上加債了，那一世纔還得清潔。

這是以宿命論的觀點，來說服那些做奴婢的人，不要背主求祿。至於〈鳳鸞飛〉篇的作者則以倫理道德的立場出發，呼籲：「奴婢盡忠于主，即不幸而死，也喜得名標青史。……何苦不發好心，不行好事，致使天下指此輩爲無情無義？」這和《清夜鐘》作者所說的：「人家奴才，只該勤慎自守，感恩圖報。」觀點都是一致的。小說作者的這些議論，相信都是針對當時奴僕爲惡的世風而發的。

另一篇批判惡奴的是《醉醒石》第八回，篇中的奴僕王臣也是投靠豪門，並取得了主人的信任，不過他倒沒有趁機中飽私囊，而是與主妾有了奸情。被發現後，王臣逃離主家，流落到北京，因爲他能寫能畫，做人又伶俐，所以有中貴認他爲姪兒，提拔他當上了錦衣衛千戶。小人得志，當上欽差替皇帝收買書畫古玩，於是回到家鄉作惡，狠狠敲詐了當地的富室鄉宦，特別是原主的家中，不但被他侵吞了二千兩銀子，還要把當初與他有奸情的妾送去給他，另外那些當初他有難時不肯伸援手的富戶，也無一倖免，少的也送上千金。後來又要秀才幫他抄古書，引起秀才暴動，巡撫和學院又聯名上本說他擾民，終於將他處決，還傳首江南，以昭炯戒。

上述小說中的惡奴，有的竟能成爲鄉紳富戶，或當上朝廷欽差，可以說是奴婢中的異數。不過儘管如此，他們身分還是低人一等，如《清夜鐘》第三回中的張編修之所以不接受王幹的請託，是因爲他「不欲以人奴溷衣冠之列。」顯然對奴婢相當的鄙視。而《醉醒石》的作者也說：「若是這王臣安分知足，得頂紗帽，雖不爲縉紳所齒，還可在京鬼混過日。」可見即使他當到了千戶的職位，還是「不爲縉紳所齒」的。這似乎證明了謝國楨先生所說的：「奴僕的猖獗，已達了極點；同時卑視奴僕的心理，也非常濃厚。」㉕不過當時人是否都卑視奴僕呢？我們還可以參考《十二笑》的第四回，看看另外一種不同的情況。

這篇寫的是天啓年間的故事。監生蒙棟是富翁，愛上婢女小蠻，無奈其妻善妒，知其奸情後，將小蠻遠賣。不久其妻病逝，蒙棟立誓要尋回小蠻，歷盡千辛萬苦，終於在南京尋獲。異地重逢，即刻結成連理。誰知正在歡暢情濃之時，某日丫鬟報道：「國太即刻到庄。」小蠻慌忙催蒙棟「穿了青衣小帽，到庄外迎接，分付要遠遠下跪。」蒙棟莫名其妙，原來小蠻嫁給爲國太掌管庄院的總管史伯存，現在史伯存已死，小蠻坐產招夫，蒙棟和他成婚，就繼承了史伯存的身分，一介書生，竟然入了賤籍，不但要改姓史，還要寫賣身契入冊，以備「聽候不時呼遣」。蒙棟後悔莫及，嘆道：「生米煮了熟飯，弟也沒有別樣計較。或投繯、或赴水，尋個自盡便了。」雖然入了賤籍，但原來的財產並不會被奪去，何以因此就要尋短呢？

㉕ 同註一二引書，頁二二三。

顯然是因爲如前段所云，奴婢的身分在當時極受卑視的原因。不過，其他的管家們卻勸他說：

莫怪我說，□□□覷舉人進士，猶如蟣蝨一般，區區監生，何足（道哉）？（我）們子弟，也有多少進學的，也有多少援例的，□□□學，還有十倍足下的在那裏，文墨相知聞，未□□□人欽重，豈因屬身府中，一概以下賤相待？況監（生也）算不得高作，掌管也算不得低微，你也休得粧腔推調。

這段話提供我們對當時社會有關奴婢問題的另一種的認識：第一、奴僕的子弟還是有機會讀書翻身的，《紅樓夢》中賴大的兒子可以當上縣官，這雖然是清初後期的社會現象，但也可以做一個旁證，又從前面所引用的顧炎武的話，可知有些奴僕「儼然與縉紳爲賓主」，顯然奴婢一旦有了地位，還是能夠得到一部分社會人士認同的。第二、在當時普通人的心目中，監生的地位算不了什麼，甚至於不見得高過總管，其原因可能一來監生有很多是用錢去納的，像前面講到的王幹，他的大兒子「不曾讀得書，一字不識，用四百兩替他納箇監生。」這樣的監生，當然一文不值；二來明代中葉以後金錢掛帥，人們只看你有錢沒錢，多的是不計較身分的人，像王幹的兒子也是奴僕的身分，可是卻有舉人「貪了三百兩，與他結親。」所以當時的社會環境並不單純，我們不能只看一面，就說當時「卑視奴僕的心理非常濃厚」，充其量這只是有些讀書人的看法。

上面這幾篇描寫奴婢的小說，題材十分新穎，這樣的題材是過去的小說不曾處理過的，對於反映當時的社會現實，可以說具有相當重要的意義。還有一種題材也是話本小說中罕見的，就是對婢女的頌揚，一般才子佳人故事的俏丫鬟也常受到讚美，不過畢竟都還是配角，在李漁的兩篇小說中，婢女則躍上了主角的位置，那就是《十二樓》中的〈拂雲樓〉和《無聲戲》第十二回〈妻妾抱琵琶梅香守節〉。

這兩篇小說前一篇是頌揚婢女的才幹，另一篇則是讚美婢女的節義。〈拂雲樓〉篇中的婢女能紅，「是個乖巧不過的人，算計又多，口嘴又來得，竟把一家之人都不放在眼裏。」她不但把老爺、夫人、小姐都玩弄於股掌之上，在經過巧妙安排之後，搖身一變成爲和小姐共事一夫的二夫人，還和丈夫約法三章，一旦過門就不許再叫她的小名，「若還失口喚出一次，罰你自家掌嘴一遭。」又不許丈夫娶妾，而且連想都不許想，「如有擅生邪念，說出『娶小』二字者，罰你自己撞頭，直撞到皮破血流纔住。」其潑辣尖利不輸《紅樓夢》中的鳳姐。不過她雖然善於算計，卻心術頗爲端正，所以小姐雖然受她的矇蔽，丈夫雖然受她的約束，她卻也自有分寸，既替小姐分勞，又扶持丈夫當上大官，成爲家中最大的功臣。

相反的，〈妻妾抱琵琶梅香守節〉篇中的碧蓮則是一個老實而正氣的丫鬟，她雖然被主人收爲通房，只因不善於逢迎，不太受到寵愛。主人馬麟如有一妻、一妾，有一回麟如病重，要妻妾們說出將來的打算，只見她們個個慷慨義烈，儼然都是節婦，只有碧蓮說得不痛不癢，麟如甚爲不滿，後來病情好轉，碧蓮就更受冷落了。不久麟如外出行醫，從此杳無音訊，經過一年左右，傳來麟如的死訊，原來是頂他的名字行醫的朋友萬子淵染上時疫而亡，由於二人長相略似，外人不知，家人也沒有細察，以爲麟如果然已死。死訊傳來，妻妾固然哀慟，卻爲了自己的將來打算，連收拾骸骨回鄉的錢也不肯拿出，卻是碧蓮先拿出平常的積蓄，才將假丈夫的屍骨下葬。不久妻、妾就丟下孩子雙雙別嫁了，留下碧蓮在家苦守。等到麟如中舉回來，才知道當初妻妾的滿嘴節義都是假的，還虧得一個婢妾爲他守寡，麟如感動的對碧蓮說：「你如今不是通房，竟是我的妻子了。不是妻子，竟是我的恩人了。我的門風，被那兩個淫婦壞盡，若不虧你替我爭氣，我今日回來，竟是喪家狗了。」杜濬的回末批語評得甚好：「碧蓮守節雖是梅香的異事，尤可敬者，是在丈夫面前以淫污自處，而以貞潔讓人。羅、莫（即麟如之妻、妾）再醮，也是婦人的常事，最可恨者，是在丈夫面前以貞潔自處，而以淫污料人。」這段話對於篇中妻妾的可鄙，以及婢女的可敬，做了相當有力的對比，相形之下，更顯得碧蓮守節的可貴、可敬、可感。

還有一種特殊寫法，就是在一篇小說中同時讚揚忠僕和義婢的，那便是《五色石》卷八〈鳳鸞飛〉篇。這篇小說由於男女主角都是才子佳人，連他們的奴婢也是才子佳人，所以我們曾在第一節中把它列入才子佳人小說之列予以討論過了。篇中忠僕代主人流竄遠荒，義婢代小姐入宮爲奴，都是出自眞心，最後也都得到好報。作者在入話的開頭就說：「從來奴僕之內儘有義人，婢妾之中豈無高誼？」又說：「如今待我說個不惟不死、又得做顯官的義奴，不唯全身、又得做夫人的義婢與眾位聽。」可知本篇雖然具有才子佳人小說的架構，但其歌頌忠僕義婢的作意是極爲明顯的。

前面提及李漁的〈兒孫棄骸骨僮僕奔喪〉這篇，是頌揚義僕的小說，從回目就可以知道，篇中所用的是對比的手法，以兒孫的不孝，來襯托義僕百順的忠貞。百順的主人叫做單龍溪，他的長子早喪，留下一個遺腹子遺生，和次子單玉年紀不相上下，如同兄弟一般。龍溪帶單玉、遺生出外做生意，不料生起病來，向他們說起出門前曾將銀子埋在土中，叔姪兩個聽到銀子，竟不顧父祖病危，先後趕回家中挖掘，百順看見立刻趕去照顧龍溪。龍溪在臨終前立下遺囑，將其餘帳面上的遺產留給百順，百順不從遺命，將帳收齊後返家要交給幼主時，誰知那叔姪二人卻已經爲爭產而死了。百順於是爲他們處理後事，又不忍見主家絕後，便自己承嗣，「逢時掃墓，遇忌修齋，追遠之誠，比親生更加一倍。」李漁將百順和《醒世恒言》（李漁誤作《警世通言》）〈徐老僕義憤成家〉篇中的阿寄相提並論，認爲可以「一樣流芳」，又說：「可見奴僕好的，也當得子孫。」雖然篇中還是在宣揚：「君要臣死，臣不得不死；父欲子亡，子不得不亡。豈有做奴僕之人，與家主相抗。」的理論，不過李漁能看重奴婢的人格，不以他身分低而加以輕賤，其人道精神還是值得表揚的。

另外在《生綃剪》第四回、《筆梨園》的〈媚嬋娟〉篇也有歌頌義僕的情節，前一篇縣丞孟山的僕人義能，後一篇江干城的老僕江昇，都是難能可貴、忍辱負重的忠義之僕。義能在孟山死後，開了間豆腐店撫養小主人左環成長，左環長大後將家中所藏一樣一樣的，被騙得精光，義能無怨無尤，只是幫他收拾善後，後來左環當上大官，義能又幫他將孟山的靈柩移回故鄉，完成了老主人的心願。至於江昇，陪主人做生意也是任勞任怨，見主人將做生意的本錢花在妓院，又苦口婆心的規勸，沒想到反被主人痛打了一頓，只好偷偷逃走，後來江干城的銀子被盜一空，便懷疑是江昇盜銀遠遁，恨之入骨。江干城既失了銀子，便被妓院逐出，淪落為掮木工人。不久，江干城再得妓女媚娟之助，進京做茶葉生意，賺了不少錢，思想買官，恰好遇見江昇，此時他已經是兵部尚書身邊的紅人，「說一句，聽一句的。」經他引薦，干城得以選上總鎮之職。後來江干城功成名就，並與嬋娟得「享天長地久之樂」，一大半要拜義僕江昇所賜。還有一篇是《八洞天》卷七，這篇小說帶有濃厚的靈怪色彩，篇中的忠僕王保為了撫養孤兒而男扮女裝，忠誠感動了上天，竟然變出兩隻婦人的乳房，還流出乳汁來餵哺幼兒，後來孤兒當官，王保也被授為太僕丞，當了三年官後，王保就棄官修道去了。在這三篇小說中，奴僕雖非主角，但佔有舉足輕重的地位，而他們的正面形象，都是作者所充分肯定的。

以奴婢為寫作對象不是清初前期才開始的，但卻在此一時期才達到可觀的成績，也才展現出足夠豐富的社會面貌。

三、乞丐

明代小說中描寫乞丐生活最有名的，當屬《古今小說》卷二十七〈金玉奴棒打薄情郎〉，這篇小說取材自《西湖遊覽志餘》卷二十三，說的是宋代故事，展示了宋代社會中乞丐的組織概況，以及乞丐領袖「團頭」的生活情形，是相當重要的社會史料，頗受研究中國乞丐的學者之重視，如曲彥斌《中國乞丐史》〈中國丐幫〉這一章就引用了小說所載的內容。㉖明代小說寫乞丐生活的還有《石點頭》卷六〈乞丐婦重配鸞儔〉，篇中長壽女「覓了一付鼓板，沿門叫唱蓮花落，出口成章，三棒鼓隨心換樣。」小說所記載的蓮花落歌詞，有些配合著女主角長壽女的生平，可能是作者創造的，有些也可能是當時流行的時曲，是用吳語寫成，頗爲活潑生動，例如：「貴賤賢愚無定準。呀，熱鬧門庭！呀，熱鬧門庭！還須你去，門與庭，庭與門，教成人。呀，熱鬧門庭！」又如：「大小個生涯沒雖個弗子個同，只弗要朝朝困到個日頭紅。有個沒弗來顧你個無個苦，阿呀！各人自己巴個鑊底熱烘烘。」另外，《警世通言》卷二十四〈玉堂春落難逢夫〉篇中的王三公子也曾在北京討飯過日，不過時間甚短，也沒有行乞生活的描寫，其部分情節略近唐人小說〈李娃傳〉，可是表現社會生活不如〈李娃傳〉之眞實生動。

本期話本小說以乞丐爲主角的，有四篇之多，而且篇篇都在表達對乞丐的讚美，這也可以算是一種奇特的文化現象，因爲過去的小說從不曾對小說這個族群表現過這麼大的興趣，其原因是不是像李漁在《連城璧》寅集中所說的：「離亂之後，鼎革之初，乞食的這條路數，

㉖ 曲彥斌《中國乞丐史》（上海，上海文藝出版社，一九九〇年）頁七五—七八。按，本書在臺灣出版時，改名爲《中國乞丐縱橫談》（臺北，雲龍出版社，一九九一年），就書中內容來看，似以新名較合書之性質，但作者在臺灣版的〈導言〉中仍自稱所撰爲《中國乞丐史》，與書名有矛盾之處。

竟做了忠臣的牧羊國，義士的採薇山，文人墨客坑儒漏網之處，凡是有家難奔，無國可歸的人，都託足於此。」這麼多的忠臣、義士、文人、墨客藏身在其間，所以特別引人注目？這還有待觀察。但至少當清兵南下，南都傾覆時，有乞丐不忍見國家滅亡而投水自盡，這是見於《鹿樵紀聞》一書之記載的，他還留下一詩云：「三百餘年養士朝，如何文武盡皆逃；綱常留在卑田院，乞丐羞存命一條。」足見當時乞丐之中的確有非常之士，值得文人墨客爲之揚譽。李漁在本篇小說的定場詞中寫道：「誰教此輩也成名，只爲衣冠人物少。」這也是有感而發吧！

這四篇小說有一個共同的特色，那就是每篇都是由若干個小故事構成的，而四篇小說所寫的故事彼此之間互有雷同。比如說《豆棚閒話》第五則〈小乞兒眞心孝義〉篇和《飛英聲》的〈三義廬〉篇，都有孝丐奉母的情節，寫乞兒不但將乞討來的食物先敬奉母親，而且以唱歌舞蹈娛親，必待母親盡歡才罷。這故事取材於《花當閣叢談》卷四〈孝丐〉條，謂：

> 吳門有貴人月夜過橋，聞其下有歌唱聲，覷之，則丐兒也。坐一老嫗塊上，以所丐得酒捧缶而跪進焉，仍曼聲歌唱以侑之。貴人訝詰其故，丐兒曰：「儂有母，以儂窶不得歡，聊歌唱以發其一粲耳。」㉗

㉗ 徐復祚《花當閣叢談》（臺北，廣文書局，一九六九年）卷四，頁三三。

這故事的感人之處在於一般人事親都有「色難」（《論語．為政》）之病，這乞兒則不只於能養，更能曲意承歡，所以其故事才會流傳廣遠，屢為小說所取材。

另外一類故事是拾金不昧，《豆棚閒話》第五則、《飛英聲》〈三義廬〉、《五更風》〈聖丐編〉都有類似的情節，但三個故事又同中有異，前兩篇中失主願將失金的一半送給乞兒而被乞兒拒絕，〈聖丐編〉則失主不但不感謝，反而誣賴乞兒拿走了其中的五分之一，即二十兩銀子，在爭吵中被眾人送進官府，遇到了清明的知縣，他對失主說：「你失的是一百兩，他撿到的是八十兩，這不是你的銀子。」竟將八十兩全部斷給乞兒，可是這乞兒甚有骨氣，堅決不收，縣官於是取庫銀十兩賞他。比較起來，〈聖丐編〉多了一番波折，一方面寫出了人心的險惡，也相對的表現了乞兒的高尚人格。

第三類故事為救人，而且救的都是女人，這是四篇小說所共有的。揆其目的，當在和上述的情節結合，表現乞兒的不為財色所動。這一部分也是《豆棚閒話》第五則和《飛英聲》〈三義廬〉篇的內容最接近，前者所救女子為被負心的情人所遺，後者則為另結新歡的丈夫所棄，她們在被發現時都已奄奄待斃，乞兒加以細心照料，在過程中，小說極力表現乞兒的「無一毫邪念」。之後，前一篇中所救女子願以身相許，當然，乞兒拒絕了，只勉強收下女家所贈的二兩銀子，巧的是，後一篇中女家也贈銀二兩。後來的情節大同小異，乞兒拿了獲贈的銀子為人贖身，卻被懷疑銀錢來路不明，官府找來當初贈銀的女子證明乞兒的清白，於是眞相大白，縣官將逼買人口者重責，然後將該名女子斷配給乞兒。不同的是，《豆棚閒話》

第五則中的乞兒接受了縣官的安排，「後來生有三子，仍習書香一脈，至今爲黃州巨族。」〈三義廬〉篇中的乞兒則堅拒，縣官於是爲他卜居，並稱其宅爲「三義廬」。由於《飛英聲》一書中有多篇小說取材自其他小說集，如〈三古字〉取材自《石點頭》、〈孝義刀〉和《清夜鐘》第七回的情節也類似，照這樣看來，〈三義廬〉可能也是根據《豆棚閒話》第五則改寫的。

〈聖丐編〉的情形複雜多了，篇中的乞兒范天生用縣官所送的銀子救了一名女子。該女子名叫裁雲，是一位妓女，在爲主人賺過千金之後，有一位山西商人凌振湖爲她贖身，約好半年來娶。不料一去兩年，音訊杳茫，裁雲不願接客，被原主毆打昏死，棄於義塚，幸好范丐經過，予以救治，早已驚動縣官。縣官見又是當初拾金不昧的范丐，不禁嘆道：「你不是奩子（按，即叫化子），是個聖人了。」下令將裁雲許配給范丐，范丐無法拒絕，只好勉強答應，然而回家後即遍邀各方人士，宣布將和裁雲內外隔斷，直到西商現身爲止，若西商願意成全，才肯娶裁雲爲妻，當地人士無不嘆服。由於縣官的賞賜，范丐開了一家帽店，不久凌振湖到訪，感激范丐的義氣，不但將裁雲送給他，還留下十萬貨物讓他料理，約好十年之後來取回本金，所獲利潤全歸范丐。這兩人因此結爲莫逆，後來振湖之子賴范丐收留，振湖被難，也賴范丐營救，最後兩家結親，皆得富貴不絕。

這篇小說較具社會意義，例如篇中提到「揚州乞丐，各人分占二三家，他丐不來攙越，終日不離店門。」此一乞丐規矩之資料，值得參考。又如寫麵店吃麵失金，反賴主人藏匿，店主和客人爭論，眾人主持公道的情景，生動如畫，可見當時的社會風情。最感人的一段，是振湖遠行，京中愛妾病故，奶媽郭氏帶著振湖的兩個孩子南下投靠范丐，在途中行李旅費被騾夫騙去，只得一路行乞到揚州來，郭氏生病，靠兩個孩子求討挨命，那孩子「雖然行乞，只是害羞，不肯出聲來討，呆呆的黏定人家門前，人若問他，他便告訴幾句，若不采他，他就□了。」寫活了好人家的孩子，淪落到討飯地步的悽涼光景。後來正好遇到范丐，問他行乞緣由，他說出苦況，祈求范丐伸出援手，「說罷，恭恭敬敬站著。」范丐此時已是富翁，然而他「原是個中出身，分外另眼」，於是仔細詢問，才知是故人之子。如果他擺起富翁臉孔，不把路邊的小叫化子看在眼裏，那就和他們失之交臂了。小說情理兼具的描寫使人頗能感同身受，社會上有好人有壞人，奶媽郭氏爲了別人的孩子，可以飄蕩在異鄉，騾夫面對孤兒寡婦，卻忍心加以掠奪；有富人有窮人，但富人之子可能淪爲乞兒，乞丐也可能因緣際會成爲富翁。富翁和乞丐本來是天差地遠的，其角色卻可能隨時互換，這就是社會的現實。

至於李漁《連城璧》寅集〈乞兒行好事　皇帝做媒人〉這一篇，據楊義先生的研究，是寄託著作者理想的，楊先生說李漁是「在他的一些小說中以優伶乞丐自喻，爲自己的人格作辯護。」㉘因爲篇中的主角窮不怕是「乞丐中的名士」，不但常將討來的錢施捨窮人，還自定規矩，「每一分人家，終身只討他一次，這一次只討他一文，在我不傷其廉，在人不傷其

㉘ 楊義《中國古典白話小說史論》（臺北，幼獅文化公司，一九九五年）頁二三五。

惠。」楊先生說：「這一點使人聯想到李漁自稱乞憐於人，受到滿朝朱紫半數的垂青顧盼，卻『為當世所擯』，因而『試問下交笠翁之人，曾受三者之累否』？……乞丐名士的雙重性，隱隱地對應著山人清客的雙重性，其間似乎可以曲曲折折地感受到作者受人影射物議，欲辯解而不能，卻又急於辯解的痛苦心靈。」㉙這分析相當的精闢，對於我們了解此篇小說甚有助益。然而由於小說寄託了過多的理想，加上李漁不改他寫小說過於強調戲劇效果的毛病，有太多的人為造作，所以有些情節的安排不免與現實脫節，例如說乞丐窮不怕「凡是北京、河南、山東、山西的人，沒有一個不知其名」，所到之處，「人人望他上門，要看是怎生一副面孔」，形容實在過於誇張，當時的乞丐成千上萬，又無媒體繪影繪形，誰能分辨眞假？他又一家只上一次門，即使上門，誰能認出他的面貌？

和前述的幾篇小說類似的情節，在於窮不怕拿了妓女嫖客送他的元寶為人贖身時，也同樣因為金錢的來路不明而吃上了官司。不過這篇小說扯上了正德皇帝，他正是那個嫖客，元寶是他所贈的。乞丐擁有元寶當然會令人起疑，幸好後來皇帝親自審案，才還了窮不怕的清白，正德皇帝又封他為皇親，使他享盡榮華富貴，他還時常扮乞兒出去私行，探訪民隱供皇帝參考。小說最後還是以功名富貴為最後結局，曲彥斌先生說：「在窮不怕身上，雖飾以奇人奇事，貌似與時弊格格不入，以俠骨名世，仍未免以『忠君報國』為『正果』，走不出傳

㉙ 同前註，頁二三五—二三六。

統觀念的藩籬。」㉚事實上本小節所討論的幾篇小說都未能跳出功名富貴的窠臼，〈小乞兒眞心孝義〉篇中的乞兒，後來成「黃州巨族」、〈聖丐編〉中的聖丐「富貴不絕」、〈三義廬〉篇中的乞兒也接受了縣官的資助和旌表，他們比起《花當閣叢談》〈乞食張二郎〉篇的張二郎都來得遜色，張二郎由於善泅，爲太守立下了平賊之功，但他「應世襲百戶，郡縣加以章服，不受；授以室，亦不受。惟願乞食於市，夜則臥神廟門下，嬉嬉有餘樂。」㉛何等逍遙灑脫？然而，這幾篇小說所歌頌的、所表現的，才是普通一般人所嚮往的道德理想和審美態度，此其所以爲「人情小說」歟？

但作者人格的寄託也好，戲劇性的追求也好，庸俗的人生理想也好，均無害於小說所展示的社會現實。即以與現實最脫節的〈乞兒行好事　皇帝做媒人〉這一篇來說，窮不怕餓到九死一生之際，「往常巴不得死了乞丐，好往各家科斂銀錢」的地方總甲，等不及窮不怕斷氣，就「先到各家科斂」去了，而後來救活乞兒的卻是個人盡可夫的妓女。地方上有頭有臉的人唯利是圖，而社會最底層的人物才有情有義，小說對現實社會的嘲諷意味是十分濃厚的。

無論如何，這麼多的乞丐躍上小說舞臺，展示了他們的喜怒哀樂，作家把他的關懷投向社會的底層，就人情小說的發展來說是具有相當意義的。

㉚ 同註二六引書，頁四四。

㉛ 同註二七引書，卷三，頁四一。

第二節　盜賊與賭徒

本節討論在世俗眼光中屬於負面人物的盜賊與賭徒，雖然是世俗眼光中的負面人物，但在小說中卻以不同的角度去看待他們。

一、盜　賊

盜賊一般被稱爲「歹徒」，意即「爲非作歹之徒」，然而此處所謂的「非」和「歹」是以國家的法律做爲評定標準的，不合於法律規範而進行「偷、搶、騙」等行爲者，便稱之爲歹徒。但不合於法律未必就不合於民心，因爲古代的法律多半是爲統治者的利益，並不是爲了保障人民的福祉而制定的。薩孟武先生認爲，在氏族演進爲國家之後，中國人「仍把國家視爲家族的擴大，仍把政治看做家政的擴大，君主爲臣民的父母，臣民爲君主的赤子，君主與臣民的關係無異於家長與子弟的關係。」❶國家既被視爲一個家族，當然以家長的利益爲優先考慮，其次是家臣，最後才是平民。所以老百姓的福祉總是被擺在最後的地位，橫徵暴斂成爲歷史上的常態，我們看到歌頌強盜的名著《水滸傳》不斷的被政府列爲禁書，卻在社

❶ 薩孟武《水滸傳與中國社會》（臺北，三民書局，一九九一年）頁一三。

會上更爲流行的現象，便可以知道政府和百姓對於「歹徒」的看法有相當的落差。爲何老百姓會站在歹徒的這一方，來和政府唱反調呢？其主要原因還是在於經濟方面。薩孟武先生說：「古代財富的集中則由豪強利用高利貸的方法，尤其是政治手段，來剝削一般農民。」而水滸英雄劫掠富人的貨財，把各種消費品另行分配，所以「這種『劫富濟貧』的觀念，不但流氓階級視爲最高道德，就是普通人民也視爲合於天理。」❷到了政治昏暗、社會動亂的時代，老百姓被層層剝削，得不到衣食飽暖的時候，就不僅是認同梁山英雄的作爲，更會熱切的盼望這些「替天行道」的盜賊隨時出來爲他們主持正義、打抱不平了。

話本小說中最早以盜賊爲主要角色的，可能是《古今小說》卷三十六〈宋四公大鬧禁魂張〉篇，一般認爲這篇小說是馮夢龍根據宋、元舊作改編的，甚至於有人直接稱爲它爲宋或元代話本❸。無論如何這是一篇早期話本，從文氣看來馮夢龍改動的地方不多。篇中大鬧京城的一群盜賊，他們雖然也戲弄貪鄙的財主和爲虎作倀的官吏，並使斷案者束手無策，有一點劫富濟貧、反抗官府的意味，不過他們的手段相當狠毒，不但殺害無辜，而且師徒互相陷害，徒弟之間也爾虞我詐。可以說，這些人只是手段高強，不把官府放在眼裏而已，就其行

---

❷ 同前註，頁八。

❸ 嚴敦易先生在〈《古今小說》四十篇的撰述時代〉一文中將此篇列入「屬於元代撰敘的」四篇之一，見《喻世明言》（臺北，桂冠圖書公司，一九八四年）附錄頁六七六。周妙中〈和嚴敦易先生商榷《古今小說》四十篇的撰述時代問題〉一文則列爲宋人作品四篇之一，附錄於同書，頁六九二。

徑而言，離「替天行盜」的綠林英雄有一段極大的距離。小說作者對他們的評斷也是負面的，文末謂：「那時節東京擾亂，家家戶戶不得太平，直待包龍圖相公做了府尹，這一班賊盜方纔懼怕，各散去訖，地方始得安寧。」可見他們絕不屬於「俠盜」、「義賊」之流。

晚明話本寫盜賊最多的是《二拍》，而且《二拍》對盜賊的描寫在話本小說中具有示範性，後來的小說模仿它的很多。《二拍》中的盜賊有兩個特色：第一是有許多盜賊受到官府或鄉宦包庇，例如《二刻拍案驚奇》卷二十七所寫的山中大盜，據府中都司（綠旗兵中的營級武官）說，他們「多曾與我們官府往來，上司處也私有進奉。盤結深固，四處響應。不比其他盜賊，可以官兵緝拿得的。」又如卷四中的楊僉憲在罷官之後，「養著劇盜三十餘人，在外莊聽用。但是擄掠得來的，與他平分。若有一二處做將出來，他就出身抱攬遮護。官府曉得他刁，公人怕他的勢，沒個敢正眼覷他。」鄉宦的力量我們在前一章曾討論過，普通的地方官是惹不起他們的，有他們遮護，這些大盜當然就肆無忌憚，成爲地方大害了。又如卷三十九中的義賊懶龍，他受到捕盜張指揮的親幸，「心腹相托，懶龍一發安然無事了。」作者還評論說：「普天下巡捕官偏會養賊，從來如此。」這種現象在清初的小說中也是經常被反映的。

第二個特色是對某些盜賊表示同情或加以讚美，如《拍案驚奇》卷八的入話中說：這綠林中，也有一貧無奈，借此棲身的；也有爲義氣上殺了人，借此躲難的；也有朝廷不用，淪落江湖，因而結聚的。雖然只是歹人多，其間仗義疏財的，倒也盡有。淩濛初寫作《拍案驚奇》的崇禎初年，因爲天災人禍，以致民不聊生而造成盜賊蜂起，如《蜀碧》卷一所載崇禎元年：「陝西連歲大祲，平涼、延安間，饑民相聚爲盜。」❹即是一例。至於官紳對農民的剝削壓迫，我們在上一章中已有過詳細的論述。在這樣的環境中，淩濛初對盜賊存有同情心是很自然的，《二刻拍案驚奇》卷二十七的入話寫宋相張齊賢爲布衣時，曾與群盜共飲，群盜欣賞他的豪情，厚贈金帛給他，並說：「能如此不拘小節，決非凡品。他日做了宰相，宰制天下，當念吾曹爲盜多出於不得已之情。」「多出於不得已之情」正是淩濛初同情盜賊的心裏話。另外一個原因，則是淩濛初站在百姓的立場，同意如前述《水滸》英雄「劫富濟貧」的行徑乃是將社會財富重行分配，有其合理性，如《二刻拍案驚奇》卷三十九所歌頌的義賊懶龍，即抱持著這樣的處世哲學，他「仗義疏財，偷來東西隨手散與貧窮負極之人，最要蒿惱那慳吝財主、無義富人。」人家讚美的俠義，他卻說：「吾無父母妻子可養，借這些世間餘財，聊救貧人，正所謂損有餘、補不足，天道當然，非關吾的好義也。」這樣文謅謅的話當然不是盜賊的語言，事實上正代表作者本身的觀點。除了懶龍之外，在《拍案驚奇》卷八的入話中，他還讚美了一個「誓不傷人性命」，有義氣的強盜，說：「強盜中未嘗沒有好人。」而正話中的烏將軍，更是個「一飯必酬」的好漢，人家無心請他吃了一頓飯，他就念念在心、厚厚回報。在作者的心目中，這些都是「穿窬小人中大俠」，「比那面是背非、臨財苟得、

❹ 彭遵泗《蜀碧》，與《先撥志始》合刊（臺北，廣文書局，一九六七年），頁三。

見利忘義一班峨冠博帶的不同。」(《二刻拍案驚奇》卷三十九篇末議論)這些俠盜的出現，為後世小說開闢了一個新的題材。

不過上述《二拍》中的盜賊，大部分在小說中還只是配角，只有《拍案驚奇》卷八的烏將軍，以及《二刻拍案驚奇》卷三十九的懶龍才稱得上是主角。尤其後者，全部的篇幅都在表現懶龍的義氣和神技，成為寫「神偷」、「俠盜」的典範之作，才沒隔幾年，就被《歡喜冤家續集》所取材❺，該書第十二回〈一枝梅空設鴛鴦計〉篇中的一枝梅就是《二刻拍案驚奇》卷三十九〈神偷寄興一枝梅〉中的懶龍，因為他「所到之處，但得了手，就畫一枝梅花在壁上」，所以被稱為一枝梅。但《歡喜冤家續集》第十二回並非抄襲之作，雖然有少部分事蹟襲用了《二刻拍案驚奇》卷三十九的情節，但故事另有機杼，可以說是一枝梅故事的新發展。

到了清初前期，以盜賊為主角的小說就多起來了。其中直接承襲懶龍這個系統的，是《風流悟》第四回中的莫拏我，以及《警寤鐘》卷二中的雲裡手。

《風流悟》第四回中的莫拏我也襲用了一些懶龍的手段，但就小說的結構組織、寫作成績來說，這篇小說要比《二刻拍案驚奇》卷三十九高明許多。在懶龍的故事中，集合了許多小片段，這些片段只是為了表現懶龍的義氣和神技，彼此之間並無關連。莫拏我的故事則不

❺《二刻拍案驚奇》刊行於崇禎五年，《歡喜冤家續集》刊行於崇禎十三年，中間只隔八年。

同，事件之間環環相扣，爲有機的組合，其中還運用了「遠遠生根，閒閒下著」❻的伏筆技巧，有出人意外的結局。

小說一開頭給歷來的神偷排了一個族譜，始祖就是懶龍，衣鉢傳給了「一朵雲」，然後是「我來也」，最後才傳到本篇的主角莫拏我。一朵雲的出處不詳，「我來也」亦見於寫懶龍故事的〈神偷寄興一枝梅〉篇，說是宋朝臨安的一個劇盜，並不是懶龍的徒孫。莫拏我「慣要偷人的東西，以濟人之急，分文不肯匿己，自家直以此事爲游戲。」無論劫富濟貧的行徑或是遊戲人間的態度，都和懶龍十分相像。

在進入正題之前，先寫兩個小故事，其一是莫拏我運用移花接木的手段，拐了一個腳爐來給他的老婆取煖，其次是聽見隔壁的老何夫妻爲了無米下鍋而爭吵，莫拏我即帶老何到一個有錢人家的墻邊，用尖竹筒引出了一大袋的米給他。這兩個小故事既表現智慧，也表現仁愛，爲全篇小說的兩個引子。接著便讓莫拏我在一連串的事件中，充分發揮他的仁和智，同時還表現了他的勇敢。

整串事件由他的朋友蔡拐子引起。蔡拐子盜了縣府的庫銀，莫拏我卻把銀子偷來轉送給一對快要餓死的書生夫婦，又跑去向官府密告偷庫銀者爲蔡拐子，在和捕人去抓老蔡的途中，自己又跑去偷庫銀還給老蔡，然後叫老蔡出首告官，這樣，就把偷庫銀之事全部攬在身上，

❻ 語見蔡元放〈水滸後傳讀法〉，載《歷代小說敘跋選注》（臺北，文鏡文化公司，一九八四年），頁二二三。

而老蔡不但保住銀子，還完全脫罪，變成和盜銀之事無關了。莫拏我用庫銀的一部分收買牢卒，在獄中毫不受罪，此時縣官由於無法賠補庫銀，有丟官之虞，正在煩惱，莫拏我便請牢卒放他出去想辦法，不久，他從響馬頭兒李雄那裏拿走了兩大袋銀子，爲縣官解決了問題。縣官爲了感謝他，便將他發配到好地方去充軍，出發之前莫拏我先到一個富戶家中，輕輕鬆鬆的從一個有外遇的夫人手裏勒索了足夠的銀子，還給李雄。到了充軍的地方，當地的兵備竟然就是當初接受贈銀的書生，書生立刻開脫他的罪，並且重用他。不久有響馬來犯，全城恐慌，書生只知道安排逃走，城中秀才只想要勸百姓獻金給群盜以換取平安，只見莫拏我拿出「紅線」的手段，在響馬頭領的枕邊留下書信匕首，便將群盜嚇退，臨走還反送一百匹馬和一千兩白銀進城。由於退賊有功，書生爲他舉薦，莫拏我當上了總兵，後來兒子讀書進學，竟成詩禮之家，活到九十餘歲才無病而終。

其中，莫拏我偷老蔡銀子被發現後脫身的手法頗爲有趣。當時屋內一片漆黑，莫拏我被蔡拐子的老婆抓住了腳，他即去抓老蔡的腳，蔡拐子的老婆喊道：「快起來，我捏住他的腳在這裡。」老蔡卻說：「啐，啐！這是我的腳，放了讓我起來。」他老婆放手，莫拏我也跟著放手，一溜煙走了。其實這一段是抄襲《二刻拍案驚奇》的，也可以說是莫拏我得到了懶龍的眞傳。至於這篇小說的感人之處是贈銀給書生那一段，窮書生告貸無門，苦境堪憐，而世態涼薄，連嫂嫂想留小叔吃一頓飯還被哥哥阻止。親人如此，一個小偷卻能起惻隱之心，想道：「他是個讀書人，原來受這樣的窮苦，可憐可憐。」而予以濟助，就顯得更加的可貴而令人感動。更難得的是，莫拏我在幫助了書生之後，就完全忘了這件事、這個人，而小說也就岔開去寫別的事件，這就是前面所說「遠遠生根，閒閒下著」的技巧，也就是說文章能「在前文很遠的地方埋下伏筆，……埋伏得很自然，不露痕跡。」❼所以等到後來書生當大官，認他爲恩人的時候，莫拏我反而「吃了一驚，摸不著頭路。」

莫拏我之所以受到欽敬，正在於他這種施恩不圖報答的行爲。而且他將無能的官員、貪財受賄的捕人、江湖上的大盜、地方上的拐子，都視若無物，只是我行我素，自行其是，例如他在牢獄中戲弄捕人，害他們被責打賠銀，還笑道：「平日將這些小賊索詐，今日還還願也不差什麼。」他是爲別人吐一口氣，不是爲了報自己的私怨。正因爲他是如此的不忮不求、欽崎磊落，所以能成爲盜賊中的高士。

《警寤鐘》卷二中的雲裡手又是另一種神偷的形象，作品強調了他孝義的美德。他雖然能飛簷走壁，偷術高明，但頗留餘地，「到人家偷時，只百取其一。」原因是：「我既爲此下流之事，不過爲養老母，若把別人辛苦上掙的錢財盡入我的囊中，叫他家父母妻子不得聊生，豈不傷天害理。」原來他是爲了奉養母親而作賊的，所以是一個有良心的小偷。因爲他太有良心，所以在偷竊的過程中，老是忘了原來的任務，反而替人家排難解紛，成爲被偷之家的救星。例如他到馬快手家行竊，正好撞見其妻和情夫要動手謀殺親夫，雲裡手一人一斧，

❼ 賈文昭、徐召勛合著《中國古典小說藝術欣賞》（臺北，里仁書局，一九八三年）頁二二〇。

將兩人劈死，救了馬快手一命。又如遇見幾個和尚和一夥強盜分贓，他將贓款偷走，發現內中有一張欽差黃御史的上任文書，想道：「若不送還他，黃宅一家性命，就是我斷送了。」於是冒著生命危險，將文書送還給御史，試想這文書何等重要，若是別的歹人拿到，不狠狠敲詐一番才怪。接著，他又到一舉人家中行竊，正好舉人上京趕考去了，婆媳吵架，媳婦有輕生之意，便有一吊死鬼來引誘她自縊，幸好被雲裡手喝醒，才救了她一命，雲裡手又勸她們婆媳二人和睦，這才收了她們的賞銀而去。然而婆媳送他的賞銀最後也不歸雲裡手，因爲他在路上遇見一對欠了孟鄉宦二十兩銀子的父女，鄉宦要強娶該女爲妾，她不肯而要自盡，父親正在勸她，雲裡手又動了惻隱之心，將剛剛賺來的銀子全部送給了他們。空手回到家中，見到母親在哭，原來他不在時家裡竟然遭賊，被偷得乾乾淨淨，雲裡手也不去計較失物，只說一些開心的話來安慰母親，又「分外裝出歡喜容貌，只要母親心下快活。」這些情節刻劃了雲裡手輕錢財而重孝義的美德，頗令人感佩。

上面這些散亂的片段並非隨便湊合的，因爲在下文中一面發展情節，又一段段的收束，組成一個相當嚴密的結構。首先雲裡手所救的父女來答謝，該女願意嫁給雲裡手爲妻，他則堅決不允，該女說他心意已決，要回家苦等。接著，雲裡手想到孟鄉宦放債逼人，打算去光顧一遭，不料孟家發生火災，他剛好趕去替人救火，弄得渾身濕爛，還自我解嘲說：「罷罷，只當是他家請我來替他救火的。」只在墻上留下大名就去了。他自怨自艾道：「我屢次好沒利市，偏生七頭八腦撞著，不是救人，就是救火，人家倒不曾偷的，自己家中倒失了賊，今日又弄了一身骯髒回來，眞是遭他娘的捧頭瘟。」然而倒楣的事還沒完，那到他家偷東西的小賊名叫見人躲，當時取走了一柄上面刻有「雲裡手」三字的斧頭，他便冒雲裡手之名到處行竊，害雲裡手成了階下囚，幸好見人躲很快事敗，才免受罪過。不料回家沒多久，新縣令到任，又要拿雲裡手，馬快手爲報前日之恩，把雲裡手藏在家中，但還是被搜出來。到了縣衙才知道，原來新縣官的夫人就是差點吊死的那個媳婦，縣官找雲裡手是爲了報答他的大恩。正在這時候，本省按院又有票來拿雲裡手，驚得縣官手足無措，只得拖延，到支持不住時，只好寫信給按院說雲裡手是好人，請他高抬貴手。誰知到了按院一談，又是一個報恩的，原來就是當初丟掉上任文書的那位欽差。這一段報恩搶人的情節相當精彩，雲裡手一日數驚，結果卻不但有驚無險，反而後福無窮。最後，他娶了當初所救的女子，還當上大官，其結局和《風流悟》第四回的莫拏我略似。

這篇小說文筆通俗流暢，結構嚴謹，是社會小說中的佳作。篇中所反映的社會實況如：盜賊橫行連欽差也敢搶、不守清規的和尚當強盜、鄉宦放債逼婚等等，這些現象普遍反映在明末清初的小說中，可以略窺當時社會黑暗一面。但從馬快手、欽差、縣官、竇氏父女等人的知恩圖報，以及雲裡手的孝義，也可以看到社會中溫馨的一面。

清初前期話本小說中的盜賊形象屬於《二拍》中烏將軍這一類的，是《鴛鴦鍼》卷二〈輕財色眞強盜說法　出生死大義俠傳心〉篇中的風髯子。這篇小說的另一個主角時大來我們曾在前文中加以介紹，他雖飽讀詩書，卻貧無立錐之地，又借貸無門，寒士醜態，盡入大盜風鬍子眼裡，當親友皆袖手旁觀，不顧他死活的時候，素昧平生的強盜卻伸出援手，使他脫離苦海。烏將軍的一飯必酬，是感謝對方的看重，其出發點在於自己；風鬍子則慧眼識英雄，時大來日後的成就以及為國家平亂的貢獻可說全拜風鬍子所賜，兩相比較，後者無疑更勝一籌。

風鬍子是江洋大盜，可是卻常在地方上行走，對於官吏的清濁、官場的陋規、鄉土人情等等，瞭若指掌，所以他才能一而再，再而三的解救時大來於患難中。例如他搶劫任知府之後對任小姐說：「我因在靖安縣訪得令尊治聲極其狼狽，百姓嗟怨，此時就懷個為民除害之念。近日聞他升轉潮州，見他行李累累，梅嶺相遇，觸動昔日之念。」可見他行搶之前都有先期作業，將對方底細打聽得清清楚楚，確定是貪官才動手。他沒想到時大來正好是任知府的幕賓，在行搶過程中無意中與他相認，任知府不但不感謝時大來救他一命，反而懷疑他與強盜勾結，乃將他陷入獄中。風鬍子率眾劫獄，送他回鄉的盤纏，時大來才回到家，又被當地知府抓走。風鬍子隨後趕來，花了幾百兩銀子，買上使下，又將時大來保了出來，時大來毫不知情，出來後還對風鬍子頌揚按院廉明、保人湊興，被風鬍子笑了一場，叫他：「再莫說那書呆的話罷。」

風鬍子的另一個美德是不好色，他的部屬將任知府的小姐擄來，他道：「誰教你們抬來？」又對任小姐說：「小姐切勿驚恐，明日決送回南雄去，交割給令尊。」任小姐也是一位奇女子，後來曾假扮男裝，助時大來脫困，時大來當上大官之後，便做媒牽合風鬍子和任小姐這一對奇男女，成就了一段佳話。按，不好色也是前面幾位俠盜的共同美德，據薩孟武先生的研究，由於中國社會重男輕女，使殺女嬰成爲普遍現象，其結果便造成社會上男多女少，低下階層的人娶妻極爲困難，「下層階級既有『色』的飢餓，所以他們又以禁慾生活爲難能可貴的事，而視爲最高的道德行爲。」❽尤其在綠林之中，婦女更是寥若星辰，不提倡禁慾是不行的，所以《水滸傳》一書對好色的王英和周通極盡嘲諷❾，夏志清先生說：「對習武者來說，禁慾大概首先被認爲是一項保健措施。但到了梁山泊傳奇形成的時候，禁慾已成了英雄信條的主要一項。」❿所以風髯子的不好色，也是他成爲強盜中的「高人俠士」的條件之一。

風髯子後來被抓，反而靠當官後的時大來解救，這種安排幾乎成爲俠盜小說的公式之一，前述的莫拏我和雲裡手都有類似的遭遇。時大來和風髯子後來立下軍功，都當上高官（一個當總督，一個當少保），這也是前述幾篇小說出現過的情節，所不同的是，風、時二人能急流勇退，謂：「若不及早回頭，未免犯不知足之辱了。」這是亂世的生存哲學，我們在前文中已經論述過了。

---

❽ 同註一引書，頁四六。

❾ 參見馬幼垣〈水滸傳裏的好色人物〉，載《中國小說史集稿》（臺北，時報文化公司，一九八三年），頁二二六。

❿ 胡益民等譯、夏志清著《中國古典小說導論》（合肥，安徽文藝出版社，一九八八年），頁九四。

以上所述，不是「穿窬小人中大俠」，就是「強盜中的高人俠士」，有關他們的故事，繼承了晚明小說，特別是《二拍》中的題材而有所發展，在結構設計、人物刻劃、內容深度等方面都勝過前人。本期寫盜賊的小說還有新題材的開發，像《豆棚閒話》第九則〈漁陽道劉健兒試馬〉篇所寫紈褲子弟敗光家產之後，被誘逼爲盜的故事，就是前所未見的。

故事的內容是寫舉人劉藎臣爲官貪酷，積了一二萬金的宦囊。其子劉豹疏於管教，父親死後吃喝嫖賭無所不爲，「可憐一個潑天的家私，不上三兩年間，蕩廢淨盡。」後來朋友拉他到營裏去當差，他不改舊時習性，大吃大喝，每月的糧餉都不夠花用，在那邊長噓短嘆。營丁黃雄本是個盜徒，見劉豹可欺，便想「勾合這小子上路做個幫手」，在下一次發餉時，故意叫人和他打鬧，然後出來當和事佬，勸他息事寧人，將月餉賠出，使他身無餘文，要逼他就範。果然劉豹當上強盜，在漁陽道上行搶，誰知出師不利，遇到了慣走江湖的行家，反要結果他的性命，他口稱家中有八十老母，乞求饒恕，對方決定剁其兩指，以爲警惕。此時有一綠林好漢出來打圓場，不但挽救了他的兩根手指，還贈送他銀兩元寶，讓他回去奉養老母。劉豹得此銀兩，於是改頭換面，娶妻置產，做了莊家百姓。這一年遇到大旱，他請了一班軍漢開墾荒田，打算鑿開元寶來還工錢，卻被軍漢搶奪一空。眾軍漢到鐵鋪要鑿元寶時，被捕役搜出，才知此爲三年前差官所失的贓銀，循線抓到劉豹，在解送途中遇到當時贈銀的好漢，劉豹上前泣訴始末，捕人趁機用計拿住，當場將那位好漢梟首，劉豹也判了死刑，而那一批軍漢也死亡過半了。

如果說前述的神偷義盜，還算是「小人中大俠」，那麼本篇小說中的劉豹則是標準的小盜了。他一時衝動當上強盜，卻行搶不成還差一點送掉性命，是一個烏龍搶匪。幸運的遇到綠林好漢，有機會改過自新，卻終究逃不掉法律的制裁，還帶累好漢喪命。作者要傳達的是：「可見天地間非爲之事，萬無沒有報應之理。」這樣的道理，所以綠林好漢雖然贈金行善，畢竟也難逃法網。作者雖然意在教訓，但小說的內容則廣泛反映了當時社會的亂象，尤其營丁竟是盜匪，軍漢隨時行搶，可見當時軍紀的廢弛到達何等程度。這是晚明實況，並不是作者杜撰的，袁良義先生說：「明將往往縱兵搶掠，其掠如剃。」⓫清初小說對此多所反映，如《清夜鐘》第一回謂：「養兵如養賊，苦賊更苦兵。」十四回謂：「避寇如避蛇，避兵如避虎。」都表示兵比賊寇更爲可怕。《醉醒石》第五回亦謂：「兵與倭原不差一線」。《飛英聲》〈合玉環〉篇則全篇在寫軍兵劫奪婦人造成夫妻離散數十年的故事，其詳細內容已在前一篇介紹過了。

此外，正文之前還有一個京城捕盜衙門養盜賊的小故事，說書者謂東廠的番子告訴他：「這強盜多沒有眞的，近日拿來的，都是我們日常間種就現成有的，所以上邊要緊，下邊就有。」原來這些番捕平常結識一些不良少年，讓他「日日酒肉，夜夜酣歌。」誘他去賭，輸了便代他墊錢，不久又逼他還錢，又找幾個積賊哄他行搶容易，然後拿住他的把柄。等到某

⓫ 袁良義《明末農民戰爭》（北京，中華書局，一九八七年），頁八三。

處出事，便把這些小伙子捉來頂缸。「正經那大夥打劫人的本根老賊，倒在家中安享。每月每季，只要尋些分例進貢他們。若把本賊緝獲盡了，這班番子當頭所靠何來？」《二拍》中只是說道：「普天下巡捕官偏會養賊。」卻不像這裡有這樣詳細的描寫，不但道出了官賊一家的實況，更可怕的是還誘使年輕人當代罪羔羊，讀了之後眞令人爲當時的社會感到心驚。

上述小說刻劃了盜賊的幾種面貌，部分承襲了晚明小說的盜賊形象，但也發展出新的形象，如莫拏我的豪邁瀟灑、雲裏手的孝順重感情、風髯子對世情的通透、劉豹的蹩腳，都是以前的作品中難得一見的。整體看來，本期小說寫盜賊著重在同情、讚美，即使結局悲慘的劉豹，作者也說他：「是改過自新的人，上天也該恕他一分。」不揭露盜賊之惡行，反而歌頌他們的俠義、同情他們的不由自主，這是亂世才可能產生的心態。一方面，由盜賊的仁義來反襯官紳的貪酷暴虐、捕人的草菅人命；另一方面，希望藉由神偷、俠盜的奇技，懲罰豪強、伸張正義，並重新分配社會財富，爲受剝削、受壓迫的小民吐一口怨氣。

二、賭徒

本期話本小說寫到賭博的不少，如前述《豆棚閒話》第九則中的劉豹，便是「做了嫖客，就做賭客」，結果家產都蕩盡了，但篇中並沒有眞正描寫賭博的情況。又如《風流悟》第五回中的張同人原來也是個博徒，「連日連夜的，不是擲骰子，就是鬥葉子。……不上一年，家私傾盡。」後來把老婆的首飾、身上的衣服都輸光了，這篇小說敘述了在賭場擲骰的經過，但描寫還是過於簡單。《八洞天》卷六的晏敖、晏奇郎父子也都是賭徒，父親在家裏賭，兒子在街上賭，「家道日漸消乏」，後來奇郎偷眞銀去賭博，把假銀放在藏銀處，害晏敖爲此吃上官司，其內容我們已經在家庭小說的部分討論過了，篇中也沒有詳細的描寫賭博時的情景。這些小說中所提到的賭博，對我們了解當時賭場狀況的幫助不大。

眞正以賭徒爲故事主角，詳細描繪賭場情狀的，在本期話本小說中共有四篇，即：《照世杯》卷四〈掘新坑慳鬼成財主〉、《十二笑》第六笑〈賭身奴翻局替燒湯〉、《五色石》卷七〈虎豹變〉、《無聲戲》第八回〈鬼輸錢活人還賭債〉。其中《照世杯》卷四的穆文光、《五色石》卷七的宿習都是讀書人，我們曾在前文論士人失德言行時提過他們，但沒有詳論篇中所描寫的賭場風習，以《照世杯》卷四爲例，不但對於明末清初流行的馬吊牌之賭法有詳細的解說，對於馬吊的吸引人有深入的刻劃，更描寫了一場馬吊實戰的例子：

> 穆文光見了金有方，叫聲娘舅，深深作下揖去。金有方一面回箇半禮，手中還揑著牌，口裏叫道：「我還不曾捉。」慌慌張張，抽出一箇千僧來，對面是椿家，忙把他的千僧殿在九十子下面。眾人鬨然大笑。金有方看了壓牌，紅著臉要去搶。那千僧椿家嚷道：「牌上桌，項羽也難奪！你牌經也不曾讀過嗎？」按著再不肯放。金有方爭嚷道：「我在牌裏用了十年功夫，難道不曉得壓牌是紅萬？反拿千僧捉九十子麼？方纔是我見了外甥，要回他的禮，偶然抽錯了。」……只見椿家又出了百老，百老底下拖出二

十子，成了天女散花色樣。……金有方數過籌碼，心中不平道：「寧輸鬥，不輸錯，我受這一遭不打緊，只是把千僧滅的冤枉了。」……

這一大段描寫和說明在當時懂馬吊的人固然毫無疑問，我們現代人想要知其一二則都有困難。文中椿家所說的「牌經」，就是後文所說的「龍子猶十三篇」，即現存的馮夢龍《牌經十三篇》，篇中還說吊師賽桑門又有一本《十三經注疏》，若眞有此書留下來，對我們了解馬吊定有幫助。現根據馮氏的《牌經十三篇》和《馬吊腳例》並參考近人有關論著，將上文試加解釋：金有方說：「我還不曾捉。」《馬吊腳例》說：「取之曰捉」，就是今人說的吃牌。「千僧」就是十字門中的千萬貫，牌上畫武松的像，武松是行者，故稱千僧。馬吊時，最重要的是「鬥百老」，百老就是「百萬貫」因爲「百老爲盈數，無論輸贏，百老在手，俱可分利。」⑫鬥百老既然如此重要，那麼可以吃它的千僧就不可以隨便出牌了，所以馮氏說：「千萬爲留守，非百老已出，不可鬥也。若千萬俱有，又可出萬以圖尊，留千以制百。」⑬現在金有方拿千僧去吃九十子（即九十萬貫），當然會引起鬨然大笑了。等椿家出百老時，從底牌中抽到二十子（即二十萬貫），是十字門中最小的，稱爲「極」，極可以和其他的牌

⑫　郭雙林、蕭梅花著《中國賭博史》（臺北，文津出版社，一九九六年）頁一七八。
⑬　馮夢龍《馬吊腳例》，載陸國斌等校點《馮夢龍全集》（江蘇古籍出版社，一九九三年）頁三。

配成色樣⑭，有了色樣別家就要賠錢，所以後文中徐公子配出色樣時，便喊道：「且算完色樣再看沖。」「沖」或作「衝」，是「出（賭）注」⑮，徐公子說先把色樣的賭金算清，然後再看是否加賭注。依據小說的說明，百萬和二十萬配成的叫「天女散花」，此一名詞並不見於其他史料，可供研究賭博史的學者參考。

本篇小說還記載了各種作弊的手法和名目，謂：

有一種慣洗牌的叫做藥牌，要八紅就是八紅，要四賞四二肩就是四賞四二肩，要順風旗就是順風旗。他卻在洗牌的時候，做端正了色樣，對面腰牌的，原是一氣相識，或有五張一腰的，或有十張一腰的，預先照會，臨時又有暗訣，再不會錯分到莊家去。

馬吊有四種花色，除了上述十字門外，還有萬字門、索子門、文錢門。每門的尊牌，即萬萬貫、九萬貫、九索、空沒文，叫做「賞」；每門的次尊，即千萬貫、八萬貫、八索、半文錢，

⑭ 徐珂《清稗類鈔》十（臺北，商務印書館，一九八三年）〈賭博類〉，頁三八。

⑮ 同註十三引書，頁二。按史良昭《博弈遊戲人生》（臺北，商務印書館，一九九二年）頁六六對於「沖」有另外一種解釋，他認爲在改良的馬吊打法中，有一種叫「鬥牌」，「將做成的花色攤示稱爲『開』，從開牌中下家取得所需的牌湊成更大色樣，稱爲『沖』，下家沖不出即須滅牌示弱，叫做『亡』。」不過從本篇小說的內容看來，還是以大捉小的打法，不像是改良後的鬥牌。

叫做「(二)肩」，所謂「四賞四二肩」，就是四張尊牌、四張次牌，這是最好的牌了。「順風旗」是配成花樣的名目之一，可能類似於梭哈中的同花順之類。又說莊家和對面的原是同夥互相搭配的，不知情的賭客當然是十賭九輸了。至於他們如何腰牌、照會，則還有待專家為我們解開疑惑。

總之這篇小說除了可以讓我們了解當時社會馬吊風氣盛行的情形之外，還提供了不少有關馬吊打法的資料，其內容比《鏡花緣》七十三回紫芝所口述的馬吊牌局要具體得多了。

《十二笑》第六笑和《五色石》卷七這兩篇有一個共同點，即主角在輸到一文不名的時候，均曾在賭場中寄生。前者的情形尤為嚴重，主角堵伯來將家中帶到蘇州做生意的錢財貨物輸了十分之七之後，父親氣得與他斷絕關係，他不知悔改，又將其餘的財貨全輸光了。開賭場的溫阿四怕他告官惹事，只好收留他在賭場中幫忙，好好一個富家子弟，卻整天賴在賭場中，「每日替他拈頭趁嘴，偶然拈幾個飛來頭，積了一千五百，便去趁做椿兒，畢竟要輸得半文不剩，夜裡才睡得著。」後來乾脆寫賣身契給溫阿四，以抵二十貫的籌碼，當然這二十貫還不夠半天的輸，堵伯來竟由賭客變成奴才。不久他和溫阿四的老婆有染，兩人竟然在溫阿四湯中下藥，使溫阿四成為痴呆的啞子。令人驚訝的是，作者僅指責溫阿四不該開賭場，認為他當烏龜、變廢人，是現世報，至於堵伯來和溫阿四的老婆如此傷天害理的行為，竟未遭到任何的制裁或報應。看來這篇小說主要的譴責對象是開賭場的，其次才是賭徒。篇中還詳細描寫賭場如何引誘賭客上當：「佳肴美酒，日日盛款。夜間留宿，鋪設極齊整的床帳，薰得香氣撲鼻。倦則按摩的捏頭搥背，睡則小廝們捧水裝煙。」如此將賭客服侍得舒舒服服的，而且完全是免費的，賭客以爲得利，其實賭場中手段那能讓你白佔便宜？「所以說：賭場中茶湯酒食，賽過巴豆砒霜。」賭場「其名爲活埋人處，斷送了多少良家子弟？」難怪本篇小說把所有的報應都放在開賭場的溫阿四身上。

《五色石》卷七的情況較好，主角宿習輸光之後，也和堵伯來一樣，「替別人管稍算帳，又代主人家捉頭。也因沒處安身，只得仍在賭場裡尋碗飯吃。」但他的運氣較佳，因爲不久該賭場被鄉宦告發，開賭場的程福被杖五十，問了徒罪，其餘賭客也各杖二十、枷號一月，宿習雖然也被關入監獄，卻因此而脫離了賭場。後經其岳父苦心孤詣的開示引導，終於痛改前非，最後還當上大官。宿習所迷戀的，也是馬吊牌，作者說：「原來此時鬥牌之風盛行，不但賭場中無賴做此勾當，便是大人家賓朋敘會，亦往往以此爲適興，不叫做鬥牌，卻文其名曰『角』。」宿習的岳父曾撰〈哀角文〉以醒世，從文章提到「名取梁山，形圖水泊。」知「角」即馬吊，宿習被捉時，作者還在插詞中諷刺道：「一文錢套在頸中，二文錢穿在手裡。二索子繫在腳上，三索子縛在腰間。向來一桌四人，今朝每位占了獨桌；常聽八紅三獻，此日兩腿掛了雙紅。」詞中所運用的，都是馬吊術語，《馬吊腳例》道：「四尊四極全賀八注，八紅賀六注。」⑯四尊四極是贏到四張最大的牌和四張最小的牌，如此可以贏得八倍的

⑯ 同註十三引書，頁五。

賭注，不過這種可能性是極小的；馮氏說：「百、千萬配空女（即空湯，爲文錢門的尊牌）曰四紅」⓱，八紅應是指得到兩個四紅，可以贏到六倍的賭注，不過空湯僅有一張如何配成兩個四紅頗有疑問。至於「三獻」，當也是色樣之一，其詳情不得而知。

最後來看李漁的〈鬼輸錢活人還賭債〉篇，這篇小說寫賭場主人王小山誘拐良家子弟入彀的手法，比《十二笑》第六笑中的溫阿四更勝一籌。

王小山在開賭場時，先將蘇州城內外有錢人的家產都打聽清楚。租了一所花園，收拾得精心雅緻，請一個好廚子，安排極可口的餚饌。有一天，不知世事的財主兒子王竺生和表哥慶生誤闖這座花園，王小山請他們隨便看，又供應他們好吃的食物。此處李漁運用主觀眼來進行情節，即以慶生、竺生這兩個賭博門外漢的眼睛來看賭局，只見賭場中三、四人一隊，有擲骰子的，他們以爲是行令，有大聲吆喝的，他們以爲是吵架。忽然王小山奪了幾根小籤給他們，他們也不知道是做什麼用的，到臨去時才知道是拈頭的籌碼，可以換錢的。吃喝玩樂，又有錢賺，當然很快就再度光臨，拈頭積多了便拿去學賭，一賭就贏，一連三天，竟然贏了二百餘金。到了第四日，卻將前三天贏的輸光了，開始簽賭債，竺生還不知道家中多少財產，王小山拿出冊子，上面記載得清清楚楚，隨便竺生在上面填多少銀子。於是愈輸愈多，「竺生開頭一次寫契，心上還有些不安，面上帶些忸怩之色。寫到後來，漸漸不覺察了，要

⓱ 同前註，頁二。

田就是田，要地就是地，要房產就是房產。」沒有多久，將父親辛苦一輩子賺來的財產，輸得空空如也。

《十二笑》第六笑和這篇小說爲我們清楚而生動的描繪了賭場內的景象，以及吸引賭客的手法，尤侗的〈戒賭文〉也說：「今有貪夫，開肆抽頭。創立規則，供給珍饈。如張羅網，鳥雀來投。鷸蚌相持，漁利兼收。」⑱想來從古到今無不如此，據說今日香港的麻將館一般「供應煙茶吃喝，招待顧客，內部設備也很華麗，裝有空調，鋪上地毯，還有服飾華麗的印、巴籍司閽員守門。」⑲《十二笑》以賭場爲「活埋人處」可說是最傳神的比喻了。但說是「羅網」也好，「活埋人處」也好，畢竟還只是等人上鉤的死地方（今所謂硬體設備）而已，李漁小說則更進一步將賭場主人誘賭的鮮活技倆（今所謂軟體措施）揭露出來，這兩者結合，才眞正是天羅地網，富家子弟在那賭風瀰漫的社會中，實在是無處可逃了。

第三節　匠人、僧尼及其他

一、匠　人

⑱　同註十四引書，頁一二。

⑲　戈春源《賭博史》（上海文藝出版社，一九九五年）頁一四六。

話本小說向有「市人小說」之目❶，但小說的主人公還是以讀書人最多，此外就是各行各業、大大小小的商人，以匠人爲小說主角的小說似乎不太多。早期話本中只有〈碾玉觀音〉寫玉工崔寧和裱褙匠女兒秀秀的故事、〈白娘子永鎮雷峰塔〉中的許宣勉強可以算是一個藥劑師、〈張廷秀逃生救父〉中廷秀兄弟曾從父親張權手中學到木匠的手藝，此外就很少看到匠人以主角的身分在小說中出現了。其實即使這幾篇，也較少寫到他們的匠人生活，尤其廷秀兄弟畢竟讀書成名，只不過有一個「木匠兒子」的出身而已。

清初前期出現了以髮匠、皮匠、石匠、裁縫等靠手藝維生的匠人爲主要角色的話本小說，這些小說的部分描寫，能夠幫助我們廣泛認識當時的社會生活。

㈠ 髮匠

先說髮匠，髮匠又分爲好幾種，有篦頭的、梳頭的、薙頭的，工作都不一樣。《無聲戲》第七回〈人宿妓窮鬼訴嫖冤〉的主角就是個「篦頭待詔」，張季皐《明清小說辭典》解釋爲「理髮師」❷並不夠精確，因爲篦頭只是除去髮垢❸、保養頭髮，並不包括梳頭。小說寫篦頭待詔王四，「篦頭篦得輕，取耳取得出，按摩又按得好」，可知其工作還包括掏耳朵和按

---

❶ 見魯迅《中國小說史略》（臺北，唐山出版社，一九八九年）頁二〇七。

❷ 張季皐《明清小說辭典》（石家莊，花山文藝出版社，一九九二年）頁四一。

❸ 《辭海》（臺北，中華書局，一九七六年）頁二二〇〇引《正字通》釋「篦」字爲「櫛具，除髮垢者」。

摩。但當他替妓女雪娘篦完頭之後，道：「完了，請梳起來。」雪娘說她不會梳，往日都是老鴇代梳的，王四於是自告奮勇，照著往日從別的婦人家看來的樣子，「替他精精緻緻，梳了一個牡丹頭。」可見篦頭的工作本來不包括梳頭，王四爲了討好雪娘才額外替她服務。大概當時婦女都是自己或家人代爲梳髮，不過比較複雜的髮型可能就需要專門的人來梳理了。

這篇小說寫王四想要學賣油郎，將賺來的錢一點一滴的存起來交給老鴇，打算存夠了錢後將雪娘娶回家，沒想到老鴇和雪娘串通，不但將他六七年來的血汗錢全部騙光，還害他在妓院裏當了四五年的烏龜（因爲他叫王四，就被稱爲王半八），告到官府又無憑無證，反而被重打三十、枷號十日才放出來。出來後王四到處告狀，甚至於臥病在床時魂魄還出來喊冤，感動了一個解漕糧的運官，幫他討回了銀子，運官還教訓老鴇和雪娘說：

你們做娼婦的，那一日不騙人？那一刻不騙人？若都教你償還，你也沒有許多銀子。只是那富家子弟，你騙他些也罷了，爲甚麼把做手藝的窮人當做浪子一般耍騙？他伏事你五六年，不得一毫賞賜，反把他銀子賴騙了，又騙官府枷責他，於心何忍？

這話雖然平凡，卻發自肺腑。當運官向老鴇訛詐銀子之時，人家都以爲他紮火囤（騙局）圖自己的利益，沒想到他是打抱不平。妙在這運官卻是個不識字的，而當王四到處訴冤時，那些飽學之士不但不幫他的忙，還爲他寫了一張自我嘲諷的冤單，說什麼：「日日喚梳頭，朝朝催挽髻；以彼青絲髮，繫我綠毛身。……或斷雪娘歸己，使名實相符，半八增為全八；或追回原價，使排行復舊，四雙減作兩雙。若是，則鵂羽不致高張，而龜頭可以永縮矣！」使得街上的人，不識字的對他還有幾分憐憫，讀書識字的人，「看了冤單，個個掩口而笑，不發半點慈悲。」李漁在這裏一方面對於憨直無識的小手藝人表達同情，另一方面對於讀聖賢書的斯文之輩則提出了批判。

和篦頭待詔工作略異的是剃頭待詔，滿清入關以前漢族男人也蓄髮，不過小孩子還是要剃頭的，所以剃頭師父不是清朝才有的。《金瓶梅》第五十二回寫李瓶兒見到剃頭的小周兒，道：「小周兒，你來的好，且進來與小大官兒剃剃頭，把頭髮都長長了。」月娘在旁邊問她說：她也不看看日子，就給小孩子剃頭。瓶兒回答說她看過了，今天是庚戌日，是剃頭的好日子。可見明代人給小孩剃頭還要看日子的，不過這當是指富貴人家而言，普通人沒這麼多規矩。《一片情》第八回〈待詔死戀路傍花〉中的待詔賈空，就常在街上叫喚生意，道：「小官阿姐們，剃頭！趁刀兒快，鈍了剃就不爽利了。」刀兒快不快自然不必看日子。這篇小說雖然屬於「艷情小說」，不過寫社會生活有它的眞實面，可參考下一章有關的討論。

㈡皮　匠

再說皮匠。本期話本小說寫了兩位好皮匠，第一位是《生綃剪》第七回的葛儉，人稱霜三八，另一位是《五色石》卷三〈朱履佛〉篇的施惠卿。

霜三八是《生綃剪》第七回的第二主角，其重要性幾可和殺死戲臺上的魏忠賢的書生沙爾澄分庭抗禮，觀回目（「沙爾澄憑空孤憤　霜三八仗義疏身」）便可略知一二。故事發生在崇禎初年，由於老家發生旱災，霜三八挑著行李到杭州謀生。且看小說對當時杭州城鞋業的描寫：「杭州省會之地，不知多少鞋店，又有散碎皮匠，穿街踏巷。況且大小人家，不論大人小廝，或布或綢，都是新鞋度歲。那一椿縫皮生意，是極冷淡。」從這段話可知，當時杭州城鞋店很多，而穿皮鞋的不多，大多穿的是布鞋，同時，也有一些皮匠散在城中各處。在這種情況下，霜三八的縫皮生意相當的冷清。後來遇到一位豬行客人，釘鞋的鞋幫開綻了，請他縫補，聊天中客人說到家鄉德清縣下鐘鳴地方缺皮匠，謂：「去冬晚稻倍收，新正人上還閒，家家要緝理些鞋兒腳手。」於是霜三八來到下鐘鳴，果然生意不錯，有時忙到午飯也沒工夫吃。

到了二月十四是德清城隍的生日，下鳴鐘土地廟前演起大戲，演的是罵魏忠賢的新戲《飛龍記》，霜三八頭也不抬的一面縫皮，一面聽戲，一面罵魏太監。演到要殺楊漣、左光斗等人時，旁邊的沙爾澄忍不住了，拿起霜三八的皮刀跳上戲臺，竟將戲子砍成兩段。霜三八還不知怎麼回事，跑上戲臺去拿回皮刀，因而被抓，由於沙爾澄在屍體邊落下一張紙條，眾人便把霜三八當沙爾澄送到官府去了。到了官府，霜三八當然不承認罪狀，還說出一番道理謂：「別個殺人，我去收刀，若要冤小的殺人，小的也是恨魏監的，他殺就是（我）殺一般。若要冤小的是回子沙爾澄，小的死也不服。怎的小的當刑，倒把別人名姓冒個抱不平殺奸賊的美舉？」這重公案頗稱難辦，霜三八願意承認殺人，但不承認是沙爾澄，若不承認是沙爾澄，便與物證不合，縣官沒辦法，只好在審單中打馬虎眼，謂：「霜三八者，固沙爾澄之乳名無疑也。」敬他是好漢，一下不打，把他下到監中，霜三八「在監中就縫起皮來，且是熱鬧。」後來充軍，正好發配到已經改名當官的沙爾澄手下，下面有一段有趣的描寫：沙爾澄點名時，霜三八應道：「沙爾澄。」此處作者寫道：「驚得老沙遍身冷汗，有這般奇事？把頭亂點，即叫掩門。」沙爾澄把霜三八請入內堂，納頭便拜，說出緣由，到了此時，霜三八對事情的始末才恍然大悟。後來霜三八幫助沙爾澄平定山賊，立了軍功，不但免了罪過，還被任命爲中軍之職。

作者在篇末謂：「看官們，老葛是個手藝中人，薄負義氣，坎坷之中，累有奇烈。……千古奇人，千古奇事。愧我筆拙，萬不能表揚一二而已。」在中國小說史上，皮匠受到這麼高讚美的，老葛霜三八應屬第一人。

另外一位皮匠施惠卿則是《五色石》卷三〈朱履佛〉篇的主要人物之一，篇中寫開點心店的曾小三爲殯葬母親向高參將借了十兩高利貸，一年後利上加利變成三十兩，曾小三不得已只好賣妻還債（這些情節已在上一章介紹過），夫妻二人不忍離別在痛哭時，感動了隔壁的皮匠施惠卿，把本來要布施給和尙的銀子送給了小三。曾小三無以爲報，便要把妻子讓給施惠卿，惠卿不肯，曾小三不管，把妻子留下前往五台山出家去了。惠卿爲了避嫌，乾脆遷居別處。有一天，鄰人們發現小三的妻子被殺死在床邊，都懷疑是皮匠所殺，將惠卿送到官府，縣官不聽告白，將他屈打成招。曾小三在前往五台山的路上聽到此事，知道惠卿是冤枉的，趕回來替他辨冤，後經御史訪察，才知道殺人的是當初與惠卿結緣的和尚，他知道曾小三讓妻的全部經過，所以伺機希圖姦騙，小三之妻不從而喊叫，所以就被和尚殺死了。案情大白之後，御史對惠卿說：「你是一位長者，應受旌獎。我今將銀八百兩與你，聊爲旌善之禮。」惠卿不肯接受，願將一半銀子捨給佛寺，另一半送給曾小三「追薦亡妻，另娶妻室」，然後出家。這位皮匠道德情操高尚，有足多者，不過這篇小說未能眞實寫出皮匠生活之種種，在表現社會生活之一面，有所不足。

㈢ 石匠、木匠

此外，還有寫石匠的，即《清夜鐘》第二回，這篇小說頗能表現石匠家庭以及鄉村生活的眞實情形，很富現實意義，因已將本篇列入家庭小說論述過，故此處不贅。也有寫木匠的，即《十二笑》的第三笑，篇中的木匠暴向高在替人造房子時挖到寶藏，成了暴發戶，就把木作行業棄了，所以篇中看不到木匠生活的描寫。不過由於暴家驟富後，想要攀附士人，乃將女兒贅了一個窮秀才爲婿，卻因此自取其辱，弄得家破人亡。可以看出匠人在當時身分還是相當低的，他們想要借著與士人的婚姻關係來提高社會地位，然而讀書人卻瞧不起他們，如篇中秀才在成婚後，在背後稱岳父爲「作頭」，口氣極輕蔑便是例子。對照《醒世恒言》〈張廷秀逃生救父〉篇，王員外的女婿勸小姨子說：「與這木匠的兒子爲妻，豈不玷辱門風？」可知在明清時代，木匠的社會地位是不會太高的。

上述的這些匠人，有的受侮辱，有的被同情，有的得到讚美。無論如何，在小說舞臺上，他們不再缺席，而且還成為小說中的要角，這當然值得大書特書。此外，從他們身上，我們還見到當時社會生活的一個側面，雖然還算不上豐富，但多少補充了小說史、社會史上這些層面的不足了。

二、僧　尼

本期話本小說寫僧尼故事的也有不少，而多數僧尼是不守清規的。這種不守清規的和尚、尼姑在明代話本小說中已曾大量出現，筆者曾觀察《三言》中的僧尼，發現在三十多篇提及僧尼的小說中，一般人對僧尼的印象實在是壞到極點❹，《古今小說》卷一說：「世間有四種人惹他不得，引起了頭，再不好絕他。是那四種：遊方僧道、乞丐、閒漢、牙婆。」可見遊方僧道是和乞兒並列的，而《醒世恒言》卷三十四更有這樣的話：「老娘人便有不像，卻替老公爭氣。前門不見師姑，後門不進和尚。」從這句話可以明顯的看出來，當時社會上和尚犯姦的事是層出不窮的。

本期話本小說寫這一類敗德僧尼的有：《豆棚閒話》第六則〈大和尚假意超昇〉、《飛英聲》〈風月禪〉、《風流悟》第五回〈百花庵雙尼私獲雋〉、《五色石》卷三〈朱履佛〉、《一片情》第三回〈憨和尚調情甘繫頸〉，以及《珍珠舶》卷六。

---

❹ 參見拙作〈從《三言》看明代的僧尼〉，《國立嘉義農專學報》第十七期。

上述六篇小說中失德的和尚或尼姑，又可以分爲兩類。一類是強姦殺人，無所不爲的，如〈大和尚假意超昇〉篇中普明寺中的僧人，凡遇見單身客人，就打殺了，並將他的頭髮齊眉剪下，扮作頭陀。或綑縛做跏趺跌坐的樣子，衣服上灌上硫磺，放在龕座之上。然後糾喚地方說：「有大和尚超昇了」，要百姓們攢錢供設，不知騙了多少銀兩。又常拐騙十餘歲女孩藏在寺中，等她長大以供奸淫。又常偷取新死婦人的屍首，取其腳骨充作象牙箸子。種種歹毒行徑，讀之令人髮指。〈朱履佛〉篇中也有兩個極惡劣的和尚，一個強姦婦女被撞破而將該女劈死，另一個和尚也是圖姦不成，而將婦人掐死。這些作奸犯科的和尚最後都伏法，得到應有的報應。

另一類僧尼則只是犯了色戒，話本小說的作者除了對他們表示譴責之外，口氣中也帶著同情，不像對上一類罪大惡極僧人那樣的痛恨。例如〈風月禪〉篇中的月華和尚，從小被賣到寺中，而寺中又都是一些不守規矩的酒肉和尚，十五歲被師父強姦，師父還說出一堆歪理，謂：「我們做和尚的名雖師徒，實則夫婦。尋的小徒弟，只叫娶個養媳婦。巴到你今日這樣年紀，方纔并親。」月華起初還抗拒，後來經不起金錢利誘，漸漸走上邪路，年紀漸長，情慾日熾，遇有女客輒加以輕薄，只是還不敢謀奸婦人，只敢去哄別房的小徒弟解脫。後來因爲調戲柳含春小姐實未成姦，卻被一將軍處了死刑，他大聲喊冤，對方也爲他求情，將軍竟將他贅入女家，後來還當到都督之職。這篇小說的情節有些荒唐，但可以看出作者對和尚的同情，月華十歲入寺，何嘗有修行的心意？父親只爲貪圖五兩銀，就將兒子賣入寺中，何等狠心？環境造成他心性的浪蕩，幸好膽小不敢姦淫婦女，最後竟得善終，也算是和尚中的異數了。《一片情》第三回〈憨和尚調情甘繫頸〉是一篇艷情小說，其內容頗涉邪淫，篇中的和尚六和生性風流，不但養著龍陽，還和姑姑串通，將一個守寡的節婦，硬生生的逼誘成姦。騙到手之後，又覺得滋味不好，想要勾搭隔壁的少婦，結果遇到高手，反而被對方夫婦索去了全部的家當，只好移往他州行騙，當地太守識破他的騙術，將他活活打死。六和自己干犯色戒也罷，卻又逼娶寡婦，還奪其家產，他被打死可謂罪有應得。然而，作者對他的行為又做了一番同情的解釋，他認為男女配合本是最自然的事，可是和尚卻不能滿足他性的慾求，謂：「即痴蠢如鳥獸，無知若蟲蟻，也成雙作對，一般有雌有雄。做一個人，反把陰陽亢而不雨，情慾鬱而不伸。所以一經他手，則千奇百怪，俗人做不出的，都是和尚做出來。」這種言論針對那些被迫出家的人來說，不能不說是入情入理的。

《珍珠舶》卷六中的證空，也是一個「見了一個婦女，便即神魂飄漾，不能自持」的風流和尚。他先和古柏庵的尼姑朗炤有了姦情，後因被一府學秀才撞見，該秀才不斷來勒索，只得遠走他鄉。在湖州府化緣時，看上了少婦陸氏，經過一番布置，終於誘騙到手。陸氏因丈夫經年在外，常被惡棍丘大欺負，丘大見證空接近陸氏，將他痛揍一頓，證空與陸氏商量，兩人遠走高飛。證空最後的結局是：「依姦拐例，問徒發配赤城驛，擺站三年。所生之男，發與證空。」這應算是從輕發落，原因在於陸氏自己承認「證空雖有誘騙之心，實俏從姦實屬小婦人之罪」，並不完全怪罪證空。可見作者並不把證空當成奸惡之徒來處理，相反的只因爲他無法克制慾念，還一直是個受害者，秀才勒索他、惡棍欺淩他，他一逃再逃，最後還俗做一個正當的小商人，還是難逃法網，如果最初他不是一個和尚，那麼就不必如此艱辛了，不過他已有一子，三年擺站（即充軍發配到遠方服勞役）不算太久，期滿後當能重新過正常人的生活。

以上主要對象都是和尚，〈百花庵雙尼私獲雋〉篇的女主角則是兩個尼姑，她們原是名妓出身，因爲受不了縉紳淩辱的怨氣，憤而出家。這種出家當然是經不起考驗的，後來男主角張同人到庵中避雨，二女見他氣質不凡、才學頗高，竟然把他養在庵中「兩個尼姑輪流取樂」，後來一尼有孕，又將她們移至他處，卻騙同人的妻子說去坐館。同人彷佛置身天堂一般，卻又不忘讀書，不久應舉中試，尼姑再產下一子，雙喜臨門，其妻毫不忌妒，將她們都接回來住。同人進士及第，當了大官，「一時人俱傳二個尼姑，因救一個賠錢漢的命，後來得做夫人。」這可能是歷來好色尼姑的最好結局了。

比起晚明，本期話本小說對犯了色戒的僧尼的批判要溫和多了。《醒世恒言》卷三十九的金山寺僧因爲熬不住情關而還俗，最後縱慾而亡；同書卷十五的兩個好色尼姑，最後被擬了斬罪。可是上述幾篇清初小說，如果不是殺人或害人的僧尼，就罪不至於死，甚至於還有當上大官的風流和尙，也有成了夫人的好色尼姑。爲什麼會有這樣的轉變，是否和清初史學家邵廷采所說的：「明之季年，故臣莊士往往避於浮屠，以貞厥志。……僧之中多遺民，自明季始也。」❺有關呢？清初前期的明遺民大量出家，相對提高了僧人的素質，而且僧人在明清之際頗有不錯的表現，如崇禎初年和尚申甫率軍與清兵力戰於蘆溝橋，「一軍七千人盡歿」，其中不乏僧人，陳援庵先生曾說：「僧何負於國哉！」❻是否因此清初人士對僧人的觀感略有改變，因而在寫作時減緩了誅罰的口氣呢？

另外，《西湖佳話》一書寫了許多名僧的故事，如卷四〈靈隱詩蹟〉中的詩僧駱賓王、卷九〈南屏醉蹟〉中的濟公、卷十〈虎溪笑蹟〉中與蘇軾結緣的辨才、卷十三〈三生石蹟〉中和李源結三生之約的圓澤、卷十六〈放生善蹟〉中明代四大高僧之一的雲棲袾宏，這些歷代名僧在小說中皆受到高度的頌揚，這當與《西湖佳話》一書近雅的風格有關，因爲「萬曆而後，禪風寖盛，士夫無不談禪，僧亦無不欲與士夫結納。」而「明季士夫禪悅之風，至清初未墜也。」❼《西湖佳話》雖有話本的形貌，其內容性質實接近佚事小說，文字方面甚至有全篇文言的（卷十四），其作者應屬好談禪理的文士，所以書中大量歌頌僧人。不過本書所寫名僧並不符合本節所討論的「小人物」，故此處略過不談。

---

❺ 邵廷采〈明遺民所知傳〉，《思復堂文集》（臺北，華世出版社，一九七七年）頁四二二。

❻ 陳垣《明季滇黔佛教考》（臺北，彙文堂出版社，一九八七年）頁一五八。

❼ 同前註引書，頁一二九、一四二。

三、其他

本期話本小說中以小人物爲主角的還有不少，這些小人物除了上述幾類之外，還有清客、騙徒、戲子、皀隸、醫生、算命的瞎子等等。由於有關這些人物的小說僅有一兩篇，所以我們在此做一簡單綜合的論述。

(一) 清客

首先來看清客，清客的別名甚多，如幫閒、蔑片、忽板，在蘇州又稱爲「老白賞」。這些稱謂在《豆棚閒話》第十則〈虎丘山清客聯盟〉篇中有所解釋，這裏不去細講，單說那「清客」二字，篇中曾道：「這班人寄食於人家，怎麼不叫『客』？大半無家無室，怎麼不叫『清』？」可見所謂清客，就是無家無室，寄人籬下的一班無賴漢。薩孟武先生考證清客的來源，認爲是起源於戰國時的食客，六朝時由於士族階級有投靠者，這種人成爲「奴客」，隋唐以後士族沒落，主客地位平等，已無奴客，但還有清客，其地位略似幕友，「但又降幕友一等」，清客的作用「不過幫助主人消遣餘閒，他們的人格未必清高，對其主人有依阿取媚之狀。」❽這種人在明清小說中並不陌生，最有名的當是《金瓶梅》中的應伯爵、謝希大、吳恩典等人，他們豐富了《金瓶梅》一書的內涵，「折射整個社會世俗人情的冷熱」，周中明先生認

❽ 薩孟武《紅樓夢與中國舊家庭》（臺北，東大圖書公司，一九七七年）頁一三七。

爲：「如果缺少應伯爵這類角色，那就勢必使作品無論在思想上或藝術上皆要大爲遜色。」❾清客也需要些本事的，「他們多半破落戶出身，沒名器的閒漢，有點小聰明、小伎藝，能見景生情，取悅承歡；也會見轉舵，迎新棄舊。」❿《警世通言》卷十七對他們有生動的形容：「冷中送暖，閒裏尋忙，出外必稱弟兄，使錢那問爾我。偶話店中酒美，請飲三杯；才誇妓館容嬌，代包一月。掇臀捧屁，猶云手有餘香；隨口蹋痰，惟恐人先著腳。說不盡諂笑脅肩，只少個出妻獻子。」稱他們爲社會的寄生蟲並不爲過，他們多少讀點書，能和士大夫們週旋應對，但說到書中的倫理道德，卻和他們無涉。但他們也有他們的苦況，《生綃剪》第九回的入話中說：「若是蔑片朋友，低三下四人家用他不著。用著他的，不過是鄉紳公子，一發是苦惱子的道路。大老官的話自然是聖旨，大老官的屁自然是噴香。就是以下小使也未免要哥哥、弟弟小心捉摸，方才安身得牢。」想來其處境也的確是可憐的。

在本期話本小說出現過不少清客：如《清夜鐘》第八回中的兄弟失和，清客黃中白、竹脩然等人要負些責任；《豆棚閒話》第九則中劉豹之所以如此快就敗光家產，全是清客幫的忙；《風流悟》第一回中的曹孟瑚會中仙人跳，也是清客許弄生搞的鬼。然而清客正式躍入小說舞台成爲主角，則是始於《豆棚閒話》第十則〈虎丘山清客聯盟〉篇。

❾ 周中明《金瓶梅藝術論》（臺北，貫雅文化公司，一九九〇年），頁三一八——三二一。

❿ 張火慶《不入流的智慧》（臺北，漢藝文化公司，一九九〇年）〈幫閒抹嘴〉篇，頁五四。

本篇所諷刺的對向集中在老白賞賈敬山身上，關於他集合一班無聊幫閒立盟結社的可笑行爲，我們已經在第二篇第二章介紹過了。後來有一位致仕官員劉謙道經蘇州，要購買文玩骨董，以及清秀少年、標致丫頭，教習爲兩班戲子，賈敬山見機不可失，便找人薦舉他，對方吹牛，說他「技、藝皆精，眼力高妙，不論書畫、銅窯器皿，件件董入骨裏。眞眞實實，他就是一件骨董了。」以下有一段精彩的諷刺文字：

劉公笑了一笑，叫書童卷箱內取那箇花罇來，與敬山賞鑑。那書童包袱尚未解開，敬山大聲喝采叫好。劉公道：「可是三代法物麼。」敬山道：「這件寶貝青緣俱全，在公相宅上收藏，極少也得十七八代了。」劉公笑道：「不是這個三代。」敬山即轉口道：「委實不曾見這三代器皿，晚生的眼睛只好兩代半，不多些的。」劉公又取一幅名公古筆畫的〈雪裏梅花〉出來與看，四下卻無名款圖書。敬山開口道：「此畫公相可認得是那個的？」劉公道：「宋元人的。不曾落款，到也不知。」敬山道：「不是宋元，卻是金朝張敞畫的。」劉公又笑一笑……。

賈敬山連夏商周「三代」都搞不清楚，又將漢代畫眉的張敞胡謅爲金朝畫家，這樣不學無術，還說什麼「技、藝皆精，眼力高妙」。這裡的嘲諷意味拿捏得恰到好處，《鏡與劍》一書對此有段評論謂：「作者沒有寫一個『假』字，也沒有流露出任何貶意，只是客觀地描寫他一本正經地『鑑賞』，以及劉公淡淡的『笑了一笑』，不寫貶意（而貶意）自現。」⑪這種諷刺語氣，是屬於「機智」（wit）一類，其特色在於「某種不帶感情的超然立場」⑫，劉公的淡淡一笑，將賈敬山虛假醜陋的嘴臉襯托得更加鮮活。這和《儒林外史》第二十回中，匡超人自稱五省讀書人尊重他，家中都供著「先儒匡子之神位」時，牛布衣的笑，以及聽他解釋說：「先儒者先生之意也」時「也不和他辯」的寫法，有異曲同工之妙。後來劉公託他買小丫鬟，敬山滿口應承，騙外甥女和幾個小女孩到船上讓劉公看看，哄銀子到手，自以爲得計，豈料日後銀子被偷，劉公要人時，無法交差，只要將親生女兒充數，自己也問了站徒。一代清客盟主，落得家破人亡的下場，後人談起，也只「留下一個笑聲」而已。

(二)騙徒

再說騙徒，這類人物在小說中也是相當常見的，有名的像《拍案驚奇》卷十八中的假丹客，把酷信丹術的富翁騙得團團轉，費去了二千金，只換來和妓女的一夜風流。在本期話本小說中，《風流悟》第二回也有一幫拐子，做假美人局，騙走了暴發戶曹家一千多兩，而《照世杯》〈百和坊將無作有〉篇則是眞美人局，利用歐滁山貪財好色之心，將他打秋風來的錢財全部騙光。這些小說內容都頗爲精彩，騙局的設計也相當巧妙，不過小說的諷刺對象是受

⑪ 齊裕焜、陳惠琴《鏡與劍—中國諷刺小說史略》（臺北，文津出版社，一九九五年）頁一二七。原句略覺不暢，括弧的部分爲筆者所加。

⑫ 吳淳邦〈試論中國諷刺小說的界說〉，載《古典文學》（臺北，學生書局，一九八五年）第七集，頁九七八。

騙者，不是騙徒本身，騙徒成爲主角的，只有《十二樓》〈歸正樓〉篇的貝去戎。可惜的是，這篇小說只是李漁「將他平日有關騙術的各種見聞，綴編成一個故事，寄託他勸化世人改邪歸正的意思。」⓭雖然其中有不少巧妙的騙術，人物的形象卻不夠豐滿，貝去戎改邪歸正的理由是因爲騙到上萬錢財，所以忽然想要收手，這理由不能說一定不成立，但實在不夠力量。一個騙徒想要收山必有其內心的掙扎，由於小說對主角的心理刻劃顯然不足，使全篇小說有虛浮之感。

㈢ 戲子

李漁小說在選材方面確有很多突破，除了上述的騙徒之外，戲子和皂隸成爲主角也是首先出現在他的小說中。前者爲《連城璧》子集，後者爲《無聲戲》第三回。

李漁是戲曲大家，在創作和理論方面都卓有建樹，雖然他自己帶戲班演出是康熙六年以後的事⓮，不過李漁劇作最講求演出效果，他對戲班生活定不陌生，所以寫有關戲子的故事也就特別具有眞實感。《連城璧》子集寫戲班中的生旦情投意合，爲了不能結合，便在演出《荊釵記》〈抱石投江〉那一齣時，眞的投江殉情。後爲漁夫所救，演生角的本是讀書人，重拾書本應舉會試，考中了進士之後，做了半年多的官，便隨漁夫歸隱了。這篇小說的結局

⓭ 黃麗貞《李漁研究》（臺北，國家出版社，一九九五年）頁三三九。
⓮ 同前註，頁三七—三九。

可能寄托了作者的理想在裏面，因為李漁長期過著飄泊不定，以向達官貴人打秋風維生的日子，是會嚮往與世無爭的隱居生活的。但隱居談何容易？小說中的主角是當過官，累積足夠的宦囊才隱居的，「作者做不到這一點，『雖不能至，然心嚮往之』，他只好借人物的死而復活來完成這個精神提升的模式了。」⑮但這種寄託不過是作者無意中流露的，不能說作品的主題如此，畢竟小說的重點在於描寫戲子的感情生活。最可憐的是女花旦，上臺要演戲，下臺要與客人週旋，遇到肯出錢的富翁，母親就把她給賣了，看成一棵搖錢樹，根本不把她當人。她想要和喜歡的男演員結合，那是絕無可能。可是感情是長期相處培養出來的，她們每天在戲場上你恩我愛，怎麼不會弄假成眞？然而戲班卻早已防到這一點：「戲房裡面的規矩，比閨門之中更嚴一倍。但凡做女旦的，是人都可以調戲得，只有同班的朋友調戲不得。……做戲的時節，任你肆意詼諧，盡情笑耍。一下了臺，就要相對如賓，笑話也不說得一句。」小說中那對恩愛的戲子，在臺下既不能繾綣，在臺上做假夫妻也好，所以別的戲子怕上臺辛苦，唯有她們怕下臺，其艱難處境實在是令人同情的。這篇小說生動的呈現了當時戲班生活的種種，其社會意義是相當深刻的。

㈣ 皀隸

至於《無聲戲》第三回中的皀隸蔣成，我們曾在前文中介紹過他。他因為太有良心，所

⑮ 楊義《中國古典白話小說史論》（臺北，幼獅文化公司，一九九五年），頁二三〇。

以被稱爲「恤刑皂隸」，人家當皂隸賺大錢，他卻老是吃虧，沒想到相士無心之言叫他改八字，竟因此一帆風順，後來還當了幾任小官，宦囊積到上萬兩之多。這篇小說雖是喜劇，但描繪衙門黑暗相當眞切，亦頗具現實意義。

(五) 醫生

以醫生爲主角的小說過去相當罕見，據筆者所知，可能以胡士瑩先生所藏的殘本《壺中天》⑯第七回最早，也寫得最眞實感人，篇中既充滿了醫理、藥理，也表現了醫生週遭的人情世態。本期話本小說寫醫生故事的是《生綃剪》第九回，這篇小說以有醫德的父親和欺世盜名的兒子行醫的不同態度做對比，又以來習醫的忠厚鄉下人老林穿插其間，內容相當豐富，於吾人了解當時社會行醫的情形甚有幫助。故事寫儒醫瑞禾之子本來依附嚴嵩，嚴倒台後逃回家中，讀了些醫書，半通不通，卻看不慣父親之善良，又瞧不起老林的身分低微，要將他逼走。瑞禾無奈，將經方送給老林，老林垂淚而別，回到鄉下去開業。瑞禾卒，其子承其業而不走正途，結果斷腿、破相，又惹上官司，逃到老林所開的藥鋪中避難，反而替老林提藥箱了。但老林以德報怨，他也幡然改悟，最後走回正途努力學習醫術藥理再重新開業。這篇小說既歌誦良醫，也諷刺不學無術的庸醫，更表現了醫生在當時社會上的地位和行醫情形，

⑯ 本書僅存三回，然殘損得相當嚴重，除第七回完好之外，第六回僅存二頁，第八回僅存上半，已收入上海古籍出版社《古本小說集成》第一批，其刊行年代不明，今依胡士瑩先生列爲明末之作。

也算得上是一篇相當不錯的社會小說。

有趣的是，在本期話本小說中常可見到嘲諷庸醫的情節，如《連城璧》亥集寫庸醫只會人云亦云，「他見眾人說是陰症，無論是何病體，都作陰症醫了，藥不對科，自然醫死，還有什麼講得。」所以作者說：「近來的醫生，那裏知道診什麼脈，不過把望、聞、問、切四個字做了秘方，去撞人太歲。撞得著醫好幾個，撞不著醫死幾個，這都是常事。」《八洞天》卷三寫醫生替莫豪醫眼睛也十分荒唐，本來才只是兩眼紅腫，被兩三個醫生，一個說是外障刮去了眼中的浮肉血筋，第二個批評第一個，說不該刮，給他開了補藥，結果眼睛更看不清了，後來又一個用針，一個用灸，醫來醫去，把莫豪給醫瞎了，所謂：「眼不醫不瞎」，眞是道盡了庸醫之害。不但庸醫，連名醫也往往誤人，《生綃剪》第九回的入話諷刺名醫說：「時症名醫，自死必自傷寒；產症名醫，女死必多產厄；小兒科斷宗絕代，怯病科癆弱傳尸。」從這些描述看來，明末清初的社會庸醫或缺德的名醫必然不少。陳確之言可證：

> 吾輩自讀書談道而外，僅可宣力農畝；必不得已，醫卜星相，猶不失爲下策，而醫固未可輕言。……醫則生殺在手，事係頃刻。聖醫差能不殺人，次則不能不殺人，庸醫則殺人無算。今之醫者，率出次下，故未可爲也。⑰

---

⑰ 陳確〈與同社書〉，《陳確集・別集》（北京，中華書局，一九七九年）頁四八三。

(六) 瞽子

瞽子在早期小說中出現的頻度不高，《古今小說》卷一〈蔣興哥重會珍珠衫〉篇有位賣卦的瞎先生，拎著「報君知」這種響器，穿街走巷替人算命。明清時代瞽子的工作大概以算命的最多，其次是說唱，明人田汝成說：「杭州男女瞽者，多學琵琶，唱古今小說、平話，以覓衣食，謂之陶眞。」⑱在《豆棚閒話》第八則〈空青石蔚子開盲〉篇中的兩個瞽子遲先和孔明，附庸風雅結起社盟，被兩個光棍戲弄，要他們「各罰本領」，結果遲先只好請對方說出八字，幫他算命，孔明則說了一段「李闖犯神京」的故事，又唱了一出戲本。可見瞽子的本領大約不出算命和說唱這兩方面，而又以算命更爲普遍，見下文可知。

瞽子在本期話本小說的地位忽然重要起來，以他們爲主角的小說竟有三篇之多。除《豆棚閒話》外，《生綃剪》第六回和《一片情》第二回也都是以瞽子爲主角，而他們的工作都是替人算命。從這幾篇小說看來，瞽子在當時和僧尼一樣，常是屬於「負面的存在」，尤其在《生綃剪》第六回中的瞽子李新所，更是傷天害理、心狠手辣，作者說：「毒而不瞎者有矣夫，未見瞎而不毒者也。」這比話本小說中常用來諷刺和尙的話：「不毒不禿，不禿不毒；轉禿轉毒，轉毒轉禿。」（《醒世恒言》卷十二）的嘲謔意味有過之而無不及。這位李新所爲了幾兩銀子，便將前來算命的魏玉甫的脖子一口咬斷，手段殘忍之極，在殺人埋屍之後，

⑱ 田汝成《西湖遊覽志餘》（臺北，世界書局，一九八二年）卷二十，頁三六八。

還與家人「笑做一團，全不驚懼半毫」，可說是天良喪盡。後至官府，又不打自招，供出前一年也曾將一個偷了家主首飾錢財來寄放的小使斷送了。殘疾之人本來應該是讓人同情憐憫的對象，在這裡竟轉而成爲被揭發、被譴責的邪惡之徒，在文學史上這樣的形象應是不多見的。

《一片情》第二回〈邵瞎子近聽淫聲〉篇中的邵瞎子就比較令人同情了，他因爲算命頗靈，所以賺了不少錢，就有人貪他的財禮，將花朵一般的女兒許配給他，這女孩對於邵瞎子並無好感，迫於無奈不得不從，所以懷有二心，果然不久便與隔壁的小夥子杜雲通姦。後來姦情敗露，杜雲賠錢請客以示道歉，邵瞎聽鄰人的勸告將妻子送回娘家別嫁，以免惹禍上身，杜雲私討該名女孩，遁到他方居住去了。小說中寫邵瞎子爲防妻子養漢，時時刻刻留心在意，妻子卻有賊智，利用洗衣服的聲響來遮掩，公然在丈夫面前偷漢。雖然作者說：「瞽目之人，只該也尋一個殘疾的做一對才好。」認爲邵瞎子也有錯，對他偷情的老婆顯然十分同情，然而從小說的描寫中，可以令人深刻感受到一個眼不見物的瞎子管不住老婆的悲哀。

《豆棚閒話》第八則的兩位「先兒」，我們也曾在第二篇第二章介紹過他們一面結盟，一面偷吃酒菜，因而幾乎打起來的可笑行爲。不過這篇小說帶有寓言性質，後來蔚藍大仙用空青石爲他們開盲，重見光明之後本該萬分欣喜，他們卻反而哭將起來道：「向來閤著雙眼，只道世界上不知多少受用。如今開眼一看，方晤得都是空花陽焰，一些把捉不來，只樂得許多孽海冤山，劫中尋劫，到添入眼中無窮芒刺。反不如閉著眼的時節，倒也得個清閒自在。」

這可能是作者在身經喪亂之後，所流露出來對亂世的悲慨，不過是借盲人開眼之後的大失所望，來表現當時社會的一片漆黑吧！

(七) 餘論

最後，我們附帶說明幾種題材較爲特殊的人情小說。

第一類是歌頌婦女才華的話本小說。早在《世說新語》中就有〈賢媛〉篇，對婦女的賢淑或才情做了熱情的歌頌。而在話本小說中，才智過人的婦女也出現過不少，如《警世通言》卷三十一助曹可成興家的趙春兒、《醒世恒言》卷二十一用巧智使楊小峰脫困的張淑兒、《二刻拍案驚奇》卷十七中的智勇雙全的女秀才聞小姐、《石點頭》卷十二冷靜報殺夫之仇的申屠氏等，都是有名的例子。本期以歌誦婦女才華爲主題的話本小說有：《無聲戲》第五回，篇中的「女陳平」耿二娘，從小聰明絕頂，有人被魚鉤刺在喉內，她都能想法取出來，流寇之亂時，靠著巧妙的手段不但保全貞操，還從流寇手中取得大筆財富；《連城璧外編》卷三中的顧雲娘，也是靠她聰明的頭腦和神奇的手段幫助懵懂的丈夫重復家業；《飛英聲》〈鬧青樓〉篇的機杼與《無聲戲》第五回略近，都是先用一些小故事表現女主角的過人智慧，然後才進一步在主要故事中讚美她的不凡，如本篇中的慧英小姐能夠查出偷吃鵝肉的丫鬟，後來被賣入青樓，又能憑智慧保全節操，最後還嫁入豪門；還有《西湖佳話》卷六，不但寫蘇小小的才貌雙全，還寫她能慧眼識英雄；《生綃剪》第十八回寫俠婦報殺夫之仇，其形象與《石點頭》中的申屠氏略似；又如《十二樓》中的〈拂雲樓〉篇，也充分表現了梅香能紅的聰明才智。這些小說有些沿襲了前人的寫作方式，但如《飛英聲》〈鬧青樓〉篇與《無聲戲》第五回這種主題明確，純粹爲歌頌婦女而寫作的人情小說，在話本小說中尙屬首見。

第二類是寫龍陽故事的小說。好男風是明清社會的普遍現象，本章下一節論艷情小說時會有詳細說明，這裏所說寫龍陽故事的小說是指純粹描寫男同性戀的小說，而不是狎男妓、玩孌童那種抱著玩弄心態的狹邪小說。清初以前這類小說寫得最感人的是《石點頭》卷十四〈潘文子契合鴛鴦塚〉，篇中的兩位男同性戀者，拋家棄妻，你親我愛，最後更雙雙絕食而死，死後墓樹還生出連理之木，勢若合抱，大有地久天長的意味。此外，明末還同時出現了專寫龍陽故事的三部短篇小說集：《龍陽逸史》、《宜香春質》、《弁而釵》，眞可謂是文學史上的特殊現象。但這種情況到清初就改變了，本期話本小說中僅李漁《十二樓》中的〈萃雅樓〉篇，以及《無聲戲》第六回〈男孟母教合三遷〉稱得上是同性戀小說。〈萃雅樓〉篇還比較駁雜，是三個男人之間的戀情，但其戀情仍算十分堅貞，例如篇中的美童汝修對與他交好的金、劉二人說：「烈女不更二夫，貞男豈易三主？除了你二位之外，決不再去濫交一人。」而金、劉二人亦肯爲他不惜犧牲財富，所以不只是抱著狎玩心態而已。後來好男風的嚴世藩強逼汝修就範，還讓太監將他去勢，可謂心狠手辣，而汝修強忍羞辱，暗訪嚴氏父子罪狀，終於報了大仇。這篇小說中的金、劉二人各有家小，還不能算是眞正的同性戀者，而〈男孟母教合三遷〉篇中的許季芳則認爲婦人有七可厭，他才是只愛男人不愛女人的男同性戀者。小說寫他和尤瑞郎之間的感情糾葛，其錯綜複雜不輸男女之間的戀情，後來兩人還正式下聘成親，婚姻生活恩愛無比，瑞郎爲了終身服侍季芳，竟自己去勢，並開始婦女打扮。季芳死後，瑞郎爲他守節，又撫養前妻之子長大成人，做了龍陽中的「第一個節婦」。其實以現代同性戀心理學的理論看來，這兩篇小說所寫的男同性戀還停留在一個異常的階段，也就是說，小說中的汝修和瑞郎自願扮演女性角色，可能是一種性格上的扭曲，或是爲了感恩圖報的一種自我犧牲。尤其是瑞郎，季芳對他恩深義重，所以他甚至於以自宮、守節來回報，壓在婦女身上的禮教觀念滲透到同性戀中的被動者身上，眞可說是文化怪象。事實上，「大多數同性愛侶中，並無一個扮『丈夫』角色，一個扮『妻子』角色之分。……同性愛者並沒有希望去變性的念頭，亦不會喜歡男扮女裝。」⑲所以說瑞郎只是自我犧牲，不見得是眞同性戀者。這樣看來，李漁對同性戀的認識恐怕也未必是正確的。

第三是以商人爲主角的小說，如：《醉醒石》第十回的浦肫夫，他生性豪邁，樂於助人，把借來的本錢全部送給落難的舉子，後來得到厚報；《照世杯》卷四的穆太公，是靠開糞坑致富的，但他極吝嗇，作者諷刺他連鬧肚子都「肥水不落外人坑」；《人中畫》〈狹路逢〉篇的李天造是一名行商⑳，個性直樸，待人誠懇，雖然被朋友捲走了數百兩銀子的貨物，但最後終得好報；《鴛鴦鍼》卷四寫米行老闆做生意不講信用，結果外出經商時賠光了本錢，

⑲ 李景邦〈同性愛〉，載吳敏倫編《性論》（臺北，商務印書館，一九九〇年），頁一六六。

⑳ 關於行商，請參見下一章的說明。

妻妾又在家裏偷漢，另一位商人則豁然大度，雖然被騙仍能逢兇化吉，篇中有販米、販木之描寫；《五更風》〈聖丐編〉的第二男主角是行商凌振湖，爲人正氣，幾經流離，終獲善報；《筆梨園》〈媚嬋娟〉篇中的江干城到揚州販鹽，卻因嫖妓而將資本花費一空，後來靠揖木過活；《二刻醒世恒言》上函第四回寫兩兄弟哥哥外出行商，弟弟在家開店，不過後來都轉行當官去了；同書下函第七回寫富商到廣東行商的一段遭遇；《五色石》卷四也是寫商人家庭的故事，這篇小說和《二刻醒世恒言》上函第四回皆旨在表現倫理親情，已在上一章討論過了。前述這些描述商業生活的話本小說，篇數雖不算少，不過與明末小說比起來，除了穆太公所開的糞坑，以及《鴛鴦鍼》卷四所寫販木的情形之外，並沒有表現出什麼新意，所以我們就不加以詳論了。另外艷情小說《一片情》也有幾篇是寫商人的，詳細內容請參見下一章的討論。

第四章　艷情小說之佳作——《一片情》

第一節　艷情小說之定義及其研究價值

艷情小說又稱爲「狎褻小說」、「淫穢小說」、「色情小說」等，茅盾先生則乾脆稱之爲「性欲小說」❶。由於這些稱謂本身已經含有一種負面的評價，又不能概括作品的內容，所以近來許多學者已改用比較中性的「艷情小說」一名，林辰先生即說他「贊成這一稱謂，並希望能通行起來。」❷因此本文也採用此一稱謂。其實「艷情小說」一詞早在清末民初已很常見，如民初石印的《株林野史》，在目錄前的書名上就冠上了「艷情小說」四個字，一九〇七年《中外小說林》第一年第七期刊載了署名爲「伯」所撰的〈義俠小說與艷情小說具

❶ 見茅盾〈中國文學內的性欲描寫〉，收入張國星主編《中國古代小說中的性描寫》（天津，百花文藝出版社，一九九三年），頁二〇。

❷ 林辰〈艷情小說和小說中的性描寫〉，收入同前註引書，頁三二。

輸灌社會感情之速力〉，篇中所謂的艷情小說即指《金瓶梅》、《桃花影》等書，又一九一四年《學生雜志》卷一第六期也刊載了程公達的〈論艷情小說〉❸一文，可見當時已常用「艷情小說」一詞了。

關於艷情小說的定義，還是以林辰先生的說法最詳盡，他認爲：「凡是艷情小說，都有性行爲的描寫；但有性行爲的描寫，卻不都是艷情小說。」所以對關於性行爲描寫的小說，必須進一步考察，才能認定是否能稱爲「艷情小說」。他將涉及性行爲的小說分爲三種類型，其說甚詳，筆者將其簡述如下：

一、明顯不屬於艷情小說類，作品的思想內容積極健康，只是在必要時加入性行爲的描寫。

二、介於艷情小說與非艷情小說之間，作品的思想內容有一定的積極的社會意義，或有一定的認識價值，但性行爲的表述也相當多。要分清楚何者爲艷情小說，何者不是，可用「刪節法」，即：如果刪掉那些具體的性行爲描寫，作品不僅不減色，反而增輝，成爲較好的作品，這便不應視爲艷情小說。

---

❸ 上述二文均入陳平原、夏曉虹編的《二十世紀中國小說理論資料》（北京，北京大學出版社，一九八九年），分別見於頁二八六、四五六。

三、純屬艷情小說，其共同特點是充滿了大量的淫行淫事和赤裸裸的性行爲的具體描寫。其間又有區別，一種是確有某種寓意的，一種是除了性刺激描述之外，毫無意義的。❹

如果依照這個定義，那麼本期話本小說只有唯一的一部艷情小說，那就是《一片情》。其他的小說描寫性行爲露骨的也有一些，如《鴛鴦鍼》卷四第三回〈宣淫償熱債大鬧端陽〉中的齊氏、尤氏和王二之間姦情的描寫，《十二笑》第四笑蒙棟和小鬟偷情的描寫，《雲仙笑》〈平子芳〉篇丁氏和都士美在流寇殺進城時，還在破屋中盡情淫樂的描寫，都達到相當淫猥的程度。不過將這些露骨的性描寫刪除，並不影響小說情節的發展，也無損小說的社會意義，所以這些小說還不能稱作艷情小說。《一片情》就不同了，全書十四篇小說幾乎沒有一篇可以將性行爲描寫刪除的，一旦刪除則往往只剩下一個空架子，所以每一篇都是標準的艷情小說。

我們在前文中曾定義「人情小說」爲：「以家庭生活、社會生活、愛情婚姻等爲題材，以普通的人情事物爲對象，反映現實生活的小說。」那麼艷情小說算不算是以普通人情事物爲對象，反映現實生活的人情小說呢？嚴格說來，如果是那種「除了性刺激描述之外毫無意

❹ 同註二，頁三四—三七。

義的」艷情小說，並不合於普通的人情，只能說是一種低俗的、宣淫的文字春宮圖，稱不上是人情小說。不過如果將這些性行爲的描寫放在家庭生活、社會生活中，而又含有某種寓旨的話，就應該承認它也是一種人情小說，所以有學者認爲艷情小說是「以寫市民的性愛和情欲爲主，將性愛世界的愉悅與貪淫縱欲而招致的懲罰混雜在一起，或告誡，或宣染，或擊節贊嘆，或貶毀醜化，成爲明末清初人性（情）世態小說中很突出的一部分。」❺而《一片情》正是一部內容豐富，具有寓旨的艷情小說，所以入於人情小說之列是毫無問題的。

有不少艷情小說純屬宣淫之作，像《株林野史》之類，不但缺少文學的美感，連社會意義或認識價值也談不上。但不能否認也有不少艷情小說具有較高的價值，例如劉達臨先生評價《痴婆子》一書說：「簡直是一部女性性心理學的教科書，（和《金瓶梅》）都具有十分重要的歷史的、社會的、文化的意義。」❻他總評這一類的小說云：「不少性小說有它深刻的社會意義，從而直至今日對社會還有相當大的影響。至於性交描寫，有的服從於主題需要，因而是必要的；有的則是譁眾取寵，發洩畸形心態，毫無價值，並會造成不良影響，也不能一概而論。」❼其論評相當中肯，我們不能毫無選擇的將所有的艷情小說照單全收，但也不

---

❺ 杜守華、吳曉明〈試論明末清初艷情小說〉，《上海師範大學學報：哲社版》一九九三年一期，頁二〇—二三。

❻ 劉達臨編《中國古代性文化》（臺北，新雨出版社，一九九五年）頁一一七三。

❼ 同前註引書，頁一一七七—一一七八。

必把它視爲毒蛇猛獸，加以全盤否定。《一片情》既然是一部內容豐富，具有寓旨的人情小說，雖然它有露骨的性描寫，但其社會、文化，甚至文學價值都是不容抹煞的。

第二節 《一片情》對婚姻弊端的揭露

黃霖先生曾對《一片情》一書進行過頗爲深入的探討，他將本書定位爲一部暴露封建婚姻弊端的艷情小說，提出該書展示了擇配不當（包括年齡不當、才貌不當、性能力不當等三方面）、夫婦別離分居、婚姻不全所造成的婚姻悲劇。並分析這部小說所宣揚的「情」、所描寫的「性」具有下列三種特色：首先，「它既不宣揚蕩情，也不主張抑情，而是比較傾向于自然地對待人生的情欲。……它提出對於情的正確態度是……把男女之情只是看作一種機緣，之前不刻意追求，來時不做故意遏制，去後絕無留戀之意，任憑其自然地發展。……這種『任其來，任其去』的思想在當時包含著尊重人性人然發展，尊重個性獨立自由的意義。」其次，「《一片情》的特色還表現在對於女性之情比較同情。」第三，「《一片情》追求男女之『情』，不僅僅爲了滿足肉體上的快感，而是企求多方面的和諧。」所以他的結論是：「它確有某些高於俗作的地方，這也就是它能較好地暴露封建婚姻弊端的基礎。」❶

---

❶ 黃霖〈試論《一片情》〉，《社會科學戰線》一九九三年二期，頁二五〇—二五五。

當然，上述對於《一片情》一書的肯定是相對而言的，也就是和一般的艷情小說做比較時，顯示出的這部書有其高明之處，以及值得重視的價值。黃先生沒有過度推崇這部書的整體價值，在提出它的優點的同時，也指出了不少它的不足之處，例如說本書「有時肆意鋪陳淫情，有時則歌頌貞女節婦，有時也點到因果報應。」又說：「《一片情》中的多數作品，應該說也是停留在描寫女性追求性欲滿足的低層次的水平上。」這些部分，都是《一片情》不能免俗的地方。但黃先生認爲，在個別篇章，如第三回桂香與羅氏的婚姻、第十三回謀天成和愛姑、霍小姐之間的感情，就能夠將姻婚建立在恩愛、和諧的基礎上，超脫了單純追求生理上的滿足，這兩篇的內容和思想境界，就大大超越了一般的艷情小說。

黃先生的論文雖然精彩深入，抑揚的分寸也拿捏得宜，但還是不免有誇大之處。例如他說第一回的新玉、第二回的羞月、第三回的羅氏、第五回的如花、第九回中年輕守寡的三個媳婦、第十二回的掌珍，「她們之所以逾越禮法，從偷情走向絕路，都是由於最基本的夫婦生活不能得到滿足，做一個女人的基本權利受到了限制，而不是她們本性淫蕩，生來『欲火尤甚』。作者在表現她們的『偷情』時，也往往是有限度的。……總之，她們的越法偷情都是由于本性受壓後，『逼上梁山』的，因而也是頗可同情的。」但是第二回的羞月，她的丈夫是極寵愛她的，「愛惜得勝如金寶，只去溫存老婆，把生意都丟冷了。」不能說在情慾上得不到滿足，她之所以外遇是因爲嫌丈夫是瞎子，覺得配不上自己。她勾搭隔壁的年輕小夥子杜雲也罷了，卻欺丈夫看不見，大膽在丈夫面前和情夫交媾，這樣的行爲實在不能說是值得同情的，反而會讓讀者覺得她瞎眼的丈夫才是可憐的受害者。而第五回的如花，她同時和喜哥、醜奴兄弟姦淫，「喜哥質雖美，而肉具平常；醜奴貌雖陋，而本錢堅久。所以如花以雙手摟住喜哥，剁嘴咂舌，滿身爽快；以兩腿勾著醜奴，沒稜露腦，遍體酥麻。」既貪兄之貌，又愛弟之性能力，於是一身供二人所用，庶幾兩全其美。淫亂至此，怎能說她不是本性淫蕩，又怎能說作者表現其偷情有限度呢？還有第九回的三個媳婦，她們也是同時同床與一男子交媾。守寡固然値得同情，但如此集體淫媾，「使兩性間的醜的藝術公開化、集體化，表現性的自由與瘋狂。……一切神聖的原則，純潔的情感，都蕩然無存了。」❷如此行徑，又怎能說她們不是好淫，而是『逼上梁山』？何況她們的結局一爲娼，餘二人皆被後來的丈夫虐死，「一個個都遭其報」，安在作者對她們表示同情呢？所以筆者覺得，黃先生爲了證明本書作者「對於女性之情比較同情」的論點，多少扭曲了小說中的事實。

那麼究竟作者對女性是否抱同情的態度呢？有些地方似乎是應該予以肯定的。如第一回寫老夫少妻的故事，少妻偷情事發，後來抑鬱而亡，作者在篇末就對少妻毫無譴責之意，反而歸咎於老人娶美妾。又如第七回中的勝兒，丈夫一去兩年，留下她獨守空閨，見到調戲她的年輕人送所的汗巾上有交頸鴛鴦時，想道：「我家公在日，這樣事也有。今丢了我兩年，全不念我青春虛度，把好時節都將來錯過了。」「不覺腮邊掉下淚來」。字裏行間，似乎對

❷ 謝桃坊〈論明清艷情小說的文化意義〉，《社會科學戰線》一九九四年五期，頁二二二。

守活寡的婦人充滿了憐憫之情。此外，作者還能站在尊重人性的立場，肯定婦女追求性慾滿足的合理性，如第一回道：「男情女慾，總是一般的，而女猶甚。」這和《明代嫖經》第一條所說的：「男女雖異，愛欲則同。」❸同樣提出了：「女人也是人，在人格上、愛慾上男女平等。」❹的公平主張。更難得的是，本書還描寫在性行為時，男方如何幫助女方獲得高潮，表現出在性方面男性對女性的尊重，和《金瓶梅》中的西門慶，或《肉蒲團》中的未央生那種充滿攻擊性，有時幾近虐待狂似的暴力型性行為不可同日而語。魯德才先生說：「性愛小說普遍描寫了男性性慾中那種侵略慾和征服慾，那種使性對象完全屈服或不達到遍體傷痕便不足以獲得滿足的虐待慾。」❺這種情況，在《一片情》一書中極少出現，相反的，它對婦女性需要的滿足表現出較多的關心。

必須要補充說明的是，中國古代的房中書如《素女經》、《玉房秘訣》❻之類也強調女

❸ 此書收入明朱元亮輯注之《青樓韻語》，此處轉引自劉達臨編《中國古代性文化》（臺北，新雨出版社，一九九五年）頁九三八。

❹ 同前註所引劉氏書，頁九二九。

❺ 魯德才〈古代性愛小說的性心理意識〉，載張國星主編《中國古代小說中的性描寫》（天津，百花文藝出版社，一九九三年），頁七三。

❻ 二書收入宋書功編注、評介的《中國古代房室養生集要》（臺北，百川書局，一九九二年）一書，頁一六七—二〇一、頁二四四—二五七。

性到達高潮的重要，如《素女經》謂：「女快意，男盛不衰，以此爲節。」❼但誠如鍾雯氏所言：「它雖然一再強調男子對女子性行爲和性需求的理解，強調在每次性交中女子達到高潮的必要性，但是，這並不是出於對女子性權利的考慮，讓女子和男子一樣獲得平等的、自由的生命快樂，而是爲了讓男子更充分的吸收女子陰道的分泌物，滋補男子，提高其性能力及其他能力，滿足男人對於女人的強暴心理。」❽例如《玉房要訣》說：「採取其精液，上鴻泉還精，肌膚悅澤，身輕目明，氣力強盛。……數數易女則益多，一夕易十人以上尤佳。」❾所以魯德才先生說：「原始道教的房中術，某些內容有利於性生活質量的改善與提高，但房中術也被封建社會的上層用來爲自己服務，做爲他們放縱荒淫的工具與藉口，成爲壓迫女性和訓練女性取悅於他們的理論根據。」❿明清艷情小說有不少採用了所謂「採補術」的模式來描寫性愛，如《昭陽趣史》、《禪眞後史》、《濃情快史》等，在小說的描寫中，可以看出這些採補術都是利己而非利他的，在《昭陽趣史》中，紫衣眞人和狐精所化的婦人交接，就是爲了取她的「眞陰」，《禪眞後史》五十四回，沈氏在與嵇和尚的一場床上之鏖戰中，由於和尚借丹藥之力，又「暗運坎離」，沈氏竟脫陰而死。可見採補之術對對方是一種折磨，

❼ 同前註引書，頁一六九。

❽ 鍾雯《四大禁書與性文化》（哈爾濱出版社，一九九四年）頁八九。

❾ 同註六引書，頁二四五。

❿ 同註五引文，頁七六—七七。

房中書所強調的女性性高潮絕非出於對女性的尊重。

《一片情》第十四回也提到「採陰法」，然而作者卻將採補術損人利己的因素剔除了，相反的，男方極力奉承，只想為女方情慾的滿足而服務。和其他的艷情小說比較，《一片情》一書的確是較為尊重婦女情慾的，而「那些對性欲抱肯定態度的文化，往往也對婦女抱肯定的態度。」⑪因此，上述這些尊重婦女情慾的情節，也可以看做本書作者同情婦女的表現。

此外，作者對寡婦改嫁的態度是：「我想婦女再醮，雖非節婦之所為，然較之偷情養漢，則彼高多。」（第三回）在第九回中，作者更勸年輕寡婦趁早改嫁。這和當時流行的伊川所謂：「餓死事極小，失節事極大。」⑫的說法大唱反調，比起當時一些不知尊重女權的文人，一味強迫婦女守節、不許寡婦改嫁，當然也是高明許多的。

以上我們論證了《一片情》有關同情婦女之情的部分，其中確有不少值得肯定的進步意義。不過仔細檢視全書，會發現作者對女性的同情實在是不夠徹底的。首先，作者心目中的女性似乎都是水性楊花，隨時會被勾引。例如第一回勸老人家「不可容留少艾在身邊」，是因為：「以少配少，若有風流俊俏的勾引，還要被他奪了心去，而況以老配少。既不遂其歡

⑪ 珍尼特等著《婦女心理學》，轉引自李忠昌〈性心理的兩極對立與性文化的二元互補—試論中國古代小說的性心理描寫〉，載同註五引書，頁一一二。

⑫ 見《二程遺書》（上海，上海古籍出版社，一九九二年）卷二十二下〈伊川先生語〉八下，頁二三五。伊川此言即針對婦女再嫁而發。

心，又不飽其慾念，小則淫奔，大則蠱毒，此理勢之必然。」第五回說：「做妾的心腸，……一旦花朝月夕，有少年勾引，未有不踰牆相從的。」這兩段話已十足表現出對婦女感情的不信任，但還可以說是因爲婚姻不美滿（嫁給老人），或受到不公平的待遇（爲妾），情有可原。可是第六回卻說：「莫說老婆老了，不偷漢子，便不提防。」第七回亦謂：「人家妻女，斷要防閑，不許他燒香拜佛，玩水遊山。……倘遇一個遊花，貪你姿色，暗裏通鈞、忙中放箭，常被人竊了去。雖你十分硬掙，當他軟求不過，自不覺要走了爐。如水本就下，有人壅之，則向上流了。婦人水性，往往如此。」可見作者根本認定女人不可信任，不可讓她外出，甚至於老了都還可能出事。書中許多開明的意見，其實是從這一點出發的，例如第九回勸年輕寡婦早嫁，並不完全是站在同情寡婦的立場，而是認爲寡婦必然熬不住情慾，早晚會「做出事來」，到時就悔之晚矣！

其次，黃霖先生將本書定位爲暴露婚姻問題之作，其實也可以說它是一部外遇大全，因爲全書十四篇小說，除了其中三篇寫寡婦偷情之外，其他各篇都在討論外遇問題。這十一個外遇個案的案主又以女性佔絕大多數，而作者顯然是站在男性本位的立場來看婦女外遇的問題，在整部小說中，他一再提醒讀者要防這個、要防那個，好像妻子隨時都會紅杏出牆似的。在第八回，他又提出若要防止妻子外遇，則丈夫必須具備幾個條件：一、要養得他活。二、要管得他落。三、要有本錢，中得他意。這意見本也平常，但作者又強調：「三事之中，大本錢尤其要緊，若沒這本錢降伏他，莫說茶前飯後，都是鬧的。」話中顯然帶有輕蔑之意，好像婦女是爲情慾而生，少了情慾的滿足就要惹事，這樣，又未免將女性看得太動物性了。

再以小說的結局來分析，也可以發現作者面對婦女外遇問題時的矛盾心理。書中所寫的女性外遇可分爲以下三類：

第一、因婚姻不幸而有外遇。如第一回中的新玉，嫁給了將近六十歲的符成，性慾不能得到滿足，於是當燕輕來勾引時，一拍即合。第二回中的羞月，嫁給邵瞎子爲妻，不滿意丈夫的殘疾，於是和丈夫的好友杜雲通姦。第五回中的如花，是牛參將的外室，因爲空閨寂寞，所以和喜哥兄弟通姦。第八回中的水氏，因爲丈夫性無能（早洩），於是和擁有大本錢的賈空通姦。第十二回中的掌珍，因爲嫁給十二歲的孩童，不能滿足情慾而被丈夫年齡較長的同學姦騙。第十四回中的巧姐，嫁給年近半百的裁縫，裁縫好酒不好色，巧姐於是和裁縫的徒弟通姦。

第二、因丈夫遠行而有外遇。第七回中的勝兒，丈夫外出兩年，空閨寂寞，所以見到俊俏的後生溫柔時，便有了相思之意，先夢見與溫柔偷情，後來邪廟中的和尙活無常與溫柔合作，將她強姦了。

第三、因本身淫蕩而有外遇。如第十一回中的郎氏，看上年輕小伙子巴不著，千方百計與他成姦。又如第十回中的巧姐，雖然丈夫不重色是她外遇的原因之一，不過作者說她「乃狂騷之物，且少年有色，如何遏得這慾火炎蒸？」

外遇婦女的下場則可以分成四類：

第一類、因抑鬱而病故：第一回的新玉、第七回的勝兒。

第二類、被丈夫所殺：第八回的水氏、第十四回的巧姐。

第三類、與姦夫遠走高飛：第二回的羞月。

第四類、不了了之：第五回的如花、第十一回的郎氏、第十二回的掌珍。

綜合言之，本書所表現女性外遇的最大原因在於婚姻不幸，其次是丈夫遠離，而本身淫蕩亦是原因之一。從結局來看，作者表現出一種在道德上搖擺不定的心態：水氏因丈夫性無能而紅杏出牆，巧姐因丈夫在性方面冷落她而與徒弟成姦，她們的外遇也有值得同情之處，可是卻落得身首異處的下場；最可憐的是勝兒，她雖然對溫柔有意，但實際上是被強姦，她是受害者，卻得到病亡的報應；嫁給老人的新玉也是比較無辜的，卻也病故了，而淫蕩的郎氏反而沒事；羞月公然在瞎眼的丈夫面前和情夫交媾，卻得與姦夫遠走高飛。似乎該受懲罰的逍遙於法理之外，無辜受害的反而要背負「萬惡淫爲首」的報應，再和前述那些失節寡婦的不幸下場一起看，很難說作者是否對這些婚姻不幸的婦女眞心表示同情。

也因爲如此，對本書作者的思想境界，並不能做過高的評價。尤其對感情的描寫更爲低俗，即使比較受到黃霖先生肯定的第三回、第十三回這兩篇，也只能說比其他的艷情小說稍見高明而已。事實上，第三回中的桂香本是助紂爲虐之徒，他本來是惡僧六和的龍陽，「雖生得標致，但有一著癖病，後庭極喜人幹。……卻說那六和又是善幹的，兩個如膠似漆，恩義兼盡。眞像鄉下夫妻，一步不離，行住坐臥，就如合穿褲子一般。」六和要逼娶寡婦羅氏，他扮成新郎來與她行禮，新婚之夜再由六和來姦淫羅氏。不久，他爲了佔有羅氏，幫助鄰人馮炎等設計要脅六和，勒索了六和的全部財產，然後與羅氏遠走高飛。可見六和固然可惡，如果我們對同性戀不帶歧見的話，那麼桂香既然已經和他「如膠似漆，恩義兼盡」，如夫妻一般，當初要姦騙羅氏，六和說：「明日到手，與你均沾其惠，好麼？」桂香聽了此話，也是「滿心歡喜」，他們既是兄弟，也是情人，更是同謀，怎麼反過頭來陷害六和？讀者固然可以說桂香是改邪歸正，大義滅親，這並非不可能，也應該才是合理的安排，但小說沒有給我們這樣的預期，只見桂香既幫助六和陷害羅氏在前，又幫助馮炎陷害六和在後，最後卻能和羅氏百年好合，作者還說是：「天之報善人如此。」其對善惡的判斷實在是很可議的。作者如果能在小說的前半部伏下桂香被迫與六和同流合污的情節，更不要說他「後庭極喜人幹」，則桂香的表現便不致如此前後矛盾，那麼他和羅氏的感情也就比較能夠取信於讀者了。

第十三回中的謀天成亦不能眞誠對待結髮妻子，爲了經濟問題其妻好心讓他別娶，他安之若素，並無良心上的掙扎，除了和新夫人盡情淫樂之外，又和婢子春燕狂蕩，黃霖先生說他們之「所以能達到『夫婦同諧』的樂境，不僅僅是由於性生活的和諧，而更重要的是他們相互恩愛，感情融洽。」但這些情愛實在都是扭曲的，並不眞實，尤其新夫人是大官的小姐，何等嬌貴！當她得知丈夫早有妻室卻欺騙她，卻不但不生氣，反而立刻接納，還說：「丈夫娶妾二三個也不爲多，況止一人。」這恐怕都是作者的白日夢吧！雖然這在當時是常態，不必太過苛責，但至少表示作者的思想境界並未曾超越一般的世俗。

《一片情》作者的思想境界雖然不算極爲高明，但書中對於婦女性需求的尊重、對於婦女處境的同情等，確實有其進步的一面。他對婦女的同情態度雖然還有不徹底之處，但至少表達了相當的誠意。《一片情》在揭露婚姻弊端方面的貢獻，黃霖先生已有深入論述，筆者大體上認同他的論點，只在少數地方提出一些質疑，並且略加補充而已。

第三節　《一片情》對社會生活的展示

筆者認爲，單從婚姻問題切入，還不能看到《一片情》一書的全貌，因爲這本小說不僅在暴露婚姻問題，特別是在探討外遇問題上有其深度，而在反映社會面貌上也有其廣度。一般的艷情小說常是「社會背景隱沒」的❶，而本書卻以一幕幕的風俗畫面，展示了當時社會的豐富面貌，具有較高的社會意義。

全書十四篇小說中的主要人物，以商人較多。第一回的符成是個坐商，他靠「收絲棧米」，賺了「萬餘家業」，「終日營營，只在利上著腳」。據黃仁宇先生的研究，晚明商人如果經商成功，「通常將一部分資金購置田產，

---

❶ 謝桃坊〈論明清艷情小說的文化意義〉，《社會科學戰線》一九九四年五期，頁二一九。

而成爲商人兼地主。」❷符成也不例外，他「南山有園，北村有屋，東邊有田，西邊有蕩。」

可以說是一個大地主。符成既有財，自然有勢，所以雖然在床第之間已經力不從心，但處理大事卻相當明快。他在發現愛妾新玉有了外遇時，非常冷靜，並不張揚，謂：「我養你的廉恥，不言。」只將她軟禁起來，不許她再外出。至於她的情夫燕輕就沒有這麼幸運了，符成派狠僕符助用五股扠將他扠死，然後一把火燒成灰燼。符成主僕殺人滅屍，毫不猶豫，足見他心狠手辣的財主手段。

第四回的生生和第七回的谷新則是客商，所謂客商，爲：「經常行旅之商人，以別于坐商。」❸「客商旅行每次都在半年以上」❹，谷新則一去兩年，所以才會讓他的老婆勝兒因空閨寂寞而和挑逗她的年輕人眉來眼去，以致後來發生被和尙與閒漢聯手強暴的悲劇。生生更離譜，他十八歲時就和表叔方侔義外出經商，一去十餘年，回來的時候兒子都十八歲，也開始外出經商了。作者說這是「徽州鄉風」，年輕的時候必然要打發出外生理，「男兒志在四方，豈甃於妻兒枕邊！」徽商在明代是極有名氣的，萬曆時人謝肇淛曾說：「商賈之稱雄

❷ 黃仁宇〈從三言看晚明商人〉，載《放寬歷史的視界》（臺北，允晨文化公司，一九九二年），頁八。
❸ 同前註，頁九。
❹ 同前註，頁一一。

者，江南則稱徽州，江北則稱山右。」❺可見當時徽商和山西商人是當時執商界牛耳的兩大勢力。《豆棚閒話》第三則謂：「徽州俗例，人到十六歲，就要出門學做生意。」生生十八歲才被打發出門，算是比較晚的了。生生奉父命和表叔，「拿了這五百兩本錢到地頭傾消，置了南北生熟藥材到北京貨賣。」傅依凌先生說：「北京之在元明為政治的首都，同時又是商業的都市，所以徽人亦多在其地兜攬各項商業。」❻可見徽商到北京做生意是常見的，不過傅先生〈明代徽州商人〉一文所舉出他們所從事的十幾種行業中，並不見有賣藥材這一行。

生生在北京娶妾花了不少錢，眼看囊中快癟了，其妾竟想和妹妹聯手弄死生生，然後轉嫁。生生知道後，將她休了，拿了剩下的一百多兩銀子，和表叔「竟往湖廣做乾魚生理，……做了十餘年，已賺起數千金來。」他們裝載魚乾，在蘇州閶門街上發賣，這時生生的兒子潤兒也「做些乾魚，於蘇州閶門外發賣。」正好和父親碰見，可是二人並不相識，由於潤兒急於尋親，想要將剩下的乾魚賤賣，於是和生生發生一場糾紛：

生生偶然在側聽得，便大怒道：「你這兩桶乾魚，折去有限，行價一跌，我這幾千兩

❺ 謝肇淛《五雜俎》，轉引自張海鵬、王廷元主編《明清徽商資料選編》（合肥，黃山書社，一九八五年）〈前言〉頁一。

❻ 傅依凌〈明代徽州商人〉，載《明清時代商人及商業資本》（臺北，谷風出版社，一九八六年）頁八○。

乾魚，爲你一人，折我多少？」彼此一句不投，相打起來。潤兒就把生生推了兩交。

可知當時商場上自有行規，隨便賤賣貨物破壞行情是不被允許的。賣乾魚比起徽商的主業如鹽業、糧業、木業、茶葉業等不算是大生意，所以傅依凌先生在〈明代徽州商人〉一文中也沒有提及。不過《見聞記訓》一書曾記載一段冤案，說有許阿愛等三人替徽商程琳載貨，因雇金談不妥而生爭執，程琳就誣告他們盜取他的「米、布、乾魚等各若干」，並且取乾魚一包爲贓物，賄賂里長將許阿愛等人告到州裏，這三個人竟因此而家破人亡。❼這個故事表現了徽商的以財殺人，著實可惡，不過這和本文無關，引此只是要說明乾魚也是徽商經營的貨物之一。後來生生和潤兒父子團圓，他們將乾魚賣了之後，也有三千多兩銀子的利潤，可見乾魚生意也是獲利頗豐的。

商人以外，本書還批判了兩個惡僧，即第三回的六和，以及第七回的活無常。關於和尚爲惡，我們曾在上一章討論過，也曾引用第《一片情》第三回正文前的議論，來說明本期話本小說對僧尼干犯色戒的同情態度。在艷情小說中，僧尼出現的頻度是相當高的，甚至有專寫僧尼淫史的小說集，名爲《僧尼孽海》。何以原本應該要清心寡慾的出家人，反而經常成爲艷情小說中的要角呢？這恐怕是對禁慾主義的一種反動吧！英國哲學家羅素曾說：「從心

❼ 見註五所引《明清徽商資料選編》，頁一九六。

理學的立場看來，性的慾望和飲食的慾望是完全類似的。我們要是將性的慾望忍禁著，它就會大大地增高；我們要是滿足了它，它就會慢慢地平靜下去。當性的慾望緊急的時候，它使我們萬事不想，專想這事，……那時的人可以做出異常的事來。」❽又說：「很明顯的，凡對性抱這樣態度（認爲性是污穢的，守童身是神聖的）的地方，性關係多半係獸性的、粗暴的，有如禁酒令下的偷喝一般。」❾用這兩段話來解釋僧尼的犯色戒，而且做出一般人做不到，甚至於想像不到的性犯罪是貼切不過的。強迫僧尼禁慾的結果，反而使他們滿腦子的色情，所以在艷情小說中，和尚、尼姑除了整天思想如何宣淫之外，什麼事也不做，而一旦找到發洩的對象時，便會做出「獸性的、粗暴的」種種「異常的事來」。《一片情》第三回說和尚：「做一個人，反把陰陽亢而不雨，情慾鬱而不伸。所以一經他手，則千奇百怪，俗人做不出的，都是和尚做出來。」就是這樣的道理。

另外，也可能和明代後期僧尼素質的大幅滑落有關。艷情小說出現於明代中葉以後，在當時，僧尼的數量極爲龐大，弘治九年禮部給事中屈伸上疏說：「天下僧道額設不過三萬有餘，自成化二年以來，三次開度，已逾三十五萬。」❿這雖然是包含僧道而言，但即使減半

---

❽ 羅素〈性在人類價值中的地位〉，原載《婚姻與道德》（臺北，環華百科出版社《諾貝爾文學獎全集》第二八冊），頁六五五。

❾ 羅素〈基督教的道德〉，同前註引書，頁五〇三。

❿ 《孝宗實錄》卷一一三，引自《明實錄類纂·文教科技卷》（武漢，武漢出版社，一九九二年）頁九八八。

也很可觀。短短三十年就發出近二十萬張僧尼的度牒，估計到明末僧尼的數量當近百萬，難怪據沈榜的《宛署雜記》卷十九記載，單是宛平一縣就有寺二百一十一、菴一百四十。這是萬曆二十年左右的情形⓫，這麼多的寺庵和僧尼，而其中大多數並不是眞想學佛而出家的，他們或迫於衣食，或因爲迷信（如說小孩命不好需捨身入寺庵之類），他們雖然出家，卻未能斷絕七情六慾，作姦犯科的事便不斷發生，所以到了晚明，僧尼的形象相當惡劣，小說戲曲對此多所反映。僧尼既然給人不良的印象，而他們應該比一般人更守戒律的要求，和他們的爲非作歹成了尖銳的對比，因此他們一旦作惡便很自然的會成爲街頭巷尾的談論話題。清初的俗諺說：「無法子就做和尚，和尚見錢經也賣，十個姑子九個娼，剩下一個是瘋狂，地獄門前僧道多！」⓬眞是道盡普通百姓對僧尼的厭惡之意，也說明當時人好談論僧尼犯罪之事，才會編成諺語來流傳。僧尼犯罪的事件中，又以干犯色戒最令人好奇，所以艷情小說也就加以大量取材了。

由於男同性戀在明末清初是普遍現象，很多有名的作家都自己承認是同性戀者，如袁中道說他年老多病，不得不戒酒色，可是「惟見妖冶龍陽，猶不能無動。」⓭鄭板橋（一六九

⓫ 沈榜《宛署雜記》（臺北，古亭書屋，一九七〇年）卷十九，頁一九五、二〇〇，書前有作者萬曆壬辰（二十年，一五九二年）的自序。

⓬ 野上俊靜《中國佛教史概說》（臺北，商務印書館，一九八九年）頁一七六。

⓭ 袁中道〈與錢受之〉，錢伯城點校《珂雪齋集》（上海古籍出版社，一九八九年），頁一一〇二。

三—一七六五）在〈板橋自敘〉中自稱：「酷嗜山水。又好色，尤喜餘桃口齒、椒風弄兒之戲。」⑭名詩人錢謙益、吳偉業、龔鼎孳、陳其年等曾爭寵優人王紫稼，吳偉業還寫了一首有名的〈王郎曲〉⑮。文人如此，和尚搞同性戀則更是司空見慣，《警悟鐘》卷一中的石堅節，被哥哥送入佛寺，法名宗無，「眾和尚見宗無生得標致，魂魄飄蕩，恨不得一碗水吞他下去，你一句，我一言，你一把，我一捏，將他調戲。」《飛英聲》〈風月禪〉篇中的月華和尚，十五歲時被師父強姦，師父還說出一堆歪理，謂：「我們做和尚的名雖師徒，實則夫婦。尋的小徒弟，只叫娶個養媳婦。巴到你今日這樣年紀，方纔并親。」這都是本期小說所呈現的宗教怪象。《一片情》中的這兩個惡僧也不例外，前文已提過第三回的六和與桂香「如膠似漆，恩義兼盡」，如夫妻一般，第七回中的活無常也是「極好男風」，男主角溫柔便是他的老相好。這種好男風的心理嚴格說來其實未必稱得上是同性戀，他們並不像《無聲戲》第六回中的許季芳和尤瑞郎那樣，是眞正的情投義合，許季芳厭惡女人，說：「婦人家有七可厭。」尤瑞郎爲了他，則乾脆自己閹割了。和尚的同性戀，則不過是將對方當作洩慾的工具，「更多的是動物交媾性的生物活動，只貪求滿足感官之樂。」⑯所以他們不僅好男風，

---

⑭ 鄭燮〈板橋自敘〉，舍之編《板橋家書》（大連出版社，一九九六年），頁二五六。

⑮ 矛鋒《同性戀文學史》（臺北，漢忠出版社，一九九六年）頁一〇七—一〇八。

⑯ 魯德才〈古代性愛小說的性心理意識〉，載張國星主編《中國古代小說中的性描寫》（天津，百花文藝出版社，一九九三年），頁七五。

也同樣愛女色。

第三回有一段有趣的描寫，謂：「一日，六和令道人將玉版師爛熓⑰些倚欄菜，與桂香同飲般若湯。」兩人正喝得高興，忽然聽到徒弟們在外面叫道：「飯鍋焦！」他們聽見後，趕緊奔了出去。這段描寫中的對話是什麼意思呢？原來他們使用的是「僧家諱語」：

> 酒呼為般若湯，肉呼為倚欄菜，雞呼為鑽籬菜，魚呼為水梭菜，羊呼為氈籬菜，筍呼為玉版師，袈裟名為無垢衣，離塵服忍辱鎧，瞧婦人則呼為飯鍋焦。

所以前一句話是說他們將竹筍煮肉下酒，而「飯鍋焦！」就是說：有婦女上門了。他們一聽到婦女上門，酒鍾都丟了，趕忙奔出，後來看到美麗的寡婦羅氏，「眞是狗子見了熱脂油，又貪又怕。」可見六和與桂香雖然是同性戀關係，但兩人都好女色，且都僅是動物性的慾念而已。作者用所謂的「僧家諱語」來表現寺廟和尙的墮落生活，在詼諧中又不失眞實感，達到頗為傳神的效果。

第七回則揭露了佛寺利用人們迷信的心理，騙財騙色的罪狀。活無常築了幾間精舍，「內埋一缸，下通地道，凡有人求問吉凶，……他便從道中詭以為神答應。所以那些愚夫愚婦，

---

⑰ 熓字的意思是「火熄也」（《中文大字典》頁八八〇〇引《字彙補》），用在這裏意義不明。

愈加敬重。……一有些病痛，都求那缸內，問生問死，任他愚弄。」後來也就利用缸神來騙勝兒婆媳分住在精舍，再從地道出來強暴勝兒。在《僧尼孽海》中，寫了好幾個有關和尚假扮神佛引誘婦女前往求子而行姦淫的故事，如〈水雲寺僧〉、〈閩寺僧〉、〈嘉興精嚴寺僧〉等篇皆是，《醒世恒言》卷三十九〈汪大尹火焚寶蓮寺〉篇也是類似的故事，這種以求子心理來誘騙婦人的故事，在當時比較常見，像《一片情》第七回這樣情形的則較爲少見，可知本書作者在取材方面不落俗套，也因此本書才能展現較爲豐富的社會面貌。

本書還寫了靠手藝維生的匠人的生活，如第八回的剃頭師父賈空，以及第十四回的裁縫俞木。第八回描寫了剃頭師父在街上叫喚生意，以及兼做挽臉的情形，謂：「鄔鎮鄉風，恁你美貌的佳人，妖嬈的女子，要他開臉。」開臉就是挽臉，又稱絞臉。賈空在樓下對水氏喊道：「阿娘，絞臉！」水氏便喊他上來，「賈空忙把線兒來絞」，一面絞一面與她調情，後來有了姦情，被水氏的丈夫一人一刀砍殺了。第十四回的裁縫收了兩個徒弟，自己只愛喝酒，又經常出外做活，所以師娘和徒弟倆都通姦了，又由於師娘較喜歡二徒弟，大徒弟忌妒，便向師父告狀，師父捉姦時大徒弟逃跑，師父便將師娘和告狀的大徒弟充當姦夫淫婦殺了。這裏還值得討論的一點是，兩篇小說都寫了丈夫殺死姦夫淫婦之後，告官請賞的情形，如第八回水氏的丈夫將賈空和水氏殺死後，官府竟然將他「賞銀二兩放回寧家」，十四回師父也是將妻子和徒弟的頭拿去領賞。我們現在看來，這是不可思議的，然而元以後的律法，的確是容許本夫有捉姦之權利的，而且，「夫於姦所獲姦登時將姦夫姦婦殺死是不論的」⑱。至於殺死姦夫後領賞，律無明文，不知當時實況是否如此。

本書還描寫了瞎子娶美婦的悲哀（第二回）、貧寒書生為了投靠官宦而隱瞞娶妻眞相的無奈（第十三回），也寫活了地方角頭好色、懼內，但調停鄰里糾紛卻也頗有一套的形象（第十一回）。他們並不只是用來描寫色情的工具，而是活脫生動的人物，各有自己的喜怒哀樂、悲歡離合。所以說本書的社會面貌是相當豐富的，不能單以婚姻問題這一面來概括。

《一片情》描寫社會面貌還有一點很值得重視，就是相當生動的寫出了鄉村風情。全書有好多篇故事都是發生在鄉下的，如第一回是發生在溪南「大樹村」的故事，「卻說那一村，婦女皆以打綿線為活計。」第二回的背景在湖州府的南柵頭，是一個只有百十數人家的小鎮，邵瞎子在鎮上起課，「遠近皆來問卜，卜去無有不驗。……附近一個杜家，見他生意好，把個女兒叫做羞月，與他為配。」第八回故事發生在鄔子鎮，水氏的丈夫「也是務農人家，有了些田園世產，不免僱人耕種」，為了找個「煮茶作飯」的，才討水氏為老婆。第十三回是福州府福清縣的故事，從篇中可知鄉下兒女不太避嫌，書生謀天成和鄰家的女兒愛姑都十五六歲了，還玩在一起。從上述這幾篇小說的描寫，我們多少可以感受到當時鄉村或小鎮生活的純樸，所以作者雖然用自然主義的手法描寫性事，有時顯得相當露骨而低俗，但還沒有像

---

⑱ 瞿同祖《中國法律與中國社會》（臺北，里仁書局，一九八四年）頁一四〇。

其他艷情小說充滿了變態的情節，作品的風格還算相當的樸實。作者筆力不差，寫鄉村風光相當優美，如第一回的大樹村是：「一灣流水，幾樹垂楊；鳥啼花笑，幽閑靜芳。」而第十回的梅村人家則是：「見一家四圍高牆，臨牆種一帶榆樹，陰盛過牆。屋前有一段稻地，曬十數扁穀。一丫鬟在那裏翻穀，門邊立著一個婦人。」簡簡單單的幾筆，勾勒出了鄉村人家的生活環境，如此的恬靜，彷彿與世無爭，然而自然的人慾卻沒有因此就得到平息，一幕一幕曠男誘姦、怨女偷情的悲喜劇就在這裏上演。

艷情小說是「以寫市民的性愛和情欲爲主」⑲的，《一片情》卻包含了不少的鄉村文學，這正是清初前期話本小說的特色之一，我們在討論家庭小說時已提過，這些鄉村文學比市民文學更貼近社會的底層。《一片情》一書不但揭露了種種不幸婚姻，也展現了豐富的社會生活面貌，更寫出了恬靜樸實的鄉村風情，這都是其他的艷情小說所無法企及的。

⑲ 杜守華、吳曉明〈試論明末清初艷情小說〉，《上海師範大學學報：哲社版》一九九三年一期，頁二〇。

第四篇　藝術論

第一章　本期話本小說的題材表現

第一節　寫作題材的繼承和開發

一、本期話本小說的題材類型

除了前幾篇所論述的人情小說和時事小說之外，本期話本小說根據題材的性質還可以區分為以下幾類：

(一)靈怪小說

羅燁《醉翁談錄》將小說分爲八類：「靈怪、煙粉、傳奇、公案、兼朴刀、捍棒、妖術、神仙。」❶原田季清《話本小說論》則將話本小說分爲五大類：「靈怪、煙粉、講史、風世、說公案」❷，他沒有列出「妖術、神仙」，而在靈怪類下卻又分爲幻想小說和道佛小說二小

---

❶ 羅燁《醉翁談錄》（臺北，世界書局，一九七二年）〈小說開闢〉頁三。

❷ 原田季清《話本小說論》（臺北，古亭書屋，一九七五年）頁一六。

類，顯然是將「妖術、神仙」包含在靈怪類裏面。樂蘅軍《宋代話本研究》也說：「除靈怪外，仍有神仙、妖術二類，當然更是靈怪本科了。」❸也是把「妖術、神仙」列入靈怪類來討論。靈怪小說和六朝志怪甚至於更早的秦漢神話應該都有一定的關連，此非本文之論題，但由此可見靈怪題材其源甚古。現在我們將有關神魔鬼怪、佛道異事爲題材的作品統稱爲靈怪小說，但有些人情小說雖涉及靈怪情節，若只佔微小的分量，則不列入此一大類之中。

如果依照前述的定義，那麼本期話本小說中的靈怪小說也有相當的數量。如《醉醒石》第六回李微化虎的故事❹、十三回妓女遇負心漢死後化鬼復仇的故事；《無聲戲》第九回〈變女爲兒菩薩巧〉寫散財求子的故事，因爲德不卒生出了不男不女的陰陽人，後來再行善事，漸漸變成兒子的離奇經過；《跨天虹》卷四寫道士化虎銜走小姐，小姐無意中亦化爲老虎的神怪故事；《五更風》〈劍引編〉寫宋生靠著寶劍之異能，「惟劍光所向，無往不利」，立下了不世奇功，封爲伯爵，後來入山修道的故事；《都是幻》的〈梅魂幻〉篇寫龍子投胎的南斌在明亡後於天壇梅樹下入夢與十二名宮主（皆梅花之魂）成婚，最後幻化而去的故事；〈寫眞幻〉寫附於畫上的美人香魂幫助書生成爲畫家，功成名就之後成仙而去；《二刻醒世

❸ 樂蘅軍《宋代話本研究》（臺北，臺灣大學文史叢刊，一九六九年）頁九九。

❹ 改編自《太平廣記》卷四百二十七所引《宣室志》〈李徵〉條。按，《廣記》作「李徵」，宋人錢易《南部新書》（臺北，商務印書館，叢書集成初編本）也說：「李徵化虎，身爲之，吁可悲也！」（頁五二）《醉醒石》不知何故改爲「李微」，但故事內容幾乎全同，文句亦多襲用之處，實爲改寫而非創作。

恒言》上函第五回寫秦檜的鬼魂賄賂判官在地府作亂，又擾亂陽間使宋相倪賓被賈似道所害，倪賓控於菩薩使秦檜永世不得爲祟；同書第六回寫陶淵明入桃花源被九天玄女敕爲洞君誅戮矯廉滅倫之輩、第七回寫袁盎進讒陷害了晁錯晁錯三世報仇❺、第九回寫陳摶的仙術、第十回寫知虛子在焦思國講道；下函第十回寫東方朔座下仙童仙女思凡下山成爲夫婦至八十一歲重返仙界的故事；《八洞天》卷七寫忠僕爲撫養孤兒竟然變出婦女的乳房，道士贈他丹藥銀母，後來又教孤兒劍術、輕功，孤兒後來立下軍功，忠僕則修道成仙；《生綃剪》第一至第二回寫老脫雲遊成仙的故事，其助手爲一隻大螞蟻（實爲龍子），極爲靈異；同書第五回寫人與河神之戀、第十三回寫水鬼不忍害人因而轉升城隍又報了陽世之仇、第十九回寫嚴子常和一虎一蛇的靈怪之事；《珍珠舶》卷三寫鬼擾民宅後因禮懺而成神以及冥婚等等異事、卷五寫書生遇牡丹花神與之偕好，後因花妖而得與宦門之女聯姻；《西湖佳話》卷九寫濟顚遊戲顯靈的事蹟、卷十寫高僧辨才的道行異術以及驅魔伏妖的故事、卷十三取材自《甘澤謠．圓觀》寫僧圓澤與李源石交三生的故事（卷十五取材自〈白娘子永鎭雷峰塔〉不計）。以上靈怪小說共二十三篇。

❺ 其第三世晁錯投胎爲歸空大師，只因無意間受了天子一拜將墮入地獄，而袁盎轉世爲貧人，其膝上生出人面瘡，後來點化晁錯解去三世之冤。人面瘡能言語、進食，其事甚奇，事亦見紐琇《觚賸》卷二〈瘡言〉條（上海，上海古籍出版社，一九八六年），頁三五。

(二) 軼事小說

六朝的「志人小說」又稱爲「軼事小說」❻，其內容主要是記錄「人物軼聞瑣事」❼。正史不載的人物事蹟稱爲軼事，由這些人物事蹟編織成的小說就是「軼事小說」。這種小說介於史傳和小說之間，所描寫的都是歷史上有名人物的特殊事蹟，內容比較瑣碎，有時欠缺小說的完整結構，文詞則比較典雅，已經接近於「雅文學」，較少表現普通的人情世態，因之未予歸入「人情小說」之列。本期話本小說《西湖佳話》所收的十六篇小說之中，有九篇屬於軼事小說，卷一〈葛嶺仙蹟〉寫葛洪事、卷二〈白堤政蹟〉寫白居易事、卷三〈六橋才

❻ 志人小說一名首見於魯迅一九二四年七月在西安的演講稿，後定名爲《中國小說的歷史變遷》（臺北，風雲時代出版社，一九九〇年），頁一三。後來小說史、文學史沿用此一名稱的頗多，如孟瑤《中國小說史》、葉慶炳《中國文學史》，最近出版的吳志達《中國文言小說史》、李悔吾《中國小說史》、王恒展《中國小說發展史概論》等。不過一九三五年初版的譚正璧《中國小說發達史》（臺北，啓業書局，一九七八年臺四版）頁一二三卻稱《世說新語》等書爲「清言集」，所以志人小說又有清言小說之稱，不過此名並不常用。劉大杰《中國文學發展史》（臺北，華正書局，一九七五年）頁三一六則稱南北朝小說中以《世說新語》爲代表的一派是：「記錄士流的言談軼事的」，他還沒有提出「軼事小說」這個名稱，復文圖書出版社所翻印的大陸版《新編中國文學史》（高雄，復文出版社）第八章則稱之爲「記錄軼聞瑣事的小說」，吳禮權《中國筆記小說史》（臺北，商務印書館，一九九三年）頁七三稱之爲「軼事類筆記小說」，逕以「軼事小說」爲專名者，筆者所見有：王忠林等八位學者合著的《中國文學史初稿》（臺北，福記文化公司，一九八五年）、韓秋白與顧青合著的《中國小說史》（臺北，文津出版社，一九九五年）。

❼ 同前註所引《中國文學史初稿》，頁四三四。

蹟〉寫蘇軾事、卷四〈靈隱詩蹟〉寫駱賓王事、卷五〈孤山隱蹟〉寫林和靖事、卷七〈岳墳忠蹟〉寫岳飛事、卷八〈三臺夢蹟〉寫于謙事、卷十二〈錢塘霸蹟〉寫錢鏐事、卷十六〈放生善蹟〉寫明代高僧雲棲袾宏事，這幾篇小說結合了正史和野史筆記，但還是以表現與人物有關的奇聞軼事爲主要內容❽。此外《飛英聲》的〈破胡琴〉篇寫陳子昂打破胡琴而成名的軼事、《二刻醒世恒言》上函第十一回寫有關北宋詩人陳師道的軼事、下函第九回入話寫陳子昂事，正話寫窮馬周成名的軼事。以上軼事小說共十二篇。

㈢英雄傳奇小說

宋人說話的四家之中，有一家是「說鐵騎兒」，嚴敦易先生認爲這一家所說的內容是：「包括了平民暴動和起事以及發展爲抗金義兵的一些英雄傳奇故事。」❾因此，小說中的英雄傳奇故事這一大類雖然在明代中葉成書的《水滸傳》之後才開始流行，然而早在宋代已經以短篇的形式在市井間盛傳了。此後長篇的英雄傳奇小說蓬勃發展，而話本小說中的英雄傳

❽ 有關這些小說的具體討論和分析可參考李田意先生指導的研究生費臻懿所撰的碩士論文《古吳墨浪子西湖佳話研究》（臺中，東海大學，一九九一年）該文對《西湖佳話》各篇小說的故事來源做了頗爲詳實的考證，不過作者所列爲「來源不明的故事」（頁七七）的卷十一〈斷橋情蹟〉，現已知是從《風流悟》第八回收錄進來的。

❾ 嚴敦易《水滸傳的演變》，轉引自胡士瑩《話本小說概論》（臺北，丹青圖書公司，一九八三年）頁一〇六。按，宋人說話四家的分法異說甚多，此採取胡士瑩先生的說法。

奇故事也並沒有消失，在《三言》、《二拍》仍佔了一定的比例。清初前期話本小說中的英雄傳奇故事則有：《清夜鐘》第六回中的文官王威寧威鎮邊境，其部將張千戶會輕功（一跳可高數丈，躍去數十丈，稱「鯽魚爆」），篇中寫戰爭頗爲眞實生動；《醉醒石》第二回寫文官討賊被害，官府無力招討，其子結友直搗巢穴，報了殺父之仇；《豆棚閒話》第三則寫小朝奉揮金助海東天子劉琮建立霸業、第十一則寫黨都司抵抗流寇被斷頭後仍殺死仇人而退敵，都是名符其實的英雄「傳奇」；《風流悟》第四回後半段寫義賊莫拿我助守城官退敵，用的是紅線女的手段；《二刻醒世恒言》上函第一回寫博浪沙力士在琉球國建功立業、第三回雖富神異色彩但主要在寫郭威史弘肇起兵宰相王章助皇帝平亂之事、下函第三回寫猛將軍韓如虎的傳奇故事，塑造英雄形象頗爲傳神，動作粗豪、言詞爽朗，又能知恩圖報，令人印象深刻；《雲仙笑》〈勝千金〉篇寫元末明初豪俠黃平章、劉黑三等人成爲開國英雄的故事。以上九篇爲本期話本小說中的英雄傳奇故事。

(四) 翻案小說

這裏說的翻案，不只是如天空嘯鶴在〈豆棚閒話敘〉中所說的：「將廿一史掀翻」，是翻歷史的案，還要翻前代戲曲、小說的案。例如《豆棚閒話》第一則〈介之推火封妒婦〉是翻《左傳》所載介之推故事的案，說介之推助文公興國之後無法出來做官，以及後來被燒死在綿竹，是因爲被他的妒妻所拘禁，妒婦後來在渡口成神，而妒心依舊，凡是美婦過渡皆須改頭換面，否則必遭其害；第二則〈范少伯水葬西施〉是翻《浣紗記》的案，說范蠡其實是好利小人，僥倖成功，而西施不過是普通村姑，偶然被范蠡選中訓練後送去迷惑吳王，勾踐復國後，范蠡怕西施說出自己當年的奸計，竟將她沈入湖底淹死了⑩；第七則〈首陽山叔齊變節〉寫叔齊變節降周的一段鬼話，其中寄托了作者的遺民悲慨。⑪李漁《無聲戲》第七回在入話和正話中，分別以嫖客某公子想學鄭元和、某篦頭師父想學賣油郎，結果都上了妓女的當，來翻李亞仙、花魁娘子故事的案。《風流悟》第七回的後半篇也爲西施、楊貴妃、崔鶯鶯翻案，謂西施在吳亡之後即投湖而死並未與范蠡成爲夫婦、楊貴妃並未與安祿山淫亂，至於崔鶯鶯則爲元稹所誣，說他和鶯鶯「爲中表，見他貌美，即起奸心。他緣在鄭恒，你有情未遂，怎麼便冤他與你有染，揑造私書，污他清節，使他受枉千載？」所以罰元稹轉世爲鶯鶯的妻子，受她的氣，使她「少伸冤氣」。以上五篇爲以翻案爲題材的小說，拓展了小說的新題材。另外，《二刻醒世恒言》下函第二回有一個小插曲，謂趙飛燕和楊貴妃要去和月

---

⑩ 《浣紗記》爲明代梁辰魚所撰的戲文，其故事謂范蠡本想迎娶西施，後來割愛獻給吳王，越軍攻吳時，吳王謀於西施，西施勸他暫隱陽山，自己留在宮中等待越軍，范蠡至，西施告以吳王居處，使吳王自刎而死，范蠡後來帶著西施泛遊五湖而去。《豆棚閒話》第三則就是針對這些內容大唱反調的。

⑪ 以上三篇小說後來合編爲戲曲《豆棚閒戲》，內容與小說略有異同，參見曾永義《中國古典戲曲論集·清代雜劇概論》（臺北，聯經出版公司，一九七九年），頁一五二—一五三。

老爭辯，問他爲何將絕世佳人繫足在侍郎宮奴、安祿山強奴之身上⓬，這也是爲古人翻案，不過由於在小說中所佔分量輕微，故不列入翻案小說之中。

㈤ 官場小說

宋人說話的「小說」這一家中，有「公案」類的故事，胡士瑩先生說它的性質是：「講摘奸發覆和朴刀捍棒發跡變泰的故事。」⓭例如〈錯斬崔寧〉、〈合同文字記〉、〈簡帖和尚〉、〈三現身包龍圖斷冤〉、〈萬秀娘仇報山亭兒〉、〈楊溫攔路虎傳〉等都是著名的公案小說。發展到後來，就有單行的《百家公案》、《龍圖公案》等小說，清代更有與俠義小說合流的《三俠五義》、《施公案》、《彭公案》等作品出現。同樣的，話本小說中還是延續著公案小說的傳統，《二拍》中的公案故事就有不少⓮。本期話本小說也有一些公案小說，由於公案小說除了將小說的重心放在案件本身和辦案過程之外，也有歌頌清官或批判昏官的用意，所以我們在此將公案小說和其他描寫官場文化的小說合在一起觀察，名之爲「官場小說」。

這些官場小說中，屬於公案小說的有：《醉醒石》第三回寫秀才的妻子被同社的朋友拐

⓬ 侍郎指馮無方，宮奴指燕赤鳳，見《趙飛燕外傳》。南宋皇都風月主人編的《綠窗新話》（臺北，世界書局，一九七五年）卷上把〈趙飛燕私通赤鳳〉（出《趙飛燕外傳》）、〈楊貴妃私安祿山〉（出《青瑣高議》）兩條放在一起，本篇蓋有取於此。

⓭ 同註九所引胡氏書，頁一〇五。

⓮ 同註九所引胡氏書，頁四三八—四四〇。

走，縣中典史辦案的經過；第九回寫京城惡少爲了強姦婦女，先加害其家人，造成兩屍三命的慘案，巡捕察案、審理的情形；《十二樓》〈奪錦樓〉寫府衙刑尊以奇特的手法審理告婚案件；《無聲戲》第二回寫知府審斷桃色糾紛時過於自信，差一點造成冤獄的曲折過程；《連城璧》亥集寫包拯後人審理一樁因朋友一句戲言而造成秀才休妻的疑案；《二刻醒世恒言》上函第八回寫廉明的察院審出東廠番子手動私刑、逼勒錢財的罪狀；同書下函第八回寫糊塗的清官李判花誤斷官司遭來報應之事；《雲仙笑》〈厚德報〉寫惡棍慫恿鄉下人在富翁家門口假自殺，結果弄假成眞並從中取利，清廉縣官明斷曲直的經過；《生綃剪》第十四回寫清官吉禹斷案如神的種種奇談。以上九篇屬於公案小說。

屬於歌頌清官能吏而不涉及辦案的有：《醉醒石》第一回寫司獄司姚一祥不但不肯受賄，還能爲百姓「雪冤理枉」；同書第五回寫姚指揮夫婦忠義之事，也表現了文官武官之間的矛盾，更對明朝官兵提出了強烈的批評，所謂：「兵與倭原不差一線」是也。屬於批判、諷刺貪官酷吏的則爲《醉醒石》第七回，寫以千金買知縣的貪酷無比之官吏，及其罷官後的種種報應。加上公案小說，本期話本小說中的官場小說共有十二篇。

官場小說中的公案小說與人情小說中的社會小說常有重疊之處，本來無論命案、竊案或桃色糾紛皆是社會事件，所以公案小說不能自外於社會小說，不過若小說的重點不在表現社會生活，而著重在案件本身和審案經過，則不妨歸入公案小說之林，像宋代話本〈簡帖和尙〉寫和尙設計騙娶民婦，本是社會事件，不過一般也將它列爲公案小說。

㈥儒林小說

話本小說進入文人創作的擬話本階段之後，以讀書人的遭遇為題材的小說開始產生，但在明末還不算普遍，一直要到清初前期才多起來，清朝中期，才會有描寫儒林的集大成之作《儒林外史》問世。《儒林外史》一向被視為諷刺小說，本期描寫儒林的話本小說具有諷刺色彩的也有不少,但有不少是在表現讀書人的悽涼遭際或高尚志節,不得盡以諷刺小說目之，故此處以題材的性質，稱之為「儒林小說」⑮。

以讀書人為題材的小說其一般內容為：士人在寒微時受人輕賤的遭遇、讀書參加科舉的經過、中進士後的表現等等。本期這一類的話本小說有：《清夜鐘》第五回寫小孝廉在考場中卷子被奪走而落榜後的種種遭遇、十三回寫因替無主屍骨殯殮以及同窗戲擬考題而得第的科場異事；《醉醒石》第十一回寫貧寒士人中試後為補償妻子當年所受的苦，自己想當清官，又不敢禁制其妻貪贓,抑鬱而終的故事;同書第十四回寫寒士之妻不堪丈夫一再落第而求去，誰知去後丈夫卻科場如意，因不能忍受譏嘲而自殺的悲慘故事；《人中畫》〈自作孽〉篇寫老秀才造就了新進士，進士忘恩負義而自食其果的故事；〈寒徹骨〉篇寫落難子弟寄人籬下

⑮「儒林小說」之名非筆者所創，王汝梅先生曾在〈《鴛鴦鍼》及其作者華陽散人〉一文中稱《鴛鴦鍼》為：「早於吳敬梓《儒林外史》百年的短篇儒林小說」，本文收入《金瓶梅探索》（長春市，吉林大學出版社，一九九〇年）頁一七二。

後來讀書成名的經過；《鴛鴦鍼》卷一既寫秀才徐鵬子應舉被割卷而落第、落難，經一番波折才考上進士當官，又諷刺不學無術者靠作弊中試，禍國殃民；同書卷二寫落難秀才時大來的離奇遭遇兼諷貪官污吏、卷三諷刺假名士卜亨的卑劣行徑，《鴛鴦鍼》一書四卷中有三卷寫儒林故事，故王汝梅先生稱它是：「早於吳敬梓《外史》百年的短篇儒林小說」⑯。

此外，《二刻醒世恒言》上函第二回寫試官忌才想將考生的試卷投入井中，恰好遇到主考巡房問及，他取出該卷塞責，主考大爲讚賞，反而將此生擢爲第一，本篇內容較雜，另外還寫了幾個和科場有關的故事。又如《雲仙笑》〈拙書生〉篇寫有才的中不了，無才的反而中了進士，諷刺科舉不能識拔眞才；《生綃剪》第十二回寫貧士的寒相、科舉考試的種種弊端，以及中舉前後的炎涼世態，筆法和《儒林外史》相當接近；《珍珠舶》卷二寫窮秀才十年落魄，得到官家小姐的資助以及積德的報應考取了進士，任官後卻因無力巴結上司而罷職隱居的種種經過。再如《照世杯》卷二諷刺靠打抽豐謀生的老童生，以及他思娶富孀而受騙上當的經過，也可以算是一篇揭露假名士的儒林小說。最有意思的是《生綃剪》第十一回的故事，寫書生爲了生計改習商賈，卻不幸遇劫，靠販老鼠藥渡過難關，後來爲富家公子獻策有功，得其資助，成爲鉅富，又參加博學鴻詞考試，當上大官，「富貴雙美」，是一篇勸人勿讀死書的儒林小說。

---

⑯ 見同前註引書。

以上儒林小說共有十五篇。還有一些寫書生和妓女戀情的，如《照世杯》卷一中的阮江蘭和畹娘、《生綃剪》第十回中的趙蓬生和翠兒之間的離合故事，以及也是以書生爲主角的才子佳人小說，都不歸入儒林小說之列。

㈦ 其他

本期話本小說有若干篇是無法歸類的，有的甚至根本不屬於小說。例如《豆棚閒話》第十二則〈陳齋長論地談天〉是全書十二則的尾聲，全篇由陳齋長的闢佛之論構成，夾雜著傳說和學理，既無整體的結構，也沒有情節的發展，所以實在不能算是一篇小說。又如《醉醒石》第十二回寫和尙術士妄想當皇帝而招來殺身之禍的荒唐故事，其作意在勸人安分守己，謂：「爲百姓的，都要勤愼自守，各執藝業，保全身家。不要圖未來的富貴功名，反失了現前的家園妻子。」就主題來說它是一篇勸誡小說，或甚至可以說是屬於政治宣傳的小說，有一點類似唐傳奇〈虬髯客傳〉，但虬髯客還算是英雄人物，本篇則不過是僧道之流加上幾個太監，所以又不能稱做英雄傳奇小說。又如《十二樓》〈聞過樓〉篇，一般都說這篇小說是笠翁的自寓，孫楷第先生說：「不但入話一段純爲自敘，即正傳顧呆叟故事，亦是華嚴樓閣憑空蹴起的，其實完全說的是自己。……我們稍知笠翁生平，便知道這一篇小說是笠翁自己的夢。」⑰像這種明顯在表達自己理想的小說，在話本小說中是難得見到的，篇中顧呆叟半

⑰ 孫楷第〈李笠翁與十二樓〉，載《滄州後集》（北京，中華書局，一九八五年），頁二〇一。

隱士、半清客的形象在中國小說中也是獨一無二的，像這種編造故事來傳達自己理想的小說，也無法歸入本期話本小說的任何一類之中。

二、繼承與開發

前一小節的討論中，首先值得注意的是，靈怪小說仍佔本期話本小說的一成以上，事實上，未歸入靈怪小說之列而帶有靈怪色彩的還有不少，例如：《醉醒石》第十一回中的魏推官因夫人收了贓款、枉害人命，冥報使他失去了當尙書之職；《無聲戲》第七回〈人宿妓窮鬼訴嫖冤〉、第八回〈鬼輸錢活人還賭債〉、第十回〈移妻換妾鬼神奇〉，看回目就知道內容帶有靈異性質，不過李漁小說還是以寫人情世態爲主，這幾篇小說中的靈怪情節只是增添趣味效果而已；又如《豆棚閒話》中妒婦津的故事、空青石開盲的故事、斷頭人還能報仇的故事，《跨天虹》卷五神道使仁德丈夫復活，《照世盃》卷三〈走安南玉馬換猩絨〉篇中有神通大師的法術以及玉馬的神異，《人中畫》〈狹路逢〉篇有項王廟的靈異、〈寒徹骨〉篇主角驅走疫鬼，《風流悟》第六回惡媳婦變成狗、第七回男女主角爲鴛鴦和張生轉世，這些情節也都是極爲離奇的。

《二刻醒世恒言》一書中的靈怪小說最多，除了前面所列的六篇之外，還有上函第三回太上眞人向九烈君借綠柳汁向凡間亂灑使許多不學無術者也當上大官、第十二回有鬼魂索命的情節，下函第二回出現月下老人、第五回錢神顯靈、第六回呂洞賓救善心員外夫婦之命、

第八回糊塗判官被城隍責罰等等。《五色石》卷四中的白蛇報恩，《八洞天》卷三的冥獄斷案、卷四的鬼胎、卷六的神助孝子中舉皆涉及鬼神；《警寤鐘》卷一的夢中預言、卷二的吊死鬼誘人自縊，卷三更離奇有太歲頭上動土、雷劈逆子、泥周倉劈死逆子等情節；《雲仙笑》〈拙書生〉篇有禮拜斗母而登高第的讀書人，《珍珠舶》卷二改爲拜祝梓童、純陽道人二仙而登第；《西湖佳話》卷一有葛洪成仙之事、卷八有于謙幼年時之神異、卷十六有蓮池大師呼雲喚雨的神蹟，《生綃剪》第四回有以道教的正乙明威之訣蕩平蠻洞的情節、第八回有尸解成仙、第十七回也有雷殛逆子的情節，《珍珠舶》卷四則有紫燕傳書之異事。以上非靈怪小說而涉及靈異情節的共有三十五篇，連同靈怪小說二十三篇，計具有靈異色彩的多達五十八篇，佔本期話本小說總數的四分之一以上。可見話本小說的選材在朝向人情世態發展的同時，靈怪故事仍擁有不可忽視的勢力，如果把有靈怪色彩的篇目剔除，那麼純寫人情世態的話本小說在清初前期就會低於五成，佔不到小說全數的一半分量了。

靈怪題材在中國古典小說中源遠流長、歷久不衰，從六朝志怪以下，無論文言或白話小說，無論才子佳人的愛情故事（如〈霍小玉傳〉），或是水泊山寨的英雄傳奇（如《水滸傳》）都免不了要帶一點靈怪或神異，所以本期話本小說中充斥著靈怪故事本不足爲奇，何況明代中葉以後是佛道二教通俗化⑱，民間宗教嶄新發展的時期，「僅明代中末葉，數十支大的教

⑱ 參見任繼愈主編《中國道教史》（上海，人民出版社，一九九〇年）頁六二六。

派相繼出現在底層社會，民間通俗的宗教信仰風靡大江南北。」⑲在這種環境之中，流行於中下階層的話本小說不可能不充滿迷信色彩，不可能不借神道的靈異來刺激讀者的購買慾。

清初前期話本小說中的靈怪小說的特色之一，是大量吸收通俗化以後的道教信仰，這種信仰的特點在於「只是爲了在現實的社會生活中得到更多的利益和更大的滿足」，所以「符咒禁忌、去病禳災、祈晴止雨、養生送死，以及觀風望氣、相卜降乩之類，都成了人們信仰需求的熱門貨。」⑳因此道士所教的法術、劍術可以幫助士人報仇雪恥、建功立業（如《五更風》〈劍引編〉、《八洞天》卷七、《生綃剪》第四回），道教的神祇可以獎善懲惡（如《二刻醒世恒言》上函第六回呂洞賓救了善心的員外、第八回城隍教訓了糊塗縣官，又如雷神殛死逆子、泥周倉劈死逆子等等），又可以帶來美女或財富（如《跨天虹》卷四道士使美女化虎後來嫁給書生，《珍珠舶》卷四的紫燕、卷六的牡丹花神都爲書生帶來美人；《二刻醒世恒言》下函第五回錢神、《生綃剪》第四回的靈蛇異虎都爲主角帶來財富），還有禮拜斗母、梓童、呂純陽而登第的（《雲仙笑》〈拙書生〉、《珍珠舶》卷二、《二刻醒世恒言》上函第三回）。至於扶乩關亡、除妖算命之類，在話本小說中也是無所不在的。道教信仰的「現實性」可以在這些小說中得到充分說明，這是本期話本小說中的靈怪小說的特色之一。

⑲ 馬西沙、韓秉方《中國民間宗教史》（上海，人民出版社，一九九二年）頁一六五。

⑳ 同註一八引書，頁六二五。

第二個特色是神仙思想較前代的話本小說爲盛，本期話本小說中修道成仙的有下列諸人：《五更風》〈劍引篇〉中的宋生及其兩位妻子、《都是幻》〈寫眞幻〉中的池苑花夫婦、《二刻醒世恒言》上函第九回中的陳摶和傅霖、下函第六回中被呂洞賓所救的夫婦跨鶴升天而去、第十回中的盧儲夫婦、《八洞天》〈培連理〉篇中的三耳道人聞聰、〈勸匪躬〉篇中的忠僕王保、《西湖佳話》卷一的葛洪、《生綃剪》一至二回中的老脫、第八回中的顧生夫婦。在這十篇小說中共有十七人得道成仙，其中有不少是功成名就之後急流勇退的，這很可能是亂世心情的一種表露。

軼事小說主要集中在《西湖佳話》一書，該書的選材方式是：「考之史傳誌集，徵諸老師宿儒，取其蹟之最著者、事之最佳者而紀之。」（〈西湖佳話序〉）其寫作目的則是：「但有其蹟，而不知其蹟之所從來，猶不足爲西子寫生。」所以作者搜輯古今軼事來幫助讀者認識西湖，使「有慕西子湖而不得親覿者，庶幾披圖一覽，即可當臥遊云爾。」因之本書也就缺少人情世態的描寫，而著重在歷史人物精神氣象的勾勒，以及這些人物與西湖景物之間的聯繫。王恒展先生認爲：「明末清初是中國通俗小說雅化的第三階段，即雅俗合流，文言小說尤其是傳奇小說與通俗小說合流的階段。」㉑他以才子佳人小說爲主要例證來說明通俗小說雅化的情形，其實《西湖佳話》也是很好的例子。《西湖佳話》採用了通俗的話本小說形

㉑ 王恒展《中國小說發展史概論》（濟南，山東教育出版社，一九九六年），頁三六二。

式，在記敘人物事蹟時，大量採用了神異性、趣味性的材料，例如葛洪的仙術、樂天和東坡的風流韻事、于謙幼年時的異象以及死後的祈夢必驗、濟公和辨才和尚的法術等等，娛樂效果爲通俗小說的要件，《西湖佳話》沒有忽略這一方面的經營。不過在文字上，則明顯有化俗爲雅的傾向，不但卷五和卷十四幾乎通篇文言，其他各篇也多文白夾雜，甚至於還有不少駢偶的句法，例如卷六蘇小小寧可身居青樓，不願被貯之金屋的一段自供：

> 設誓憐新，何礙有如皎日；忘情棄舊，不妨視作浮雲。今日歡，明日歇，無非露水；暫時有，霎時空，所謂煙花。情之所鍾，人盡吾夫，笑私奔之多事；意之所眷，不妨容悅，喜坐懷之無傷。

這種駢四驪六的工整偶句，完全是作者騁其才藻之作，不見得能爲廣大的市民階層所接受。再看取材自〈白娘子永鎮雷峰塔〉的卷十五，故事的內容不變，但文詞經過刪改後，顯得較爲雅潔，同時也就失去了原來的通俗活潑了。就書中所表現的處世態度來說，也和通俗小說追求功名富貴的想法有異，反而充滿了人世無常，繁華如夢，富貴不可必的消極思想，所謂：「榮顯，虛名也；供職，危事也。」（卷五）「豪華非耐久之物，富貴無一定之情。」（卷六）以于謙的忠貞廉潔，對國家有蓋世之功，還落得身首異處的下場（卷八），其他可想而知。雅文學的特色在「表現和抒發作者對社會人生的理解與追求」㉒，《西湖佳話》由俗趨雅的跡象是十分明顯的，其他的軼事小說也有類似的情形，這種現象在明代時並非沒有，但時代的刺激還不夠深，沒有像在本期話本小說如此的集中。

英雄傳奇小說數量不多，寫作的成績也不算好，只能說此一題材在本期話本小說中還不絕如線，但也僅是聊備一格，故此處不擬深談。翻案小說則是在此一時期新開發的題材，李夢生先生以為：「也許是易代之際的文人無法排遣自己的憤疾，因而借舊事翻新意，以清除胸中的塊壘，同時達到隱諷世事人情的目的。」㉓這推測是合理的，像有關西施的故事，就不斷被翻案，除了前述《豆棚閒話》第三則和《風流悟》第七回，《十二樓》〈奉先樓〉中的舒娘子也說過這麼一段話：

> 當初看《浣紗記》，到那西子亡吳之後，復從范蠡歸湖，竟要替他羞死！起先為王復讎，以致喪名敗節，觀者不施責備，為他心有可原。及至國恥既雪，大事已成，只合善刀而藏，付之一死，為何把遭瑕被玷的身子，依舊隨了前夫？人說他是千古上下第一個絕色佳人，我說他是從古及今第一個醜顏女子！

㉒ 同前註，頁四一六。

㉓ 李夢生《中國禁毀小說百話》（臺北，建宏出版社，一九九六年）頁二八二。

范蠡功成身退，帶著西施浪跡五湖，本是令人艷羨的結局，可是經過一場天崩地坼的易代動亂之後，西施的不能從一而終就顯得比較突兀。所以在〈奉先樓〉中，舒娘子爲了存孤而犧牲貞操，任務完成後就自殺了。但李漁又不願意讓結局變成悲劇，所以舒娘子自殺獲救，等於重生，「死過一次，也可爲不食前言了」，經過這麼一番周折之後，她才和前夫重合，這樣就不算步西施的後塵了。而《風流悟》第七回則乾脆讓西施自己出來申冤，說她「蒙吳王寵愛岩房，貯妾於姑蘇臺上，走馬聞雞，朝歌暮舞，妾亦一心侍奉。殆吳國既亡，妾身亦投湖而死，奈何世人好事，妄謂妾與范蠡成其夫婦。道妾始許身於范蠡，既又蠱惑于吳王，後又忘恩事仇，則世人視妾爲狗彘不如之人矣！」這樣爲西施翻案，不能不說是受了改朝換代的影響，而說「忘恩事仇」者「狗彘不如」，則明明是指桑罵槐了。

官場小說和儒林小說都是從明末開始發展起來的，這些小說的主要內容，我們多半已在前面的〈對墮落士風的批評和嘲諷〉、〈對貪酷吏治的全面揭露〉這兩節中詳加論述了。這兩類題材在清初前期的表現，無論深度或廣度都超越了前人，它們開發了以《儒林外史》爲代表的，對科舉制度、士人形象嘲諷批判的儒林小說之新領域，更遙啓清末《官場現形記》、《二十年目睹之怪現狀》等一系列以揭發官場怪象爲主題的譴責小說。

第二節　後期取材的重複和逆轉現象

從前面的論述中可知，清初前期的話本小說已對前代小說的各種題材做了全面的繼承和發展。不僅如此，本期話本小說還開發了短篇的時事小說、翻案小說這兩種新面貌，而清初方誕生的才子佳人小說本是以話本小說中的才子佳人故事爲直接源頭，繼而又反過來影響話本小說，使短篇話本體的才子佳人小說在此一時期達到相當可觀的數量。加上家庭小說從市民文學漸向鄉村文學發展，而社會小說則以更多社會底層的小人物爲寫作對象，這就使得本期話本小說展現了更爲豐富而深刻的面貌。然而，在此同時，話本小說的寫作題材也顯現出後繼無力的現象，話本小說的寫作題材在本期之後期發生了重複和不良的逆轉。

題材重複的原因在於作家懶向生活中尋覓新材料，而擷取其他小說中的現成材料爲己用。例如在儒林小說中，考生禮敬神明，同窗戲擬考題置於神前，考生以爲神助，精研熟讀竟因而中試的故事，就分別被《清夜鐘》第十三回、《珍珠舶》卷二、《雲仙笑》〈拙書生〉等三篇所採用，只是後者將前兩篇中書生所禮敬的梓童（潼）帝改爲斗母略有不同罷了。又如孝童崔鑑爲了護母殺死父妾事，也分別被《清夜鐘》第七回和《飛英聲》〈孝義刀〉篇所取材，苗壯先生曾將這兩篇小說加以比較說：「二書均據史實敷演，旨在宣傳孝義，文字各別，情節則大同小異。」㉔《飛英聲》一書中，題材與他書重疊的情形最爲嚴重，除〈孝義刀〉之外，〈三義廬〉篇中的乞丐故事與《豆棚閒話》第五則的部分情節類似，和《連城璧》寅集、《五更風》〈聖丐編〉的內容也有雷同之處，而〈三古字〉篇（已佚）則極可能是取材自《石點頭》卷七〈感恩鬼三古傳題旨〉篇，這個故事在《清夜鐘》第十三回中也曾經被提及，又《鴛鴦鍼》卷一也用爲兩個入話之一。另外，《飛英聲》〈破胡琴〉篇的內容，則被《二刻醒世恒言》下函第九回用爲入話。還有《清夜鐘》第五回寫大硯生奪人試卷中進士的故事，也被《鴛鴦鍼》卷一用爲入話。此外，《二刻醒世恒言》下函第十一回寫申屠氏報仇死節的故事，則取材自《石點頭》卷十二〈侯官縣烈女殲仇〉篇，但情節簡化很多，筆力比原作大爲遜色，實爲點金成鐵之作。至於《西湖佳話》一書，多數篇章是將前代史書改編纂錄而成，在編寫之時多少花了一番功夫，然而其中的卷十一〈斷橋情蹟〉和卷十五〈雷峰怪蹟〉這兩篇，卻只是將現成的小說簡單刪改，前者採自《風流悟》第八回，後者採自《警世通言》的〈白娘子永鎮雷峰塔〉篇，而前者幾乎是完全照抄。

題材方向逆轉的表現，是回頭向史書或文言說部中找材料。軼事小說的數量增多就是一個警訊，正當話本小說還在向人情世態題材蓬勃發展的時候，少數作家卻將目光放在舊史軼

㉔ 苗壯〈《飛英聲》、《移繡譜》及其他〉，《明清小說研究》一九九二年第二期，頁一九九。

事上面，像《西湖佳話》一書，雖然被許為「敘述生動，語言樸素流暢，清新可讀。」㉕胡士瑩先生也說它：「筆調基本上乾淨、樸素，時時流露出對中國美麗湖山的熱愛。」㉖但這樣的作品已不再能表現當代的社會面貌，失去了小說反映現實的意義。我們在前面說它是通俗文學的雅化，但雅化並不就一定要脫離現實，像《紅樓夢》是通俗小說「雅化達到顛峰」㉗的代表作，卻能夠展現豐富的社會面貌，《西湖佳話》和本期的軼事小說卻只能做為作者消愁遣興的工具，無法讓我們讀出時代的氣息。《西湖佳話》一書刊行於康熙十二年，距離明亡已有一段時日，復明的機會愈來愈渺茫，由明入清的文士也逐漸凋零了，李澤厚先生所說的清初「感傷文學的總思潮」㉘滲透到通俗文學的領域，小說作家本來向整個社會開放的心靈往內縮，也像傳統文人一樣開始在故紙堆中討生活，那麼通俗小說的走向毀滅是必然的趨勢了。嚴格說來，偉大的《儒林外史》、《聊齋志異》和《紅樓夢》已經不再是市民文學，以社會底層為寫作對象的通俗文學到了清初前期其實走向末路了。話本小說作家不再伸出他們觸鬚去探索社會生活，造成寫作題材的不良逆轉，似乎在宣告話本小說的歷史使命快要完成，距離衰亡的日子不遠了。

㉕ 歐陽代發《話本小說史》（武漢市，武漢出版社，一九九四年）頁四二二。

㉖ 同註九所引胡氏書頁六三〇。

㉗ 同註二一引書，頁三七七。

㉘ 李澤厚《美的歷程》（臺北，元山書局，一九八六年）頁二〇六。

第二章　情節設計技巧的高度發展

第一節　話本小說寫作藝術之回顧

話本小說的寫作藝術在宋元時代已有頗高的成就，名篇如〈簡帖和尚〉、〈錯斬崔寧〉、〈碾玉觀音〉等，都經常成爲學者分析、討論的對象，尤其是後兩篇，無論主題的表現、人物性格的刻劃、情節結構的處理，都得到相當高度的肯定。談鳳梁先生論〈錯斬崔寧〉說：「在開展情節的過程中揭示造成冤獄的社會原因，使〈錯斬崔寧〉的主題思想表現得異常深刻；借助故事情節刻劃人物性格，又使〈錯斬崔寧〉在藝術上達到了前所未有的高度。」❶孫述宇先生則對〈碾玉觀音〉情有獨鍾，曾分別爲它寫了〈宋人小說「碾玉觀音」〉❷和〈「碾玉觀音」裏的中興名將史料〉兩篇文章，並說：「故事的敘述方法很高妙，重覆的主題如「遊

❶ 談鳳梁〈千載聲聲罵「錯斬」〉，收入《古小說論稿》（杭州，浙江古籍出版社，一九八九年），頁三四九。

❷ 孫述宇〈宋人小說「碾玉覩音」〉，載《新亞書院學術年刊》第八期。

春」和「玉觀音」把故事情節很自然地引出，而秀秀和她父母後來身爲異物，卻不但瞞騙了崔寧，也瞞騙了讀者，都是因爲說故事的用崔寧的目光來敘述——用了幾百年後亨利詹姆士的所謂『單一觀點』。」❸康來新女士將此篇與文人擬作的〈拗相公〉篇比較說：「市井『小說人』在〈碾玉觀音〉中處理官、民接觸的可能情境、貴賤窮達的心理調適，都較持平、細緻與深刻。民間說話人顯然具有善意而體諒的人生睿智，靈敏而圓熟的文學能力……。」❹從這些評論可以看出，宋代話本已經在寫作技巧上嘗試出一些新東西，而且獲得一定的成就，樂蘅軍女士甚至認爲宋代話本「開眞正短篇小說的先河」❺。不過宋元話本畢竟是白話短篇小說草創時期的產物，不能免於「粗淺鄙陋」的批評，樂女士也說它「未能進一步創造深刻化的涵義，終於限制了它的文學命運」❻。

話本小說的寫作藝術至《三言》達到最高峰，一般認爲以後的話本小說已成末流，不可能對《三言》有所超越了。就整體成就而言，這種說法是可以成立的，就某些個別的佳作來說，例如〈賣油郎獨占花魁〉、〈杜十娘怒沈寶箱〉、〈蔣興哥重會珍珠衫〉等篇，其寫作

---

❸〈「碾玉觀音」裏的中興名將史料〉，載《中國古典小說研究專集》二（臺北，聯經出版公司，一九八〇年），頁一九〇。

❹康來新《發跡變泰—宋人小說學論稿》（臺北，大安出版社，一九九六年），頁二四六。

❺樂蘅軍《宋代話本研究》（臺北，臺灣大學文史叢刊，一九六九年）頁二二一。

❻同前註。

技巧也確實是難以超越。不過，《三言》一百二十篇小說並非都是佳作，像〈錢舍人題詩燕子樓〉等情節和人物單調、〈旌陽宮鐵樹鎮妖〉等毫無小說結構可言的作品固然也有不少，即使名作如〈白娘子永鎮雷峰塔〉也存在不少敗筆❼，嚴格說《三言》中一流的作品多不過數十篇，不可能含蓋了短篇白話小說所有優秀的寫作藝術，後來的作家在個別地方仍可能有超越之處。

《三言》既然代表著話本小說的寫作藝術的顛峰，它在寫作上的許多優點長處自然會被後來的作家所繼承和學習。那麼，《三言》在寫作藝術上到底達到何等成就呢？綜合許多前輩學者的研究，主要可以歸納出以下兩點：

第一、情節曲折生動，引人入勝，繼承早期話本的優良傳統，而加以發揚光大。爲了吸引聽眾，說書時一定要將故事說得曲折動人，所以早期話本在情節設計方面已經得到不錯的成績，《三言》中的故事則情節更加曲折，內容更加豐富。情節的曲折複雜，又可以表現在幾個方面：一是雙線結構的運用，如〈張廷秀逃生救父〉中，「一會兒寫陷害人的趙昂一方，一會兒寫被陷害的張權及其二子一方；一會兒又寫王員外的家庭內部同以上兩方的矛盾糾

❼　例如道士教許宣燒符鎭妖，卻毫無效果，此時許宣還不知道（雖然有一點懷疑）白娘子是蛇妖，當兩人一起去找道士時，作者說白娘子「睁一雙妖眼」，便是作者忽然對白娘子加上判詞，破壞了許宣一直被蒙在鼓裡的視角的統一性。

葛，有分有合，交錯進行，情節結構很複雜。但作者以『話分兩頭』、『且說』等說完一方再說一方，時收時放，把複雜的情節安排得井井有條，完整嚴密。」❽二是情節的多層次變化，如〈賣油郎獨占花魁〉中賣油郎秦重和花魁娘子莘瑤琴從相遇到結合的過程，就寫得「曲折多變，富於波瀾。」❾

第二、人物形象的塑造以及人物性格的刻劃細膩而深刻。其重要的成就是：「善於把人物內心活動和生活細節描寫結合起來，和人物的表情、對話、行動結合起來，繪聲繪影，入微入骨。」❿不但如此，《三言》中刻劃成功的人物還能寫出人物性格的發展，例如莘瑤琴的性格是從許多不同的經歷中，逐漸發展完成的，以她的生長環境，她不可能馬上回應秦重的愛慕，必然要在不斷發生的事件中去調整心態，最後才能逼出那一句「我要嫁你」的要求，莘瑤琴這個人物完全合於佛斯特所定義「圓形（立體）人物」的條件，圓形人物是「每次出場都予人以新鮮的感覺」⓫的。

歐陽代發先生說：

---

❽ 歐陽代發《話本小說史》（武漢市，武漢出版社，一九九四年），頁二四五。
❾ 吳志達《明清文學史．明代卷》（武漢大學出版社，一九九一年），頁三〇六。
❿ 胡士瑩《話本小說概論》（臺北，丹青圖書公司，一九八三年），頁四二五。
⓫ 李文彬譯，佛斯特《小說面面觀》（臺北，志文出版社，一九七八年），頁六六。

> 宋人話本是話本小說史上的第一個高峰，已取得了引人注目的藝術成就。《三言》是話本小說史上的第二個高峰，而且是模仿宋人話本的擬話本，不僅繼承了話本小說的優良藝術傳統，而且由於主要已是供人閱讀的，由聽覺文學向視覺文學轉化，藝術上便有了新的發展變化，顯得更趨複雜、豐厚、精細。⓬

《三言》不但是話本小說史上的第二個高峰，也是最後的高峰，後來的話本小說再無法高過它。然而，它既然開啓了一個新的發展變化，後面便接著有許多連綿的山脈，這些山脈高低起伏，雖不如《三言》般的高峻，但如《二拍》、《石點頭》、《西湖二集》等晚明話本小說也都各有可觀，例如韓南先生便認爲《石點頭》的作者「是中國最多產和最優秀的短篇小說家之一」。⓭可見《三言》這座高峰並不代表話本小說藝術發展的結束，從晚明到清初，話本小說寫作藝術的各個面向仍然不斷有新的開發，本篇以下各章對此將有初步的探究。

⓬ 同註八引書，頁二四三。

⓭ Patrick Hanan 著，王青平、曾虹譯《中國短篇小說》（台北，國立編譯館，一九九七年）頁九六。

第二節 本期話本小說在情節設計方面的發展

在宋元時期，說書人便以故事情節的曲折動聽吸引觀眾，巧妙安排情節本是話本小說的基本特質。到了清初前期，在情節設計方面仍有更進一步的發展。以下分三方面說明：

一、由於篇幅拉長，情節更爲曲折複雜

由於本期話本小說漸向中篇演變，當短篇小說的篇幅加長時，必然不能滿足於一兩個小的「危機」（Crisis，指情節中正反力量的衝突）頂點，而必須製造更多的高潮，於是新的外力不斷被拉進來，由於各種力量互相抗拉，小說的情節的行進路線自然會造成許多曲折。在《三言》中情節曲折的也多屬於篇幅較長的作品，如〈賣油郎獨占花魁〉（約兩萬一千字）、〈蔣興哥重會珍珠衫〉（約一萬八千字）等名篇，都是糾葛不斷，情節複雜曲折的。

清初前期話本小說十分講究情節的精巧設計，其中又以李漁小說最具代表性。孫楷第先生早就說過李漁小說是：「篇篇競異，字字出奇，莫不擺落陳詮，自矜創作。」⑭如《十二

⑭ 孫楷第〈大連圖書館所見小說書目〉《連城璧》條，轉引自《李漁研究》（杭州，浙江古籍出版社，一九九六年），頁九八

樓》中的〈拂雲樓〉，這篇小說一共六回，李漁巧妙運用回與回之間的停頓，使情節的進行迂迴有致。第一回寫男主角裴七郎志在佳人卻因貪圖豐厚妝奩而娶醜妻的窘況，又以兩位女主角的絕世之姿來襯托裴妻的醜態，使七郎的窘困達到極點；第二回寫因醜妻病歿，解除了七郎困境，但在圖娶兩美之時，發現竟是當初嫌妝奩太薄而退親者，於是又陷入新的困境；第三回視角轉到女主角梅香能紅，寫她答應七郎的求親，並試圖說服小姐也答應，困境又得到解除；第四回寫能紅用計，家人已經許婚，但能紅反而故意遲延，使情節又一頓挫；第五回寫能紅與七郎約法三章，不許他以後變心，然後安排七郎與小姐成親，而由能紅送親；到了第六回再由能紅和七郎串通，單騙小姐一人，使她心甘情願讓能紅成爲二夫人。第四回回末說：「各洗尊眸，看演這出無聲戲。」李漁正是以戲劇的手法來寫小說，每一回即類似劇本中的一齣，在每齣結尾的地方都安排一些懸疑的高潮，又由於視角的轉變，所以情節的走向迂迴曲折，達到高低起伏的戲劇效果。

再如〈合影樓〉中珍生和玉娟的戀愛經過：先寫兩人聽說彼此長相相似而憑空相思，這相思因珍生造訪女家被拒而落空；繼而見到彼此在水中的倒影，重燃戀火，又因求婚被拒而暫時澆熄；此時第三者錦雲出現，她是作媒的路公之女，路公因作媒不成，乾脆將女兒許配給珍生，珍生的父母已經許婚，此時情節變得相當複雜，珍生認爲路公有私心，堅持退婚，路公無奈而答應，誰知錦雲又恨父親白白放走了她的一個好丈夫，生起病來，那邊玉娟聽說珍生別娶，也病倒在床，珍生由於玉娟家裏始終不答應親事，又聽說錦雲嬌艷異常，如今兩面落空，恨之不已，成天念念有辭，家中雞犬不寧。情節進展至此，有如一團亂麻，不知作者要如何收拾，卻只見路公施展妙手，一面將珍生贅到家中，並認他爲子嗣，然後將玉娟娶爲媳婦，以出人意料的安排得到最美滿的結局。李漁安排情節，曲折有致，誠如何滿子先生所評：「本來是三角戀愛，更增加糾紛的局面，不料情敵的加入卻成了促成團圓的契機。雖然作者成竹在胸，事事由他擺布安排，但曲折纖巧之中也仍顯得圓熟渾成。」⓯

《無聲戲》第二回〈美男子避惑反生疑〉篇雖然不是多回的中篇，但篇幅不算短，情節的進行相當曲折而出人意表。小說中，書生蔣瑜的書房緊鄰隔壁趙家媳婦的臥房，爲了避嫌移到前房去讀書，不料趙家懷疑媳婦，也將她的臥房搬到前面，蔣瑜爲了避惑反而造成更大的嫌疑，這是情節的第一次緊張；不久，趙家媳婦的扇墜出現在蔣瑜手上，趙家媳婦交不出扇墜，蔣瑜也交待不清扇墜的來路，造成情節的第二次緊張；知府見蔣瑜和趙家媳婦郎才女貌，而原夫卻是個憨物，於是認定姦情必眞，而於一番夾打之後定案。故事至此已告一段落，情節亦暫時收煞。不料情節忽然轉到知府身上發展，形成新的線索。原來夫人在知府書房的壁縫中發現媳婦的鞋子，以爲知府和媳婦有染，大吵大鬧，害媳婦上吊，知府也被拔光鬍子，造成情節的新緊張。後經知府仔細檢查，才知道是老鼠作怪，於是重審蔣瑜一案，還他清白。此時兩條情節線交集，前面所伏下的緊張狀態同時得到解除。李漁運筆遊刃有餘，情節的進

⓯ 何滿子、李時人《中國古代短篇小說傑作評注》（合肥，安徽文藝出版社，一九八八年），頁四七八。

行變幻莫測，極盡曲折精彩之能事。

其他像《連城璧》午集，「寫降妒婦與反降伏的鬥爭四大起四大落，波瀾起伏；出奇計、破奇計，花樣翻新。」「〈生我樓〉中假父是眞父、假母是眞母的情節安排也精巧有趣。而〈鶴歸樓〉『用意最深，取徑最曲』，生離死別的反復折磨，一個接一個，一波未落一波起，結構也很新奇嚴密。」⑯不只前面所提及的這些篇章，李漁其他的小說莫不盡量讓情節的進展拐彎抹角，常常有出人意料之外的轉折，而且一轉再轉，直到結局才讓讀者鬆一口氣。王汝梅先生曾說：「李漁稱小說為『無聲戲』，從藝術規律著眼，打破戲場關目可以隨意裝點，而小說必須佐信史而不違的觀念，強調藝術虛構、藝術想像在小說創作中的重大意義，這是中國古代小說概念的一次重要演進。」⑰李漁的小說觀既強調藝術虛構與藝術想像，所以他的小說便格外注重情節設計，務使故事精彩動人，達到戲劇性的效果。

在本期話本小說中，以《人中畫》各篇小說的情節設計最接近李漁的小說，尤其是〈風流配〉篇，與〈合影樓〉頗有異曲同工之妙。這兩篇同屬才子佳人小說，也同樣是一生二旦的故事，都因為第三者的介入而使情節變得複雜，而最後都有令人匪夷所思的安排而得到圓

⑯ 同註八引書，頁四五三。

⑰ 王汝梅〈李漁的《無聲戲》創作及其小說理論〉，載《金瓶梅探索》（長春市，吉林大學出版社，一九九〇年），頁一九三。

滿結局。〈風流配〉篇的第一女主角在得知男主角與她訂婚之後又和第二女主角有了婚約，竟女扮男妝將第二女主角娶回家中，男主角本來應該兩面落空的，不料後來兩位女主角卻結爲姊妹，一起嫁給他。這和〈合影樓〉中的珍生入贅和娶妻同時進行，都是極爲巧妙而不尋常的安排。《人中畫》其餘各篇也都情節曲折複雜，如〈狹路逢〉篇，傅星私呑了李天造的貨款，後來女兒卻無意中嫁給李天造的兒子；又如〈終有報〉篇的元晏和花小姐本是未婚夫妻，卻各自看上別的對象，媒婆兩邊騙錢，又無法使他們的心儀對象答應，乾脆讓他們兩人摸黑幽會，他們都自以爲得志，直到新婚之夜才眞相大白，這安排可謂極富戲劇性。《飛英聲》〈宋伯秀〉篇也有類似〈終有報〉篇的情節，宋伯秀欲勾搭美麗的寡婦，媒婆搭不上手，乃由女兒充數，伯秀爲了迎娶新歡，在家打罵妻子並將她休離，等到將媒婆的女兒娶回家中才知道上當，大鬧了一場，卻被官府痛責，因而破家。這兩篇小說同有被媒婆作弄的情節，但相形之下，〈宋伯秀〉比〈終有報〉單調許多，〈宋伯秀〉的情節單線發展，只是一個好色之徒遭媒婆哄騙的故事，〈終有報〉則雙線發展，當元晏和花小姐得意忘形，正是他們被蒙在鼓裏最引人發笑之時，透過劇中人和讀者的「視差」，達到強烈的反諷（Irony）效果，而在另一方面，正生正旦唐季龍和莊小姐則在經過一番曲折的誤會之後，得到圓滿的結局，兩線交錯發展，極爲曲折有致。

二、由於人物增多，採用多線結構發展情節

當話本小說發展爲中篇，故事中的主要人物便多了起來，人物一多，頭緒也變得複雜，單線結構已不足以承載情節的發展。

其中以《鴛鴦鍼》各篇的多線結構，最能引人入勝。卷一有兩條主線，兩條副線，主線是正面人物徐鵬子和反面人物丁協公的應試、當官歷程，副線是徐夫人的落難和另一受害者蕭掌科的復仇，主線交錯進行時，副線從中插入，使結構複雜嚴密而緊湊。本篇的詳細內容已在前文中深入析論，不過重點放在篇中所揭露的科舉弊端，在此還可進一步分析其精彩的結構設計。小說一開頭先分別介紹徐鵬子和丁協公的生平背景：一個是飽學能文之士，十八歲即進學，科考必拿頭、二等，只是未能中舉，家徒四壁；一個是不學無術的奸邪小人，逢考必花錢買等第，卻長袖善舞，家貲富厚。這兩線在鄉試的考場上第一次交錯，按理來說，飽學之士應當中舉，不學無術應當落第，卻因丁協公買人割卷，受害者正好是徐鵬子，於是本應中舉者落榜了，本應落榜者則中舉了，兩條線沒有朝著應該走的方向發展，加上丁協公怕徐鵬子察出眞相而報復，又加以陷害使其入獄，因而徐鵬子這條線暫時沈寂，丁協公這條線單獨發展。丁協公進京會試，醜態畢露，但仍考取進士，但作者在此故弄玄虛，不說明考取的原因。徐鵬子坐監三年出獄，東不成西不就，淪落到異鄉廟前代寫疏頭，幸好得到盧鄉宦的賞識，一方面溫習功課，一方面教盧公子讀書。此時引出第一條副線，鵬子家鄉兵亂，夫人外出尋夫落難，險遭狼吻，一路艱辛，來到天津。劇情又轉到丁協公，他爲官貪酷，被蕭掌科所劾，蕭掌科恨丁協公入骨，但原因不明。再寫徐鵬子連試皆捷，在進京會試途中巧遇落難的夫人，此時第一主線與第一副線交合。接著鵬子考中進士，任刑部主事，上任時正審丁協公一案，兩條主線結合。蕭掌科來訪，請鵬子助其處治丁協公，原來丁協公會試時如法泡製又用割卷手段，蕭掌科因此不中，被害得家破人亡。至此，第二副線也結案了。最後，徐鵬子以德報怨，原諒了丁協公，也原諒想害其夫的惡船家，善有善報，以無窮後福結束全文。從以上分析可見作者結構設計之高妙，另外值得一提的是，徐鵬子對於自己爲何當初落榜，如何被陷害入獄，一直不明就裡，直到丁協公事敗才眞相大白，這一大懸疑和蕭掌科部分的小懸疑都處理得相當高明。作者在佈局時非常沈得住氣，這是小說作家一個相當重要的修養，佛斯特曾說:「對讀者推心置腹喋喋不休是其大病，這是過去小說中最引人非議之處。」⑱《鴛鴦鍼》的作者無疑具有一流作家的氣度，本書的另外三篇小說也可以證明這一點。

《鴛鴦鍼》卷二的結構也相當複雜，不過主線較爲明顯，全篇以時大來的遭遇始終貫串全局，中間穿插義盜風髯子以及貪官任知府這兩條副線，頭緒雖多，但主從分明，所以情節進展靈活而不覺板滯。卷三又是雙主線的結構，以諷刺假名士卜亨的內容爲第一主線，而以書呆子宋連玉從被利用到自己中進士當官的經過爲第二主線，這兩條線糾纏得相當厲害，直到小說快結束時才分別發展。這兩個角色有對照的作用，妙在並不分寫二人，而是將他們的遭遇連結在一起，一面是對假名士辛辣的嘲諷，另一面則既讚美了眞才子的學問文章，同時

⑱ 同註一一引書，頁七二。

也揶揄了他輕易上當的愚拙無知，結構和主題配合得天衣無縫。

卷四有三條主線，第一條是米商范順，第二條是客商吳元理，第三條是范順的妻妾，這三條線索所佔的比重不相上下，時分時合，連接巧妙。小說開始時，因米價過賤，吳元理將三船的米暫時寄放在范順的店中，別去他處營生。不料才出門不久米價就開始暴漲，范順便將吳元理所寄的米銷售盡罄，成爲大富人家，並娶妾尤氏入門。吳元理生意失敗回來，范順騙他米全爛光，不得分文，只以幾兩銀子打發他出門。范順有了本錢，便外出做生意，誰知做一樣賠一樣，又差一點吃官司，幸好吳元理及時出現爲他解危，他卻不存好心，將一山有問題的木頭賣給吳元理，又騙了吳元理五百石米，可是途中被仙人跳，最後只好光著身子回家。以上是第一、二回的情節，在第三回，卻將范、吳兩線拋開，全回寫范順妻妾將女兒嫁走，以便在家養漢，所有的財產爲之一空。第四回寫范順無家可歸，寄居在女婿家中；另一方面吳元理經管木頭成功，成爲富商，並原諒范順對他的欺騙，范順受其感化，幫他做生意。後來吳元理吃上人命官司，范順請求已中進士當官的女婿出力解救，回報了吳元理。從以上的概述可見這篇小說的佈局是相當嚴謹的，最奇特的是第三回的內容由於描寫性事露骨，近於艷情小說，似乎可以獨立出來，但它和前後回之間又保持著密切的關係，范順侵吞了吳的米錢才能娶妾並外出經商，其妻妾也才有機會在家中偷情養漢而敗光了財產，因爲偷情嫌女兒礙眼將她嫁給窮秀才，才有後來借女婿之力報恩的可能。小說中每一個事件都先在前一個事件中預留伏筆，而且在該事件中自然而不露痕跡，這即是所謂「遠遠生根，閒閒下著」的

「草蛇灰線法」⑲，作者可稱爲佈線之高手，結構之巧匠。

另外像《珍珠舶》、《五更風》、《五色石》、《八洞天》等，都是每篇四回的中篇小說，也都充分運用了多線式的寫法，增加了小說的頭緒，情節的發展也都能引人入勝。又如《都是幻》、《錦繡衣》等長達六回的中篇小說集，作者更是透過精密的設計，成竹在胸的發展情節，例如《錦繡衣》的〈移繡譜〉篇，在第一回中即以溺女之說，以及主角兩姐妹的刺繡作爲全篇小說的綱領，而妹妹所繡被燈油所污，一面預示了她日後婚姻生活的不順，又成爲她尋回所棄女嬰的主要線索。情節從姐妹婚後的家庭生活兩面發展，以疼愛女兒的姐姐與產下女嬰皆溺斃的妹妹的行事和下場做對照，在兩條主線中又各自衍生出許多副線，特別是幸運未被溺斃的女嬰從漁夫收養到被梅翰林認爲親女，後來嫁給姐姐的兒子（妾所生），成爲進士夫人，最後與父母重逢的這條暗線，若游絲一般貫穿了整個故事。這其中發生的大大小小事件，例如姐姐的丈夫娶妾生子、被妹妹寵壞的獨生子敗光家產等等，都是爲這條暗線做陪襯的，主要就是要證明女兒未必不如兒子，溺女之行爲愚不可及也。小說中大暗示（沾污的錦繡衣）之外還有小暗示，如抓週時妹妹的獨生子抓了紗帽官服、姐姐的兒子抓了筆墨，抓筆墨的後來固然讀書作官了，抓官服卻成了扮大淨的戲子，紗帽圓領不過是戲服罷了，這安排不但伏得巧妙、應得自然，還有出人意料的效果，可以看出作者在安排情節時的精心設

⑲ 蔡元放〈水滸後傳讀法〉，《歷代小說序跋選注》（臺北，文鏡文化公司，一九八四年）頁二二三。

計。

然而不可諱言的，單回的短篇小說結構就單調多了，像《豆棚閒話》、《二刻醒世恒言》、《十二笑》、《西湖佳話》、《清夜鐘》、《生綃剪》（一至二回合演一故事爲例外）等話本小說集，就很少運用多線的結構，所以情節都較爲簡單而缺乏設計。

三、將各篇連綴，使整部小說成爲一個有機體

本期話本小說的作者，對於小說的外在形式極爲講究，不僅在分篇分回時相當費心，連整部小說的各篇之間也加以連綴，成爲有機的組合。

例如《十二樓》中的十二篇小說都講一座樓的故事、整部小說便由許多不同的「樓」連綴而成。又如《都是幻》由〈寫眞幻〉和〈梅魂幻〉兩個「幻」構成、《西湖佳話》各篇的故事環繞著西湖進行，《照世杯》則四篇小說分寫酒、色、財、氣⑳。最特別的是《豆棚閒話》，全書以豆棚下的閒話爲線索，各篇故事雖然獨立，但前後篇的結尾和開頭之間是連續的，而從第一篇搭起豆棚到最後一篇將豆棚推倒也使整部小說成爲一個整體。

也許有人認爲，小說集本來就是由許多不同的小說集合而成，刻意加以連綴並無意義。其實，追求秩序是人類的天性本能，早在馮夢龍編寫《三言》，淩濛初撰寫《二拍》時，便

⑳ 參見拙作〈清初話本小說照世杯研究〉，臺大中研所《中國文學研究》第六期頁一八五。

儘量將回目對仗化、格式化，使讀者翻開小說本子時，便覺得條理井然、心曠神怡。事實上，《三言》的第一部本名爲《古今小說》，後來陸續出版《警世通言》、《醒世恒言》，便將《古今小說》更名爲《喻世名言》，於是有了《三言》的總名，而將三部一百二十卷小說統合起成爲一個整體，因而更能吸引讀者的好奇。所以說作家在小說的外在形式上用心經營，對吸引讀者有莫大的助益，不能說完全沒有意義。

第三章　寫人藝術和諷刺藝術

第一節　寫人藝術成績的倒退

本期話本小說在描寫人物方面的成就較爲遜色，繼承雖多而發展甚少。在繼承前人經驗的部分，「把人物內心活動和生活細節描寫結合起來」而成功的例子還算不少，例如前面幾章曾經分析過的：借貸無門在街上像失心瘋一般亂轉的寒士時大來（《鴛鴦鍼》卷二）、被「頑妻孽子」活活逼死的賽牛（《十二笑》第五回）、賣嫂反將妻子賣掉後悔莫及受盡內心煎熬的花笑人（《錦繡衣》〈換嫁衣〉）、連嫁兩次，丈夫都逃走因而自怨自艾的醜女大喬（《跨天虹》卷三）、想當清官卻因夫人貪賄枉害人命又耽誤自己的大好前程抑鬱而終的魏秀才（《醉醒石》卷十一）、丈夫一再落第連夢中都哭泣求去後成爲賣酒婦丈夫卻進士及第遭人譏嘲而自殺的莫氏（《醉醒石》第十四回）、受妒婦所制保護不了庶出的幼子邊哭邊在草叢墻角水池甚至毛廁找兒子的懦弱老翁承川（《生綃剪》第二回）、到臨終托孤時才能體會繼子心情的年輕繼母甘氏（《八洞天》卷二〈反蘆花〉篇）。上面這些人物，有的用細緻的工筆詳寫動作中的細節，使人物形象鮮活而具體，如時大來的寒士窘態、承川的舐犢之情，都十分感人；有的或呈現、或分析其心理狀態，如賽牛的悲情、花笑人的悔意、大喬的自卑、魏秀才的自艾、莫氏的患得患失、甘夫人的反躬自省，都相當深刻。其詳細、深入的分析具見前章各節，此處不贅。

又如《人中畫》〈狹路逢〉中的傅星，李天造爲他解危，又信任他而託以千金貨物，他卻忘恩負義，私吞了賣貨所得的九百兩。但作者並沒有讓傅星成爲一個可以用「忘恩負義」四個字去概括的平面人物，一來他的女兒被鄉宦強佔正在受苦需錢去贖，二來他認爲李天造是財主應不差這筆錢，他思前想後，不斷掙扎，明知道如此行爲是「天理難容」的，但還是以「天與不取，反受其咎」、「人世如大海一般，你東我西，那裡還得相見？」等等藉口來自我安慰，其實內心是極度不安的。後來陰錯陽差，女兒竟嫁給李天造失散多時的兒子，當他們父子重逢時，傅星羞愧得無地自容，躲在房中死也不肯出來，其實他將銀子全部給了女婿，等於已經歸還李家了，但他心中有愧，所以不可能坦然相見。可見傅星並非貪財之人，也不是奸惡之徒，其不義只是一念之差而已。內在性格的複雜面能夠刻劃到如此地步，人物形象自然就立體起來了，這當然不是早期小說人物善惡分明的簡單形象所能望其項背的。

還有一個性格刻劃極爲成功的例子是《飛英聲》〈合玉環〉篇中的和氏。她在隨丈夫出征途中被將軍劫走，與丈夫分手時，各執半只玉環以爲他日重逢的憑證。爲了保住腹中孩兒，和氏在將軍家中忍辱偷生，二十年後兒子襲了軍官的職位，多年失散的丈夫卻成爲兒子的看馬人，如此又過了二十多年，才在一個偶然的機會認出丈夫身上的玉環而重逢。作者不斷以這半截玉環爲線索，以心理敘述和細節描寫互相配合的方式，一面表現和氏內心的傷感，一面表現她思念丈夫的心情，例如當她被安排在將軍府的精雅小軒時，想道：「我若落在眾軍之手，便無下落，今看起來，是這將軍要我做偏房了，只不知可還有見得丈夫的日子。」「柔腸一轉，又樸簌簌淚珠亂下，又取出這半截玉環來觀看。睹物傷情，越覺悽慘，悲悲切切的和衣而寢。」五年後，當將軍調歸遼陽，和氏又想道：「當時丈夫調發遼陽，便是此地了。」又想道：「總或在此，兩下間隔，何由得見。」「思想一回，又取出這半截玉環觀看一回，暗自吞聲飲泣。」此時忽見將軍進房，只得又「強爲歡笑」。要知此時將軍的夫人無出，和氏所生之子已成爲將軍唯一繼承人，和氏又甚得將軍之寵，可以口厭肥甘、朝歡暮樂，她卻對離散的丈夫思念不已，在將軍府中只是強顏歡笑而已。將軍死後，無出的正夫人警告和氏不能洩露兒子並非將軍骨肉的眞相，否則冒襲職位將有性命之憂，和氏只得瞞著兒子，「只是背地裡常自觀看這半個玉環而已」。事實上這半截玉環已經成爲她丈夫的化身，她對著玉環喃喃自語，其實是在和丈夫說話，因爲她的心事不能對任何人說，包括兒子也被蒙著鼓裏。正因爲她不斷的觀看，所以玉環的形象早已深刻的烙印在她的腦海之中，這便是當她見到看馬人身上的玉環時，雖然已經隔了四十幾年了，卻一眼便能認出來的原因。六十多歲的婦人，一時間竟「如小鹿撞心，面紅耳熱。」細心的媳婦發現事有怪異，對丈夫說明，後來玉環相合無誤，終於一家團圓。和氏對丈夫的感情，眞是富貴不能移、歲月不能易，透過細節的處理與心理的描繪，和氏的深情形象無比的眞實而感人。

此外，作者還善於運用卡通漫畫的手法醜化所要譴責的人物，經過誇張和扭曲達到強烈嘲諷的效果。例如：後悔在首陽山挨餓想要變節投降，藉口順天應命，強辭奪理的叔齊（《豆棚閒話》第七則）、靠抽豐爲生，一心想娶富婆爲妻當現成財主，反被騙光財物的遊客歐滁山（《照世盃》卷二）、開糞坑致富連拉肚子都捨不得落入外人「坑」的吝嗇財主穆太公（《照世盃》卷四）、妄想勾引佳麗不料自淫其妻的紈褲子弟元晏（《人中畫》〈終有報〉篇）、華而不實招搖撞騙無所不用其極的假名士卜亨（《鴛鴦鍼》卷三）、將泥人當兒子假戲眞作撒潑要賴的刁妾崔命兒（《十二笑》第一回）。這些人物的形象都十分荒唐可笑，然而他們可笑的嘴臉正浮現著背後所代表的那些「卑劣」、「虛僞」、「愚昧」、「吝嗇」、「無賴」等等的負面人格，所以小說的筆調雖在誇大中帶著詼諧，其作意卻也有嚴肅的一面，小說藉這些卡通漫畫式的人物成功的達到警醒人心的效果。

像〈賣油郎獨占花魁〉中的莘瑤琴那種性格能夠隨著情節發展的人物，在本期話本小說中也偶爾出現。例如《跨天虹》卷三中的陸友生，因爲厭惡醜女而兩次逃婚，在經過一番波折仍形單影隻之後，對於醜陋的女子忽然產生同病相憐之感，因憐而生情，後來反而主動向醜女求婚，新婚之夜卻又因終娶醜女而心生慨嘆，其思想性格的轉變合理而自然。又如前述《錦繡衣》〈換嫁衣〉篇中的花笑人，雖然聰明伶俐卻心術不正，爲了錢財竟然賣嫂，但在發現陰錯陽差將自己妻子賣掉之後，經過百般煎熬、種種掙扎，而能痛自覺悟，從一個連朋友妻子都敢偷的淫棍，變成決心尋妻的貞夫，其性格的變化有十分合理的交待。當然，像這樣有深度立體感的「圓形人物」並不多見。

上述之人物形象，在「主流論」各節中具有詳細討論，此處亦不再贅述。

整體看來，本期話本小說中的人物形象還是過於單薄，除了上述幾個較為立體的形象之外，大多有不夠眞實的毛病，原因在於描寫人物時，忽略了與生活細節的配合，就整個話本小說寫人藝術的發展來看，本期話本小說的成績可說是大大退步了。

第二節　諷刺藝術的多方面成就

本期話本小說在寫作藝術上最値得稱道的，應該是諷刺技巧的部分。可能由於時代的刺激，此一時期的小說充滿了對社會人生的種種嘲諷，也可能因爲太多的嘲諷，使作家對諷刺的手法有了新的體會，從而使諷刺文學得到新的發展。

本期話本小說對中國小說諷刺藝術的貢獻可以從兩方面說明：第一是諷刺題材的開發，如我們在前面的章節中所討論的，作家針對士風的墮落、八股取士的荒謬、貪官污吏的橫行等提出批判，其中有不少是採取嘲諷的方式的，尤其是假名士的可笑嘴臉、社盟的虛浮、考場的弊端、胡塗官員的斷案等等，予以深刻的諷刺，使讀者對他們的行徑嗤之以鼻，達到了極佳的批判效果，美國學者柯臘克（A. Melville Clark）曾說諷刺是「在以揭露愚行與叱責惡行兩個焦點所形成之橢圓形軌道上，前後擺動」❶的，他點出諷刺的目的在「揭露愚行」與「叱責惡行」，這是從消極面來說的，特萊登（Dryden）則說：「諷刺文的眞實目的在於改正惡行。」❷這說法就較爲積極了，所以也有學者說諷刺的目的在於：「使人性向善、習俗變好、制度改善。」❸清初前期的儒林小說、官場小說無不在「揭露」、「叱責」，希望人性、習俗、制度能因而「改善」，這些小說下開諷刺小說鉅擘《儒林外史》，遙啓譴責小說《官場現形記》、《二十年目睹之怪現狀》等，其在諷刺小說史上之貢獻自是不待多言的。

第二是諷刺技巧的進步，關於這一點，齊裕焜、陳惠琴合著的《鏡與劍—中國諷刺小說史略》一書認爲在人情小說發展以前，諷刺小說一般以寓言的方式諷世，而《三言》、《二拍》的諷刺藝術，則「標志著從寓言諷刺到寫實諷刺的過渡」❹。又認爲，其他明末以至於清初擬話本中的諷刺小說具有：「寫實與詼諧相結合的藝術個性」，其藝術表現「既繼承又有個性。繼承的是馮（夢龍）、淩（濛初）二氏的寫實筆法，新鮮而有意味的是詼諧化。如實寫來，諷意自現，使中國諷刺小說的寫實藝術更爲成熟；嬉笑怒罵，皆成文章，使作品在

---

❶ 董崇選譯、Arthur Pollard著〈何謂諷刺〉（Satire by Pollard），載《西洋文學術語叢刊》上（臺北，黎明文化公司，一九七八年）頁一九三。

❷ 同前註引文，頁一八八。

❸ 林驤華主編《西方文學批評術語辭典》（上海，上海社會科學院出版社，一九八九年）頁一〇五。

❹ 齊裕焜、陳惠琴合著《鏡與劍—中國諷刺小說史略》（臺北，文津出版社，一九九五年），頁一一六。

藝術上放得開，收得攏，從而生動引人，充滿情趣。」❺這段話雖然是針對「明末清初的擬話本」說的，但所舉的作品除了《鼓掌絕塵》屬明末外，《鴛鴦針》、《照世杯》、《豆棚閒話》，以及李漁小說等，都是清初前期的話本小說，因此可以用來說明本期話本小說的情形。也就是說，本期話本小說在諷刺藝術方面的發展，是結合了人情小說的寫實風格以及此一時期較爲突出的詼諧傾向。此一發展方向，較多的表現在李漁的小說之中，另外《照世杯》、《十二笑》也具有詼諧特色，《豆棚閒話》的諷刺手法則雖不失詼諧但寓言意味較濃，尤其是翻案小說，如以叔齊欲降新朝而鼓動群獸作亂來諷刺變節者，以瞽者在得到仙術開盲後的痛哭來諷刺人世的污濁，都不能說是寫實諷刺，只有第十則對清客賈敬山的諷刺才全篇採用寫實筆法，得到很好的諷世效果。

不過僅提出「寫實與詼諧相結合」，還不足以完全說明本期話本小說在諷刺技巧上的進步，以下我們再針對諷刺藝術中的幾種反諷技巧，來認識本期話本小說運用諷刺手法的功力。

「反諷」（Irony），姚一葦先生翻譯爲「嘲弄」，他接著說明嘲弄和諷刺並非一件事，認爲 Irony 中可以含有諷刺，但亦可以不含，「我們承認諷刺是嘲弄中的重要成分，但絕不是惟一的作分。」❻柯臘克氏則認爲 Irony 是諷刺（Satire）的語氣之一，不過 Pollard 立刻

❺ 同前註，頁一二三—一二四。
❻ 姚一葦《藝術的奧秘》（臺北，開明書店，一九七九年），頁一九九。

說明：「在柯臘克的表裡，反諷是諷刺文的一種語氣，而有所謂諷刺的反諷。……不過也有不帶諷刺的喜劇和反諷……比諷刺文更爲嚴肅的反諷。」❼可見反諷（或嘲弄）和諷刺是兩種不同的寫作藝術，但兩者之間有相當大的交集，《中國諷刺小說史論》說反諷是：「諷刺的一種特殊形式。」❽這話是不錯的，從諷刺藝術的發展史看來，甚至於可以說反諷是諷刺藝術中比較複雜的高級形式。諷刺可分爲兩大類，第一類是直接的諷刺，即作者「以第一人稱口吻，站出來直截了當地對讀者或作品中的人物發表具有諷刺性的見解。」第二種稱爲間接諷刺，是通過敘述表現出來的，「被諷刺的對象不直接受到揶揄，而是在自己的言行中暴露出滑稽可笑的特點。」❾在進行間接諷刺的描寫或敘述時，如果用到對比的技巧，就屬於反諷，因爲「凡屬對比的形式必產生 Irony，對比與 Irony 爲孿生姊妹。」❿以對比技巧構成的反諷來諷刺人事，在早期的話本小說中是較爲鮮見的，一直要到清初前期才有較大的發展。

在反諷技巧中最基本的是詞語反諷，即「內涵與表面意義不相同的陳述」⓫，「例如他

❼ 同註一。

❽ 同註四引書，頁一二九。

❾ 同註三引書，頁一〇六。

❿ 同註六引書，頁一九九。

⓫ 同註三引書，頁八九。

是醜的，你說他美；他分明是愚笨的，你讚美他聰明之類。」⓬這在早期話本小說中也極常見，例如《石點頭》卷三王原的母親聽到十三、四歲的兒子想外出尋父時謂：「好孝心，好志氣！」表面上是讚許，其實是諷刺兒子的想法天眞而不切實際；又如卷八吾愛陶魚肉鄉民後被劾丟官，臨去時百姓對他擲泥塊，卻說：「吾剝皮，我們還送些土儀回家，好做人事。」這都是詞語反諷的佳例。這種技巧在本期話本小說中也是相當常見的，例如《連城璧》寅集中的乞兒窮不怕想要幫助女兒被鄉宦強佔的婦人，那婦人笑道：「好大力量，好大面皮！高陽城裡不知多少財主，多少貴人，我個個都告訴過了，不曾見有一毫用處。你一個討飯喫的人，自己性命養不活，要替人處起事來，可不是多勞的氣力。」其中的「好大力量，好大面皮！」二句其實是嘲笑他自不量力，這是明顯的「內涵與表面意義不相同的陳述」，也就是一種詞語反諷。又如《警寤鐘》卷一寫戚太守的公子寫了一篇不通的文章給主角秀童看，秀童看了之後「笑倒在地，頓足揉腹，不能出聲。」那公子還自認爲佳作，問他說：「我這文才如何？」秀童捧腹點頭道：「眞乃高才名士，令游夏不能贊一詞。」這也是一種言不由衷的反諷，所不同的是，前述幾處反諷的訊息對方立刻可以接收到，此處的反諷則言說者只好笑在心裏，對方未必能夠領略。文中又寫道秀童的哥嫂爲了財利一向對他無情無義，甚至於將他送去當和尚，後來秀童當官，正好審到哥哥的一樁欠租毆主的官司，作者說那被告「原

⓬ 同註六引書，頁一九八。

來不是別人，卻就是那個最疼兄弟的愛冰哥哥。」這是作者對著讀者嘲弄書中人物，也是一種詞語反諷。類似上述幾種反諷的例子尚多，此處不再一一列舉了。

比較高等的反諷有所謂的「結構性反諷」，這是相當複雜一種反諷，它「應用了一種能夠維持雙重意義的結構形式，……常用的手法是塑造一個天眞的主人公或一個天眞的敘述者、代言人。他的單純和愚蠢總是導致他不斷地對各種事情作出某種簡單的解釋，……結構反諷取決於對作者反諷意圖的了解，這種了解只有聽眾掌握，說話人對此一無所知。」⓭這種複雜的反諷方式在早期話本中並不易見到，但在本期話本小說中卻出現不少次。例如《照世杯》卷四對開糞坑致富的鄉下老兒穆太公有一段這樣的描寫：

> 正到宗師衙門前，聽得眾人說：「宗師遞革行劣生員！」都擠擠著來看。只見裏面走出三個突頭裸體的前任生員來，內裏恰有金有方，穆太公不知甚麼叫做遞革，上前一把扯住道：「老舅，你衣冠也沒有，成甚體統，虧你還在這大衙門出入。」金有方受這穆太公不明白道理的羞辱，掩面飛跑了去。

無賴金有方是穆太公的大舅子，素行不良，因而被革去秀才的身分。對金有方來說秀才被革已經是奇恥大辱，偏偏不明就裡的穆太公跑來指責他衣冠不整，金有方辯解也不是，不辯也

⓭ 同註三引書，頁九〇。

不是，眞是哭笑不得，除了「掩面飛跑了去」也無可如何了。這就是一段相當高明的結構性反諷，它必須借由整個結構賦予意義，不能單靠詞語本身來完成，而它的諷刺力量則更強烈，被譴責的對象極爲難堪。又如《鴛鴦鍼》卷三諷刺不學無術的假名士卜亨，作詩連題目〈賦得雲破月來花弄影〉也看不懂，還想：「甚麼賊得雲破？難道看這樣一個賊，連雲都破了？」明明他滿架的書都是擺好看的，一本也未曾打開來看過，那些書呆子社友卻讚道：「你看這些書史，一本本都像新的不曾開折，若我輩有一部書到手，不上兩三日，東一半西一半，折頭卷腦，就像初上學的孩子一般。卜兄的如此精致，足見用心況細，有才有養了。」這些恭維的言詞，是出自於一群天眞、無知的書呆子的口中，他們說話時一本正經，並不知道自己說的話很可笑，所謂結構性的反諷，就在於讀者的視角和說話者的視角之間的差異造成。按理來說，被恭維的人應該會感到十分窘迫，可惜那連「賦」字和「賊」字都分不清的卜亨並不知羞恥爲何物，對他毫無影響。在此，作者一面寫批判了卜亨的假，一面諷刺了眾社友的愚，達到了兩面嘲諷的效果。

還有一種「戲劇性反諷」，指的是：「觀眾了解安排某個場景的用途，而作品中的角色對此一無所知。角色以不符合實際情況的方式行動，或者他們在期待與既定命運相反的個人命運，……。」⑭戲劇性反諷應該是結構性反諷的一種，但此種反諷強調角色與場景之間的

⑭ 同註三引書，頁九〇—九一。

悖謬，在中國文學中最有名的例子是《孟子．離婁》的〈驕其妻妾〉章，齊人回家時，不知醜態盡露，其妻妾正泣於中庭，還洋洋得意的「驕其妻妾」，這即是效果絕佳的戲劇性反諷。在本期話本小說中，這一類反諷相當常見，以下試舉數例來證明。

首先來看被王汝梅先生譽爲：「早於吳敬梓《外史》百年的短篇儒林小說」的《鴛鴦鍼》，本書作者運用戲劇性反諷的技巧可謂駕輕就熟。例如卷二中的書生時大來被誣爲強盜，眼看身家不保，卻不知何故被放了出來，其妻說她曾到按臺處告狀，一定是遇到了廉明上司了，夫妻倆把按臺歌頌不已。其實是大盜風髯子送錢去賄賂買放的，時大來不知情，還對風髯子說：「幸遇著廉明按臺，把我開釋，這才是神明父母。」風髯子也不扯破眞相，只說了句：「哦！果然神明。」時大來又說：「我連遇幾個官府，那個不來敲夾，要招黨羽，需索銀兩，若非遇著這官，就也不能與你相見了。」風髯子這時才告訴他實情，說是「當晚送了二百兩赤金進去，內面回出，明日聽發放。」如果官府那般清廉的話，「天下該久已太平了」，叫他：「莫再說書呆的話罷。」小說對時大來的書呆氣充滿了嘲弄意味，他愈對貪財受賄的按臺歌功頌德，所顯露的嘲弄的意味就更強烈，而對貪酷官府的諷刺也就更有力量。又如卷四第四回寫商人范順外出經商失敗，回家路上又遇到仙人跳，一文不名的回到家鄉，他不知道家產已被兩個養漢子的妻妾敗光，房子也賣掉了，回到家時：

范順一路走來，遠遠望見自家門口，墻壁柵欄收拾得煥然一新，暗喜道：「我出門兩年，信也不曾寄封來，喜得他大小兩個，支撐家務，又把鋪面整頓恁樣光景，著實虧了他們。古語云：『娶老婆不著一世窮。』我男子漢到折得精光，豈不見笑於婦人麼？」心中歡喜，腳步越加踊躍。

他對妻妾的讚美，以及心中的歡喜，和妻妾的養漢敗家成了強烈的對比，也就構成了強烈的反諷，這反諷的目的是十足的「揭露愚行」，而且是合於魯迅所說的：「婉而多諷。」⑮的高級諷刺。

其次《人中畫》一書也多寫儒林，其中也有不少值得借鏡的反諷手法。例如〈自作孽〉篇對汪費的嘲諷，除了正面諷罵他忘恩負義之外，也安排了戲劇性的描寫，他「倚著舉人身勢，無所不為」，在進京路上橫行無忌，到了一個農莊，不知道主人是鄉居的大老，不但白吃白住，還大放厥詞，後來此老正好起復為考官，就將他黜落了。汪費只好以舉人選為縣官，貪酷無比，任滿又以貪來的贓款賄賂吏部，吏部許以：「只消新按院有個薦本。」便替他打點升官，他趕著去見新按院，在船上又作威作福，極為惡劣，此時有一相士，告以：「只怕早晚有人參論，須要小心防範。」汪費道：「這就胡說了，新按院又未入境，就是來時有些

---

⑮ 這是魯迅評論《儒林外史》的話，他認為《儒林外史》出現，「說部乃始有足稱諷刺之書。」見《中國小說史略》（臺北，唐山出版社，一九八九年）頁二三〇。

話說，我拚著幾千銀子送他，他難道是不要的？除他，有誰參劾？」相士又說他可能會有牢獄之災，汪費大怒，把他趕下船下，相士笑道：「如今趕我上岸，只怕相准了，那時尋我就遲了。」汪費回到縣中等新按院，見面時嚇得魂飛魄散，你道新按院是誰？「就是替他舡上相面，相得不好趕上岸的那人。」作者在此頗賣關子，不但瞞著劇中人汪費，也瞞著讀者，小說的反諷效果須在讀者得知眞相之後，回想汪費與相士見面那一段時才獲得，這手法是較爲曲折的。又如〈終有報〉篇對富家公子元晏和他的未過門妻子的嘲諷，也很富戲劇性，這對寶貝在成婚前分別看上他人，媒人無法使二人如願，便乾脆兩面欺騙，安排他們倆幽會，「元晏自從私會了花小姐，不知是自家妻子，只認作莊家小姐，滿心歡喜，百分得意。」元晏愈得意，讀者就愈覺得他可笑，反諷效果極佳。後來在新婚之夜時，花小姐裝模作樣，元晏暗自歡喜道：「深閨處女，怕羞如此！」行房時見落紅點點，「元晏心下更加歡暢，以爲閨中眞正處子，比宣淫之女大相懸絕。」那曉得紙包不住火，慢慢的彼此都認出對方了。這對夫妻，一個是奸夫，一個是淫婦，半斤八兩，自己又丟臉，又恨對方不貞，眞正是哭笑不得。從上舉兩例可知，《人中畫》一書運用反諷的手法也很高明。

又如《照世杯》也大量運用了反諷的手法嘲諷書中人物。如卷一中的阮江蘭，闖入一個婦女的詩會中想要佔女子的便宜，結果被灌得酩酊大醉，且被眾女子塗得滿臉漆黑後抛在街上，醒來時，他卻還以爲是「眠在美人的白玉床上」呢！這種期待和事實相反的描寫即爲戲劇性反諷。後來阮江蘭到揚州，又整天偷窺同院的美婦，甚至被對方的下人呵斥也不理會，院中的公子很生氣，便設計擺佈他，借美人之名寫了一封假情書去約他幽會，樂得他「手舞足蹈，狂喜起來」；不知道被算計，聽人家喊防賊，還暗笑道：「獃公子，你只好防園外的賊，那裏防得我這園內的偷花賊。」結果闖入美人臥室，被打得半死，大叫：「我是阮相公，你們也不認得麼？」家人們的回答也有趣：「那個管你軟相公、硬相公，你黃夜入人家，非奸即賊，任你招成那一個罪名。」此一反諷，也可說是「視差」技巧的運用，讀者明知小說人物受騙，而該人物卻沾沾自喜自以爲得意，這一來一往的衝突即形成戲劇張力，達成反諷的目標。阮的好友張少伯暗中助他，幫他買回美人，又刺激他讀書上進，阮卻始終以爲張搶去了他的意中人，恨之入骨，後來一舉掄元時張來賀喜，反遭阮的辱罵，這同樣是「視差」的手法，讀者無不感佩張的高義，也無不暗罵阮的糊塗。全篇一而再，再而三用反諷的手法嘲弄小說人物，應該稱得上是一篇高明的諷刺小說。另外卷二對游客歐滁山的諷刺，卷四對好賭的秀才金有方等人的諷刺，也都各有特色，可參見前文的討論。

蔡國梁先生認爲《照世杯》一書「對清中葉的諷刺文學自有影響」⑯，這雖是推測之詞，但不能說毫無根據，筆者以爲在清初前期的話本小說中，以《鴛鴦鍼》、《照世杯》、《人中畫》三書對諷刺小說《儒林外史》的影響較多，至少可以說此三書是諷刺儒林小說的先聲。

鄭明娳女士分析《儒林外史》一書的內容除作者自我之人生觀念外，包括八個部分，即：舉

⑯ 蔡國梁《明清小說探幽》（臺北，木鐸出版社，一九八七年），頁二三一。

業中人之利慾熏心、登科學士之不學無品、官場貪吏之賄賂舞弊、閭里豪紳之武斷鄉曲、禮教子弟之平庸昏瞶、斗方名士之虛僞造作、失意清客之招搖撞騙、落魄士人之精神漂泊等[17]，這些內容在前述三部小說中多可見到。如：范進、周進中舉前的落魄情形，在《鴛鴦鍼》徐鵬子、時大來身上依稀可見；梅秀才笑周進有才而進不了學，一如〈自作孽〉篇汪費笑曾幫助他、指點他的老秀才黃輿中不了舉；《鴛鴦鍼》卷三中的假名士卜亨，「《儒林外史》中的假名士（假冒牛布衣的牛浦郎）只是他的後繼者。」[18]至於不學無術、招搖撞騙的清客，《照世杯》中的歐滁山可爲代表；名士之虛僞造作，則《照世杯》中的阮江蘭不遑多讓。另外像武斷鄉曲的豪紳、作威作福的貪官污吏，在這三書中觸目皆是，已詳論於前幾章，此處不贅。總之，《儒林外史》所要表現的題材，在此一時期已粗具雛形，中國唯一稱得上偉大的長篇諷刺小說正在蘊釀著。

其實，《儒林外史》書中有些零星的諷刺筆法，亦可在此一時期的話本小說中見到，例如《生綃剪》第一回寫慕懷的鄙吝，簡直就是《儒林外史》嚴監生的翻版：慕懷臨終時將死不死，放心家業不下，忍著一口氣吩咐家人道：「爲人切不可讀書請先生，見斯文人不可拱手，只做不認得才是。切不可與貧人相處，切不可直肚腸，切不可吃點心，切不可漿洗衣

---

[17] 鄭明娳《儒林外史研究》（臺北，商務印書館，一九八二年），頁一四一——一七〇。

[18] 歐陽代發《世態人情說話本》（臺北，亞太圖書出版社，一九九五年），頁二二七。

服……。」交待了一大堆，「說完瞑目而逝。又掙一口氣醒將轉來」，道：「我不放心，我不放心！還有話說……。」這和嚴監生爲了燈盞裏點了兩莖燈草，怕費油而不肯瞑目（第六回），實有異曲同工之妙。又如本篇正話中的假名士莊一老，見主角有芷不是此道中人，便大肆吹牛說：「一向在黃大史府中，因有幾部書要刊刻，在那裏批打。本府又要請我處館，他只是不放。」《儒林外史》中的嚴貢生，開口就吹他與湯知縣是「極好的相與」，又說湯知縣剛到任時，「老父母轎子裏兩隻眼只看著小弟一人。」（第四回）又如假山人陳和甫一見婁公子，就吹說：「向在京師，蒙各部院大人及四衙門的老先生請個不歇……，當道大人，俱蒙相愛。」（第十回）這些吹牛技倆，都大同小異。《儒林外史》十九回寫施美卿要賣弟媳婦，弟媳不肯，施美卿約對方來搶親，「每日清早上是我弟媳婦出來屋後抱柴，你明日眾人伏在那裏，遇著就搶吧！」不料那天早上卻是施美卿自己的老婆到屋後抱柴，造成要賣弟媳反而賣掉老婆的悖謬，這也和《錦繡衣》〈換嫁衣〉篇賣嫂反而賣掉自己的老婆的故事如出一輒，都是屬於戲劇性反諷的佳作。

除了上述幾部話本小說之外，像《十二笑》第一笑寫以泥人爲子嗣之痴，作者一本正經的寫官宦的妓妾爲泥孩子僱乳娘、買丫鬟，還找算命先生排八字，假裝他會哭笑，生病請大夫，「喚小丫鬟撒溺在地，說是小相公小解。」還要做週歲，下屬不知眞相，爲了巴結上官，「也有餽送麒麟的，也有餽送金杯盞的。」後來不小心摔碎了，夫妻倆放聲大哭，爲它辦喪事，吩咐衙內人等，通要掛孝，還做了七晝夜水陸道場。全文諷刺痴愚的世人還不如泥人，所謂：「土木形骸，罔知生趣；視彼泥人，等無有異。」（本回題要語）突梯滑稽，寓諷世意味於嬉笑怒罵之中。本書第二笑諷刺朋友之間的爾虞我詐，第三笑諷刺暴發戶想攀附斯文反而遭辱，第四笑諷刺爲痴情而淪爲賤役，第五笑嘲諷溺愛子女的悲慘下場，第六笑諷賭徒不惜賣身，全書都在嘲諷世俗，也是一部以諷刺爲主題的話本小說集。不過本書筆無藏鋒，作者常站出來對書中人物冷嘲熱諷，諷刺手法未臻上乘。另外，李漁小說也充斥著大量的諷刺情節，但李漁小說機智、嘲謔有餘，含蓄不足，與《儒林外史》筆法亦大異其趣，像《無聲戲》第七回諷刺篦頭師父王四想要學效羣賣油郎獨占花魁，反而被騙走了大筆的金錢和多年的青春，但李漁稱他爲王半八，也就是半個王八的意思，又說：「王四也不以爲慚，見人叫他，他就答應，只要弄得粉頭到手，莫說『半八』，就是『全八』也情願充當。」像這種以輕薄的口吻直接對書中人物嘲罵的情形，在《儒林外史》中是見不到的。

本期話本小說中的諷刺小說還有很多。如《醉醒石》第七回全篇在諷貪官呂某，說他：「問詞訟，原（告）被（告）干證，箇箇一兩三。買食用，一兩也給三四錢，還要領他一載；給錢糧，十兩定除一二兩，何妨預借一年。」這是諷刺語氣中的「挖苦」，是一種帶點諧謔意味的批判；最有趣的是，篇中寫他的幾個兒子皆不成材，其第四子只愛串戲扮丑角，父親責他，他道：「老爺講的，拚得箇軟膝蓋，跪人諂人，今日試演一試演。想你們這些做官的，在堂上面孔還花似我，門背後膝蓋軟似我。逢場作戲，當甚麼眞？」這段話表面上只是一種反唇相激，是被責備者以其人之道還其人，但骨子裏則是透過父子之間的衝突，諷刺貪官汚吏的卑劣行徑，諷刺手法相當高明。又如《豆棚閒話》第十則對幫閒賈敬山的諷刺，他以骨董專家自居，人家問：「三代（指夏商周）法物麼？」他卻答以：「這件寶貝青綠俱全，……極少也有十七八代了。」這種讓受諷刺人物自暴其無知的手法，也見於《五色石》〈選琴瑟〉篇，篇中假名士宗坦好盜人詩文，又不解詩中之意，其中有兩首是〈讀長門賦漫興〉，讀的人看出原詩的意思是說陳皇后不必央相如作文，而相如也不應爲陳皇后代作〈長門賦〉，故說：「倩人代筆的不爲稀罕，代人作文的亦覺多事。」宗坦以爲是說他請人代筆，連忙解釋說：「晚生並不曾倩人代筆，其人都是自作的。」這一解釋無異不打自招，假名士的嘴臉就原形畢露了。又如《雲仙笑》〈拙書生〉篇諷刺才學平庸的書生文棟，他第一次科考時運氣好，抄寫包糕紙上的文字而名列前矛，第二次科考時，作者說：「適值科舉的年時，免不得又要圖得僥倖。只是包糕紙上今番沒有文字，卻要句句出自己裁，早是穩穩的無望。」這話中便充滿了揶揄，尤其「穩穩的」本是肯定之詞，卻加在「無望」二字之前，達到一種出人意表的詞語反諷效果。其他運用諷刺手法成功的例子還散見於前面的各章之中，此處不再多談。

總之，諷刺小說或運用諷刺手法成功的小說，大量在本期話本小說中出現，對中國諷刺小說的發展具有重大的意義。《中國諷刺小說史略》一書說：「明末清初擬話本中的諷刺作品，雖然篇目比較分散，但因此諷刺的範圍更廣；雖然風格略輕巧，但因此諷刺的手法更新。它上承《三言》、《二拍》，下啓《儒林外史》，應該說是中國諷刺小說史上的一座重要橋梁。」⑲這話雖然說的是「明末清初的擬話本」，但如本節前文所云，其實主要還是針對清初前期的話本小說而論的，何況《三言》、《二拍》何嘗不是明末清初的擬話本？故透過本小節的論述，應更精確的說，本期話本小說才是眞正上承明末話本小說中的諷刺小說，下啓《儒林外史》的重要橋梁。

⑲ 同註四引書，頁一三〇。

第四章　話本小說走向形式主義的末路

此處所謂的「形式主義」❶，指的是過度講究形式的精巧，而忽略了內容，或者說，精心結撰的巧妙結構，所承載的卻是空洞虛浮的內容，使得小說缺乏眞實感人的藝術力量。由於主題思想的低俗，加上與現實生活脫節的人爲設計，使形式成了空架子。就好像一座富麗堂皇的博物館，雖然有曲折的迴廊、精美的展示架，所陳列的卻是一些低劣的，粗製濫造的贋品，或爲了媚俗而生產的時貨，使人徒然驚嘆於外觀的美好，卻引不起感情的投注以及心靈的共鳴。

話本小說走向形式主義，可以用李漁小說做爲代表來說明。孫楷第先生對李漁小說的批評：「長處是關目新，人物配置的好；短處是有意求新，人工多而天工少，其結果不免失之

❶ 形式主義本是二十世紀初的一個現代美學、文藝學流派，因強調文藝的形式本質與對形式研究而得名，一九一四年俄國作家什克羅夫斯基提出的宣揚形式主義的第一篇論文。形式主義者主張形式可以創造內容，文藝的特質主要是由形式因素組合而成的，反對從內容的角度去研究文藝。參見趙士林等主編的《美學百科全書》（北京，社會科學文獻出版社，一九九〇年）頁五五三。本文僅取形式主義專重形式，忽略內容之主張，和該流派的其他文學見解不相關連。

纖巧。」❷人工多使得李漁的小說不夠自然、不夠眞實，所以孫先生又說：「我們看笠翁的

短篇小說，有時覺得用意與格局都甚好，可是總覺得有點不足，像少點什麼是（似）的，就是因爲神理間架都好，而敘次描寫尚不能瑣細入微，新奇的事情，不能得平常的物理周旋回護，所以看來只覺得纖巧。」❸這兩段話，貼切的說明了李漁小說形式有餘而內容不足的現象，而這也是清初前期話本小說的通病。

李漁小說內容的不足，主要表現在兩個方面。第一是人物形象的單薄，小說中的人物好像不是生活在眞實的世界，他們一個個，都像是掌中戲臺上的木偶，沒有喜怒哀樂的表情，沒有內心的矛盾與掙扎，只是任由表演者操控著，他們的笑，是表演者的笑，他們的哭，是表演者的哭，看的人也會被人物的精彩行動所引動，但無法眞正對那些面目模糊、心靈空虛的人物產生同情。在李漁的小說中，幾乎見不到立體人物，他們全是平面的、抽象的，即使是悲劇人物，在作者的醜化與嘲弄之下，也僅是顯得可笑，而不會覺其可憐。我們曾在前文分析過《無聲戲》第一回寫醜男配美女的故事，小說的主角闕里侯內才既不佳，相貌又奇醜，身上還帶有惡臭，所娶的妻子沒有不嫌惡他的，她們寧可念佛守活寡，也不願和丈夫同房，這樣的人物，其內心的悲苦是可以想見的，但李漁對他卻極盡嘲諷之能事，不但將他形容得

❷ 孫楷第〈李笠翁與十二樓〉，載《滄州後集》（北京，中華書局，一九八五年），頁一八八。

❸ 同前註引書，頁一八九。

極爲不堪，「凡世上人的惡狀，都合來聚在他一身，……五官四肢都帶些毛病，件件都闕，件件都不全闕，叫做『闕不全』。」身上更是從口臭到腳，新娘子嫌他口臭，爬到腳頭去睡，「誰想他的尊足與尊口也差不多，躲了死屍，撞著臭鰲。」後來第三位夫人妥協了，但她不願獨享丈夫，並不是她大方，而是要另外兩位夫人和她「分些臭氣，就是三夜輪著一夜，也還有兩夜好養鼻子。」所以爲丈夫籌劃，騙出念佛的兩位夫人，並且說服了她們。這篇小說寫得的確有趣，但其內容對殘疾之人帶著多大的侮辱？何況所謂闕不全明明是誇張的形容，並不能在讀者心中造成眞實的印象。相對於《跨天虹》卷三對醜婦心情的描寫，以及才子幾經掙扎而終娶醜婦的經過，其感人程度是李漁小說所望塵莫及的（詳見主流論篇之分析）。至於像〈合影樓〉中的才子佳人珍生、玉娟、錦雲，〈夏宜樓〉中借望遠鏡的妙用娶回佳人的瞿吉人，〈拂雲樓〉中的裴七郎、梅香能紅和小姐等人，都像極了現代言情小說中不食人間煙火的俊男美女，顯得矯柔造作，毫無眞實之感。

我們還可以引用歐陽代發先生的一段話來補充上述的討論，他說：

> 〈合影樓〉中的人物對影傳情的構思獨特，寫得也精彩，但男女主人公也似乎只見影子，不是有血有肉活生生的藝術形象。至於乞兒窮不怕爲什麼會撒漫度日、樂散好施而不管自己如何窮愁潦倒，沈留雲等三妓女（〈寡婦設計贅新郎　眾美齊心奪才子〉）爲什麼會齊心合力爲呂哉生計娶喬小姐，卻不管自己爲妾命運將如何，則完全沒有寫

出心理性格根據。❹

這些都是很明確的例子，可以證明李漁小說中的人物形象如何的虛幻不實，如何的與現實生活脫節。

李漁小說內容的不足的另一表現，是主題思想的淺薄和寫作態度的輕浮。爲了吸引讀者，不得不降低作品的思想層次，以免曲高和寡；爲了取悅讀者，不免插科打諢，以博君一粲。

何以說李漁小說的主題思想淺薄呢？崔子恩先生的一段分析值得參考，他說李漁小說有兩種表現：

一是不敢也無法觸碰社會現實或社會歷史的本質性問題；

二是躲避嚴酷的人生現象，從根本上排除悲劇情緒、悲劇形象、悲劇情節。❺

這段話是頗合於事實的，李漁小說總是停留在說故事的層面，不肯去面對故事背後的殘酷現

❹ 歐陽代發《話本小說史》（武漢市，武漢出版社，一九九四年），頁三八八。

❺ 崔子恩《李漁小說論稿》（北京，中國社會科學出版社，一九八七年），頁一八。

實。《十二樓》中的〈奉先樓〉和《無聲戲》第五回〈女陳平計生七出〉都以明清之際的社會爲背景，在〈奉先樓〉中有流寇劫掠民婦後爲清兵所得的情節，崔子恩先生說：

> 雖有多處涉筆災難和亂離之苦，但作者的用心不在於此，而在於三個奉先守禮的好人——爲「奉先」而「忍辱存孤事終死節」的節婦、寧願餓死也不吃牛肉的「半齋」秀才，和體諒人心、講義氣、把妻子讓與原夫的將軍。李漁通過這三個人來申訴但行善事、必有好報的「學說」。社會的不安，百姓的患難，不過作了構架存孤成功、父子重聚的橋梁，社會生活的本質，被故事推遠，成爲模糊不清的被團圓的粉紅色紗幕輕輕籠罩的遠景世界，已不再能引起人們切實的生活感受。❻

〈女陳平計生七出〉篇也是寫流寇劫掠民婦，但我們同樣感受不到動亂時局的蒼涼氛圍，只見耿二娘將流寇頭目玩弄於股掌之上，不但保全貞操，還因禍得福從該頭目的手中獲得了大筆的錢財。在這篇小說中，流寇頭目不過是用來表現耿二娘智計的道具，他完全從明末流賊和官軍的混戰中抽離，他的長官、僚屬、衛侍全都不見了，流來流去竟又流到耿二娘家的附近，最後因爲愚蠢和貪財而被百姓活活打死。又如《十二樓》中的〈生我樓〉，雖然說是元

❻ 同前註引書，頁二七。

末故事，其實完全以清初社會背景，其中有「賣身爲父」的情節，這設想甚是奇特，誰願意買回一個老頭子當父親來孝順呢？賣身本是窮困人家無以爲生時的無奈之計，李漁卻拿來給財主開玩笑，他用這種方法來尋找財產繼承人。另外，篇中也有婦女被裝在布袋中販售的情節，這是清初婦女的一大劫難，但李漁並不關心這些婦女的痛苦心靈，只拿來做爲酬獎忠厚善良的禮物，一連串的巧合，使男主角買回了義母，經由義母的指引，又買回了心上人，更離奇的是，當初他所「買」的義父其實是生身父親，那時匆匆分手未曾留下地址，因爲他買回義母而得以全家團圓。總之，離亂應該造成悲劇，在李漁手中卻變作喜劇，依照小說的邏輯，如果沒有這場動亂，這一連串的巧合便不會發生，那麼從小失散的男主角也就不可能尋回父母了，這樣說來，動亂不該受詛咒，反該感到慶幸了。李漁小說中的動亂時局是如此的不眞實，以這背景演出的故事的重量自然也就輕如鴻毛了。

在李漁的愛情小說中比較感人的是《連城璧》子集譚楚玉和劉藐姑假戲眞作的故事，內容寫舊家子弟爲了接近女旦而進入戲班，先委屈演大淨，後來終於當上小生得以和意中人在戲臺上當夫妻。只是下了戲臺卻連說句話的機會都沒有，母親把藐姑當搖錢樹，逼她嫁給富翁，藐姑不肯又無法拒絕，故意高高興興的爲富翁唱戲，楚玉正怪她無情，誰知她唱到《荊釵記》〈抱石投江〉一齣時，眞的跳入江中，楚玉也跟著跳下。可能和李漁的戲班生活有關，這篇小說具有較多的眞實感，戲子在現實生活中無法達成自由戀愛的心願，轉而在戲臺上傾吐眞情，經不起殘酷的逼迫，他們殉情的一幕相當具有震撼性和悲壯性，可惜的是，悲劇結局不能見容於李漁小說，李漁不肯將現實生活中避不開的傷痛納入他的小說之中，因此，他必須借助鬼神的力量，安排男女主角雙雙獲救，再讓男主角重拾書本考上進士當官，夫妻並回到當年投水之處向母親示威，在母親表現悔意之後，母女含淚重逢。本來應該是感人的悲劇，在經過李漁的刻意安排之後，輕飄飄的脫離了沈重的現實人生，充滿造作的大團圓的結局，根本無法爲讀者帶來一絲喜悅。

再說李漁小說寫作態度的輕浮，如前述《無聲戲》第七回諷刺篦頭師父王四的故事，王四人財俱失，其實是一個相當值得同情的受害者，但李漁在同情之中卻又充滿了嘲謔，例如在王四請人寫的伸冤文字中，李漁一面向妓家提出譴責，一面又讓王四一再承認自己是半個王八，楊義先生說李漁在此，「嘲諷道德的淪喪時，卻沒有認眞地把握住不應淪喪的道德。他以自己的喜劇性語言，對人間的玩笑開了第二度的玩笑，往往使其雋妙的語言陷於爲歡喜而歡喜的尷尬之中，缺乏一點沈重的道德感和人格力量。」❼的確，在李漁小說中，充滿了玩世不恭的遊戲筆墨，許多嚴肅的主題，被他的油腔滑調沖洗殆盡，像《十二樓》〈萃雅樓〉的故事，斷袖之癖的嚴世蕃爲了將良家少男汝修據爲己有，竟唆使太監將他閹割，這是何等兇惡的行徑，何等悲慘的遭遇？後來汝修報了大仇，讀者正感人心大快之時，李漁卻以這樣的文字爲結語：「既殺之後，又把他的頭顱製做溺器。因他當日垂涎自己，做了這樁惡事。

❼ 楊義《中國古典白話小說史論》（臺北，幼獅文化公司，一九九五年），頁二六七。

後來取樂的時節，唾味又用得多，故此償以小便，使他不致虧本。」李漁玩弄文字過了頭，使全篇小說的感傷氛圍完全被破壞，也使小說的格調墮入了低俗的惡趣中了。

李漁小說的形式主義，使他高明的寫作技巧成了中看不中用，缺乏震撼力量的花拳繡腿，而大多數清初前期的話本小說也都犯了這樣的毛病。《鴛鴦鍼》是本期話本小說中主題比較嚴肅的一部，對儒林的嘲諷、對貪官污吏的譴責不遺餘力，可是爲了突顯主人公不平凡的胸襟氣度，爲了遷就大團圓的結局，卻是非不分，形成一種鄉愿的、僞善的道德典型。例如卷一中的丁協公，可說是壞事做絕、十惡不赦的大花臉，他考試時割別人的考卷做弊、奪人功名、害人入獄，當官之後貪贓枉法、草菅人命，像這樣的人物可以說是死有餘辜，然而受害的主角卻將他無罪開釋，表現了他以德報怨的高尚情操，也使他後來高官厚祿，子孫成器，爲「寬仁積德之報」。然而私人的恩怨可以寬解，國法豈容便宜處置？這樣的結局，將置那些被屠毒敲剝的無辜百姓於何地？同樣的，卷二中的任知府也是贓私狼籍的大貪官，主角時大來被他害得幾乎家破人亡，但其結局卻更令人訝異，後來成爲他的上司的時大來不但原諒他，兩家還成爲世交，不但繼續當官，後來也壽終正寢，其主要因素，是任知府的女兒曾經救過時大來，頗有巾幗英雄的氣概，所以時大來作媒將她和恩人俠盜風髯子配對，既然結親，自然不能讓風髯子的岳父太難堪。像這樣爲了彰顯正面道德，輕易的寬恕負面道德，或爲了結局美滿，不惜犧牲是非的情節安排，就充滿了人爲造作的痕跡，使小說本身的內在邏輯產生了矛盾，勸懲的力量也就顯得有氣無力了。

這種情形在《人中畫》的〈自作孽〉篇也十分類似，忘恩負義的汪費，爲官貪酷無比，已被按臺參劾入獄，當初受盡譏訕的黃輿不但爲他說情，還准他「七千贓銀免追，也不問罪，只趕他回去便了。」就黃輿來說固然寬厚有餘，後福無窮，「後來子孫綿盛，爲祁門大族」，但對國法、民怨實在都難以交待。再如《照世杯》的〈走安南玉馬換猩絨〉篇，「揭露胡安撫縱子爲惡，假公濟私坑害杜景山，逼他去安南採買『禁物』猩猩小姑絨，還發出逾期嚴懲的威脅。但在具體描寫了獲取猩猩小姑絨的極端艱險困難後，矛盾尖銳化，悲劇難以避免，卻忽然以小孩喜歡玉馬的偶然巧合爲轉機，把一場大悲劇化爲輕喜劇。」❽從歐陽先生這段分析可以了解，《照世杯》的作者根本無心去挑戰社會的不平，他雖然借用了一個昏官公子的幼稚卑劣形象，但小說的主題卻朝描寫異國風情、記載奇聞軼事的方向走去，而結語竟然是：「可見婦女再不可出閨門招惹是非，俱由於被外人窺見姿色，致啓邪心。」好像胡安撫父子的行爲可以原諒，而杜景山之妻出現在自家門前才是罪魁禍首，完全模糊了勸懲的主題。淺薄的道德觀，避重就輕的寫作方式，使這些小說雖然達到了一定的娛樂效果，但藝術力量卻極爲有限。

《豆棚閒話》是一部別出心裁的話本小說集，在形式上力求突破話本的格局，將十二則故事串連成一個有機體，在題材方面更是翻空出奇，不落前人窠臼，如乞兒孝義、和尚作惡、

---

❽ 同註四引書，頁四五〇。

癡子封王、散財興家、空青開盲、叔齊變節、清客聯盟、死梟生首等等，無不出人意表，令人歎爲觀止。石昌渝先生曾說：「中國白話短篇小說如果在《豆棚閒話》的起點上再向前邁進，那就要走進近代小說的範疇。」❾其實也還沒有這麼高的成就，因爲綜觀全書，許多小說的內容仍顯得虛浮空洞，不但沒有寫出多少眞實的生活細節，更沒有創造出生動的藝術形象，即使將二十四史掀翻，仍不過是在逞口舌之辯而已。如第一則寫介之推夫人之妒雖極傳神，但完全見不到心理背景的描繪，也見不到其妒心在日常生活中的發展，只能以她天生善妒來自圓其說；第二則寫西施的平凡、范蠡的奸險，全是作者想像力的發揮，毫無具體描寫，設想雖奇，說服力卻不夠強大，內容亦無以感人。寫得較好的是〈首陽山叔齊變節〉，寫叔齊在哥哥伯夷盛名的陰影下，想要降順新朝的矛盾心情較爲深刻；又如第九則〈漁陽道劉健兒試馬〉，寫落魄的富家公子被誘爲盜的經過也比較眞實；還有第十則〈虎丘山賈清客聯盟〉，對幫閒賈敬山的諷刺亦頗傳神。其他各篇的故事都太簡單，人物形象也太單薄，作者過於在題材上、形式上求新求變，卻忽略在細節上多作敷陳，使人物彷彿飄浮在雲端般的不夠踏實。

《五色石》八篇中有一半屬於才子佳人小說，它們和一般才子佳人小說的通病都在於過度的公式化，小說中的才子佳人，以及從中撥弄的小人，都是「假擬」出來的，所以缺乏眞實性。如〈二橋春〉篇雖然批判了貪官，也嘲諷了他夤緣進學、賄賂中舉的公子木一元，然

❾ 石昌渝《中國小說源流論》（北京，三聯書店，一九九五年），頁二八八。

而篇中對貪官的醜化既不徹底，而公子在醜態畢露之後，則命他當所陷害的情敵的媒人，以報其阻人婚姻之仇，至於他假舉人的身分，也就聽其自然了。在這種情況下，所有的批判、嘲諷都顯得空洞無力。又如〈鳳鸞飛〉篇的情節設計表面上十分精巧，從內容來分析則如同兒戲，罷官鄉居的官宦起用後獻美女給提拔他的宰相表達謝意，不料得罪了宰相夫人，竟因此再度被宰相革職，他不滿而告到皇帝那裏，宰相也因此而丟官，於是男女主角雙雙獲得平反，得到圓滿的結局。這當然也不能說完全不可能，卻毫無必然性，不但不能自圓小說本身的邏輯，做為小說的主要轉折點也未免得之太易。本篇男女主角的受苦也都輕描淡寫，才子竄身為奴，佳人投靠乳媪，其過程皆一筆帶過，讀者無法感受到他們的堅貞之情，而大團圓的喜悅之感也就大打折扣了。

由於《五色石》是為了「學女媧氏之補天而作」（〈序言〉）的，其作意已經預先決定了大團圓的結局，為了結局的美好，在設計情節時不得不加以遷就，那麼人為造作之跡就處處可見了，如卷二〈雙雕慶〉篇，和氏為了照顧羽娘的孤兒，竟拋下了自己的孩子，誰知羽娘的丈夫並未死，而且正好遇見走散的孩子，回來後交還給和氏；卷四〈白鉤仙〉篇中男主角呂玉被誣陷入罪押解進京的途中遇到兵亂，正好旁邊死屍身上有文書，便假冒其名，女主角陸舜英在土賊作亂時跳崖，卻有白蛇來救，不久又和姑姑相逢，而這姑姑正好是那死屍的母親，男主角既冒其名，便以中表的名義娶了舜英，中舉復姓之後，不能再當舜英姑姑的兒子了，於是姑姑以舜英為女兒，呂玉則成了女婿。這些錯綜複雜的安排其實頗為費心，構思之巧妙、組織之嚴密亦足稱道，然而，這曲折有趣的故事到底帶給讀者什麼深刻的啓示？這裏面既沒有動人的愛情的描寫，男女主角的結合純屬天意；也沒有細膩的心理刻劃，姑姑在面對假冒兒子的呂玉時，難道不會懷疑兒子是被他所害？呂玉先騙姑姑說自己名叫王回，中舉來報時又變成姓呂，死了兒子的姑姑難道不會更加疑懼？這些都是作者所無暇顧及的，他只是將故事編織得巧妙動人，最後達成圓滿的結局，便以爲可以補天之不足了，卻沒想到那些生活中、心理上的細節有合理的安排才能眞實感人，才能眞正使人讀之無憾。「補《五色石》之所未備」的《八洞天》，在寫作技巧上値得稱道的地方也很多，但它和《五色石》也有同樣的弊病，蕭欣橋先生批評這兩部書說：

《五色石》、《八洞天》的作者不愧是一位編織故事的能手，他的小說都具有故事曲折、情節新奇以及結構謹嚴、照應周到的特點，加之語言的豐富流暢生動，因而他的小說具有一定的可讀性。但也毋庸諱言，因爲作者是在「編述」小說，而且很大程度上又往往是爲了宣揚某種倫理道德而編述，因此不管他編得多少巧妙，總使人感到斧鑿痕過重，加之有時還雜有迷信怪誕的描寫，故使這兩部小說集中的一些作品（有的僅是局部）缺乏必要的藝術感染力。❿

❿ 蕭欣橋《筆煉閣小說十種‧前言》（杭州，浙江文藝出版社，一九八五年），頁八。

這段話說明了《五色石》、《八洞天》二書在寫作技巧方面的成就，也提出因受勸懲說的影響，使小說有造作之跡，而它們之所以缺乏藝術感染力，其實和李漁小說一樣，都在於內容的不足，也就是我們所說的形式主義造成的結果。本期其他話本小說如《五更風》、《珍珠舶》、《飛英聲》、《風流悟》、《雲仙笑》等，也都有很好的寫作成績，其佳妙之處我們大概都在前面的章節中析論過了，但它們同樣也有內容不足的現象，像《五更風》〈雌雄環〉篇的情節何等曲折，重重誤會的設計何等巧妙，然而在眞相大白之後，無辜受害的兩位主角都和陷害他們的官宦妥協，並結成兒女親家，和前述的《鴛鴦鍼》、《人中畫》的情形類似，好像害鄉害民的官紳都是可以被原諒的，說穿了因爲他們只是作者隨手借用，爲了造成情節曲折而存在的「惡人」傀儡，他們有沒有受到懲罰無所謂，只要主角得到善報就算功德圓滿，而主角和使他家破人亡的大仇結親，好像也順理成章，內心也不必有任何的掙扎。這些看起來似乎是細微末節，但卻影響了小說的眞實性，讀到最後，使人感到一切都是編造的，有受騙上當的感覺，這當然會造成小說感染力的嚴重不足。

還有一些小說集像《錦繡衣》（又稱《紙上春台第三戲》）、《筆梨園》，都是受到李漁《無聲戲》的影響，將小說視爲紙上、筆下的無聲戲劇，所以特別強調娛樂性。劇情曲折離奇，巧合甚多，但人物的形象都太單薄，缺乏震撼人心的力量，像《錦繡衣》〈移繡譜〉篇的主題在抨擊「溺女」的惡俗，認爲女未必不如男，立意甚佳，以一幅刺繡爲線索的佈局也很巧妙，可是全篇沒有能創造出一個眞正出類拔粹的女性形象，只是以溺女之家的獨子的不肖，和溺而未死的女兒，以及不溺女之家的幾個女兒得到好的歸宿做比較，要證明生男未必佳時，便誇張該名男孩的種種劣跡，但要證明生女未必不好時，又強調她們的夫婿如何的優秀、孝順，本身就充滿了矛盾，這也是因爲作者是在編造劇本，與日常生活有點脫節的緣故。又如《十二笑》，其寫作目的，有如杜濬在《十二樓·序》中所說的，想要「以入情啼笑接引頑痴。」爲了要引人發笑，所以也像李漁小說一樣的油腔滑調，字裏行間流露出一種輕浮的意味，例如第三回旨在嘲諷暴發戶攀附秀才，同時也諷刺秀才的浮薄無行，作者首先在名字上就對小說人物加以調侃，暴發戶原爲木匠，人稱「暴匠人」（不像人），其女爲虎年生，叫做「暴虎娘」，秀才姓柏名智（即「不智」）字養虛（柏養虛，即「百樣虛」），柏養虛在入贅之前對暴匠人夫婦百般奉承，還未入門就管丈母娘叫「親娘」，作者在此用輕浮的口氣嘲諷暴匠人的老婆道：「秀才相公之叫親娘，不比等閒人之叫親娘，叫得蔣阿滿極大的大腳卻酥麻了半個時辰。」入贅之後，柏養虛全變了，「叫丈母的小名，叫丈人爲『作頭』，以此爲取樂。」又冷落虎娘，和女使如蘭來往。暴家氣不過，竟想將柏養虛閹割掉，幸好所請的外科（名叫「辛割豬」）通風報信，所以沒有割成。暴家畏罪逃散，柏養虛坐享富貴，娶回如蘭，又再娶女妓爲妾。作者說其結局是：「幸得陽物未割，所以施爲作樂；如蘭、女妓，都該塑辛先生的長生像，朝夕禮拜大恩人才是。」這篇小說題材滿新穎，結構也沒什麼瑕疵，但內容空洞無物，結局更是莫名其妙，作者想要以虎娘的下場勸誡「胸膈不寬、心偏氣急」的女子，卻忘了忘恩負義、無德無品的秀才柏養虛才更該懲誡，如果作者認同他的作爲，顯然他的思想並不端正。本篇小說就在作者賣弄諧謔和思想不正的雙重影響下，格調顯得相當的低俗。

總而言之，本期話本小說繼承了前人的寫作經驗，在寫人方面雖較少發展，但在情節結構的設計方面則有極大的進步，不但單篇的故事說得熱鬧有趣、複雜曲折，整部小說的結構也有朝有機的組合發展的傾向。不過，爲文造情或格調低俗的情形很普遍。其具體表現就是和現實生活脫節，時時可見編造的痕跡，這便形成了人物形象的平面單薄，缺乏眞實感和立體感；其次是爲了達到娛樂效果，作者儘量避免觸及悲情，想盡辦法來化重爲輕，因而降低了作品的思想層次，也影響了感人力量。楊義先生對李漁小說下了這樣的總結：

> 他以自己的審美個性，包括自己創造的描寫模式、敘事體制和喜劇性語言風格，投入了被當時正統文壇視爲「末技」而他不以「末技」待之的話本小說領域，給它帶來了一股清新舒暢的空氣，但由於其間缺乏足夠的人格力量，其作品是悅世之姿有餘，而傳世之生命力則顯得有些底氣不足。[11]

這話用來總結清初前期的話本小說也很適用，本期話本小說除李漁小說之外，雖然大多數作

[11] 同註七引書，頁二六七—二六八。

者的眞正身分都還無從考察，但二十幾部話本小說集，每部都有自己的行文語氣、自己的藝術風格、「自己的審美個性」。這在中國白話短篇小說的發展史上，是具有重要意義的，沒有個人風格，就是曹雪芹所謂的「千人一面」，就不會有偉大的小說家誕生。本期話本小說作家努力追求藝術上的形式之美，有其値得肯定的一面，可惜的是，作家本身道德人格的力量不足，他們採取和黑暗現實保持距離以測安全的態度，也揭發黑暗可是欲言又止，也批判罪惡可是多所保留，於是，作家的創作才華只能發揮在形式方面，這現象愈到後期愈嚴重，順治年間刊行的《清夜鐘》、《醉醒石》等還有幾齣眞正的悲劇，到了康熙時期悲劇成了鳳毛麟角，或把悲劇寫成鬧劇，以圖博君一笑。追求形式並非毫無意義，然而「毫無疑問，形式美不具有獨立的審美意義，只有服從內容的審美需求，才不會陷入形式主義的泥坑。」⓬可惜清初前期的話本小說作家見不及此，話本小說終於走向形式主義的末路。借石昌渝先生論《豆棚閒話》之語云：「可惜豆棚連棚帶柱一齊倒下，白話短篇小說文體也就畫了一個句號。」⓭雖然並未眞正成爲絕響，不過値得稱道的話本小說過了康熙中期之後確實是很難再見到了。

⓬ 王汝梅〈李漁的《無聲戲》創作及其小說理論〉，載《金瓶梅探索》（長春市，吉林大學出版社，一九九〇年），頁一九三。

⓭ 同註九。

結論

「甲申之變，天崩地裂，悲憤莫喻。」❶這是通俗文學大師馮夢龍在北京淪陷後所發的悲慨。短短四十天，北京兩度易手，天子自縊，亡國臣民跪拜李自成的膝蓋還在發痛，又要向滿清攝政王曲膝，國家遭此大變，怎能不有「天崩地裂，悲憤莫喻」的悲慨？馮夢龍當時還對即位南京的弘光帝抱著希望，謂：「新天子寬厚而復精明。」❷豈料清軍勢如破竹，才過一年，南都再陷。國事實已難為，馮氏當時七十二歲了，卻還不肯絕望，還寄望鄭芝龍、黃道周等人「協扶幼主中興大務，恢復大明不朽基業」❸。面對故國的淪亡，愛國遺民是如此的震驚、悲痛、不甘，如此的期望於中興，因此清人雖然在短短的一兩年之內，攻佔了兩京，名義上統治了中國，然而反抗的力量仍在各處潛伏著，在軍事鎮壓和心理籠絡兩方面都必須付出極大的心力。整體來看，清人做出了不錯的成績，所以反清的力量始終凝聚不起來，

❶ 馮夢龍《甲申紀事・敘》（江蘇古籍出版社一九九三年《馮夢龍全集》一七集）。
❷ 同前註。
❸ 馮夢龍《中興偉略・引》（江蘇古籍出版社一九九三年《馮夢龍全集》一七集）。

投降派甚至於反過來對付自己人，誠如侯外廬先生所言：漢人的豪貴集團「大部分和大地主大官僚結合起來形成向清朝統治者投降的集團，策劃『太平策』。」❹

馮夢龍在乙酉之變後不久就含恨而終了，其他的亡國遺民還要在這充滿矛盾的環境中艱難度日。就讀書人來說，雖然有人向清廷屈服，參加科舉而入仕新朝，但能如願的畢竟還是少數，不屑應試的，或考不上科舉的仍在多數。於是，有人改而務農，也有人轉而經商，成功的固然有，但失敗的似乎更多，戴名世說清初的讀書之士，面臨著「田則盡歸於富人，無可耕也；牽車服賈，則無其資，且有虧折之患。」❺讀書人的另一種謀生手段是教書，可是動亂也使他們斷了這一條衣食道路，陸世儀就曾感歎說：「自甲申、乙酉以來，教授不行，養生之道幾廢。乙酉冬季學為賈，而此心與賈終不習。因念古人隱居多躬耕自給，予素孱弱，又城居不習田事，不能親執耒耜。」❻教書不成，務農沒有體力和經驗，做生意又與個性不合，其處境實在艱難。

因而，有些讀書人在「賣不去一肚詩云子曰」的情況下，不得不「別顯神通」（〈豆棚閒話敘〉），寫起小說來了。至少，搖筆桿還算是文人本業，何況美其名可以「借三寸管為

❹ 侯外廬《中國封建社會史論》（臺北，谷風出版社，一九八八年）頁三一九。

❺ 戴名世〈種杉說序〉，《南山文集·補遺》（光緒二十六年重鐫本）下，頁一下—二上。轉引自何冠彪〈論明遺民之出處〉，《明清學術思想研究》（臺北，學生書局，一九九一年）頁六二。

❻ 陸世儀《思辨錄輯要》（臺北，商務印書館四庫珍本第四集，一九七三年）卷十一，頁一。

大千世界說法」（〈照世杯敘〉）、「借諧談說法」（〈清夜鐘敘〉），或「為大眾慈航」（〈連城璧敘〉）。也可以趁機發發牢騷，那些牢騷有屬於個人的，所謂：「東方朔善詼諧，莊子所言皆怪誕，夫亦托物見志也。」（〈照世杯敘〉）表現得淋漓盡致的是李漁，論者說他：「把白話短篇小說從演述故事發展到表現作家的悲歡離合、興衰際遇，滲透了作家的主體意識，有鮮明的自傳色彩。」❼這是白話短篇小說寫作態度的一大轉變，可惜其他的話本小說大都作者不詳，沒有機會知人論世，無法進一步從他們的生平探索小說中的言外之意。更多的牢騷是關於天下國家的，如《鴛鴦鍼》的作者想要如「醫王活國」，對政治、社會痛下鍼砭，全書嘲諷儒林群相、揭露貪官罪狀，其語氣之沈痛、火力之集中，都是過去的話本小說中難以一見的；又如《清夜鐘》的作者，想要「以明忠孝之鐸，喚醒奸回；振賢哲之鈴，驚回頑薄。」（〈清夜鐘敘〉）書中直接批判明末君臣，毫不留情，且立即評論當時史事，開創短篇「時事小說」之先河。種種現象，無不表明時代刺激對話本小說創作的深刻影響。

晚明流寇和入關的清兵都進入了話本小說的世界，雖然比例不高，然而生活化的描寫，有些比清初的野史還要可信。尤其是流寇，話本小說作者對他們既痛恨又同情。恨的是他們直接導致明朝的滅亡，恨他們對平民百姓的殘酷殺戮；同情因為他們多為官逼民反，所謂：

❼ 劉紅軍〈《連城璧》、《十二樓》在白話短篇小說藝術發展史上的地位〉，《明清小說研究》一九九五年第三期，頁一八九。

「民貧喜揭竿，獸困思走險。」（《清夜鐘》十四回）貪官污吏的剝削切斷了他們生活的道路，造反其實是一種無奈的選擇。因之，小說的作者一面批判流賊殺人放火，又時時感嘆「養兵如養賊，苦賊更苦兵。」（《清夜鐘》第一回）「明季做官的，……夾打得人心怨憤，……賊未到先亂了。」（《醉醒石》第二回）對清兵的批判比較委婉，不敢太過激烈，但所反映出來的「浮光掠影」，也足以使人體會到當時生存環境的艱難和危殆。令人印象深刻的是，本期話本小說不但顯現出一種「亂世從權」的求生哲學，更傳達出對人生理想的大幅轉變。功名富貴不再像過去那樣吸引人，「急流勇退」才是智者的明哲保身之道。總之，面對明清鼎革這「天崩地裂」的重大變故，無論就生活的影響或是心理的轉變，話本小說都盡了反映現實的一分責任。

兩百多篇清初前期的話本小說，所要表達的主題作意，林林總總，無法一概而論。然而，有意或無意，對士風吏治所提出的批判最令人矚目。士風吏治的敗壞，導源於以八股取士的科舉制度，因此清初學者批判科舉，可謂不遺餘力，而話本小說作者也不落人後。尤其直接點明八股文的弊害，這在小說中還是首見的。至於所揭露的科舉弊端，稱得上琳琅滿目，令人嘆為觀止，而描寫之眞實細膩，則是歷來小說（除了後來的《儒林外史》之外）所罕見的。再說到科舉的敗壞人才，小說刻劃讀書人的無能、無行，出現了不少「直逼《儒林外史》」的傳神筆墨。失去生活能力之寒士的窘狀、假名士的醜態、靠抽豐為生之游客的嘴臉，無不躍然紙上。同時，從社盟的氾濫更反映了整個時代的虛浮不實，不但士人的詩社、文社遍及天下，就連妓女、幫閒，甚至於算命的瞎子也跟風流行，其實不過是一些「當面標榜、翻臉無情」的鬧劇而已。清政府在禁社的條文中，只把「士習不端」和「結社訂盟」連在一起，還沒有意識到社盟的流毒已經危害到各個階層，本期話本小說則用突梯滑稽的筆法，寫出了士風敗壞所造成的廣大影響。此外，小說中所寫士人們的好色、嗜賭、忘恩負義、下流無恥、無賴狠毒，種種敗德行徑，無不令人怵目驚心。

在進行〈對貪酷吏治的全面揭露〉這一節的探討時，筆者頗覺感慨。本期話本小說所反映的明末清初實況，表現出貪贓枉法已成爲社會大眾司空見慣，見怪不怪的正常現象，小說作家竟以同情的筆觸去描寫官員貪污不由自主的無奈情形。由於貪賄之風上自朝廷、下至地方政府，以京城爲中心，向四方輻射，瀰漫了整個國家的每一個角落。任何一位行政人員，若想要求生存，就不得不貪贓枉法，否則不但沒有能力打點仕途，還會被當做絆腳石踢開，「掛冠而去」或「同流合污」，沒有第三種選擇。在這種情形之下，本期話本小說傳達出來這樣的觀點：「得來錢財無道，能教子孫，是箇逆取順守，還可不失。」（《醉醒石》第七回）「這卻也出乎不得已。一載紗帽，坐一日堂，便坐派一日銀子。捐俸積穀，助餉助工，買馬進家資，一獻兩獻。我看一箇窮書生，家徒四壁，叫他何處將來？如今人纔離有司，便奏疏不肖有司，剝民賄賂，送程送贐，買薦買陞。我請問他，平日眞斷絕往來，考滿考選，不去求同鄉，求治下，送書帕麼？」（第十一回）這是晚明小說《石點頭》卷八所謂：「也不禁人貪，只是取之有道，莫要喪了廉恥」之說的嫡傳，可謂畸形社會所萌生的荒唐謬論，生活在這種吏治環境中的無辜百姓當眞是「無所逃於天地之間」。這觀念的發生並不是個別現象，即使像《鴛鴦鍼》那種全力譴責貪官惡行的作品，幾乎所有的貪官污吏最後也都被原諒，更有得到美好結局的，如此批判惡行，委實是有氣無力。然而就小說言小說，卻有值得肯定之處，因爲在這樣的吏治氛圍中，小說作家寫官宦不再黑白分明，刻劃官員形象及其心理掙扎顯得比過去的小說深刻、曲折，不但寫出了某些貪官之貪的無奈，也寫出了不少清官之清的可疑。因之，本期話本小說既深入了貪官的內心世界，也揭露了不少糊塗或酷虐的清官，這些剛愎自用的清官，其自以爲不「貪」便可以肆其「酷」的駭人形象，不讓《老殘遊記》中的「剛弼」專美於前。

本期話本小說以「人情小說」爲主流，包括「才子佳人小說」、「家庭小說」、「社會小說」和「艷情小說」。這種「以普通人情事物爲對象，反映現實生活」的小說，佔了本期話本小說六成以上的比例。陳大康先生認爲，從《金瓶梅》發展出來的人情小說，到了清朝初年佔了所有小說的上風，而「其間題材重點的逐漸轉移，是由擬話本承擔的。」❽這話一點也不假，清初前期小說的三大流派爲：時事小說、話本小說和才子佳人小說，時事小說偏重在史實的紀錄，文學價值不高，對人情事態的反映極爲有限，章回體的才子佳人小說則理

❽　陳大康《通俗小說的歷史軌跡》（長沙，湖南出版社，一九九三年）頁一二四。

想色彩過於濃厚，「未免脫了現實的人生，缺少了時代的面目。」❾只有話本小說中的家庭小說和社會小說，不但繼承了宋元話本的傳統，對市民生活有生動的表現，更進一步深入到社會更底層的農村生活，寫出了鄉里小民的悲歡離合。在家庭小說方面，雖然未能創造出偉大的典型人物，但作家以極爲細膩的筆觸，刻劃了家庭成員在相處時的心理變化，使我們不僅對明末清初一般人的家庭生活有所認識，對他們的觀念想法也有進一步的體會。在社會小說方面，奴婢、乞丐、匠人、盜賊、僧尼、賭徒、幫閒、戲子、算命的瞎子這些小人物，一一成爲小說的要角；賊窩、賭場、寺廟、匠戶、戲班、幫閒隊伍中的生活，清清楚楚的展現在讀者的眼前。要認識明末清初社會，不能不讀清初前期話本小說中的社會小說。至於話本體的才子佳人小說，也有著異於章回體才子佳人小說的獨特風貌，雖然同樣也有缺乏眞實感的缺點，寫情也不夠深刻，不過它們以情節的緊湊、結構的巧妙見長，較少出現章回體才子佳人小說公式化（曹雪芹所謂「千部共出一套」）的毛病。在艷情小說方面，傑作《一片情》不但揭露了各種不幸婚姻，也展示了豐富的社會生活面貌，更寫出了恬靜樸實的鄉村風情，無論主題、內容、描寫，都遠遠超過了一般艷情小說的低俗、淫濫和遠離現實。

除了人情小說此一主要流派之外，本期話本小說的取材是相當廣泛的。靈怪、軼事、英雄傳奇、官場、儒林，以及別開生面的翻案小說，加上前所未有的「短篇時事小說」，可以

---

❾ 胡萬川《話本與才子佳人小說之研究》（臺北，大安出版社，一九九四年）頁二二〇。

說是無所不寫，而且多所開創，對後代小說寫作題材的發展有重大的影響。本期話本小說之靈怪小說有其特色：第一是大量吸收通俗化後以現實功利爲目的的道教信仰，例如以法術、劍術建功立業，或帶來美女財富等等；第二是神仙思想特盛，這當是亂世心情的一種反映。新出現的翻案小說，其中所充溢的憤鬱之氣，可能也是受改朝換代的刺激而造成的，像把不能從一而終的西施寫成「醜顏女子」，其實就是在諷刺那些投降變節的事敵者。官場小說和儒林小說源於晚明的話本小說，但在本期話本小說中的表現無論深度或廣度都遠遠超越前人，它們開發了以《儒林外史》爲代表，嘲諷士人、批判科舉的儒林小說的新領域，也遙啓了清末《官場現形記》、《二十年目睹之怪現狀》等一系列以揭發官場怪象爲主題的譴責小說。至於話本小說中軼事小說的代表作《西湖佳話》，刊行於康熙十二年，已經接近清初前期的結束階段，這類小說將取材的方向轉回到歷史或文言說部，這是違反了「人情小說」此一小說潮流的。軼事小說的出現象徵了話本小說向現實人生取材有後繼無力的現象，此一現象則是話本小說在康熙中期以後突然衰落的一大徵兆。

追求形式之美是本期話本小說最大的藝術特徵，首先在篇目、回目上已極力求新求變。在非情節結構的部分，不少小說作家對入話的作用有高度認識，能有自覺的加以運用，而不僅是應景充數而已，更有完全揚棄入話形式的。其次，插詞變形、減量，套語逐漸消失，詩詞的運用也逐漸由套公式變化爲人物之間的唱和、吟詠、創作等自然的表現方式來代替，不再以「正是」、「但見」、「有詩爲證」爲提起詞，這些改變對後來的小說名著《儒林外史》、

《紅樓夢》能擺脫說話形式（只留下「話說」、「且聽下回分解」等少數痕跡），成為風貌清新的純小說，必有一定程度的影響。此外，許多小說還追求小說專集的整體美，如《十二樓》中的十二篇小說都講有關一座樓的故事、《都是幻》寫「寫眞」和「梅魂」兩個「幻」、《西湖佳話》各篇故事環繞著西湖進行，最奇特的是《豆棚閒話》，以豆棚下的閒話為線索，將十二篇故事連合成一個有機體。在情節結構的部分，本期話本小說有空前的發展，作家巧妙運思、精心結撰，尤其是多線結構的佈局運用，可說達到了密合無間的地步，又善於運用巧合、善於製造懸念，多數故事都說得精彩動聽，充滿了戲劇效果。這當是受到小說篇幅拉長的影響，本期話本小說有不少多回的中篇，它們不再像短篇小說以簡單的頭緒進行情節，而採用複雜的交錯式。這些獨創性質（異於《三國》、《水滸》等改編性質）的中篇小說，承擔著中國通俗小說史上，由作家創作短篇小說（指擬話本）到創作長篇小說（如《儒林外史》、《紅樓夢》）之間的過渡階段，更加說明了本期話本小說的重要性。本期話本小說最值得重視的寫作成就在諷刺藝術的發展和創新，尤其是諷刺題材的開發、反諷技巧的進步，皆非前代可比，就這一點來說，本期話本小說中的諷刺小說又是下啓《儒林外史》的重要橋梁。

然而過於追求形式美的結果，終於使話本小說走向形式主義的末路。其具體表現是和現實生活脫節，編造的痕跡過於明顯，因而造成人物形象平面單薄，缺乏立體感與眞實感，不能夠達到深刻動人的境界；其次是為了達到膚淺的娛樂效果，有化重為輕的傾向，避免觸及悲情，不寫悲劇，或將悲劇轉爲喜劇、鬧劇，因而大幅降低了作品的思想層次和感人力量。

話本小說的藝術成就在《三言》、《二拍》達到最高峰，不過《三言》和《二拍》都帶有濃厚的改編性質，獨創性不如本期的話本小說。中國小說不斷朝獨創的路線發展，話本小說應該還有很長的路可以走，然而，寫作題材的重複和轉向（離開現實人生，轉而寫名人軼事等），以及寫作手法走向形式主義的末路，卻使話本小說由盛轉衰。康熙中期以後到清末，小說界的地位完全被由中篇話本小說發展出來的獨創性長篇小說所取代，值得一提的話本小說只出現《雨花香》、《通天樂》、《娛目醒心編》、《躋春臺》等數得出來的幾部，這些小說莫說和《三言》、《二拍》比較，比起本期話本小說也是大大的不如。

話本小說曾在明末綻放出絢爛的光彩，這光彩在清初前期並未減色。本期話本小說反映了明末清初的社會生活，具有一定程度的社會價值與現實意義；至於在「人情小說」的發展、小說形式的演變、寫作題材的開發、諷刺藝術的進步等方面，本期話本小說都肩負著承先啓後的重要任務，其在中國小說史上的重要性是不容置疑的。

徵引書目：（論文附）

一、所論清初前期話本小說之版本

《清夜鐘》／陸雲龍

1.《古本小說集成》第四批影印清初刊本

2.《中國話本大系》一九九一年李漢秋、陸林點校本

《醉醒石》／古狂生

1.《古本小說集成》第一批影印瀛經堂覆刻本

2.《明清善本小說叢刊初編》第一輯影印清初刊本

3.《中國話本大系》一九九四年程有慶點校本

《十二樓》／李漁

1.《古本小說集成》第二批影印消閑居本

2.《中國話本大系》一九九一年崔子恩點校本

《連城壁》／李漁

1. 北京中華書局《古本小說叢刊》第二十輯影印佐伯文庫本
2. 《古本小說集成》第一批影印清初抄本

《無聲戲》／李漁

1. 《古本小說叢刊》三十九輯影印尊經閣藏本
2. 《古本小說集成》第一批影印清初刊本
3. 《明清善本小說叢刊初編》第一輯影印清初刊本
4. 《中國話本大系》一九九一年胡小偉點校本

《跨天虹》／斗山學者

《古本小說集成》第二批影印舊刊殘本

《豆棚閒話》／艾衲居士

1. 《古本小說集成》第二批影印翰海樓刊本
2. 《明清善本小說叢刊初編》第一輯影印寶寧堂刊本
3. 《中國話本大系》一九九三年張道勤點校本

《照世盃》／酌玄（元）亭主人

1. 《古本小說叢刊》第十八輯、《古本小說集成》第三批、《明清善本小說叢刊續編》第一輯影印佐伯文庫本
2. 《明清善本小說叢刊初編》第一輯影印和刻本

3.《中國話本大系》一九九三年徐中偉、袁世碩點校本

《人中畫》／佚名

1.《明清善本小說叢刊初編》第一輯、《古本小說叢刊》三十六輯、《古本小說集成》第一批影印尙志堂刊本

2.《中國話本大系》一九九三年趙伯陶點校本

《再團圓》／佚名

《明清善本小說叢刊初編》第一輯、《古本小說叢刊》第七輯影印尙志堂寫刻本

《鴛鴦鍼》／華陽散人

1.《古本小說集成》第一批影印清初刊本

2.瀋陽，春風文藝出版社《明末清初小說選刊》一九八四李昭恂點校本

《一枕奇》／華陽散人

《古本小說集成》第三批影印清刊本

《雙劍雪》／華陽散人

《古本小說集成》第三批影印清刊本

《五更風》／五一居主人

《古本小說集成》第四批影印清初刊本

《錦繡衣》／蕭湘迷津渡者

1.《明清善本小說叢刊續編》第一輯影印織田文庫
2.《古本小說集成》第五批影印中國社會科學院藏本

《都是幻》／蕭湘迷津渡者
1.《古本小說集成》第三批影印北京圖書館藏本
2.《明清善本小說叢刊續編》第一輯影印阿英藏本

《筆梨園》／蕭湘迷津渡者
《古本小說集成》第三批、《明清善本小說叢刊續編》第一輯影印清刊殘本

《飛英聲》／釣鰲逸客
《古本小說叢刊》第六輯、《古本小說集成》第四批、《明清善本小說叢刊續編》第一輯影印清刊本

《一片情》／佚名
《古本小說集成》第四批影印好德堂刊本

《風流悟》／坐花散人
《古本小說集成》第二批影印清刊本

《雲仙嘯》／天花主人
1.《古本小說集成》第一批影印清初刊本
2.《明末清初小說選刊》一九八三年朱叔眉校點本

3.《中國話本大系》一九九三年李偉實校點本

《十二笑》／墨憨齋主人

《古本小說集成》第一批影印清初寫刻本

《五色石》／筆鍊閣主人

1.《古本小說集成》第二批影印清初刊本

2.《明清善本小說叢刊續編》第一輯影印日本內閣文庫本

3.《中國話本大系》一九九三年蕭欣橋點校本

《八洞天》／五色石主人

1.《明清善本小說叢刊初編》第一輯、《古本小說集成》第四批影印清初寫刻本

2.《中國話本大系》一九九三年陳翔華點校本

《四巧說》／梅庵道人

1.《明清善本小說叢刊續編》第一輯、《古本小說叢刊》第九輯影印雙紅堂藏本

2.《中國話本大系》一九九〇年劉世德點校本

《二刻醒世恒言》／心遠主人

《古本小說集成》第二批影印雍正刊本

《警寤鐘》／嗤嗤道人

1.《古本小說叢刊》第十一輯影印草閒堂刊本

2.《古本小說集成》第三批影印萬卷樓覆刻本
3.《中國話本大系》一九九四年顧青點校本
《西湖佳話》／古吳墨浪子
1.《古本小說集成》第一批影印金陵王衙精刊本
2.《中國話本大系》一九九三年黃強點校本
《生綃剪》／谷口生等
1.《古本小說集成》第一批影印清初原刊本
2.《明末清初小說選刊》一九八七年李落、苗壯點校本
《珍珠舶》／煙水散人
1.《古本小說集成》第一批影印日本鈔本
2.《中國話本大系》一九九三年丁炳麟點校本
《最娛情》／佚名
《古本小說叢刊》二十六輯、《古本小說集成》第四批影印清順治刊路工藏本
《警世選言》／李漁
《古本小說集成》第三批、《古本小說叢刊》第十六輯影印日本天理圖書館舊刊本
《八段錦》／醒世居士
《古本小說集成》第二批影印醉月樓刊本

《幻影》（《三刻拍案驚奇》）／夢覺道人

《古本小說集成》第一批影印北大圖書館藏本

《三刻拍案驚奇別本》／佚名

《明清善本小說叢刊初編》第一輯影清初刊本

《今古傳奇》／夢閒子

《古本小說集成》第二批影印集成堂刊本

《覺世雅言》／佚名

《古本小說集成》第一批、《明清善本小說叢刊初編》第一輯影印影印巴黎圖書館藏本

《幻緣奇遇小說》／撮合生

1.《古本小說集成》第二批影印大連圖書館藏本

2.《明清善本小說叢刊續編》第一輯影印愛月軒刊本

二、其他引述之話本小說版本

《清平山堂話本》／洪楩　世界書局影印日本內閣文庫及天一閣藏嘉靖刊本

《熊龍峰四種小說》／佚名　天一出版社影印明萬曆間刊本

《古今小說》／馮夢龍　世界書局影印天許齋藏板

《警世通言》／馮夢龍　世界書局影印金陵兼善堂刊本

《醒世恒言》／馮夢龍　世界書局影印金閶葉敬池刊本

《天湊巧》／西湖逸史　《古本小說集成》第二批影印藝術研究院藏本

《拍案驚奇》／淩濛初　《古本小說集成》第五批影印尙友堂安少雲梓本

《鼓掌絕塵》／吳某　《明清善本小說叢刊初編》影印崇禎四年蘇州龔氏刊本

《型世言》／陸人龍

1.《古本小說集成》第五批影印奎章閣藏明刊本

2.《中國話本大系》一九九三年陳慶浩校點本

《二刻拍案驚奇》／淩濛初　《古本小說集成》第五批影印尙友堂刊本

《龍陽逸史》／醉竹居士　《明清善本小說叢刊續編》第一輯影印崇禎五年序刊本

《石點頭》／天然癡叟　《古本小說集成》第五批影印金閶葉敬池刊本

《歡喜冤家》／西湖漁隱主人　《古本小說集成》第一批影印清初賞心亭刊本

《貪欣誤》／羅浮散客　《古本小說集成》第二批影印北大圖書館藏本

《別有香》／桃源醉花主人　法國國家科學研究中心、台灣大英百科公司《思無邪匯寶》排印本第十四種

《西湖二集》／周清原　《古本小說集成》第二批影印傳惜華藏本

《載花船》／西泠狂者　《中國話本大系》一九九三年江木點校本

《弁而釵》／醉西湖心月主人　《明清善本小說叢刊初編》第十八輯筆耕山房本

《宜香春質》／醉西湖心月主人　《明清善本小說叢刊初編》十八輯筆耕山房本
《壺中天》／佚名　《古本小說集成》第一批影印胡士瑩藏鈔本
《雨花香》／石成金　《古本小說集成》第一批影印雍正刊本
《通天樂》／石成金　《古本小說集成》第一批影印雍正刊本
《娛目醒心編》／草亭老人　《古本小說集成》第三批影印乾隆刊本
《俗話傾談》／邵彬儒輯評　《古本小說集成》第三批影印同治五經樓刊本
《躋春臺》／省三子　《古本小說集成》第一批影印光緒刊本

三、其他小說、戲劇

《太平廣記》　李昉等編　臺北，古新書局，一九七七年
《湖海新聞夷堅續志》　無名氏　北京，中華書局，一九八六年
《金瓶梅》　蘭陵笑笑生　臺北，曉園出版社，一九九〇年
《青泥蓮花記》　梅鼎祚　鄭州，中州古籍出版社，一九八八年
《情史》　馮夢龍　《古本小說集成》第四批影印明末刊本
《國色天香》　吳敬所　臺北，雙笛公司出版部，一九九五年
《繡谷春容》　赤心子　《中國話本大系》點校本，一九九四年
《續金瓶梅》　丁耀亢　《古本小說集成》第一批

《金瓶梅續書三種》 丁耀亢等 濟南，齊魯書社，一九八八年
《吳江雪》 顧石城 《古本小說集成》第四批
《閃電窗》 酌玄亭主人 《古本小說集成》第五批
《驚夢啼》 天花主人 《古本小說集成》第一批
《女開科傳》 素庵主人 《古本小說集成》第一批
《百煉眞海烈婦傳》 浪墨仙主人 《古本小說集成》第四批
《女才子書》 天花藏主人 《古本小說集成》第一批
《定情人》 天花藏主人 《古本小說叢刊》第二批
《紅樓夢》 曹雪芹 臺北，里仁書局，一九八四年
《儒林外史》 吳敬梓 臺北，桂冠圖書公司，一九九二年
《老殘遊記》 劉鶚 臺北，博遠出版公司中國近代小說全集
《明清平話小說選》 路工 上海古籍出版社，一九八六年
《古本平話小說集》 路工、譚天合編 北京，人民文學出版社，一九八四年
《中國古代短篇小說傑作評注》 何滿子、李時人編注 安徽文藝出版社，一九八八年
《中國傳統短篇小說選集》 馬幼垣、劉紹銘編 臺北，聯經出版公司，一九九〇年
《琵琶記》 高明 臺北，商務印書館，一九七八年
《新刊元本蔡伯喈琵琶記》 高明 臺北，天一出版社《全明傳奇》本

四、書目、筆記

《四庫全書總目提要》　紀昀　臺北，漢京出版社，一九八一年
《中國通俗小說書目》　孫楷第　臺北，木鐸出版社，一九八三年
《增補中國通俗小說書目》　（日）大塚秀高　東京，汲古書院，一九八七年
《中國通俗小說總目提要》　文學研究所編　北京，中國文聯出版公司，一九九〇年
《倫敦所見中國小說書目提要》　柳存仁　臺北，鳳凰出版社，一九七三年
《明清小說序跋選》　大連圖書館參考部　瀋陽，春風文藝出版社，一九八三年
《古典戲曲存目彙考》　莊一拂　臺北，木鐸出版社，一九八六年
《今樂考證》　姚燮　臺北鼎文書局《歷代詩史長編》本
《曲錄》　王國維　臺北，藝文印書館，一九七一年
《唐語林校證》　周勛初校證　北京，中華書局，一九八七年
《唐摭言》　王定保　臺北，商務印書館影印照曠閣本
《南部新書》　錢易　臺北，商務印書館叢書集成初編本
《鶴林玉露》　羅大經　臺北，正中書局影印明刊本
《綠窗新話》、皇都風月主人　臺北，世界書局，一九七五年
《醉翁談錄》　羅燁　臺北，世界書局，一九七二年

《菽園雜記》　陸容　臺北新興書局筆記小說大觀一四編
《四友齋叢說》　何良俊　臺北新興書局筆記小說大觀一五編
《松窗夢語》　張瀚　北京，中華書局，一九八五年
《呻吟語》　呂坤　臺北，漢京文化公司影印萬曆本
《見聞雜記》　李樂　上海古籍出版社影印明刻本
《少室山房筆叢》　胡應麟　臺北，世界書局，一九六三年
《西湖遊覽志》　田汝成　臺北，世界書局，一九八二年
《西湖遊覽志餘》　田汝成　臺北，世界書局，一九八二年
《萬曆野獲編》　沈德符　臺北新興書局筆記小說大觀一八編
《花當閣叢談》　徐復祚　臺北，廣文書局，一九六九年
《宛署雜記》　沈榜　臺北，古亭書屋，一九七〇年
《陶庵夢憶》　張岱　臺北，金楓出版公司，一九八六年
《閱世編》　葉夢珠　臺北，木鐸出版社，一九八二年
《日知錄》　顧炎武　臺北，明倫書局，一九七九年
《廣陽雜記》　劉獻廷　臺北，河洛出版社，一九七六年
《觚賸》　鈕琇　上海古籍出版社，一九八六年
《香祖筆記》　王士禎　臺北，廣文書局，一九六八年

《池北偶談》 王士禎 臺北，漢京文化公司，一九八四年
《揚州畫舫錄》 李斗 臺北，世界書局，一九七九年
《艷囮》 嚴思庵 北京人民文學出版社《香艷叢書》本
《婦人集》 陳維崧 北京人民文學出版社《香艷叢書》本
《聽雨叢談》 福格 臺北，鼎文書局，一九七八年
《說夢》 曹家駒 上海，文藝出版社《清人說薈》本
《柳南續筆》 王應奎 臺北，新興書局筆記小說大觀一八編
《在園雜志》 劉廷璣 文海出版社近代中國史料叢刊三八
《熙朝新語》 徐錫麟、錢泳 上海古籍出版社景印道光本
《雞窗叢話》 蔡澄 臺北，大華印書館影印光緒刊本
《清稗類鈔》 徐珂 臺北，商務印書館，一九八三年
《書林清話》 葉德輝 臺北，文史哲出版社，一九七三年

五、史籍、史料、史論

《元史》 宋濂 北京，中華書局，一九七六年
《明實錄類纂·文教科技卷》 吳柏森等 武漢，武漢出版社，一九九二年
《明實錄類纂·婦女史料卷》 徐適端 武漢，武漢出版社，一九九五年

《明史紀事本末》　谷應泰　上海古籍出版社影廣雅書局本
《明史》　張廷玉等　北京，中華書局，一九七四年
《明代史》　孟森　臺北，國立編譯館，一九七九年
《劍橋中國明代史》　張書生等譯　北京，中國社會科學出版社，一九九二年
《明史新編》　楊國楨、陳支平　臺北，雲龍出版社，一九九五年
《明季北略》　計六奇　臺北，商務印書館，一九七九年
《明季南略》　計六奇　臺北，商務印書館，一九七九年
《南明史》　南炳文　天津，南開大學出版社，一九九二年
《明代胥吏》　繆全吉　嘉新水泥公司文化基金會，一九六九年
《明代的審判制度》　楊雪峰　臺北，黎明文化公司，一九八一年
《明代地方官吏及文官制度》　（法）米里拜爾撰，郭太初等譯　陝西人民出版社，一九九四年
《明代江南市民經濟試探》　傅依凌　臺北，谷風出版社，一九八六年
《明史偶筆》　蘇同炳　臺北，商務印書館，一九九五年
《晚明流寇》　李文治　臺北，食貨出版社，一九八三年
《明季流寇始末》　李光濤　臺北，中研院史語所，一九六五年
《明末農民戰爭》　袁良義　北京，中華書局，一九八七年

《明季滇黔佛教考》 陳垣 臺北，彙文堂出版社，一九八七年

《揚州十日記》 王秀楚 臺北，廣文書局，一九八八年

《江南聞見錄》 無名氏 臺北，廣文書局，一九六七年

《復社紀略》 陸世儀 臺北，廣文書局，一九七七年

《幸存錄》 夏允彝 臺北，廣文書局，一九八八年

《啓禎記聞》 葉紹袁 廣文書局《痛史》本，一九六八年

《嘉定縣乙酉紀事》 朱子素 廣文書局《痛史》本，一九六八年

《甲申紀事》（《馮夢龍全集》一七） 馮夢龍 江蘇古籍出版社，一九九三年

《中興偉略》（《馮夢龍全集》一七） 馮夢龍 江蘇古籍出版社，一九九三年

《研堂見聞雜記》 婁東無名氏 廣文書局《痛史》本，一九六八年

《鹿樵紀聞》 梅村野史 廣文書局《痛史》本，一九六八年

《江陰城守紀》 韓菼 臺北，廣文書局，一九六七年

《蜀碧》 彭遵泗 臺北，廣文書局，一九六七年

《東林始末》 蔣平階撰 臺北，廣文書局，一九七七年

《平寇志》 管葛山人 臺北，廣文書局，一九七四年

《清史稿》 趙爾巽等 北京，中華書局，一九七七年

《清史列傳》 清國史館 臺北，中華書局，一九八三年

《清史編年》　中國人民大學清史研究所編　北京，中國人民大學，一九八五年
《清代通史》　蕭一山　臺北，商務印書館，一九八五年
《清代史》　孟森　臺北，正中書局，一九八九年
《清史》　鄭天挺　天津人民出版社，一九八九年
《清朝文獻通考》　乾隆敕編　臺北，商務印書館，一九八七年
《國朝先正事略》　李元度　臺北，中華書局，一九六六年
《碑傳集》　錢儀吉　北京，中華書局，一九九三年
《清代閨閣詩人徵略》　施淑儀　臺北，臺聯國風出版社，一九七〇年
《廿二史劄記》　趙翼　北京，中國書店，一九八七年
《陔餘叢考》　趙翼　臺北，新文豐出版公司，一九七五年
《滿清興亡史》　漢史氏　臺北，文橋書局《滿清野史》本
《清初十大冤案》　李景屏　北京，東方出版社，一九九三年
《清朝文字獄》　郭成康、林鐵鈞　北京，群眾出版社，一九九〇年
《明清之際黨社運動考》　謝國楨　北京，中華書局，一九八一年
《明清時代商人及商業資本》　傅依凌　臺北，谷風出版社，一九八六年
《放寬歷史的視界》　黃仁宇　臺北，允晨文化公司，一九九二年
《明清社會經濟史研究》　陳學文　臺北，稻禾出版社，一九九一年

《清世宗與賦役制度的改革》　莊吉發　臺北，學生書局，一九八五年
《清國行政法泛論》　（日）織田萬　臺北，華世出版社，一九七九年
《清代政區沿革綜表》　牛平漢主編　北京，中國地圖出版社，一九九〇年
《清代科舉考試述錄》　商衍鎏　文海書局近代中國史料叢刊二一七
《明清史論著集刊》　孟森　臺北，南天書局，一九八七年
《明清易代史獨見》　陳生璽　鄭州，中州古籍出版社，一九九一年
《明清史辨析》　韋慶遠　北京，中國社會科學出版社，一九八九年
《國史舊聞》　陳登原　臺北，明文書局，一九八四年
《中國史稿》第七冊　中國史稿編寫組　北京，人民出版社，一九九五年
《中國手工業商業發展史》　童書業　臺北，木鐸出版社，一九八六年
《中國考試制度史》　謝青、湯德用主編　合肥，黃山書社，一九九五年
《中國考試制度史資料選編》　楊學爲等　合肥，黃山書社，一九九二年
《中國法律與中國社會》　瞿同祖　臺北，里仁書局，一九八四年
《中國的社與會》　陳寶良　杭州，浙江人民出版社，一九九六年
《中國婚姻家庭制度史》　陶毅、明欣　北京，東方出版社，一九九四年
《中國封建社會史論》　侯外盧　臺北，谷風出版社，一九八八年
《中國文禍史》　胡奇光　上海，人民出版社，一九九三年

《中國婦女生活史話》 郭立誠 臺北，漢光文化事業公司，一九八九年
《中國佛教史概說》 （日）野上俊靜 臺北，商務印書館，一九八九年
《中國道教史》 任繼愈主編 上海，人民出版社，一九九〇年
《中國民間宗教史》 馬西沙、韓秉方 上海，人民出版社，一九九二年
《中國賭博史》 郭雙林、蕭梅花 臺北，文津出版社，一九九六年
《賭博史》 戈春源 上海，文藝出版社，一九九五年
《科舉史》 （日）宮崎市定 東京，岩波書店，一九九三年
《中國哲學史》 勞思光 臺北，三民書局，一九八四年
《中國近三百年學術史》 梁啓超 臺北，華正書局，一九八九年

六、文學史（料）、辭書

《中國文學發展史》 劉大杰 臺北，華正書局，一九七六年
《新編中國文學史》 北京大學 高雄，復文出版社
《中國文學史初稿》 王忠林 臺北，福記文化公司，一九八五年
《中國文學理論史》 蔡鍾翔、黃保眞、成復旺 北京出版社，一九九一年
《中國文學批評史》 王運熙、顧易生 臺北，五南出版公司，一九九三年
《明清文學史・清代卷》 唐富齡 武漢大學出版社，一九九一年

《明清文學史·明代卷》　吳志達　武漢大學出版社，一九九一年

《中國小說史略》　魯迅　臺北，唐山出版社，一九八九年

《中國小說發達史》　譚正璧　臺北，啓業書局，一九七八年

《中國古代小說演變史》　齊裕焜　蘭州，敦煌文藝出版社，一九九〇年

《中國文言小說史》　吳志達　濟南，齊魯書社，一九九四年

《中國筆記小說史》　吳禮權　臺北，商務印書館，一九九三年

《中國小說史》　李悔吾　臺北，洪葉文化公司，一九九五年

《中國小說史》　韓秋白、顧青　臺北，文津出版社，一九九五年

《話本小說史》　歐陽代發　武漢，武漢出版社，一九九四年

《中國小說發展史概論》　王恒展　濟南，山東教育出版社，一九九六年

《中國古典白話小說史論》　楊義　臺北，幼獅文化公司，一九九五年

《鏡與劍—中國諷刺小說史略》　齊裕焜、陳惠琴　臺北，文津出版社，一九九五年

《清代婦女文學史》　梁乙眞　臺北，中華書局，一九七九年

《清代戲曲史》　周妙中　鄭州，中州古籍出版社，一九八七年

《同性戀文學史》　矛鋒　臺北，漢忠出版社，一九九六年

《中國文化史大辭典》　古籍整理研究所　臺北，遠流出版社，一九八九年

《中國歷史大辭典·明史》　王毓銓、曹貴林主編　上海辭書出版社，一九九五年

《中國歷史大辭典·清史》 戴逸、羅明主編 上海辭書出版社，一九九二年

《元明清三代禁毀小說戲曲史料》 王利器 臺北，河洛出版社，一九八〇年

《中國古代小說人物辭典》 苗壯主編 濟南，齊魯出版社，一九九一年

《三言兩拍資料》 譚嘉定 臺北，維明書局，一九八三年

《中國古典小說美學資料匯粹》 孫遜、孫菊園 臺北，大安出版社，一九九一年

《二十世紀中國小說理論資料》 陳平原、夏曉虹編 北京大學出版社，一九八九年

《中國古典戲曲序跋彙編》 蔡毅 濟南，齊魯書社，一九八九年

《中國古代房室養生集要》 宋書功編注 臺北，百川書局，一九九二年

《西方文學批評術語辭典》 林驤華主編 上海社會科學院出版社，一九八九年

《小說詞語彙釋》 陸澹安 臺北，華正書局，一九八二年

《明清小說辭典》 張季皋 石家莊，花山文藝出版社，一九九二年

七、集　部

《玉臺新詠》 徐陵 漢京文化公司影印埽葉山房石印本

《元稹集》 元稹 臺北，漢京文化公司，一九八三年

《二程遺書》 程顥、程頤 上海古籍出版社，一九九二年

《近思錄》 朱熹編 臺北，商務印書館，一九九一年

《升菴集》 楊慎 臺北，商務印書館四庫全書本
《震川文集》 歸有光 臺北，中華書局，一九八一年
《焚書、續焚書》 李贄 臺北，漢京文化公司，一九八四年
《葉子譜》 潘之恒 臺北，新興書局《廣百川學海》本
《珂雪齋集》 袁中道 上海古籍出版社，一九八九年
《忠介燼餘集》 周順昌 臺北，商務印書館影印四庫全書本
《牧齋初學集》 錢謙益 上海古籍出版社，一九八五年
《牧齋有學集》 錢謙益 上海古籍出版社，一九九六年
《顧亭林詩文集》 顧炎武 臺北，漢京文化公司，一九八四年
《黃宗羲全集》 黃宗羲 杭州，浙江古籍出版社，一九九三年
《思辨錄輯要》 陸世儀 臺北，商務印書館四庫珍本第四集
《李漁全集》（一至二〇卷） 李漁 杭州，浙江古籍出版社，一九九二年
《變雅堂文集》 杜濬 臺大研究圖書館藏清同治九年刊本
《思復堂文集》 邵廷采 臺北，華世出版社，一九七七年
《朱舜水集》 朱舜水 臺北，漢京文化公司，一九八四年
《陳確集》 陳確 北京，中華書局，一九七九年
《杲堂詩文集》 李鄴嗣 杭州，浙江古籍出版社，一九八八年

《呂晚村文集》 呂留良 臺北，商務印書館，一九七七年
《吳詩集覽》 靳榮藩集注 臺北，中華書局，一九七〇年
《胡適文存》 胡適 臺北，星河圖書公司
《滄州後集》 孫楷第 北京，中華書局，一九八五年
《南屏百詠》 朱青湖 臺北，新文豐出版公司，一九八二年
《薑齋詩話》 王夫之 臺北，木鐸出版社《清詩話》本
《隨園詩話》 袁枚 臺北，漢京文化公司，一九八四年
《唐詩紀事》 計有功 臺北，木鐸出版社，一九八二年
《清詩紀事初編》 鄧之誠 臺北，中華書局，一九七〇年
《清詩紀事》 錢仲聯主編 江蘇古籍出版社，一九八七年
《晚明小品選注》 朱劍心 臺北，商務印書館，一九九一年

八、小說理論、小說研究論著

《中國小說的歷史變遷》 魯迅 臺北，風雲時代出版社，一九九〇年
《中國通俗小說理論綱要》 謝昕、羊列容、周啓志 臺北，文津出版社，一九九二年
《中國古典小說藝術欣賞》 賈文昭、徐召勛 臺北，里仁書局，一九八三年
《中國古典小說導論》 夏志清著、胡益民等譯 合肥，安徽文藝出版社，一九八八年

《中國短篇小說》 Patrick Hanan 著，王青平、曾虹譯　台北，國立編譯館，一九九七年

《中國小說源流論》 石昌渝　北京，三聯書店，一九九五年

《小說技巧》 傅騰霄　臺北，洪業文化公司，一九九六年

《通俗小說的歷史軌跡》 陳大康　長沙，湖南出版社，一九九三年

《小說見聞錄》 戴不凡　臺北，木鐸出版社，一九八三年

《古小說論稿》 談鳳梁　杭州，浙江古籍出版社，一九八九年

《小說閒談》 阿英　上海，古籍出版社，一九八五年

《戲曲小說叢考》 葉德均　北京，中華書局，一九七九年

《古本稀見小說匯考》 譚正壁、譚尋　浙江文藝出版社，一九八二年

《珍本禁毀小說大觀》 蕭相愷　鄭州，中州古籍出版社，一九九二年

《中國禁毀小說大全》 李時人　合肥，黃山書社，一九九二年

《中國禁毀小說百話》 李夢生　臺北，建宏出版社，一九九六年

《俗講說話與白話小說》 孫楷第　臺北，河洛出版社，一九七八年

《話本小說論》 (日)原田季清　臺北，古亭書屋，一九七五年

《話本小說概論》 胡士瑩　臺北，丹青圖書公司，一九八三年

《話本楔子彙說》 莊因　臺北，聯經出版公司，一九七八年

《宋代話本研究》 樂蘅軍　臺北，臺灣大學文史叢刊，一九六九年

《話本與才子佳人小說之研究》　胡萬川　臺北，大安出版社，一九九四年

《世態人情說話本》　歐陽代發　臺北，亞太圖書出版社，一九九五年

《三言二拍本事論考集成》　（日）小川陽一　東京，新典社，一九八一年

《晚明話本小說石點頭研究》　徐志平　臺北，學生書局，一九九一年

《六朝隋唐仙道類小說研究》　李豐楙　臺北，學生書局，一九八六年

《發跡變泰——宋人小說學論稿》　康來新　臺北，大安出版社，一九九六年

《明末清初小說述錄》　林辰　瀋陽，春風文藝出版社，一九八五年

《明清小說采正》　歐陽健　臺北，貫雅文化事業公司，一九九二年

《明清小說探幽》　蔡國梁　臺北，木鐸出版社，一九八七年

《明清人情小說研究》　方正耀　上海，華東師大出版社，一九八六年

《明清小說考論》　王增斌、廉鋼生　太原，山西高校聯合出版社，一九九五年

《意志與命運》　樂蘅軍　臺北，大安出版社，一九九二年

《水滸傳與中國社會》　薩孟武　臺北，三民書局，一九九一年

《金瓶梅探索》　王汝梅　長春，吉林大學出版社，一九九〇年

《金瓶梅論集》　劉輝　臺北，貫雅文化公司，一九九二年

《金瓶梅藝術論》　周中明　臺北，貫雅文化公司，一九九〇年

《李漁小說論稿》　崔子恩　北京，中國社會科學出版社，一九八七年

《醒世姻緣傳新考》　張清吉　鄭州，中州古籍出版社，一九九一年
《儒林外史研究》　鄭明娳　臺北，商務印書館，一九八二年
《紅樓夢與中國舊家庭》　薩孟武　臺北，東大圖書公司，一九七七年
《小說面面觀》　佛斯特著李文彬譯　臺北，志文出版社，一九七八年
The Chinese Vernacular Story　（美）韓南　臺北，雙葉書店，一九八二年

九、其他論著

《清代學術概論》　梁啓超　臺北，水牛出版社，一九八一年
《明末清初的學風》　謝國楨　臺北，仲信出版社，一九八〇年
《中國前近代思想的演變》　溝口雄三著，林右崇譯　臺北，國立編譯館，一九九四年
《明末清初學術思想研究》　何冠彪　臺北，學生書局，一九九一年
《明清啓蒙學術流變》　蕭萐父、許蘇民　瀋陽，遼寧教育出版社，一九九五年
《批判與啓蒙》　包尊信　臺北，聯經出版公司，一九八九年
《清代學術思想的變遷與文學》　馬積高　長沙，湖南出版社，一九九六年
《經世思想與文學經世》　林保淳　臺北，文津出版社，一九九一年
《中國文學研究》　鄭振鐸　北京，作家出版社，一九五七年
《傳統文學論衡》　王夢鷗　臺北，時報文化公司，一九八七年

《晚明文學新探》　馬美信　臺北，聖環圖書公司，一九九四年

《文學論》　韋勒克、華倫著，王夢鷗、許國衡譯　臺北，志文出版社，一九七九年

《比較文學方法論》　劉介民　臺北，時報文化公司，一九八〇年

《美的歷程》　李澤厚　臺北，元山書局，一九八六年

《雅風美俗之—大清餘境》　張正國、郝昭慶　臺北，雲龍出版社，一九九六年

《訪書見聞錄》　路工　上海古籍出版社，一九八五年

《中國禁書大觀》　安平秋、章培恒主編　上海文化出版社，一九九〇年

《古書版本鑑定研究》　李清志　臺北，文史哲出版社，一九八六年

《圖書板本學要略》　屈萬里、昌彼得　臺北，華岡出版公司，一九七八年

《明清筆記談叢》　謝國禎　臺北，仲信出版社，一九九〇年

《晚明小品與明季文人生活》　陳萬益　臺北，大安出版社，一九八八年

《藝術的奧秘》　姚一葦　臺北，開明書店，一九七九年

《不入流的智慧》　張火慶　臺北，漢藝文化公司，一九九〇年

《中國古代性文化》　劉達臨　臺北，新雨出版社，一九九五年

《四大禁書與性文化》　鍾雯　哈爾濱出版社，一九九四年

《女權主義與文學》　康正果　北京，中國社會科學出版社，一九九四年

《中國婦女在法律上之地位》　趙鳳喈　臺北，稻香出版社，一九九三年

《吳梅村年譜》 馮其庸、葉君遠編 江蘇古籍出版社，一九九〇年
《李漁研究》 黃麗貞 臺北，國家出版社，一九九五年
《柳敬亭評傳》 洪式良 上海古典文學出版社，一九五六年
《湖上異人—李笠翁》 陳再明 臺北，漢欣文化公司，一九九五年
《明清徽商資料選編》 張海鵬、王廷元主編 合肥，黃山書社，一九八五年
《詩經詮釋》 屈萬里 臺北，聯經出版公司，一九九〇年
《詩經通釋》 王靜芝 臺北，輔仁大學，一九九一年
《清代詩學初探》 吳宏一 臺北，學生書局，一九八六年
《中國古典戲劇論集》 曾永義 臺北，聯經出版社，一九七九年
《湯顯祖與晚明文化》 鄭培凱 臺北，允晨文化公司，一九九五年
《博弈遊戲人生》 史良昭 臺北，商務印書館，一九九二年
《小腳與辮子》 張仲 臺北，幼獅出版社，一九九五年
《人格心理學》 L. A. Pervin 著，洪光遠、鄭慧玲譯 臺北，桂冠圖書公司，一九九五年
《變態心理學綱要》 Walter J.Coville 等著，繆國光譯 臺北，商務印書館，一九八四年
《夢的解析》 佛洛依德著，賴其萬、符傳孝譯 臺北，志文出版社，一九九〇年
〈反諷〉 D.C Mucke 著，顏銀淵譯 臺北，黎明文化公司，一九七八年
〈何謂諷刺〉 Arthur Pollard 著，董崇選譯 臺北，黎明文化公司，一九七八年

《大眾文學》　（日）尾崎秀樹著，徐萍飛、朱芳洲譯　中國社會出版社，一九九四年

《婚姻與道德》　（美）羅素　臺北，環華百科出版社《諾貝爾文學獎全集》

十、學位論文、單篇論文

《馮夢龍生平及其對小說之貢獻》／胡萬川　政大碩士論文，一九七三年

《艾衲居士豆棚閒話研究》／李世珍　東海大學碩士論文，一九八九年

《古吳墨浪子西湖佳話研究》／費臻懿　東海大學碩士論文，一九九一年

〈李笠翁著無聲戲即連城璧解題〉／孫楷第　《國立北平圖書館館刊》六卷一號

〈巴黎國圖書館中之中國小說與戲曲〉／鄭振鐸　《小說月報》一八卷第一一號

〈明清二代的平話集〉／鄭振鐸　《小說月報》二二卷第八號

〈宋人小說「碾玉觀音」〉／孫述宇　《新亞書院學術年刊》第八期

〈「碾玉觀音」裏的中興名將史料〉／孫述宇　《中國古典小說研究專集》二

〈一枝花話〉／張政烺　《中研院史語所集刊》第二〇期

〈論話本一詞的定義〉／增田涉／前田一惠譯　《中國古典小說研究專集》三

〈中國中世紀小說裏寫實與抒情的成分〉／Prusek／陳修和譯　《中國古典小說研究專集》三

〈話本套語的藝術〉／陳炳良　《小說戲曲研究》一

〈明末清初「時事小說」的特色〉／陳大道　《小說戲曲研究》三

〈人情慘刻——明清小說中搶奪絕產的故事〉／胡萬川 《小說戲曲研究》四
〈宋代考場弊端〉／劉子健 《宋史研究集》五
〈說明代宦官〉／張存武 《明史研究論叢》二
〈釋《儒林外史》中提到的科舉活動和官職名稱〉／伯贊 《文史集林》五
〈《三言》研究尋求突破〉／繆咏禾 《海峽兩岸明清小說論文集》
〈《古今小說》四十篇的撰述時代〉／嚴敦易 附錄於桂冠版《喻世明言》
〈試論中國諷刺小說的界說〉／吳淳邦 《古典文學》七
〈《連城璧》、《十二樓》在白話短篇小說藝術發展史上的地位〉／劉紅軍 《明清小說研究》一九九五年第三期
〈從筆煉閣小說中尋覓筆煉閣〉／李同生 《明清小說研究》一九九〇年第一期
〈《生綃剪》述考〉／苗壯 《明清小說研究》一九八八年第三期
〈《飛英聲》、《移繡譜》及其他〉／苗壯 《明清小說研究》一九九二年第二期
〈中國文學內的性欲描寫〉／茅盾 張國星編《中國古代小說中的性描寫》
〈性心理的兩極對立與性文化的二元互補—試論中國古代小說的性心理描寫〉／李忠昌 張國星編《中國古代小說中的性描寫》
〈艷情小說和小說中的性描寫〉／林辰 《中國古代小說中的性描寫》
〈古代性愛小說的性心理意識〉／魯德才 《中國古代小說中的性描寫》

〈論明清艷情小說的文化意義〉／謝桃坊　《社會科學戰線》一九九四年五期
〈試論明末清初艷情小說〉／杜守華、吳曉明　《上海師範大學學報：哲社版》一九九三年
　一期
〈女嬰殺害與中國兩性不均問題〉／李長年　鮑家麟編《中國婦女史論集》一
〈天地正義僅見於婦女〉／鄭培凱　《當代》一七
〈試論《一片情》〉／黃霖　《社會科學戰線》一九九三年二期
〈論明清江南社會的結構性變遷〉／王翔　《江海學刊》一九九四年第三期
〈明清變遷時期社會與文化的轉變〉／余英時　《中國歷史轉型時期的知識分子》
〈論明末清初時期在思想史上演變的意義〉／溝口雄三　《史學評論》一二
〈明清之際的三部講史小說〉／欒星　《明清小說論叢》三
〈明末清初社會詩初探〉／黃桂蘭　《第二屆明清之際中國文化的轉變與延續學術研討會論
　文集》（臺北，文史哲出版社，一九九三年）
〈「妒婦」與明清小說〉／林保淳　同上
〈話本的演變〉／侯志漢　《漢學論文集》（臺北，文史哲出版社，一九八二年）
〈談王少堂的說書藝術〉／蕭亦五　《新華日報群眾文藝版》一九五四年七月二六日
〈李玉劇質疑〉／馮沅君　《中國古典小說戲曲論集》上海古籍出版社，一九八五年
〈金瓶梅的產生和作者〉／潘開沛　《文學遺產》一八

〈關於徐震及其女才子書的史料〉／王青平　《文學遺產》增刊一九八五年二月
〈也說《萬錦嬌麗》及其所收的三種小說〉／陳良瑞　《文學遺產》一九九〇第三期
〈明清稀見小說經眼錄〉／劉輝、薛亮　《文學遺產》一九九三第一期
〈陳忱和他的《水滸後傳》〉／陳周昌　《中國古典小說新論集》（重慶，西南師範大學出版社，一九八七年）
〈關於《賽花鈴》與《女開科傳》的題詞或著錄年代〉／王青平　《明清小說研究》三
〈關於煙水散人、天花藏主人及其他〉／楊力生　《明清小說論叢》一九八五年第一輯
〈《鴛鴦鍼》及其作者初探〉／王汝梅　《明清小說論叢》一九八五年第一輯
〈墨浪主人即天花藏主人〉／王青平　《明清小說論叢》一九八五年第二輯
〈徐述夔及其《一柱樓詩》獄考略〉／陳翔華　《文獻》一九八五年二期
〈日本所見中國短篇小說略記〉／李田意　《中國古典文學論文精選叢刊．小說類》
〈丁耀亢生卒年析疑〉／于潤琦　《社會科學戰線》一九九一年第三期
〈明末清初的經世致用之學〉／山井湧　《史學評論》一二
〈滿清入主華夏及其文化承緒之統一政術〉／王爾敏　《中國歷史上的分與合—學術研討會論文集》（臺北，聯經出版公司，一九九五年）
〈五色石主人與《八洞天》〉／陳翔華　書目文獻出版社《八洞天》附錄
〈從三言看明代的僧尼〉／徐志平　《嘉義農專學報》一七

〈清初話本小說照世杯研究〉／徐志平　臺大中研所《中國文學研究》六
〈杜濬小說理論探究及其傳記資料之若干商榷〉／徐志平　臺大中研所《中國文學研究》八
〈話本定義問題簡論〉／雷威安　《東方中國小說戲曲專號》
〈金瓶梅詞話編年稿備忘錄〉／鳥居久晴　《日本研究金瓶梅論文集》
〈金瓶梅作者試探〉／鳥居久晴　《日本研究金瓶梅論文集》
〈李漁の小說無聲戲の版本について—以足本連城壁と四卷本無聲戲爲中心〉／伊藤漱平　東京大學中哲文學會出版《中哲文學會報》第九號一九八四年
〈李漁の小說の版本とその流傳—無聲戲を中心として〉／伊藤漱平／胡天民摘譯　《明清小說研究》六
〈李漁の戲曲小說の成立とその互刻—以杭州時期爲中心〉／伊藤漱平　《大學院紀要》二期，一九八七年三月
〈李漁の戲曲小說の成立とその刊刻流傳—南京轉居前後を中心として〉／伊藤漱平　《東方學會創立四十週年論文集》（東方學會，一九八七年六月）

國家圖書館出版品預行編目資料

清初前期話本小說之研究

／徐志平著. --初版. --臺北市：
臺灣學生，1998 [民87]
面； 公分
參考書目：面

ISBN 957-15-0893-4 (精裝)
ISBN-957-15-0894-2（平裝）

1.中國小說 - 歷史與批評 - 清（1644-1912）

820.9707　　87011267

清初前期話本小說之研究

著作者：徐志平
出版者：臺灣學生書局
發行人：孫善治
發行所：臺灣學生書局
臺北市和平東路一段一九八號
郵政劃撥帳號〇〇〇二四六六八號
電話：二三六三四一五六
傳眞：二三六三六三三四

本書局登記證字號：行政院新聞局局版北市業字第玖捌壹號

印刷所：宏輝彩色印刷公司
地址：中和市永和路三六三巷四二號
電話：二二二六八八五三

定價　精裝新臺幣七五〇元
　　　平裝新臺幣六七〇元

西元一九九八年十一月初版

82095

ISBN 957-15-0893-4 (精裝)
ISBN 957-15-0894-2 (平裝)

臺灣學生書局 出版

中國文學研究叢刊

①詩經比較研究與欣賞	裴普賢著
②中國古典文學論叢	薛順雄著
③詩經名著評介	趙制陽著
④詩經評釋（二冊）	朱守亮著
⑤中國文學論著譯叢（二冊）	王秋桂編
⑥宋南渡詞人	黃文吉著
⑦范成大研究	張劍霞著
⑧文學批評論集	張健著
⑨詞曲選注	王熙元等編著
⑩敦煌兒童文學	雷僑雲著
⑪清代詩學初探	吳宏一著
⑫陶謝詩之比較	沈振奇著
⑬文氣論研究	朱榮智著
⑭詩史本色與妙悟	龔鵬程著
⑮明代傳奇之劇場及其藝術	王安祈著
⑯漢魏六朝賦家論略	何沛雄著
⑰古典文學散論	王熙元著
⑱晚清古典戲劇的歷史意義	陳芳著
⑲趙甌北研究（二冊）	王建生著
⑳中國兒童文學研究	雷僑雲著
㉑中國文學的本源	王更生著
㉒中國文學的世界	前野直彬著 龔霓馨譯
㉓唐末五代散文研究	呂武志著
㉔元白新樂府研究	廖美雲著
㉕五四文學與文化變遷	中國古典文學研究會主編

㉖南宋詩人論　胡　明　著
㉗唐詩的傳承——明代復古詩論研究　陳國球　著
㉘中外比較文學研究　第一冊（上、下）　李達三、劉介民　主編
㉙文學與社會　中國古典文學研究會　主編
㉚中國現代文學新貌　陳炳良　編
㉛中國古典文學研究在蘇聯　俄·李福清　著　田大長　譯
㉜李商隱詩箋釋方法論　顏崑陽　著
㉝中國古代文體學　褚斌杰　著
㉞韓柳文新探　胡楚生　著
㉟唐代社會與元白文學集團關係之研究　馬銘浩　著
㊱文轍（二冊）　饒宗頤　著
㊲二十世紀中國文學　中國古典文學研究會　主編
㊳牡丹亭研究　楊振良　著
㊴中國戲劇史　魏子雲　著
㊵中外比較文學研究　第二冊　李達三、劉介民　主編
㊶中國近代詩歌史　馬亞中　著
㊷近代曲學二家研究——吳梅·乇季烈　蔡孟珍　著
㊸金元詞史　黃兆漢　著
㊹中國歷代詩經學　林葉連　著
㊺徐霞客及其遊記研究　方麗娜　著
㊻杜牧散文研究　呂武志　著
㊼民間文學與元雜劇　譚達先　著
㊽文學與佛學關係　中國古典文學研究會　主編
㊾兩宋題畫詩論　李　栖　著
㊿王十朋及其詩　鄭定國　著

㉛文學與傳播的關係	中國古典文學研究會主編
㉜中國民間文學	高 國 藩 著
㉝清人雜劇論略	曾 影 靖 著 黃 兆 漢校訂
㉞唐伎研究	廖 美 雲 著
㉟孔子詩學研究	文 幸 福 著
㊱昭明文選學術論考	游 志 誠 著
㊲六朝情境美學綜論	鄭 毓 瑜 著
㊳詩經論文	林 葉 連 著
㊴傣族敘事詩研究	鹿 憶 鹿 著
㊵蔣心餘研究	王 建 生 著
㊶眞善美的世界—高中高職國文賞析	戴 朝 福 著
㊷何景明叢考	白 潤 德 著
㊸湯顯祖的戲曲藝術	陳 美 雪 著
㊹姜白石詞詳註	黃 兆 漢編著
㊺走看臺灣九〇年代的散文	鹿 憶 鹿 著
㊻唐賢三體詩法詮評	王 禮 卿 著
㊼文心雕龍要義申說	華 仲 麐 著
㊽清初前期話本小說之研究	徐 志 平 著